NEUE WISSENSCHAFTLICHE BIBLIOTHEK 80
LITERATURWISSENSCHAFT

ROMANTHEORIE

Dokumentation ihrer Geschichte
in Deutschland seit 1880

Neue Wissenschaftliche Bibliothek

Romantheorie

Dokumentation ihrer Geschichte in Deutschland seit 1880

Herausgegeben von
Eberhard Lämmert
und
Hartmut Eggert, Karl-Heinz Hartmann,
Gerhard Hinzmann, Dietrich Scheunemann,
Fritz Wahrenburg

Kiepenheuer & Witsch

Der vorliegende Band setzt eine Sammlung von Schriften über den Roman fort, die von den Herausgebern in derselben Weise eingeführt und kommentiert worden ist:

Romantheorie
Dokumentation ihrer Geschichte
in Deutschland 1620–1880.

Dieser erste Teil der Sammlung enthält neben anonymen Schriften über den Roman Texte folgender Autoren:

1620–1750
Barclay/Opitz, Harsdörffer, Buchholtz, Rist, Zesen, Birken, Happel, Morhof, Rotth, Chr. Thomas, G. Heidegger, Leibniz, Gundling, Neumeister

1715–1796
Gottsched, Bodmer, G. F. Meier, Dähnert, Lessing, J. A. Schlegel, Troeltsch, Mendelssohn, Hamann, Resewitz, Gerstenberg, Hermes, Wieland, Garve, J. J. Engel, Blanckenburg, Lichtenberg, Merck, Wezel, Goethe, Schiller, Herder

1796–1830
Schiller, Novalis, F. Schlegel, Schelling, Jean Paul, Ast, J. Grimm, A. v. Arnim, W. Grimm, C. Nicolai, K. Morgenstern, Hegel, H. Münzenberger, K. Rosenkranz, Wilibald Alexis, W. Menzel

1830–1848
Mundt, Laube, Wienbarg, G. Bacherer, Gutzkow, H. Marggraf, H. Kurz, Prutz

1848–1880
Gutzkow, J. Schmidt, Scheffel, Schopenhauer, Moriz Carriere, F. Th. Vischer, Eichendorff, O. Ludwig, Spielhagen, Freytag, Fontane

Der Band erschien zuerst 1971 als Nr. 41 der Neuen Wissenschaftlichen Bibliothek.

Verlag Kiepenheuer & Witsch Köln
Gesamtherstellung Mohndruck Reinhard Mohn OHG, Gütersloh
Printed in Germany 1975
Broschur ISBN 3 462 01061 1
Leinen ISBN 3 462 01062 X

Inhalt

1910–1945
BEARBEITET VON DIETRICH SCHEUNEMANN

I

III

Seit 1945
BEARBEITET VON KARL-HEINZ HARTMANN

I

II

Vorbericht

Dieser Band führt die Sammlung von Dokumenten zur Theorie des Romans bis an die Gegenwart heran. Er ist in derselben Weise kommentiert, mit Verzeichnissen und mit einer ergänzenden Titelsammlung ausgestattet wie der Band über die Romantheorie in Deutschland von 1620 bis 1880, an den er anschließt. Selbständigkeit gewinnt er dadurch, daß Zolas Schrift »Le roman expérimental« um 1880 der Auseinandersetzung über Thematik und Schreibart des Romans in Deutschland eine neue Richtung gab. Dabei lassen allerdings die Verteidiger Zolas kaum weniger als seine erbitterten Angreifer an ihren Argumenten erkennen, wie wenig sich die westeuropäische – und in ihren bedeutenden Vertretern auch die russische – Romankunst zu dieser Zeit vom Kunstverständnis der deutschen Romantheorie und Romankritik her erreichen ließ. Dennoch führten, während Berlin und München sich spät und hastig zu großstädtischen Zentren des literarischen Lebens entfalteten, gerade die Auseinandersetzungen mit den Großstadtromanen Zolas und die Debatte über seine minutiösen Bestandsaufnahmen des sozialen Lebens auch in Deutschland zu neuen Ansichten über die Erkenntnisleistung und das Darstellungsvermögen der Romanprosa. Die reorganisierende Wirkung, die bei aller Anstößigkeit die Theorien Zolas ausübten, und der starke Eindruck, der nach einmal erweckter Aufmerksamkeit für exakte Darstellungsformen von der psychologisch verfeinerten Prosa der Brüder Goncourt und Bourgets ausging, trugen das Ihre dazu bei, daß sich nach der Jahrhundertwende die Ungleichzeitigkeit zwischen der deutschen und der europäisch tonangebenden Romanliteratur allmählich einebnete.

Der Roman wäre jedoch als *bürgerliche Epopöe* nicht die *repräsentative Form des Zeitalters* – so verlängerte Lukács 1916 die Hegelsche Formel – wenn die nationalgeschichtlichen Besonderheiten, die dieses bürgerliche Zeitalter kennzeichnen, nicht auch für die Geschichte des Romans und seiner Theorie ins 20. Jahrhundert hinein ihre Steuerkraft behielten. So bleiben die bedeutendsten Romane des frühen 20. Jahrhunderts bis hin zum »Zauberberg« auch in ihren melancholischen oder satirischen Gegenwendungen noch bemerkenswert streng an die Leitidee der Persönlichkeitsbildung und damit an die deutsche Tradition des Bildungs- und Entwicklungsromans gebunden, und deutlicher noch als in der Entwicklung des Franz Biberkopf, der vom Leben etwas mehr verlangte als das Butterbrot, tritt in polemischen und programmatischen Aufsätzen Döblins, die dieser Band vorstellt, auch dessen Zugehörigkeit zu dieser spezifisch deutschen Tradition hervor. Vollends ist an der Spaltung unter den Romanautoren der Berliner Akademie in ›Dichter‹ und ›Literaten‹ Ende der zwanziger Jahre abzulesen, in welchem Maße die deutsche Schöpfungsästhetik mit ihrer einmal historisch gebotenen und hernach oft großspurig überhöhten Attitüde des künstlerisch eigenmächtigen Handelns in einem Lande, in dem entsprechend selbstbewußtes politisches Handeln sich zur Bürgertugend nicht entwickeln konnte, die Köpfe und Federn auch der Romanautoren noch regiert. Daß Döblin und Thomas Mann neben seinem Bruder Heinrich gegenüber den Apologeten eines mystifizierten Dichtertums damals zu Verfechtern einer zeitbewußten und reflektorisch-kritischen Prosaliteratur wurden, bereitete schon ihre Vertreibung aus Deutschland Anfang 1933 vor. Die großen deutschsprachigen Romane des folgenden Jahrzehnts mußten jenseits der deutschen Grenzen geschrieben werden, während innerhalb dieser Grenzen alle nicht in nationalsozialistischem Sinne »rein« deutsche Literatur von Ausmerzung bedroht war. So lief in Deutschland die Geschichte des Romans, die allenthalben in Europa eng mit der Geschichte des bürgerlichen Nationalbewußtseins verbunden war, 1933 auf eine unwiderrufbare Spaltung hinaus und gelangte damit, als Geschichte *des* deutschen Romans, schon an ihr Ende.

Auch für das Vordringen der politisch-weltanschaulichen Entgegensetzungen, die im späteren 20. Jahrhundert die nationalen Unterschiede in Theorie und Praxis des Romanschreibens überlagern, waren in Deutschland die Bedingungen frühzeitig gegeben. Schon vor 1930 wurden hier die Kontroversen zwischen den Verfechtern einer avantgardistischen und einer den sozialistischen Realismus erprobenden Romanliteratur öffentlich und mit großer Leidenschaft ausgetragen. Bald nach 1945 haben, wiederum prototypisch im deutschen Sprachbereich, diese Ansätze unter divergierenden sozialen und politischen Bedingungen jeweils ihre Fortsetzung oder auch Verfestigung gefunden, und in der Folgezeit bestimmten die Auseinandersetzungen innerhalb der westeuropäischen Experimentalästhetik und die Positionskämpfe innerhalb der sozialistischen Literaturpolitik die jeweiligen Entwicklungsphasen der Romanliteratur in Europa weit stärker als Besonderheiten der jeweiligen Nationalgeschichte. Für die beiden letzten Jahrzehnte kann allenfalls von nationalen Abschattierungen zweier getrennt, wenn auch in Auseinandersetzung miteinander sich entfaltenden Romanliteraturen und -theorien gesprochen werden. Womöglich zeigt sogar die seit zwei Jahrzehnten nicht abnehmende Neigung der Romanschriftsteller in der Bundesrepublik wie in der DDR, sich in autobiographischen Rückgriffen der letzten Epoche deutscher Nationalgeschichte und deren Zerstörung zu versichern, noch ungewollt die zähen Bindungen an, die sich zwischen den Erzählformen des Romans und den bürgerlichen Nationalkulturen in den letzten Jahrhunderten ergeben haben.

Äußeres Kennzeichen für den Verlust gemeinsamer Rahmenbedingungen in der Entwicklung der deutschen Romanliteratur und Romantheorie, mindestens seit 1933, ist in dieser Dokumentation die Abkehr von einer rein chronologischen Anordnung der einzelnen Textgruppen in der zweiten Hälfte des Bandes. Nach ihren Entstehungsbedingungen und Zielsetzungen müssen Texte, die nach 1933 innerhalb der deutschen Grenzen entstanden, prinzipiell von den außerhalb Deutschlands geschriebenen abgehoben werden. Innerhalb der deutschen Grenzen gab es zwar noch eine, wenn auch kaum erhebliche, Romanliteratur mit mühsam verschlüsselter Distanznahme von den herrschenden Verhältnissen; die Roman*theorie* im Dritten Reich bewegte sich dagegen durchweg und sogar nachdrücklich im Rahmen der nationalsozialistischen Kulturpolitik. Außerhalb der deutschen Grenzen setzten sich die Themen aus der Zeit der Weimarer Republik, aber auch die Divergenzen der vormaligen Diskussionen fort. Doch zog die Versprengung der Schriftsteller in verschiedene Exilländer eine weitere Aufspaltung ihrer Interessen und Arbeitsvorstellungen nach sich; so entstanden in den einzelnen Zentren und Refugien des Exils zunehmend unabhängig voneinander die rück- und vorausblickenden Schriften über den Roman, mit denen der vorliegende Band die Geschichte der Romantheorie ›in Deutschland‹ für diesen Zeitraum dokumentiert.

Im übrigen grenzt dieser Band auch Autoren aus anderen, insbesondere weiteren deutschsprachigen Ländern von der Aufnahme in eine Dokumentation der Romantheorie ›in Deutschland‹ nicht aus, soweit die hauptsächliche Verbreitung ihrer Schriften und ihre Teilnahme an den unter deutschen Autoren ausgetragenen Erörterungen und Kontroversen dies nahelegen.

Von den fünfziger Jahren an sind die getrennten Verläufe der romantheoretischen Diskussion in der Bundesrepublik und in der DDR, und innerhalb der Bundesrepublik außerdem die Entwürfe zu einer an der Arbeitswelt orientierten Romanliteratur, in jeweils besonderen Textgruppen zusammengefaßt. Dabei ist abzulesen, wie hier insbesondere der Innovationsdruck, der auf einer auftragslos entstehenden Literatur unter modernen industriellen Bedingungen lastet, und dort die Direktiven, unter denen nur politisch förderliche Literatur mit unbehinderter Veröffentlichung rechnen kann, auch der Romantheorie derart unterschiedliche thematische Bedingungen vorgeben, daß nicht nur ein getrennter Meinungsaustausch, sondern auch voneinander abgesonderte Diskussionsstoffe und Argumentationsgewohnheiten entstehen. Allerdings sind Annäherungen, Konvergenzen und selbst Überschneidungen zwischen den jeweils benachbarten Textgruppen der besonderen Aufmerksamkeit empfohlen. Überall dort nämlich, wo ein Austausch der Argumente in Gang kommt oder gar einmal begünstigt wird, wie beim Leningrader Schriftsteller-Colloquium »Der zeitgenössische Roman« im Jahr 1963, kommen Ansichten über den gegenwärtigen und Thesen für einen zukünftigen Roman zur Sprache, die selbst bei kontroversem Ansatz häufig genug ihre Zeitgenossenschaft erkennen lassen. Nicht weniger dokumentiert schließlich der letzte Beitrag unseres Bandes, ein Erstdruck in deutscher Sprache, dem jedoch eine englisch formulierte Vortragsfassung mit italienisch gefaßter Begrüßung voranging, daß Romantheorie wie Romankunst schon seit einiger Zeit, und in den siebziger Jahren mehr und mehr, in anderen Koordinaten als denen einer nationalen und selbst einer einzelsprachlichen Tradition behandelt werden müssen. Deshalb wird ein Band, der diese Sammlung etwa künftig fortsetzen sollte, die schon in seinem Dokumentationszeitraum seit 1880 mehrfach umgewertete Rahmenbezeichnung ›in Deutschland‹ kaum mehr unverwandt weiterführen können. Denn auch die Geschichte der Romantheorie ist ein Organ unserer allgemeinen Geschichte.

*

Mit dem polemischen Aufruhr, den eine *neufranzösische Theorie* stiftet, setzt die Dokumentation dieses Bandes ein. Mit dem keineswegs neuerungssüchtigen, jedoch sehr resoluten Plädoyer Uwe Johnsons für einen neuen Roman schließt sie ab. Die beharrliche Rede vom Ende des Romans, der zum Trotz eher ebenso hartnäckig weiterlebt, geht schon in den zwanziger Jahren und noch in den sechzigern um. Tatsächlich scheint die Krise des Romans in unserem Dokumentationszeitraum ein fester Bestandteil seiner Theorie zu sein. Blickt man weiter zurück, so erkennt man, daß derartige Revolten sich mindestens in Deutschland fast unmittelbar an das Erscheinen von Goethes »Lehrjahren« knüpfen. Kaum sind sie ein paar Jahre bewundertes Vorbild, entwirft Novalis als Gegenroman den »Ofterdingen«. Keller weist mit dem »Grünen Heinrich« die Apotheose der unschuldig reifenden künstlerischen Begabung zurück, Thomas Mann läßt sein Künstlerkind Hanno am Ende einer Generationenkette den Willen zum Leben verlieren, und noch der störrischste aller ›Entwicklungshelden‹, Oskar Matzerath, protestiert nicht nur gegen die Verfassung seiner Umwelt, sondern ebenso gegen alle Verfestigungen eines Romantyps, dem Thomas Mann immerhin noch bescheinigt hatte, den bedeutendsten deutschen Beitrag zur europäischen Romangeschichte darzustellen.

Diese seit dem Ausgang des 18. Jahrhunderts immer deutlicher sich abzeichnenden Gegenwendungen und Neuansätze sind allerdings keine Besonderheit der deutschen Romangeschichte. So protestiert Stendhal mit »Le Rouge et le Noir« gegen die Künstlerverherrlichung des romantischen Romans, Balzac entwirft seine »Comédie humaine« nach dem Muster zeitgenössischer zoologischer Systeme und will damit alle früheren Romanschriftsteller als unsystematische Phantasten abtun. Flaubert, später von Heinrich Mann deshalb bewundert, jedoch keineswegs befolgt, setzt die *impassibilité* der distanzierten Beobachtung und die Eigenmächtigkeit ästhetischer Form gegen Balzacs Fähigkeit zu ausdrucksstark typisierendem Erzählen. Und Zola gilt wiederum als rigoroser Neuerer oder auch Abtrünniger gegenüber jenen ›Klassikern‹.

Mit dem *nouveau roman* ist diese ins 20. Jahrhundert hinein immer mehr beschleunigte Ablösung eines Schreibexperiments durch das nächste schließlich auf ihren Begriff gebracht worden, und Nathalie Sarraute konnte wiederum beim Leningrader Schriftsteller-Colloquium in einem Atem Proust, Joyce und Kafka die *großen Revolutionäre* des Romans nennen und sich zu Robbe-Grillets Maxime von der Notwendigkeit einer Zerstörung jeder Romanform durch die des nächsten Romans bekennen. In der Theorie ist damit, spät genug, ein Tatbestand schriftstellerischer Praxis zum konventionellen Verhalten erklärt, das Experimentieren aus einer Verlegenheit zur Tugend gewendet und die Verwerflichkeit aller einmal bestehenden Formen schlicht zur Gattungsnorm verfestigt worden.

Gewiß prägen sich die Freiheiten oder auch die Zwänge der freien Schrifstellerexistenz, wie sie in den letzten beiden Jahrhunderten und noch einmal zugeschärft seit der letzten Jahrhundertwende das literarische Leben kennzeichnen, in der Gattung des Prosaromans mit ihrem weitesten Spielraum für alle Schreibarten und ihrer thematischen Öffnung für ein aktuelles Sozialpanorama wie für exklusive Bewußtseinsvorgänge besonders deutlich aus. Entscheidend für den Ernst und die Dringlichkeit dieser Formablösungen ist jedoch der Umstand, daß seit dem 18. Jahrhundert der Prosaroman für die Moderne, für ein Zeitalter immer rascher sich wandelnder

Lebensverhältnisse und auch veränderungsfrommer Ideologien, in den Rang gesetzt wurde, den in der alten Poetik das Epos innehatte. In Deutschland verband sich diese Rangerhöhung mit einer anderen, nicht weniger anspruchsvollen Auflage: Der Roman sollte die Herausbildung einer unabhängigen, in mannigfachen Berührungen und Konflikten mit der Umwelt sich vervollkommnenden Persönlichkeit zur Darstellung bringen. Das war ausgangs des 18. Jahrhunderts unter den Verhältnissen in Deutschland ein Thema von utopischer Leuchtkraft, und es hängt eng mit diesen Verhältnissen zusammen, daß hier vornehmlich die Künstler, ungleich beweglicher als ihre Mitbürger kraft ihrer immateriellen Mitgift, der produktiven Phantasie, zu Unternehmern auf eigene Hand und für ihre Leser bald auch zu Vorbildern einer interessanten Individualität in jenen Bildungsromanen wurden, die in den deutschen Staaten und Provinzen lange Zeit den Gesellschaftsroman vertraten.

Damit verschiebt sich allerdings die Rolle als Organ der praktischen Bildung, die der Romangattung mindestens seit Opitz eingeschrieben war, entschieden und auch folgenreich. Sollten von lange her im Roman Lebenslehren, je nach Gegenstand und Schreibart für Leser verschiedenen Standes und verschiedener Lebensbedürfnisse jeweils faßlich vorgestellt werden (vgl. Romantheorie 1620–1880, S. XIX), so wird nun die Künstlerindividualität mit ihren sozialen Sonderbedingungen zum Prototyp für die zu bildende bürgerliche Persönlichkeit schlechthin, und die Kollisionen, in die der in mancher Hinsicht exterritorial lebende moderne Künstler mit der ihn umgebenden Gesellschaft notwendig gerät, werden als Modell mindestens für intellektuelle Lebensformen im 20. Jahrhundert von einer kaum berechenbaren Ausstrahlkraft. Von der Übermittlung anderer *weltlicher Weißheit* durch den Roman (Opitz), insbesondere von den Regeln, nach denen sich der *gemeine Mann* im Leben einzurichten hat, ist dagegen seither viel weniger die Rede. Nicht zufällig verdienen deshalb diejenigen Romane in unserer Literaturgeschichte einen besonderen Platz, die die Entfaltung solcher Bildungswege mit einer ernsthaften Kritik an ihren Gefahren und Einseitigkeiten verbinden.

Früher als in Deutschland hatte sich die Romankunst der westeuropäischen Länder darauf eingestellt, mit einem Panorama vielfältiger Lebensbezüge Zeitschilderung und nicht zuletzt auch Zeitsatire zu verbinden. Die Ausgewogenheit zwischen der aufmerksamen Verfolgung von einzelnen Lebensläufen und der Ausleuchtung ganzer städtischer wie ländlicher Lebensverhältnisse kann geradezu als ein Kriterium guter Romankunst in England oder Frankreich vom 18. bis ins 20. Jahrhundert gelten. *Die nationale Form der deutschen Prosa-Epopöe, der individualistische deutsche Bildungsroman* (Thomas Mann, S. 117), setzt sich jedoch ungleich stärkeren Zerreißproben aus, wenn er bei weithin autobiographischer Fundierung gleichzeitig *poetische Lebenskunstlehre* und *Darstellung des Zeitalters* in einem werden soll (vgl. Novalis, Romantheorie 1620–1880, S. 198). Noch mehr als anderswo werden deshalb Krisen und auch immer wiederkehrende Abbrüche in der Geschichte der deutschen Romanliteratur unvermeidlich. So treten zu Beginn des 20. Jahrhunderts in extreme Spannung zueinander die Neigung zu entschiedener Subjektivierung aller mitgeteilten Welterfahrung und der Versuch einer radikal entpersönlichten Darstellung der Zeitverhältnisse.

Dabei hatten die Philosophen sich gerade in Deutschland die Versöhnung dieser Extreme seit langem als die besondere Mission des Romans ausgedacht. Von der *Totalität einer Welt- und Lebensanschauung*, die der Roman *innerhalb der individuellen Begebenheit* zu präsentieren habe, ist seit Hegel die Rede; daß er tendenziell das Ganze der Zeitgeschichte zur Anschauung bringen muß, testiert ihm schon Schelling und schreibt ihm später weitaus unerbittlicher Lukács vor. Auch hier gehört jedoch die Individuation des historischen Prozesses in einem Helden, der im Schnittpunkt zeitgeschichtlicher Strömungen steht, unverwandt mit ins Konzept. Allerdings: Lukács bot, um das Erzählen eines individuierten Geschichtsablaufs bei so geweitetem Anspruch an Repräsentanz noch möglich zu machen, eine gesicherte Perspektive auf die Geschichte als gemeinsame Orientierung für Autor und Leser an, die es erlaubt, im Besonderen die Gestaltung des allgemeinen Geschichtsverlaufs zu erfassen.

Wie aber, wenn von einer solchen, vorgreiflichen Gemeinsamkeit der Orientierung die Rede nicht sein kann, wenn die Zeitgeschichte dem Autor wie seinen Lesern vielmehr als Ganze unberechenbar und die Zukunft prinzipiell offen erscheint? Dann wird notwendigerweise das Erzählen einer ›wahren‹ Lebensgeschichte, die zugleich Zeitgeschichte sein soll, ein doppeltes Erzählproblem. Denn wer kann noch die Auswahl zwischen wichtigen und unwichtigen Erzählgegenständen treffen? Und welche Sicherheit behält der Erzähler oder gewinnt der Leser über die Bedeutung des Erzählten?

Es verdient Beachtung, daß diese neuen Schwierigkeiten, in Romanform eine Geschichte zu erzählen, sich regelhaft einstellen, seit Konventionen über den Gesamtsinn und die Teleologie der Universalgeschichte abhanden kommen und dem Roman gleichwohl aufgetragen ist, dem Epos der Alten zu entsprechen und eine *Mythologie der Geschichte* (Novalis) zu geben. Unter diesem Druck beginnt nicht nur für die Romantheorie eine Kette von Versuchen, den Totalitätscharakter der anspruchsvollen Großerzählung zu bestimmen. Die Kette reicht von Hegel zu Sartre, aber sie knüpft auch alle Äußerungen zusammen, die, von Henry James und Thomas Mann über Joyce, Proust und Musil bis zu Johnson, die Forderung nach der *Menge der Beziehungen* und nach einem dichten Netz verbindender Linien zu der Regel verfestigen, mit dem Roman einen gewissermaßen selbsttragenden Erzählkosmos herzustellen.

Das kann nicht ohne neue Gefährdungen abgehen. Für die Romangattung entsteht unter diesem Druck schon früh ein Regelzwang, dem man bis heute noch kaum die gehörige Beachtung geschenkt hat, obwohl seine Symptome sich im 20. Jahrhundert noch anreichern und bis in die Gegenwart zu verfolgen sind: Der Roman nämlich, der sich im Ernste vornimmt, eine ›absolut individuelle‹ und gleichzeitig ›absolut universale‹ Geschichte zu erzählen, kommt nicht mehr an sein Ende. »Wilhelm Meister«, »Lucinde«, »Heinrich von Ofterdingen«, die »Flegeljahre«, »Kater Murr«, Dostojewskijs »Schuld und Sühne«, Hofmannsthals »Andreas«, Kafkas »Schloß«, Musils »Mann ohne Eigenschaften« – die Kette ist zu lang, und ihre Glieder sind zu bedeutend, um hier bloß biographisch zu argumentieren: Wer die *Welt- und Lebens-*

anschauung seiner Gegenwart ganz darstellen will, stellt sie auch dadurch wahrhaftig dar, daß er die Geschichte offenläßt. Denn die erfüllte Zeit, die Meisterzeit des Wilhelm Meister, die goldene Zeit des zum Poeten gewordenen Ofterdingen, die Aufnahme des K. ins Schloß, kurz: das Ende der Geschichte im vollen Sinne läßt sich nicht mehr erzählen. Oder aber der Autor muß, im Versuch, das Ganze einer Epoche zu fassen, den Zusammenhang der Geschichte in ein Kaleidoskop von Geschichten und schließlich in bloße Ansichten und Bilder auflösen.

Es ist erstaunlich genug, daß nicht schon angesichts der ins Minutiöse sich ausbreitenden Zustandsbeschreibungen des Naturalismus, sondern erst in den zwanziger Jahren die Theorie sich einstellte, daß beim Versuch, Totalaufnahmen des Lebens zu erzählen, die Auflösung des ›roten Fadens‹ zwingend sei und daß diese Theorie dann sogleich mit allen Anzeichen des Krisenbewußtseins verkündet wurde. *Kein Zweifel, daß wir uns in einer Periode der Entfabelung befinden, es leugnen hieße die Tragweite der meisten Erscheinungen des öffentlichen Lebens verkennen* (Jakob Wassermann 1926, S. 143). Einmal mehr geht aus dieser Äußerung hervor, wie eng auch in den theoretischen Reflexionen die Schreibart des Romans und die Gesamtverfassung gegenwärtiger Lebensverhältnisse aufeinander bezogen bleiben. Im übrigen ist mit dem Begriff *Entfabelung* tatsächlich ein für die Geschichtsschreibung wie für die Romankunst des 20. Jahrhunderts grundlegender Vorgang gekennzeichnet: die allgemeine Reduktion des Erzählcharakters zugunsten eines Beschreibungs-, Reflexions- und Erörterungsstils. Das ›ganz normale Erzählen‹ scheint darüber, trotz der bis heute beharrlichen Regenerationsversuche, den literarischen Beglaubigungserfordernissen nicht mehr voll genügen zu können. Der Sachverhalt ist erklärungsbedürftig, und er läßt sich erklären.

Solange erzählt wird, braucht der Erzähler, wie schon Walter Benjamin mit wehmütigem Blick in eine unbestimmte Vergangenheit festgestellt hat, Zuhörer, die der Wahrhaftigkeit des Erzählten trauen und mehr noch: die erwarten, daß ein Erzähler für sie Rat weiß (S. 213). Dann nämlich braucht der Erzähler seine baren Behauptungssätze – und alle erzählenden Sätze enthalten nichts als Behauptungen – nicht weiter zu begründen. So sind auch Mythen darum umstandslos erzählbar, weil sie letzten Endes das schon anerkannte Wahre wiedererzählen. Wer einem anonymen und unabsehbaren Publikum *Neues* zu erzählen hat, ist übler dran, vollends, wenn er bei seinen Lesern gemeinsame Grundlagen ihrer Weltansicht nicht mehr voraussetzen kann und deshalb um das Vertrauen in die Bedeutsamkeit des Erzählten in jedem einzelnen Punkte werben muß. So läßt sich die Verdrängung oder Ablösung von Erzählpartien durch Beschreibung, Reflexion und schließlich bare Dokumentation als eine Summe von Begründungsvorkehrungen fassen, die, wie unzureichend immer, den Verlust an Verbindlichkeit einer ›bloß‹ erzählten Geschichte auszugleichen trachten.

Man hätte solche *Entfabelung* als Prinzip des modernen Romans schon an dessen Wiege, in Schlegels »Lucinde«, als Transzendierung vorwiegend erzählter »Lehrjahre« vermerken können. Wenn indessen Musil eine Charakterisierung seines Romans als *Essay von ungeheuren Dimensionen* sich zu eigen macht (S. 160) und

Broch *polyhistorische Romane* anstrebt (S. 165), für die wissenschaftliche wie künstlerische und beschreibende wie reflektierende Schreibweisen unerläßlich werden, verzichtbar am ehesten noch das bloße *Geschichtelerzählen*; wenn Heißenbüttel schließlich in »D'Alemberts Ende« die Menge der Sätze einer Fabel entwindet und sie in einem Muster mathematisch errechenbarer Situations- und Sprecherkonstellationen absichert – dann sind das allesamt Konsequenzen aus der Aporie, die Geschichte des Zeitalters im Roman noch totalisieren zu sollen, ohne daß irgend etwas noch *unbegründet* erzählt werden kann. Alle Begründungen hingegen können ihren Hypothesencharakter, das heißt aber auch: ihren *Montagecharakter*, nicht überwinden, solange über die Generaldeutung der Zeitgeschichte und damit über die Sinnhaltigkeit einzelner Erscheinungen eine Vorverständigung nicht hergestellt ist.

Lukács faßt deshalb nicht zu Unrecht alle diese Schreibformen ihrer Funktion nach als *Beschreiben* zusammen und hält sie gegen das perspektivische *Erzählen*, wobei er sich allerdings entgegenhalten lassen muß, daß nach der Erfahrung der Vieldimensionalität und Offenheit geschichtlicher Verläufe die Rückkehr zum einfachen Erzählen von Ereignissen in einer fraglosen zeitlichen Ordnung und Folge eben nur mit einer *perspektivischen Verkürzung des Verstandes* (Musil, S. 159) zu erkaufen ist. Auch die unversöhnliche Kontroverse zwischen Adorno und Lukács über die Notwendigkeit oder Kurzschlüssigkeit einer vorgegebenen Perspektive ist indessen nicht bis zur Konstatierung eines elementaren Sachverhalts vorgestoßen, den systemtheoretische Überlegungen überraschend bestätigen: Allein die Reduktion von allseitig beziehbaren Begebenheiten auf einen spezifischen und damit auch sinngebend geordneten Vorgang macht fortschreitendes *Erzählen* möglich. Aus eben diesem Grunde ist auch eine ganze Reihe von Romanarten, und keineswegs nur triviale, von der Nötigung, das Nicht-mehr-erzählen-Können zu erzählen, bis zur Gegenwart mehr oder minder unbetroffen geblieben. Voran der historische Roman, der – besonders in der deutschen Tradition – aktuelle Zeitbezogenheit durchweg mit einer ausgeprägten, didaktischen Perspektivik verbunden hat und damit, genau betrachtet, das ältere exemplarische Geschichtenerzählen fortsetzt. Es gilt ebenso für Romangenres mit ausdrücklich sachlich oder spielerisch begrenztem Kalkül wie für den Detektivroman und schon für die Schauer- oder die Bauern- oder die Kriegsroman-Literatur und selbst für die Science-Fiction.

Deshalb bedurfte es einer Vorentscheidung darüber, ob die vorliegende Dokumentation auch Erörterungen über solche besonderen Romansorten in eigenen Abteilungen Raum geben sollte. Die Entscheidung ging dahin, nur die periodische Bedeutung des historischen Romans sowie die romantheoretischen Auswirkungen der Heimatkunst-Bewegung zu kennzeichnen. So konnte im vorgegebenen Rahmen wenigstens an prägnanten Beispielen auf die bildungsgeschichtlich bemerkenswerte Rolle einzelner, anhaltend oder zeitweilig verbreiteter Romanformen aufmerksam gemacht werden.

Wiederkehrend taucht jedoch auch in den Dokumenten dieser Sammlung ein weiteres Symptom für das periodisch erneuerte Begehren auf, aus der Herausforderung zu immer neuen Schreibweisen abzuspringen in Erzählformen von dauerhafter Ordnung, wie sie ehedem nur das *Epos* bieten konnte. Tatsächlich spielt nicht nur in den Bildungsrückfällen, die allzu leicht Sehnsucht nach Vereinfachung des Lebens mit politischen Atavismen verbanden, sondern auch in vorausgreifenden Utopien der Wunsch nach der Geschlossenheit des Epos eine bedeutsame Rolle. Selbst Musil redet von einer unausbleiblichen *Gegenschwingung* gegen die gründliche Überwindung des Epos durch den modernen Roman, die sich, 1927, *an der Spitze der Entwicklung* abzeichne (S. 144) – dies angesichts von Döblins Versuch, ein Epos zu verfassen! Zu einfach wäre es also, die ›Erhebung‹ des Romans zur *epischen Dichtung* (S. 213) oder zur monumentalen Saga nach 1933 als einen nationalsozialistischen Alleingang abzutun. Es ist die angestrengte Suche nach Verbindlichkeit und der Wunsch nach dauerhafter Geltung der erzählerischen Aussage, der in den gleichen Jahren auch für Thomas Mann *in den Vordergrund des Interesses . . . das Immer-Wiederkehrende, Zeitlose, kurz: das Mythische* rücken ließ (S. 262).

Dringlicher als sonst wird deshalb in Perioden einer gesteigerten Sehnsucht nach verläßlichen Ordnungen auch für die Romankunst die Frage nach den Inhalten der *Lebenstotalität* (Lukács), der in der herbeigewünschten Epopöe des 20. Jahrhunderts Dauer verliehen werden soll, und die weitere Frage, wie weit diese *geschlossene Lebenstotalität* nach dem Willen des Erzählers als bereits diktierte oder verhängte oder aber als von den Menschen mitzubildende vorgestellt wird.

Freilich haben sich schon seit den späten zwanziger Jahren und erst recht nach 1945, wiederum in nur zu berechtigter ›Gegenschwingung‹, die Tendenzen verstärkt, die moderne Epopöe von der Verpflichtung zur Präsentation des ›Zeitalters‹, mithin auch von der zäh verfolgten *Gesinnung zur Totalität* zu entlasten. Auch das hat mit den veränderten Arbeitsformen des Künstlers in einer industriellen und wissenschaftsbetonten Ära zu tun; niemand markiert das in diesem Bande so scharf wie Christa Wolf mit ihrer Forderung nach einer erst zu erarbeitenden *epischen Prosa* des *wissenschaftlichen Zeitalters* (S. 384f.). Sie wirft damit eine Aufgabe erneut auf, die der sozialistische Realismus in seinen apodiktischen Anfängen mit der Identifikation von Perspektive und objektivem Geschichtsverlauf schon gelöst zu haben glaubte, nämlich die fortlaufende Erarbeitung einer den Zeitverhältnissen und ihren Gegenständen jeweils angemessenen Schreibweise.

Unter diesem Gesichtspunkt erscheint auch der Ruf nach der Aufnahme von bislang nicht ›literarischen‹ Schreibweisen in den Roman, wie Ottwalts oder auch Tretjakovs Eintreten für die Reportage, im richtigen Licht. Blickt man nur bis 1880 zurück, so erweisen sich in kurzen Abständen die penible naturalistische Deskription, der ›innere Monolog‹ und die erzählerische Ausleuchtung unbewußter Vorgänge, der erkenntnistheoretische Traktat, die Reportage als Momentaufnahme des sozialen Lebens und schließlich die Dokumentation von außerliterarischen Schriftzeugnissen jeweils als Antwort, die die unabsehbar modulationsfähige Gattung des Romans auf neue, naturwissenschaftliche, erfahrungspsychologische, erkenntnistheoretische, politische oder auch kommunikationstechnische Herausforderungen anbietet, um den Anschein oder auch den Wunsch nach Authentizität der dargebotenen Begebenheiten unter sich wandelnden Ansprüchen jeweils kunstgerecht zu erfüllen. Hier liegt ein weiterer Grund für die nicht abreißende Kette von Forderungen nach einem ›neuen Roman‹, aber auch für die zwangsläufige Partialität jeder Darstellungsart gegenüber der von der Literaturkritik immer wieder willfährig ausgeteilten Bescheinigung oder Mahnung, ein Gesamtbild vom Menschen und von den Verhältnissen der Gegenwart vorzuweisen.

Reinhard Baumgart plädiert im letzten Kapitel unserer Sammlung lebhaft genug für eine *Entzauberung* (S. 388) des repräsentativen Anscheins, den herkömmliche Erzählweisen einer individuellen Erfahrung gaben; er will deshalb die vielfache sprachliche Vermittlung, unter der wir unsere Umwelt erfahren, in einer Dokumentation dieser Sprachzeugnisse reell aufgefangen sehen. Kein Zweifel, daß auch dies eine neue und in einer zunehmend durch Medien vermittelten Umwelt eben auch zeitgerechte Form des Romanschreibens geworden ist. Am weitesten scheint gegenwärtig Hans Magnus Enzenbergers Versuch zu reichen, der Dichotomie zwischen dem Repräsentationspostulat und der Forderung nach Authentizität des Details eine neue Lösung abzugewinnen, denn er greift den Konflikt dort auf, wo er seit der Einsetzung des Romans als *moderne bürgerliche Epopöe* am brennendsten gewesen ist: bei dem Anspruch, Geschichte darzustellen. Geschichte stellt sich nach seiner Argumentation in fortschreitender Anlagerung von mündlichen und schriftlichen Einzelzeugnissen, Kolportagen und Anekdoten, erst her, und deren Wiedergabe soll den Leser vielfältiger und umfassender, als die Stimme eines einzelnen Erzählers es vermag, über die Geschichte aufklären und an ihrer *Weiterbildung* teilhaben lassen. Ziel einer solchen Ausbreitung von Geschichtsstoff in einem Roman ist die Vorbereitung einer *kollektiven Fiktion*, einer Vorverständigung also, die allererst auch gemeinsame Zukunftsentwürfe erlaubt (S. 397).

Hier taucht eine Lösungsmöglichkeit für die alte Sehnsucht nach dem Wiedergewinn gemeinsamer Welterfahrung ohne den Anspruch auf, ein Einzelner vermöchte durch reale Macht oder auch durch die bloße Macht suggestiven Erzählens seine Perspektive auf die Geschichte als maßgebendes Bild der Geschichte durchzusetzen. Denn auch einzelne Dokumente werden erkannt als nur je fiktive Bilder von den tatsächlichen Begebenheiten. Damit scheint tatsächlich eine moderne, dem Einzelnen wie der Gesamtheit gerechte, darum aber eben, man wende es, wie man will, wahrhaft *bürgerliche* Möglichkeit gefunden, über Geschichte räsonieren zu können und sie gleichzeitig zu *erzählen*, wie Enzensberger es in seinem Durutti-Roman unternimmt.

Auch dies wird die letzte Möglichkeit des Romans, der sich wandelnden Zeit gerecht zu werden, nicht sein. In wechselnder Nachbarschaft zu anderen Medien und unter der Anforderung, auch der Veränderung seiner Leserkreise Rechnung zu tragen, gehört der Wandel seiner Form, und gehören deshalb auch seine vielberedeten Krisen in einer nur scheinbaren Paradoxie zum festen Bestandteil seiner Theorie. Otto Flake brachte das schon 1928 lakonisch auf die Formel: *Der Mut zur labilen Kunstform begründet die Legitimität des Romans* (S. 152). Die vorliegende Sammlung kann davon Zeugnis ablegen, unter welch unterschiedlichen Erwartungen seiner Zeitgenossen der Roman in dieser Labilität hartnäckig weiterlebt.

Alle in diesem Band abgedruckten Texte sind einzeln kommentiert, und insbesondere sind Romane und theoretische Schriften, auf die ihre Verfasser sich beziehen, nach Möglichkeit nachgewiesen. In den Einführungen zu den größeren Zeitabschnitten und in den Vorbemerkungen zu den einzelnen Textgruppen werden jeweils deren thematische Schwerpunkte in ihren aktuellen und historischen Zusammenhängen vorgestellt. Dabei werten diese Begleittexte wie auch die Kommentare die im Werkverzeichnis zur Romantheorie bibliographisch erfaßten Schriften mit aus und machen so zugleich den exemplarischen oder auch eigenwilligen Charakter der abgedruckten Texte kenntlich. Auf diese Weise orientieren die Einführungen und Vorbemerkungen auch über die leitenden Gesichtspunkte bei der Zusammenstellung und beim Zuschnitt der dokumentierten Schriften.

Die Bearbeitung der einzelnen Hauptkapitel des Buches erfolgte teils in Berlin, teils in Heidelberg. Doch konnten die Koordinationsprinzipien des ersten Bandes beibehalten werden, und sowohl die Bearbeiter der Hauptkapitel als auch die anderen Mitarbeiter konnten sich zu Sitzungen und gemeinsamer Arbeit wenigstens in größeren Zeitabständen treffen. Dabei wurden wiederum Auswahl und Kommentierung in besonderen Arbeitsgängen aufeinander abgestimmt; Einleitungen und Vorbemerkungen wurden in mehreren Stadien nach den Gesichtspunkten bearbeitet, die sich inzwischen als die übergreifend bedeutsamen herausgeschält hatten, ohne daß dabei unterschiedliche Akzentsetzungen der Bearbeiter rigoros getilgt worden wären.

Die Texte folgen in der Regel der Erstveröffentlichung und erlauben damit auch Einblicke in den aktuellen Diskussionsverlauf. Die Seitenzahlen der Druckvorlagen sind in eckigen Klammern beigefügt. Verschiedenartige Hervorhebungen im Text sind durchgängig kursiv wiedergegeben. Kürzungen sind stets angezeigt; gegebenenfalls wird die Kürzung eigens begründet und über die weggekürzten Partien regestenförmig berichtet. Wo dies nicht geschieht, ist weitmöglich Sorge getragen, daß der Gesamttenor der abgedruckten Schrift durch die Kürzungen nicht einschneidend verändert wurde. Durch Zitate und Querverweise in den Begleittexten möchten die Herausgeber überdies zur Lektüre der Schriften anregen, auf deren Abdruck sie mit Rücksicht auf den Gesamtumfang des Bandes verzichten mußten.

Auf die Schriften im chronologisch angeordneten Werkverzeichnis wird im Textteil mit der Sigle W und der Verzeichnis-Nummer verwiesen. Die Titelaufnahme führt bis ins Jahr 1973. Ein zugehöriges Autorenregister erleichtert das Auffinden verschiedener Beiträge eines Verfassers.

Ein zusätzliches Verzeichnis der in den Texten zitierten Romantitel wurde diesmal, nicht nur aus Platzgründen, kürzer gehalten als in dem Band der Dokumente von 1620 bis 1880. Auch ein Verzicht auf weitläufige bibliographische Angaben schien diesmal, bei der allgemein leichteren Zugänglichkeit von Titeln des späten 19. und des 20. Jahrhunderts, angemessen. Angesichts der außerordentlich weiten Streuung von Roman-Erwähnungen in den dokumentierten Schriften entschieden sich die Herausgeber dazu, nur *mehrfach* erwähnte Romantitel bzw. Romanautoren durch das Verzeichnis nachzuweisen. Dadurch verringert sich die Zahl der anzuführenden

Namen gleich um zwei Drittel. Um so eher kann das Verzeichnis in dieser Verkürzung auf diejenigen Romane aufmerksam machen, die in den romantheoretischen Schriften wiederholt als Musterfälle herangezogen werden. Damit läßt sich von Fall zu Fall auch verfolgen, wie einzelne Romane kanonische Geltung erlangen und in welchem Maße die Berufung auf sie den Gang der theoretischen Erörterungen oder den Entwurf von Leitlinien für eine neue Romankunst mitbestimmt.

Wieder bietet dieser Band auch ein systematisch untergliedertes Sachverzeichnis, das in Ergänzung zu den Einführungen und Vorbemerkungen die Aufsuche derjenigen wiederkehrenden Perspektiven und Argumente möglich macht, die dort nicht eigens angezeigt werden konnten. Um auch eine übergreifende Benutzung beider Bände zu erleichtern, wurden nach Möglichkeit die Schlagwörter des Sachverzeichnisses zu dem Band der Dokumente von 1620 bis 1880 beibehalten. Wo sie mangels neuer Belege in diesem Band entfielen, durch andere ersetzt oder um neue ergänzt wurden, sprechen die Sachverhalte jeweils für den Wandel der Verhältnisse in den dokumentierten Zeiträumen. Deshalb ist auch in diesem Band die Regel beibehalten worden, das gleiche Stichwort gegebenenfalls in verschiedenen thematischen Rubriken zu führen, um die Breite der unter ihm versammelten Argumentationen zu belegen; wieder hoffen die Herausgeber, damit auch die Häufung disparater Argumente in den einzelnen Kolonnen vermindern zu können.

Forschungsliteratur zur Romantheorie ist nur aufgeführt, wenn direkt auf sie Bezug genommen wird. Auch hier fiel die Entscheidung angesichts des festgesetzten Bandumfanges um so leichter, als Nachbarunternehmen und bibliographische Spezialwerke heute die Literatur zur Romanforschung im Bedarfsfalle leicht ermitteln lassen.

Es versteht sich, daß die Grenze zwischen Forschungsarbeiten zur Romantheorie und Schriften, die unmittelbar ihren historischen Stand kennzeichnen oder verändern, nicht immer scharf zu ziehen ist. Deshalb sind ins Werkverzeichnis auch einzelne literaturwissenschaftliche Titel aufgenommen, deren Reflex in aktuellen Äußerungen zur Situation des Romans zu beobachten ist. Strengere Enthaltsamkeit war im Textteil geboten. Angesichts der seit dem späten 19. Jahrhundert rasch anwachsenden wissenschaftlichen Beschäftigung mit dem Roman hätte anders in einem Bande nicht vorgezeigt werden können, in welchem Ausmaß gerade seit der Naturalismusdebatte die Romantheorie durch aktuelle Kontroversen, Rezensionen und Äußerungen der Autoren in eigener Sache ihre Antriebe, Krisen und Wendungen erfahren hat.

Gemessen an der engen Verschränkung von spekulativer Ästhetik und literarischer Kritik um 1800 entspricht die stärkere, sachliche und auch berufsständische Absonderung zwischen Literaturkritik und Literaturwissenschaft seit dem späten 19. Jahrhundert, die dieser Band vornimmt, den historischen Verhältnissen, die hierzulande mehr als in den westeuropäischen Ländern ihr unmittelbares Zusammengehen eher zur Ausnahme machten. So bleibt auch dort, wo in literaturästhetischen Arbeiten bedeutsame Einsichten über den Charakter des Romans formuliert wurden, der Abstand zur zeitgenössischen Theoriediskussion der Autoren, Kritiker und Publizisten zumeist beträchtlich. Das gilt selbst für Wilhelm Diltheys hellsichtige Prognose eines künftigen Großstadtromans in den Schlußpassagen von »Die Einbildungskraft des Dichters«; denn seine Hoffnungen auf den großen Romandichter der neuen Zeit sind deutlich vom Rückblick auf die Epoche um 1800 geprägt (vgl. W 22, S. 480ff.). Vergleichbar haben in der Mitte des 20. Jahrhunderts Wolfgang Kayser und Käte Hamburger in ihre Analysen der Erzählerproblematik Sachverhalte eingehen lassen und allerdings für die Literatur nach 1945 neu aktualisiert, die unter Autoren wie Musil und Döblin bereits in den zwanziger Jahren als Reflex auf die damals konstatierte ›Krise des Erzählens‹ energische gattungstheoretische Überlegungen ausgelöst hatten.

Als einer der Ausnahmefälle, der die Regel eigenwillig bestätigt, ist womöglich Eduard von Hartmanns Traktat über die *Lesepoesie* in seiner »Philosophie des Schönen« von 1887 zu nennen. Hartmann hat dort, ungeachtet seiner Abneigung gegen die Tendenzen der neuesten Romanprosa zur Reflexion, einen Vorgriff unternommen, der ihn für die Theorie Wellershoffs von der Vervielfältigung unmittelbarer Erfahrung und für die, übrigens von Thomas Mann schon präludierte, These Johnsons vom Angebotscharakter der Romanprosa die anthropologisch-ästhetischen Grundlagen bereits liefern läßt: *Lesepoesie* sei aller Vortragspoesie und allen auf Wahrnehmungssinnlichkeit reflektierenden Künsten prinzipiell überlegen durch den absolut freien Spielraum, den sie der produktiven Phantasie des Lesers biete; sie sei deshalb am ehesten *völlig freie und reine Poesie* (W 24, S. 773).

Nimmt man des Novalis' Bekenntnis zum Leser als dem »erweiterten Autor« mit dieser Definition der Lesepoesie und mit den jüngsten Entwicklungen zu einer leserorientierten Romantheorie zusammen, so zeigt sich doch einmal, und womöglich stellvertretend, daß auch die philosophische Ästhetik am Brückenschlag von der ›Kunstperiode‹, die in Deutschland den Roman jäh zur anspruchsvollen poetischen Gattung erhob, bis zur Gegenwart, in der er gegen eine immer mächtigere Medienkonkurrenz seinen Rang als chef œuvre des freien Schriftstellers noch behauptet, ebenso produktiv beteiligt ist wie die Reihe der vorbildgebenden Romane selbst, an denen die Kritiker und Theoretiker der Gattung immer wieder Maß nehmen. So versteht sich auch dieser Band, der jeweils aktuelle romantheoretische Schriften von 1880 bis zur Gegenwart und knappe Abhandlungen zu ihrer Geschichte schrittweise zusammenstellt, nicht zuletzt als eine Anregung, Dialoge zwischen Literaturkritik und Literaturwissenschaft künftig nicht mehr für den Ausnahmefall zu halten.

Die Einrichtungen der Abteilung Allgemeine Literaturwissenschaft am Germanistischen Seminar der Universität Heidelberg und Hilfen, die weiterhin der Fachbereich Germanistik der Freien Universität Berlin gewährte, sind der Arbeit an diesem Bande zugute gekommen. Wieder haben die Herausgeber insbesondere in Ekhard Haack einen unermüdlichen Entdecker und Berater bei der Verifizierung verkappter Anspielungen und bei der Lösung bibliographischer Rattenkönige gefunden. Das komplette und mit allen bibliographischen Einzelheiten versehene Verzeichnis der zitierten Romane, das Horst G. Kosiol erstellt hat, bot als nun archivierter Katalog die Vorlage zu dem hier abgedruckten Romanverzeichnis. Obwohl diesmal die Texte durchweg nach eingestrichenen Fotokopien gesetzt werden konnten, hat die Sorgfalt, mit der die Manuskripte der Begleittexte und Verzeichnisse geschrieben und im Verlag bearbeitet wurden, den Herausgebern die Korrekturen wesentlich erleichtert.

Seit Ulrich Profitlich vor etwa zehn Jahren die ersten Erkundungen und Vorbereitungen zu einer Dokumentation der romantheoretischen Schriften in Deutschland auf sich nahm, hat eine beträchtliche Zahl von Mitarbeitern an der Erarbeitung dieses nun in zwei Bänden vorgelegten historischen Durchblicks mitgewirkt. Langfristige Planung und Improvisation, Anleitung und Partnerschaft hielten sich dabei die Waage. Selbst den Erschwernissen, die eine überörtliche Fortführung dieser Zusammenarbeit mit sich brachte, stehen deutlich die Vorteile gegenüber, die sich aus einer vielfältigen Vereinigung von Kenntnissen und Ideen, aber auch von unterschiedlichen Erkenntnisinteressen und wissenschaftlichen Temperamenten ergaben, wenn Auswahlentscheidungen zu treffen, Argumente zu vergleichen und historische Einordnungen mit dem Blick über mehr als drei Jahrhunderte zu formulieren waren.

Die zugleich konservierende und kritische Beschäftigung galt literarischen Zeugnissen des begleitenden oder auch steuernden Räsonnements über einen Gegenstand, der selbst im Laufe dieser Jahrhunderte Literaturfähigkeit erst erlangt und der für diese Zeit gleichwohl, mit Schelling zu sprechen, nicht weniger als *ein Spiegel des allgemeinen Laufs menschlicher Dinge und des Lebens* sein soll (vgl. Romantheorie, 1620 bis 1880, S. 217). Alle Beteiligten können nur hoffen, daß neben der persönlichen Genugtuung an der gemeinsamen Arbeit auch deren neuerliche Ergebnisse das Unternehmen rechtfertigen.

Heidelberg
im Juli 1975 Eberhard Lämmert

1880 – 1910

BEARBEITET VON HARTMUT EGGERT

I

Seit Goethes »Wilhelm Meister« und Scotts Geschichtsromanen hat kein anderer Autor mit seinem Werk die Diskussion über den Roman in Deutschland so nachhaltig beeinflußt wie Emile Zola. Nach 1880, dem Erscheinungsjahr von »Nana« und »Le Roman Experimental«, finden sich für mehr als ein Jahrzehnt nur wenige Ausführungen über den Roman, in denen nicht auf Zolas Werk und sein Programm Bezug genommen wird. Die provozierende Wirkung seiner Theorie beruhte, wie die Texte anzeigen, in erster Linie auf dem Anspruch, die Arbeitsweise des Romanciers auf Erkenntnisse und Erkenntnisverfahren der zeitgenössischen Naturwissenschaften zu gründen. Zola hatte diesen Anspruch dadurch einzulösen gesucht, daß er die Milieutheorie Taines und die *experimentelle Methode* Claude Bernards auf den Roman anwandte. Als ein zusätzlicher Affront erwies sich, daß Zola diese Bemühungen mit einer Ausweitung des Romangegenstands auf die terra incognita der sozial Deklassierten verband.

Bei aller Neuerung konnte Zola sein Programm in verschiedener Hinsicht auf die Tradition des französischen Gesellschaftsromans – insbesondere auf Balzac und Flaubert – stützen. Die hergebrachte Ausrichtung des deutschen Romans auf Bildung und Entfaltung der Persönlichkeit bot vergleichbare Anknüpfungspunkte nicht; das im humanistischen Bildungsideal begründete Kunstverständnis deutscher Literaturkritiker erwies sich im Gegenteil als ein Erbe, das einer Aneignung der Forderungen Zolas nachhaltig im Wege stand, obwohl die Zeitverhältnisse eine Neuorientierung der literarischen Arbeitsweise nun auch in Deutschland nahelegten.

Die Auseinandersetzungen mit Zola fielen zeitlich zusammen mit einer Konzentration des literarischen Lebens auf die Großstädte Berlin und München. Der »Offene Brief an den Fürsten Bismarck«, den die Brüder Hart ihrer ersten Auseinandersetzung mit dem Romanprogramm Zolas im gleichen Heft der *Kritischen Waffengänge* 1882 voranstellten, kennzeichnet nachdrücklich die materiellen Schwierigkeiten der jüngeren Literaten, in der Metropole Berlin Fuß zu fassen. Ihre unsicheren Lebensbedingungen sind eng verbunden mit den allgemeineren Sozialproblemen, die gerade in Berlin nach einem rapiden Ausbau der Industrie und einem sprunghaften Bevölkerungszuwachs mit der *großen Depression* zutage traten. Diese Erfahrungen verschafften dem Arbeitsprogramm Zolas in der jungen Generation der Schriftsteller besondere Aktualität und regten sie unmittelbar zu Entwürfen eines sozialen Romans der Gegenwart an, der – im Unterschied zur Charakterzeichnung im älteren, realistischen Roman – das individuelle Schicksal von physiologischen, sozialen und politischen Faktoren determiniert zeigen sollte. Im Gegenzug aber zu Zolas radikalem Programm beharrten die Autoren zugleich auf einer Ausrichtung des Romans auf die *idealen Bestrebungen* des Menschen, die ferner als die vornehmliche Kraft erschienen, die sozialen Zustände zu überwinden. Damit war der entscheidende Kontroverspunkt bezeichnet: Der naturalistische Roman Zolas und seiner Nachahmer war in der deutschen Literaturkritik generell dem Vorwurf ausgesetzt, ein pessimistisch vereinseitigtes Bild der zeitgenössischen Gesellschaft zu bieten.

In den Bemühungen um alternative Lösungen für einen modernen deutschen Roman zeichneten sich im Berliner Kreis um die Brüder Hart und im Münchner Naturalistenzirkel um die Zeitschrift *Die Gesellschaft* unterschiedliche Orientierungen ab. In Berlin nahmen die Bemühungen um einen *neuen Roman* ihren Ausgang von energischen Attacken gegen die *Salonliteratur* der siebziger Jahre. Die Gegenentwürfe einer *wahren Volkspoesie* zielten freilich nicht auf eine Darstellung der Lebensverhältnisse des Proletariats; solch einseitiger Ausrichtung suchten insbesondere die Brüder Hart mit einem umfassend humanistischen und zugleich nationalen Auftrag an die Dichtung zu begegnen. In der Forderung nach *objektiver* und *realistischer* Wiedergabe eines *Gesamtbilds* der gegenwärtigen Epoche wiesen sie diesen umfassenden Auftrag ausdrücklich dem Romandichter zu. Auch in den nicht sehr zahlreichen ästhetischen und kulturphilosophischen Abhandlungen, die in dieser Zeit auf den modernen, naturalistischen Roman eingehen, war dessen Beurteilung in aller Regel durch den Grundsatz bestimmt, der Roman habe die Totalität der Zeitverhältnisse abzubilden. Der Tenor der Äußerungen läßt wiederholt erkennen, daß die Kritik am Wirklichkeitsbild Zolas in erster Linie gegen die These der *Determination* und die eng damit verknüpfte Folgerung, der Roman müsse sich an den Methoden der Natur- und Gesellschaftswissenschaften orientieren, gerichtet war. – Fontane dagegen wandte das Problem ins Praktische: er verwarf die These der Determination mit Rücksicht auf die Aufnahmebereitschaft der Leser. Für ihn war *der Grundfehler der Zolaschen Produktion: Man glaubt nicht dran* (W 8 N, S. 149).

In der Münchner Künstlerboheme hatte sich ein spezifisches Selbstverständnis der modernen Literaten herausgebildet, das in den Thesen zum *modernen Roman* seinen Niederschlag fand. Als *Aristokraten des Geistes* hielten die Mitarbeiter der *Gesellschaft* deutlich Distanz zum vielfach zitierten *Volksleben* und der *sozialen Frage* der Gegenwart. Das schloß nicht aus, daß die Münchner sich eher als die Berliner Kritiker dazu verstanden, sogar *die schwärzesten Schattenseiten der sozialen Zustände* (W 18, S. 216) als den Hauptgegenstand des modernen Romans zu propagieren. Während sie sich dabei ausdrücklich auf Zola als den *Bahnbrecher der neuen Romandichtung* beriefen, zeigten sie im übrigen die Differenz ihrer Thesen zum Arbeitsprogramm Zolas dadurch an, daß sie den Begriff einer *realistischen* und später den einer *modernen Romankunst* dem des Naturalismus vorzogen. Tatsächlich nahm die Ausbildung der *literarischen Moderne* in Deutschland von den Beiträgen in der *Gesellschaft* ihren Ausgang.

Zu Beginn der neunziger Jahre profilierte sich als ein neues Zentrum der Auseinandersetzung mit dem französischen Naturalismus das ›junge Wien‹. Die Fortschritte der empirischen Psychologie eröffneten gerade hier auch für den deutschen Roman nun einen Weg, Anregungen der zeitgenössischen Wissenschaften aufzunehmen. Dabei gerieten allerdings andere Vorbilder des französischen Naturalismus in den Blick. Vor allem Jungwiener Autoren knüpften dezidiert an den großbürgerlichen Zweig der französischen Romanliteratur an, der im Vergleich zu Zola die diffizileren psychischen Sensationen bot. Ausdrücklich sollten nun die *états d'âme* vor den *états de choses* den Vorzug erhalten. Insbesondere Hermann Bahr trug dazu bei, daß die Schriften der Brüder Goncourt, Bourgets und Barrès' jetzt verstärkt auf die literarische Theoriebildung in Deutschland einwirkten und als Wegweiser zu einer *neuen psychologischen Romankunst* dienten. Das Interesse an der Psychologie führte erstmals auch zu einer breiteren Rezeption der Romane Dostojewskis und Tolstois, die bis dahin im Schatten Zolas erfolgt war, wobei die Kunst der russischen Autoren in der Charakterzeichnung und Konfliktgestaltung entschieden hervorgekehrt wurde. Die Anwendung psychologischer Analyse auf den Roman und Probleme der Künstlerpsychologie rückten insgesamt in den Vordergrund romantheoretischer Reflexion.

Obwohl naturalistische Schriftsteller zeitweise mit der Sozialdemokratie sympathisierten und sich wiederholt zu überparteilichen Verfechtern ihrer Sache aufwarfen, fand der naturalistische Roman in Stellungnahmen sozialdemokratischer Kritiker eine äußerst reservierte Aufnahme. Zwar galt er ihnen als ein geeignetes Instrument, die tatsächlichen Lebensumstände des Proletariats im Bürgertum bekanntzumachen, wenn er *durch treue Schilderung der wirklichen Verhältnisse die darüber herrschenden konventionellen Illusionen zerreißt* (Engels 1885). Auch Mehring räumte ein, daß der naturalistische Roman *innerhalb der bürgerlichen Gesellschaft allerdings einen Fortschritt* darstelle. Für den *Emanzipationskampf des Proletariats* jedoch wurde dem zeitgenössischen Roman keine Bedeutung zugemessen, da er dem in der politischen Perspektive angelegten *optimistischen* Grundzug der Arbeiterklasse keinen überzeugenden Ausdruck verleihe. Die auch von anderer Seite dem naturalistischen Roman angekreidete pessimistische Gesellschaftsdarstellung wurde insbesondere von Mehring als ein zwingendes Merkmal spätbürgerlicher Literatur konstatiert.

Wir fürchten das Echo dieser neufranzösischen Theorie

Michael Georg Conrads engagierter Versuch, der deutschen literarischen Öffentlichkeit Emile Zolas Werke als Vorbild zu empfehlen, stellt zu Beginn der achtziger Jahre ein isoliertes Unterfangen dar gegen eine breite publizistische Fronde schroffer Ablehnung und Zurückweisung. Irritiert durch den für die Zeit beispiellosen Publikumserfolg von »L'Assommoir« und »Nana« und aufgeschreckt durch eine radikale Programmatik, die unbestrittene Kunstprinzipien in Frage stellte, reagieren tonangebende Kritiker wie Rudolf Gottschall, Paul Lindau, Theophil Zolling in führenden literarischen Zeitschriften harsch und aggressiv als Verteidiger einer Ordnung, in welcher der Kunst ein festumrissener Platz als Residuum des *Guten, Schönen und Idealen* zugewiesen war. Nur wenige Kritiker gehen allerdings so weit wie Gustav Wacht, der 1879 im »Organ des Allgemeinen Deutschen Schriftsteller-Verbandes« Zola einer politischen Umgebung zuweist, die weitere argumentative Auseinandersetzung unangebracht und überflüssig erscheinen lasse: *Zola ist ein literarischer Socialdemokrat, denn er versucht alles Höherstehende in den Sumpf zu ziehen* (W 1, S. 124). Zwar bezeugen manche Kritiker ähnlich wie Ludwig Pfau demonstrativ Widerwillen gegen die aufgezwungene Auseinandersetzung, aber sie lassen sich doch ins einzelne auf die von Zola vorgezeichneten Themenkomplexe ein, und dadurch werden abrupt die Grenzen der weithin auf Romantechnik verengten Gattungsdiskussion der beiden voraufgegangenen Jahrzehnte gesprengt.

Es ist kein vereinzelter, aber sicher ein besonderer Fall, daß ausgerechnet Ludwig Pfau Zola mit einem Kunstbegriff begegnet, der ihm den *unpoetischen Materialismus* (W 4, S. 67) und eine Vermischung von *Aufgaben der Kunst und der Wissenschaft* (S. 71) besonders verwerflich erscheinen läßt. Pfau, der bald nach 1848 als verfolgter Demokrat für lange Jahre Paris zu seinem Fluchtort hatte machen müssen und noch 1879 eine Gefängnisstrafe wegen einer journalistischen Attacke gegen das *preußische Regiment* Bismarcks erduldet hatte, prangert die Beflissenheit an, mit der Zola die Wirklichkeit zu reproduzieren sucht, und stellt der Kunst im allgemeinen, dem Roman im besonderen die Aufgabe, das *Streben nach einem höheren, allgemeineren, über die Existenz der Einzelgeschöpfe hinausreichenden Ideal* (S. 77) zum Ausdruck zu bringen.

Die Gegensätzlichkeit der hier aufeinandertreffenden Standpunkte wird greifbar, wenn man Pfaus Kritik an Zolas Romanen vergleicht mit Michael Georg Conrads zustimmender Deutung der gleichen Werke als *Protokoll der Wirklichkeit*, das auf idealisierende Konstruktionen *nach einem metaphysischen oder theologischen Sittengesetz* verzichte. So stellt sich die Auseinandersetzung über den naturalistischen Roman in ihrer Anfangsphase als Konfrontation dar zwischen einer in der deutschen idealistisch-philosophischen Tradition stehenden Romanästhetik, als deren prägnanteste Ausformung der Bildungsroman angesehen wird, und einer auf naturwissenschaftliche und soziologische Erkenntnisse der Zeit sich berufenden ästhetischen Theorie, die die Tradition des westeuropäischen Gesellschaftsromans für sich reklamiert. Daß die Aneignung der literarischen Grundsätze Zolas auch bei Conrad unter dem Eindruck der schöpferischen Kraft einer großen Persönlichkeit stand, zeigt seine Charakterisierung des *Kritikers* Zola an, der – *wie jeder schöpferische Geist – keinen anderen Gott als sich selbst anerkenne.*

Allenthalben machte der Determinismus, den man mit Zolas Schreibweise zwingend verbunden sah, den deutschen Kunstkritikern besonders zu schaffen. Für wie unverzichtbar, weil konstitutiv für die eigene Kunstanschauung, das idealistische Postulat vom frei sich bestimmenden Individuum angesehen wurde, geht beispielhaft aus einer Feststellung Eduard Engels in dessen Zola-Kritik hervor: *Auf der Annahme des freien Willens der Personen beruht unser ganzes Interesse. Diese Annahme mag irrig sein, sie ist es sogar aller Wahrscheinlichkeit nach – aber ohne diese Fiction gibt es keine große Literatur* (W 13, S. 307).

Der Titel der Vorbemerkung ist Rudolf Gottschalls Rezension zu Zolas »Le roman experimental« (W 3, S. 786) entnommen.

LUDWIG PFAU 1880

Aus: Emile Zola.
In: Nord und Süd, Bd. 13, 1880, S. 32f., 65–71. W 4.

I.

Es hat mich einige Ueberwindung gekostet, die Arbeit einer ernstlichen Studie an eine literarische Erscheinung zu wenden, welche, für sich betrachtet, diese Mühe nicht verlohnt, und ohne Zweifel nach kurzer Frist eben so tief in die Stille der Vergessenheit zurucksinken wird, als sie jetzt hoch in den Lärm des Tages emporsteigt. Aber wie es auch mit dem Werthe des Werkes bestellt sein mag, die Wirkung desselben ist nicht zu bestreiten; und indem die Romane Emil Zolas – denn von ihnen soll hier die Rede sein – in rascher Folge eine Reihe zahlloser Auflagen erleben, nehmen sie, als ein Zeichen der Zeit, die Aufmerksamkeit der Kritik in Anspruch, wenn diese auch weniger den Schriftsteller und sein Talent, als das Publikum und seinen Geschmack zum Ausgangs- und Zielpunkt hat.

Die Auflagen eines Buches sind leider kein Kriterium für dessen Vorzüge, und die Zeit ist noch fern, da der ästhetische Factor eine stärkere Anziehungskraft auf die Gemüther üben wird als der pathologische; so hat denn auch der Skandal einen größeren Antheil an der Zola'schen Berühmtheit als die Kunst. Es ist jene ungesunde Neugierde für das Grausame und Obscöne, mit der eine rohe Volksmasse an das Schaffott der Missethäter und eine feine Damenwelt in den Ballsaal der Courtisanen eilt; es ist jener geheimnißvolle Zug nach dem Abgrund, welcher dieser, mehr noch mit Schmutz als mit Blut besudelten Muse ihren Leserkreis zuführt. Um gerecht zu sein, darf man trotzdem nicht verkennen, daß – wenn überhaupt bei großen Erfolgen das Talent nicht abwesend zu sein pflegt – das Werk Zolas eine mit überlegter Absicht und energischer Consequenz durchgeführte Arbeit ist. Dasselbe läßt sich daher, trotz seiner bedenklichen Richtung und seiner ästhetischen [33] Unzulänglichkeit, nicht mit ein paar Scheltworten abspeisen, sondern verlangt eine gründlichere Untersuchung – wie sehr auch die Kritik geneigt sein mag, einer Literatur, die nach allem eher als nach Moschus duftet, mit verhaltenem Athem die Thüre zu weisen. [. . .]

VI.

[. . . 64 . . .] Zolas Manier wird übrigens vollständig begreiflich, wenn man seine Methode kennt und weiß, daß er bei seinen Vorarbeiten den »Thatbestand« mit der

Pünktlichkeit eines Polizeicommissärs herstellt. Vor Allem durchforscht er den Schauplatz, wo seine Handlung vor sich geht, auf's Genaueste. Er besucht die Straßen und Häuser, wo er seine Personen einlogirt, die Budiken und Werkstätten, wo er sie beschäftigt, die Restaurationen und Kneipen, wo er sie hinführt, und notirt die geringsten Einzelheiten der Oertlichkeit. So hat er zu seiner »Nana« das Variétés-Theater von der Versenkung bis unters Dach, vom Parterre bis zum Paradies, von den Bühne bis in die Garderobe durchstöbert und selber einen genauen Plan davon aufgenommen. Des Weiteren studirt er die Sitten, Gewohnheiten und Verhältnisse seiner Personen bis in ihre Familien, ihren Verkehr und ihren Gesellschaftskreis; und zu genauerer Kenntniß ihrer Profession, Verrichtung und Sprache zieht er die gedruckten Documente und die Schriften der Specialisten zu Rath. [. . .] Falls Zola seine Heldenbühne nächstens einmal aus dem Waschhaus in die Küche verpflanzen sollte, dann wird er ohne Zweifel der »Löfflerin Kochbuch« studiren und uns die ganze Schmor-, Brat- und Brozelgeschichte einer Mahlzeit von mindestens zehn Gängen zum Besten geben. Wenn nun das Material beisammen ist, dann gruppirt und etikettirt er seine »Documente«. Ein Roman enthält wenigstens zwanzig Hefte mit Ueberschriften, und, wie auf der Polizei, hat jede Person ihren Dossier. In diesem sind Alter, Signalement und Eigenschaften, ja selbst Einzelheiten ver-[65]zeichnet, die nur zur Nachachtung des Verfassers, aber nicht zur Erbauung des Publikums bestimmt sind.

Nanas Dossier[1] z.B. enthält folgendes Porträt: »Geboren 1851. Im Jahr 1867 (Jahresende, December) ist sie siebenzehn Jahre. Aber sie ist sehr stark, man würde ihr wenigstens zwanzig Jahre geben. Blond, rosig, Pariser Gesicht, sehr aufgeweckt, die Nase leicht gestülpt, der Mund klein und lächelnd, ein kleines Grübchen im Kinn, die Augen blau, sehr hell, mit goldenen Wimpern. Einige Sommerflecken, aber wenige, nur fünf oder sechs auf jeder Schläfe, wie Goldpünktchen. Der Nacken mit bernsteinfarbigem Anhauch und feinem Haargekräusel. Ein leichter Flaum auf den Wangen. Weib, sehr Weib. – Als moralischer Charakter: Gutes Mädchen, Eigenschaft, die dominirt. Ihrer Natur folgend, aber nie das Böse um des Bösen willen übend. Vogelköpfchen, das Hirn immer in Bewegung, mit den barocksten Launen. Das Morgen existirt nicht. Sehr zum Lachen aufgelegt, sehr lustig. Abergläubisch mit Furcht vor dem lieben Gott. Die Thiere und ihre Eltern liebend. In der ersten Zeit grob und haltungslos. Dann die Dame spielend und sich sehr in Acht nehmend. Schließlich den Mann als einen Gegenstand der Ausbeutung betrachtend, *eine Naturkraft werdend, ein Zerstörungsferment, aber ohne es zu wollen, einzig durch ihr Geschlecht und ihren mächtigen Geruch des Weibes.* – Nana ist die Fäulniß von unten, das »Assommoir«, das emporsteigt und die obern Klassen in Fäulniß setzt. Ihr laßt das Ferment entstehen, es steigt auf und desorganisirt euch«.

Die unterstrichene Stelle ist der Schlüssel zum ganzen Charakter.

So vorbereitet, macht sich Zola nun an die Arbeit und schreibt jeden Vormittag drei Seiten, bis das Buch vollendet ist. Seine Genauigkeit steht also über jedem Zweifel; aber was soll sie uns? Es genügt nicht, daß eine Sache der Wirklichkeit entnommen und treu wiedergegeben sei, um unser Interesse zu verdienen. Was nützt uns die unerbittlichste Schärfe der Beobachtung, was hilft uns alle darstellende Geschicklichkeit der Beschreibung, wenn der Gegenstand an sich weder Werth noch Reiz hat. Wenn ein Maler noch so viel Kunst verschwendet, um uns einen Kothhaufen zu malen – und technisches Verdienst kann ja dabei sein –, so werden wir ihm sein Bild heimschlagen, obwohl bei der bildenden Kunst die Mache eine größere Rolle spielt als bei der dichtenden. Zudem besteht alles künstlerische Schaffen nicht in der Häufung, sondern in der Sichtung des Materials, nicht in der Ausdehnung auf das Ueberflüssige, sondern in der Beschränkung auf das Nöthige. Je geringer die angewandten Mittel und je stärker die damit erzielte Wirkung, desto größer ist die Kunst. Den Meister erkennt man an der Mäßigung; den Stilisten an dem, was er *nicht* sagt. Aber Zola steht noch auf dem Standpunkt des Bauern Troll: »Spar' Er nur die Farben nicht, handhoch aufgetragen!«

Diese mehr formellen Gebrechen stehen in unmittelbarer Wechselwirkung [66] mit den inhaltlichen, aus der Auffassungs- und Anschauungsweise des Verfassers hervorgehenden Mängeln. Dieselben lassen sich auf zwei Hauptquellen zurückführen: auf den ästhetischen Irrthum, welcher Wirklichkeit und Wahrheit, und auf den philosophischen, welcher Stoff und Kraft verwechselt. Der erste erzeugt die Vielmalerei, welche die äußere Erscheinung für das Wesentliche hält; der zweite die Schmutzmalerei, welche die geistige Kraft des Seelenlebens auf den stofflichen Lebensproceß des Organismus reducirt.

Was den ersten Punkt betrifft, so beweist in der Kunst so gut wie in der Wissenschaft die einzelne Thatsache, d.h. die brutale Wirklichkeit, gar nichts; nur die Resultante einer Reihe von Thatsachen, oder die Wahrheit, hat Werth. Die Wahrheit ist nichts als die Zusammenfassung einer Summe von Wirklichkeiten, d.h. die große, gesetzmäßige Wirklichkeit im Gegensatz zur kleinen, zufälligen. Der »Naturalismus«, weit entfernt also der Ausdruck der Realität zu sein, ist nur die kindische, dilettantenhafte, urtheilslose Auffassung derselben. Wie sehr die bloße Reproduction der Wirklichkeit zufälliger und willkürlicher Natur ist, das setzt die Photographie in's hellste Licht. Man darf nur ein Album betrachten, das ein halbes Dutzend verschiedener Aufnahmen derselben Person enthält: kaum eine sieht der anderen vollkommen ähnlich; bei einzelnen der Porträts zweifelt man sogar, ob sie derselben Person angehören. Und doch sind sie sammt und sonders unmittelbare Wiedergaben der Natur. Aber nicht nur ist der Mensch selber, in Folge der Verschiedenheit seines physischen und moralischen Befindens, jeden Tag ein anderer, auch die Einflüsse der Beleuchtung, welche das eine Mal diese, das andere Mal jene Form hervorheben oder verwischen, lassen ihn als einen verschiedenen erscheinen. Die Wirklichkeit giebt also jedesmal ein falsches Bild, und das richtige Porträt könnte nur das Durchschnittsbild sein, das sich aus der Mischung all der Konterfeis als die allen gemeinsame Wahrheit ergäbe. Eine solche Arbeit des Resumirens aber ist gerade die Aufgabe des Künstlers. Jedes Kunstwerk ist daher nothwendig ein Ideal, d.h. die Zusammenfassung einer Anzahl von Wirklichkeiten. Allerdings giebt es hier eine Stufenleiter, je nachdem das Ideal eine größere oder kleinere Summe von Realitäten enthält; aber wo die absolute Wirklichkeit anfängt, hört die Kunst auf.

In Beziehung auf den zweiten Punkt, ist die Verkehrtheit des »Naturalismus« mit einem Wort zu definiren: er setzt die Physiologie an die Stelle der Psychologie. Diese Einbildung, mehr zu geben, indem man weniger giebt und die Quantität der Materie für die Qualität des Geistes eintauscht, ist eine Frucht jener unreifen Halbbildung, die, wie das Sprichwort sagt, hat läuten hören und nicht weiß, in welchem Dorf.

Zola laborirt an unverdauter Entwicklungstheorie und will den Geist darwinisiren. Er hat gelesen, daß das, was wir Seele nennen, nur eine Function des Gehirns ist – flugs scheert er alle Gehirnfunctionen über einen Kamm und behandelt die Anima als Animal. Ueberall rückt er das Stoffliche der Erscheinung, die organische Verrichtung [67] in den Vordergrund, und sehr bezeichnend spielt unter allen Sinnen der Geruch die größe Rolle bei ihm. Seine Schilderungen enthalten ganze Abhandlungen über die Riechatmosphäre, welche seine Oertlich- und Persönlichkeiten umgiebt, und seine Weiber verdanken den größten Theil ihrer Unwiderstehlichkeit dem Fleischesduft, den sie verbreiten. Wenn die Hunde lesen könnten, würden sie Zola zu ihrem Shakespeare machen. Die feineren Schattirungen des Seelenlebens, die tieferen Empfindungen der Leidenschaft entgehen der brutalen Vergrößerung seiner mikroskopischen Betrachtung. [. . .]

VII.

[. . . 68 . . .] Victor Hugo hauptsächlich hat die französische Sprache, die in der klassischen Periode mehr ein Werkzeug des Gedankens war, zu einem Ausdruck der Empfindung gemacht, und dem Stil jene Unmittelbarkeit verliehen, welche die Dinge so wiederzugeben sucht, wie der Nerv sie empfängt, ohne den Eindruck erst mit Hilfe der Reflexion zu bearbeiten. Zola, hinter einer Reihe von Anderen, auf diesem Wege fortfahrend, hat schließlich von der Schönheit nur noch die Sinnlichkeit, von der Leidenschaft nur noch die Begier, von der Empfindung nur noch die Brutalität übrig gelassen; und unter dem Vorwand, daß die ganze Natur in das Bereich der Kunst gehöre, gerade den [69] besten und höchsten Theil derselben davon ausgeschlossen, um dafür die Häßlichkeit auf die Spitze zu treiben, und den Schmutz als Selbstzweck zu behandeln. Neu am »Naturalismus«, außer seinem Schmutz, ist nur seine Prätention, und dies um so mehr, als er Vorgänger hat, die das, was er zu leisten vorgibt, längst besser gemacht haben. Zola kann sich denn auch nicht ganz verhehlen, daß ein Goncourt – sogar deren zwei – ein Flaubert, und namentlich ein Balzac – »unser aller Meister« – existirt, die seinem Apostolat ungebührlich in der Sonne stehen. Andere Leute haben schon vor ihm die Kühnheit gehabt, ungeschminktes Lumpengesindel darzustellen. Sue hat nicht auf's *»Assommoir«* gewartet, um seine Gauner mit den schönsten Spitznamen zu taufen. Vor allem aber zeigen die Galioten und Courtisanen Balzacs eine ganz andere plastische und drastische Wirklichkeit als die armseligen Hallunken Zolas. Balzacs Beobachtung war keine handwerksmäßige, isolirte, nur für den Zweck eines bestimmten Buches unternommene, und haftete nicht an der Oberfläche; sie war vielmehr eine tagtägliche, weltanschauende, ergründende, nicht im Heft, sondern im Hirn fixirte, von wannen sie hervorkam, wenn der Dichter sie brauchte. Seine Romane sind zusammenfassende Schilderungen ganzer Lebenskreise mit Hilfe einzelner Gestalten, freie Schöpfungen eines denkenden Geistes mit Benützung von Modellen; aber keine Photographien von Absonderlichkeiten und Mißgeburten. Da ist selbst Mérimée, der in Zeichnung von Räubern, Zigeunern und Straßendirnen Gediegenes aufzuweisen hat, und der vor keiner Naturwahrheit zurückschreckte, ohne deshalb unter die Naturalisten zu gehen. Manche seiner Scenen sind so stark wie irgend welche der neuesten Schule; aber er hatte Geschmack, kannte seine Sprache aus dem Fundament, und fand Mittel, zu sagen was nöthig, ohne seine Ausdrücke im Straßenkoth aufzulesen. Er wußte die grobe Natur des Inhalts durch das feine Maß der Form kunstfähig zu machen. Ohnehin haben in neuerer Zeit Goncourt und Flaubert in Beziehung auf unverblümte Darstellung der Wirklichkeit das Mögliche geleistet, und zwar indem sie die Forderungen künstlerischer Knappheit und literarischen Anstands im Auge behielten.

Offenbar sind unter solchen Umständen die Bezeichnungen Realismus und Naturalismus nicht sehr geeignet, dem Haupte einer »neuen« Schule als Fahne zu dienen; Zola suchte daher nach einem weniger verbrauchten Namen und macht in einer glücklichen Stunde den Fund des *»Roman expérimental«*. Ein trefflicher Titel, der einen Geruch exacter Wissenschaft um sich verbreitet, wie ihn Zola seinen Bestrebungen längst zu geben suchte. Sein Verfahren ist ja das der strengen Beobachtung, der physiologischen Analyse, der Vorlegung »menschlicher Documente«. Da jedoch die Anwendung der wissenschaftlichen Methode auf den Roman einer soliden Basis bedarf, begiebt er sich unter die Fittige Claude Bernards und benützt dessen *»Introduction à l'étude de la médecine expérimentale«* [2], um auf dieser Grundlage eine Abhandlung über seine literarische Sendung, und zwar in fünf langen Artikeln, zu schreiben, [70] die er im Journal *»Le Voltaire«* [3] zugleich mit den ersten Capiteln seiner »Nana«, gleichsam als Ouvertüre, veröffentlicht. Der arme Claude Bernard hätte sich wohl nicht wenig über dieses unerwartete Pathenkind gewundert, wenn er noch gelebt hätte; todt aber, wie er war, konnte er die Gevatterschaft nicht ablehnen. Zola analysirt nun das medicinische Buch, giebt zahlreiche Auszüge aus demselben, setzt auseinander, in was die experimentale Methode bestehe, erklärt sich für einen Nacheiferer des berühmten Physiologen, und zieht eine enge Parallele zwischen dessen Arbeit und der seinigen. Er ist der Claude Bernard des Romans. Wie seine Abhandlung ausfallen mußte, das geht schon aus der einleitenden Bemerkung hervor, »er habe bei seiner Wiedergabe häufig nur das Wort *Arzt* mit dem Worte *Romandichter* zu vertauschen gehabt, um seinem Gedanken die Strenge der wissenschaftlichen Wahrheit zuzuführen«. [4] Und wie sie in der That ausfiel, davon giebt das Heureka Zeugniß, in das er nach Verkündigung der neuen Botschaft über sich selbst erstaunt, ausbricht. »Auf diese Weise« – ruft er aus – »machen wir praktische Sociologie, und kommen mit unserem Schaffen den politischen und ökonomischen Wissenschaften zu Hilfe. Ich weiß keine Arbeit von edlerer Art und von größerer Tragweite. Herr des Guten und Bösen sein, die Gesellschaft reguliren, sämmtliche Probleme des Socialismus nach einander lösen, und vor allem, durch Beantwortung der Criminalitäts-Fragen vermittelst der Erfahrung, der Gerechtigkeit eine feste Grundlage geben, heißt das nicht, die nützlichsten und sittlichsten Arbeiter am menschlichen Werke sein?«[5] – Wie all diesen schönen Dingen die »Nana« und das »Assommoir« uns näher bringen sollen, ist leider nicht zu ersehen. Denn das Einzige, was aus Zolas endlosem Gallimathias mit Evidenz hervorgeht, ist, daß er gar nicht weiß, um was es sich handelt, und zwölf Spalten lang mit Worten um sich wirft, deren Sinn ihm böhmische Dörfer sind.

Ueberhaupt geht dem Talente Zolas gerade die hauptsächlichste der Eigenschaften ab, welche den Schriftsteller von Beruf machen: das Verständniß für den logischen Werth und die exacte Bedeutung der Worte. Das ahnungsvolle Ungefähr, das zu Malung der Gefühlseindrücke zur Noth ausreichen mag, trägt er in die Denkoperation über und giebt die Scheidemünze der Sprache auf gut Glück aus, ohne ihr Gepräge untersucht zu haben. So auch mit dem Wort Experimental-Roman. Allerdings bedarf die künstlerische Darstellung so gut wie die wissenschaftliche der Beobachtung; aber die Beobachtung ist kein Experiment, das Leben ist kein Laboratorium, und der Dichter ist kein Medicus, der mit dem Individuum seines Studiums beliebige Versuche anstellen kann. Der Ausdruck Experimental-Roman enthält also schon an sich einen Widersinn. Der Dichter ist auf die Intuition seines Gedächtnisses angewiesen, er arbeitet mit seiner Gestaltungskraft, und diese bedarf der ahnungsvoll schauenden Phantasie. Der Forscher dagegen hat das Object der Untersuchung in seiner Gewalt, er arbeitet mit seiner Urtheilskraft, und diese bedient sich des kritisch zerlegenden Verstandes. Der erste giebt, [71] mit Hilfe der Deduction, die ästhetische Synthese zu der logischen Analyse des zweiten, welche dieser, vermittelst der Induction, herzustellen hat. Der ganze experimental-belletristische Lärm Zolas ist daher nur das eitle, aus gutem Glauben und Marktschreierei vermischte Gebaren eines dialektisch ungeschulten Phrasenmachers, der die Aufgaben der Kunst und der Wissenschaft absolut verwechselt.

In einem Punkte freilich irrt sich Zola nicht: darin nämlich, daß er mit seinen Bestrebungen inmitten der Zeitströmung steht, die auf allen Gebieten nach dieser positiven materialistischen Richtung hindrängt. Abgesehen von der Erneuerung des Gewalts- und Autoritätsprincips in der politisch-religiösen Welt und der Ausbreitung des pessimistischen Dynamismus in der dialektisch-ethischen, zeigt sich auch im Bereiche der Kunst überall das Voranstellen des Sinnlichen und Physischen im Gegensatz zum Geistigen und Moralischen. [. . .]

Ludwig Pfau (1821–1894) hatte 1848 die politisch-satirische Zeitschrift *Eulenspiegel* gegründet und mußte im gleichen Jahr als Mitglied des demokratischen württembergischen Landesausschusses zunächst in die Schweiz und dann nach Frankreich fliehen. Er lebte bis 1865 in Paris und hielt sich später häufig dort auf; auch den Zola-Essay hat er in Paris verfaßt.

Die Redaktion von *Nord und Süd* erwirkte von Zola die Erlaubnis, einen dreiseitigen Auszug aus seinem Aufsatz über Balzacs Briefwechsel dem Essay Pfaus voranzuschicken. In einer Dankadresse an Zola heißt es dazu u.a.: *Wir haben diese collegialische und internationale Zuvorkommenheit um so höher anzuschlagen, als wir Herrn Zola gegenüber kein Geheimniß daraus gemacht haben, daß wir bei aller Hochschätzung seines ungewöhnlichen und mächtigen*

Talentes durchaus nicht zu den Anhängern jener naturalistischen Schule gehören, als deren Haupt der Verfasser des »Assommoir« und der »Nana« zu betrachten ist.

Zur Reaktion Zolas auf Pfaus Artikel s. M. G. Conrad, Emile Zola. Berlin: Bard u. Marquardt 1906, S. 75–80 (= Die Literatur, Bd. 28).

Anmerkungen

1. »Nana's Dossier« findet sich in den Entwürfen Zolas für den Roman; s. Emile Zola, Les Œeuvres completes. Bd. 10: Nana. Notes et commentaires de M. L. Blond. Paris: Bernouard 1928, S. 450.

Auf welche Weise dieser Manuskriptentwurf Ludwig Pfau für seine Übersetzung zugänglich wurde, ist nicht ersichtlich. M. G. Conrad hatte in seinem ersten Zola-Aufsatz (W 2) einige Monate zuvor ebenfalls diese Passage wiedergegeben mit dem einleitenden Satz: *Selbst auf die Gefahr hin, indiscret zu erscheinen, können wir es uns nicht versagen, aus dem Arbeitsheft des Dichters folgende Aufzeichnungen über die Nana mitzutheilen* (S. 215). – Die Übersetzungen von »Nana's Dossier« bei Pfau und Conrad sind aber nicht identisch; Pfaus Übersetzung hält sich wortgetreuer ans Original. Möglicherweise erhielt Pfau davon direkt oder indirekt durch Conrad selbst Kenntnis; Conrad war nämlich auch von der Redaktion von *Nord und Süd* gebeten worden, ein Bild des Dichters für das Heft, in dem Pfaus Artikel erscheinen sollte, zu besorgen (s. M. G. Conrad, Emile Zola, Berlin 1906, S. 75–80).

2. Paris: Baillière 1865.
3. *Le Voltaire* (Paris), 16.–20. Oktober 1879.
4. Le roman expérimental. Paris: Charpentier 1880, S. 2.
5. Ebd., S. 24.

MICHAEL GEORG CONRAD 1880

Aus: Französische Charakterköpfe . . . IV. Alphonse Daudet.
Leipzig 1881, S. 92–95, 97–99. W 5.

[. . .] Der Roman ist ein literarischer Zwitter, ein schöngeistiger Bastard, ein künstlerischer Parvenü – und wie sonst noch die ganze Serie von ehrenrührigen Qualificationen lauten mag, die ihm der Areopag der literarischen Legitimität in den Weg geschleudert. Umsonst. Er hat seinen Weg gemacht wie ein Held – und heute ist er der Herrscher. *Il tient le haut du pavé.* Protestire dagegen, wer zu sterilen Expectorationen Lust hat; die Thatsache wird deswegen nicht weniger eine Thatsache bleiben.

Im zeitgenössischen Sitten-Roman spricht sich das Geistesleben des Volkes nach seinen verschiedenen Gesellschaftskreisen am freiesten und umfassendsten aus. In ihm spiegelt sich die gesammte Nationalkultur nach Höhe und Tiefe. Aber wohlgemerkt, nicht im Roman der idealistischen Fabulirer, die kein zuverlässiges Organ für die Wirklichkeit der Dinge besitzen, noch im Roman der tendenziösen Schwätzer oder geistreichelnden Amüseure, die ihren Stoff nach parteigeistlicher Schablone oder phantastischer Willkür verkneten.

Diese Sorte hat genug gethan, wenn sie die Leihbibliotheken füllt, der Müßiggängerei und intellektuellen [93] Bequemlichkeit eine ansprechende Kurzweil bietet, die Damen und Mägdlein angenehm mit Abenteuern und Gefühl unterhält, die Philister mit poetisch angestrichenen Schnurren kitzelt oder in der Gestalt der belletristischen Kunst mit den nicht laut eingestehbaren Bedürfnissen eines gewissen Lesepublikums ein sündhaftes Blindekuhspiel treibt, – das der Träumerei und dem Laster Vorschub leistet.

Der einzig bedeutungsvolle, geistig dominirende Roman, dessen Gestalt und Methode im Einklange mit dem wissenschaftlichen Charakter unserer Epoche steht und den conventionellen Hirngespinnsten schlankweg den Rücken kehrt; dieser Roman, der auf den Ergebnissen der Beobachtung und Wissenschaft beruht und keine andere künstlerische Prätension hat, als für die Wahrheit der Sache den zutreffendsten, knappsten Ausdruck zu finden, ohne idealisirende Flunkerei, ist der realistische oder naturalistische, *le roman expérimental*, wie ihn Emile Zola kunstgerecht nennt.

Der Typus, das Urbild dieses Romans ist »Madame Bovary« von Gustave Flaubert. Die Hauptzüge der neuen Kunstlehre, wie sie aus der ästhetischen Analyse dieses Werkes resultirt, sind etwa folgende:

Treue Wiedergabe des Lebens unter strengem Ausschluß jedes romantischen, die Wahrscheinlichkeit der Erscheinung beeinträchtigenden Elementes; die Composition hat ihren Schwerpunkt nicht mehr in der Erfindung und Führung einer mehr oder weniger phantastischen Intrigue (Fabel), sondern in der Auswahl [94] und logischen Folge der dem wirklichen Leben entnommenen Scenen, in deren Factur und Umrahmung die höchste Wahrheit als vollendete Kunst sich darzubieten hat; keine Helden mehr von Ueberlebensgröße, keine Puppen in Riesenformat, sondern Menschen, deren Proportionen dem Maße der gemeinen Existenz entsprechen und die nicht wie Colosse unter Zwergen, im Roman wie in einer Fabelwelt sich bewegen; die Schönheit des Werkes besteht nicht in der idealisirenden Vergrößerung im Rechten wie im Schlechten, sondern in der Harmonie und Wahrheit des Ganzen wie der Theile, in der höchstmöglichen Exactheit des menschlichen Documents, von Künstlerhand in unvergänglichen Marmor gegraben; der Verfasser verschwindet vollständig hinter der Handlung und stört weder mit seinem Lachen oder Weinen, weder mit seinen eingeschobenen Reflexionen oder Sentenzen, noch sonst mit einer merklichen persönlichen Theilnahme den Gang der Ereignisse, die Charakterentfaltung der handelnden Personen; der Roman bewahrt durchaus seine unpersönliche, objective Einheit, die *conditio sine qua non* jedes durch sich selbst wirkenden, sein eigenes Leben bezeugenden Kunstwerkes.

Eine einfache Vergleichung ergibt die größten technischen Fortschritte, welche der naturalistische Roman seit Balzac gemacht hat, denn mit Ausnahme von zwei oder drei Werken hat dieser mächtige Autor sich nicht immer in den gewollten Kunstschranken zu halten vermocht; die Uebertreibungen und Abschweifungen sind [95] zahlreich, die persönlichen Capricen durchbrechen die organische Einheit, ja zuweilen nehmen ganze Capitel die unstatthafte Form einer öffentlichen Causerie des

Schreibers mit dem Publikum an. Erst Flaubert und Zola haben die definitive Formel des naturalistischen Romans gefunden. [. . .]

[97. . .] In der Kritik anerkennt Zola, wie jeder schöpferische Geist, keinen andern Gott, als sich selbst, im Roman keine andere Offenbarung, als die entgötterte, wissenschaftlich erfaßte Natur. Höchstpersönlich in der Kritik, zeigt er sich unpersönlich im Roman. Sein Roman ist ein Protokoll, ein allgemein menschliches Document, dessen Autor nirgends sichtbar wird, als in der Unterschrift. Die Diction wächst deshalb aus der Sache selbst heraus und bringt zuweilen Wendungen [98] und Worte von einer Urwüchsigkeit hervor, die kein Autor persönlich in guter Gesellschaft verantworten möchte. Zola verantwortet sie auch nicht; er wälzt jede Verantwortung auf das von seiner Person losgelöste Werk ab. Dies gilt hauptsächlich vom »Assommoir« und der »Nana«.

Ihr findet meine Phraseologie oft unpoetisch, roh, gemein? ruft er aus; *eh bien*, ist es meine Schuld, daß die behandelten Zustände und Menschen unpoetisch, roh, gemein sind? Ich habe nichts davon und nichts dazu gethan. Ich habe als Autor keine andere Verpflichtung, als der Wahrheit der Natur zu ihrem vollen Rechte zu verhelfen. Mein Roman erschreckt, entsetzt, beleidigt Euch? *Bon*, bringt Eure Lamentationen vor den Richterstuhl der Wahrheit, mich aber laßt ungeschoren, denn ich bin nur ihr auserwähltes Organ.

Zola ist die sittlichste Seele, der keuscheste Schriftsteller, aber einige Seiten seiner Werke wimmeln von Obscönitäten. Wem die Schuld?

»Dem Reinen ist alles rein«, constatirt die Bibel.

Zola zählt zu den einschneidendsten Moralisten, die Frankreich je hervorgebracht. Aber er hütet sich, den Verlauf der Lebensgänge seiner Helden nach einem metaphysischen oder theologischen Sittengesetz pathetisch zu arrangiren. Der metaphysische oder theologische Mensch existirt überhaupt nicht für ihn, sondern nur der physiologische; nur ihm vindicirt er faßbare Realität. Menschengeschichte ist ihm Naturgeschichte. Darum moralisirt er in seinen Romanen auch mit [99] keiner einzigen Silbe; er bleibt kühl bis ans Herz, selbst wenn die Tugend schmählich unterläge und das Laster siegte. Stets siegt der Stärkere, lautet das Naturgesetz – allen Evangelien und Katechismen zum Trotz.

Wo bleibt die Moral? fragt der ängstliche Leser, wo die sittenstärkende Nutzanwendung?

– Sie liegt unausgesprochen im Vorgang selbst, im Charakter und Schicksal der Helden, antwortet der Romancier; so und nicht anders spielt sich das wirkliche Leben ab – richtet Euch nun danach ein! *Voilà* die Moral der Geschichte. Ihr erwartet eine andere? Dann geht in die Kirche, vor die Kanzel, in den Beichtstuhl, aber nicht zum Romancier, der ein Werkmann der Wissenschaft und nicht ein Sachwalter religiöser Gläubigkeit ist!

Diese Auffassung seiner schriftstellerischen Mission ist mit Zola's ganzem Wesen innigst verwachsen, ja, sie ist die Essenz seines Wesens, seiner persönlichen Bedeutung selbst. Bei allem Bewußtsein seiner Kraft und seiner reformatorischen Absichten handelt er vollkommen naiv. Er gehorcht keinem anderen *Mot d'ordre* als der

Stimme seines Gewissens, dem Drang seines Geistes, dem Impuls seine Temperaments, folge daraus, was da wolle. [. . .]

Michael Georg Conrad (1846–1927) konzentriert in dem hier abgedruckten Auszug aus seinem Daudet-Aufsatz einige Grundgedanken zur Eigenart und Bedeutung Zolas, die er im Jahr zuvor in einer Artikelserie im Feuilleton der *Frankfurter Zeitung* (W 2) als deren Pariser Korrespondent ausführlich dargestellt hatte. Dieser Einleitungsteil des Daudet-Aufsatzes wurde 1885 in leichter Überarbeitung unter dem Titel »Zola und Daudet« in der von Conrad herausgegebenen Zeitschrift *Die Gesellschaft* (1. Jg., H. 40) wieder abgedruckt.

Über seine Bekanntschaft mit Zola in den Jahren 1878–1882 s. M. G. Conrad, Emile Zola. Berlin: Bard u. Marquardt 1906 (= Die Literatur, Bd. 28.).

Diese Häßlichkeiten sind nicht Realismus

Weit über die Phase hitziger Auseinandersetzungen mit dem *Roman expérimental* bleibt die Erfahrung »Zola« selbst dort noch unübersehbar präsent, wo man sich nicht direkt mit seinen Romanen und theoretischen Schriften auseinandersetzt. Sie wirkt dort weiter, wo diskutiert wird, welche Elemente seiner Schriften für die Gestalt des zukünftigen Romans festgehalten werden sollen.

Dabei fällt auf, daß Erörterungen zum Gegenstand und zur Darstellungsweise des Romans auf weite Strecken mit Argumenten bestritten wurden, deren Legitimation auf den ästhetischen Geschmack sich gründete. Insbesondere in Stellungnahmen Berliner Kritiker ist die Auseinandersetzung mit Zola wiederholt auf diese Ebene verengt und forciert auf die Frage nach der Berechtigung und der Behandlung des Häßlichen in der Kunst zugespitzt worden. Dazu trug selbst Fontane bei, der zwar im *Heranziehen des exakten Berichtes* einen *ungeheuren Literaturfortschritt* sah, seine Einschränkungen und Vorbehalte gegen den naturalistischen Roman jedoch mit der These rechtfertigte, daß nichts in den Roman gehöre, was das *ästhetische Fühlen* entscheidend verletze.

Dezidierter erklären die Brüder Hart eine humoristische Darstellungsweise als das Mittel, die Wiedergabe einer oft allzu *nüchternen*, *kleinlichen* und *gemeinen Wirklichkeit* mit dem Anspruch auf eine *ästhetische*, eine *erhebende* Wirkung der Kunst zu vereinen. In der Forderung, *die krasse Realität genießbar, selbst das Widerliche ästhetisch erfreulich zu machen*, zeigt sich das Dilemma romantheoretischer Argumentationen, die einerseits ein uneingeschränktes Realismus- und Objektivitätsgebot aufrechterhalten wollen, anderseits aber den Eindruck, den die realistische Darstellung erzeugt, gegebenenfalls als Verstoß gegen das *ästhetische Bedürfnis* verurteilen müssen.

Ihren deutlichen Höhepunkt fand die Auseinandersetzung über die Berechtigung des Häßlichen und *Verkommenen* im zeitgenössischen Roman vor dem Leipziger Landgericht. Im Realistenprozeß von 1890 wurde Konrad Alberti wegen seines

Romans »Die Alten und die Jungen« zusammen mit Hermann Conradi, Wilhelm Walloth und dem Verleger Friedrich, der die Romane der drei Autoren herausgebracht hatte, *der Verletzung des Scham- und Sittlichkeitsgefühls* (W 29, S. 1148) angeklagt und bei Einziehung der inkriminierten Werke zu einer Geldstrafe verurteilt. In seiner breit angelegten Verteidigungsrede (W 29) argumentierte Alberti ähnlich wie in dem hier auszugsweise abgedruckten Beitrag von 1888: *Nichts aber kann künstlerisch, nichts kann schön sein, was den Gesetzen der Natur widerspricht.*

Mit der Zeitschrift *Die Gesellschaft* verfügte der Münchner Naturalistenzirkel über die derzeit günstigsten publizistischen Voraussetzungen, ein naturalistisches Literaturprogramm in der Nachfolge Zolas durchzusetzen. Der Herausgeber Michael Georg Conrad hatte dies dadurch unterstrichen, daß er seine enthusiastische Zola-Würdigung von 1881 im ersten Jahrgang der Zeitschrift noch einmal veröffentlichte und ihr im zweiten eine fünfteilige Serie über »Die Wahrheit im modernen Roman« folgen ließ. Insbesondere Julius Hillebrand verteidigte dort unter Hinweis auf Darwins Evolutionstheorie und auf neue soziale Probleme in der Großstadt sowohl die *philosophisch-materialistische Fundierung* als auch die *soziale* Ausrichtung naturalistischer Romandichtung entschieden gegen *antisozialistische Kritiker* (W 20, S. 234). An Äußerungen wie denen von Irma von Troll-Borostyani ist jedoch deutlich ablesbar, daß sich der Wunsch nach *mehr Realismus* mit der Bewahrung und sogar mit einer emphatischen Erneuerung des überkommenen Bildungsauftrags der Kunst verbinden konnte.

Neben Irma von Troll-Borostyani trug vor allem Franziska von Kapff-Essenther mit ihrem Beitrag zur »Wahrheit im modernen Roman« dazu bei, die Geltung Zolas für die Theoriebildung schrittweise einzugrenzen: *Die letzte und für seine Entwicklung wichtigste Phase hat der Roman dadurch erreicht, daß er sich auf die psychologische Analyse beschränkt* (W 19, S. 228). Diese Einschätzung wird bezeichnenderweise damit begründet, daß der *psychologisch-analytische Roman die Menschen- und Charakterschilderung*, die von den Naturalisten oft vernachlässigt worden sei, *wieder in ihre Rechte einsetzt* (S. 229). Die von Hermann Bahr 1890 eingeleitete Verengung naturalistischer Romanprogrammatik auf psychologische Analyse ist hier bereits vorbereitet.

Der Brief von Friedrich Engels an Margaret Harkness vom April 1888, der mehr als vier Jahrzehnte später, nach seiner ersten Veröffentlichung in der *Linkskurve*, richtungweisende Bedeutung für die theoretische Fundierung des *sozialistischen Realismus* erlangte, fügt sich in die zeitgenössische Literaturdiskussion allenfalls der Terminologie nach ein. Auch Engels deutete im Namen des *Realismus* Vorbehalte gegen Zola an. Nach seiner Bestimmung muß realistische Darstellung die jeweils konkrete historisch-gesellschaftliche Situation und deren Entwicklungstendenzen treffen und sie in *typischen Charakteren unter typischen Umständen* vergegenwärtigen. Dies und seine besondere Einschätzung Balzacs lassen den Abstand erkennen, den sein Realismusbegriff zur aktuellen Romandiskussion in Deutschland hielt. Die Beobachtung, daß im Werk Balzacs eine exakte Gesellschaftsdarstellung *sogar gegen die Ansichten des Autors* gelang, hielt Engels für einen der größten Triumphe des

Realismus. Es war nicht zuletzt dieser Aspekt, der die Anknüpfung des sozialistischen Realismus in den dreißiger Jahren an das realistische Erbe des 19. Jahrhunderts legitimierte.

Der Titel der Vorbemerkung stammt aus Fontanes Entwürfen zu einem Zola-Essay (W 9, S. 156).

THEODOR FONTANE 1882/83

Aus: [Rezension zu] Alexander Kielland. »Arbeiter«.
In: Th. F., Aus dem Nachlaß. Hg. v. J. Ettlinger. Berlin 1908, S. 275f. W 8.

[. . .] Es ist beklagt und für ein Zeichen unserer Dekadenz erklärt worden, daß sich der Feuilletonismus in jeden Literaturzweig eingedrängt habe; Zola ist noch einen Schritt weitergegangen und hat das Reportertum zum Literaturbeherrscher gemacht. Und eine gute Strecke Weges gehe ich dabei mit ihm. Ich erkenne in dem Heranziehen des exakten Berichtes einen ungeheuren Literaturfortschritt, der uns auf einen Schlag aus dem öden Geschwätz zurückliegender Jahrzehnte befreit hat, wo von mittleren und mitunter auch von guten Schriftstellern beständig »aus der Tiefe des sittlichen Bewußtseins heraus« Dinge geschrieben wurden, die sie nie gesehen hatten. Von dieser unwahren Weise, die sich nur die wenigen erlauben durften, die so geartet waren, daß sie eine erträumte Welt an die Stelle der wirklichen setzen konnten, hat uns das Reportertum in der Literatur auf einen Schlag befreit, aber all dies bedeutet nur erst den Schritt zum Besseren. [1] Will dieser erste Schritt auch schon das Ziel sein, soll die Berichterstattung die Krönung des Gebäudes statt das Fundament sein oder wenn es hochkommt seine Rustica, so hört alle Kunst auf, und der Polizeibericht wird der Weisheit letzter Schluß. Wenn Zola den berühmten Gang in die Pariser Käsekeller oder in die Bildergalerie oder zum Wettrennen nach Longchamps oder Compiègne macht, so sind das Meisterstücke der Berichterstattung, an die sich hundert ähnliche Schilderungen anreihen, aber ihre Zusammenstellung macht noch kein Kunstwerk. Auch selbst ein geschickter Aufbau dieser Dinge rettet noch nicht, diese Rettung kommt erst, wenn eine schöne Seele das Ganze belebt. Fehlt diese, so fehlt das Beste. Es ist dann ein [276] wüst zusammengeworfenes, glänzendes Reich, das ebenso rasch auseinanderfällt und stirbt.

Wie steht nun Alexander Kielland zu dem allem? Er hat das Reportertum, aber statt der Komposition hat er die Kompositionsschablone, und von der schönen Seele hat er nichts. Der Geist, der über dem Wissen schwebt, ist ein trübseliger und ein unreiner, ein solcher, der vor allem mal untertauchen müßte, um reiner aus dem Bade hervorzugehen. Allerdings müßt er dazu andere Wasser wählen als seine eigenen. Das Buch macht einen unerquicklichen und im einzelnen einen häßlichen Eindruck. Ist das Aufgabe der Kunst? Ich glaube nicht, daß der Pessimismus überhaupt eine besondere Berechtigung hat. Aber ich habe schließlich nichts dagegen, daß er sich dem einzelnen als Lebenserfahrung und Lebensweisheit aufdrängt, nur das bestreite ich, daß diese Trostlosigkeitsapostel irgend ein Recht haben, sich im sonnigen Reiche der Kunst hören zu lassen.[2] [...]

Die Rezension blieb zu Fontanes Lebzeiten ungedruckt; sie wurde in dem von J. Ettlinger herausgegebenen Nachlaßband 1907 erstmalig veröffentlicht. Die Datierung beruht auf einem Hinweis in einem Brief Fontanes an seine Tochter Martha vom 5. Mai 1883 (Th. F., Briefe an seine Familie, Bd. 2. Berlin: Fontane 1904, S. 26). Der Roman Kiellands erschien 1881, im gleichen Jahr in deutscher Übersetzung.

Anmerkungen

1. Zu Fontanes Einstellung gegenüber Zola vgl. insbesondere seine Entwürfe zu einem Zola-Aufsatz (W 9) und auch seine Bemerkung über Pfaus Zola-Kritik (W 4) in dem Brief v. 10. 4. 1880 an seine Frau (Briefe an seine Familie, Bd. 1. Berlin: Fontane 1904, S. 294).
2. Vgl. Briefe an seine Frau v. 12. und 14. 6. 1883 (Briefe an seine Familie, Bd. 2. Berlin 1904, S. 33ff.).

KARL HILLEBRAND 1884

Aus: Vom alten und vom neuen Roman.
In: Deutsche Rundschau, Bd. 38, 1884, S. 425–429, 431 f. W 14.

[...] *I.*

Das gesammte geistige Leben unseres Jahrhunderts, und vornehmlich der zweiten Hälfte desselben, ist durchdrungen von den wissenschaftlichen Gewohnheiten und der neuen Moral, welche kurz vor der französischen Revolution in Aufnahme kamen und seit der endgültigen Niederlage der Romantik um die Mitte unseres Jahrhunderts fast zur Alleinherrschaft gelangt sind. Beide aber, die wissenschaftliche und die moralische Anschauungsweise, sind nicht nur unempfänglich für Kunst, sie sind unverträglich mit ihr, sind ihre Negation. Der Roman, insofern er eine Kunstgattung ist, hat denn auch unter der Herrschaft dieser modernen Principien ebensoviel und mehr gelitten, als alle anderen Kunstgattungen, eben weil er seiner Form nach sich bequemer zur wissenschaftlichen Behandlung und moralischen Rechtsprechung gebrauchen ließ als alle andern. Wohl hat es schon lange vor der Revolution einzelne Menschen gegeben, welche den wissenschaftlichen und moralischen Maßstab auf Gebiete übertrugen, wo er ganz ungültig ist; aber es waren eben Einzelne. Heute beherrscht dieser doppelte Standpunkt die ganze Literatur, und da unsere Bildung ganz Buchbildung geworden ist, auch unsere Bildung. Wohl lebt die Menschheit auch heute noch weiter, als ob jene Principien nicht da wären – es würde ja unmöglich sein anders zu leben – aber sobald sie das Leben beurtheilen, erkennen oder reproduciren will, braucht sie nur noch diese beiden Maße.

Wissenschaft nun geht auf die Erkenntniß der Welt und ihres ursächlichen Zusammenhanges; sie zerstört das individuelle Leben, um dessen Gesetze, d.h. das den individuellen Erscheinungen Gemeinsame zu finden. Die Kunst im Gegentheil sucht die Welt zu erkennen und zu deuten, indem sie die Einheit des individuellen Lebens erfaßt und reproducirt; sie eliminirt das Allgemeine, um das Besondere besser zu fassen, und im Besonderen wieder das Zufällige, damit ihr das Wesentliche klarer werde. Da nun aber das Allgemeine bloß eine Abstraction unseres Verstandes ist, das wirkliche Leben sich nur im Besonderen äußert, so folgt daraus, daß die Kunst, in einem Sinne, wahrer ist als die Wissenschaft. Doch berührt dieser Punkt unsere Erörterung nicht: worauf es uns ankömmt, ist darzuthun, daß die sog. wissenschaftliche Behandlung eines Stoffes nur der Kunst Eintrag thun kann, wie denn die Wissenschaft ihrerseits gar Erbauliches von den Ungeheuerlichkeiten zu erzählen weiß, welche die künstlerische Behandlungsweise der Wissenschaft hervorgebracht. Wenn aber z.B. Herr Zola die Ehre ablehnt, überhaupt Kunstwerke geschaffen zu haben, so werden [426] deshalb die Männer der Wissenschaft noch nicht dazu geneigt sein, ihm Verdienste um die Wissenschaft zuzuschreiben. Sind seine Werke doch immer Erzeugnisse der Phantasie, folglich ganz werthlos für die Wissenschaft, die nur mit Realitäten zählt und auf derlei Phantasmen keine Gesetze begründen kann. Ueberdies ist alle wissenschaftliche Arbeit eine collective und progressive, die künstlerische eine individuelle und in sich abgeschlossene. Jedes neue Werk der Wissenschaft überholt das vorhergehende wenigstens theilweise, bis es endlich ganz veraltet ist. Die wissenschaftliche That bleibt unsterblich, aber das wissenschaftliche Werk muß untergehen. Würde sich Herr Zola dazu resigniren und bildet er sich alles Ernstes ein, »Nana« und »Potbouille« seien wissenschaftliche Thaten, d.h. Ringe in der unendlichen Kette der Wissenschaft? Gewiß nicht; im Grunde ist's auch den Herren nicht so gar ernst um die Wissenschaft. Was sie anstreben, ist mit den Werkzeugen der Wissenschaft und an Stoffen, welche Resultate der Wissenschaft sind, Kunstwerke herzustellen, weil ihnen die Werkzeuge der Kunst abhanden gekommen und sie den Maßstab für Beurtheilung der Stoffe verloren haben. Hier aber entsteht die Frage, ob ein solches Beginnen nicht von vornherein des Mißerfolges sicher ist.

Das Instrument, wenn ich so sagen darf, dessen die Wissenschaft sich bedient, um zu ihrem Zweck zu gelangen, ist der Verstand, das der Kunst die Anschauung. Die Wissenschaft weiß nur von einer bewußten Kenntniß der Dinge, die Kunst nur von einer unbewußten; und wie der Künstler nur das ihm direct und unbewußt durch die Anschauung Vermittelte wiedergibt, so ergreift der künstlerische Zuschauer oder Leser das Gegebene nur anschaulich, nicht bewußt: beide verfahren, wie wir im gewöhnlichen Leben und zu praktischen Zwecken verfahren, weshalb dann auch die Kunst dem Leben viel näher steht als die Wissenschaft. [. . .] [427. . .] Die Kunst ist ökonomischer als die Wissenschaft und als die Schriftsteller, welche wissenschaftlich vorzugehen glauben, wenn sie Nichts von dem verschweigen, was ihnen eine genaue Untersuchung eines Gegenstandes oder einer Handlung und ihrer Motive offenbart hat; sie sind schlechte Haushalter, die ihr Geld nicht anzulegen wissen. Die Kunst zeigt uns Philinen, wie sie in der allgemeinen Verwirrung und Verzweiflung ruhig, ihre Schlüssel rasselnd, auf dem geretteten Koffer sitzt und die Unwiderstehliche steht lebendiger vor unseren Augen als eine lange Aufzählung ihrer Reize oder gar eine Schilderung der Mittelchen, durch welche es ihr gelungen ist so frei vorzugehen, vermocht hätten sie hinzustellen. [1] Ein Neuerer hätte gewiß die Gelegenheit zu Beidem nicht ungenützt vorübergehen lassen; denn nach dem Beschreiben ist das Erklären ihr Hauptvergnügen. Es soll ja auch nicht geleugnet werden, daß in diesen modernen Romanen eine minutiösere Beobachtung psychologischer und socialer Thatsachen ist, ein genaueres Eingehen auf alle Schattirungen des Gefühls und Gedankens, eine gewissenhaftere Ueberwachung ihres Wachsthums und eine fleißigere Analyse der Leidenschaften und ihrer Motive, als man sie in den älteren Romanen unserer Zeit und, scheinbar, auch in denjenigen des vorigen Jahrhunderts findet. Da wird uns jetzt der ganze Entwicklungsgang eines Menschen vorgeführt, womöglich auch der seiner Eltern und Großeltern – auch das gilt für poetische Verwerthung wissenschaftlicher Resultate – bis wir endlich den Menschen selber, wie er ist, ganz vergessen haben. Die wahre Kunst kümmert sich so wenig um das Entstehen eines [428] Charakters als das Leben; sie führt ihn ein als einen Gewordenen und läßt ihn sich selber erklären durch seine Thaten und Worte. [. . .]

Und man sage nicht, die Früheren hätten sich eben dabei begnügt, skizzenhaft zu zeichnen, nur die Umrisse zu geben. Dem ist keineswegs so. Was der Erzähler gibt, sind die dramatischen Momente einer Handlung, die charakteristischen Züge einer Person; die Treue und Lebendigkeit, mit der das Einzelne, welches ja *in nuce* das Ganze enthält, gegeben ist, erweckt denn auch das Bild des Ganzen mit seinen Antecedentien, seinen Folgen und seinen Nebenumständen, d.h. den Zusammenhang. Sein Verfahren ist ähnlich dem des Bildhauers, der nur die plastischen Elemente, des Malers, der nur die pittoresken seines Gegenstandes wiedergibt und von allem Anderen absieht: er nimmt nur die Züge auf, die sich literarisch wirksam verwerthen lassen. Es ist aber, wie gesagt, mit den Handlungen wie mit den Menschen. Eine haarkleine methodische Aufzählung aller Bewegungen der verschiedenen, genau festgestellten Regimenter, welche an einer Schlacht Theil genommen, wie in der Kriegsgeschichte des großen Generalstabs, mag wissenschaftlichen Werth haben; künstlerisch ist sie ganz wirkungslos, denn sie läßt uns kein anschauliches Bild der Gesammtaction, während die Schilderung der Schlacht bei Leuthen aus der Feder des armen Mannes von Tockenburg, die der Schlacht von Waterloo in Stendhal's *»Chartreuse de Parme«* Kunstwerke sind, weil sie den Eindruck einer solchen Massenhandlung auf den Einzelnen wahrheitsgetreu wiedergeben. Geht aber der Romanschreiber mit jener wissenschaftlich-historischen Gewissenhaftigkeit vor, so entsteht etwas wie der Kampf der beiden Waschweiber im »Assommoir«, der ich weiß nicht wieviel Seiten füllt und den man doch nicht vor Augen hat, während der homerische Kampf Molly Seagrim's [2] Jedem unvergeßlich bleibt, der ihn nur einmal gelesen. Hier beherrscht eben der Totaleindruck das Detail, während dort die vielen Einzelheiten keinen Totaleindruck aufkommen lassen. Herr Zola ergreift seinen Gegenstand wie der Mann der Wissenschaft, indem er ihn zerstört, um ihn dann wieder zusammenzusetzen; Fielding ergreift ihn wie der Künstler, der die Einheit sucht und reproducirt, ganz zu schweigen von der Kunst, mit der er den niedrigen Gegenstand aus der gemeinen [429] Wirklichkeit Dank der Ironie heraushebt, welche erst solche Gegenstände literaturfähig macht*. Doch brächte uns diese Bemerkung auf die Controverse mit den Veristen, Realisten, Naturalisten oder wie sie sich sonst nennen, und ich möchte diese Erörterung gern auf ein andermal verschieben.

[431 . . .] Die Romane und Novellen unserer Zeit, in denen der moralische Standpunkt nicht Alles beherrscht, sind an den Fingern zu zählen. Selbst wo sich die nackte Unmoralität aber doch Indecenz breit macht, ist durchgängig, dem Verfasser bewußt oder unbewußt, eine gewisse lehrhafte Tendenz. Sogar in dem scheinbar objectivsten aller neueren Fictionswerke, in »Madame Bovary«, fühlt man, daß der Dichter eine Absicht hat, die nicht rein künstlerisch ist: die Absicht, vor gewissen Erziehungen und Lectüren zu warnen. Bei einem Zola gar liegt es klar zu Tage, daß seine im Schmutz untergehenden Arbeiter und Arbeiterinnen als abschreckendes Beispiel dienen sollen. Auch die deutschen Romanschreiber haben deß kein Hehl, daß sie in ihren Schöpfungen den moralischen Maßstab anlegen, die englischen und amerikanischen prunken sogar damit. Nicht als ob [432] die Moral nicht auch, wie jedes andere menschliche Interesse, ihr Bürgerrecht in der Kunst hätte. Nur kommt es darauf an, was man unter Moral versteht: die natürliche, gesunde, welche im Cultus der Wahrheit gipfelt, oder aber die gemachte, krankhafte, welche die menschliche Eitelkeit zur Mutter, die Lüge zur Gevatterin hat. Gesunde Moral ist's, wenn Prinz Heinz seinen feisten Genüßling sitzen läßt, sobald mit der Verantwortlichkeit der Krone der Ernst des Lebens für ihn beginnt[3]; ungesunde Moral ist's, wenn Victor Hugo die Rechtsbegriffe des Volkes verwirrt, indem er einen Galeerensträfling verherrlicht, der das Opfer eines Justizirrthums geworden.[4] Es ist hier nicht der Ort des Weiteren darzustellen, was die Moral der Menschheit instinctiv war vor dem Siege des Rationalismus, noch zu erinnern, wie Kant diese unbewußte Ethik durch die Lehre vom intelligiblen Charakter, Schopenhauer durch seine Theorie vom Mitleiden wissenschaftlich begründete; es genügt für unseren Zweck festzustellen, daß die Moral unserer Schriftsteller einen anderen Ausgangs- und Zielpunkt hat, und daß diese so unverträglich mit der Kunst ist, als jene sich ihr gerne anbequemt. Die moderne Moral aber mag anscheinend so weit von einander differiren, wie die Zola's von der D. W. Howell's; sie haben denselben Familienzug: die Unzufriedenheit mit dieser Welt, wie sie ist; und die nächste Folge davon ist die Trübseligkeit dieser ganzen Literatur. [. . .]

* Selbst gewisse kleine Schmutzidyllen Lud. Haléry's und Guy de Maupassant's werden lesbar, weil sie flott und munter erzählt sind und würden, episodisch angebracht, auch künstlerisch wirken.

Anmerkungen

1. J. W. Goethe, Wilhelm Meisters Lehrjahre, 4. Buch, 7. Kap.
2. H. Fielding, Tom Jones, 4. Buch, 8. Kap.
3. William Shakespeare, König Heinrich IV.
4. V. Hugo, Les Misérables.

HEINRICH HART / JULIUS HART 1884

Aus: Friedrich Spielhagen und der deutsche Roman der Gegenwart.
In: H. H. / J. H., Kritische Waffengänge, 1884, H. 6, S. 14–16. W 15.

[. . .] Karl Hillebrand hat vor Kurzem der Ansicht Ausdruck gegeben [1], daß der heutige Roman mit geringen Ausnahmen zum bloßen Tendenzroman geworden sei, der, wenn auch in den besseren Dichtungen verdeckt, auf irgend eine Moral oder Spekulation hinauslaufe, die den reinen ästhetischen Genuß desto mehr herabdrücke, je stärker sie hervortrete. Diese Beobachtung ist zweifellos richtig, sie hat auch mir den ersten Anstoß zu diesem Waffengange gegeben, aber Hillebrand gründet sie weder tief genug noch weiß er klare Folgerungen aus ihr zu ziehen. Zunächst hätte Hillebrand seinen Vorwurf nicht allein gegen unsre Zeit, er hätte ihn gegen die Mittelmäßigkeit aller Zeiten richten sollen, denn es war stets ein Bedürfniß der Mittelmäßigkeit, Dichtung und Moral zu verquicken, und hier und da wurden auch große Talente von dieser Seuche ergriffen. Die Pamela und der Grandison leisteten in ihrer Weise dasselbe, was die modernen Naturalisten auf ihre Weise versuchen. Aber der feinsinnige Historiker hat auch die Ursache mißkannt, welche das ästhetische Mißbehagen an derlei Romanen erweckt. Die großen Romandichter, auf welche ich mich bezogen, sind Realisten vom Scheitel bis zur Sohle, sie gestalten die Wirklichkeit, die volle, reiche Wirklichkeit mit allen ihren Flecken, mit allen ihren Verzerrungen. Diese Flekken, diese Verzerrungen sind aber, rein äußerlich betrachtet, nur zu oft so widerwärtig, die Wirklichkeit selbst ist nur zu oft so nüchtern, kleinlich und gemein, daß der ästhetische Sinn abgestoßen wird, statt [15] angezogen, daß an seine Stelle sein Widerpart eintritt, die Enttäuschung, der Ekel. Und dennoch haben die Meister es verstanden, die krasse Realität genießbar, selbst das Widerliche ästhetisch erfreulich zu machen. Wodurch? Sie sahen die Wirklichkeit in dem mildernden Lichte des Humors. Der Humor ist nichts anderes als die auf die Spitze getriebene Objektivität; der Epiker, der nur die Gipfel des Menschlichen sieht, bedarf keiner besonderen Anstrengung, um ruhig, klar und objektiv zu bleiben, der Romandichter jedoch, soll ihn das unendliche Durcheinander nicht verwirren, will er dem Gemeinen gegenüber nicht zum Prediger werden, muß die Besonnenheit so scharf anstacheln, daß ihr alle Dinge nicht bloß als verständlich, sondern als lachenswerth erscheinen, die einen mehr, die anderen weniger. Der Humor ist ein farbiger Spiegel, in welchem das Edle bloß liebenswürdig, das Gewaltige bloß kraftvoll, das Grelle bloß dämmernd erscheint, ebenso aber auch das Finstere bloß dämmernd, das Gemeine bloß toll, das Grausige bloß schauerlich, das Unverständige bloß tölpisch. Damit grenzt die Objektivität an ihr Extrem, die Tendenz, aber sie grenzt auch nur daran und verwandelt sich höchstens in eine allumfassende Theilnahme, welche kein Einzelnes bevorzugt.

Ich komme auf den Punkt zurück, von dem ich ausging. Die Forderungen, welche ich an den Roman stellte, waren: der Roman soll das Denken und Sein einer bestimmten Epoche wiedergeben und zwar soll, wie ich jetzt hinzufügen darf, diese

Epoche die Gegenwart des Dichters sein, und weiterhin, der Roman soll das ästhetische Bedürfniß voll und ganz befriedigen. Abstrakt wie geschichtlich glaube ich diese Forderungen genügend begründet zu haben und ich habe sie begründet, obwol sie in dieser Allgemeinheit schwerlich Widerspruch finden werden. Aber ich bedurfte der Begründung auch nicht um der Forderungen, sondern um ihrer selbst willen, denn sie sollte und hat weit mehr ergeben, als ein bloßes Zeugniß für jene Allgemeinheit, sie hat die Forderungen dahin erweitert, daß die Wiedergabe der Epoche durchaus objektiv und realistisch zu halten ist und das ästhetische Bedürfniß am wirksamsten befriedigt wird, wenn der Humor die Wiedergabe durchleuchtet. Der Roman aber, der heute die Herrschaft hat, mag er sich nun nach Zola oder nach Spielhagen nennen, erfüllt die Forderungen weder im engeren noch im weiteren Sinne, er [16] ist tendenziös statt objektiv, moralisirend statt ästhetisch, er wirkt peinlich statt erhebend, statt humoristisch, er gibt einen Ausschnitt aus einer Epoche statt eines Gesammtbildes, eine Linie statt einer Fläche. Um mich nicht zu zersplittern, werde ich alles dies an einigen der Hauptwerke Spielhagens zu erweisen suchen, auf seine übrigen Dichtungen aber und die anderweitige Romanliteratur nur dann hindeuten, wenn es gilt, zu zeigen, daß die Züge, welche ich hervorhebe, Züge des Spielhagen'schen Schaffens überhaupt, sowie Derjenigen sind, welche mit ihm auf dem Gebiete des deutschen Romans ihre Lorberen oder auch nur ihr Brod zu erringen suchen. Es wird sich ergeben, daß die Masse der Romanschriftsteller verlernt hat, zu erzählen, ein bedeutendes Talent ihr voran, dieses Talent ist eben Spielhagen. Gleich Zola [2], wenn auch in entgegengesetzter Richtung, hat er eine Reihe von interessanten und geistvollen Büchern ins Publikum geworfen, aber sie bilden ein Gemengsel von allem Möglichen, nur nicht reine Gebilde der Dichtkunst, nur nicht Romane im höchsten Sinne des Wortes und deshalb werden sie nicht jenes Leben durch die Jahrhunderte hinaus genießen, das nur den Werken erblüht, welche die Zeit ihrer Entstehung voll und ganz in ästhetische Form gegossen haben. Denn nur das rein Aesthetische ist ewig das rein Ethische, alle Zeiten können es verstehen und genießen, alles Moralische, Didaktische, Tendenziöse ist vergänglich; um ein Beispiel zu wählen, so gehört zu dem Ewigen der erste Theil des Faust, zu dem Vergänglichen der zweite. [...]

Obwohl der Gebrauch der Ich-Form im Text auf *einen* Verfasser hindeutet, war nicht zu ermitteln, wer von den Brüdern Hart der Autor dieses Waffenganges ist.

Anmerkungen

1. S. den vorangehenden Text (W 15).
2. Vgl. den Waffengang der Brüder Hart »Für und gegen Zola« (W 6).

IRMA VON TROLL-BOROSTYANI 1886

Aus: Der französische Naturalismus.
In: Die Gesellschaft, Jg. 2, 1886, H. 4, S. 216, 221–223. W 18.

[. . .] Unsere moderne Romanlitteratur fängt an sich von diesem hohlen Idealismus energisch zu befreien. Ein gesunder Realismus hat den Romanschriftsteller vom Isolierschemel jener idealistischen, für die Interessen seiner Zeit verständnis- und teilnamslosen Sonderstellung hinweg in die Arme seines Volkes geführt, hat ihn dessen Bedürfnisse, Bestrebungen und Leiden verstehen und mitfühlen gelehrt und ihn dadurch befähigt, dasselbe auf allen seinen Wegen und in allen Entwicklungsphasen seines Lebens zu begleiten oder ihm voranzuschreiten. Im Gegensatz zu jenem Idealismus, der poetische Chimären an Stelle der empirischen Wahrheit setzte, tritt in der heutigen Belletristik immer bestimmter die Tendenz zur getreuen Wiedergabe nüchterner Lebenswirklichkeit.

Die schwärzesten Schattenseiten der sozialen Zustände, die düstersten Kapitel aus der Tragikomödie des menschlichen Daseins bilden den Lieblingsgegenstand des realistischen Romans. Der Idealist ist bestrebt, uns mit dem Leben zu versöhnen, dessen verletzende Dissonanzen harmonisch ausklingen zu lassen. Der Realist verschmäht die befriedigende Lösung mit der Begründung, daß das Leben selbst sie auch selten oder niemals biete. Er führt uns in die Höhlen des Lasters, des Verbrechens, des Wahnsinns; er zerlegt mit anatomischer Schärfe die Schwächen der menschlichen Natur und der sozialen Verhältnisse.

Nun machen sich aber in der modernen Romanlitteratur hauptsächlich zwei Richtungen bemerkbar. Zwar haben beide das gemein, daß ihre Erzeugnisse jene scharfe Luft durchweht, welche wir realistisch zu nennen pflegen. Zugleich bildet aber gerade diese getreue Nachbildung der Lebenswirklichkeit die Wasserscheide zwischen den beiden litterarischen Strömungen.

Während der die eine Richtung verfolgende Dichter in seinen Werken der Sphäre des Wirklichen nur den *Stoff* entlehnt, um diesen zum Träger eines idealen Gedankens zu gestalten, sehen wir das Streben der andern Gattung nur *ausschließlich* auf die der Wirklichkeit entsprechende Nachbildung der realen Erscheinungswelt in ihren banalsten und trivialsten Details gerichtet. *Den erstern* – im Gegensatz zu den andern ideell zu nennenden – *Dichtern ist die Realistik nur Mittel zur Erreichung idealer Zwecke; den Schriftstellern der letztern Kategorie ist sie Selbstzweck.* Alle weitere, die beiden Gattungen dichterischen Schaffens charakterisierende Verschiedenheit ist nur die natürliche und notwendige Folge dieser Verschiedenheit ihres Ausgangspunktes. [. . .]

[221. . .] Neu hingegen ist Zola's Auffassung, daß die Romandichtung schlechterdings *keine andere* Aufgabe habe, als die Erscheinungen des Lebens in ihrer nackten Wirklichkeit nachzubilden, den »Mechanismus des Menschen und der Gesellschaft« darzustellen, und daß sie – wie die Medizin – nicht in das Reich der Kunst, sondern in jenes der Wissenschaft gehöre. Weil der Schriftsteller, um die Charaktere seiner dichterischen Gestalten richtig zu schildern und durchzuführen, psychologische und

– sei es d'rum! – auch physiologische Kenntnisse besitzen muß, darum soll die Romandichtung eine Wissenschaft sein? Mit demselben Rechte müßte man die Skulptur und Malerei Wissenschaften nennen, da Bildhauer und Maler – Anatomie studieren. Aber so wenig als die aus Marmor oder Erz geformte menschliche Figur ein physiologisches Präparat ist; so wenig als die anatomische und physiologische Kenntnis des menschlichen Organismus den bildenden Künstler ausmacht: eben so wenig ist die Romandichtung eine Wissenschaft und wird derjenige Romancier seiner Aufgabe gerecht, der sich damit begnügt, in seinen Werken die Erscheinungen des sozialen und individuellen Lebens – unbekümmert um die in der Kunst waltenden Gesetze der Schönheit – mit der trockenen, ideenlosen Naturtreue eines Kopisten nachzubilden.

Zola's Irrtum liegt in der ästhetischen Anschauung, daß die Idealität der *Gegensatz* des an der Wahrheit der Erscheinungswelt festhaltenden Realismus und mit diesem unvereinbar sei. Weil er – und mit vollem Recht – die realistische Treue als Hauptgebot des Schriftstellers ansieht, so will er den Idealismus, den er für deren unversöhnlichen Feind hält, bekämpft und beseitigt sehen. »Wir naturalistische Schriftsteller haben nur mit dem physiologischen Menschen zu thun, der metaphysische Mensch ist für uns tot!«

Den Idealismus in Kunst und Poesie mit einer religiös-philosophischen Auffassung des Menschen als einem »Ebenbild Gottes« mit einer unsterblichen Seele, welche in der zeitweisen Behausung des sterblichen Körpers einem bessern Jenseits entgegenreift, zu identifizieren – wie Zola thut – ist grundirrig. Der künstlerische Idealismus hat auf Sternenweite nichts zu schaffen mit den Dogmen der Religion und den Thesen der Philosophie. Sein Gott ist das Schöne – und die Wahrheit, künstlerisch schön dargestellt. Seine Mission ist, Werke zu schaffen, welche durch ihre künstlerische Vollkommenheit, durch die sanft siegende Macht der Schönheit erhebend, veredelnd und begeisternd wirken und so ein herrliches Erziehungsmittel der Menschheit bilden.

Dieser Idealismus thut der realistischen Wahrheitstreue keineswegs Abbruch. Im Gegenteil sind das reale und ideale Moment in der dichterischen Produktion höchster Ordnung von einander untrennbar und vereinen sich in versöhnender Harmonie. Die Dichtkunst ist einem Baume vergleichbar, der mit seinen Wurzeln im Boden nüchterner Lebenswirklichkeit haftet, aus dem er seine Nahrung saugt, mit seinem Wipfel aber frei und stolz der Sonne der Idealität entgegenragt. In dem Weltbilde des echten Dichters werden auch die dunkelsten Tiefen des Lebens von den Strahlen der Poesie verklärend berührt. Das Subjektive und veranlassend Gelegentliche dient nur dem Ganzen zur realen Grund- und Vorlage, zum sichern Halt der [222] idealen Stimmung, um sie vor einer Steigerung zu fantastischer Fiktion, zu süßlicher Träumerei eines überirdischen idealen Zustandes zu bewahren.

Das Objekt der Kunst- und Dichtungswerke dieser Gattung ist nicht der »metaphysische« Mensch, mit welchem Zola mit Recht nichts zu thun haben will, sondern der psychologische Mensch in seiner Totalität. Und wenn Zola die Romandichtung auch mit diesem psychologischen Menschen nichts will zu thun haben lassen, weil die Wissenschaft im *homme-machine* die Existenz dessen, was man Gemüt nennt, nicht nachweisen kann, sondern als würdiges Objekt des Experimental-Romans nur den aus Sauerstoff, Stickstoff, Kohlensäure, Eisen, Phosphor und Kalk zusammengesetzten »physiologischen« Menschen anerkennen will, der als solcher zu seinen Handlungen nur vom Stachel animalischer Bedürfnisse angespornt wird; so antworte ich ihm, daß er seinem eigenen Prinzip, sich nur an wirkliche Thatsachen halten zu wollen, untreu wird. Denn daß das Menschenherz noch anderer Regungen fähig ist, als der im tierischen Organismus des Menschen begründeten sinnlichen Impulse; daß die Ideen des Guten und Schönen, des Edlen und Erhabenen – trotzdem Anatomie und Physiologie ihnen kein Ursprungszeugnis auszustellen vermögen – der Menschenseele tief innewohnen: das lehrt zweifellos die tägliche Erfahrung. Und derjenige Romancier, der diese Thatsache außer Acht läßt, ist in der Darstellung der Erscheinungswelt einseitig und unwahr. Vor lauter Eifer, die Metaphysiker und Dogmenreiter zu widerlegen, welche behaupteten, der Mensch sei ein übersinnliches Geschöpf, das »einen Gott im Busen« trägt, geht er einen Schritt zu weit und lehrt: der Mensch ist nichts als eine rohe, boshafte Bestie; und verfällt dadurch in den entgegengesetzten Irrtum Jener, indem *sie* Dinge sahen, die nicht vorhanden sind, und *er* Dinge, die da sind, nicht sieht.

Zola's eigene Romane sind besser als seine Kunst-Prinzipien. Allerdings haftet einigen derselben der Fehler an, daß sie die Menschen – in der ängstlichen Besorgnis, sie ja nicht zu idealisieren – moralisch karrikieren. Andere sind kapitelweise von trostlosester Langweile, als ob die Aufgabe des naturalistischen Romanciers darin bestünde, des Lebens Langweiligkeiten auch langweilig zu schildern. Dagegen erhebt Zola in seinen beiden Werken *»La joie de vivre«* und *»Germinal«* sich zur ganzen Höhe seiner genialen Darstellungskunst, getragen von der Kraft eines den ganzen Mechanismus des sozialen Baues umfassenden und durchdringenden Scharfblicks. Während er früher Welt und Menschen fast nur von ihren häßlichsten Seiten sah und schilderte, weitet sich in diesen Werken sein geistiges Auge und erblickt das Vollbild der menschlichen Gesellschaft und ihres Lebens. [. . .]

[223. . .] Dieser Bruch der Romandichtung mit dem Idealismus könnte, wenn verallgemeinert, verhängnisschwer werden, denn groß ist der Einfluß, den der Dichter auf seine Leser übt. Und gerade jetzt, da die Welt immer mehr eine »entgötterte« wird, da aller religiöse Wunderglaube, der das fromme Gemüt mit dem irdischen Schicksal, das den guten Menschen so oft unglücklich und den Verworfenen in den Besitz der Güter dieses Lebens gelangen läßt, durch die Zusicherung einer waltenden göttlichen Gerechtigkeit aussöhnte, nach und nach auf die Vertrauenswürdigkeit harmloser Ammenmärchen reduziert wird; da die Wissenschaft den Glauben an einen von der Materie unabhängigen und daher unsterblichen Geist des Menschen als ein theologisches Hirngespinnst demaskiert, indem sie nachweist, daß es keine Gedanken, keine Bethätigung des Geistes ohne Gehirn, Blut und Nerven giebt, und da für die große Menge der religiöse Glaube mit jenem an die Nothwendigkeit der Sittengesetze in einen Begriff zusammenfällt und die Vernichtung des Einen – bis für den verlornen Boden ein neuer gefunden – eine bedenkliche Erschütterung des

Andern mit sich bringt: jetzt tritt an die Kunst und Poesie das Gebot mit doppeltem Gewicht heran – festzuhalten an ihrem hehren Beruf, das Feuer der Liebe zum Guten und Schönen im Herzen der Menschheit zu hüten. Wenn sie ihrer erhabenen Mission eingedenk bleiben, birgt die Verödung der Altäre und Kanzeln keine Gefahr in sich für den ethischen Fortschritt der Gesellschaft. Der Priester tritt sein Lehr- und Führeramt dem Künstler, Dichter und Schriftsteller ab, und von ihnen geleitet, ringt sich die Menschheit aus den Nebeln theologischer Phantasmagorien zu jener Erleuchtung des Geistes empor, welche sie erkennen läßt: daß alles seelische, wie vieles physische Elend nur in Verkennung der Mittel zu dessen Beseitigung begründet ist; daß zur Erreichung des Glücks nur Ein Weg führt, die Befolgung der Gebote der Humanität, welche zugleich Gebote der Vernunft sind; daß die Ausübung dieser Gesetze für das Individuum wie für die ganze Menschheit die Grundlage des Glückes, des Friedens und der Freiheit bildet. [. . .]

Irma von Troll-Borostyani, 1849–1912; Biogr.: Lexikon der Frau, Bd. 2. Zürich 1954, S. 1474. – Hauptwerke: Die Mission unseres Jahrhunderts, 1887; Das Recht der Frau, 1893; Katechismus der Frauenbewegung, 1903.

Der Aufsatz Irma v. Troll-Borostyanis ist Teil einer Serie von 5 Artikeln verschiedener Autoren (Kapff-Essenther, Alberti, J. Hillebrand, Avenarius), die unter dem Obertitel »Die Wahrheit im modernen Roman« im Aprilheft 1886 der *Gesellschaft* erschien.

CONRAD ALBERTI 1888

Aus: Ziele und Aufgaben der modernen Romandichtung.
In: National-Zeitung (Berlin), Nr. 89 v. 10. Februar 1888, Morgenausgabe. W 25.

[. . .] Welcher Art sind nun die Grundlagen unserer Anschauung vom Wesen des Menschen, so weit sie für die Fortentwickelung der Poesie in Betracht kommen? Zunächst sind wir verpflichtet, das Dasein des Menschen auf der Erde als das einzig Erkennbare, demnach in Bezug auf die Poesie als das einzig Reale zu halten. Unbewiesene und unerweisbare Dogmen, die das Gut nur eines Theils der Menschheit sind, können nicht mehr die geistigen Grundlagen poetischer Werke werden. Die moderne Poesie wie die moderne Kunst überhaupt kann den Menschen nur darstellen soweit es sich um sein Erdenwallen handelt: religiöser Fanatismus, der Drang nach der Erkenntniß des Uebersinnlichen können als menschliche Leidenschaften poetische Motive werden, aber nie der religiöse Gedanke, die übersinnliche Anschauung selbst. Noch schärfer als in der Literatur tritt dieser Grundsatz in der modernen Malerei zu Tage. Fritz von Uhde's rein menschliche Auffassungen der neutestamentlichen Motive [1], denen jede religiöse Symbolik abgestreift ist, erscheinen uns immer mehr als die einzig mögliche Darstellung dieser Stoffe in unserer Zeit, während die Behandlung religiöser Vorwürfe im alten Geiste nach Art eines Plockhorst [2] und anderer nur noch zu einer wirksamen Kirchen- oder Betsaaldekoration wird.

Der vorzüglichste Vorwurf der poetischen Darstellung sind die menschlichen Handlungen, und diese entfließen dem menschlichen Willen. Der letztere ist aber durchaus nicht vollkommen frei, wie frühere Anschauung annahm, sondern er wird durch die Naturgesetze, durch physiologische Umstände, durch ererbte und erworbene Eigenschaften beschränkt. Gar oft zwingt der Kampf um das Dasein den Einzelnen wider seine bessere Erkenntniß, die Rechte des Anderen zu verletzen und Handlungen zu begehen, die sein Verstand mißbilligt. Dieser Widerstreit zwischen dem natürlichen, unwiderstehlichen Selbsterhaltungstrieb und der Erkenntniß der Grenzen der individuellen Rechte und Pflichten, das Existenzrecht eines andern nicht zu verletzen, ist vielleicht der würdigste Gegenstand der modernen Poesie. Eine zweite Naturgewalt, in deren Wirken sich die ursprüngliche, nicht durch menschliche Anschauung hineingetragene Tragik der Natur noch deutlicher zeigt, ist die Vererbung. Läßt sich ein natürlicherer, ergreifenderer seelischer Konflikt denken, als der leidenschaftliche Wille zum Leben, zum Schaffen, das ideale Bestreben, zur Fortentwickelung der Menschheit und der Kultur beizutragen, und die gemeine physische Unmöglichkeit, die das reinste und höchste Streben zu Boden drückt? In den »Gespenstern« hat Ibsen versucht, diesen Konflikt durchzuführen, aber er hat ihn nur angedeutet, seine Kraft versagte zur Durchführung desselben. Wir empfinden wohl Mitleid mit dem jungen genialen Maler, der mit allen Fasern an dem Kunstwerk, das er schaffen möchte, hängt, und den väterliche Schuld arbeitsunfähig macht und vernichtet; aber eine Menge anderer minder poetischer Motive drängen sich in den Grundgedanken und verwischen die dichterische Wirkung völlig. Andererseits führt die Erbschaft der Ahnen die Enkel trotz der individuellen Neigung vom Wege des Guten, des Kulturfortschritts abzuweichen, doch endlich an das Ziel der höchsten Entwicklung, wie es Gustav Freytag in den »Ahnen« so bedeutsam dargestellt hat. Dieser Kampf des Menschen mit der Natur, der im Grunde aussichtslos und von Uranfang an entschieden ist und dennoch von dem Menschen, der diesen Umstand in seiner Leidenschaft und Verblendung vergißt, mit der gewaltigsten Thatkraft beharrlich bis zum eigenen Untergang fortgesetzt wird, ist das herrlichste tragische Grundmotiv der modernen Poesie. Dasselbe, was für die griechischen Tragiker der Kampf der Menschen gegen das Schicksal war. Auch eine Fülle humoristischer Motive erblüht aus dieser neuen ästhetischen Anschauung; denn die Natur selbst ist in ihrem unbewußten Schaffen ein größerer Humorist und Satiriker, als der klügste und witzigste menschliche Kombinator.

Immer deutlicher erkennen wir, daß es ein Irrthum ist, den freien Willen als eine nothwendige Eigenschaft der tragischen oder komischen Poesie anzunehmen. Nur weil wir seit der Renaissance durch Jahrhunderte hindurch eine Poesie des unbeschränkten freien menschlichen Willens gehabt, sind wir an dieselbe gewöhnt und halten dieser Kunstanschauung gemäß denselben für nothwendig zur poetischen Wirkung. Nichts aber kann künstlerisch, nichts kann schön sein, was den Gesetzen der Natur widerspricht. In dem Kopfe des gebildeten modernen Menschen, der sich mit einem Kunstwerk dieser Anschauung beschäftigt, tritt alsbald ein Widerstreit ein zwischen dem, was er unmittelbar vor sich sieht, und jenen anderen Erinnerungen, welche ihm sagen, daß es keinen vollkommenen freien Willen giebt. Er stutzt und zweifelt an der Wahrheit des Dargestellten und schon dadurch wird ein Theil der künstlerischen Wirkung geschwächt und der Genuß vermindert. Die geistige Grundlage der Poesie jeder Zeit muß mit der jeweiligen Weltanschauung derselben übereinstimmen. Diese Forderung ist die erste Bedingung für die Wirkung eines jeden Kunstwerkes.

Doch nicht nur nach der physiologischen Seite erscheint der Wille des Menschen gebunden, sondern auch nach der sozialen. Wie Wundt[3], Lippert[4] und andere Forscher nachgewiesen haben, erscheint der Mensch nirgend und zu keiner Zeit, auch nicht in den frühesten Perioden und auch nicht in den entlegensten Gegenden der Erde, als ein freies selbständiges Einzelwesen, sondern überall in einer, wenn auch noch so unvollkommen organisirten Gesellschaft. Wir müssen daher annehmen, daß ihm der soziale Trieb angeboren und für ihn ein Naturgesetz ist. Jede Verletzung desselben durch den Menschen erscheint als Sünde gegen die Natur, die sich früher oder später rächen muß. Von diesem Standpunkte aus zeigen sich einzelne Stoffe der älteren Poesie und Geschichte in einem durchaus neuen Lichte. So wird uns ein Timon[5] erst jetzt menschlich verständlich. Ein hochentwickelter Naturtrieb lebt in ihm, er steht im Banne einer Art Hypertrophie des angeborenen gesellschaftlichen Triebes. Er ist für uns nicht mehr ein bloßer Verschwender, sondern ein Mensch, der in der Befolgung der natürlichen sozialen Gesetze zu weit geht und Mitleid erwacht für ihn in unserer Brust. Seine tragische Schuld beginnt aber erst, als er gekränkt durch die Zurückweisung in die sozialen Schranken des Einzelnen, in den Fehler des Gegentheils verfällt und einseitig jede Gemeinschaft mit der Menschheit aufheben will; an diesem doppelten Vergehen gegen das Naturgebot geht er zu Grunde. Der Mensch gehört nicht sich allein, er hat nicht das Recht, für sich allein zu leben und zu streben, sondern muß den Willen zum Leben gleichzeitig auch in den Dienst der menschlichen Gesellschaft, seines Volkes stellen und zugleich für sich und für die Gesellschaft zu leben sich bemühen. Wie weit gehen nun die natürlichen sozialen Grenzen? Sind neben Gesellschaft und Nationalität auch Stand, Zunft, Familie berechtigt? Wo liegt für diese alle die Grenze? Wie weit darf das Einzelwesen der Gesellschaft gegenüber seine Individualität und ihre Interessen wahren? Welche Ansprüche hat die Gesellschaft an den Einzelnen? Hier liegen die bedeutsamsten Probleme für die moderne Poesie.

Für die Behandlung aller dieser Stoffe wird sich der Roman in höherem Grade eignen, als das Drama. Dies liegt zum Theil an den räumlichen Verhältnissen; denn bei solchen Stoffen verlangen wir, entsprechend der Richtung und Methode der neueren Zeit, eine eingehende Vertiefung in die Einzelheiten, die organische Analyse und Darlegung derselben. So wenig wie die Natur, soll auch der Künstler Sprünge machen, sondern die Hauptmomente der psychologischen und sozialen Entwickelung in ihren wesentlichen charakteristischen Umständen knapp und plastisch darstellen. Daher wird aus technischen und Zweckmäßigkeitsgründen der Roman als die geeignetste moderne Kunstform erscheinen. Schon äußere Rücksichten verhindern unter den gegenwärtigen Verhältnissen den Dichter, häufig auf der Bühne alles das darzulegen, was er zu sagen hat. Björnson und Ibsen haben unter diesen Verhältnissen schwer gelitten. Es handelt sich nun auch gar nicht darum, eine neue Poesie durch

Urzeugung aus der Erde hervorsprießen zu lassen. Die Anfänge derselben bestehen vielmehr auch in Deutschland schon seit Langem, und es bedarf nur thatkräftigen Fleißes und ernster einsichtiger Dichterarbeit, um dieselben zur vollen Blüthe zu bringen. Wir brauchen auch nicht nach dem Auslande zu blicken, um die Muster zu finden, an die der moderne deutsche Roman anknüpfen soll. Die Russen, Norweger, Franzosen können uns Manches lehren; sie können für uns nach der Seite des Technischen hin ein gutes und wirksames Beispiel sein. Aber unsere Literatur hat die Pflicht und auch das Recht, eigene Bahnen zu wandeln, Bahnen, die ihr Karl Gutzkow und Gustav Freytag gewiesen haben. In ihren Romanen finden wir die Anfänge der modernen Posie, welche den Einfluß der natürlichen physiologischen und sozialen Gesetze auf den Einzelnen darstellt. Wir brauchen nicht unsicher durch alle Länder der Welt nach Eckpfeilern der realistischen deutschen Poesie zu tappen. Diese sind schon errichtet, und sie heißen »Die Ahnen«, »Soll und Haben« und die »Ritter vom Geist«.

Conrad Alberti (d.i. Konrad Sittenfeld), 1862–1918, hat zur Entwicklung der allgemeinen Programmatik des deutschen Naturalismus vor allem durch »Die zwölf Artikel des Realismus. Ein litterarisches Glaubensbekenntnis« (*Die Gesellschaft*, Jg. 5, 1889, H. 5, S. 2–9) beigetragen. – Die Dokumentation über den Leipziger Realistenprozeß, die ebenfalls in der *Gesellschaft* erschien (W 29), wurde von Alberti selbst zusammengestellt; der Name des Staatsanwaltes in diesem Prozeß, Nagel, lieferte ihm dabei den berühmt gewordenen Titel der Vorbemerkung zu dieser Dokumentation: »Die vernagelte Literatur« (W 28).

Gegenstand des Prozesses waren neben Albertis Roman »Die Alten und die Jungen« Hermann Conradis »Adam Mensch« (vor allem unter der Anklage der Gotteslästerung) und Wilhelm Walloths »Der Dämon des Neides«. Da Conradi drei Monate vor dem Prozeß gestorben war und Walloth, aus einem Sanatorium zum Prozeß gekommen, kaum zur Aussage fähig war, beherrschte neben dem Anwalt des Verlegers Friedrich vor allem Alberti die Szenerie vor Gericht; durch seine Verteidigungsreden wurde der Prozeß zu einem Tribunal über die Berechtigung des Häßlichen in der Kunst. (Vgl. auch H. H. Houben, Verbotene Literatur von der klassischen Zeit bis zur Gegenwart. 2. Aufl. Dessau: Rauch 1925, S. 9–15, 103–109). – In der *Gesellschaft* wurde die Debatte über das Häßliche in der Kunst vor allem durch Hans Merians Beitrag »Lumpe als Helden« (W 40) fortgeführt.

Anmerkungen

1. Fritz v. Uhde, 1848–1911, malte häufig Christusszenen, die er in die Bauern- und Handwerkerwelt seiner Tage versetzte. Am bekanntesten ist das Bild »Komm, Herr Jesu, sei unser Gast«, 1885.
2. Bernhard Plockhorst, 1825–1907, bevorzugte als Maler die Gattung der religiösen Historienmalerei.
3. Wilhelm Wundt, 1832–1920; von ihm lagen zu dieser Zeit u.a. vor: Vorlesungen über die Menschen- und Tierseele, 1863; Grundzüge der physiologischen Psychologie, 1874; Ethik. Eine Untersuchung der Thatsachen und Gesetze des sittlichen Lebens, 1886.
4. Julius Lippert, 1839–1909, hatte 1886/87 eine »Kulturgeschichte der Menschen in ihrem organischen Aufbau« veröffentlicht.
5. Shakespeare, Timon v. Athen; Stoff von Plutarch und Lukian.

FRIEDRICH ENGELS 1888

Aus: [Brief an Margaret Harkness.]
In: Karl Marx – Friedrich Engels, Über Kunst und Literatur . . . Hg. v. M. Lifschitz. Berlin 1948, S. 103 f. W 27.

[. . .] Your Mr. Arthur Grant[1] is a masterpiece.

If I have anything to criticise, it would be that perhaps after all, the tale is not quite realistic enough. Realism, to my mind, implies, besides truth of detail, the truthful reproduction of typical characters under typical circumstances. Now your characters are typical enough, as far as they go; but the circumstances which surround them and make them act, are not perhaps equally so.[2] In the "City Girl" the working class figures as a passive mass, unable to help itself and not even making any attempt at striving to help itself. All attempts to drag it out of its torpid misery come from without, from above. Now if this was a correct description about 1800 or 1810, in the days of Saint-Simon and Robert Owen, it cannot appear so in 1887 to a man who for nearly fifty years has had the honour of sharing in most of the fights of the militant proletariate. The rebellious reaction of the working class against the oppressive medium which surrounds them, their attempts – convulsive, half-conscious or conscious – at recovering their status as human [104] beings, belong to history and must therefore lay claim to a place in the domain of realism.

I am far from finding fault with your not having written a point blank socialist novel, a "Tendenzroman" as we Germans call it, to glorify the social and political views of the author. That is not at all what I mean. The more the opinions of the author remain hidden, the better for the work of art. The realism I allude to, may crop out even in spite of the author's opinions. Let me refer to an example. Balzac whom I consider a far greater master of realism than all the Zolas passés, présents et à venir, in La Comédie humaine gives us a most wonderfully realistic history of French "Society", describing, chronicle-fashion, almost year by year from 1816 to 1848, the progressive inroads of the rising bourgeoisie upon the society of nobles, that reconstituted itself after 1815 and that set up again, as far as it could, the standard of la vieille politesse française. He describes how the last remnants of this, to him, model society gradually succumbed before the intrusion of the vulgar moneyed upstart, or were corrupted by him; how the grande dame whose conjugal infidelities were but a mode of asserting herself in perfect accordance with the way she had been disposed of in marriage, gave way to the bourgeoise, who corned her husband for cash or cashmere; and around this central picture he groups a complete history of French Society from which, even in economical details (for instance the re-arrangement of real and personal property after the Revolution) I have learned more than from all the professed historians, economists and statisticians of the period together. Well, Balzac was politically a Legitimist; his great work is a constant elegy on the irretrievable decay of good society; his sympathies are all with the class doomed to extinction. But for all that his satyre is never keener, his irony never bitterer than when he sets in motion the very men and women with whom he sympathises most deeply – the nobles. And the only men of whom he always speaks with undisguised admiration, are his bitterest political antagonists, the republican heroes of the Cloître Saint Merri[3], the men, who at that time (1830–36) were indeed the representatives of the popular masses. That Balzac thus was compelled to go against his own class sympathies and political prejudices, that he *saw* the necessity of the downfall of his favorite nobles, and described them as people deserving no better fate; and that he *saw* the real men of the future where, for the time being, they alone were to be found – that I consider one of the greatest triumphs of Realism, and one of the grandest features in old Balzac. [. . .]

Engels beantwortet mit diesem Brief an die Autorin eine Zusendung ihres Romans »City Girl«, mit der er zu einer Besprechung aufgefordert worden war. Margaret Harkness veröffentlichte in den achtziger Jahren weitere Romane über das Leben der englischen Arbeiterklasse unter dem Pseudonym »John Law« und betätigte sich in der sozialistisch gesinnten »Demokratischen Föderation« Hyndmans.

Das erhaltene Manuskript des Briefes ist ein Rohentwurf Engels'. Der englischsprachige Text wurde erstmals 1937 von Michail Lifschitz (W 27, deutsche Ausgabe 1948) veröffentlicht; s. dort auch die ausführlicheren biographischen Hinweise zu Margaret Harkness und Erläuterungen zur Entstehungsgeschichte dieses Briefes (S. 487). Die verbreitetsten deutschen Übersetzungen unterscheiden sich im Wortlaut zum Teil nicht unwesentlich.

Anmerkungen

1. Figur aus »City Girl«.
2. Vgl. dazu Engels' Brief an Minna Kautsky (W 16).
3. Balzac, Verlorene Illusionen u. Die Geheimnisse der Fürstin von Cadignan.

Zola als Befreier, als Weiterer des Romans

Der Praktiker Zola bedeutete einen Fortschritt, der Theoretiker Zola einen Stillstand: Diese Formulierung von Arno Holz kennzeichnet eine um 1890 verbreitete Auffassung, mit der die Zeitschriftendebatten um den naturalistischen Roman nach einem Jahrzehnt ihren Abschluß finden. Während Holz und auch Eugen Wolff, einer der Mitbegründer der Berliner *Freien literarischen Vereinigung »Durch«*, in detaillierter Auseinandersetzung mit den theoretischen Formeln und Forderungen Zolas deren Unbrauchbarkeit für eine *neue, moderne* Kunst zu demonstrieren suchen, überprüft Georg Brandes die Stichhaltigkeit der Theorie Zolas an dessen Romanen. Vor allem sucht er ins einzelne nachzuweisen, daß eine persönliche Grundansicht Zolas die Auswahl der Motive und die Darstellungsweise seiner Werke bestimmt. Damit akzentuiert Brandes zunächst den einschränkenden Nachsatz der Formel Zolas: *une œuvre d'art est un coin de la nature vu travers un temperament.* Er widerlegt damit aber zugleich den Anspruch Zolas, als Schriftsteller nach den Methoden der exakten Wissenschaften zu verfahren. Dieser Einwand und auch die Beobachtung, daß Zola auf eine Verdichtung von Wirklichkeit in *Grundsymbolen* keineswegs verzichtet habe, bestärkten Brandes in der Überzeugung, *daß auch nicht der Naturalismus jener Umbildung der Wirklichkeit entgehen kann, die sich aus dem Wesen der Kunst ergibt.*

In Wilhelm Bölsche findet der Romanautor Zola 1896 sogar einen Verteidiger gegen die *Hartnäckigkeit des verbohrten Kunsttheoretikers* Zola. Gerade seine meistberedeten Szenen aus dem Sexualleben seien durchweg *Werke eines erotischen Dichters von großer Phantasieglut;* mit seiner naturalistischen Theorie aber habe er diese nur nach den Rechten der Kunst zu beurteilenden Würfe dem engstirnigen Philisterurteil wieder ausgeliefert. Prägnanter als bei anderen tritt bei dem naturwissenschaftlich versierten Bölsche die Auffassung von der Besonderheit der künstlerischen gegenüber einer naturwissenschaftlich oder historisch ermittelten *Wahrheit* als ein leitendes Prinzip aller – positiven oder negativen – Stellungnahmen zu Zola in Deutschland hervor. Deshalb hält auch Bölsche nicht neue Theorien, sondern ein *Zurückbesinnen auf die einfachsten Prinzipien der Kunst überhaupt* (S. 897) und allerdings eine *gewisse Weltkenntnis* für erforderlich, um dem deutschen Roman wieder aufzuhelfen. Wie sehr allerdings eine Hervorkehrung einer besonderen Wahrheit der Kunst als eine Verteidigungsmaßnahme zum Schutz ihres Freiheitsraumes zu verstehen ist, erweist sich daran, daß Bölsche die *Reorganisation,* die der Roman durch Zola erfahren habe, in erster Linie auf dessen Fähigkeit zur Erfassung konkreter historischer Situationen zurückführt. So mißt er »Germinal« – in gleicher Weise wie Engels den Romanen Balzacs – einen *objektiven Wert als Geschichtsquelle* zu. – Die historischen Gründe allerdings, die den von Bölsche so unmutig vermerkten Rückstand der deutschen Romanliteratur ausmachen, bleiben auch bei seinen Rekursen auf Cervantes, Grimmelshausen und Goethe außerhalb der Überlegungen.

Brandes hatte es Zolas persönlicher Eigenart zugeschrieben, daß in seinen Romanen eine Tendenz zum *psychologischen Simplifizieren* walte und sein Figurenarsenal auf bestimmte Typen reduziert sei. Solche Reduktion stellt sich für Hermann Bahr als notwendige Folge naturalistischer Stoffwahl dar: *Es kann in den Tiefen der Gesellschaft kein Psychologe verweilen, dort sind die Probleme roh, schlicht, mit einem einzigen Zuge zu lösen* (W 35, S. 64.). Diese auf breiter Ebene zu beobachtende Interessenwendung, das *Bedürfnis* nach *komplizierterer* und *raffinierterer* Psychologie, hat in der Folge eine stärkere Anknüpfung des deutschen Romans an den großbürgerlichen Zweig des französischen Naturalismus befördert. Zwar ist dies in theoretischen Ausführungen über den Roman nur vereinzelt belegt; jedoch bestätigen die Romanwerke der Brüder Mann und vieler Wiener Autoren – Schnitzlers und Stefan Zweigs, Bahrs und Hofmannsthals –, daß die wichtigsten Anregungen für den Roman im folgenden Jahrzehnt von den Brüdern Goncourt, Bourget und dem wiederentdeckten Stendhal ausgingen. Umfängliche Rechenschaft über diese Umorientierung hat allein Hermann Bahr gegeben, der über die neuen französischen Vorbilder allerdings dadurch hinauszugelangen trachtete, daß er für den *psychologischen Roman* eine veränderte Technik zu entwerfen suchte, die dem *modernen Geschmack* nach *Unpersönlichkeit des Kunstwerks* Rechnung tragen sollte. Das allgemeine Postulat einer objektiven Erzählhaltung fand dabei eine neue, zusätzliche Begründung: Die Darstellung unbewußter psychischer Prozesse, Analysegegenstand der *neuen Psychologie* und Grundlage des Interesses für den psychologischen Roman, erfordere objektivierende Erzählformen und eine ihnen entsprechende Erzählhaltung. Über eine in der deutschen Romantheorie allerdings bemerkenswerte Reserve gegenüber der *Ich-Form* ist Bahr in seinen programmatischen Ausführungen nicht hinausgekommen. Er brach seine Bemühungen ab mit dem für die Theoriemüdigkeit dieser Jahre bezeichnenden Bekenntnis, daß nicht die Kritik, sondern die Werke selbst die Gesetze der Kunst offenbarten.

Der Titel der Vorbemerkung stammt aus Wilhelm Bölsche, Zur Naturgeschichte des modernen Romans (W 46, S. 895).

GEORG BRANDES 1888

Aus: Emile Zola.
In: Deutsche Rundschau, Bd. 54, 1888, S. 29f., 42–44. W 26.

[. . .] *I.*

Diese Definition, daß das Kunstwerk ein Stück Natur ist, durch ein Temperament gesehen oder aufgefaßt [1], ist frisch und durch ihre Einfachheit ansprechend, aber durchaus nicht so bestimmt, daß sie zur Ausschließung all' der Kunst gebraucht werden kann, welche der Verfechter des Naturalismus verwirft oder verschmäht.

Schon das Wort »Temperament« ist unbestimmt; es heißt zunächst eine kräftige angeborene Eigenthümlichkeit. Es kann durch körperliche und sinnliche Beschaffenheit, durch Eigenthümlichkeit, durch Lebensanschauung übersetzt werden. – Ausdrücke, die verschiedene Möglichkeiten eröffnen. Temperament geht zunächst auf das Blut: leichtblütig, warmblütig, schwerblütig, kaltblütig. Taine sagt: Eigenschaft, Fähigkeit, Idee. Zola sagt: Blut. Er meint zunächst eine kräftige angeborene Eigenthümlichkeit.

Nun ist die Frage, inwiefern diese Eigenthümlichkeit das umformt, was zuerst »Schöpfung«, später »Natur« genannt wurde.

Denn der Nachdruck fällt auf dieses Glied. Zola nannte sich ja später »Naturalist« nach dem Gegenstande, nicht »Personalist« nach dem Temperament.

Die Frage ist also: Ist das von dem Temperament umgebildete Stück Natur noch Natur? Das heißt, Natur für die Anderen. Wann hört die umgeformte Natur auf, Natur zu sein?

Wenn ich eine nackte Mannesgestalt male, dann male ich Natur. Stelle ich eine Berglandschaft dar, dann male ich Natur. Wenn ich (wie Böcklin) den gestraften Prometheus male [2], ungeheuer, hoch oben in dem Nebel über den Bergesgipfeln ausgestreckt, ist dies dann Natur oder nicht?

Wenn ich ein Skelett male, dann male ich Natur. Wenn ich den Tod als Skelett male, ist das noch Natur? Wenn ich (wie Max Klinger) den Tod als Skelett male[3], das früh Morgens mitten in einer blumenreichen Sommerlandschaft seine Nothdurft verrichtet, ist da die Natur vom Temperament getödtet?

Man sieht, wie leicht das Natürliche ins Phantastische hinübergleitet. Und wenn man liest, wie Zola seine Ansicht vertheidigt, entdeckt man auch, daß der Stachel seines Angriffes gegen die sogenannte historische Kunst gerichtet ist, während die phantastische außer Acht gelassen wird.

Zola hat nie die Art der Phantasiewirksamkeit präcisirt, welche er bekämpft. Aber das, worauf er's eigentlich abgesehen hat, ist das lose Erfinden der Einbildungskraft, welche über den Gegenständen und außerhalb der dargestellten Menschen schwebt.

Es war einst der Stolz der Dichter, daß sich ihre Phantasie frei zwischen dem Nordpol und Südpol bewegen konnte; aber man braucht nicht so weit nach der Natur zu reisen. Niemand kann ja doch Anderes schildern als das, was er mit seinen eigenen Augen sah oder in seinem eigenen Gemüth erlebte.

[30] Zola will, wie schon angedeutet, besonders gegen die historische Richtung in der Kunst opponiren.

Er räsonnirt folgendermaßen: All' die alten Principien, das romantische Princip so gut wie das classische, wurden auf Arrangement der Natur, auf der systematischen Amputation der Wahrheit gegründet. Man ging davon aus, daß die Wahrheit an sich unwürdig sei, und daß Poesie nur dann entstehe, wenn man die Natur läutere und beschneide, vergrößere und verschönere. Die verschiedenen Schulen kämpften miteinander darüber, welche Verkleidung man der Wahrheit anlegen solle. Die Classiker hielten fest an dem antiken Costüm; die Romantiker machten eine poetische Revolution, um sie in Rittertracht und Harnisch zu stecken. Jetzt komme der Naturalismus und erkläre, daß die Wahrheit nackt gehen könne und keinerlei Draperie bedürfe.

Die Frage ist nur, ob nicht das, was jetzt das Temperament genannt wird, ganz wie das, was vorher der Geschmack, später die Phantasie genannt wurde, läutert und beschneidet, vergrößert und verschönert? Ob nicht das naturalistische Temperament gezwungen wird, seine Draperie über die Wahrheit zu werfen, gerade so wie der classische Geschmack und die romantische Phantasie es gethan haben.

Die Antwort muß lauten: daß auch nicht der Naturalismus jener Umbildung der Wirklichkeit entgehen kann, die sich aus dem Wesen der Kunst ergibt. Ihr Vorzug vor der historischen Kunst kann nicht auf diesem Punkte gesucht werden, sondern darin, daß diese Richtung reichliche Gelegenheit hat, Modelle zu benutzen, während der historische Dichter in der Regel die Wahl hat, in der alten Tracht einen Zeitgenossen oder eine Puppe darzustellen. Spielhagen hat treffend den modernen Künstler mit Odysseus in der Unterwelt verglichen. Als Odysseus den Schatten begegnet, muß er ihnen erst Blut zu trinken geben, bevor sie ihm Rede stehen können. Das Modell sei das Blut der Wirklichkeit, ohne welches das Geschöpf der Phantasie leblos bleibe.[4]

Es gibt ein Modell, welches der Romandichter immer bei der Hand hat, das ist er selbst. Deshalb fängt er fast immer bewußt oder unbewußt mit Werken an, in denen er selbst dem Helden Modell gestanden hat. [. . .]

[42 . . .] Man glaube nur nicht, daß diese personificirende Anschauungsweise sich jedem phantasiebewegten Künstler darbieten würde, der Gegenstände wählte, die sich natürlich um eine Localität gruppiren. Man vergleiche nur die Nüchternheit, mit welcher Dostojewski das Zuchthaus in Sibirien und das Leben der Bewohner desselben geschildert hat, ohne jeglichen Anflug von Symbolisiren. Das Zuchthaus fängt Niemanden ein, martert Keinen, wird weder gehaßt noch verwünscht. Es ist ein todtes Ding. Alles Leben ist in den Personen der Gefangenen concentrirt, alles künstlerische Licht fällt auf sie.

Eines der schlagendsten Beispiele dieser Auffassungsweise bei Zola findet sich in *»Le ventre de Paris«*. Hier sind die Hallen von Paris wie ein Kessel gemalt, für die Verdauung eines ganzen Volks bestimmt; ein riesengroßer Metallbauch, das Symbol des Lebens der Wohlgenährten und Fetten. Die Bevölkerung, die sich um die Hallen gruppirt, sind lauter Fette, zu denen der Held als der einzige Magere den Gegensatz bildet.

Der ungeheure Metallbauch wiederholt sich und spiegelt sich nun überall ab. Die Frauen, welchen der Held begegnet, haben einen so runden und strammen Busen, daß derselbe einem Bauche ähnlich sieht. Ihre runden, rosenrothen Finger haben kleine Bäuche an den Fingerspitzen. Selbst die Häuser des Quartieres [43] wärmen mit falscher Gutmüthigkeit ihre hervorspringenden Bäuche in den ersten Sonnenstrahlen.*

Nirgends hat man besser Gelegenheit, Zola's Grundansicht zu beobachten. Er ist als Dichter nicht vor Allem Psycholog, so wenig wie sein erster Lehrer Taine es war. Er schildert selten die Entwicklungsgeschichte des Individuums, vielmehr die Eigenthümlichkeit desselben als bleibend und fest. Und er ist besonders darauf angelegt, die Charakteristik großer Gruppen, großer Massen zu geben.

Schon Zola's Neigung, das Wesentliche zu schildern, das Allgemeingültige, das, was so wenig variabel wie möglich ist, treibt ihn dazu, aus dem Seelenleben das höchste Gefühlsleben, das feinste Gedankenleben herauszusondern, wie Etwas, das nicht für ihn liegt, und woran er kaum zu glauben scheint. Er hält sich am liebsten an die großen, einfachen Grundtriebe, an die einfachsten, seelischen Zustände.

Aber auch seine ursprüngliche Lebensanschauung, sein eingewurzelter pessimistischer Hang führte ihn in diese Richtung. Er wollte in seiner großen Romanreihe ein Zeitalter schildern, das seinen Abschluß und anscheinend sein Urtheil bei Sedan fand. Damit war Folgendes gegeben: Abscheulichkeiten und eine Nemesis. Einzelne

* . . . la poitrine arrondie, si muette et si tendue, qu'elle n'éveillait aucune pensée charnelle et qu'elle ressemblait à un *ventre* . . . Leurs mains potelées, d'un rose vif, avaient une sorte de souplesse grasse, des doigts *ventrus* aux phalanges . . . Les maisons gardaient leur façade ensoleillée, leur air béat de bonne maison, se chauffant honnêtement le *ventre* aux premiers rayons. [Emile Zola, Les Rougon Macquart, éd. de la Pleiade. Paris: Gallimard 1960, Bd. I, S. 667, 672, 887.]

Romane, die am längsten bei den Abscheulichkeiten verweilen, enthalten reinen, unvermischten Pessimismus. In denselben sieht der Verfasser nichts, das nicht schwarz oder schmutzig ist: *»La curée«*, *»Le ventre de Paris«*, *»Eugène Rougon«*, *»Pot-Bouille.«* Andere deuten die Nemesis in der Gestalt einer Art von Naturgerechtigkeit an: *»La conquête de Plassans«*, *»Nana«*, *»Germinal.«* Ein einzelner hat einen gewissen Optimismus von wenig glaubwürdiger und wenig geistreicher Art: *»Au bonheur des dames«*, ein anderer hat den Pessimismus als Thema und Problem: *»La joie de vivre«*. Die Lebensanschauung ist in den späteren Büchern umfassender als die ursprüngliche Rücksicht auf die Geschichte des Kaiserreiches es Anfangs zuließ; ganz philosophisch klar ist die Grundansicht aber nie. Zola folgt seiner Stimmung und seinem künstlerischen Bedürfniß, welches dasjenige ist, zu variiren. Doch ist die Lebensanschauung durchgehends äußerst düster. Man findet ein *parti-pris*, das Unglück in Allem und das Verwerfliche überall zu finden. Der moralische Maßstab wird mit um so größerer Sicherheit angelegt, weil Zola keiner höheren Moral bedarf als derjenigen, die gang und gäbe ist, und nie die Aussicht auf eine andere Gesellschaft als die bestehende eröffnet.

Der Pessimismus wirkt nun in seinem künstlerischen Streben in genauer Uebereinstimmung mit seinem Hang, das Allgemeingültige, Grundmenschliche zu schildern, d. h. er simplificirt und reducirt. Man lese *»Une page d'amour«*, und man sehe, was Zola aus der Liebe gemacht hat. Ein Grauen, eine Verrücktheit, halb Greuel, halb Dummheit. Man lese *»L'œuvre«* und sehe, was die [44] Kunst demjenigen wird, der es ernst mit ihr meint: eine ewige Qual, eine einfache Manie.

Es ist diese, aus verschiedenen Quellen genährte Neigung Zola's zum psychologischen Simplificiren, die ihn zum Repräsentativen führt. In dem einzelnen Arbeiter schildert er den Stand, in der einzelnen Courtisane die Courtisane.

Seine Hauptfähigkeit ist die, typische Züge und große Totalitäten aufzufassen und wiederzugeben. Er bringt mit Vorliebe die Wirkung von etwas Riesengroßem hervor. Er erreicht diese Wirkung nicht impressionistisch durch ein paar entscheidende Züge, sondern wie Victor Hugo durch hartnäckiges Wiederholen und durch das Aufzählen von einer Menge äußerer Einzelnheiten; er zählt z. B. unzählige Namen von Pflanzen, von verschiedenen Arten Käse, von den Stoffen und Waaren eines Magazins auf.

Aber, um alle Einzelnheiten zusammenzufassen und die einheitliche Wirkung, der er nachstrebt, hervorzubringen, nimmt er dann seine Zuflucht zum Symbol; zum großen Grundsymbol, wie z. B. den Hallen als dem Bauch von Paris, und dann stempelt er alle Einzelnheiten mit dem Merkmale des Symbols, findet den Bauch in dem Busen der Frauen, in den Façaden der Häuser, an den Spitzen der Finger wieder.

So hat er sich als Romandichter zum leidenschaftlichen Verfechter einer rein mechanischen Psychologie entwickelt. Er führt all' das Menschliche zum rein Animalen zurück, schleift und entfernt das höchste Willensleben und das feinste Spiel der Intelligenz, stellt selbst die am vorzüglichsten ausgeprägte Persönlichkeit als eine fast unbewußte oder kraft einer Art Manie fungirende Maschine dar.

Aber all' die mehr als animale Kraft, all' die freie Selbständigkeit, den übermächtigen Willen, den er den Individuen raubt, ertheilt er kraft einer Eigenthümlichkeit seines Temperaments den unpersönlichen Schöpfungen, wie einem Terrain oder einem Gebäude, die dann eine rein abstracte Macht, wie die Liebe, die Industrie, den Großhandel, irgend ein Lebenselement personificiren.

Diese unpersönlichen Dinge schwellen dann an von der selbständigen Kraft, die er dem Individuum geraubt hat. Sie sind wie Verkörperungen jenes unwiderstehlichen Schicksals, das die Alten mächtiger als Menschen und Götter nannten.

Es ist, als ob seine eigene Machtbegierde und seine eigene Machtfreude sich daran labe, diese Schicksalsmacht zu besingen, welche die Individuen ohne Rücksicht und ohne Gnade gebraucht und vernichtet.

Seine große epische Dichtung *»Les Rougon-Macquart«* ist also eine Reihe von lose an einander geknüpften Gesängen über die verschiedenen Incarnationen dieser geheimnißvollen und fürchterlichen Gottheit, deren Dichter er ist.

Anmerkungen

1. E. Zola, Le roman expérimental. Paris: Charpentier 1880, S. 110f.
2. A. Böcklin, Prometheus. Erste Fassung des Ölbildes 1882; abgebildet in F. v. Ostini, Böcklin. Bielefeld, Leipzig: Velhagen u. Klasing 1904, S. 81 (= Künstlermonographien Bd. 70).
3. Vermutlich Max Klingers »Der Tod am See« (um 1880).
4. F. Spielhagen, Finder oder Erfinder? In: F. S., Beiträge zur Theorie und Technik des Romans. Leipzig: Staackmann 1883, S. 22.

ARNO HOLZ 1890

Aus: Zola als Theoretiker.
In: Freie Bühne für modernes Leben, Jg. 1, 1890, H. 4, S. 101, 103f. W 32.

Als Praktiker geht Zola von Balzac aus, als Theoretiker von Taine. Seine *»Œuvres critiques«* stehen genau in demselben Abhängigkeitsverhältnisse zur *»Philosophie de l'art«* des Einen, wie sein Rougon – Macquart-Cyclus zur »Menschlichen Komödie« des Andern. Beide Werke wären ohne diese Vorgänger nicht geschrieben worden. Den Beweis für diese Behauptung, wenigstens insofern sie den Praktiker Zola berührt, erlassen wir uns hier, wir halten uns nur an den Theoretiker. [. . .]

III.

[. . . 103 . . .] Bleibt uns also nur noch die zweite [Formel] übrig, und das typische Beispiel, derselben: *»roman expérimental.«* Dieses Schlagwort scheint Zola in der That zuzugehören, als das natürliche Product seiner Individualität, etwa wie sein *»L'Assommoir«*, oder wie sein *»Germinal«*. Enthält es aber eine Wahrheit, d.h., ist es wirklich der adäquate Ausdruck eines bis dahin völlig übersehen gebliebenen Thatsachenbestandes?

Sehen wir zu! Zunächst: Was *ist* ein Experiment?

Ein Chemiker hält in seiner Hand zwei Stoffe, den Stoff x und den Stoff y. Er kennt ihre beiderseitigen Eigenschaften, weiß aber noch nicht, welches Resultat ihre Vereinigung ergeben würde. Seiner Berechnung nach freilich *x plus y*, vielleicht aber auch u, vielleicht sogar z. Selbst weitere Möglichkeiten sind keineswegs ausgeschlossen. Um sich also zu überführen, wird ihm nichts anderes übrig bleiben, als jene Vereinigung eben vor sich gehen zu lassen, d. h. ein Experiment zu machen – *»une observation provoquée dans un but quelconque«*, wie Zola in Anlehnung an Claude Bernhard, seinen dritten großen Meister, gesagt hat. [1]

Inwiefern identifizirt sich nun mit diesem Chemiker der Romanschriftsteller? Auch er hält, wie wir annehmen wollen, zwei Stoffe in seiner Hand, auch er kennt, wie wir annehmen wollen, ihre beiderseitigen Eigenschaften, aber auch er weiß, wie wir annehmen wollen, noch nicht genau, welches Resultat ihre Vereinigung ergeben würde. Wie nun zu diesem gelangen? Nichts einfacher als das, erwidert darauf Zola, der Theoretiker: er läßt eben, genau wie sein gelehrter Muster-College, jene Vereinigung vor sich gehen, und die Beobachtung derselben giebt ihm dann das gewünschte Resultat ganz von selbst: *»Ce n'est là qu'une question de degrés dans la même voie, de la chimie à la physiologie, puis de la physiologie à l'anthropologie et à sociologie. Le roman expérimental est au bout.«* Freilich, freilich! Aber vielleicht ist es gestattet, vorher eine kleine Einwendung zu machen? [2] [104]

Jene Vereinigung der beiden Stoffe des Chemikers, wo geht sie vor sich? In seiner Handfläche, in seinem Porzellannäpfchen, in seiner Retorte. Also jedenfalls in der Realität. Und die Vereinigung der beiden Stoffe des Dichters? Doch wohl nur in seinem Hirn, in seiner Phantasie, also jedenfalls *nicht* in der Realität. Und ist es nicht gerade das *Wesen* des Experiments, daß es nur in dieser und ausschließlich in dieser vor sich geht?

Ein Experiment, daß sich blos im Hirne des Experimentators abspielt, *ist* eben gar kein Experiment, auch wenn es zehnmal fixirt wäre; es kann im günstigsten Falle das Rückerinnerungsbild eines in der Realität bereits gemachten Experiments sein, nichts weiter. »Ein in der *Phantasie* durchgeführtes Experiment«, wie man ja allerdings den Rougon-Macquart-Cyclus bereits geistvoll betauft hat, ist ein einfaches Unding, ein Kaninchen, das zugleich ein Meerschweinchen ist, und ein Meerschweinchen, das zugleich ein Kaninchen ist. Ein solches Kaninchen und ein solches Meerschweinchen hat es nie gegeben und wird es nie geben, gottseidank! Abgesehen natürlich von den Vorstellungen der Theoretiker. Bei denen ist eben Alles möglich, auch Mondkälber und Experimentalromane . . .

Nein, nicht die Funkelnagelneuheit seiner »Ideen« war es, nicht die mehr als zweifelhafte Tiefe seiner »Wahrheiten«, die Zola auch als Theoretiker so hoch über den trivialen Haufen emporragen ließ, sondern die wunderbare Wärme seiner Ueberzeugung, das Pathetische seiner Perioden, das ganze unnachahmlich Machtvolle seiner Persönlichkeit, das, wie seinen übrigen Werken, so auch seinen kritischen Schriften zur Folie dient. [. . .]

Gegenüber dem hier auszugsweise wiedergegebenen Erstdruck von 1810 handelt es sich bei dem Nachdruck in »Die neue Wortkunst« (W 32 N) um eine stilistisch leicht überarbeitete Fassung.

Anmerkungen

1. s. E. Zola, Le roman expérimental. Paris: Charpentier 1880, S. 12, 14 u. 15. – C. Bernard, Introduction à l'étude de la médicine expérimentale. Paris: Baillière 1865.
2. E. Zola, Le roman expérimental. Paris: Charpentier 1880, S. 2.

HERMANN BAHR 1891

Aus: Die neue Psychologie.
In: H. B., Die Überwindung des Naturalismus. Dresden, Leipzig 1891, S. 109–113.
W 35.

[. . .] *II.*

Ich habe dargestellt, daß die Weltliteratur eben im Zuge ist, sich nach einer neuen Psychologie zu wenden, die neu in den Themen, indem sie diese Menschen von heute mit ihren Problemen von heute, und neu in der Methode sein soll, indem sie sie nach den Grundsätzen dieser Wissenschaft von heute untersucht. Eine ungemein simple Geschichte im Grunde, weil jeder in dem eigenen Bedürfnis und seinem unverwindlichen Drange ihre Bestätigung findet; und ich kann mir kaum denken, wie sie einer mißverstehen möchte. Nur über die zweite Forderung, weil in ihr die Pflicht der neuen Kunst gründet, will ich mich noch ein bischen erklären. [. . .]

[110 . . .] Von dieser Methode will ich zuerst sprechen, wie die Begierde des modernen Geschmackes sich sie vorstellt.

Dieser moderne Geschmack kommt nun einmal aus dem Naturalismus und ist zu lange im Naturalismus gewesen. Er denkt nicht daran, von seinen dort erworbenen Gewohnheiten auch nur eine einzige aufzugeben. Er hat alle naturalistischen Bedürfnisse mit herübergebracht und will sie ungeschmälert behalten. Er will nur noch mehr: er will, was nur immer der Naturalismus jemals zu bieten vermag, und obendrein noch den vom Naturalismus versagten Genuß der *intérieurs d'âme.* [1] So ist er einmal, habsüchtig, unersättlich und widerspenstig gegen jeden Verzicht, so zwingt ihn seine Vergangenheit zu sein und damit müssen wir rechnen.

Das ist ja nun auch nicht so schlimm. Die naturalistische Technik zu schaffen war schwierig; heute erlernt sie sich leicht. Nur einen Haken hat die Geschichte.

Auf eins wollen wir unter keiner Bedingung verzichten: auf die Unpersönlichkeit des Kunstwerkes, in welchem, hinter welchem, durch welches der Künstler verschwinden soll. Von dieser Voraussetzung können wir nicht lassen; anders ist keine Wirkung auf uns. Die Kunst hat keine Gewalt als nur durch den Schein eines unmittelbaren Verhältnisses zwischen uns und ihren Dingen, welcher durch keine Dazwischenkunft des Künstlers jemals gestört werden darf. Wir [111] wollen den Gegenstand selbst, mit der unwiderstehlichen Gewalt der rauhen Wirklichkeit, gegen welche der Zufall vestummt; nicht einen zuverlässigen Vermittler, der, in Farbe, Klang oder Wort, von ihm berichtet, ohne Vertrauen zu erzwingen. Wir sind heute von vorneherein mit Unglauben widerspenstig gegen das Kunstwerk; und wie nur erst der suchende Verdacht Persönliches an ihm entdeckt, das giebt den erwünschten Vorwand, seiner Wirkung zu entschlüpfen.

Die naturalistische Verborgenheit des Künstlers ist also zu wahren, er darf nicht plötzlich aus der Versenkung heraufauchen, mit Zwischenreden, Behauptungen, Erklärungen. Aber die Mittel des bisherigen Naturalismus, welche bloß die Objektivierung der äußeren Sachenstände verfolgen, reichen dafür nicht aus. Es handelt sich um eine Methode zur Objektivierung der inneren Seelenstände.

Es handelt sich um eine Methode, die Ereignisse in den Seelen zu zeigen, nicht von ihnen zu berichten.

Am nächsten liegt die »Ich-Form«. Was über eine Seele ausgesagt wird, bewirkt uns nicht; aber den Bekenntnissen, welche eine Seele von sich selbst aussagt, ist unser Vertrauen geneigt. Das scheint ein einfaches und verläßliches Verfahren. Die Beichte, welche die inneren Begleitungen der äußeren Handlungen aus erforschtem Gewissen bekennt, erspart alle vermutenden Kommentare des psychologischen Professors. Darum sind alle Meisterwerke der psychologischen Kunst bisher lyrisch gewesen, mit dem Motto des Stendhal: *je cherche à raconter avec vérité et avec clarté ce qui se passe dans mon cœur.* [2]

Aber die Kunst der neuen Psychologie muß auf diesen Behelf verzichten, weil ihre Vorstellung gerade das unternimmt, was sich der Selbsterkenntnis und darum der Beichte entzieht: die Erscheinungen auf den Nerven und Sinnen [112] noch bevor sie in das Bewußtsein gelangt sind, in dem rohen und unverarbeiteten Zustande. Es ist selten, daß einer sich durch lange Übung und seltsame, verwegene, leicht gefährliche Zerspaltung des Ich in ein handelndes und ein beobachtendes dahin bringt, am Ende sich der unbewußten Ereignisse bewußt zu werden – eben der auf Nervenerforschung eingedrillte Psychologe allein. Wenn also die neue Psychologie sich in der »Ich-Form« erfüllen will, dann schränkt sie sich auf die Leute vom Metier ein, *qui tâtent le pouls à leur sensibilité*, und die Ausnahmen mit dem kranken *dédoublement, qui se demandent, sans cesse comment ils sont émus et s'ils sont émus* (Paul Bourget) [3], werden ihre Regel.

So Baudelaire, so Julien Sorel [4] und Fabrice [5], so Bourget im *»Disciple«* und der *»Physiologie de l'amour«*, so Maurice Barrès im *»Homme libre«*, so Rosny im *»Termite«*. Aber das ist ein Verzicht, der wieder dem Demokratismus unseres Geschmakkes mißfällt. Wir wollen nicht bloß die hellseherische Elite der vom Schmerze Erwählten, über dem dumpfen Glücke der Menge; wir wollen die ganze Welt in die neue Kunst, die Verkümmerten und die Überwachsenen, in den Schachten und auf den Gipfeln der Menschheit, die Armen und die Vielfältigen im Geiste.

Die »Ich-Form« reicht also nicht aus, weil sie das Nervöse gerade wegläßt, und die fachmännische »Ich-Form« kann höchstens eine Not-Unterkunft gewähren, bis dem Bedürfnisse eine verläßlichere Heimstätte gesichert ist. Diese gilt es. Diese

Methode, das Unbewußte auf den Nerven, in den Sinnen, vor dem Verstande, zu objektivieren, verlangt das ganze Geschrei nach der neuen Psychologie.

Mehr kann ich auch nicht von ihr sagen; mehr weiß ich nicht: denn das ist eben der Jammer der Kritik, daß sie [113] wohl der Kunst folgen kann, Schritt für Schritt, mit Erklärung ihrer Thaten und ihrer Wünsche, aber nimmermehr sie führen, durch Offenbarungen künftiger Gesetze. [. . .]

Anmerkungen

1. Vgl. dazu Bahrs Aufsatz »Der Naturalismus im Frack« (W 35, S. 57–64), in dem er dem Naturalismus vorhält, die *états de choses, die Sachenstände* einseitig gegenüber den *états d'âme, den Seelenständen* betont zu haben; *und es ist das wieder einmal ein allerliebstes Paradoxon der Geschichte, daß die Literatur, wie sie ins Volk ging, den Menschen verlor und erst in den Salon zurückkehren mußte, um ihn wieder zu entdecken* (S. 62).
2. Stendhal, Brief an Honorè de Balzac v. 16. Okt. 1840. In: Stendhal, Correspondance, Bd. 3, 1835–42, éd. de la Pleiade. Paris: Gallimard 1968, S. 395.
3. P. Bourget, Stendhal (Henri Beyle). 1882. In: P. B., Œuvres Complètes. Critique I: Essais de Psychologie contemporaine. Paris: Plan, Nourrit 1899, S. 224.
4. In Stendhals »Rot und Schwarz. Chronik aus dem Jahre 1830«.
5. In Stendhals »Die Kartause von Parma«.

WILHELM BÖLSCHE 1896

Aus: Zur Naturgeschichte des modernen Romans.
In: Neue deutsche Rundschau, Jg. 7, 1896, Bd. 2, S. 895–899. W 46.

[. . .] Wenn man von Zola als Befreier, als Weiterer des Romans redet, so wird im allgemeinen wohl zunächst an die Dinge gedacht, die seinen Namen zuerst populär gemacht haben. Die Faustschläge wider die Prüderie, die absolut rücksichtslose Behauptung des Standpunktes, dass der Dichter im Banne künstlerischer Zwecke schlechterdings *alles* sagen, alles schildern darf. Es ist auch kein Zweifel, dass Zola hier in einer Zeit, die durch moralische Versumpfung der Kritik, äusseren, völlig kunstfremden Gesetzeszwang und Feigheit der fast zur Herrschaft gelangten Halbdichtung und Dilettantendichtung jede Haltung nach dieser Seite verloren hatte, einen wirklich glänzenden Kampf durchgefochten hat, – einen Kampf für ein ästhetisches Freiheitsprinzip, an dem in Tagen grosser Kunst und bei allen echten und ganzen Künstlern nie um ein Titelchen gezweifelt worden ist. Wenn das Prinzip heute auch dem bornirten Philister wieder aufzudämmern beginnt, so ist das ganz wesentlich ein Verdienst, das sich Zola erworben hat, und zwar hat er es erworben unter genügenden Steinwürfen der Philister selbst. Aber man kann auf der anderen Seite doch nicht leugnen, dass gerade hier derselbe Zola wieder manches hinzugebracht hat, das den reinen Gewinn, ich will nicht sagen, verdirbt, aber doch wenigstens verschiebt. Zola hat seinen Kampf gegen die Prüderie mit aller Hartnäckigkeit des verbohrten Kunsttheoretikers immer nur darzustellen gesucht, als einen Kampf um die naturalistische »Wahrheit«. Die Kunst, hört man von ihm, darf auch das Aergste, das Derbste sagen, weil es *wahr* ist. Nun stand aber – und das ist von Beginn an denn doch auch von ziemlich Blinden gemerkt worden –, nun stand seine faktische dichterische Leistung gerade an den strittigsten Derbheitspunkten immer in einem merkwürdigen Widerspruch zu seiner eigenen Theorie. Nehmen wir die Musterreihe beispielsweise der bekanntesten und berüchtigtsten Szenen aus dem Sexualleben bei Zola, so ist grade hier so gut wie überall das Wahrheits-Argument ganz hinfällig. Diese Szenen sind durchweg Werke eines erotischen Dichters von grosser Phantasieglut, von eminenter Gestaltungskraft. Sie bilden tief durchdachte, im Kunstbau der Handlung durchaus nötige und berechtigte symbolische Höhepunkte. Kurz, sie sind nach jeder Richtung zu verteidigen: ich erinnere bloss an die gewaltige Liebesszene in dem eingestürzten Bergwerksschacht im Germinal, – wer möchte sie missen. Aber dabei sind sie von allen Momenten der Zola'schen Romane diejenigen, die am weitesten hinter der groben Wahrheit und Wahrscheinlichkeit zurückbleiben, und es ist grade vor ihnen den Gegnern immer am leichtesten geworden, [896] Zola den Wirklichkeitsfanatiker und Notizbuchdichter mit kleinlichen Einwürfen zu fassen. »Rom« selbst bietet wieder eines der schärfsten Beispiele, doppelt scharf, weil die Gestaltungskraft Zola's seit Germinal entschieden abwärts gegangen ist und diesmal die Romantik der wichtigsten Sexualszene ungeschickter in der Gesammtkomposition steht als früher. Bei einem Mädchen, das sonst ganz schlicht und treu in die Wirklichkeit hineingezeichnet ist, steigert Zola den Schmerz vor dem sterbenden Geliebten bis zu einer grausigen Szene, in der sie, die bisher Unberührte, ihre Kleider von sich wirft und den fast Toten wahnsinnig umfängt. Die Szene steht – wenn auch, wie gesagt, diesmal nicht ganz straff – als symbolischer Akt geschlossen im Kunstwerk, aber mit Notizbuch-Wahrheit hat gerade sie schlechterdings garnichts zu thun und folgerichtig kann sie auch aus der Logik der »Wahrheit« heraus unmöglich verteidigt werden. Man muss, um ihre Krassheit zu rechtfertigen – und sie ist in der That auch theoretisch durchaus als solche zu rechtfertigen – einen ganz andern Weg einschlagen. Man muss der Kunst das Recht wahren, auch in der ganz *freien* erotischen Phantasie so weit zu gehen, wie sie nur irgend will, einerlei ob diese Phantasie noch Anspruch auf reale Möglichkeit macht oder nicht. Das Einzige, was dabei verlangt wird, ist, dass sie eben »Kunst« bleibt, das heisst nicht grobe Nebenzwecke ins reale Leben hinein verfolgt, die das Künstlerische prostituiren. Indem Zola diese richtige theoretische Deduktion verpasste und mit Hülfe einer einseitigen naturalistischen Theorie in ein ganz enges (für ihn selbst viel zu enges) Fahrwasser einlenkte, hat er dem Philister leider Thür und Thor aufgethan, um den ganzen ästhetischen Befreiungskreuzzug auf's Gründlichste misszuverstehen. Man sah in den erotisch-phantastischen Szenen, da sie der naturalistischen Theorie entschieden *nicht* entsprachen, doch nur wieder unkünstlerische Spekulationen auf die gröbsten Gefühle der Leser, und die Consequenzen dieses Irrtums haben den ganzen Befreiungskampf nach dieser Seite mindestens etwas gehemmt, wenn sie ihn auch im Ganzen nicht lähmen konnten. Man möchte, wenn man den Verlauft überblickt, wohl mit Vischers »Auch

Einer« sagen: »Jeder Dichter ist dümmer als er selbst« [1], was wohl so viel heissen soll, als dass kein noch so grosser Praktiker sicher davor ist, dass er nicht als Theoretiker sein eigenes Werk noch wieder selber in Misskredit bringen könnte.

Wie es nun damit stehe: jedenfalls kann man diese Seite bei Zola ganz links liegen lassen und wird doch vollen Respekt davor haben müssen, wie er das Niveau des modernen Romans faktisch heraufgerückt hat. Das Wort ist alt und gut: der Roman solle ein dichterisch geschautes *Weltbild* geben und nicht bloss eine kleine Phantasiearabeske. In den Zeiten, da man das Wort noch nicht hatte, aber zuerst ein Gefühl dafür bekam, was ein echter Roman in rechter Hand für eine Sorte Kunstwerk werden könne, bei Cervantes im Don Quixote und bei Grimmelshausen im Simplicissimus, da kam man der Erfüllung der Forderung im sichern Drange schon merkwürdig nah. Als es dann theoretisch ausgesprochen wurde, sagen wir etwa, als Goethe seinen Wilhelm Meister und seine Wahlverwandtschaften schrieb, da war wenigstens eben ein Mann wie Goethe ganz und gar in seinem Schaffen davon beherrscht. Was ist aber dann aus dem Prinzip geworden! Bei uns in Deutschland, sagt man, hat das ganze neunzehnte Jahrhundert im Zeichen des Romans gestanden, – er war die durchschlagende Kunstform. Wenn das wahr ist, so wird die deutsche Dichtung mindestens aus zwei Dritteln des Jahrhunderts bei der Nachwelt einen bösen Ruf bekommen. Denn innerhalb dieser durchschlagenden Kunstform war jenes Fundamentalprinzip in einer Weise verloren gegangen, die wahrhaft himmelschreiend ist. Ein Weltbild auch nur in einem ganz annähernden Sinne zu geben, erfordert in erster Linie eine gewisse Weltkenntniss. Jener deutsche Roman hat sich von dieser Weltkenntniss so fern gehalten wie möglich. Es schien, als fühlten sich gerade die beschränktesten Köpfe, die blindesten und taubsten »Zeitgenossen«, berufen, den Roman zu verwalten. Wehe dem Unglücklichen, der später einmal [897] aus ein paar tausend Bänden deutscher Romane sich etwas rekonstruiren möchte von den grossen Kämpfen des neunzehnten Jahrhunderts, von den sozialen, moralischen, ideellen Wandlungen, von dem heissen Getriebe des wirklichen Lebens, das in diesem prachtvollen Jahrhundert gepulst hat! Er könnte ebenso gut ein paar Spezialwerke über den Mond lesen. Alle Symptome, die dieser rettungslos verfallende, weltfremde Roman gezeigt hat, deuten auf denselben innerlichen Bankerott, – ich erinnere nur an eines der vielbesprochenen Schlusssymptome, die Ueberlenkung zum »historischen Roman.« Es war einer der letzten Versuche, das kindische Spiel mit Werten ausserhalb der eigenen Zeit und ihres Lebens, im Moment, da es anfing, selbst den dümmsten Lesern zuviel zu werden, hinüberzutreiben in eine Vergangenheit, die natürlich ebenso erlogen war, wie die »Gegenwart«, die man bisher verzapft hatte.

Der entscheidende Schritt durch alle diese Misere kam, man mag sagen, was man will, durch Zola. [. . .]

[898. . .] Es war eine ganz natürliche Folge der Reorganisation, die Zola dem Roman angedeihen liess, wenn mit ihm das eigentlich *historische* Element im *echten* Sinne wieder entscheidend im Roman zur Geltung kam. Der Roman, der sich wieder darauf besinnt, ein dichterisches Weltbild zu geben, ein Zeitbild, das in das Milieu der Wirklichkeit hineinzeichnet, er wird ganz von selbst in die grosse geschichtliche

Betrachtung der Dinge hineingerissen, die Betrachtung, die vom augenblicklichen Bilde übergeht zu den Wurzeln der Vorgänge und die im Heute das Gestern gleichzeitig auferstehen lässt. Keiner unter allen Dichtern unserer Tage hat schärfer und bewusster danach gerungen als Zola, seine Gestalten wirklich einzufügen in das Werden, in den geschichtlichen Fluss der Dinge. Die Kämpfe auf dem Kunstgebiet, die *L'Œuvre* schildert, die sozialen Gährungen, in die uns *Germinal* führt, der Kriegsrummel von 1870, den *Debacle,* die Tragödie des Bauernstandes, die *La Terre* erzählt: sie alle sind durch und durch historisch entwickelt, als Resultat umständlicher geschichtlicher Vorgänge, auf die unausgesetzt die breitesten Gedankenpanoramen hinweisen. Ich rechte, indem ich das betone, nicht über die objektive Richtigkeit des historischen Sachverhalts in jedem Einzelfalle, wie ihn [899] Zola giebt. Worauf es mir ankommt ist auch hier die Methode, die Art, wie er überhaupt das Historische wieder hineingebracht hat in den Roman, ohne doch den Boden der eigenen Zeit zu verlassen und zu den Maskeraden des schlechten Geschichtsromans zu greifen.[2] Mit der objektiven »Wahrheit« an sich muss man hier, glaube ich, möglichst aus dem Spiel bleiben. Was wird, um ein Verwandtes, das die Sache gut charakterisirt, heranzuziehen, in fünfzig Jahren wohl von den einzelnen Vererbungsgesetzen, die Zola in seinen grossen Cyklus hineingeheimnisst hat, als objektive Wahrheit bestehen bleiben! Vielleicht verzweifelt wenig. Und doch: wie bedeutend, wie echt fortschrittlich war die Idee an sich, diesen Dingen eine Rolle im grossen Gewebe des Romans zu geben! Kein Geringerer als Goethe hatte in seinen »Wahlverwandtschaften« den Weg dazu eröffnet. Fast die ganze Zwischenzeit aber war feige davor zurückgeschreckt. Zu derselben Zeit, wo man vielleicht die Einzelheiten des Zola'schen Wissens über Vererbung so gut wie alle in die Rumpelkammer geworfen hat, wird man im Ganzen und was die Methode anbelangt gar nicht mehr begreifen können, wie ein Romandichter *nicht* auf die Verwertung dieser Dinge kommen konnte, wofern er auch nur ein klein wenig Anspruch erhob, seine Zeit zu spiegeln. Thatsächlich steht es übrigens mit der historischen Wahrheit bei Zola im Allgemeinen immer noch weit besser als mit der naturwissenschaftlichen in den Vererbungsproblemen. Ein soziales Gemälde wie Germinal wird schwerlich so bald auch seinen rein objektiven Wert als Geschichtsquelle verlieren. Grade dieses Buch verdankt seinen beispiellosen Erfolg in erster Linie dem wirklichen Hauch der Wahrheit, der aus jeder Seite weht. Und die Leistung war um so stärker, als es für das gefährliche Problem des Werkes verschwindend wenig dichterische Vorarbeit gab, – erklärlich genug bei dem Geist der Feigheit, der immer in Zeiten dichterischen Verfalls zu triumphiren pflegt und der bei uns in Deutschland so sehr den Roman beherrscht hatte, dass die erste (miserable) deutsche Uebersetzung eben von Germinal von der ganzen neu aufblühenden Generation gradezu als *erster* sozialer Roman verschlungen werden konnte. [. . .]

Zola ist im Laufe seiner Arbeiten individueller geworden. So nackt ausgedrückt, lässt sich das leicht missverstehen. In der ganzen Art, wie Zola den Roman in der Tiefe gefasst und reorganisiert hat, steckt selbstverständlich von Beginn an die Klaue einer grossen Individualität. Aber grade die reformatorische Arbeit, wie er sie in seinem Falle leisten musste, trieb gleichzeitig stark an zum Versuch einer möglichst objektiven Darstellung, hinter der das Individuum zwar als Meister, aber doch möglichst unnahbar stand. Grosse Weltbilder sollten seine Dichtungen sein, nicht die Memoiren des Autors. Nichts vielleicht hatte den schlechten Roman der Verfallsepoche so entscheidend niedergedrückt [900] wie das ewige Hineindrängen der eigenen Person, das Selbstbespiegeln in der Maske irgend eines Lieblingshelden. Man fühlt auf Schritt und Tritt, wie Zola, in dessen Temperament jede Ueberzeugung einen Stich in's Fanatische bekam und der in Theorien jedenfalls ebenso die Uebertreibungskraft Viktor Hugo's bewährt hat wie in manchen Schilderungen, bewusst nach dieser Seite bremst. Aber es ist ein eigenes Ding mit dem Individuellen. Ob es nun zur Theorie passt oder nicht: es bricht eben schliesslich irgendwo doch durch. Die erste entscheidende Stelle derart war L'Œuvre. Das ganze Buch war ein Stück Memoiren des Autors. Er konnte sich entschuldigen, dass der Stoff es von selbst mit sich gebracht: der Stoff des Künstlerromans, in dem unausgesetzt über Fragen verhandelt wurde, die direkt in das künstlerische Programm des Autors eingegriffen. Aber es war merkwürdig, wie grade der Roman einer der drei besten der ganzen Reihe wurde: das Herzblut verleugnete sich doch nicht. Abermals eine starke Welle solchen Herzbluts pulste in Le Rêve. Hier wurde zum ersten Mal eine Saite in Zola's Individualität merkbar, die später entscheidend werden sollte: religiöse Zweifel und Kämpfe. Zweifel nicht des Frommen, der vor der Wissenschaft in Anfechtung fällt. Sondern umgekehrt die Zweifel eines höchst ausgesprochenen Verstandesmenschen, der nachdenkt, ob mit sozialen und intellektuellen Fortschritten allein der Mensch zu erlösen sei. Abermals folgten dann ein paar Romane von schärfster Objektivität: jetzt die schlechtesten des Cyklus. Im letzten Bande der ganzen Reihe, dem Doktor Paskal, regte sich dagegen wieder das Eigene, der Autor redete vernehmlich und immer vernehmlicher in's Sprachrohr. Aber der Roman hatte an sich eine ungünstige Komposition, der Stoff hemmte überall und so kam der Band gegen L'Œuvre in keiner Weise auf. Die Frage war interessant, was nunmehr folgen werde. Lourdes erschien und die Sachlage war sofort klar. Zola war endgültig übergeschwenkt. Der neue Cyklus von drei Bänden stand bewusst im Dienste jener subjektivsten Bewegung. Er behandelte ein religiöses Problem: das Problem des Autors. Lourdes ist von Vielen langweilig genannt worden. Ich begreife das nicht. Lourdes ist schon rein stofflich eines der interessantesten Bücher der ganzen modernen Litteratur. Aber es entfernt sich allerdings mit souveräner Verachtung von jedem dramatisch straffen Gang der Handlung, es ist ein Buch der Reflexionen, – Reflexionen des Autors. Man könnte es bloss von dem Boden angreifen, dass man die Reflexionen selbst für schwach hielte, – ich denke mir aber, dass das sehr schwer fallen sollte. [. . .]

Anmerkungen

1. Der volle Aphorismus lautet: *Ein Dichter ist immer gescheuter als er selbst; freilich auch dummer als er selbst.* F. Th. Vischer, Auch Einer. Eine Reisebekanntschaft. Stuttgart: Hallberger 1879, Bd. 2, S. 295.

2. Zum historischen Roman hat sich Bölsche grundsätzlich im *Kritischen Jahrbuch* der Brüder Hart 1890 geäußert (W 30). Ausdrücklich erörterte Franz Diederich die Auswirkungen der naturalistischen Forderungen auf den historischen Roman in einer Rezension von Clara Viebigs Romanen (W 67). Weitere wichtige Beiträge zum historischen Roman von Leo Gregorovius (W 38) und Carl Beyer (W 86).

Die Sozialdemokratie und die Moderne

Unter diesem Titel druckte Michael Georg Conrad 1891 in der *Gesellschaft* Stellungnahmen von Wilhelm Liebknecht und Paul Ernst zur *neuesten literarischen Richtung in Deutschland* aus der sozialdemokratischen Theorie-Zeitschrift *Neue Zeit* nach (W 37). Die Stellungnahmen bildeten für Conrad den Anlaß, die eigene Position und die der Mitarbeiter seiner Zeitschrift gegen die Sozialdemokratie abzugrenzen. Paul Ernst hatte das Interesse, das naturalistische Autoren dem Proletariat entgegenbringen, mit einer sozial *deklassierten* Stellung der meisten Schriftsteller in der Gegenwart begründet. Diese Not in die Tugend einer *Mission* zu verkehren, lehnte Ernst jedoch ab – unter Hinweis vor allem auf die nach wie vor bestimmende Ausrichtung der Literatur auf ein literarisch gebildetes, selbstbewußtes Bürgertum (W 36).

Liebknecht hatte in einem »Brief aus Berlin« [1] seinerseits die Annahme korrigiert, naturalistische Kunst stimme in der Tendenz mit den Zielen sozialistischer Politik überein: *Der Hauch der sozialistischen oder meinetwegen auch nur der sozialen Bewegung ist nicht auf die Bühne des jüngsten Deutschland gedrungen.* Er schloß die Erörterung über das Verhältnis der Sozialdemokratie zur literarischen Moderne lakonisch mit der Bemerkung ab: *Das kämpfende Deutschland hat keine Zeit zum Dichten.*

In seinen Erwiderungen auf Liebknecht und Ernst schuf Conrad nun von seiner Seite aus Distanz zur Sozialdemokratie. Dabei demonstriert Conrad die widersprüchliche Haltung der literarischen Moderne und den illusionären Charakter ihrer Selbsteinschätzung: Einerseits bringt er allein der sozialdemokratischen Partei die Hoffnung entgegen, sie werde die *idealen Faktoren des Volkslebens, Kunst, Dichtung und Wissenschaft, im Geiste der modernen Zeit zu ihrem Rechte kommen lassen* (W 37, S. 589); anderseits beharrt er mit Nachdruck auf einer *selbstherrlichen* Stellung von Kunst und Literatur *über den Parteien* und *über der Politik* (ebd., S. 591). Otto Julius Bierbaum hat in einem Schlußwort zu dieser Kontroverse den gleichen Widerspruch erneut formuliert und schroffer noch als Conrad die Kunst als den Bereich vorgestellt, in dem allein ein *reines, fesselloses Menschentum* gegenwärtig zu verwirklichen sei – *über allen Parteien, über allen Schranken, über allen sozialen Unterschieden.* [2]

Vor dem Hintergrund dieser Abgrenzungen zwischen Sozialdemokratie und literarischer Moderne und der gleichzeitigen Spaltung der Freien Volksbühne in Berlin mußte der Vorstoß Edgar Steigers als eine Provokation aufgenommen werden, die

Neue Welt, eine Unterhaltungsbeilage sozialdemokratischer Zeitungen, zu einem *Organ der Erziehung des arbeitenden Volkes zur Kunst* zu machen – und dies ausgerechnet mit Hilfe moderner, naturalistischer Romane. Steiger war bereits 1889 mit seiner Schrift »Der Kampf um die neue Dichtung« als engagierter Befürworter des Naturalismus hervorgetreten. Nachdem er wegen der Aufnahme naturalistischer Romane von Hans Land und Wilhelm Hegeler in die *Neue Welt* im sozialdemokratischen *Hamburger Echo* offen attackiert worden war, rechtfertigte Steiger in einer Artikelserie in der *Leipziger Volkszeitung* die besondere Eignung moderner Kunst als Lesestoff für den Arbeiter vor allem mit der Berufung auf einen klassenübergreifenden Charakter naturalistischer Romane. In einer Gegenüberstellung von *echter Dichtung* und *sozialdemokratischen Traktätchen* hob er bezeichnenderweise als den Vorzug moderner Romandichtung hervor, sie spiegele *einfach ein Stück Welt, wie es ist* (W 47, S. 11).

Mehrere Anträge Hamburger Delegierter gegen die Redaktionspolitik der *Neuen Welt* führten 1896 auf dem Parteitag der SPD in Gotha-Siebleben zu einer Debatte über die Bedeutung und den Nutzen moderner Literatur für die Arbeiterschaft. Neben Steiger und den Redakteuren des *Hamburger Echo*, Frohme, Bérard und Molkenbuhr, nahmen auch Bebel und Liebknecht daran teil. Wenn die Debatte weder eine neuerliche Abgrenzung der Sozialdemokratie gegen die literarische Moderne noch auch die Formulierung von Bündnisbedingungen erbrachte, sondern in Erörterungen über Geschmack und Anstand in der Romanliteratur versandete, so war dies schon durch den Antrag Frohmes vorbereitet, dessen Begründung in dem Vorwurf gipfelte, daß die *»Neue Welt« unter der Redaktion Steigers das sexuell Gemeine in den Vordergrund gestellt hat, daß Schilderungen darin waren, die allen Anstandsbegriffen hohnsprechen* (W 48, S. 79). Eingeengt allenfalls durch die Auflage, bei anstößigen Stellen *mit größerer Energie den Rotstift zu benutzen*, konnte Steiger sein *Kunsterziehungsprogramm* fürs nächste noch durchsetzen.

In einer Bilanz dieser Debatte hat Franz Mehring eine Woche später – gestützt auf Erfahrungen der Volksbühnenarbeit – Bedenken gegen *diese Art Volkspädagogik* geäußert. Durch eine Diagnose der sozialgeschichtlichen und politischen Bedingungen der Moderne hat Mehring die Ergebnisse der Parteitagsdebatte verschiedentlich behutsam in Frage gestellt, ohne doch Gegenvorschläge zu unterbreiten. Diese Zurückhaltung gründete auf generellen Vorbehalten Mehrings gegen besondere Anstrengungen der Arbeiterbewegung auf künstlerisch-literarischem Gebiet. Er knüpfte damit an die Ausführungen Liebknechts von 1891 an und plädierte wie dieser für eine Konzentration der Kräfte auf die ökonomische und politische Emanzipation des Proletariats. Dem Roman maß er damit derzeit, wie aller Kunst, in der Hauptsache eine Rolle in der Entwicklungsgeschichte des Bürgertums zu.

Anmerkungen

1. *Die Neue Zeit*, Jg. 9, 1, 1891, S. 709–711.
2. *Die Gesellschaft*, 1891, Bd. 7/2, S. 1247.

EDGAR STEIGER / KARL FROHME / WILHELM LIEBKNECHT 1896

Aus: Protokoll über die Verhandlungen des Parteitages der Sozialdemokratischen Partei Deutschlands. Abgehalten zu Gotha vom 11. bis 16. Oktober 1896. Berlin 1896, S. 82f., 93, 102f. W 48.

Steiger-Leipzig: [1] [. . .] Man sagt, ich hätte die »Neue Welt« zu einem Tummelplatz für literarische Experimente gemacht. Wo habe ich das gethan? Nirgends. Ich wollte in der »Neuen Welt« das beste bieten, was die lebende Kunst hervorgebracht hat, soweit es uns bei den beschränkten Finanzen möglich war. Dieses Beste ist aber ein neues.

Gerade Wahrheitsmuth ist es, der die neue Kunst auszeichnet. Sie schildert den Tod, das Verderben, sie hängt dem Laster kein moralisches Mäntelchen um. Sie verführt nicht wie jene seichte Lügenkunst, die das Laster liebenswürdig entschuldigt, sie wischt der Welt die Schminke aus dem Gesicht, nimmt ihr die Larve ab und zeigt überall die Todessymptome der bürgerlichen Gesellschaft. Nun sagen die Genossen: Die neue Kunst erhebt nicht, sie sucht mit Vorliebe häßliche Stoffe auf. Es ist aber eine Erscheinung, die sich in der Kunst vom grauesten Alterthum bis in die neueste Zeit findet, daß die Kunst gerade die furchtbarsten Ereignisse als Gegenstand ihrer Darstellung wählt. Was kann furchtbarer sein, als ein Menschenmord, wo der Mensch das Unnatürlichste thut, nicht neues Leben zu verbreiten, sondern Leben zu vernichten. Warum stellt ihn die Kunst aber dar? Weil bei solchen Thaten die geheimsten Triebfedern in der Menschenbrust sich am deutlichsten zeigen; die Dichter wollen, wenn sie einen Mord schildern, nicht sagen: Gehet hin und bringt einen Menschen um.

Redner geht nun dazu über, einzelne Vorwürfe Bérard's zurückzuweisen. Er nimmt den Roman »Der neue Gott« von Hans Land [2] in Schutz und sieht in ihm nicht eine Verhöhnung der Sozialdemokratie, sondern eine Schilderung der verruchten gesellschaftlichen Verhältnisse, die Tausende ins Verderben führen, um in uns die Entrüstung über solche Verhältnisse zu wecken. Wenn die antike Kunst nicht so detaillirt in der Schilderung des Grausigen war, wie die moderne, so geschah es, weil die Kunstmittel noch nicht da waren, so zarte und nuanzirte Stimmungen hervorzurufen, wie es die neue Kunst vermag. Hier könnten unsere Genossen, die sich auf ihre darwinistische und materialistische Weltanschauung berufen, einmal zeigen, ob sie sie wirklich besitzen. Die Widerspiegelung der kleinsten Regung der Menschenseele basirt auf der großen Rolle der Naturwissenschaften in der Gegenwart. Das Mikroskop hat sozusagen uns eine neue Welt eröffnet, hat uns die moderne Kunst gegeben. Während wir in den früheren Jahrhunderten immer in die Unendlichkeit, in das Himmelszelt mit der Sternenwelt hinaufschauten, senkt man sich jetzt in das Kleinste des Kleinen und entdeckt da ebenso große Wunder, wie in dem unendlich Großen. Die Kunst hat diesem Triebe Folge geleistet; sie versenkt sich auf einmal in die geringste Menschenseele. Ja, die Kunst ist demokratisch geworden, man braucht keine Könige mehr auf der Bühne, man braucht keine Fürsten, keine Barone und Grafen in den Romanen; jetzt ist der Arbeiter oder wer es sei, jeder Mensch ganz losgelöst von seiner sozialen Stellung ein gleich interessantes Objekt. Wir entdecken in ihm ganz dieselben Leidenschaften und verfolgen sie. Allerdings müssen wir da, wenn wir bei den Lichtseiten des Lebens diese feine Analyse machen, auch das Laster ebenso genau schildern; dann sonst würden wir lügen und die Menschen bereits jetzt zu Engeln machen. Ich habe in der Diskussion ganz genau herausgefühlt, daß leider immer der Standpunkt vertreten [83] wird, die Kunst sei dazu da, entweder zu belehren oder in dem gewöhnlichen Sinne zu erheben. Das hat Genosse Bérard gethan, als er die viel geschmähte »Mutter Bertha« gegen mich von den Todten herauf beschwor. In »Mutter Bertha« [3] sei kein versöhnendes Moment. Man kann die gewaltige, niederschmetternde Tragik nicht ertragen, sondern steht immer noch auf dem Standpunkt – ich kann nicht anders sagen – des Traktätchenlesers, der immer am Schluß einen gebesserten Menschen verlangt. (Lebhafte Rufe: Sehr richtig! Sehr unrichtig!) Sie müssen sich am Ende kriegen! (Lebhafter Beifall und Heiterkeit.) Wie tragisch und erhebend ist der Schluß der Mutter Bertha! Sie thut das höchste, was eine Mutter für ihr Kind thun kann, aber sie ist eben nur eine Kellnerin, sie hat ein uneheliches Kind – ja, ich kann nichts dafür. (Stürmische Heiterkeit.) In diesem Weibe ist die größte Weiblichkeit und der größte Heroismus verkörpert. Als ihr Kind auf dem Todtenbette liegt, als es aufgegeben ist, und da die Nachbarin kommt und ihr von dem Quacksalber erzählt, der es retten würde – ist es da wunderbar, daß sie nach dem Strohhalm greift? Und nun tritt ihr dieser miserable Wüstling entgegen und fordert als Preis für ihr gerettetes Kind ihren Leib, ihre Ehre, und sie opfert es mit dem festen Entschluß, für immer allem Lebensglücke für sich zu entsagen und nur ihrem Kinde zu leben, und als das Kind stirbt, da geht sie mit ihm in den Tod. Das ist eine so gewaltige Seelenthat, so erschütternd, daß ich nicht begreifen kann, wie man darüber zu lachen wagt. (Lebhafte Zustimmung.) Sonst kommen wir auf den Standpunkt, daß wir wieder die vornehmen Herren, die Großen und Mächtigen der Erde brauchen. Ich finde, wenn eine Kellnerin, wenn ein Mädchen aus dem Volke am Schluß für ihr Kind in den Tod geht, so ist das ein Heroismus sondergleichen, der nur Achtung verlangt.

Als ich in die moderne Richtung einlenkte, da wußte ich ganz genau, daß es sich um eine Erziehung des arbeitenden Volkes zur Kunst überhaupt handelt. Die Frage: »moderne Kunst« spielt darum gar keine Rolle, weil trotz allem und allem ich immer wieder sagen muß: Heute haben wir thatsächlich keine andere *Kunst*, als die moderne. Die anderen, sie mögen ganz wohlwollende Schriftsteller sein, aber Künstler, die das Leben den Lesern oder Zuhörern im Theater vor Augen stellen, sind sie nicht, sie sind Nachahmer einer vergangenen Kunstperiode. Wie müssen wir nun, sagte ich mir, die Erziehung des Volkes zur Kunst gestalten? Genosse Frohme meint, ich hätte damit die Hamburger Arbeiter beleidigt. Ich frage ihn, wo er das gefunden hat, ich habe nie einen Arbeiter beleidigt. Ich habe in meinen Artikeln [4] ausdrücklich nur mein tiefes Bedauern ausgesprochen, daß die schlechten ökonomischen Verhältnisse den Arbeiter hindern, an den Genüssen der Kultur und deshalb auch an der Kunst theilzunehmen. Erst in zweiter Linie habe ich auch die Frage gestreift, ob es bisher nicht schon möglich gewesen wäre, durch Hinderung der Verbildung in künstlerischer Beziehung das Volk zu bewahren vor einem Rückfall in veraltete Anschauungen, die nirgends mehr in der Welt getheilt werden, vor der Anschauung, die Kunst solle belehren, anstatt daß sie das Lebensbild lebendig vor Augen stellt, damit jeder voraus ablese, was er für sich brauchen kann. Es gab nun zwei Wege: entweder man stellte die ganze moderne Kunst (und ich meine nicht etwa diese geschlechtlichen Probleme, auf denen immer herumgeritten wird, als ob die moderne Kunst das wäre), dem Volke vor Augen. Diese Ohrfeige verträgt es heute noch nicht. Hier gilt es pädagogisch vorzugehen und nach und nach den Arbeiter daran zu gewöhnen. [. . .]

[93. . .] *Frohme*[5]: Auf das, worauf es ankommt, ist Steiger gestern nicht mit einem Wort eingegangen. In der »Mutter Bertha« wird geschildert, wie Mutter Bertha mit einem Begleiter geht. Sie bleibt plötzlich stehen: »Ach, Herr Fritz, . . . ich . . . ach . . .« »Was, Fräulein?« sagte er, der sie nicht verstand. »Ich möchte mal' . . . ach, verstehen Sie mich doch!« . . . »Ach so . . . pardon! . . .« »Sie müssen entschuldigen . . . ja, ja . . . Verzeihen Sie . . . Bitte, bitte . . .« Eine blutrothe Verlegenheit durchschoß sein Gesicht. Dann sagte er: »Ist es Ihnen vielleicht recht, wenn wir irgendwo eintreten?« – »Ja doch, aber blos ein bischen schnell!«[6] (Heiterkeit.) – Und nun bleibt es der freundlichen Leserin überlassen, Mutter Bertha in das intime Gemach zu begleiten und die geheimsten Regungen ihrer Seele zu belauschen. (Große Heiterkeit.)

Wenn die naturalistische Kunst glaubt, es rechtfertigen zu können, derartige absolute, stinkende Schweinereien in Romanen bieten zu dürfen (Beifall und Unruhe), dann hört einfach alles auf. Auf alles das ist Genosse Steiger mit keinem Wort eingegangen. Es ist uns garnicht eingefallen, gegen die Freiheit der Kunst, gegen die naturalistische Kunst an sich uns zu wenden, so lange sie sich in den Grenzen des Anstandes hält. Ich weiß ja, es giebt eine Menschensorte, die es schon als ein Verbrechen ansieht, wenn man das Wort Moral und Anstand nur in den Mund nimmt. Es wird mir doch Niemand glauben machen, daß eine Kunstrichtung, die sich als eine Erscheinung des Uebergangs-Zeitalters, eines tollen menschlichen Karnevals selbst giebt, die echte, wahre Kunst genannt werden könne. Genosse Steiger hat auch gestern wieder von sozialdemokratischen Traktätchen gesprochen. Alles, was nicht seiner Meinung entspricht, pflegt er einfach als Traktätchen zu bezeichnen[7], aber die uns Hamburgern gemachten Vorwürfe sind nicht begründet. Es ist sehr leicht, ein Phrasenragout anzurichten, wie es Steiger gethan hat. Darüber darf man sich doch nicht täuschen, daß es leichter ist, hier eine Rede über die Bedeutung der Kunst zu halten, als auf die Streitpunkte einzugehen. Wir haben nicht gegen Windmühlen gekämpft, sondern Auswüchse, die thatsächlich vorhanden sind, auszurotten versucht. Wenn Steiger von der Erziehung des Volkes zur Kunst spricht, so betritt er ein Gebiet, auf dem er leicht straucheln kann, denn von der Erziehung des Volkes zur Kunst in dem abstrakten Sinne, wie es Steiger meint, kann keine Rede sein. Ohne die feste Grundlage einer materiellen Existenz redet man vergebens von der Erziehung des Volkes zur Kunst. Der Behauptung in dieser Allgemeinheit kann höchstens ein Mensch beipflichten, der nicht weiter denkt, als seine Nase reicht. Emporhebung des Volkes! Ja, hat die Sozialdemokratie nicht jeher daran gearbeitet! Entkräftet hat Steiger unsere Angriffe nicht. Was er über die Bedeutung der Kunst sagte, unterschreibe ich Wort für Wort. Aber das ist garnicht der Streitpunkt. Und es ist sehr wenig ehrlich von ihm, daß er es so hinstellt, als seien wir Vandalen, die gegen die Kunst wüthen, während wir nur die Auswüchse des Naturalismus bekämpfen. (Beifall.)

Liebknecht[8]: [. . . 102 . . .] Nun komme ich auf die »Neue Welt«. Es hat mich im Ganzen sehr gefreut, daß wir zum ersten Mal eine Preßdebatte gehabt haben, in der man versucht hat, einen höheren Flug zu nehmen; es ist einmal ernst und würdig von der Kunst gesprochen worden. Theoretisch bin ich mit den gestrigen Ausführungen Steiger's durchaus einverstanden, aber das, woraus man ihm einen Vorwurf macht, wird von seinen Ausführungen gar nicht getroffen. Ueber die allgemeinen Grundsätze der naturalistischen Kunst, das heißt darüber, daß die Kunst natürlich sein, die Natur zur Grundlage, zum Ausgangspunkt und zum Ziel haben muß, sind wir alle einig, wir finden sie schon ausgesprochen bei dem Idealisten Schiller, von Goethe, Lessing, ja schon bei Aristoteles. Der Fehler in der »Neuen Welt« ist der, daß Steiger glaubt, es sei jetzt eine *neue* Kunst, eine fertige Kunst entdeckt worden, und das sei die Richtung des »jüngsten Deutschland«. Darin kann ich Steiger allerdings nicht folgen; diese Richtung ist weder neu, noch fertig; sie ist im Gegentheil recht unreif und unfertig. Es ist richtig: *naturalia non sunt turpia;* aber es giebt Dinge, die man in anständiger Gesellschaft nicht sagt und thut. (Sehr richtig!) Wenn Jemand das natürliche Bedürfniß, das die Bertha gehabt hat, hier in diesem Saale verrichten würde, dann würde jeder sagen, das ist zwar natürlich, aber äußerst unanständig (große Heiterkeit); und ob ich das in diesem Saale oder vor einem Leserkreis von 240000 Familien thue, so ist das gar kein Unterschied. (Sehr richtig! Steiger ruft: Nur bis an die Thüre!) Der richtige, [103] »jüngste« oder »grüne« Naturalist thut eine große That, wenn er ein derartiges natürliches Bedürfniß gewissermaßen der übrigen Menschheit zum Trotz, nur um seine eigene Hypermenschlichkeit zu offenbaren und zu bethätigen, direkt vor den anderen und ihnen ins Gesicht verrichtet! (Große Heiterkeit.) Das, dieser Kultus des unverhüllt Animalischen, die *thierischen* Funktionen des Menschen ist das, wogegen die Arbeiter protestirt haben.

Nun komme ich noch auf ein Moment, das von größter Bedeutung für das Proletariat ist. Das jüngste Deutschland hat als Produkt der Decadence d. h. der Fäulniß der kapitalistischen Gesellschaft eine gewisse prickelnde Lust, alle sexuellen Dinge auszumalen. Schon in der Fäulniß des alten Römerreichs hatten wir dieselbe Erscheinung. Und hier sage ich: – ich bin wahrhaftig nicht prüde, in meiner Gegenwart kann man sehr vieles sagen; aber wenn vor heranwachsenden Kindern – die »Neue Welt« soll ja Familienblatt sein – diese geschlechtlichen Dinge behandelt werden, wie wirkt denn diese Erregung der Lüsternheit auf die Kinder! Das Proletariat wird heute schon so zu Grunde gerichtet durch soziale und ökonomische Verhältnisse; sollen wir noch dazu beitragen, Körper und Geist der Kinder des Proletariats zu ruiniren?

Wenn die Arbeiter von diesem Gesichtspunkte aus sich widersetzen, dann haben sie vollkommen recht. Es ist der Trieb der Selbsterhaltung. Steiger wird das auch anerkennen – ich drücke mich drastisch aus, das Thema bringt es ja mit sich: Die Schweinerei gehört nicht in die »Neue Welt« hinein!

Ich habe mit Jemand, der vielleicht den bekanntesten Namen in unserer modernen sozialistischen und realistischen Romanliteratur hat, in diesem Sinne eine briefliche Polemik gehabt, und mein Widerpart mußte mir schließlich zugeben, daß das, was ich unter gebildeten Leuten nicht sage und nicht thue, auch nicht gesagt und geschildert werden darf in Zeitungen, Unterhaltungsblättern u.s.w. Ich bin mit der Ansicht Steiger's in Bezug auf die Bedeutung des jüngsten Deutschland auch nicht einverstanden.[9] Ich glaube z. B. nicht, daß Hauptmann der große Mann ist, als welchen er ihn hingestellt hat; es ist sehr viel Plattes, Geschmackloses und Häßliches in seinen Schriften, und vor Allem ist nichts Revolutionäres darin, nein, Spießbürgerlich-reaktionäres zum größten Theil. (Beifall und Widerspruch.) Und die Griechen, die doch auch etwas von Kunst verstanden und große Realisten waren, ließen alle grausigen und anstößigen Sachen, statt sie darzustellen und auszumalen, hinter der Bühne verrichten. In der »Kunst der Poesie« des Horaz wird das ausdrücklich gelehrt. Der größte aller Realisten, das war ein gewisser Homer (Heiterkeit); ihn wird Steiger als Autorität ja auch vielleicht anerkennen, obgleich das jüngste Deutschland keine anderen Autoritäten kennt, als seine eigenen Wichtigkeiten und Nichtigkeiten. (Heiterkeit.) Im Homer, in der Ilias, kommt eine wunderschöne Stelle vor, welche ich Freund Steiger bitte stets zu lesen, ehe er an seine Redaktionsarbeit geht. Als die Götter sich streiteten um das Geschick von Troja, als schließlich die Juno entschlossen ist, die Trojaner zu vernichten, sucht sie den anders denkenden Jupiter für sich zu gewinnen, und es gelingt ihr auch durch realistische Frauenkünste – aber der große Realist Homer läßt eine Wolke um beide verbreiten; und diese Wolke empfehle ich Freund Steiger. (Stürmische Heiterkeit.) Und zum Schluß erinnere ich ihn und andere Apostel des jüngsten Deutschland noch an ein Sprichwort, das ja lateinisch ist und das ich deshalb zitiren kann: *cacatum non est pictum!* (Stürmische Heiterkeit und Händeklatschen.)

Die Debatte auf dem Gothaer Parteitage am 12./13. Oktober wurde durch die Anträge 41–44 von Hamburger Delegierten ausgelöst, die darauf zielten, die *Neue Welt* als Gratisbeilage für alle Parteiblätter abzuschaffen bzw. der Redaktion Auflagen zur Gestaltung der Unterhaltungsbeilage zu erteilen. Zu Verlauf und Beurteilung der Debatte ausführlich G. Fülberth, Proletarische Partei und bürgerliche Literatur, Neuwied, Berlin: Luchterhand 1972, S. 84–105 (= Sammlung Luchterhand. 60.).

Anmerkungen

1. Edgar Steiger (1858–1919), verantwortlicher Redakteur der *Neuen Welt* in den Jahren 1895–1898. Biogr.: H. C. [anow], [Nachruf auf] E. S. in: *Die Neue Zeit*, Jg. 38, 1919/20, Bd. 1, S. 121 f.

2. Abgedruckt in *Die Neue Welt. Illustrierte Beilage für Wissenschaft, Belehrung und Unterhaltung.* (Hamburg: Auer), Jg. 1896, Nr. 14–24.

3. Ebd., Nr. 26–39.

4. E. Steiger, Das arbeitende Volk und die Kunst. Kritische Streifzüge, W 47.

5. Karl Frohme (1850–1933), seit 1880 Redakteur beim *Hamburger Echo*, Reichstagsabgeordneter für Altona-Stormarn. Biogr.: F. Osterroth, Biographisches Lexikon des Sozialismus, Bd. 1. Hannover: Dietz 1960, S. 89f.

6. *Die Neue Welt*, Jg. 1896, Nr. 28.

7. Der dritte von 5 Artikeln Steigers in der Auseinandersetzung mit dem *Hamburger Echo* war überschrieben »Kunst oder Traktätchen?« (W 49, S. 12).

8. Wilhelm Liebknecht (1826–1900) leitete zu jener Zeit, neben seiner Tätigkeit als Reichstagsabgeordneter, die Redaktion des *Vorwärts* und nahm in diesem Beitrag zu mehreren Punkten der allgemeinen Pressedebatte Stellung.

9. Vgl. »Vorbemerkung«; Liebknechts zurückhaltende, distanzierende Bemerkungen über den deutschen Naturalismus im »Brief aus Berlin« *(Die Neue Zeit,* Jg. 9, 1891, Bd. 1, S. 709–711 und Bd. 2, S. 41–46).

FRANZ MEHRING 1896

Aus: Kunst und Proletariat.
In: Die Neue Zeit, Jg. 15, 1896, Bd. 1, S. 129–132. W 49.

Auf dem Gothaer Parteitag hat sich eine lange Verhandlung über die Stellung des modernen Proletariats zur modernen Kunst entsponnen.[1] Es war gewiß nicht ein Fehler, daß sie an einem konkreten Streitpunkt entbrannte, denn sie wurde dadurch nur um so belebter und eindringlicher. Aber wenn man ihr eigentliches Fazit ziehen will, so muß man allerdings den konkreten Streitpunkt mit seinem Für und Wider aus dem Spiele lassen. In dieser Beziehung genügt, die Thatsache festzustellen, über die auf dem Parteitag vollkommene Uebereinstimmung herrschte, daß sich nämlich gegen die in der »Neuen Welt« vertretene moderne Kunst innerhalb sehr weiter Parteikreise ein lebhafter Widerstand geltend gemacht hat, der diese Kunst als solche trifft. Denn über den Fleiß und das Talent der Redaktion herrschte ja gleichfalls völlige Uebereinstimmung.

Jene Thatsache selbst wird Niemanden verwundert haben, der wie der Schreiber dieser Zeilen auf künstlerischem Gebiete jahrelang gemeinsam mit klassenbewußten Arbeitern gearbeitet hat.[2] Man kommt darüber nicht hinweg mit einer angeblich konservativen Tendenz, die viele Arbeiter trotz allem ökonomischen und politischen Radikalismus in Sachen der Kunst haben sollen, mit schnellen Schlagworten über Vorliebe für moralische Traktätchen und dergleichen mehr. Diese Einwände würden zutreffen, wenn die Arbeiter irgend welches Interesse für die Romane des Fräulein Marlitt und die Schauspiele des Herrn Lindau bekundeten, indessen davon haben wir nie an irgend einem Arbeiter die geringste Spur entdecken können. Im Gegentheil: die Sorte der Kunst, an welcher sich die heutige Bourgeoisie vergnügt, verachten die Arbeiter schlechthin, während sie in der modernen Kunst doch immer eine sehr beachtenswerthe Erscheinung sehen, wofür nicht zuletzt gerade die leidenschaftliche Heftigkeit ihres Widerstandes spricht. Die Streitfrage gewinnt aber sofort ein ganz anderes Gesicht, wenn die Arbeiter den Halbe und Hauptmann nicht etwa die Lindau und Marlitt, sondern je nachdem die Goethe und Schiller vorziehen.

Nach unseren praktischen Beobachtungen läßt sich der Gegensatz dahin zusammenfassen, daß die moderne Kunst einen tief pessimistischen, das moderne Proletariat aber einen tief optimistischen Grundzug hat. Jede revolutionäre Klasse ist optimistisch; sie sieht, wie der sterbende Rodbertus einmal sagte, die [130] Zukunft in einem wundersam rosigen Schimmer. Das hat selbstverständlich mit irgend welchem Utopismus nichts zu thun. Der revolutionäre Kämpfer mag in der nüchternsten Weise die Chancen des Kampfes abschätzen: ein revolutionärer Kämpfer ist er doch nur, weil er die felsenfeste Ueberzeugung hat, daß er eine Welt umwälzen kann. In diesem Sinne ist jeder klassenbewußte Arbeiter ein Optimist: er sieht voll froher Hoffnung in die Zukunft, und er schöpft diese Hoffnung gerade aus dem Elend, das ihn umgiebt.

Dagegen ist die moderne Kunst tief pessimistisch. Sie kennt keinen Ausweg aus dem Elend, das sie mit Vorliebe schildert. Sie entspringt aus bürgerlichen Kreisen und ist der Reflex eines unaufhaltsamen Verfalls, der sich in ihr getreu genug widerspiegelt. Sie ist in ihrer Weise, und soweit sie nicht bloße Modenarrheit ist, ehrlich und wahr; sie steht hoch über die Lindau und Marlitt, aber sie ist durchaus pessimistisch in dem Sinne, daß sie im Elend der Gegenwart nur das Elend sieht. Was ihr vollständig fehlt, ist jenes freudige Kampfelement, das dem klassenbewußten Proletariat das Leben des Lebens ist. Wo es einmal auftaucht oder aufzutauchen scheint, wie in Hauptmanns »Webern«, da wird es sofort aufs Feierlichste verleugnet. Erst vor acht Tagen wieder hat Herr Hauptmann durch seinen Anwalt Grelling, wie früher schon oft, dem Oberverwaltungsgericht die Versicherung abgeben lassen, er habe mit seinen »Webern« nur eine sentimentale Mitleidstragödie dichten wollen [3], und in seinem »Florian Geyer« hat er, um von vornherein alle unliebsamen Mißverständnisse auszuschließen, die aufständischen Bauern, die in ihrer Weise denselben Kampf kämpften, wie das moderne Proletariat, als eine Rotte hoffnungsloser Trottel geschildert. Wir führen hier Hauptmann an, weil er auf dem Parteitag als der größte Vertreter der modernen Kunst genannt worden ist. Wäre dem so, was wir an sich nicht bestreiten wollen, so wäre damit auch gesagt, daß die moderne Kunst keine große Kunst ist. Denn eine große Kunst hat noch nie, so lange die Welt steht, vor irdischen Tribunalen auf mildernde Umstände für ihr Dasein plädirt.

Ebenso wenig hat sich jemals, so lange die Welt steht, eine revolutionäre Klasse für eine Kunst begeistert, die ihr Kleid mit advokatorischer Bürste von jedem revolutionären Fäserchen reinigt. Das giebt es einfach nicht. Die Aristarche der modernen Kunst haben gemeint, die Arbeiter wollten wohl Marx und Lassalle dramatisirt haben, indessen braucht das moderne Proletariat glücklicherweise nicht erst von den Herren Brahm und Schlenther eine zweifelhafte Aesthetik zu lernen. [4] Wie wenig seine Abneigung gegen die moderne Kunst mit einer unkünstlerischen Tendenz zu thun hat, beweist seine Begeisterung für die Klassiker, in denen es keine Spur seines

Klassenbewußtseins, aber wohl jenes freudige Kampfelement findet, das es an der modernen Kunst vermißt. [. . .]

Ein noch viel drastischeres Beispiel läßt sich aus den Verhandlungen des Gothaer Parteitags anziehen. Es wurde dort gesagt, Hans Lands Roman »Der neue Gott«, den die »Neue Welt« veröffentlicht hat, sei von den Arbeitern als Verhöhnung ihres Klassenkampfes empfunden worden. Darauf erwiderte der Redakteur, er habe im Gegentheil lange geschwankt, ob er den Roman in die [131] »Neue Welt« aufnehmen solle, weil er zu tendenziös im Sinne der Sozialdemokratie sei und deshalb künstlerische Ansprüche zu wenig befriedige. Dies Urtheil stimmt aufs Haar. Herr Land hat den besten Willen gehabt, einen Ausschnitt aus dem proletarischen Klassenkampfe in einem dem Proletariat sympathischen Sinne zu geben, aber er hat keine blasse Ahnung davon, wie es in Arbeiterkreisen eigentlich hergeht; sein Roman ist eine romantische Dichtung im verwegensten Sinne des Wortes. Und deshalb ist es überaus bezeichnend, daß so viele Arbeiter darin eine Verhöhnung ihres Emanzipationskampfes erblickt haben; über dem Mangel an künstlerischer Gestaltungsfähigkeit übersahen sie vollständig die arbeiterfreundliche Tendenz des Dichters.

Anders und doch wieder ähnlich mit der »Mutter Bertha«, der auf dem Parteitag mit so geringer Galanterie begegnet worden ist. Der Roman Hegelers überragt dichterisch den Roman Lands, und es wäre unseres Erachtens sehr ungerecht, ihn nach der einen, auf dem Parteitag wörtlich verlesenen Stelle zu be- und verurtheilen. Die paar Sätze hätten ruhig gestrichen werden können, ohne den Roman zu schädigen, aber freilich – hier liegt wieder der Hase im Pfeffer. Der moderne Arbeiter ist nichts weniger als prüde; er läßt sich weit ärgere – im Sinne der Philistermoral – ärgere Dinge bieten, als in der »Mutter Bertha« vorkommen, aber alles an seinem Orte. Gerade weil die Vertreter der modernen Kunst derartige Natürlichkeiten an den Haaren herbeiziehen, gerade weil sie den Heldenmuth, den sie gegenüber den großen Kämpfen der Zeit vermissen lassen, dadurch bezeugen wollen, daß sie natürliche Dinge auf offener Straße thun, die man sonst zwischen vier Wänden zu thun pflegt, erregen sie herzhaften Widerwillen. Im Uebrigen ist »Mutter Bertha« bei allem anerkennenswerthen Talent des Dichters und trotz mancher vortrefflichen Kapitel doch auch eine sehr romantische Dame, wie denn die moderne Kunst von der bürgerlichen Romantik weit weniger frei ist, als sie selbst glaubt.

Das Ideal der »reinen Kunst« ist überhaupt ein Erbtheil der reaktionär-romantischen Schule, das jede revolutionäre Klasse nur sehr mit Vorbehalt antreten wird. Es ist mindestens ebenso einseitig, wie die Moralfexerei einseitig war, womit das bürgerlich-revolutionäre Drama im achtzehnten Jahrhundert begann. Sollte den ästhetischen Anschauungen der modernen Arbeiterklasse wirklich noch ein kleines Moralzöpfchen hinten hängen, so braucht sie sich dessen gar nicht zu schämen. Sie kann sich deshalb auf den jungen Lessing und den jungen Schiller berufen, die in der Schaubühne auch eine »moralische Anstalt« sahen. Früher waren die Vertreter der »reinen Kunst« auch offenherzige Reaktionäre und mogelten dem lieben Publikum nicht vor, daß sie der Himmel weiß welche Revolutionäre seien. Der alte Vilmar verdonnert in seiner Literaturgeschichte vom Standpunkt der »reinen Kunst« Schillers

»Kabale und Liebe« als eine ekelhafte Karrikatur[5], und das ist vollkommen richtig, wenn anders der Standpunkt der »reinen Kunst« richtig sein soll. So lächerlich wie Herr Brahm, der »Kabale und Liebe«, noch dazu in »naturalistischer« Verhunzung, als ein prunkendes Meisterstück aufführen läßt[6] und dabei die putzigsten Gesichter schneidet über die banausische Arbeiterklasse, die das »Kapital« von Marx dramatisirt sehen wolle, waren die alten Reaktionäre der »reinen Kunst« nicht. Mit diesen gelungenen Exemplaren moderner Gesinnungstüchtigkeit hat uns erst die moderne Kunst gesegnet.

Natürlich ist die »reine Kunst«, indem sie angeblich parteilos sein will, erst recht parteiisch. Will sie auf einer höheren Warte stehen, als auf der Zinne der Partei, so muß sie nach rechts *und* nach links sehen, so muß sie nicht nur die alte, vergehende, sondern auch die neue, entstehende Welt schildern. Wir [132] können es nicht als zutreffend erachten, wenn auf dem Parteitag gesagt worden ist, die moderne Kunst lebe in einer Periode des Verfalls und könne deshalb auch nur den Verfall schildern. Die Periode des Verfalls, in der wir leben, ist zugleich eine Periode der Wiedergeburt. So ehrlich und wahr die moderne Kunst die Ruinen schildern mag, so wird sie doch unehrlich und unwahr, indem sie das neue Leben übersieht, das aus den Ruinen blüht. Wie soll sich das Proletariat für eine Kunst begeistern, die in sehr unkünstlerischer Tendenz nichts von dem wissen will, was sein eigenstes und ursprünglichstes Leben ist! Weshalb soll es denn so viel demüthiger sein als das Bürgerthum, das in seinen kräftigen Tagen auch nie etwas von einer Kunst wissen wollte, die nicht aus seinem Geiste geboren war?

Die moderne Kunst ist bürgerlichen Ursprungs. Wir rechnen es ihr nicht zur Schande an, daß sie ihren Ursprung nicht verleugnet, daß sie sich je länger je mehr in die Grenzen der bürgerlichen Gesellschaft rückwärts konzentrirt. Man kann von Niemand verlangen, daß er über seinen Schatten springen soll. Was wir verlangen, ist nur, daß die starken Vorbehalte, welche die arbeitende Klasse gegen die moderne Kunst macht, nicht an falschem Orte gesucht werden. Sie liegen nicht in irgend einer Rückständigkeit des Proletariats, und wir halten es für eine Illusion, die mit bitteren Enttäuschungen enden wird, wenn das Proletariat zum Verständniß der modernen Kunst erzogen werden soll. Mit dieser Art Volkspädagogik hat es überhaupt seine eigene Bewandtniß. [. . .]

Man muß sich auch davor hüten, die Bedeutung der Kunst für den Emanzipationskampf des Proletariats zu überschätzen. Die Versuchung dazu liegt ja sehr nahe, wenn man die hohe Bedeutung erwägt, welche die Kunst für den Emanzipationskampf ganz besonders auch des deutschen Bürgerthums gehabt hat. Indessen wenn die bürgerliche Klasse in Deutschland ihr Heldenzeitalter auf künstlerischem Gebiete gehabt hat, so doch nur, weil ihr der ökonomische und politische Kampfplatz verschlossen war. Dagegen steht dieser Kampfplatz dem modernen Proletariat wenigstens bis zu einem gewissen Grade offen, und es ist ebenso natürlich wie nothwendig, daß es hier seine Kräfte zusammenfaßt. So lange es in diesem heißen Kampfe steht, kann und wird es keine große Kunst aus seinem Schooße gebären . . .

Anmerkungen

1. Vgl. den vorherigen Text. Mehrings Artikel ist datiert vom 21. Okt.; der Parteitag fand vom 11.–14. 10. in Gotha statt.

2. Mehring war u.a. 1892–1894 Vorsitzender der »Freien Volksbühne« in Berlin nach der Abspaltung der jungen Literaten des Friedrichshagener Kreises um Bruno Wille und nach deren Gegengründung der »Neuen Freien Volksbühne«; vgl. dazu Mehrings Schriften über die Freie Volksbühne, in: F. M., Gesammelte Schriften, Bd. 12. Berlin: Dietz 1963, S. 248–315.

3. Am 15. Oktober fand vor dem Preußischen Oberverwaltungsgericht eine Verhandlung über das Verbot von Hauptmanns »Die Weber« in Hannover statt. Dort wiederholte Grelling, Hauptmanns Anwalt, seine in zahlreichen Prozessen und Stellungnahmen ausgearbeitete Argumentation; s. dazu: H. H. Houben, Verbotene Literatur von der klassischen Zeit bis zur Gegenwart. 2. Aufl. Dessau: Rauch 1925, S. 337–368. – Der Vertreter des preußischen Ministeriums des Innern führte in dieser Verhandlung Steigers Eintreten für Hauptmann auf dem SPD-Parteitag (W 48, S. 85) als Beleg dafür an, daß das Stück als sozialistisches Tendenzstück anzusehen sei. Grelling dagegen berief sich auf die Äußerung Liebknechts von vor zwei Tagen, um sein Plädoyer zu untermauern (vgl. dazu die »Vorbemerkung«).

4. Otto Brahm, 1836–1912, war Vorsitzender der 1889 gegründeten »Freien Bühne« und Herausgeber der *Freien Bühne für modernes Leben.* – Paul Schlenther, 1854–1916, seit 1886 Theaterkritiker und Redakteur der *Preußischen Zeitung,* war Vorstandsmitglied der »Freien Bühne«. – Schon 1891 war es zwischen Brahm und Liebknecht zu einer Kontroverse über die Bedeutung des Naturalismus für die Sozialdemokratie gekommen. Auf Liebknechts »Brief aus Berlin« (*Neue Zeit,* Jg. 9, 1891, Bd. 1, S. 709–711) reagierte Brahm mit einem Artikel »Naturalismus und Sozialismus« in der *Freien Bühne für modernes Leben* 2, 1891, S. 241–243.

5. A. F. C. Vilmar, Geschichte der deutschen National-Literatur. 21., verm. Aufl. Marburg, Leipzig: Elwert 1883 (Erstaufl. 1845), S. 422f. – Vilmars Literaturgeschichte gehörte zu den verbreitetsten Werken dieser Art.

6. »Kabale und Liebe« wurde unter der Regie von Cord Hachmann im Februar 1891 von der »Freien Bühne« in Berlin aufgeführt.

II

In welch geringem Maße der naturalistische Roman sich in Deutschland durchgesetzt hatte und anerkannt war, zeigt der Umstand, daß er bereits um die Jahrhundertwende als historisches Phänomen behandelt wurde. Dazu trug wesentlich bei, daß der deutsche Naturalismus keinen Roman hervorgebracht hat, der seinen ausländischen Vorbildern im Rang vergleichbar gewesen wäre. So lebt mit dem Einwand gegen eine bloß mechanisch-fotografische Wirklichkeitsabbildung die alte Debatte über den Kunstwert des Romans und seine Gattungsmerkmale wieder auf.

Dabei führt eine nationale Verengung der Perspektive viele Kritiker dahin, ihren Unmut, der sich an der unleugbaren Mittelmäßigkeit der naturalistischen Romanversuche in Deutschland entzündete, gegen den Roman schlechthin zu wenden. Das

Verdikt, der Roman sei nur *Halbkunst*, wird erneuert: eine Rangfrage, die durch die literarische Entwicklung längst erledigt zu sein schien, gewinnt mit der Gegenüberstellung von Drama und Roman neue Aktualität.

In dieser spezifischen Wendung der Gattungsdiskussion spiegeln sich Bedingungen des damaligen literarischen Lebens. Kritiker des zeitgenössischen Romans wie Jakob Wassermann und Johannes Schlaf bringen bereits *die allgemeine und betrübende Verlotterung* (W 54, S. 73) der Gattung in Zusammenhang mit der dominierenden Geltung des Theaters und damit der dramatischen Technik. Sie weisen darauf hin, daß zahlreiche Autoren sich dem Drama widmeten, weil das Theater ihnen eher ein Existenzminimum sichere und gegebenenfalls schnellere und höhere Einkünfte durch Vorschüsse und Aufführungsgarantien gewähre. Indem so gerade junge Autoren ihre literarische Technik im Schreiben von Dramen ausbildeten, dringe auch im Roman die dramatische Handlung zuungunsten ruhigen Erzählens und Beschreibens in den Vordergrund.

Allerdings hatte sich die Neigung zum Drama und zu dramatischen Formen bereits in der Theorie und der literarischen Praxis des Naturalismus abgezeichnet – und zwar speziell im »konsequenten Naturalismus« Berliner Provenienz. Sie verband sich jetzt zusätzlich mit Forderungen nach einer *ästhetischen Reinkultur* und trat damit schroffer noch dem Roman gegenüber. Auch für den Bereich der Romantheorie aber wurde der Begriff der *Formkunst* bald zum entscheidenden Wertkriterium und schließlich zu einem Gegenbegriff des Naturalismus, da nicht zuletzt ihm zugeschrieben wurde, durch eine Vernachlässigung von Formfragen zur *Romanmisère* beigetragen zu haben.

Im Zeichen dieser Entwicklung gewann die Unterscheidung zwischen Dichter und Schriftsteller neuerlich besonderes Gewicht. Wassermann nutzte sie zunächst, um den gleichrangigen und durchaus eigenständigen Charakter *wahrer Erzählungskunst* zu behaupten. In der *Heimatkunst*-Kontroverse dagegen vertiefte sich die Unterscheidung bereits zu diesem Zeitpunkt zu der politischen Polarisierung, die noch um 1930 die Fronten im Berliner Akademiestreit bestimmte. Die Wendung zur Heimatkunst stellte sich zunächst als ein Weg dar, für den deutschen Roman einen *Gesundungsprozeß* einzuleiten. Dies schien in der ersten Phase der Auseinandersetzung am ehesten gewährleistet durch eine Rückwendung zu Grundsätzen der realistischen Romankunst des 19. Jahrhunderts, zu denen vor allem die Vertrautheit der Autoren mit einer lokal und sozial überschaubaren Lebenswelt gerechnet wurde. In der polemischen Wendung gegen *Großstadtkunst* machte sich aber alsbald eine konservativ-reaktionäre Gesellschaftskritik stärker geltend, von der eine Restauration vorindustrieller Lebensverhältnisse beschworen wurde und die eine Darstellung von sozialen Zeitproblemen, wie sie vor allem in der Metropole Berlin zutage traten, entschieden ablehnte. In der *Los-von-Berlin-Bewegung*, die der Elsässer Friedrich Lienhard mit der Schrift gegen »Die Vorherrschaft Berlins« um die Jahrhundertwende einleitete, fanden dieser Aversionen ihren deutlichsten Ausdruck.

Die von Lienhard und von Adolf Bartels ausgegebenen Parolen zeigen bereits an, daß es sich bei der Heimatkunstbewegung – wie Musil später diagnostizierte – keineswegs um eine *Zielbewegung* handelte: der *ressentimentale Charakter* überwog.[1] Darin berührte sich Heimatkunst überraschend mit der ihr extrem entgegengesetzten Richtung der zeitgenössischen Literatur, mit den *skeptischen, morbiden, dekadenten Neigungen des fin de siècle.*[2] So konnte Rilke Frenssens »Jörn Uhl«, der von der Heimatkunstbewegung häufig als Paradigma für einen *Aufschwung des deutschen Romans* reklamiert wurde, als ein Werk empfehlen, das – wiewohl es *etwas zu sehr am Heimatlich-Holsteinischen hänge* – doch um des Vorzugs willen zu schätzen sei, daß es *voll Heimat ist: Ich, als ein ziemlich Heimatloser, weiß ganz besonders gut, was Heimat bedeutet (denn die Sehnsucht ist ein gutes Lehrbuch).*

Die Bekundung Rilkes und ebenso Hofmannsthals im gleichen Jahr erschienener »Brief des Lord Chandos« machen kenntlich, daß »Heimatlosigkeit« zur Chiffre für die Erfahrung sozialer Entfremdung des Künstlers wurde. Während jene polare Formen der Reaktion auf diese Erfahrung – Heimatkunst und Literatur des fin de siècle – die Theorie des Romans zunächst nur kurzfristig tangierten, trugen sich im folgenden Jahrzehnt im Erzählwerk Thomas Manns und insbesondere im Flaubert-Essay Heinrich Manns die Konsequenzen dieses Krisenbewußtseins der Künstler speziell für den Roman und den Romancier aus.

Zwar suchte Thomas Mann – gegen alle Skrupel – den Zusammenhalt zwischen Roman und bürgerlicher Bildungsgeschichte noch einmal hervorzuheben, wenn er von einer Autobiographie erklärt, daß sie den *Titel eines Romans* verdiene. Am Beispiel der hermetisch gegen die Autobiographie abgeschlossenen Romane Flauberts kennzeichnete dagegen Heinrich Mann, daß die Bildungsgeschichte des Künstlers im 20. Jahrhundert nicht mehr als Paradigma für zeitgenössische Lebenserfahrungen gelten könne. Gerade für die deutsche Romantradition bedeutete diese Einsicht einen fundamentalen Einschnitt: nicht die Ausbreitung der privaten Lebensgeschichte, sondern ihre bewußte *Verhüllung* sollte nun die Wirkungsbedingung des modernen Romans ausmachen.

Anmerkungen

1. R. Musil, Bücher und Literatur. In: *Die literarische Welt* vom 17. 12. 1926. N: R. M., Prosa, Dramen, späte Briefe. Hamburg: Rowohlt 1957, S. 611.
2. R. Musil, ebd.

Das eigentliche Epos hat sich nach innen geflüchtet

Seitdem Deutschland mit Berlin eine anderen europäischen Hauptstädten vergleichbare Metropole gewonnen hatte, wurde das Argument weitgehend hinfällig, die kleinstaatlich-provinziellen Verhältnisse des Landes seien der Hinderungsgrund für die Ausbildung eines bedeutenden deutschen Gegenwartsromans. Die dadurch entstandenen Erwartungen machen die Enttäuschung erklärlich, mit der etwa Heinrich

Ströbel in einer zusammenfassenden Kritik der Romane Kretzers einen nach wie vor bestehenden Abstand zwischen deutschem Großstadtroman und dem *realistischen Zeitroman* der Franzosen, Russen und Skandinavier konstatiert. Zwar hebt Ströbel als einen Vorzug Kretzers dessen genaue und umfassende Kenntnis des Berliner Lebens und seine *seltene Beobachtungsgabe* hervor; er vermißt aber das *poetische Genie,* das *Momentaufnahmen eines Reporters* in *Stimmungsbilder eines Dichters* zu übersetzen fähig wäre. Ausgerechnet Zola fungiert dabei als Kronzeuge für einen ästhetischen Maßstab, der eher traditionellen deutschen Vorstellungen vom Dichteramt als den Romanen Zolas entstammt.

Wie nahezu regelhaft in Deutschland, so weckte auch diesmal das Ausbleiben eines zeitgenössischen Romans, der diesen Vorstellungen entsprach, eine sehnsüchtige Erinnerung an das große Epos früherer Kulturstufen. Es war vor allem Leo Berg, der eine Rezension von *Zukunftsromanen* zum Anlaß nahm, das Epos als Ausdruck unkomplizierter Lebensformen zu beschwören und deren Verlust zu beklagen. Berg schloß von vornherein aus, daß es gelingen könne, das Leben der Großstadt im Roman abbilden zu wollen; auch Zola sei daran gescheitert. Episches bleibe gebunden an Anschaulichkeit und vorbegriffliche Wahrnehmung; weder aber sei das Großstadtleben auf diese Weise darstellbar, noch sei heute eine gemeinsame Erfahrungsbasis der Menschen gegeben, eine wesentliche Voraussetzung für die Aufnahme und Wirkung epischer Kunst.

Wiederum macht sich in den neuerlichen Versuchen, das *Wesen* des Epischen den Gegebenheiten des *modernen Lebens* entgegenzuhalten, die Besorgnis geltend, daß Kunst ihr Eigenrecht einbüße, wenn sie sich den Prinzipien und Zielen der Wissenschaften annähere. Berg argumentiert dabei noch weitgehend historisch und kann so auch den psychologischen Roman, wie schon Gustav Freytag, als Konsequenz einer geschichtlichen Entwicklung begreifen: *Das eigentliche Epos hat sich nach innen geflüchtet.* Andere Kritiker attackieren jedoch mit ihren Invektiven gegen eine psychologisch und soziologisch analytische Erzählprosa nun nicht mehr nur die besondere Gestalt und Zielsetzung zeitgenössischer, naturalistischer Romane, sondern nehmen diesen Befund zum Anlaß, den Kunstwert des Romans überhaupt in Frage zu stellen.

An verschiedenen Beiträgen Paul Ernsts aus dem Zeitraum 1891–1906 läßt sich diese Verlagerung deutlich ablesen. Sie geht einher mit seiner Wendung vom engagierten Mitarbeiter der sozialdemokratischen *Neuen Zeit* (W 37) zum konservativen und neuklassizistischen Kulturkritiker, der seinerseits exemplarisch ist für einen tiefgreifenden Umorientierungsprozeß unter Intellektuellen und Künstlern dieser Zeit. Im Vorwort zu »Der Weg zur Form« (W 60) hat Paul Ernst selbst diesen Weg nachgezeichnet. Mit der Disqualifizierung naturalistischer Kunst im allgemeinen und des Romans im besonderen als *Oberflächenkunst* macht sich neuerlich eine Ästhetik geltend, die dem Künstler vorbehält, die *Tiefen des Lebens* unmittelbarer und umfassender als durch psychologische und soziologische Erkenntnis aufzuschließen.

Anhaltspunkte für einen neuen Mystizismus in der Literatur fanden zeitgenössische Kritiker zunächst in der Romankunst selbst: Ströbel wies sie sogar an einem der

Romane Kretzers auf. Auch theoretische Ausführungen – etwa Spittelers Bestimmung des Ursprungs epischer Kunst in einer *Sehnsucht nach fernen Horizonten* und einem *durstigen Bedürfnis nach Höhenluft* (W 81 N, S. 180) oder Paul Ernsts Behauptung einer *Absolutheit des sittlichen Ideals*, die einem *ursprünglichen Drang des menschlichen Geistes* (W 60, S. 182) entspringe – zeigen die vielfältigen und zum guten Teil diffusen Bemühungen an, die Kunst neuerlich in metaphysische Sphären zu heben und den Dichter wieder als *Seher* vorzustellen. An dieser Tendenz hat auch Jakob Wassermann teil, wenn er die *Intensität der Vision* als höchstes Wertkriterium auch für die *wahre Erzählungskunst der großen Prosaiker* herausstellt. *Seele* wird zum Schlüsselwort der Romantheorie bei denjenigen Autoren, die einer Überantwortung des Romans an eine penetrante Verpflichtung zu Faktentreue und Wissenschaftlichkeit eine nicht weniger unumschränkte Subjektivität im Namen der künstlerischen Selbstverantwortung entgegensetzen. In seiner Polemik gegen den Klagevertreter im Bilse-Prozeß hat Thomas Mann ausdrücklich die *Beseelung* als die Aufgabe des Autors reklamiert, mit deren Erfüllung er *den Stoff zu seinem Eigentum* mache. Die Wirklichkeit sei dem künstlerischen Zweck nur dienstbar und »Beseelung« sei *zuletzt nichts anderes als jener dichterische Vorgang, den man die subjektive Vertiefung des Abbildes einer Wirklichkeit nennen kann.* [1] Damit nimmt auch die Romantheorie die Spannungen in sich auf, die sich aus dem forcierten Selbstbewußtsein des Künstlers um die Jahrhundertwende ergeben.

Der Titel der Vorbemerkung wurde Leo Bergs Sammelrezension »Der Zukunftsroman« (W 57) entnommen.

Anmerkung

1. Th. Mann, Bilse und ich. In: Th. M., Gesammelte Werke in zwölf Bänden. [Frankfurt/M.]: S. Fischer 1960, Bd. 10, S. 16.

HEINRICH STRÖBEL 1897

Aus: Max Kretzer und sein neuestes Werk.
In: Die Neue Zeit, Jg. 16, 1897, Bd. 1, S. 330–334. W 50.

Es ist eine eigenartige Erscheinung, daß die moderne deutsche Literatur, die doch auf dem Gebiet des Dramas und der Lyrik Werke hervorgebracht hat, die den Vergleich mit den besten Produktionen des Auslands nicht zu scheuen brauchen, keinen einzigen Romancier besitzt, der den Zola, Maupassant, Tolstoj, Dostojewski und Garborg an die Seite gestellt werden könnte. Woran mag das liegen? An einem den Deutschen überhaupt eigenen Mangel an epischer Gestaltungskraft? Vielleicht zum Theile, denn es wird wohl keinem Urtheilsfähigen einfallen, selbst die Spielhagen und Heyse etwa mit den Franzosen Balzac und Flaubert vergleichen zu wollen. In den Werken der beiden deutschen Poeten steckt viel zu viel Konstruirtes, viel zu viel

»Idealistisches« und Romantisches, was verhindert, daß uns ein wirkliches Abbild des realen Lebens gegeben werden könnte. Die zeitgenössischen Franzosen dagegen schufen, wenn auch noch entfernt von der veristischen Detailmalerei unserer Tage, wahrhafte Spiegelbilder des inneren und äußeren Lebens. Und so hoch man auch die Novellistik unserer Keller und Storm veranschlagen mag, gerade der lyrische und romantische Zug ihres Schaffens machte es ihnen unmöglich, uns den realistischen Zeitroman zu geben, den die Franzosen, Russen und Skandinavier besitzen.

Wahrscheinlich aber kommt noch etwas Anderes hinzu, das uns das Fehlen des modernen deutschen Romans zu erklären vermag. Wir meinen nämlich den Mangel der Konzentration und deshalb der Uebersichtlichkeit der Lebenserscheinungen, der erst während des letzten Jahrzehnts behoben worden ist. Für Frankreich bildet Paris den Sammelpunkt aller Erscheinungen des Lebens. Von Paris aus gingen die Wellenbewegungen der politischen und sozialen Erschütterungen, in Paris konzentrirt sich das gesammte wissenschaftliche, künstlerische und literarische Leben. In Paris strömten daher die jungen Talente zusammen, hier sammelten sie ihre Erfahrungen, empfingen sie ihre Eindrücke, machten sie ihre Studien.

Es war daher gar nicht anders möglich, als daß in Paris der moderne Zeitroman geboren wurde, daß er von hier aus in die fremden Literaturen eindrang. Zunächst in die russische Literatur. Turgenjew, der Vorgänger der Dostojewski und Tolstoj, weilte lange in Paris, dort im regsten Verkehr mit den französischen Schriftstellern stehend. Kein Wunder denn, daß Turgenjew in seinem Schaffen den französischen Einfluß verrieth, wie denn überhaupt die geistige Kultur Rußlands die stärksten Anregungen von Frankreich empfangen haben dürfte. So kommt es denn, daß bei den russischen Schriftstellern die Art des Beobachtens und der Darstellung im Wesentlichen die gleiche geworden ist, wie bei den Franzosen. Daß der Schwede Strindberg während seines Pariser Aufenthalts ebenfalls in seinen Schriften nachzuweisende französische Einflüsse in sich aufgenommen hat, wird kaum in Abrede gestellt werden. Außerdem aber waren die skandinavischen Verhältnisse ohnehin der Entstehung des modernen Romans günstig. Schweden und Norwegen sind nur kleine Länder mit wenig komplizirten, durchsichtigen sozialen Verhältnissen, die Hauptstädte Christiania [1] und Stockholm ähneln insofern Paris, als sie die geistigen Zentren bilden, in denen sich alle kulturellen Ausstrahlungen wie in einer Sammellinse brechen. Es ist deshalb unserer Ansicht nach ebenso wenig ein Zufall, daß gerade der Norweger Ibsen das Genre des psychologischen und sozialen Dramas schuf, wie es ein [331] Zufall ist, daß die Lie, Garborg, Hamsun so Bedeutendes auf dem Gebiet des modernen Romans leisteten.

Wie viel ungünstiger lagen da bis vor wenigen Jahren die Dinge in Deutschland! Hier gab es kein Kulturzentrum, wie es Paris für Frankreich darstellte. Die Dichter saßen oft in kleinen Städtchen, fernab dem Brausen und Ringen der Zeit, eingekapselt in einen nach oben wie nach unten scharf abgeschlossenen Kreis engherziger Philister. Statt des Zeitromans, der den sozialen Kampf und das psychische Ringen moderner Menschen darstellt, schrieb man deshalb romantisch ausgeschmückte Spießbürgergeschichten oder man pflegte das historische Genre. So erscheint es uns nicht nur erklärlich, sondern sogar naturnothwendig, daß der Züricher Keller, der Husumer Storm und der Wolfenbütteler Raabe trotz all ihrer Begabung für unsere Literatur nicht das geworden sind, was die Balzac, Zola, Tolstoj u.s.w. für ihre Nationen werden konnten.

Erst seit wenig mehr als einem Jahrzehnt haben sich auch in Deutschland die Verhältnisse derart verändert, daß die Vorbedingungen für den modernen Zeitroman gegeben erscheinen. Die großen Städte Deutschlands, in erster Linie Berlin, haben einen wahrhaft großstädtischen Anstrich erhalten. Hier pulsirt das Leben mit früher nicht gekannter Intensität, hier bietet sich dem Beobachter ein Schauspiel von faszinirender Großartigkeit. Hier tobt der wirthschaftliche Kampf, die Industrie vollzieht ihre Revolution, indem sie fabelhafte Reichthümer anhäuft und die krasse Armuth der Proletariermassen verschuldet. Neue Stände, neue Klassen entstehen, neue Machthaber und neue Armeen, die um die Herrschaft kämpfen. Mit den alten Institutionen fallen auch die alten Anschauungen, die alten Sitten. Neue Ideen ringen mit den alten. Die Leidenschaften werden entfesselt, die Begierden angestachelt durch die Raffinements einer neuen Lebensführung und eines ausschweifenden Luxus . . .

Zwar haben wir noch immer keinen modernen Romancier ersten Ranges, aber wir haben doch schon Ansätze zu einem Zeitroman. Das Münchener Leben hat M. G. Conrad in seinem Zyklus »Was die Isar rauscht«[2] darzustellen versucht. Dasselbe erstrebten für Berlin Bleibtreu[3], Alberti[4] und neuerdings Felix Holländer.[5] Und vor diesen war schon ein Anderer aufgetreten, der die Erscheinungen des vielgestaltigen Berliner Lebens in einer Reihe großangelegter Werke künstlerisch darzustellen versuchte: *Max Kretzer.*

Kretzer gehört zu den Autoren, die auf der einen Seite maßlos überschätzt und auf der anderen ebenso sehr unterschätzt worden sind. Während manche Kritiker Kretzer *über Zola* stellten, weil er diesen in der Exaktheit der realistischen Schilderung erreicht, aber durch warmes poetisches Mitempfinden übertroffen habe, erklärten andere sehr von oben herab Kretzer für einen ganz platten Nachahmer Zolas, einen handwerksmäßigen Bücherfabrikanten, dem jede Originalität und dichterische Schöpferkraft abgehe. Unseres Dafürhaltens schießen beide Urtheile weit über das Ziel hinaus.

In der Behauptung, daß Kretzer ein Nachahmer Zolas sei, steckt allerdings ein Kern von Wahrheit, ja es giebt kaum einen anderen Schriftsteller, der die ganze technische Manier Zolas so zu seiner eigenen gemacht hätte. Aber man darf auch nicht vergessen, daß die Technik doch nur die poetische Form darstellt und daß der Inhalt (namentlich im Roman) eine große Rolle spielt. Halbe wendete in seinem »Eisgang« und seiner »Jugend«[6] fraglos dieselbe Technik an, die Hauptmann bereits in seinen Erstlingswerken angewendet hatte, ohne daß man ihn deshalb einen »platten Nachahmer« genannt hätte. Es kommt eben darauf an, sich in den Geist einer Kunstform hineinzuleben, die Absichten des [332] Dichters zu verstehen, aus denen sich dann die Technik ergiebt. Zola wollte ein möglichst umfassendes Bild des Lebens der französischen Nation seiner Zeit geben, indem er bald den typischen Schicksalen einer Familie durch Generationen hindurch nachging, bald die psychischen und wirthschaftlichen Lebensäußerungen ganzer Schichten und Klassen zu analysiren versuchte. Eine überaus scharfe, kalte, grausame anatomische Zergliederungsgabe und ein gewaltiges Pathos vereinigten sich in Zola und ließen ihm jene monumentalen Werke gelingen, die noch nach Jahrhunderten angestaunt werden dürften.

Kretzer wollte augenscheinlich Aehnliches leisten, wie Zola. Und warum hätte er das nicht thun sollen? Die deutsche Kultur unterscheidet sich trotz mancher Gleichheit der Produktionsverhältnisse wesentlich von der gallischen, und außerdem waren trotz der Fruchtbarkeit Zolas noch Stoffe genug zu behandeln übrig geblieben. Und dann sah zweifellos Kretzer durch die Brille seines Temperaments die Dinge anders, als sie Zola erschienen waren. Unmöglich wäre es also nicht gewesen, daß Kretzer ein deutscher Zola hätte werden können. Gleichwohl ist er das nicht geworden. Kretzer fehlte eben doch das poetische Genie Zolas, sein Talent reichte nicht aus, die Aufgabe, die er sich gestellt, zu bewältigen.

Wenn die einseitigen Vergötterer Kretzers behaupten, er habe in der Artenschilderung, der Zeichnung der Charaktere Zola erreicht, so können wir das nicht zugeben. Freilich ist auch Kretzer bemüht, mit emsigen Strichen das Milieu zu zeichnen, in dem seine Personen sich bewegen, aber es fehlt ihm die Fähigkeit Zolas, einen ganzen Lebenskreis gleichsam in eine eigenthümliche Stimmung einzutauchen, welche alle Funktionen desselben charakterisirt, alle Handlungen erklärt und die Menschen als die Produkte dieses Milieus darstellt. Das, was man Zola, meist mit Unrecht, vorgeworfen, trifft nur zu oft auf Kretzer zu: er trägt mit dem Eifer eines Reporters eine Menge Einzelheiten herbei, aber sie fügen sich nicht zu einem Vollbild des Lebens zusammen, vor allen Dingen aber handeln und reden die Menschen oft ganz anders, als es das Milieu erwarten ließe, so daß die ganze Detailmalerei eigentlich zwecklos ist. Kretzer, der ungeheuer viel geschrieben hat, hat eine Unmasse von Figuren geschaffen, aber diese Figuren sind dafür oft auch nur mit ganz derben Strichen hingeworfen. Ihre Charakterisirung besteht oft nur in der Aufzählung einer Reihe von Aeußerlichkeiten; von der feinen Kunst, allmälig, durch Aeußerungen und Handlungen der betreffenden Personen, ein in immer klareren Konturen hervortretendes Bild derselben vor den Augen des Lesers erstehen zu lassen, versteht Kretzer nicht viel. Die Kretzerschen Figuren, ja selbst die Kretzerschen Milieuschilderungen, erinnern daher auch häufig mehr an Dickens, denn an Zola. Was man von Dickens gesagt hat: seine Charaktere seien ein Mosaik von äußerlichen Zügen, die Träger gewisser Eigenschaften, das kann man auch von den meisten Kretzerschen Charakteren sagen. Und wie Dickens das Auftragen greller Farben, Kontrastwirkungen liebt, so geht es auch Kretzer. Neben den Schurken und Spitzbuben stehen übermenschlich ideal veranlagte Individuen – das Woher und Warum dieser Charaktere macht Kretzer keine großen Kopfschmerzen. Wie anders alles bei Zola! Hier stehen wir im gut künstlerischen Sinne jenseits von Gut und Böse, der Autor schildert nicht Bösewichter und Idealmenschen, sondern Menschen schlechthin, Menschen mit Trieben und Instinkten, Interessen und Idealen, die aber stets psychologisch und aus dem Milieu heraus hinlänglich motivirt erscheinen. Als echter Epiker tritt Zola fast ganz hinter seinem Werke zurück, seine Meinungen und Sympathien bleiben uns verborgen, er schildert und analysirt nur. Sentimentalen Gemüthern erscheint Zola deshalb manchmal fühllos und grausam, sie wollen statt oder doch [333] neben der Schilderung und Analyse auch »Gemüth« und »Moral«. Solche Käuze sind es denn auch, die Kretzer über Zola stellen, weil er nicht so objektiv und grausam ist wie Zola, weil er seine Sympathien und Antipathien deutlich durchblicken läßt, weil er sich ab und zu in moralischen Reflexionen ergeht und den Sittenrichter zu spielen weiß. Also gerade das, was die künstlerische *Schwäche* Kretzers ausmacht, wird ihm als *größter Vorzug* Zola gegenüber angerechnet!

Nun ist ja auch Zola nicht stets »reiner Künstler«, auch er läßt hier und da den Menschen hervortreten. Aber wie ganz anders erscheint auch dann Zola gegenüber Kretzer! An Zola ist ein jeder Zoll Poet, der mit dem mächtigen Pathos eines Viktor Hugo sein Gefühl ausströmt, während Kretzer nur zu oft in den Ton salbungsvoller Trivialität verfällt und beweist, daß sein geistiger Horizont in manchen Dingen nicht weiter reicht, als der eines ganz gewöhnlichen Spießers.

Nein, Kretzer ist kein großer Künstler, kein poetisches Genie wie Zola, und man thut ihm einen schlechten Gefallen, wenn man durch einen derartigen unglücklichen Vergleich den Widerspruch herausfordert. Auf der anderen Seite freilich braucht man Kretzer auch nicht all und jede Verdienste abzusprechen. Denn Vorzüge besitzt der Autor gleichwohl, Vorzüge, die ihm in der zeitgenössischen Literatur immerhin einen Rang sichern.

Kretzer ist, und das ist seine stärkste Seite, ein Kenner der mittleren und unteren Schichten der Reichshauptstadt, wie es wohl nur wenige giebt. Er, der selbst Arbeiter war, hat mehrere Jahrzehnte hindurch das Berliner Leben studirt, dabei unterstützt durch eine seltene Beobachtungsgabe. Kretzer kennt genau die Verhältnisse, die er schildert: das Straßenmeer Berlins, die Arbeiterkasernen wie die Villenviertel des Westens, die Destillen und Vergnügungslokale, die Pfandleihen und Obdachlosenasyle, die Fabriken, Waarenmagazine, wie die Höhlen der Hausindustrie und des verkommenden Kleinhandwerks. Er kennt die kommunalen und kirchlichen Einrichtungen, er kennt die Konventikel der »inneren Mission« und der Heilsarmee so gut wie die Versammlungen der Sozialdemokratie. In dieser intimen Kenntniß des Berliner Lebens, ja des Volkslebens überhaupt, dürfte Kretzer schwerlich von einem anderen Schriftsteller erreicht werden. Diese intime Kenntniß der Verhältnisse verleiht denn auch den Romanen Kretzers ihren größten Reiz. Soweit die Schilderung äußerer Dinge in Frage kommt, kann man sich auf Kretzer verlassen, man unternimmt gewissermaßen an seiner Hand Streifzüge und Entdeckungsreisen durch die bunte, brausende Welt einer Riesenstadt. Freilich, so eminent eine derartig intime Kenntniß des zu schildernden Lebens einem modernen Romancier auch zu Statten kommt, sie macht an sich noch keineswegs den wirklichen Dichter aus. Das Rohmaterial muß auch künstlerisch verarbeitet werden.

Ein weiterer Vorzug Kretzers besteht in seiner Findigkeit, sobald es sich um ein Problem handelt, sei dies nun sozialer, sei es psychologischer Natur. Aeußerst geschickt vermag der Autor ein Stück Leben unter einen Gesichtswinkel zu bringen, eine »Geschichte«, ein Problem daraus zu machen. Auch Zola besaß ja diese Gabe, in noch viel höherem Maße Maupassant. Aber – denn wieder müssen wir unser Lob einschränken – die Gabe des Fabulirens ist auch sehr minderwerthigen Geistern verliehen, man denke nur an unsere Unterhaltungsliteratur, in der ja auch mit Vorliebe möglichst schwierige »Probleme« behandelt werden.

Kretzer ist leider nicht Künstler genug. Er fabulirt oftmals »Geschichten« zusammen und behandelt »Probleme« in der Art jener fingerfertigen Feuilletonschreiber [334], die ein lesehungriges, auf »Handlung« und Verwicklungen erpichtes Journalpublikum zu befriedigen haben. Und wie hier Kretzer häufig an das Genre der Unterhaltungsliteratur streift, so lesen sich seine Milieuschilderungen auch oft nicht wie die einem künstlerischen Zwecke dienenden Stimmungsbilder eines Dichters, sondern wie die Momentaufnahmen eines Reporters. Um unsere Meinung kurz zu sagen: Kretzer besitzt wohl das Rüstzeug und die Anlagen zu einem wirklichen Dichter, aber ihm fehlt die künstlerische Durchbildung und die Weite des Blickes, die einen solchen erst ausmachen. [. . .]

Heinrich Ströbel (1869–1945), zur Zeit dieses Artikels Redakteur sozialdemokratischer Tageszeitungen; von 1908 an einer der ersten preußischen Landtagsabgeordneten der SPD, nach 1918 Regierungsmitglied seitens der USPD, Reichstagsabgeordneter. (Biogr.: F. Osterroth, Biographisches Lexikon des Sozialismus, Bd. 1. Hannover: Dietz 1960, S. 304f.) – In der *Neuen Zeit* vertrat Ströbel die – in der SPD umstrittene – Auffassung von der notwendigen Trennung politischer und ästhetischer Wertungen. (Vgl. G. Fülberth, Proletarische Partei und bürgerliche Literatur. Neuwied, Berlin: Luchterhand 1972.)

Anmerkungen

1. 1924 in Oslo umbenannt.
2. Münchener Roman. Leipzig: Friedrich 1888.
3. C. Bleibtreu, Größenwahn. Pathologischer Roman. Leipzig: Friedrich 1888.
4. C. Alberti, Der Kampf um's Dasein. Eine Romanreihe. Leipzig: Friedrich 1888–1895, 6 Bde.
5. F. Hollaender, Sturmwind im Westen. Berliner Roman. Berlin: Fischer 1896.
6. M. Halbe, Eisgang. Modernes Schauspiel. Berlin: Fischer 1892. – Ders., Jugend. Ein Liebesdrama in drei Aufzügen. Berlin: Fischer 1893.

PAUL ERNST 1900

Aus: Das Drama und die moderne Weltanschauung.
In: Ethische Kultur, Jg. 7, 1900, Nr. 22, S. 170f. W 60.

In dem ausgezeichneten Roman von Gontscharow »Der Absturz« wird einmal vom Roman gesagt: er hat lebensdurchwogte Gestalten, enthüllt die Tiefen des Lebens mit den geheimen Triebfedern, rückt einen Spiegel vor die Augen, umspannt das Leben und spiegelt die Menschen.[1]

Alle diese Vorzüge hat der Roman der Periode, welche wir als die eben vergangene auffassen können, wirklich gehabt. Ihr Lob bei Gontscharow wie bei allen andern Vertretern der damaligen Kunst zeigt, daß man auf sie das Hauptgewicht legte. Betrachtet man sie genauer, so findet man, daß das lauter Eigenschaften sind, die einer gewissen Erkenntnis dienen: der Roman spiegelt die Menschen und analysiert ihr Seelisches, umspannt das Leben und untersucht dessen Zusammenhänge. Alle diese Erkenntnis könnten wir mit einem Wort als soziologisch bezeichnen.

Frühere Kunst hat ganz andere Ziele gehabt. Zwar hat auch sie Menschen gebildet, und naturgemäß nach den Anschauungen über den Zusammenhang alles Menschlichen, die in den betreffenden Zeiten herrschten. Aber das war kein Ziel, sondern nur ein Mittel. Bis zu welchem Grade man schließlich dieses Mittels entraten konnte, zeigt etwa ein Dramatiker wie Alfieri. Marcel Schwob hat einmal diesen Gegensatz, zwar rein äußerlich, aber sehr stark und scharf charakterisiert: den früheren Künstlern kommt es darauf an, die Gemüter der Zuschauer oder Leser zu bewegen, den neueren ist vor allem die Psychologie ihrer eigenen Figuren wichtig.

Es hängt das mit einem Wandel der allgemeinen Weltanschauung zusammen. Die frühere Kunst geht, mit bezeichnenden Ausnahmen, von der Ansicht aus, daß der menschliche Wille frei sei, die moderne Kunst glaubt den menschlichen Willen determiniert. Die Bewegung, welche früher in den Gemütern der Zuschauer stattfinden sollte, war eine Erhebung. Im Drama wie im Roman sah man den freien Menschen gegen Widrigkeiten kämpfen; er war ein Held; und mochte er nun siegen oder untergehen in dem Kampf, jedenfalls hatte der Leser oder Hörer den starken Eindruck menschlicher Würde und Kraft. Bei uns Deutschen hat Schiller, der Schüler Kants, das am stärksten erfaßt, und trotz Allem, was man gegen ihn sagen mag, übt er doch notorisch noch immer eine starke dramatische Wirkung aus, die sich durch nichts Anderes erklärt, als durch dieses Moment.

Gar nicht die Philosophie, sondern der starke Aufschwung der Naturwissenschaften hat bei uns Modernen die Meinung geschaffen, daß der menschliche Wille determiniert sei. Man konnte alles mechanisch erklären und erhielt dabei so ausgezeichnete Resultate; eine ganz neue Wissenschaft, die Soziologie, hatte man geschaffen, welche die Beziehungen der Menschen zu einander nach dieser Methode untersuchte; man hatte gefunden, daß das Milieu diese und diese Stimmungen, Gedanken und Handlungen erzeugte, und daß die Vererbung Menschen mit solchen und solchen Trieben schaffte. Heute, wo wir diese Gedanken fix und fertig haben und ganz in ihnen leben, sehen wir in ihnen gar nichts Auffälliges mehr; man braucht aber nur etwa noch ein Buch von Quételet [2] aufzuschlagen, um zu sehen, wie beunruhigend für den noch die Frage der menschlichen Freiheit war.

Ist der Mensch wirklich restlos das Resultat einer Anzahl verschiedenartiger, auf einen bestimmten Punkt wirkender Kräfte, wie es irgend ein anderes Naturprodukt ist, so erscheint es als eine primitive Anschauung, wenn der Künstler und der Zuschauer sich für einen Kampf mit der Umwelt interessieren sollen. Es ist ja richtig, der Mensch, so lange er anständig ist, hält sich praktisch für frei, und handelt nach dieser Meinung. Aber der Künstler und mit ihm der Zuschauer sehen viel tiefer: sie wissen, das ist nur seine psychologische Perspektive, ein ganz gewöhnlicher Denk- und Beobachtungsfehler, der sie gar nicht interessieren kann. Sie wollen das Leben, was hinter diesen Vordergrundsempfindungen liegt, nämlich die wirkliche Bedingtheit des Menschen durch die Dinge, nach Gontscharows Ausdruck: die Tiefen des Lebens mit ihren geheimen Triebfedern. Damit ist dann für die Leser alle Bewegung des Gemütes ausgeschlossen; es bleibt nichts übrig, als ein Erkennen. Der Künstler selbst hat damit eigentlich das tiefste Motiv verloren, sein Werk bekannt zu geben, und es ist wunderbar, daß die mißmutige Idee Flauberts, seine Bücher zu schreiben, sie dann im Pult zu verschließen und nicht drucken zu lassen, nicht allgemeiner war bei den naturalistischen Dichtern. Das »Dichter lieben nicht zu schweigen, wollen sich der Menge zeigen«[3] kann doch dann nur noch auf die Poeteneitelkeit gehen. Und ganz naiv hat ja auch Zola der Radikale die Konsequenz gezogen in seinem Schlagwort von *»Roman expérimental«*. Aus dem Propheten und Seher der früheren unaufgeklärten Zeiten hat sich in unserer aufgeklärten Gegenwart der Dichter in einen liebenswürdig belehrenden und unterhaltenden Professor verwandelt. [...]

[171 ...] Die modernen Ideen machten sich zunächst im Roman geltend. Der Roman war von jeher nur Halbkunst gewesen und hatte immer noch andern Zwekken nebenbei gedient, außer den künstlerischen. Seine ganze Entstehung, aus der Auflösung des Epos in gebundener Sprache, wies ja schon auf unkünstlerische Tendenzen hin: es sollte lediglich das Wissen vom Inhalt der aufgelösten Epen vermittelt werden. Die Vermittlung von Wissen, immer verschieden nach den betreffenden Zeiten, war dann auch später immer eine Hauptaufgabe des Romans. Weil beim naturalistischen Roman das nicht mehr geschah durch Exkurse oder Gespräche, so glaubte man in ihm diese alte Tendenz zur Halbkunst überwunden zu haben. Der Roman war ganze Kunst geworden. In Wirklichkeit handelte es sich lediglich um eine Zurückschiebung des Erkenntniszwecks, wie wenn man früher, statt Exkurse des Dichters naiv einzuflechten, sie den Personen in den Mund legte: der Zweck des ganzen Romans war jetzt Erkenntnis, und noch eher konnte man etwa im heroisch-galanten französischen Roman des siebzehnten Jahrhunderts Kunstzwecke finden, als im modernen, wo es zuletzt ein Haupttrumpf war, wenn man irgend eine bisher vernachlässigte soziale Kategorie behandelte, etwa das Dienstmädchen. Es ist kein Wunder, daß die Franzosen, die stets Meister waren in aller Kunst, die eigentlich keine Kunst ist, hier excellierten. Den Gipfelpunkt erreichten die Goncourts, welche glaubten, daß das Drama auf ewig vernichtet sei, und daß dem Roman die Rolle zufalle, die so lange das Drama gehabt hatte.

Der Roman wird stets Halbkunst bleiben, weil ihm der Zwang zur Form fehlt. Hier war also das Unglück nicht so schlimm; es handelte sich lediglich um eine Mode, welche den Ansprüchen der Zeit entsprach. Aber die modernen Kunstprinzipien drangen vom Roman auch in das Drama. Hier sind die Deutschen voraufgegangen. [...]

In dem Sammelband »Der Weg zur Form« wird als Entstehungsjahr dieser Abhandlung 1898 angegeben. – In einer Vorbemerkung zu diesem Band begründet Paul Ernst (1866–1933), warum darin seine früheren Arbeiten nicht berücksichtigt wurden: *Ich begann mit dem Jahre 1898, weil erst von da an das Streben nach klassischer Kunst in mir lebendig wurde; in älteren Aufsätzen suchte ich mich über Dinge aufzuklären, die heute keine Bedeutung mehr haben* (W 60 N).

Anmerkungen

1. I. Gontscharow, Die Schlucht. Zürich: Manesse 1959, S. 321.
2. Lambert Jacques Quételet (1796–1874); Hauptwerke: Sur l'homme et les développements de ses facultés, ou essai de physique sociale. Paris 1835. – Lettres au duc regnant des Saxe-Cobourg sur la théorie des probabilités. Brüssel 1846.
3. J. W. Goethe, An die Günstigen. In: Goethes Werke [Sophienausgabe], Bd. 1. Weimar: Böhlau 1887, S. 12.

LEO BERG 1899

Aus: Der Zukunftsroman.
In: Das litterarische Echo, Jg. 2, 1899, H. 3, Sp. 159–161. W 57.

Warum haben die modernen Völker kein Epos mehr? Warum ist das Epos der dichterische Ausdruck der Jugendperiode der Völker?

Eine historische Erscheinung, die mit dieser Bestimmtheit auftritt und nachzuweisen ist, muß innere Gründe haben. Wenn wir den Fr. A. Wolff[1], Karl Lachmann[2] u. s. w. folgen, sind die Volksepen überhaupt nicht von einzelnen, individuellen Dichtern geschaffen. In der Entstehungszeit der volkstümlichen Epen aber giebt es jedenfalls noch Sängerkasten, die gleich Weberinnen an den verschiedenen Enden der heroischen Volksgeschichte dichten. Eine Spaltung durch Bildung, durch den Verstand und den Beruf ist noch kaum eingetreten. Das Volksepos ist die einzige Kunst, die noch keine Gemeinde gehabt oder gebraucht hat. Sie ist ein Urquell der Poesie, wie die Volksreligion ein Urquell der Seele ist, aus dem sich alle ernähren, ehe die Sektenbildungen die Auffindung von Sonderquellen ermöglichen.

Aber zu dem inneren kommt ein äußerer Grund, der freilich nur eine äußere Erscheinung des [160] inneren Grundes ist. Sobald die Kulturverhältnisse anfangen, kompliziert zu werden, kommt man den Dingen nur noch durch Analyse bei, arbeitet also der künstlerischen Kraft der Darstellung und Erzählung entgegen. Das bloße Nennen oder Erwähnen löst keine Vorstellungen mehr im Geiste der Zuhörer aus. Die Berufe spalten sich. Jeder kennt nur noch einen Teil des volkstümlichen Lebens. Die Volkskreise entfernen sich von einander. Der Jäger hat eine andere Sprache als der Hufschmied. Die Beschäftigung, die Instrumente werden mehr verstandesmäßig. In dem Augenblick, in dem sich der Mensch nicht mehr selbst seine Instrumente anfertigen kann und sie als ein Fremdes und Fertiges von einem Andern geliefert erhält, hat dem Epos die Todesstunde geschlagen. Man kann die Anfänge dieses Todes schon bei Homer erkennen, der verhältnismäßig ein Spätling seiner Kultur ist, z. B. in der berühmten Schiffsbeschreibung, wo seine sonst so naive, urwüchsige Anschaulichkeit ermattet. Das Schiff der homerischen Zeit war bereits ein zu kompliziertes Ding geworden. Er wird hier, sowie bei der Beschreibung des Schildes von Achilles, bereits analytisch.

Ist die Kultur der Tod, so ist die *Stadt* das Grab des Epos. Auf dem Lande nimmt das Kind noch so ziemlich alle Kulturerscheinungen mit den Sinnen auf. Der Dorfjunge steht nicht nur mit der Natur auf vertrauterem Fuße, er lernt auch noch die Kulturerscheinungen aus unmittelbarer Anschauung kennen. Wird wo ein Schwein geschlachtet, muß er dabei sein, die Schmiede, die Esse, jede Art von Werkstatt, so lange sie nicht fabrikmäßig betrieben wird, kennt er von Kindheit an. Er ist in seiner Weise viel gebildeter als das Stadtkind, das vor lauter fertigen Kulturfakten steht, die wie Wunder der Märchen auf seine Sinne einwirken, aber von denen es doch sehr bald erfährt, daß es keine Wunder sind. Das lähmt die Sinne zugleich und die Phantasie, zum Teil auch den Verstand, der zur Unthätigkeit verurteilt ist. Es steht einer Welt gegenüber, die es weder fassen noch begreifen kann. Es muß erst ein kleiner oder großer Gelehrter werden. Auch die Erwachsenen sehen und verstehen von der sie umgebenden Kultur nur einen ganz kleinen Teil. Keines Dichters Kraft reicht aus, die Kultur einer großen Stadt zu beschreiben. Er muß Techniker, Mathematiker, Ingenieur, Naturforscher sein. Und dann beschreibt er, indem er zerlegt, d. h. unkünstlerisch. Die spezifische Kunst des Städters ist die Poesie der Konflikte, das ist das Drama.

Mit fortschreitender Kultur wird das Epos immer unmöglicher, ja widersinniger. Vor fünfzig Jahren gab es noch eine Posie der Reisebeschreibungen. Seit wir sozusagen technisch reisen, ist das Reisen, wenn schon nicht um die Poesie, so doch um die Möglichkeit epischer Darstellung gekommen. Jede zunehmende Kompliziertheit des Lebens ist eine Lähmung des Epikers mehr. Es ist nicht zufällig, daß Natur- und Toilettenbeschreibungen in modernen Romanen eine so große Rolle spielen, denn Natur und Toiletten kennt man noch aus eigener Anschauung. Zwar hat es an Versuchen nicht gefehlt, das moderne Leben dem Epos zu gewinnen. Zola hat es mit Herkules-Armen zu umfangen versucht. Aber bald entrann ihm das Leben, bald die Poesie. Das eigentliche Epos hat sich nach innen geflüchtet, [161] ist Seelen-, statt Lebensbeschreibung geworden. Im übrigen haben die erfolgreichen Romanziers sich an die dunkelsten Instinkte des Volkes gewandt. Um so unmoderner, romantischer im schlechtesten Sinne ein Roman ist, um so viel mehr Aussicht hat er auf Popularität. Der eigentliche Epiker unseres Jahrhunderts ist – Eugen Sue.

Zunächst hat das Epos die Wendung gemacht, daß es nicht mehr Völker, sondern Individuen zum Gegenstande nahm, und dann machte es die weitere, entschiedenere, daß es nicht mehr das Leben selbst, sondern die Ueberwindung des Lebens darstellte, und die spezifische Form modernen Humors abgab (Cervantes). Was außer der Biographie und dem humoristischen Roman noch übrig bleibt, ist, so es überhaupt noch künstlerisch ernsthaft zu nehmen ist, gar nichts anderes als erweiterte oder komplizierte Novelle resp. Ballade, jene eine Zwischenstufe von Epos und Drama, diese von Epos und Lyrik, diese eine Präexistenzform, jene die Auflösung des Dramas.

Ist es schon schwierig, wo nicht unmöglich, das moderne Leben zu beschreiben, so verlassen wir vollends den realen Boden des Epos, wenn wir uns ins Nebelland der *Zukunft* flüchten. Alle sogenannten Staats- und Zukunftsromane haben mit Poesie nur sehr mittelbar und mit Epik garnichts mehr zu thun. Ist die Lokomotive, die elektrische Bogenlampe, Telegraph, Telephon, Photographie u. s. w. für das Epos verloren (viel eher kommen diese modernen Erscheinungen uns als Stimmungserreger zu gute), so ist die Epik völlig aufgelöst, wenn man Dinge schildern will, die es noch gar nicht giebt, die man selbst nicht einmal wissenschaftlich beschreiben kann, ja von denen sich vielleicht noch nicht einmal das Problem selbst aufstellen läßt [. . .]

Der abgedruckte Auszug ist der Anfang einer Sammelrezension von drei Zukunftsromanen, denen Leo Berg (1862–1908) künstlerischen Wert nur in der Form de Satire zusprechen will: *Die Zukunft hat für den Dichter nur Wert als Hohlspiegel der Gegenwart, nie aber für sich selbst* (S. 163). – Bei den besprochenen Romanen handelt es sich um: Kurd Laßwitz, Auf zwei Planeten. Weimar: Felber 1893. – Max Haushofer, Planetenfeuer. Stuttgart: Cotta 1899. – Frank R. Stockton, Zum Nordpol und Erdkern. Aus dem Amerikanischen übersetzt von Marie Walter. 2. Aufl. Stuttgart, Leipzig: Deutsche Verlags-Anstalt 1899.

Anmerkungen

1. F. A. Wolff, Prolegomena ad Homerum. Halle: Waisenhaus Buchhandlung 1795.
2. K. Lachmann, Über die ursprüngliche Gestalt des Gedichts von der Nibelungen Noth. Berlin: Dümmler 1816.

JAKOB WASSERMANN 1901

Aus: Die Kunst der Erzählung.
In: Neue deutsche Rundschau, Jg. 12, 1901, Bd. 1, S. 83–85. W 66.

[. . .] Das wesentlichste Erfordernis des erzählenden Stils ist die Ruhe. Auch die Darstellung der heftigsten Leidenschaften muß etwas von der Ruhe der Plastik enthalten. Keine Neuartigkeit eines Themas, kein Raffinement in der Erfindung der Fabel, nicht Witz, noch Pikanterie könnten dafür Ersatz bieten. Denn diese Ruhe allein ist fähig, Licht und Schatten zu verteilen, ein Bild zu erzeugen, Perspektiven zu bilden. Sie allein ist im Stande, dem Dargestellten den persönlich charakteristischen Ton zu verleihen. Dieser Ton einerseits und die Weltanschauung und geistige Stimmung des Autors andrerseits können die beiden Pole genannt werden, zwischen welchen sich alle Vorgänge anscheinend unbeeinflußt und wie von selbst abspielen.

Man wird in betreff dieses Punktes eine wichtige Thatsache nicht übersehen dürfen. Wer sich einige Zeit lang mit jener Scheinlitteratur beschäftigt, mit den [84]

Unterströmungen des Zeitvertreib- und Familienblatt-Romans, ja sogar der verrufenen Sensationslektüre, muß zugestehen, daß darin der erzählerische Ton meist besser getroffen ist, als in vielen Büchern, die sich, schließlich mit Recht, litterarisch geben. Während hier Exaltation, Stimmungs-Macherei, Breitspurigkeit oder unechte Verkürztheit, Bizarrerieen aller Art zu finden sind, zeigen jene wenigstens die *scheinbare* Sachlichkeit des Erzählers, und so dürfte sich die Vorliebe breiter Leser-Massen für solche Produkte auch erklären lassen.

Worin liegt aber der Unterschied zwischen der wahren Erzählungskunst der großen Prosaiker und der scheinbaren, welche den Lieferanten des allgemeinen Büchermarktes eigen ist? Vielerlei Eigenschaften müssen hier in einer einzigen zusammentreffen, für die unsere Sprache das bedeutsame Wort Gestaltungskraft besitzt. Jene Handwerker haben ihre traditionellen Geräte, ihre bestimmten Typen, ihre seit Generationen vorgezeichneten Wirkungen, flachen Tendenzen, banalen Conflikte und eintönigen Perspektiven; ja die Sprache selbst ist ihnen ein Schema und die Phrase, verdeckt oder offen, beherrscht ihre Empfindung. Anders ist die Art und Arbeit des Dichters. Es gab eine Zeit, die noch nicht fern genug liegt, als daß nicht Einige sich daran erinnern dürften, wo der Erzähler, der Novellist, als Poet nicht für voll angesehen wurde, wo Wilhelm Raabe ein »Schriftsteller« war noch gegenüber Baumbach [1], dem Dichter. Nichts kann blendender das mangelhafte Verständnis einer erhabenen Kunst darlegen. Leider war es Schiller, der das Wort vom Halbbruder des Dichters [2] prägte, aber es zeigte sich in der Folge, daß mancher von den angeblich Unebenbürtigen im Stande war, die elegantesten Jambenschmiede, die gefühlvollsten Fürsten des Reims in den Abgrund der Vergessenheit zu stoßen. Oder wäre durch ein apollinisches Edikt seine Phantasie geringwertiger? seine Leidenschaft wesenloser? seine Weltanschauung trüber? Zwischen den verschiedenen Kunstgattungen schafft das Genie allein einen Vorrang, und es wäre eine ganz respektable Illegitimität, die als Bastard den Verfasser des »Hesperus« oder den der »Toten Seelen« erzeugt hätte.

Die Gestaltungsart des Erzählers ist in ihrem Wesen sicherlich noch nicht genug beleuchtet, als daß man fürchten müßte, bei einer Analyse dieser Kunst Überflüssiges zu sagen. Construiren wir, um einer lästigen Schematik vorzubeugen, den idealen Prosadichter, den jeder Kenner – ein idealer Leser – sich nach seinem eignen Bilde formen mag. Ob er uns die Tragödie eines Schneidergesellen oder die Geschichte eines Buddha erzähle, sein Stil, sein Temperament, die Stimmung seines Gefühls und die Plastizität seiner Menschen werden uns in gleichem Maß ergreifen und hinreißen. Die Schilderung des Milieus ist ihm ein Mittel, Charaktere zu entfalten und Schicksale zu motivieren. Er wird nie beschreibungsselig werden und seine wohlberechnete epische Breite wird nie geschwätzig sein. Er wird jene scheinbare Kälte und Ruhe besitzen, die in ihrer Tiefe ein allumfassendes Feuer der Leidenschaft nährt. Denn sein Temperament ist zurückhaltend. Er kennt kein Pathos, das durch sich selbst spricht, keinen Witz, der sich im eigenen Wohlgefallen spiegelt, keine Melancholie zu persönlicher Folie. Wie ein Millionär seine Güter gleichmäßig und zweckmäßig an seine Kinder giebt, wird er mit seinen inneren Schätzen zwar nicht geizen, aber sorgfältig ihre Verteilung bewachen. Er kennt keinen Gefühlsausbruch mit geschlossenen Augen, mit selbstvergessener Hingebung, denn es ist ein Anderer, der zu sprechen hat: eine Figur. Zwischen den Gestalten und ihrem Widerspiel kommt seine Meinung zum [85] Ausdruck, aber nicht in Worten. Er geht den dramatischen wie den lyrischen Wirkungen aus dem Weg, denn die ihm eingeborenen Effekte sind anderer Art, ewig verwachsen mit der Form, die er erwählt. Seine eigentliche und tiefste Kunst ist, das Ungesagte ahnen zu lassen und in jeder individuellen Handlung einer Figur unsere eigene geheimnisvolle Teilhaberschaft unbemerkbar nachzuweisen. Er ist wie ein Chronikeur, der von wirklichen Ereignissen erzählt. Weil diese Ereignisse in einer gewissen Ferne liegen, bleibt seine persönliche Anteilnahme völlig verdeckt. Uns dennoch aufs innigste mit allen Vorfällen zu verknüpfen, uns, ohne daß wir es als aufgezwungen empfinden, alles mit seinem eignen Auge, seiner eigenen launigen oder tragischen Seelenstimmung erleben zu lassen, das ist wiederum seine ganz besondere Kunst.

Aus alledem ergiebt sich die Betrachtung, wie sich der Dichter im allgemeinen zu seinem Stoff verhalte. Die Besitzergreifung eines Stoffes hat mit dem Willen nichts zu thun, sie ist es, die beim echten Künstler durch eine Inspiration stattfindet. Ein viel mißbrauchtes Wort, doch hier an seiner Stelle. Dafür bestehen gewisse Prädestinations-Gesetze. Während nun der Dichter, noch hingerissen von seinem Stoff, ihm seelisch vollkommen überliefert ist, beginnt sein Geist schon jene Herrschaft über ihn auszuüben, die darin besteht, zu sammeln, zu ordnen und seine Aufmerksamkeit dem Detail, seine Liebe den Gestalten, seine Besonnenheit dem Gang der Fabel zu widmen. Was ist aber der »Stoff«? Ist es das Gerippe einer Handlung? Die Prüfungen und Leiden einer Person? Die Schilderung einer Schlacht? eines Abenteuers? eines Mordes? einer Schnurre? Sicherlich nicht. Die erste Schaffensempfindung dem Stoff gegenüber ist etwas zu Ungreifbares, um irgend einem Wortwerte zugänglich zu sein. Und nicht in der Art des Stoffs liegt seine Bedeutung, sondern in der *Intensität der Vision*, die er erzeugt, die nichts Bildhaftes zu haben braucht, sondern wie der Nebelball der Urwelten alles Feuer und alle Vegetation noch in sich verborgen tragen kann. Die Kraft dieser Sinnes-Empfindung bestimmt die Kraft des Werkes; ihre Dauer und Unvergeßlichkeit aber seine Harmonie. Alles andere hat mit inspiratorischen Dingen nichts mehr zu thun, sondern unterliegt den Gesetzen der Entwicklung. Langsam nur und allmählich nimmt das Bewußtsein daran Teil. Hier besteht nun in Wahrheit die Grenze zwischen dem Dichter und dem Schriftsteller, und es ist dabei wohl möglich, daß ein Dichter zugleich der hülfloseste Dilettant und ein Schriftsteller ein mit allen Künsten der Feder vertrauter Gaukler sei, der das Urteil der Zeitgenossen zu täuschen vermag. Der Dichter und seine Stoffe verhalten sich zueinander wie die Wurzel des Baumes und seine Blätter; die Stoffe des Schriftstellers aber gleichen den beliebig ausgewählten, ärmlichen oder luxuriösen Möbeln eines Zimmers. Dort wird jeder Mangel die Kehrseite eines Vorzugs sein; hier wird jeder Vorzug auf einen einzigen Mangel zurückdeuten. Dort ein lebendiger Organismus, gleichviel ob kränklich oder stark; hier eine Maschinerie, stümperhaft oder in ihrer Art vollkommen.

Das wahre Gefühl wird nie einer Täuschung unterliegen, aber das Urteil wird hinter der Empfindung zurückbleiben. Deshalb ist es wichtig, ästhetische Formeln zu finden, gleichsam eine ideale Münze, mittelst welcher der Kurswert der Kunstwerke unter den verständnisvoll Genießenden festgestellt werde.

Als Beispiel großer epischer Werke werden im Anfangsteil des Aufsatzes neben Herodots Geschichten durchweg Romane genannt: Don Quixote, Wilhelm Meister, Krieg und Frieden.

Anmerkungen

1. Rudolf Baumbach (1840–1905), Verfasser epigonaler Versepen.
2. Naive und sentimentalische Dichtung. In: Schillers Werke. Nationalausgabe, Bd. 20: Philosophische Schriften. Erster Teil. Weimar: Böhlau 1962, S. 460 (s. Romantheorie, Bd. 1, S. 174).

Büchererfolge

Im Zusammenhang einer Besprechung erfolgreicher Romane der Jahrhundertwende macht Leo Berg darauf aufmerksam, daß die literarische Kritik aufgrund ihrer Orientierung an rasch sich wandelnden literarischen Moden ihre normsetzende Kraft und ihre Funktion als kritisches Korrektiv literarischer Praxis einbüßt. Die damit eintretende Eklektik der Argumente trifft zeitlich zusammen mit einer tiefgreifenden Spaltung der Auffassungen über die Funktion der Kunst. Dies spiegelt sich beispielhaft in den Charakteristiken und Bewertungen, die Gustav Frenßens »Jörn Uhl« und Thomas Manns »Buddenbrooks« in der literarischen Kritik erfuhren.

Adolf Bartels nahm gleich beide Romane als Zeugnis für seine vielfach verbreitete Behauptung in Anspruch, daß der deutsche Roman seinen *Aufschwung* der Bindung an *Heimatboden* verdanke; beide Romane erreichten ihre *stärkste Wirkung durch lokale Stimmungen.* Dabei verbindet dieser entschiedene Wegbereiter der Blut-und-Boden-Ideologie die Verachtung von künstlerischer Komposition und anspruchsvollem Stil als *Mache* und *Virtuosentum* mit einer Hymne auf *Lebensechtheit* und *nationale Gesinnung* zu einem chauvinistischen literarischen Programm. Vor diesen Kriterien kann allerdings nicht einmal Frenßens »Jörn Uhl«, in dem die Dithmarscher Bauern als ruinierter und verfallender Stand gezeichnet werden, uneingeschränkt bestehen. Da *in dem Dithmarscher Roman nicht gerade viel Positives und Nationales* sei (W 76, S. 354), rückt er für Bartels zusammen mit den »Buddenbrooks« in die Nähe der modernen *Decadencekunst.*

Während die *Heimatkunst* von ihren Verfechtern als nationales Gegenprogramm zum Naturalismus propagiert wird, bringt Leo Berg sie in provozierender Weise mit naturalistischer Kunst in Verbindung. Seine sarkastische Formel für Heimatkunst als *Naturalismus der Beschränkten* zielt zunächst auf den – als Indiz für *Natürlichkeit* und *Lebensechtheit* ausgegebenen – Mangel an künstlerischer Komposition; sie zielt darüber hinaus aber, daran läßt Berg in den Schlußpassagen seiner Abrechnung mit dem »Jörn Uhl« keinen Zweifel, auf die literarische Kritik und das Lesepublikum, die diesem Roman zum Erfolg verhalfen.

Auch Lublinski führt in seiner ungewöhnlich fundierten »Bilanz der Moderne« wiederholt scharfe Angriffe gegen die literarische Kritik, der es insgesamt nicht gelungen sei, zwischen der modernen Kunst und dem zeitgenössischen Publikum mit Verständnis zu vermitteln. Er schließt darin nicht nur den *Hauptlärmmacher* der Heimatkunst, Adolf Bartels, sondern auch Leo Berg ein, dem er wohl einen *hervorragenden Scharfblick für allerlei moderne Kleinprobleme* zubilligt, dem er jedoch *Unverständnis* für *den wirklichen Fortschritt* der Moderne und insgesamt eine konservative Orientierung des ästhetischen Urteils vorwarf. In Lublinskis Stellungnahme zu den »Buddenbrooks« zeichnet sich letzten Endes doch auch eine Unentschiedenheit des literarischen Urteils ab, die den Prozeß der Umorientierung der literarischen Entwicklung um die Jahrhundertwende beispielhaft demonstriert. Einerseits verteidigt er die »Buddenbrooks« als Erfüllung und Vollendung des naturalistischen Romans in Deutschland gegen Vorbehalte neuromantisch orientierter Kritiker. Zugleich betont aber auch er, daß die naturalistische Form *unbedingt eine Erweiterung nach oben hin* erfordere. In dieser Akzentuierung zeigt sich auch die Wirkung neuer ausländischer Romanvorbilder an. Vor allem Jacobsens »Nils Lhyne«, nach Lublinski der *Typus des neuen und verfeinerten naturalistischen Romans* (W 74, S. 105), steht hier, wie offensichtlich auch in Rezensionen Rilkes, als Paradigma im Hintergrund.

Die Erhebung von Zuständlichem zu einer Stimmungsqualität zeigt sich in der Entfaltung des Begriffs »Heimat« an, wie sie Rilke in seiner »Jörn-Uhl«-Besprechung vornimmt. Diese Spiritualisierung der Heimat-Vorstellung läßt ihn zu einer überraschenden Hochschätzung des Romans gelangen. Als Ausdruck erinnerter Erfahrung, die lokale Stimmungen transzendiert und räumlich wie zeitlich ausweitet, wird Heimat zum Inbegriff einer Landschafts- und Lebenserfahrung, wie sie Rilke zuvor in der Einleitung zum Worpswede-Buch als eigene beschrieben hatte. Sie entsteht aus dem Eindruck einer bedrückenden Fremdheit vom umgebenden Leben, und die so erregte melancholische Sehnsucht erhofft von der Kunst die Daseinserfüllung, die das äußere Leben versagt. Auf diesem Wege wird auch die Problematik des sozial entwurzelten, an seiner Situation leidenden Künstlers erneut und in verschärfter Form zum Hauptthema des Romans; in seiner Rezension der »Buddenbrooks« verzeichnet Rilke Thomas Manns umsichtige Bemühung, die Vorgeschichte dieser Entwicklung zu geben, mit der ihn bezeichnenden Sensibilität.

Der Titel der Vorbemerkung gibt die Titelzeile von Leo Bergs Aufsatz (W 71) wieder.

RAINER MARIA RILKE 1902

[Rezension zu] Thomas Manns »Buddenbrooks«.
In: Bremer Tageblatt und General-Anzeiger, Nr. 88 vom 16. April 1902. W 69.

Man wird sich diesen Namen unbedingt notiren müssen. Mit einem Roman von elfhundert Seiten hat Thomas Mann einen Beweis von Arbeitskraft und Können gegeben, den man nicht übersehen kann. Es handelte sich ihm darum, die Geschichte einer Familie zu schreiben, welche zugrundegeht, den »Verfall einer Familie«. Noch vor einigen Jahren hätte ein moderner Schriftsteller sich damit begnügt, das letzte Stadium dieses Verfalls zu zeigen, den Letzten, der an sich und seinen Vätern stirbt. Thomas Mann hat es als ungerecht empfunden in einem Schlußkapitel die Katastrophe zusammenzudrängen, an welcher eigentlich Generationen arbeiten, und er hat, gewissenhaft, dort begonnen, wo der höchste Glücksstand der Familie erreicht ist. Er weiß, daß hinter diesem Höhepunkt nothwendig der Abstieg beginnen muß, erst in kaum merkbarer Senkung, dann immer jäher und jäher und schließlich senkrecht abfallend in das Nichts.

So war er also vor die Nothwendigkeit gestellt, das Leben von vier Generationen zu erzählen und die Art wie Thomas Mann diese ungewöhnliche Aufgabe gelöst hat, ist so überraschend und interessant, daß man, obwohl es Tage kostet, die beiden gewichtigen Bände Seite für Seite mit Aufmerksamkeit und Spannung liest ohne zu ermüden, ohne etwas zu überschlagen, ohne das geringste Zeichen von Ungeduld oder Eile. Man hat Zeit, man muß Zeit haben für die ruhige und natürliche Folge dieser Begebenheiten; gerade weil nichts in dem Buche für den Leser da zu sein scheint, weil nirgends, über die Ereignisse hinweg, ein überlegener Schriftsteller sich zu dem überlegenen Leser neigt, um ihn zu überreden und mitzureißen, – gerade deshalb ist man so ganz bei der Sache und fast persönlich betheiligt, ganz als ob man in irgend einem Geheimfach alte Familienpapiere und Briefe gefunden hätte, in denen man sich langsam nach vorn liest, bis an den Rand der eigenen Erinnerungen.

Thomas Mann fühlte ganz richtig, daß er, um die Geschichte der Buddenbrooks zu erzählen, Chronist werden müsse, d.h. ruhiger und unerregter Berichterstatter der Begebenheiten, und daß es sich trotzdem darum handeln würde, Dichter zu sein, und viele Gestalten mit überzeugendem Leben, mit Wärme und Wesenheit zu erfüllen. Er hat beides in überaus glücklicher Weise vereint, indem er die Rolle des Chronisten modern aufgefaßt hat und sich bemüht hat, nicht einige hervorragende Daten zu verzeichnen, sondern alles scheinbar Unwichtige und Geringe, tausend Einzelheiten und Details gewissenhaft anzuführen, weil schließlich alles Thatsächliche seinen Werth hat und ein winziges Stück von jenem Leben ist, das zu schildern er sich vorgenommen hatte. Und auf diese Weise, durch diese herzliche Versenkung in die einzelnen Vorgänge, durch die große Gerechtigkeit gegen alles Geschehen erreicht er eine Lebendigkeit der Darstellung, die nicht so sehr im Stoffe, als vielmehr im fortwährenden Stofflichwerden aller Dinge liegt. Es ist etwas von der Technik Segantinis hier in das andere Gebiet übertragen: Die gründliche und gleichwerthige Behandlung jeder Stelle, die Durcharbeitung des Materials, welche alles wichtig und wesentlich erscheinen läßt, die von hundert Furchen durchzogene Fläche, die dem Beschauer einheitlich und von innen heraus belebt erscheint und schließlich das Objective, die epische Art des Vortrags, welche selbst das Grausame und Bange mit einer gewissen Nothwendigkeit und Gesetzmäßigkeit erfüllt.

Diese Geschichte des alten Lübecker Patriziergeschlechtes Buddenbrook (in Firma Johann Buddenbrook), welche mit dem alten Johann Buddenbrook um 1830 einsetzt, endet mit dem kleinen Hanno, seinem Urenkel, in unseren Tagen. Sie umfaßt Feste und Versammlungen, Taufen und Sterbestunden (besonders schwere und schreckliche Sterbestunden), Verheirathungen und Ehescheidungen, große Geschäftserfolge und die herzlosen unaufhörlichen Schläge des Niederganges, wie das Kaufmannsleben sie mit sich bringt. Sie zeigt das ruhige und naive Arbeiten einer älteren Generation und die nervöse, sich selbst beobachtende Hast der Nachkommen; sie zeigt kleine und lächerliche Menschen, die in den verwirrten Netzen der Schicksale sich heftig bewegen, und offenbart, daß auch die, die etwas weiter sehen, des Glückes oder Unheils nicht mächtig sind und daß beides immer aus hundert kleinen Bewegungen entsteht und, fast unpersönlich und anonym in seinem Ursprung, sich ausbreitet und sich zurückzieht, während das Leben weitergeht wie eine Welle. Besonders fein beobachtet ist, wie der Niedergang des Geschlechtes sich vor allem darin zeigt, daß die Einzelnen gleichsam ihre Lebensrichtung geändert haben, daß es ihnen nicht mehr natürlich ist, nach außen hin zu leben, daß sich vielmehr eine Wendung nach Innen immer deutlicher bemerkbar macht. Schon der Senator Thomas Buddenbrook muß sich anstrengen, um seinen Ehrgeiz zu befriedigen, – bei seinem Bruder Christian aber hat diese Abkehr vom äußeren Leben zu einer gefährlichen und pathologischen Selbstbeobachtung geführt, die sich auf innere leibliche Zustände erstreckt und ihn mit ihrer quälenden Unerbittlichkeit zu Grunde richtet. Auch der Letzte, der kleine Hanno, geht mit nach innen gekehrtem Blick umher, aufmerksam die innere seelische Welt belauschend, aus der seine Musik hervorströmt. In ihm ist noch einmal die Möglichkeit zu einem Aufstieg (freilich einem anderen als Buddenbrooks erhoffen) gegeben: Die unendlich gefährdete Möglichkeit eines großen Künstlerthums, die nicht in Erfüllung geht. Der kränkliche Knabe geht an der Banalität und Rücksichtslosigkeit der Schule zu Grunde und stirbt am Typhus.

Sein Leben, ein Tag dieses Lebens, nimmt einen größeren Raum im zweiten Bande ein. Und so grausam das Schicksal diesen Knaben zu behandeln scheint, auch hier hören wir nur den ausgezeichneten Chronisten, der tausend Thatsachen bringt, ohne sich zu Zorn oder Zustimmung hinreißen zu lassen.

Und neben der kolossalen Arbeit und dem dichterischen Schauen ist diese vornehme Objectivität zu loben; es ist ein Buch ganz ohne Ueberhebung des Schriftstellers. Ein Act der Ehrfurcht vor dem Leben, welches gut und gerecht ist, indem es geschieht.

Rilke hatte im März 1902, einen Monat vor der »Buddenbrooks«-Rezension, eine Besprechung des Buches »Giovanni Segantini – Sein Leben und sein Werk«, Wien 1902, im *Bremer Tageblatt* veröffentlicht (Rilke, Sämtliche Werke, besorgt von E. Zinn, Bd. 5. Frankfurt: Insel 1965, S. 549–552).

RAINER MARIA RILKE 1902

Aus: [Rezension zu] Jörn Uhl. Roman von Gustav Frenßen.
In: Bremer Tageblatt und General-Anzeiger, Nr. 174 vom 27. Juli 1902. W 70.

[. . .] Was diesem Buch die Wege zunächst geöffnet hat ist der Umstand, daß man gerade jetzt alles bevorzugt, was sich irgendwie unter Marke »Heimathkunst« unterbringen läßt. Dieses Buch (das wurde schon auf seinen ersten Seiten klar) ist Heimathkunst, aber doch in anderem Sinne als die anderen Bücher, die unter dieser Fahne gehen. Es ist das Buch eines Menschen, der eine Heimath hat, nicht eines, der sich im Getümmel der Großstadt und der Litteratur, vom Zeitwind angeweht, wieder seiner Heimath erinnert, um sie nun »schriftstellerisch zu verwerthen«; der Mann, der dieses Buch schreiben mußte *hat* seine Heimath, wie man ein Herz hat, wie man Hände hat: er hat Heimath, weil das zum Leben gehört. Ja, man kann geradezu sagen, er gleicht mehr einem Baume als einem Menschen, so fest steht er in seinem holsteinischen Land, so hält er sich tief drin im Dunkel seiner Erde und hebt sich zum Lichte seines Himmels und rauscht, wenn er erzählt, zwischen Himmel und Erde mit seinen einfachen würdigen Worten. »Es ist kein Ende des Erzählens. Dies Land ist alt und hat viel erlebt.« [1]

Von der Heimath erzählen, das war für diesen Mann keine Beschränkung, im Gegentheil: es war die größte Macht und Vollmacht, die ihm konnte gegeben werden. Heimath ist ja nicht nur dieses Stück Land mit seiner Enge und Abgeschlossenheit, dieser kleine und übersehbare Gegensatz von Welt und Ferne und Leben. Die Ströme und Bäche sind Heimath, die durchs Land gehen, die Wolken sind Heimath, wenn sie darüber hinziehen, und die Sterne, die Jörn Uhl in einsamen Nächten mit dem Fernrohr zählt, gehören dazu. Und wenn Fiete Krey eines Tages nach Amerika geht, so ist das ein Stück Heimath, das, losgerissen vom Ganzen, doch nicht aufhören kann, Heimath zu sein. Und wenn man erzählt wie Jörn Uhl in jenen merkwürdigen und schweren Tagen sich benahm, in der Schlacht von Gravelotte und im Lager von Metz, so muß man deshalb nicht meinen, man hätte nun aufgehört von der Heimath zu erzählen. Denn das alles betrifft sie, indem es ihre Kinder betrifft, mögen sie sein wo immer: in der Fremde, im Elend, im Fieber oder im Tod. Wunderbar weit scheint einem das holsteinische Land. Ueber das Herz der Wieten Klook geht es in seine Sagen hinein, die alt und großartig sind und noch immer wirken und ihre Wahrzeichen haben im Land und im Leben. Und wunderbar weiß der Mann, der das Buch geschrieben hat, in die Schicksale der Menschen hineinzugehen und sie dem Lande zuzuzählen wie Adern in seinem Gestein; die ganze breite Gleichzeitigkeit des Lebens bringt er in seine Geschichte herein, und zeigt uns von den Menschen, und auch von denen, die nur flüchtig vorübergehen, mehr als den Augenblick. Wenn der richtige Punkt gekommen ist, von wo aus man ihr Leben übersehen kann, giebt er uns die Aussicht über ihre Vergangenheit und in ihre Zukunft hinein und erklärt uns mit kurzen und klaren Worten, was er uns sehen läßt. So dehnt sich die Heimath aus, wird größer um die Schicksale derjenigen, die von ihr fortgehen und in ihr sterben und zu ihr zurückkehren; wird tiefer um den Gott, den sie suchen und finden und verlieren und wiederfinden, wo sie ihn gar nicht erwartet haben. Und diese Erzählungsart, die an manchen Stellen mit dem wehmüthigen Wort: »Das ist nachher anders gekommen« – auf eine entfernte Biegung ihres Weges vorausweist, hat etwas Ungeschriebenes, nicht Niederschreibbares, Erzähltes: man hört mehr als man liest.

Man befindet sich nicht so sehr einem Kunstwerk gegenüber, wenn man sich mit diesem Buch beschäftigt, als vielmehr einem Menschen. Was Jörn Uhl die alte Wieten Klook vom lieben Gott träumen läßt, das gilt auch von Gustav Frenßen, dem Pastor zu Hemme im Holsteinischen: »Er sieht aus wie ein ditmarscher Bauer, man erkennt ihn aber gleich am Gange«.[2] Am Gange seiner Worte erkennt man in der That diesen starken, tiefen, herzlichen Menschen, der, indem er so viel von seiner Heimath wissen wolle, sich so großes Wissen erwarb von Gott, von der Welt und ganz besonders von den Menschen, von denen er lieb und hilfreich denkt. Er gleicht dem Heesebauer, »der für alles eine ernste und große Neugier hatte«[3] und er hat von Tag zu Tag deutlicher gefühlt: »nichts bildet den Menschen mehr, als Menschenschicksal sehen«[4] und hat erkannt, daß das »Menschenleben viel bunter und breiter ist als *eine* Ursache oder *eine* Idee.«[5]

Das war sein Weg. Das hat ihn reif gemacht und gut, einsam und stark und zum Erzähler des »Jörn Uhl«. [...]

Über seine Jörn-Uhl-Lektüre schrieb Rilke an Otto Modersohn am 25. 6. 1902 u.a.: *»Jörn Uhl« habe ich gelesen: lesen Sie ihn, es ist immerhin sehr der Mühe wert, auf dieses Buch einzugehen, wenngleich man dagegen sagen kann, daß es etwas zu sehr am Heimatlich-Holsteinischen hängt und nicht immer hoch genug darüber hinauswächst. Das ist mein persönliches Empfinden und soll nicht mißverstanden werden. Ich, als ein ziemlich Heimatloser, weiß ganz besonders gut, was Heimat bedeutet (denn die Sehnsucht ist ein gutes Lehrbuch), und schätze ein Werk, das voll Heimat ist, schon um dieses Vorzugs willen; aber mehr, als in der Heimat stehen, ist doch noch: weit aus ihr hinauswachsen in den Himmel.* (Rilke, Briefe und Tagebücher aus der Frühzeit 1899 bis 1902. Hg. v. R. Sieber-Rilke u. C. Sieber, Leipzig: Insel 1933, S. 196).

Anmerkungen

1. G. Frenßen, Jörn Uhl. Roman, 67. Tsd. Berlin: Grote 1902, S. 291.
2. Ebd., S. 172.
3. Ebd., S. 7.
4. Ebd., S. 226.
5. Ebd., S. 445.

LEO BERG 1903

Aus: Büchererfolge. Festbetrachtung zur 100. Auflage des »Jörn Uhl«.
In: Das litterarische Echo, Jg. 5, 1903, H. 7, Sp. 455–458. W 71.

[. . .] Ist der »Jörn Uhl« ein Roman? Erzählt ist er so schlecht, daß es wohl kaum einem möglich war, mehr als fünfzig bis höchstens hundert Seiten in einem Zuge zu lesen. Nicht die einfachsten Gesetze der Erzählung und Darstellung sind dem Autor geläufig. Daß der Roman, sofern er nicht gänzlich Wissenschaft, d. h. Problemwerk, d. h. Experimentalroman geworden ist, noch ins Gebiet der *Epik* gehört, wollen wir zunächst einmal festhalten, bis die Herren Busse[1], Bartels, Avenarius[2] eine neue Aesthetik erfunden haben. Der »Jörn Uhl« ist derartig ungeschickt und langweilig erzählt, daß es wohl verhältnismäßig nur sehr wenige giebt, die ihn ganz gelesen haben können. Einer seiner Bewunderer gestand mir sogar, nur bis zur zweiten Seite gekommen zu sein. Im übrigen hätte er sich auf Busse verlassen. Andere sagten: Ja, das ist es ja gerade. Der »Jörn Uhl« ist gerade wie die Bibel; man könnte ihn überall aufschlagen und immer wieder weglegen. Das wäre so'n Buch, mit dem man sich sein ganzes Leben lang herumschleppen könnte. Also wieder ein Lebensbuch.

Unsere Romanfabrikanten arbeiten bekanntlich mit sehr niedrigen Mitteln und vergröbern die Technik des Epischen. Frenssen thut das nicht. Es fehlt ihm all *das Spannende* der Zeitungsromane. Folglich, sagen sich unsere Auguren, muß das Epische wohl in der Negation alles dessen bestehen, was uns an jenen ärgert. Wir haben ja im Drama eben erst dasselbe erlebt. Es giebt gar kein Drama ohne Sensation und Effekt. Von den Sensationen und Effekten der Sardou, Philippi u. s. w. haben wir nun aber genug. Folglich der [456] konsequente Realismus auf der Bühne als moderne Dramaturgie. Ebenso geht es mit dem Spannenden im Roman. Eine Erzählung von sechs-, sieben-, zwölfhundert Seiten ohne irgend etwas Spannendes ist schon eine Ungeheuerlichkeit in sich selbst.

Auch hat der Naturalismus, mit dem der »Jörn Uhl« mehr zu thun hat, als seine Bewunderer ahnen (»Heimatkunst« ist der Naturalismus der Beschränkten), uns daran gewöhnt, daß es große Kunstwerke geben könne ohne *Komposition*. Eben wie das Leben selbst, das ja auch nicht komponiert ist, hieß es bei der »Renate Fuchs« [3]. Der Omnibus als Symbol der Romantechnik. Die Leute steigen ein und wieder aus, einer hat mit dem andern nichts zu schaffen. Darum fühlten sich so viele bei »Jörn Uhl« an Wilhelm Raabe erinnert. Der Vergleich hat sogar etwas Bestechendes: nämlich alles, was Raabe nicht kann, kann Frenssen auch nicht. In dieser Negations-Vergleichung haben wir's ja recht weit gebracht. Schon der alte Schack war darin entzükkend. Was man ihm auch vorwarf, er fand immer seinen Trost bei Calderon, Goethe oder Sophokles. Als ob nicht schon Horaz gewußt hätte, daß auch Homer zuweilen schlafe. Und ihr wollt unserem neuesten Kerl (Wassermann, Holländer, Frenssen) vorwerfen, daß er auch schlafe. Er schläft sogar intensiver, folglich ist er noch größer als Homer. Das ist doch klar. [. . .]

[457 . . .] Ueber dem ganzen Roman liegt etwas Verträumtes, Weltfremdes, Verschlafenes. Kein Erlebnis, alles nur geträumt und verdämmert; keine persönliche Teilnahme, sondern nur mit halboffenen Augen Angeschautes. In seiner Weise ist der Roman ganz echt. Aber diese Weise ist nicht stark und nicht groß und nicht neu. Es ist eben keine Lebenskunst, sondern gut für Leute, die weder im Herzen noch im Gehirn Rasse haben. Und in einer Hinsicht ist der Erfolg von »Jörn Uhl« auch bezeichend für unsere Zeit. Schönhoff hat im »Tag«[4] das richtige Wort dafür gefunden: »Renaissance des Spießertums«. In diesem Zeichen mußte der [458] »Jörn Uhl« siegen. Ein Buch, das alle Aufregungen bei Seite schiebt, das unser Herz bei gleichmäßiger Kühle hält, das, bei allem Unglück seiner Helden, doch an der Vortrefflichkeit der besten aller Welten kein leises Zweifeln anrührt, das von Kämpfen erzählt, die eigentlich gar keine Kämpfe sind, Zufälle, die aber alle nach Gottes unergründlichen Ratschlüssen zum Besten der Welt und des Helden führen müssen, im Grunde ein friesisches Bauern-Idyll; ein Buch, das einem nicht in den Fingern brennt, das man liest, wenn die Kinderchen zu Bett gebracht sind, und weglegt, wenn man müde wird, nach zwanzig, dreißig Seiten, und wieder vornimmt, wenn nicht den nächsten Abend (der ist vielleicht ein Skatabend) am übernächsten, und wenn man Besuch bekommt, am überübernächsten, kurz ein Buch, wie es der Spießer in seiner neuen Maienblüte bei wiedererwachter Frömmigkeit nur gerade gebrauchen kann. Und wenn man ihm noch sagt, daß er dabei einen neuen Goethe oder Homer in der Hand hat, was kann er Schöneres verlangen! Wir sind ein Kulturvolk, und wir haben eine Kunst! Der Naturalismus ist tot, das Ueberbrettl[5] ist tot, es lebe die Heimatkunst! Deutsch ist und echt nur, wobei man schlafen kann. –

Nun bin ich neugierig, wer diesen Winter wieder entdeckt wird. Zur Abwechslung wird es hoffentlich eine hübsche, junge Dame sein. Es interviewt sich dann besser.

In dem Aufsatz, aus dem hier zwei Passagen des Schlußteils wiedergegeben werden, untersucht Leo Berg insbesondere den Anteil, den die literarische Kritik am Publikumserfolg dreier Romane der Jahrhundertwende hat: neben »Jörn Uhl« sind dies Jakob Wassermanns Roman »Die Geschichte der jungen Renate Fuchs« (1900) und Felix Hollaenders »Der Weg des Thomas Truck« (1902).

Anmerkungen

1. Carl Busse (1872–1918), Lyriker und Literaturkritiker, soll nach Angaben Leo Bergs eine der ersten Rezensionen des »Jörn Uhl« geschrieben haben, in denen dieser als »Entdeckung« gefeiert wurde. Die Rezension war nicht zu ermitteln.
2. Ferdinand Avenarius (1856–1923) begründete 1887 den *Kunstwart*, dessen Mitarbeiter Adolf Bartels zu jener Zeit noch war (vgl. S. 86, Anm. 1.).
3. J. Wassermann, Die Geschichte der jungen Renate Fuchs. Berlin: Fischer 1901.
4. Der Aufsatz Schönhoffs konnte nicht ermittelt werden.
5. Literarisches Kabarett, gegründet 1901 von Ernst v. Wolzogen.

SAMUEL LUBLINSKI 1904

Aus: Die Bilanz der Moderne. Berlin 1904, S. 224–228. W 74.

[. . .] Im gleichen Jahre wie »Freund Hain« [1] erschien der Roman eines jungen Norddeutschen, der seine Herkunft genau so wenig verleugnete, wie Emil Strauß sein süddeutsches Naturell. Aber Thomas Mann war noch etwas mehr als nur ein talentvoller norddeutscher Erzähler; er war schlechtweg der bedeutendste Romandichter der Moderne, und seinen »Buddenbrooks« ist bis zum heutigen Tage kaum etwas Gleichwertiges aus der zeitgenössischen erzählenden Literatur an die Seite zu stellen. Weder die Jungen noch die Alten noch die vermittelnden Talente unter unsern Erzählern reichen an diese Leistung heran. Auch dieser Roman hat es ja schließlich zu einem buchhändlerischen Erfolg gebracht, womit aber nocht nicht gesagt [225] ist, daß er nach Verdienst gewürdigt würde. Gerade einige der modernen und sonst wirklich urteilsfähigen Genießer und Kritiker vermißten an den »Buddenbrooks« die Stimmung, jenes lyrische Fluidum, die einhüllende Atmosphäre, an die man durch Jacobsen oder durch Johannes Schlaf gewöhnt war. Thomas Mann blieb innerhalb der Grenzen des Sozialen, er überschritt nicht jenen engen Kreis des Zuständlichen, wie er etwa auch im naturalistischen Drama herrschte. Wohl machte er Anleihen bei der physiologischen Romantik, und im Hintergrund seiner Dichtung steht ohne Frage die Lehre von der Vererbung. Aber mit sicherem Takt wird dieses Problem nur sehr diskret angedeutet, und man kann darüber hinweglesen. Eine ursprünglich robuste und heraufgekommene Kaufmannsfamilie geht langsam zugrunde, weil mit der Kulturverfeinerung die brutalen und selbst etwas dummen Instinkte abzubrökkeln beginnen, und weil dieser Zersetzungsprozeß unglücklicherweise seinen Höhepunkt in den siebziger Jahren erreicht, deren kapitalistischer und industrieller Aufschwung nach robusten Gewaltnaturen förmlich schrie. Das ist der wahre Kern dieser hervorragenden Romandichtung, und wenn auf Zeichen körperlicher Entartung bei einzelnen Familiengliedern hingewiesen wird, so darf man solche Zutat ruhig hinnehmen, gleichsam als einen begleitenden Oberton zu dem traurig schweren Lied vom großen Herbst und vom Verwelken. Es ist aber ein kühler und sonnenheller Herbst, über den sich ein stahlblauer klarer Himmel wölbt, während das rostbraune Laub auf dem glatten Pflaster der Großstadt unter den Füßen der Spaziergänger raschelt. Aber diese [226] Stimmung lebt freilich zwischen den Zeilen und erschließt sich nur einem feinhörigen und sehr geduldigen Leser. Denn Thomas Mann befleißigt sich einer streng naturalistischen Sachlichkeit und gibt fast niemals Farbe und Lyrik, sondern klare und kalte Linien, die er mit fester und feiner Hand hinzeichnet, so daß sie nicht mehr zu verwischen sind. Das hängt mit einer intellektuellen und jünglinghaften Männlichkeit zusammen, die in stolzer Scham die Zähne aufeinander beißt und ruhig dasteht, während ihr die Schwerter und Speere durch den Leib gehen. Diese Haltung entspricht dem Charakter seiner Menschen und zumal des Haupthelden, des Konsuls und Senators Buddenbrook, der immer noch durch eine vornehme und kühle Haltung die Geschäftsehre und Tradition aufrecht zu erhalten weiß, während er sich längst von innen heraus unterhöhlt fühlt. Diese Tragödie wirkt um so herzzerreißender, weil sie mit so ungeheurer Geduld und Widerstandskraft ertragen wird. Der junge Dichter gibt sein eigenes Mitgefühl nur durch eine wehmütig höhnische Ironie zu erkennen, die für den Seelenkundigen kein undurchsichtbarer Panzer bleibt. Darum muß es erstaunlich erscheinen, daß man ihn vielfach der Kälte und Mache zu bezichtigen wagte, und es läßt sich nur dadurch erklären, daß dieser erste und einzige naturalistische Roman zu einer Zeit erschienen ist, als alle Welt bereits mit viel Geschrei im neuromantisch-symbolistischen Fahrwasser plätscherte und die narkotische Betrunkenheit durch Stimmung begehrte. Auch die scheinbar sonderbare Form, die Thomas Mann gewählt hatte, brachte die Kritiker in Verwirrung. Anscheinend eine völlige Formlosigkeit, eine chronikartige [227] Darstellung von Familien- und Zeitgeschichte, wie sie sonst nur in den Anfängen der erzählenden Kunst zu walten pflegte, etwa in den Mönchs- und Stadtchroniken des Mittelalters. Aber gerade ein ungewöhnlicher Stilkünstler hatte diese Darstellungsart gewählt, vermutlich in der Absicht, durch eine strenge Durchführung des Chronikstils eine innerliche Gebundenheit zu erreichen, die der Romanform sonst nicht beschieden scheint. Es gelang ihm, weil er eben nicht in naiv treuherziger, sondern in sehr verfeinerter Weise zu erzählen wußte, und weil die erklärende Chronik blutvolle und plastische Gruppen umrahmte, fast wie die Regiebemerkung das Bühnenbild des naturalistischen Dramas. Die »Buddenbrooks« gehören tatsächlich in den gleichen ästhetischen Umkreis, wie etwa die »Familie Selicke«[2], »Meister Oelze«[3] und die »Weber«.[4] Auch läßt sich gegen diesen einzigen naturalistischen Roman, der sofort alle Möglichkeiten seiner Gattung erschöpfte, das gleiche prinzipielle Bedenken erheben, wie gegen den Naturalismus überhaupt. Die Persönlichkeit, die tätige Willensnatur, fand in den »Buddenbrooks« keinen Raum, während allerdings die Größe und Tiefe des duldenden Heroismus einen Gipfel erreichte, der kaum noch zu überbieten war. Es ist unmöglich, daß die »Buddenbrooks« auf dem Gebiet der Erzählung fortzeugend wirken könnten, denn dieser Roman ist nicht nur ein Anfang, sondern auch ein Abschluß. Diese naturalistische Form erforderte unbedingt eine Erweiterung nach oben hin, während zugleich das Zuständliche durch die neuromantische Stimmungskunst längst aufgelockert war. In gewissem Sinn lag sogar Emil Strauß mit seiner [228] lyrischen Farbenfülle mehr in der Entwicklungslinie als Thomas Mann. Der naturalistische Roman war ein plötzliches und glorreiches Zwischenspiel, nach dessen Ablauf sich die Aufmerksamkeit wieder der symbolistisch-neuromantischen Erzählung zuwandte. [. . .]

Die 1902 erschienene Rezension der »Buddenbrooks« von Samuel Lublinski (1868–1910) im *Berliner Tageblatt,* die Thomas Mann in Briefen häufiger erwähnt, konnte bisher nicht aufgefunden werden.

In seinem späteren Buch »Der Ausgang der Moderne. Ein Buch der Opposition« (Dresden: Reissner 1909) hat Lublinski eine etwas andere Einschätzung des Romans gegeben: *Eigentlich aber sind seine »Buddenbrooks« . . . doch nicht mehr von jener Einheitlichkeit des zuständlichen Denkens erfüllt, die zu einem sozialen Roman gefordert wird. Der innere Vorgang ist kein sozialer mehr, sondern ein psychologischer: eine Familie entwächst ihrem Umkreis und ihrer Tradition und geht daran zu Grunde. . . . Darum geht der letzte Konflikt in dieser Dichtung doch wohl auf Menschenseelen und Menschenschicksale, die nur in geringem Grade einen typischen und synthetischen Charakter für unsere Zeit in Anspruch nehmen dürfen. Weit eher könnten neuromantische Träumer und Sensible, die gelegentlich auch unter den Großkaufleuten vorkommen, in einem solchen Spiegel ihr Bild erblicken* (S. 183).

Anmerkungen

1. E. Strauß, Freund Hein. Eine Lebensgeschichte. Berlin: Fischer 1904.
2. A. Holz/J. Schlaf, Familie Selicke. Drama in 3 Aufzügen. Berlin: Ißleib 1890. Uraufführung der »Freien Bühne« (Berlin) am 7. 4. 1890.
3. J. Schlaf, Meister Oelze. Drama in 3 Aufzügen. Erstveröffentlichung: *Freie Bühne,* Jg. 3, 1892, S. 497–514, 587–602, 723–735.
4. G. Hauptmann, Die Weber. Schauspiel aus den vierziger Jahren. Berlin: Fischer 1892. Uraufführung im Deutschen Theater (Berlin) am 25. 9. 1894.

ADOLF BARTELS 1905

Aus: Der Aufschwung des deutschen Romans.
In: Deutsche Welt, Jg. 7, 1905, Nr. 23, S. 353; Nr. 24, S. 370f. W 76.

Eigenlob stinkt, sagt das Sprichwort. Aber ich weiß nicht, ob man nicht froh und stolz sein darf, wenn man einen gescheiten Gedanken gehabt hat. Und noch froher und stolzer darf man am Ende sein, wenn man diesem Gedanken treu geblieben ist und bei einer guten Sache trotz aller Anfechtung ausgeharrt hat, während andere die Flinte ins Korn warfen. So ungefähr stellt sich, dünkt mich, mein Verhältnis zur Heimatkunst dar. [1] Ich sah früh, daß sie der Ersatz für die dem deutschen Volke zu unserer Zeit mangelnde große Kunst sei, und blieb ihr treu auch, als die Wortführer der internationalen Moderne kein gutes Haar an ihr ließen. Nun haben wir seit einigen Jahren in der Tat einen Aufschwung des deutschen Romans, und nur die Blindheit oder Böswilligkeit kann leugnen, daß er im Zusammenhang mit der Heimatkunst steht. Was ist der »Jörn Uhl« ohne Dithmarschen, was sind die »Buddenbrooks« ohne Lübeck, wie könnte man sich Lauffs »Kärrekiek« ohne den niederrheinischen und Hermann Hesses »Peter Camenzind« ohne den schweizerischen Hintergrund denken, von der großen Anzahl tüchtiger Romane, die auf Heimatdarstellung geradezu ausgehen, noch ganz abgesehen? Kurz, mir scheint, ich habe wieder einmal recht behalten, und wenn ich nun nicht übermütig werde, so ist das gewiß nicht das Verdienst meiner Gegner.

Im übrigen war es diesmal nicht allzuschwer, vorauszusehen, was kommen würde: Der Naturalismus hatte sich mit wahrer Leidenschaftlichkeit in das Drama verbissen, und der Symbolismus konnte seiner Natur nach nicht über die Lyrik hinaus – so mußte, nachdem sie in der Hauptsache abgewirtschaftet, wieder der Roman daran kommen, und der Roman braucht Leben, muß den festen Fuß auf der Mutter Erde haben, wird also auch mit Vorliebe auf heimischer Erde haften, die ja dem Dichter am vertrautesten ist, und weiter vor allem das eigene Leben des Dichters als Stoff wählen. So erhielten wir den biographischen Roman auf Heimatboden als Hauptgattung der neuesten Litteratur, und fast alle Moderomane der letzten Jahre gehören ihm an, es sind aber auch nicht wenige tüchtige unberühmte da. Der Schwerpunkt dieses modernen Romans liegt im Gehalt: in seinem Lebens- und Persönlichkeitsgehalt – auch ganz natürlich, nachdem der Naturalismus die durch eine ängstliche Technik zu erreichende Wirklichkeitstreue und der Symbolismus die formelle und sprachliche Neuheit (Absonderlichkeit, durfte man vielfach auch sagen) als Ideal aufgestellt hatten. Die letzte frühere Periode, wo der deutsche Roman blühte, war die der fünfziger Jahre, wo die Meisterwerke Gottfried Kellers, Gustav Freytags, J. V. Scheffels, auch schon Fritz Reuters, Theodor Storms, Wilhelm Raabes usw. erschienen, und da es nun »trotzalledem« in der nationalen Literatur eine zusammenhängende Entwicklung gibt, so machte sich auch der Anschluß der modernen Romanliteratur an jene ältere ganz von selbst – ein Anschluß, den ich lange genug in Büchern und Zeitschriften gepredigt, und den nur der Hochmut und zuletzt die Verbissenheit der extremen Modernen bis dahin verhindert hatten. [. . .]

[370 . . .] Es gibt zwei poetische Gattungen, die vor allen der Gegenwart – nein, sagen wir nicht »dienen«, aber die zu ihr in notwendiger Beziehung zu stehen haben, das Problemdrama und der soziale Roman. Unter »Gegenwart« hat man aber nicht, wie es die Moderne tat, die Zeitlage einer von gewissen modischen Ideen bestimmten internationalen Gesellschaftsschicht, sondern die Zeitlage seines eigenen, ganzen Volkes [371] zu verstehen. Gewiß sind manche Probleme und auch die sozialen Gliederungen vielfach international, aber doch auch wieder national modifiziert und nur im Zusammenhang des nationalen Wesens lösbar oder zu verändern. Sie klar hinzustellen, mehr, sie für die breiteren Kreise aus der Begriffswelt in die Menschenwelt hineinzuführen (daß der Dichter von dieser ausgeht, weiß ich natürlich) ist die Aufgabe der wahrhaft modernen Kunst und in Besonderheit der genannten Gattungen, gerade an ihr ist die deutsche sogenannte moderne Kunst aber gescheitert, da sie ganz einseitig die wirklichen Probleme nicht einmal sah und für eine bestimmte Klasse Partei ergriff. Um bestimmter zu sprechen, die Elendschilderung des Naturalismus und die symbolistische Erlöserpoesie konnten sich nicht zur Anschauung eines ganzen Volkes, einer Nation erheben, sie sahen nur Arm und Reich, Bedrückte und Unterdrücker, wo doch zuletzt nur national so oder so wertvolle Individuen sind. Diese Einseitigkeit strebt der moderne biographische Roman, indem er wieder größere Breiten des Lebens vorführt (er muß freilich noch weiter, muß wieder zu großen Lebensgemälden à la Dickens und Thackeray kommen), zu überwinden, und es ist höchst charakteristisch, daß unter den Arbeitgebern bei Otto Ernst[2] doch schon wieder anständige Kerle vorkommen (nicht die idealen Fabrikherren, wie sie die Ludwig Fulda[3] und so weiter für ihre Stücke brauchten). Natürlich, völlig objektiv kann auch kein Dichter sein, ein Mensch . . . ein Einzelner ist er ja auch, aber das Streben nach Objektivität, nach Treue und Wahrheit ist erste Dichterpflicht. Darum halte ich auch vom »Jörn Uhl« und auch von den »Buddenbrooks« nicht viel, weil sie die »Treue«[4] – sei es nur durch, sei es ohne Schuld des Verfassers – nicht haben, weil sie dort Verfall finden, wo in Wirklichkeit keiner ist, oder doch nur Einzelfälle bieten, die nicht typisch behandelt werden dürften. Haben wir nun aber erst die Treue und Wahrheit wieder, so wird auch die Freudigkeit kommen, und Krauskopf[5], Gottfried Kämpfer[6] und Asmus Semper[7] sind denn auch schon frische Kerle, an denen man seine Freude haben kann, ja, der kleine Zigarrenmacherjunge beschämt manchen reichen Protzensohn. Also nur so weiter! Wir brauchen wieder Freudigkeit, Mut, Kraft in unserem nationalen Leben, und wenn die Literatur die auch nicht gerade geben kann, sie kann sie doch verbreiten. Die Augen zumachen vor dem Elend dieser Welt und den schweren Problemen des modernen Lebens wollen wir darum nicht, im Gegenteil, wir wollen sie uns gerade recht klar und reif vor Augen stellen lassen und dann helfen, wo wir können. Aber der modernen Wehleidigkeit und allem Jammerwesen wollen wir mit frischem Lachen auf den Leib rücken, einem Lachen, das nicht aus Peter Camenzinds Weinflasche kommt, dem Lachen der Gesundheit.

Anmerkungen

1. In der 2. Auflage von »Die deutsche Dichtung der Gegenwart« (1889) hatte Bartels erstmals den Naturalismus mit der *Heimatkunst* in Verbindung gebracht, die er der *Großstadtkunst* entgegensetzte. Mit der Verbreitung dieser Schrift wurde *Heimatkunst* zum programmatischen Begriff; in der 8. Aufl. des Buches betont Bartels, daß Sache und Wort schon dagewesen seien, er keinen Anspruch auf die Erfindung des Begriffes erhebe (1919, S. 334). Bartels sammelte 1904 seine Beiträge zu diesem Thema in: A. B., Heimatkunst. Ein Wort zur Verständigung. München 1904 (= Grüne Blätter für Kunst u. Volkstum, H. 8.).
2. O. Ernst, Asmus Sempers Jugendland. Roman. Leipzig: Stackmann 1905.
3. L. Fulda, Das verlorene Paradies. Schauspiel in 3 Aufzügen. Stuttgart: Cotta 1892.
4. Ein Zentralbegriff für Bartels; s. »Von der Treue«, im *Kunstwart* 1904 (W 72).
5. H. Wette, Krauskopf, Roman. Leipzig: Grunow 1903.
6. H. A. Krüger, Gottfried Kämpfer. Roman. Hamburg: Janssen 1904.
7. s. Anm. 2.

Unpersönlichkeit war ihm persönlichstes Bedürfnis

In den Reflexionen auf den Zusammenhang von Roman und Künstlerleben bereitet sich zu Beginn des zwanzigsten Jahrhunderts die Einsicht vor, daß die Möglichkeiten sowohl des europäischen Gesellschaftsromans als auch des deutschen Bildungsromans ausgeschöpft sind, da eine *Totalität* der Welteinsicht für den einzelnen nicht mehr greifbar erscheint und andererseits das einzelne Leben des Künstlers als allzu problematisch erfahren wurde, um eine Vorbildfunktion für das literarische Werk und – vermittelt durch dieses – für das Leben anderer übernehmen zu können.

Zwar führt Thomas Mann das Eigenrecht des autobiographischen Romans und das Interesse an ihm noch einmal auf den Vorbildcharakter des von *dem Mysterium hoher Bevorteilung* geprägten Künstlers zurück, der seine Bildungsgeschichte aufgrund *ungewöhnlicher Lebhaftigkeit des Ichgefühls* selbst *dokumentarisch* nachzeichnet. Aber die Lebensgeschichte des Autors, die Thomas Mann im Vorwort zum autobiographischen Roman »Nacht und Tag« Erich von Mendelssohns skizziert, kann eher als Paradigma einer sich selbst zum Problem gewordenen Künstlerexistenz gewertet werden, in der das *Schreiben* der Autobiographie zu einem Moment der Existenzsicherung wird.

Tatsächlich muß das Bestehen auf der repräsentativen Bedeutung des Künstlerlebens in einer Zeit fragwürdig werden, in der künstlerische Arbeit sich artistisch spezialisiert und auch der Künstlerberuf sich damit weit davon entfernt hat, Paradigma für die Anforderungen und Bewährungen des bürgerlichen Lebens zu sein. Indem sich so die Lebenspraxis des Künstlers zur literarischen Aufarbeitung der eigenen Bildungsgeschichte verengt, unterbleibt notwendigerweise die Thematisierung der sozialen Determinanten und Zwänge, unter denen bürgerliches Leben in der Moderne sich vollzieht.

Wie sehr die gesteigerte Künstlerproblematik auch für die *Form* des Romans bereits im 19. Jahrhundert und für deren Krisis im 20. Jahrhundert von Belang ist, rückt mit Heinrich Manns Flaubert-Essay in den Blick. In der Analyse Heinrich Manns tritt der geschichtliche Zusammenhang von Autonomisierung der Kunst und sich entwickelnder bürgerlicher Gesellschaft ebenso hervor wie die Einsicht, daß in dieser Situation ästhetische Form Widerstand gegen die gesellschaftliche Realität ist: *und geschieht es, daß ihre* – der Bürger – *Triebe schöpferisch werden, dann formt sich, über dem Leben, aus Feindsäligkeit gegen das Leben und aus Schwäche vor ihm, das reine Kunstwerk. Der Aesthet, dieser, bis der tiers état mit sich selbst fertig ward, Unbekannte, ist die letzte Inkarnation des Bürgers* (S. 101).

Auf dem Kulminationspunkt dieser Entwicklung, bei Flaubert, wird der Impuls zum Selbstbekenntnis bereits absorbiert von dem Ziel der Erschaffung des vollkommenen, aus sich selbst lebenden Kunstwerks, das hermetisch abgedichtet ist gegen das äußere Leben des Autors: *Die Kunst, die ihm Absehen und Enthaltung vom Leben ist, kalte Herrschaft über das Leben, unerbittlich gegen die Menschheit, deren letzter Richter sie ist, und gegen den Künstler, den sie erschöpft* (S. 99). Die Produktion des Werkes soll dem Künstler ersetzen, was die Realität verweigert: Freiheit, Schönheit, Genuß.

Heinrich Mann deckt damit erstmals im Bereich der deutschen Romantheorie den modernen Formbegriff auf, der den ästhetischen Charakter der Werke in Begriffen des Materials und künstlerischer Technik erfaßt; er macht kenntlich, daß artistische Formung nun auch für den Prosaisten die Legitimation seiner Arbeit wird und daß die Form existentielle Bedeutung für den Künstler gewinnt. Am historischen Beispiel Flaubert werden allerdings auch die Mißverständnisse erkennbar, denen Romane von solcher Kunstabsicht ausgesetzt sind, wenn sie als unmittelbare Abbilder der Realität oder der Biographie des Autors begriffen werden. Von daher ist die Gereiztheit zu verstehen, mit der Thomas Mann seinen Lübecker Kritikern begegnete: *Was hatte das wirkliche Lübeck von heute mit meinem in dreijähriger Arbeit erbauten Werk zu tun? Dummheit . . . Wenn ich aus einer Sache einen Satz gemacht habe – was hat die Sache noch mit dem Satz zu tun? Philisterei . . .* [1] Hier schlägt vergleichsweise spät ein artistisches Schaffensethos durch, das sich im Medium der Kunst auszuarbeiten sucht, weil das bürgerliche Leben nicht die Erfüllung gewährt, und das Heinrich Mann bei Flaubert als Bedingung künstlerischer Produktivität vorfindet: *In der Form erst glüht meine Phantasie, und wird flüssig* (S. 99).

Daß die Kunst ihre soziale Funktion nicht einbüßen muß, wie es aufgrund der strikten Bindung des Werkes als Ganzem an die psychische und soziale Verfassung des Künstlers nahezuliegen scheint, darauf macht Sigmund Freud in seiner Rede »Der Dichter und das Phantasieren« aufmerksam. Indem Freud herausarbeitet, daß der Leser in der Romanlektüre an Wunschphantasien des Künstlers partizipiert, sie ihm aber nur dann *ästhetischen Lustgewinn* zu bringen vermögen, wenn sie den Charakter des allzu Persönlichen *durch Abänderungen und Verhüllungen* verloren haben, tritt hier auf besondere Weise die soziale Dimension des Formproblems in den Vordergrund. Die Äußerung Heinrich Manns über die verfeinerte und vollendete Technik des Romans – *für Flaubert aus der Tiefe seiner Persönlichkeit mühsälig hervorgezogenes Schicksal* (S. 102) – erfährt durch Freuds Bemerkung über die kommunikative Funktion und den *Effekt* der *ars poetica* eine überraschende Aufhellung. Die *Unpersönlichkeit*, die dem Autor der »Madame Bovary«, von »Salammbo« und der »Education sentimentale« *persönlichstes Bedürfnis* war, erweist sich – in dieser paradoxen Wendung – als notwendige Voraussetzung, soll das Werk des von sozialer Isolation bedrohten Künstlers die Teilnahme der Mit- und Nachwelt für sich noch in Anspruch nehmen können.

Der Titel der Vorbemerkung ist dem Flaubert-Essay Heinrich Manns entnommen (W 79, S. 20).

Anmerkung

1. Th. Mann, Bilse und ich. In: Th. M., Gesammelte Werke in zwölf Bänden. [Frankfurt/M.]: S. Fischer 1960, Bd. 10, S. 15f.

HEINRICH MANN 1905

Aus: Flaubert.
In: Die Zukunft, Bd. 52, 1905, S. 10f., 13–15, 20, W 79.

Das neunzehnte Jahrhundert glänzt mit dem französischen Roman, wie das sechzehnte von italienischen Bildern und Palästen strahlt. Von 1850 bis 80 sitzt Flaubert auf dem Lande, oft Monate lang ohne Menschen, und schreibt seine sechs Bücher.

Hier bemüht sich die letzte Anstrengung, die repräsentative Kunstgattung der Zeit auf ihren Gipfel zu führen. Chateaubriand hatte das moderne Naturgefühl erfunden und den Stolz und den Schmerz des nach Auflösung der alten Gesellschaft an seiner Einsamkeit Tragenden. So blieben seine lyrischen und heroischen Landschaften allzu leer von Menschen; es lebt in ihnen nur René.[1] Stendhal, der Gesellschaftmensch, hatte auch darum Italien bevorzugt, weil er hier die vorrevolutionären Salons noch hingefristet fand. Schon mit aller Ungebundenheit des Modernen hatte er seine Aufklärungsritte in diese Zweizeitenseelen gemacht; aber er sah vor den Seelen kaum die Gesichter, viel weniger ihr Haus und ihren Himmel. Balzac hatte aus dem Chaos des Jahrhunderts eine Welt gezogen, die mittleren und unteren Stände der Literatur erobert, die Literatur an Presse und Finanz, den neuen Mächten, gemessen, das Geld in die Literatur eingeführt sammt den gewaltsamen Leidenschaften, die jetzt frei geworden waren. Sein herkulisches Genie hatte Stoffmassen gewälzt, wie nie ein anderes; nur waren sie nicht gereinigt und leicht gemacht durch Kunst. Théophile Gautier hatte Worte in Farben und Marmor umgewandelt; hatte Romane geschrieben, aus denen Alles abwesend ist, wovon die Literatur sich nährt, und die dennoch Gewicht haben; in denen die Menschen, seelenlos, nur Staffage sind inmitten schöner Dinge, und die untadelig sind, aber ohne deutliche Beziehungen zum Leben. Flauberts Talent hält dies Alles zusammengerafft wie ein Viergespann und lenkt es, wohin sein Temperament und seine Weisheit wollen. Er hat den sozialen Ueberblick des Einen, ohne seine Illusionen; der Analyse des Anderen schafft er unerhörte Ausdrucksmittel, macht als Erster das Geistigste sinnlich fühlbar. Er hat Plastik als Grundtugend geübt, hat die malerische Wortkunst zum Impressionismus weitergeführt. Und das Tiefste in ihm ist sein Einsamkeitbewußtsein: ein seit René viel schwerer gewordenes, das endlich sich seines Stolzes begiebt. Er ist stark in jeder dieser Fähigkeiten; er wird groß, wo er sie alle zugleich bethätigt. Es sind in seinen Büchern ein paar (nothwendig nur ein paar) solcher äußersten Kraftleistungen. Ein Landwirthschaftfest: wir sehen ein Wogen von Vieh, Bauerntrachten, Honoratioren, Beamten um Zelte, Wagen, beflaggte Gebäude; vernehmen offizielle Reden, Gespräche in der Menge, eine Liebeswerbung; bemerken das Vortreten Einzelner aus dem Gedränge und ihr Wiederuntergehen, das Herauslugen von Grimassen, über die sich sogleich etwas Anderes legt, gebauschte Kleider, abgebrochene Gesten, [11] den Wind, der über den Köpfen die Wolken treibt, die wechselnden Sonnenflecke, die Gerüche von Alledem, nun verweht und nun wieder aufgewirbelt, wie die Stimmen; hören diese Welt von Dingen nicht erzählen, sondern erleben sie; sehen sie selbstthätig ihren geheimen Sinn preisgeben. Wenn irgendwo, ist hier ein Gesammtkunstwerk, eins, das ein einziges Hirn erschuf und dem kein Handlanger zum Leben hilft.

Als sein erstes Buch, Madame Bovary, bekannt geworden ist, zirkulirt dieses Bild von Flaubert: Er ist auf die Wiedergabe der genauen Wirklichkeit bedacht; er sieht sie »unpersönlich«, »wissenschaftlich«, immerhin übertrieben düster. Jedenfalls ist er ein ganz Moderner, der durch künstlerische Einkleidung sozialer Probleme zu interessiren weiß; und, wie das Gericht anerkannt hat, sind die Beweggründe zu seinen freilich gewagten Schilderungen erzieherisch, sittlich.[2] [. . .]

[13 . . .] Gewiß, er erzog. Aber er war kein Gewissensrath für Bürgerfrauen und nicht eine Dame Namens Emma Bovary hat ihn zum Schreiben genöthigt. Er erzieht sein Herz. Die *Education sentimentale*, die er später beschrieb, hier geschieht sie. Alle Gewalt des Buches liegt darin: daß Jemand mit bitterer Ueberzeugung gegen sein eigenes Herz wüthet und gegen seines Herzens ehebrecherische Gelüste nach Poesie. Gäbe er ihnen nach, er wäre gewiß, von der Zeit bei Seite geschoben zu werden, unwirksam zu bleiben und abzusterben. Die Zeit will ihn modern, [14] wissenschaftlich und nüchtern. Sie erhebt ihre Forderungen in ihm selbst. Seine zunehmende Geistigkeit verfeindet ihn mit seinem Herzen. So ergiebt er sich der Unterwerfung Dessen, was er war, dem Kampf gegen den Jüngling, der noch in ihm lebendig ist. Aber dieser Jüngling scheint in Denen, die als Erstes die Romantik sahen, ein zähes Leben gehabt zu haben. Flauberts nächster Freund, Louis Bouilhet, blieb all seine Dauer ein Poet aus den Bohème-Tagen und immer im Zorn gegen die nachkommenden Zeiten, die er mitmachen mußte. So nimmt Flauberts Pessimismus seinen Ursprung in entrüsteter Romantik. Rodolphe, der Dichter, sitzt, hoffnunglos verdüstert, in seiner winterlichen Dachkammer. Das Feuer, das er, seiner Unerschöpflichkeit gewiß, mit den Manuskripten seiner Gedichte entfachte, erlosch im Kamin. Wo kamen die Genossen hin? Der Mond ist untergegangen und Mimi tot.[3]

Aus dem mißverständlichen Erfolg von Madame Bovary mag Flaubert bittere Genugthuung geschöpft haben. Vielleicht, er war noch jung, hat er sich auch berauschen und täuschen lassen, hat sich – nach Beendigung eines Buches ist uns sein Keim und, was es uns war, oft ganz entfallen – im Augenblick selbst für den unbeirrbaren Realisten gehalten, als den man ihn ansprach. Er kann den Pessimismus seines Buches für nüchternen Wirklichkeitsinn angesehen haben, während er leidende Rache war; kann die Form, die er seinem Pessimismus gegeben hatte, das Groteske, für wirkliche, überlegene Stärke gehalten haben; und doch verdankte er es nur seinem Drang, sich zu behaupten, griff an aus Noth und gestand, indem er karikirte, Schwäche ein. In seiner Jugendprosa, wo er noch das gute Gewissen zu seinen ersten Idealen hat, giebt es kein Groteskes. Während einer Orientreise nimmt es überhand. Hier, wo der Romantiker sich im Burnus an der Spitze von Mameluken und bei Brunnen mit Rosenwasser hätte fühlen sollen, verbringt er ganze Tage damit, einen imaginären alten Franzosen zu parodiren.[4] Seine Feinde, die Bürger, halten ihn schon belagert, lassen ihm keine volle Ruhe mehr zum Genuß von Träumen. Nach der Heimkehr schließt er sich ein mit den Phantomen der Menschheit, um sich von ihnen vorspielen zu lassen. Seine noch jugendliche Albernheit verdüstert sich wohl; aber es ist kein Zweifel, daß Monsieur Homais früher in ihm entstanden ist als Emma Bovary und daß sein Drang, darzustellen, vor Allem eine Sucht, zu herrschen, ist, ein Verlangen, die Welt dadurch unter sich zu bringen, daß er sie sich – ohne selbst vorzutreten: die »Unpersönlichkeit« gehört zu seiner Rache – als arme Fratze geberden läßt; ein Vorsatz, in seiner hohen Einsamkeit mehr als menschliche Genüsse zu feiern. Denn welchen menschlichen Genuß vermöchte er nicht durch Literatur zu überbieten? Von der Liebe giebt sie ihm das Beste: intellektuelle Wollust und Hingabe, Selbstvergessen in der Umarmung des Vollkommenen; und das Fragwürdigste, Aufstachelndste,

Genüsse wie das keuchende Entsagen in der *Education sentimentale*;[15] oder Salambos Python; oder die Tochter der Herodias. Die Literatur giebt ihm, stärker als das Leben, die Exaltation des Zeugens; sie giebt ihm konzentrirter das angstvolle Heranziehen der Geschöpfe. Sie giebt ihm Abenteuer, Reisen, unvorhergesehene Bekanntschaften; Qualen, Krankheiten und Krisen jeder Art. Mehrere Tage hindurch hat er den süßlichen Geschmack des Giftes auf der Zunge, das die Bovary nahm. [. . .]

[20 . . .] Die *Education sentimentale* ward nicht verstanden. Auch nicht von George Sand, die ihrem Werden beigewohnt hatte. Sie durchschaut vollkommen die Kunst des Buches: »Du wirfst gleichwohl mit vollen Händen Poesie auf Deine Malerei, ob Deine Personen sie verstehen oder nicht.« [5] Aber sie hält es, als gründliche Optimistin, für ein Kampfbuch gegen das Seiende, während es Verzicht auf alles Ersehnenswerthe bedeutet.

Die Kunst dieses Romans konnte seitdem in Keinem mehr überboten werden. Um den Roman als Kunstgattung auf die Höhe zu bringen, bedurfte es Eines, in dem der Künstler überwog gegen den Denker; dem Ideen nicht zuflossen, aber den die Fülle der Bildung erdrückte; und der durch Vergleiche jedes geistige Geschehniß, jede Seelenregung mit sichtbaren, greifbaren Dingen in Verwandtschaft zu bringen weiß. Mehr: die Vergleiche hören auf, nur Verwandtschaft auszudrücken; sie werden eins mit dem Gedanken; der Geist taucht in seinen Quell, die Sinne, zurück; statt des Gedankens steht die Sensation. Das Dunkelste selbst wird durchtastbar. Jemand hört, indeß er die Geliebte ansieht, irgendwelchen Reden zu. »Sie fielen in seinen Geist wie Metalle in einen Ofen, verbanden sich mit seiner Leidenschaft und bewirkten Liebe.« [6] Die nicht verbildlichten Analysen, die aus dem alten Roman ein Durcheinander von Abenteuer und Essai machten, sind abgeschafft. Und mit ihnen die ganze Exposition, – da der Autor niemals mehr im eigenen Namen spricht und Alles, was er früher als Vorbericht gab, nun im Lauf des Spieles, zu Sensationen zersplittert, von selbst und lebend aus seinen Geschöpfen springt. Die Methode dient hier zuerst vollkommen. Noch in Madame Bovary nimmt auf der ersten Seite der Verfasser das Wort, schafft einen Uebergang zwischen sich und der neuen Welt, die er ins Licht zu heben sich anschickt. Die Sache ist die, daß seine geheime Empfindsamkeit unendlich gewachsen ist und die Angst, sie zu verrathen, ihn noch keuscher seinem Werk fernhält. Seine »Unpersönlichkeit« war ihm persönlichstes Bedürfniß. Bei den Nachfolgern ward sie zum unverstandenen Glaubensbekenntniß. [. . .]

Anmerkungen

1. Atala. René, par François-Aug. de Chateaubriand. Paris: Le Normant 1805.
2. Anklage, Verteidigungsrede u. Urteil des Bovary-Prozesses 1857 in: Flaubert, Œuvres, éd. de la Pleiade, Paris: Gallimard 1951, vol I, S. 649–717.
3. G. Puccini, La Bohème. Szenen aus Henry Murgers »Vie de Bohème – in vier Bildern« v. G. Giacosa u. L. Illica. Uraufführung: Turin 1896.
4. Vgl. Flaubert, Notes de Voyages. Œuvres complètes. Bd. 9–10. Paris: Conrad 1910.

5. George Sand, Correspondance 1812–1876. Paris: Calman, Lévy 1884, Bd. 5, S. 337 (Brief vom 30. 11. 1869).

6. Flaubert, L'Education sentimentale. In: Œuvres, éd. de la Pleiade. Paris: Gallimard 1952, vol II, S. 79.

SIGMUND FREUD 1907/8

Aus: Der Dichter und das Phantasieren.
In: Neue Revue (Berlin), Bd. 1, 1907/08, H. 10, S. 720–724. W 87.

[. . .] Nicht übergehen kann ich aber die Beziehung der Phantasien zum Traum. Auch unsere nächtlichen Träume sind nichts anderes als solche Phantasien, wie wir durch die Deutung der Träume evident machen können. * Die Sprache hat in ihrer unübertrefflichen Weisheit die Frage nach dem Wesen der Träume längst entschieden, indem sie die luftigen Schöpfungen Phantasierender auch *»Tagträume«* nennen ließ. Wenn trotz dieses Fingerzeiges der Sinn unserer Träume uns zumeist undeutlich bleibt, so rührt dies von dem einen Umstand her, daß nächtlicherweile auch solche Wünsche in uns rege werden, deren wir uns schämen, und die wir vor uns selbst verbergen müssen, die eben darum verdrängt, ins Unbewußte geschoben wurden. Solchen verdrängten Wünschen und ihren Abkömmlingen kann nun kein anderer als ein arg entstellter Ausdruck gegönnt werden. Nachdem die Aufklärung der Traum*entstellung* der wissenschaftlichen Arbeit gelungen war, [721] fiel es nicht mehr schwer zu erkennen, daß die nächtlichen Träume ebensolche Wunscherfüllungen sind wie die Tagträume, die uns allen so wohl bekannten Phantasien.

Soviel von den Phantasien [1], und nun zum Dichter! Dürfen wir wirklich den Versuch machen, den Dichter mit dem »Träumer am hellichten Tag«, seine Schöpfungen mit Tagträumen zu vergleichen? Da drängt sich wohl eine erste Unterscheidung auf; wir müssen die Dichter, die fertige Stoffe übernehmen, wie die alten Epiker und Tragiker, sondern von jenen, die ihre Stoffe frei zu schaffen scheinen. Halten wir uns an die letzteren und suchen wir für unsere Vergleichung nicht gerade jene Dichter aus, die von der Kritik am höchsten geschätzt werden, sondern die anspruchsloseren Erzähler von Romanen, Novellen und Geschichten, die dafür die zahlreichsten und eifrigsten Leser und Leserinnen finden. An den Schöpfungen dieser Erzähler muß uns vor allem ein Zug auffällig werden; sie alle haben einen Helden, der im Mittelpunkt des Interesses steht, für den der Dichter unsere Sympathie mit allen Mitteln zu gewinnen sucht, und den er wie mit einer besonderen Vorsehung zu beschützen scheint. Wenn ich am Ende eines Romankapitels den Helden bewußtlos, aus schweren Wunden blutend, verlassen habe, so bin ich sicher, ihn zu Beginn des nächsten in sorgsamster Pflege und auf dem Wege der Herstellung zu finden, und wenn der erste Band mit dem Untergang des Schiffes im Seesturm geendigt hat, auf dem unser

* Vgl. des Verf. »Traumdeutung«, Wien 1907.

Held sich befand, so bin ich sicher, zu Anfang des zweiten Bandes von seiner wunderbaren Rettung zu lesen, ohne die der Roman ja keinen Fortgang hätte. Das Gefühl der Sicherheit, mit dem ich den Helden durch seine gefährlichen Schicksale begleite, ist das nämliche, mit dem ein wirklicher Held sich ins Wasser stürzt, um einen Ertrinkenden zu retten, oder sich dem feindlichen Feuer aussetzt, um eine Batterie zu stürmen; jenes eigentliche Heldengefühl, dem einer unserer besten Dichter den köstlichen Ausdruck geschenkt hat: »Es kann dir nix g'schehn.« * Ich meine aber, an diesem verräterischen Merkmal der Unverletzlichkeit erkennt man ohne Mühe – Seine Majestät das Ich, den Helden aller Tagträume wie aller Romane.

Noch andere typische Züge dieser egozentrischen Erzählungen deuten auf die gleiche Verwandtschaft hin. Wenn sich stets alle Frauen des Romans in den Helden verlieben, so ist das kaum als Wirklichkeitsschilderung aufzufassen, aber leicht als notwendiger Bestand des Tagtraums zu verstehen. Ebenso wenn die anderen Personen des Romans sich scharf in gute und böse scheiden, unter Verzicht auf die in der Realität zu beobachtende Buntheit menschlicher Charaktere; die »guten« sind eben die Helfer, die »bösen« aber die Feinde und Konkurrenten des zum Helden gewordenen Ichs. [722]

Wir verkennen nun keineswegs, daß sehr viele dichterische Schöpfungen sich von dem Vorbild des naiven Tagtraums weit entfernt halten, aber ich kann doch die Vermutung nicht unterdrücken, daß auch die extremsten Abweichungen durch eine lükkenlose Reihe von Übergängen mit diesem Modell in Beziehung gesetzt werden könnten. Noch in vielen der sogenannten psychologischen Romane ist mir aufgefallen, daß nur eine Person, wiederum der Held, von innen geschildert wird; in ihrer Seele sitzt gleichsam der Dichter und schaut die anderen Personen von außen an. Der psychologische Roman verdankt im ganzen wohl seine Besonderheit der Neigung des modernen Dichters, sein Ich durch Selbstbeobachtung in Partial-Ichs zu zerspalten und demzufolge die Konfliktströmungen seines Seelenlebens in mehreren Helden zu personifizieren. In einem ganz besonderen Gegensatz zum Typus des Tagtraumes scheinen die Romane zu stehen, die man als »exzentrische« bezeichnen könnte, in denen die als Held eingeführte Person die geringste tätige Rolle spielt, vielmehr wie ein Zuschauer die Taten und Leiden der anderen an sich vorüberziehen sieht. Solcher Art sind mehrere der späteren Romane *Zolas*. Doch muß ich bemerken, daß die psychologische Analyse nicht dichtender, in manchen Stücken von der sogenannten Norm abweichender Individuen uns analoge Variationen der Tagträume kennen gelehrt hat, in denen sich das Ich mit der Rolle des Zuschauers bescheidet.

Wenn unsere Gleichstellung des Dichters mit dem Tagträumer, der poetischen Schöpfung mit dem Tagtraum wertvoll werden soll, so muß sie sich vor allem in irgend einer Art fruchtbar erweisen. Versuchen wir etwa, unseren vorhin aufgestellten Satz von der Beziehung der Phantasie zu den drei Zeiten und zum durchlaufenden

* Anzengruber. [Die Kreuzlschreiber. 3. Akt, 1. Szene. In: Anzengrubers Werke. Gesamtausgabe in 20 Teilen. Hg. v. E. Castle. Leipzig 1921, T. 2, S. 257.]

Wunsche auf die Werke der Dichter anzuwenden und die Beziehungen zwischen dem Leben des Dichters und seinen Schöpfungen mit dessen Hilfe zu studieren. Man hat in der Regel nicht gewußt, mit welchen Erwartungsvorstellungen man an dieses Problem herangehen soll; häufig hat man sich diese Beziehung viel zu einfach vorgestellt. Von der an den Phantasien gewonnenen Einsicht her müßten wir folgenden Sachverhalt erwarten: Ein starkes aktuelles Erlebnis weckt im Dichter die Erinnerung an ein früheres, meist der Kindheit angehöriges Erlebnis auf, von welchem nun der Wunsch ausgeht, der sich in der Dichtung seine Erfüllung schafft; die Dichtung selbst läßt sowohl Elemente des frischen Anlasses als auch der alten Erinnerung erkennen.

Erschrecken Sie nicht über die Kompliziertheit dieser Formel; ich vermute, daß sie sich in Wirklichkeit als ein zu dürftiges Schema erweisen wird, aber eine erste Annäherung an den realen Sachverhalt könnte doch in ihr enthalten sein, und nach einigen Versuchen, die ich unternommen habe, sollte ich meinen, daß eine solche Betrachtungsweise dichterischer Produktionen nicht unfruchtbar ausfallen kann. Sie vergessen nicht, daß die vielleicht befremdende Betonung der Kindsheitserinnerung [723] im Leben des Dichters sich in letzter Linie von der Voraussetzung ableitet, daß die Dichtung wie der Tagtraum Fortsetzung und Ersatz des einstigen kindlichen Spielens ist.

Versäumen wir nicht, auf jene Klasse von Dichtungen zurückzugreifen, in denen wir nicht freie Schöpfungen, sondern Bearbeitungen fertiger und bekannter Stoffe erblicken müssen. Auch dabei verbleibt dem Dichter ein Stück Selbständigkeit, das sich in der Auswahl des Stoffes und in der oft weitgehenden Abänderung desselben äußern darf. Soweit die Stoffe aber gegeben sind, entstammen sie dem Volksschatze an Mythen, Sagen und Märchen. Die Untersuchungen dieser völkerpsychologischen Bildungen ist nun keineswegs abgeschlossen, aber es ist z. B. von den Mythen durchaus wahrscheinlich, daß sie den entstellten Überresten von Wunschphantasien ganzer Nationen, den *Säkularträumen* der jungen Menschheit entsprechen.

Sie werden sagen, daß ich Ihnen von den Phantasien weit mehr erzählt habe, als vom Dichter, den ich doch im Titel meines Vortrages vorangestellt. Ich weiß das und versuche es durch den Hinweis auf den heutigen Stand unserer Erkenntnis zu entschuldigen. Ich konnte Ihnen nur Anregungen und Aufforderungen bringen, die von dem Studium der Phantasien her auf das Problem der dichterischen Stoffwahl übergreifen. Das andere Problem, mit welchen Mitteln der Dichter bei uns die Affektwirkungen erziele, die er durch seine Schöpfungen hervorruft, haben wir überhaupt noch nicht berührt. Ich möchte Ihnen wenigstens noch zeigen, welcher Weg von unseren Erörterungen über die Phantasien zu den Problemen der poetischen Effekte führt.

Sie erinnern sich, wir sagten, daß der Tagträumer seine Phantasien vor anderen sorgfältig verbirgt, weil er Gründe verspürt, sich ihrer zu schämen. Ich füge nun hinzu, selbst wenn er sie uns mitteilen würde, könnte er uns durch solche Enthüllung keine Lust bereiten. Wir werden von solchen Phantasien, wenn wir sie erfahren, abgestoßen oder bleiben höchstens kühl gegen sie. Wenn aber der Dichter uns seine Spiele vorspielt oder uns das erzählt, was wir für seine persönlichen Tagträume zu erklären geneigt sind, so empfinden wir hohe, wahrscheinlich aus vielen Quellen zusammenfließende Lust. Wie der Dichter das zustande bringt, das ist sein eigenstes Geheimnis; in der Technik der Überwindung jener Abstoßung, die gewiß mit den Schranken zu tun hat, welche sich zwischen jedem einzelnen Ich und den anderen erheben, liegt die eigentliche Ars poetica. Zweierlei Mittel dieser Technik können wir erraten: Der Dichter mildert den Charakter des egoistischen Tagtraumes durch Abänderungen und Verhüllungen und besticht uns durch rein formalen d. h. ästhetischen Lustgewinn, den er uns in der Darstellung seiner Phantasien bietet. Man nennt einen solchen Lustgewinn, der uns geboten wird, um mit ihm die Entbindung größerer Lust aus tiefer reichenden psychischen Quellen zu ermöglichen, eine *Verlokkungsprämie* oder eine *Vorlust*. Ich bin der Meinung, [724] daß alle ästhetische Lust, die uns der Dichter verschafft, den Charakter solcher Vorlust trägt, und daß der eigentliche Genuß des Dichtwerkes aus der Befreiung von Spannungen in unserer Seele hervorgeht. Vielleicht trägt es sogar zu diesem Erfolg nicht wenig bei, daß uns der Dichter in den Stand setzt, unsere eigenen Phantasien nunmehr ohne Vorwurf und ohne Schämen zu genießen. Hier stünden wir nun am Eingange neuer interessanter und verwickelter Untersuchungen, aber, wenigstens für diesmal, am Ende unserer Erörterungen.

Dieser Aufsatz geht auf einen Vortrag zurück, den Freud am 6. Dezember 1907 in den Räumen des Wiener Verlagsbuchhändlers Hugo Heller hielt. – Im gleichen Jahr war Freuds Analyse von Wilhelm Jensens Novelle »Gradiva« erschienen, die erste Arbeit, die Freud über ein *literarisches Werk* veröffentlichte (Der Wahn und die Träume in W. Jensens »Gradiva«. Leipzig, Wien: Heller 1907, 81 S.), sowie die erste der psychoanalytischen Studien Otto Ranks zur Kunstproblematik: Der Künstler. Wien: Heller 1907.

Anmerkung

1. Einen Überblick über die Verwendung des Begriffs gibt: J. Laplanche und J.-B. Pontalis, Das Vokabular der Psychoanalyse. Frankfurt: Suhrkamp 1972, S. 388–394, Artikel »Phantasie«.

THOMAS MANN 1913

Aus: Vorwort zu einem Roman. [Erich von Mendelssohn, Nacht und Tag.]
In: Süddeutsche Monatshefte, Jg. 11, 1913, H. 2, S. 235f. W 111.

»Liebe zu sich selbst«, hat, ich weiß nicht mehr welcher Autor gesagt – es war ein geistreicher Autor, so viel ist sicher – »Liebe zu sich selbst ist immer der Anfang eines romanhaften Lebens.« [1] Liebe zu sich selbst, so kann man hinzufügen, ist auch der Anfang aller Autobiographie. Denn der Trieb eines Menschen, sein Leben zu fixieren, sein Werden aufzuzeigen, sein Schicksal literarisch zu feiern und die Teilnahme der Mit- und Nachwelt leidenschaftlich dafür in Anspruch zu nehmen, hat dieselbe ungewöhnliche Lebhaftigkeit des Ichgefühls zur Voraussetzung, die, nach jenem Autor, ein Leben nicht nur subjektiv zum Roman zu stempeln, sondern auch objektiv ins Interessante und Bedeutende zu erheben vermag. Das ist etwas Stärkeres, Tieferes und Produktiveres als »Selbstgefälligkeit«. Es ist in den schönsten Fällen das dankbar-ehrfürchtige Erfülltsein der Götterlieblinge von sich selbst, wie es mit unvergleichlich innigem Nachdruck aus den Zeilen spricht:

»Alles geben die Götter, die unendlichen,
Ihren Lieblingen ganz:
Alle Freuden, die unendlichen,
Alle Schmerzen, die unendlichen, ganz.« [2]

Es ist das naiv-aristokratische Interesse an dem Mysterium hoher Bevorteilung, substanzieller Vornehmheit, gefährlicher Auszeichnung, angeborener Verdienste, als deren Träger sie sich fühlen, ist die Lust, aus geheimster Erfahrung zu bekunden, wie ein Genie sich bildet, Glück und Verdienst nach irgendwelchem Gnadenschlusse sich unauflöslich verketten: Sie brachte »Dichtung und Wahrheit« hervor; und sie ist recht eigentlich der Geist der großen Autobiographie überhaupt.

Dabei ist merkwürdig, daß der autobiographische Trieb sich kaum jemals als dilettantischer Irrtum erweist, daß er seine Rechtfertigung in sich zu tragen scheint. Was ist Talent? Ein sehr heikler, schwieriger Begriff jedenfalls, bei dem es sich weniger darum handelt, ob einer etwas kann, als darum, ob einer etwas ist, so daß man sagen könnte, Talent bedeute nichts weiter als Schicksalsfähigkeit. Aber sind es zuletzt nicht Geist und Empfindung, die einem Leben Schicksalswürde verleihen? Seltener auftretend, als der rein poetische, der so oft auf Selbsttäuschung beruht, hat der autobiographische Impuls, wie es scheint, immer ein Maß von Geist und Empfindung zur Voraussetzung, das ihn von vornherein rechtfertigt, so daß er nur produktiv zu werden braucht, um unserer Teilnahme sicher zu sein; und jene »Liebe zu sich selbst«, die sein Ursprung ist, sie pflegt von der Welt bestätigt, pflegt von ihr geteilt zu werden. Nicht die Meisterwerke spielend-erfindender Kunst unter den Büchern sind es, die am meisten geliebt, am meisten gelesen werden; es sind die persönlichsten, unmittelbarsten und vertraulichsten, sind die Urkunden leidenschaftlichen oder doch innigen sinnlich-sittlichen Ichgefühls, die Bekenntnisse, die Autobiographien. Oder wo wäre die freie Dichtung, auf der so viel Liebe geruht hätte wie auf Augustins, Jean Jacques' und Goethes Konfessionen, auf Jung Stillings [236] sanfter Lebenserzählung oder selbst auf der einsamen Selbstzergliederung Anton Reisers? Heute zumal, wo eine Hochflut neuedierter Memoiren und Briefsammlungen den Markt überschwemmt, wo von Cellini bis Casanova, von Casanova bis zu den Gedanken und Erinnerungen jenes glänzenden Herrn Manolesku [3], die, wie man hört, ein großer moderner Verlag neu herauszugeben sich anschickt, alle primären, direkten und dokumentarischen Veröffentlichungen eines Massenabsatzes sicher sind: scheint es nicht heute, als hätte alles Vertrauen, alle auf das Menschliche gerichtete Wißbegier sich von den Erzeugnissen dichtender Einbildung abgewandt und sich auf solche Bücher geworfen, in denen Menschenschicksal und Leben ohne Fiktion, Intrigue und Flausen sich selber vertragen? Es wird wohl an uns liegen, an uns Schriftstellern, wenn der heutige Leser ein Wort des größten Autobiographen unter den Dichtern gegen uns zu kehren und zu sprechen scheint: »Ich habe die Wirklichkeit immer für genialer gehalten als euer Genie.«[4]

* * *

Wir legen die Jugendgeschichte eines Frühverstorbenen vor, geschrieben von ihm selbst; ein autobiographisches Fragment, das den Titel eines Romans verdient, weil der Verfasser darin »dem Wirklichen eine poetische Gestalt zu geben« sucht; ein Knabenleben, aus frischer Erinnerung, in epischer Rückschau gestaltet von der Hand eines früh zum Manne erzogenen Jünglings, das unsere Teilnahme anruft mit dem Rechte des Geistes und der Empfindung. [. . .]

Anmerkungen

1. O. Wilde, An Ideal Husband. 3. Akt: *To love oneself is the beginning of a lifelong romance* (O. W., Complete Works. New Edition. London, Glasgow: Collins 1966, S. 522).
2. Brief an Gräfin Auguste zu Stolberg vom 17. 7. 1777. In: Goethes Werke [Sophienausgabe], Briefe, Bd. 3, S. 165.
3. Manolescu, Georges (Fürst Lahovary): Ein Fürst der Diebe. Memoiren. Lichterfelde: Langenscheidt 1905. – Die Lektüre dieses Buches gab den Anstoß zum »Felix Krull« (vgl. Th. M., Lebensabriß. In: *Die neue Rundschau*, Jg. 41, 1929, H. 6, S. 751).
4. Vermutlich eine Paraphrase der Äußerung Goethes in einem Gespräch über die »Wahlverwandtschaften«: *Das Benutzen der Erlebnisse ist mir immer alles gewesen; das Erfinden aus der Luft war nie meine Sache: ich habe die Welt stets für genialer gehalten als mein Genie.* (Goethes Gespräche. Hg. v. Woldemar Frhr. v. Biedermann, Bd. 2: 1805–1810. Leipzig: Biedermann 1889, S. 292, Nr. 448c).

1910 – 1945

BEARBEITET VON DIETRICH SCHEUNEMANN

I

Mit dem Roman hat sich die literarische Revolte des zweiten Jahrzehnts nicht lange aufgehalten. Bereits in den ersten Versuchen zur Neubestimmung der Poetik zwischen 1912 und 1914 ist wiederholt die Ablösung des Romans durch kleine Prosaformen oder durch ein *modernes Epos* gefordert worden. In den zahlreichen Manifesten und programmatischen Selbstdarstellungen zwischen 1915 und 1919 blieb der Roman dann nahezu unberücksichtigt. Erst mit dem Ende der Revolte um 1920, als im *Neuen Merkur* und in den *Weißen Blättern* die ersten Nekrologe auf den Expressionismus erschienen, setzte – in den gleichen Blättern – die Reflexion auf den Roman wieder ein. *Die Repräsentanten der Generation*, so forderte Carlo Mierendorff, sollten nun *am Roman sich beweisen* (W 123, S. 280).

Wiewohl der Beitrag der Literaturrevolte zur Theorie des Romans insgesamt schmal blieb, kommt ihm besonderes Gewicht zu. Nachdem sich die traditionelle Ausrichtung des deutschen Romans auf das bürgerlich-humanistische Ideal der Persönlichkeitsbildung im Ausgang des 19. Jahrhunderts noch behauptet hatte – insbesondere gegen ›realistische‹ und ›naturalistische‹ Romanprogramme der französischen Literatur –, gelang erstmals während der Revolte des zweiten Jahrzehnts, die Kontinuität dieser Tradition zu durchbrechen. Die wenigen romantheoretischen Dokumente aus der Anfangs- und Endphase der Revolte markieren die Abkehr vom Persönlichkeitsideal sehr nachdrücklich. Sie leiten damit einen grundlegenden Funktions- und Bedeutungswandel des Romans in Deutschland ein, der in den Erörterungen zur »Krise des Romans« in den zwanziger Jahren und in späteren, im Umkreis des *nouveau roman* entwickelten Programmen seine Ausrichtung und weitere Ausformulierung erhielt.

Der soziale Ort, von dem die literarische Revolte ihren Ausgang nahm und in dem sie ihren vornehmlichen Wirkungsbereich hatte, war die Berliner Boheme der Vorkriegsjahre. Der antibürgerliche Impetus der Boheme fand in der exponierten Klassikerverehrung dieser Zeit seinen besonderen Angriffspunkt. Die Wendung der Revolte gegen das überkommene Bildungsideal und seinen zentralen Wert, das autonome Individuum, spiegelt den allgemeinen Bedeutungsverlust des einzelnen im Zuge sozialer Veränderungen, die mit der sprunghaften Industrialisierung Deutschlands insbesondere in Berlin sichtbar geworden waren; die Wendung reflektiert darüber hinaus das paradoxe Bedürfnis des Bohemien, bei aller Exzentrizität der Selbstdarstellung dem Verlust sozialer Identität und der outcast-Rolle doch zu begegnen.

›Entpersönlichung‹ wurde speziell in der Theorie des Romans zur vorherrschenden Tendenz.

Die Revolte gegen den bürgerlichen Individualismus des 19. Jahrhunderts traf in erster Linie die Tradition des deutschen Bildungs- und Entwicklungsromans. Sie traf im übrigen, da sie hauptsächlich in Form von Invektiven gegen den *Psychologismus* im Roman vorgetragen wurde, weite Bereiche der Romanliteratur im 19. Jahrhundert überhaupt. Als Gegenbegriff zum psychologisch-autobiographischen Roman brachten Einstein und Döblin in der Frühphase der literarischen Bewegung den Begriff des ›Epos‹ neuerlich ins Spiel. Von dem ein Jahrzehnt zuvor von Leo Berg, Paul Ernst und Jakob Wassermann formulierten Epenverständnis hob sich dieser Begriff allerdings sehr deutlich ab: Döblin plädierte für *die Entäußerung*, eine *Depersonation* des Autors und für gedrängte Abläufe im *Kinostil* (W 107); Einstein forderte vom Epiker, *Philosophien und Privatgefühle auszuschalten* und Geschehnisse, *Bewegungen* in phantastischer Projektion vorzustellen (W 102 u. 104). Die Kategorien weisen voraus auf Robbe-Grillets Begründung des *nouveau roman* und auf jüngere Versuche, im Labor einer autonomen Prosa Entpersönlichung zu antizipieren. Bezeichnenderweise war es Heißenbüttel, der anfangs der sechziger Jahre an den ›Halbvergessenen‹ Carl Einstein erinnerte.[1]

Den antibürgerlichen Protest der literarischen Revolteure begleiteten in Schriften von Autoren, die der bürgerlich-humanistischen Kulturtradition enger verbunden waren, andere, die Ungleichzeitigkeit des überkommenen Bildungsideals jedoch gleichfalls anzeigende Ideologiebildungen. Georg Lukács' Schrift »Die Seele und die Formen«[2] und Thomas Manns essayistische Äußerungen um 1910 bezeichnen zwei komplementäre Formen literarischer Reaktion auf die gleiche Erfahrung. Während Lukács unter Wahrung des autonomen Anspruchs des einzelnen eine radikale Problematisierung des Individuums unternahm, suchte Thomas Mann nach vielfach variierter Entgegensetzung des Bürgers und des Künstlers den Dichter doch erneut nicht allein *hoher Bevorteilung*, sondern repräsentativer Geltung zugleich zu versichern.[3]

Erst nach Beginn des Weltkriegs vollzogen beide Autoren im Verlauf angestrengter kulturpolitischer Orientierungsversuche eine Revision. Thomas Mann räumte ein, daß die Zeit des spezifisch *deutschen Humanitätsbegriffs* und seiner literarischen Form, des *individualistischen deutschen Bildungsromans*, beendet sei. Er stellte den »Felix Krull« als Parodie, als die *der Zeit* und *dem Fortschritt* angemessene *Zersetzung* des Bildungsromans vor (W 115). Daß die Zersetzung doch zugleich Teil einer dialektischen Aneignung des deutschen Romanerbes war, demonstrieren die bereits gegen Ende des Jahrzehnts einsetzenden Bemühungen Thomas Manns um eine *Modernisierung* des deutschen Bildungsromans.[4]

Während für Thomas Mann auch ferner der Bildungsroman Ausgangs- und Bezugspunkt romantheoretischer Überlegungen blieb, hat Heinrich Mann bereits seit 1910 der deutschen Romanüberlieferung die demokratischen Traditionen des französischen Gesellschaftsromans entgegengehalten. Die beträchtliche Resonanz, die insbesondere der Aufsatz über »Geist und Tat« (W 101) und der Zola-Essay von

1915 (W 113) fanden, kann gleichwohl nicht darüber hinwegtäuschen, daß Heinrich Mann zu dieser Zeit als Vorkämpfer für eine bürgerliche Demokratie eine einzigartige Stellung unter den Schriftstellern einnahm – zwischen antibürgerlichen Revolteuren und großbürgerlichen Schriftstellern auf dem Rückzug aus humanistischen Bildungsgefilden.

Mit der »Theorie des Romans« legte Georg Lukács 1916 – in *geisteswissenschaftlicher abstrakter Synthese* (W 114, N 2, S. 8) – eine Bilanz der europäischen Romangeschichte vom Don Quixotte bis zur Education sentimentale vor: fernere Entwicklungsmöglichkeiten gestand Lukács der von ihm beschriebenen Romanform nicht zu (W 114, N 2, S. 156). Als kritisches Maß und fortlaufender Bezugspunkt der Beschreibung diente auch Lukács der Gegenbegriff des ›Epos‹ – in seiner klassisch-humanistischen Begründung. Die historische Entfaltung des Romans geriet dadurch nur soweit in den Blick, als sie die Auflösung des vorgegebenen geschlossenen Idealtypus demonstrierte. Der Roman wurde zur Gelegenheit, die Problematik der Moderne zu diagnostizieren.

Ausgangspunkt der Diagnose war – wie in den Essays zuvor – das *problematische Individuum.* Erst der Gegenstand epischer Formen aber, den Lukács sehr bestimmt als die *Empirie des geschichtlichen Augenblicks* bezeichnete (W 114, N 2, S. 157), bot den Anlaß, die Problematik des Individuums in dem als *sinnlos* und *dämonisch* beschriebenen *empirischen Leben* zu begründen. Als Spiegelbild einer *aus den Fugen geratenen Welt* wurde der Roman zur *repräsentativen Form des gegenwärtigen Zeitalters* erhoben (W 114, N 2, S. 12, 93).

Im Gegensatz zu Tendenzen der literarischen Revolte des Jahrzehnts schloß Lukács die Möglichkeit einer *utopischen Epik* ausdrücklich aus (W 114, N 2, S. 41); er formulierte damit bereits im Zusammenhang der »Theorie des Romans« eine Begrenzung der Funktion epischer Formen, die auch den späteren Realismusbegriff prägte und in der Expressionismus-Debatte der dreißiger Jahre im Streitgespräch mit Bloch neuerlich zur Diskussion stand. In direkter Anknüpfung an die »Theorie des Romans«, die ihm der schlechthin gültige Maßstab zeitgenössischer Kunstreflexion war, hat Adorno diese Funktionsbegrenzung epischer Formen mit der These einer notwendigen *Kapitulation* des Romans vor der *übermächtigen Wirklichkeit* zu Beginn der fünfziger Jahre für die jüngere Romantheorie erneuert (W 297).

1919/20 wurden Erörterungen über Möglichkeiten und Funktionen des Romans zunächst von Autoren wiederaufgenommen, die der literarischen Revolte des Jahrzehnts insgesamt distanziert gegenübergestanden hatten. An Romanen Feuchtwangers und Otto Flakes läßt sich absehen, daß die Erfahrungen des Kriegs und auch der ersten Nachkriegsjahre eine Überprüfung des Selbstverständnisses der Schriftsteller und zugleich veränderte Formen der literarischen Aussage erforderten (vgl. W 117 u. 118). Während Döblin (W 119), Edschmid (W 121), Carlo Mierendorff (W 123) und Max Krell[5] den Versuch unternahmen, die vor allem in kurzer Prosa entwickelten Prinzipien expressionistischer Literatur doch noch auf den Roman zu übertragen, und ausdrücklich im Namen des ›Expressionismus‹ einen *neuen Roman* konzipierten, leiteten Feuchtwanger und Flake durch die Wendung der literarischen

Reflexion auf die sozialpolitische Entwicklung der Gegenwart bereits *die Ausfahrt aus dem Expressionismus* (W 118) ein.

Edschmid hat das Scheitern der Bemühungen um einen *neuen Roman* später auf den nach wie vor wirksamen *Individualwahnsinn* des deutschen Bürgertums zurückgeführt (W 130). Die Alternativen, die die literarische Revolte während des zweiten Jahrzehnts bürgerlichem Individualismus und dem überlieferten Persönlichkeitsideal entgegenstellte – eine *Entselbstung, Entäußerung* des Autors (W 107), *Bewegungen* der Phantasie (W 104), ein *heiseres rauhes Seelenhurra* (W 120) und einen *Gleichklang der Gebärden* [6] –, erschöpften sich in einem radikalen Subjektivismus und in formalen Prinzipien, die wohl den Verlust sozialer Orientierung und Identität bezeichnen, in ihrer Funktion über kompensatorische, einer forcierten Selbstbefreiung dienende Ziele aber nicht hinausweisen. Wiederanknüpfungen der Romantheorie nach 1945 an Entwürfe dieses Jahrzehnts setzten bezeichnenderweise unter dem Signum einer *universalen Entfremdung und Selbstentfremdung des Individuums* ein (W 297, S. 64).

Anmerkungen

1. H. Heißenbüttel, Ein Halbvergessener: Carl Einstein. (1962) In: H. H., Über Literatur [vgl. W 364 N], S. 36–41.
2. Berlin: Fleischel 1911. Jetzt: Neuwied, Berlin: Luchterhand 1971 (= Sammlung Luchterhand. 21.).
3. Vgl. dazu S. 96 dieses Bandes.
4. Th. Mann, Briefe 1889–1936. Frankfurt: S. Fischer 1961, S. 213–214.
5. M. Krell, Über neue Prosa. In: *Tribüne der Kunst und Zeit 7.* Berlin: Reiss 1919.
6. Ebd., S. 13.

»Dichten ist eine öffentliche Angelegenheit«

Die entschiedensten Pamphlete gegen die Romanüberlieferung in Deutschland und ihre klassisch-humanistische Orientierung schrieb – zu Beginn der literarischen Revolte bereits – Heinrich Mann. Den eigenen Positionswechsel gegenüber dem Flaubert-Essay kennzeichnete Heinrich Mann in einer autobiographischen Bemerkung als den *Weg, der, durch sechs Romane hindurch, von der Behauptung des Individualismus zur Verehrung der Demokratie geführt* habe. [1] Als Orientierung auf diesem Weg dienten ihm jetzt Romane und Schriften der französischen Aufklärung, insbesondere Voltaires und Rousseaus. Sie bildeten den Maßstab zur Kritik an der deutschen Romantradition, deren Neigung zu *eitler Persönlichkeitspflege* (W 101) und einer Kultivierung *innerer Freiheiten* (W 93) bei gleichzeitiger Mißachtung politischer Restriktionen er zunächst an Goethe, dann vor allem an Nietzsche demonstrierte.

Heinrich Mann hat diese Essays ausdrücklich als politische Aufsätze charakterisiert. Insbesondere in »Geist und Tat« bildete die Konfrontation differenter Entwicklungen in der Romangeschichte den Ausgang dafür, die Emanzipationsformen des deutschen und des französischen Bürgertums zu unterscheiden und die radikal demokratischen Tendenzen französischer Romanautoren für eine Ablösung der Monarchie in Deutschland zu mobilisieren. Welch umfassende Aufgabe der Literatur damit aufgetragen war, zeigt die euphorische Einschätzung der Romane Rousseaus als der eigentlichen Initiatoren der Französischen Revolution an. Die besondere Eignung des Romans zur Beförderung demokratischer Ideale sah Heinrich Mann in allgemeinen Prinzipien der Gattung begründet und durch die französische Romangeschichte bestätigt: insonderheit auch – *seinen Tendenzen zum Trotz* – durch die Romane Balzacs.

Der Aufsatz »Geist und Tat« erschien zuerst im *Pan*, einer Zeitschrift, die mit einem entschieden demokratisch orientierten politischen Programm und einem der Dichterpsyche und speziellen Problemen des Künstlers zugewandten literarischen Interesse den ambivalenten Ansatz der Revolte um 1910 sehr deutlich markierte. Literarische Artikel entzündeten sich bevorzugt an Tagebuchaufzeichnungen und Arbeitsnotizen Flauberts. Auch Carl Einstein knüpfte 1912 in einem Beitrag für den *Pan* an die allgemeine Flaubert-Begeisterung an: im »Brief über den Roman« gab er der Diskussion dadurch eine Wende, daß er die Aufmerksamkeit von den Lebensproblemen Flauberts auf dessen artistische Grundsätze verlagerte. Erst durch die Akzentuierung des ästhetischen Dégagements Flauberts konnte »Madame Bovary« gegen die in der deutschen Literatur überlieferte Inanspruchnahme des Romans für die Persönlichkeitsbildung des Autors ins Feld geführt werden. Auch Einstein lenkte – wie Heinrich Mann – die Kritik an dieser Tradition insbesondere auf den *ungeheuren Biographen* Goethe. Im Gegensatz zu Heinrich Mann jedoch stellte Einstein nicht eine politische Orientierung, sondern den spezifisch artistischen Widerstand Flauberts gegen die verhaßte Bürgerwelt dem deutschen Roman als Alternative vor.

In den Aufsätzen im *Pan* bezeichneten Heinrich Mann und Einstein die Romantraditionen, von denen die Revolte sich abstieß, und ebenso diejenigen, an denen sie sich orientierte. Die Programme Einsteins und Döblins, die 1912/13 in der *Aktion* und im *Sturm* erschienen, wiesen demgegenüber bereits die Attitüde des völligen Traditionsbruchs auf. Zur Befestigung des forcierten Traditionsbruchs hatten vor allem die Berliner Futurismus-Ausstellung von 1912 und die Veröffentlichung futuristischer Manifeste im *Sturm* beigetragen. Alfred Döblin berichtete begeistert über die Ausstellung und feierte den Futurismus als einen *großen Schritt*, einen *Befreiungsakt* für die moderne Kunst.[2] Als wenig später das »Technische Manifest der futuristischen Literatur« erschien[3], protestierte Döblin zwar in einem ›offenen Brief‹ gegen eine Bevormundung Berliner Schriftsteller durch Marinetti.[4] Döblins Romanprogramm von 1913, das Berliner Eigenständigkeit im Untertitel noch einmal betonte, blieb gleichwohl futuristischen Prinzipien deutlich verpflichtet: der Montage, der Simultaneität, der Forderung nach Intensität und vor allem der Wendung gegen die Psychologie.

Auf die Insignien des Aeroplans, des Ölzylinders und surrender Propeller, mit denen der Futurismus Anpassung an den technischen Fortschritt zu demonstrieren suchte, verzichtete Döblin; in der Angleichung des Romanstils an die Aufnahmetechnik des Kinematographen blieb auch diese Tendenz aber in Döblins Programm erhalten. Die Übertragung dieses technischen Verfahrens war für Döblin das Mittel, die von ihm ebenso wie von Einstein geforderte Entäußerung und ausdrückliche *Selbstverleugnung* des Romanciers zu verwirklichen. Mit dem Entwurf einer Kinematographentechnik eröffnete Döblin dem Roman Möglichkeiten, die erst im Anschluß an Joyce und Dos Passos ausgiebiger erkundet und auf breiterer Ebene diskutiert wurden.

Der Titel der Vorbemerkung entstammt dem »Berliner Programm« Alfred Döblins (W 107).

Anmerkungen

1. Zitiert nach H. Mann, Essays. Erster Band. Berlin: Aufbau 1954, S. 473.
2. Die Bilder der Futuristen. In: A. D., Die Zeitlupe. Olten, Freiburg: Walter 1962, S. 11.
3. In: *Der Sturm*, Jg. 3, 1912, S. 194–195. Ein »Supplement zum technischen Manifest« erschien im gleichen Jahrgang, S. 279–280.
4. A. Döblin, Futuristische Worttechnik. Offener Brief an F. T. Marinetti. In: *Der Sturm*, Jg. 3, 1912, S. 280–282. N: A. D., Aufsätze zur Literatur. Olten, Freiburg: Walter 1963, S. 9–15.

HEINRICH MANN 1910

Aus: Französischer Geist.
In: Der Sozialist, Jg. 2, 1910, Nr. 11, S. 84f. W 93.

Ist es zu denken, daß irgendwo in der Welt der Geist herrschen sollte? Solange es menschliche Gesellschaften gibt, haben sie ihren gefährlichsten Feind im Geist gesehen. Sie haben ihn eingeschränkt, gebunden zu Religionen. Sie sind, sobald er sich freimachte, in Scharen, in Legionen, in Katarakten von Körpern über ihn hergefallen wie die Heere des Xerxes über Griechenland. Wenn je einmal der Geist siegte, war es eine kurze Katastrophe, ein entsetzliches Drunter und Drüber, dessen Angst sich endlich in schwarze Rauchwolken auflöste, in den Rauch vom Scheiterhaufen eines Savonarola. Der massige Materialismus der modernen Monarchien hat jeder Ausschweifung des Geistes vorgebeugt durch das Vorstrecken von Millionen Bajonetten . . . Ist es zu denken, daß er hindurchdringt? Daß er selbst an der Spitze dieser Bajonette schwebt? Daß die Macht eins ist mit dem Geist? Ein ganzes Volk, das sich samt seinen Führern dem Geist vertraut, seiner Strenge, seinem Krieg, seinem Rausch! Das um der qualvollen Ruhelosigkeit des Geistes willen verzichtet auf die animalische Langlebigkeit der anderen Völker! Das die lebenerhaltenden Lügen verschmäht! Das ehrlich bleibt, und führe es zur Auflösung! Ein Volk, ein ganzes Volk, das sein zeitliches Leben abkürzt, aus Liebe zum ewigen!

Alle großen Franzosen sind, wie ihre Rasse, im Gleichgewicht zwischen ihrer sinnlichen Intensität und dem Eifer und der Klarheit ihres Geistes. Sie werden nicht fleischlos, und sie versteigen sich nicht. Sie sind keine Gnomen, keine Ungeheuer, noch Schatten, die das Leben wirft. Auch sie leben, auch sie sind Menschen. Noch Flaubert, an der Grenze der Überfeinerung, weigerte sich zu schildern, was nicht typisch sei. Sie wollen, so stark sie sein mögen, nicht vor allem sich, sondern die Welt. Sie haben das Herz und den Geist, sich zurückzuziehen in die Menschheit, in ein Volk. Freilich ist es ein Volk, das ihnen keine Opfer auferlegt; das sie nicht abstößt und ermattet durch Langsamkeit und Ungeschmack; dessen nationale Kunst die Literatur, dessen große Sorge der Geist ist, und das ihnen folgt, wohin sie es führen. Sie führen es aber hinan, zur Herrschaft über sich selbst. »Ein wenig Geist erwirbt man durch die Pflege der Phantasie, und viel Adel durch den Anblick schöner Dinge«; – und Flaubert hätte weitersprechen können: »Dazu Güte, durch Einsicht in das Herz der anderen, und Menschenwürde, durch das Bewußtwerden des eigenen, und Abscheu vor Lüge und Unterdrückung, durch ihr Bild.« Das ist die Wirkung dieser Romane, dieser Gedichte: sie haben die Demokratie erzogen. Das ist die Wirkung Zolas, und das ist, seinen Tendenzen zum Trotz, die von Balzac. (Denn der Roman, diese Enthüllung der weiten Welt, dies große Spiel aller menschlichen Zusammenhänge ist gleichmacherisch von Natur; er wird groß mit der Demokratie, unter der das Drama in seiner aristokratischen Enge abstirbt. Balzac ist der Dichter der kämpfenden Demokratie, Zola der triumphierenden.) Victor Hugo, der aus der Verbannung seine republikanischen Fanfaren schickt, Sainte-Beuve, der im Senat die Freiheit der Presse verteidigt, Flaubert mit seinem Ideal einer Regierung der Wissenschaft, des Geistes selbst; und Lamartine, in der Stunde, als [85] sein Wort den übergetretenen Strom einer Menge bändigt, und Rochefort, während seines langen Duells mit einem Kaiser, und Zola, der die Kanonen der Gewalt zum Schweigen bringt vor der Wahrheit: sie alle haben das Glück gekannt, sich nicht stumm und ohne Arme zu fühlen, von einem Volk, dem der Geist nicht nur ein überirdisches und belangloses Spiel ist, auf eine Tribüne gehoben zu werden, ihr Wort die Dinge bewegen zu sehen, den Geist in Welt und Tat verwandelt zu sehen . . . In jedem von ihnen aber ist es Voltaire, der zurückkehrt. In Deutschland wiederholt, wer es weit bringt, das tatlose, dem Volk unbekannte Leben Goethes. [. . .]

Über Entstehung und Absicht dieses Essays schrieb H. Mann im Dezember 1909 an Schickele: *Der Haß des Geistes auf den infamen Materialismus dieses »Deutschen Reiches« ist beträchtlich. Aber wie soll er eine Macht werden? [. . .] Was wir können, ist: unser Ideal aufstellen, es so glänzend, rein und unerschütterlich aufstellen, daß die Besseren erschrecken und Sehnsucht bekommen. Ich arbeite längst daran. Mein Roman »Die kleine Stadt« ist politisch zu verstehen, als das Hohe Lied der Demokratie [. . .]. Seitdem trage ich die Sätze zu einem Essai über Frankreich zusammen: wohl das Äußerste, was ich in dieser Beziehung sagen kann.* (Heinrich Mann 1871–1950. Werk und Leben in Dokumenten und Bildern. Berlin, Weimar: Aufbau 1971, S. 121.)

CARL EINSTEIN 1911

Brief über den Roman.
In: Pan, Jg. 2, 1911/12, S. 477–482. W 102.

Lieber Herr!

Ich danke Ihnen, dass ich Ihr Buch lesen durfte; dieser Dank ist um so kräftiger, als ich Ihnen den freundschaftlichen Rat zu geben wage, es nicht drucken zu lassen. Ihr Roman besitzt so ganz die liebliche und gewaltige Verwirrung der deutschen Bücher, einen nebulosen Reichtum, dessen Fülle zu übertreffen kaum noch einem anderen Volk gelingen wird. Was erfuhr ich alles hieraus über Bücher, welche die Zustände und Handlungen Ihrer Menschen bestimmen, z.B. wie Hans nicht Grete heiraten kann, da er Kirkegaard und Pascal mit starkem hingegebenem Gefühl gelesen hat. Aber ist dies ein Erlebnis des Hans? Zweifellos, und doch nicht. Hans ist eher ein Attribut dieses Buches, eine belanglose Anekdote aus dem Schicksal Pascal, der alle Zeiten durchzieht. Es ist kein formal einheitliches Geschehnis, da Hans zu sehr aus sich herausgeht, in eine Sache, die kein erfundenes Ding ist, die ihren Personen eigentlich nicht gehört. Und dann, das Schicksal des Buches ist stärker gewesen als die Aufnahmefähigkeit ihrer Helden. Sehen Sie, es ist schön, dass Sie soviel lesen, das denkt man dabei und gebildet sind. Aber wieviel Sachen, Gedanken und Geschehnisse importieren Sie mit Ihrer Bildung? Wissen Sie, es ist wissenschaftlicher Archaismus, Pascal auf Ihre Menschen einwirken zu lassen, und zwischen zwei Handlungen schieben Sie ein Buch. Jedoch warum? Weil Sie dramatische Szenen im Kopfe haben, die nur durch eine Eselsbrücke gekuppelt werden können. Man lehrt oft: der [478] Roman schildert, das Drama agiert oder etwas ähnliches. Nein, das ist falsch. Der Unterschied begründet sich in der Sprache, die Sprache des Dramas muss Gesten erregen, die des Epos klingende Vorstellungen, und im Unterschied von Gebärde und Vorstellung wurzelt der Unterschied beider.

Man spricht von Schilderung, und wer rühmte da nicht Homer und Goethe. Jedoch ich versichere Sie, Homer schildert wenig und ganz konventionell, und Goethe ist eher ein Biograph als ein Epiker. Sie möchten hier einwenden: Schilderungen retardieren, sie sind Pausen. Nein, Schilderungen bereiten Neues vor und bezeichnen oft einen Mangel des Schriftstellers. Goethe ist ein ungeheurer Biograph, der sich über alles liebt und mit jedem Buch entwickelt. Der Epiker gestaltet das Geschehen, und seine Tugend fordert, dass er sich nur so weit züchtet, als es das Geschehnis will. Er ist in seinem Buch befangen. Goethe geht immer über das Buch und seinen Plan hinaus, und darin redet seine Gewalt. Er verbreitert die Stellen, wo er Gelegenheit findet, sein Auge und seine Vorstellungskraft zu stärken und zu erziehen. Goethe ist in seinen Epen eher ein grenzenloser Schöpfer von Bildung und Einsicht, als von Kunst. Um dies zu merken und noch mehr zu sagen, ist schwierig, da er wie kein Deutscher ausser Eckhart unsere Sprache formte und schuf. Wir wohnen bei ihm einem vielleicht ganz unmittelbaren künstlerischen Vorgang bei, der sich aber nicht weit genug auf die epische Form erstreckt. Goethe vergisst oft über der Köstlichkeit des Sprachschaffens das Epos. Anders Homer und Flaubert. Hier dient das Wort dem Epos und wird erfunden nicht um einen Menschen zu entwickeln, sondern ein Geschehen auszuzeichnen. Goethe verweilt da, wo seine Person es braucht.

Der Deutsche erreicht selten die aequitas animi, die Voraussetzung eines geglichenen Werkes ist, und er bewegt sich immer im Werden und im Schaffen. Sehen Sie, ich meine, Sie sind zum Ende Ihres Buches ein anderer Mensch wie im Beginn und in der Mitte. Sie schreiben weniger, um ein Buch, als um sich zu formen. Das mag Ihnen viel wert sein, ob aber dem Leser? Der deutsche Schriftsteller setzt oft im geheimen einen Leser, der unter ihm steht, voraus; der Romane hingegen einen deutlich und leidenschaftlich Schauenden. Ich weiss nicht recht, wessen Moralität in beiden Fällen höher steht, ich glaube jedoch, dass ein geläuterter Sinn oft den Menschen zwingt, im Ganzen deutlicher zu werden. Wir haben so eine, verzeihen Sie das schlimme Wort, »kosmische« Auffassung der Person, der Lateiner eher eine berufsmässige, und nichts ist ihm so entfremdet wie der Dilettant. Welch ein Reichtum steckt in deutschen Romanen, [479] zum wenigsten oft eine Philosophie. Gerade diese hat Merkwürdiges hervorgebracht. Ist Ihr Hans denn nicht ein intellektueller Romantiker, der zwischen dem einzelnen und einem Begriff taumelnd und wie ein Schatten einherschwankt? Ihr Buch ist sozusagen doppelbödig. Dabei liebe ich Sie mehr wie einen armen abgeklärten Dichter, denn schließlich ist dieser nur scheinbar genauer, weil er eben rationeller philosophierte. Sie werden mir sagen: in Flaubert steckt auch eine Weltanschauung. Vielleicht aber dann sicher eine epische. Eine, die nur dient, dass man betrachte. Und Cervantes, hatte er nicht Humor? Ich weiss nicht recht. Dies alles sind Worte, die einer genauen Erklärung bedürfen, und man muss schauen, was dann übrig bleibt. Bei beiden sehe ich nichts anderes als eine strenge Erziehung zum Epiker. Flaubert entzog sich seinen Sentiments seine persönliche Teilnahme.[1] Ich höre, wie Sie mit Nietzsche rufen: er war ein Nihilist, er tötete sich selbst.[2] Merkwürdig dieser angebliche Selbstmord, bei dem man eine Bovary gewinnt. Vielleicht sonderte er seine Kräfte und setzte alle leidenschaftlich auf eine Karte. Er schied aus seinem Denken das Unnötige aus, und beim Schreiben besann er sich nur auf die Dinge, die seinen Roman fördern. Ihre Personen leben im dramatischen Rhythmus einer Philosophie, der sie sich bald nähern, bald entziehen. Die Bovary lebt demgemäss, wie es das Kunstwerk bedarf. Was ich darunter verstehe? Sie lebt immer so, dass man es sieht, so dass an keinem Punkte in einer zweiten Etage gespielt wird, in einem plötzlich geöffneten Nebenzimmer. Und warum? Weil der Dichter in dem Geschehnis unterging, nicht in einzelnen Figuren, und zu opfern verstand. In Ihrem Buch oder in Wilhelm Meister (Sie sehen, ich stelle Sie hoch) stehen Dinge von grosser Weisheit, die in der Bovary gewiss nicht zu finden sind. Aber dafür unterbrechen Sie auch das Geschehen mit einer zu rüden Selbstsucht. Flaubert teilte sich allen Dingen in gleichem Masse mit; allerdings bei sich hasste er die Bourgeois seiner Bücher. Der Deutsche will immer hinauf, und mit einem Kapitel überwindet er das vorige, und zum Schluss überschreitet er mit dem Leser das ganze Buch. Sie entgegnen mir, ich redete hier unaufhörlich von den einseitigen unnormalen Artisten. Nein, ich glaube kaum. Ich unterscheide sehr zwischen Artist, Dichter und dem Poetischen. Der Deutsche wird oft künstlich und pauvre, wenn er sich distanciert, was heute sehr Mode ist. Nehmen Sie George, was verlor dieser Mann alles auf dem Weg zum Gedicht; wie lange steckte er in der Vorbereitung zu diesem. Endlich dort angelangt, wie verarmt war sein Innenrhythmus. Der Deutsche stilisiert entweder alles oder nichts und teilt nur das Ganze mit. Der [480] Lateiner gibt dem Kunstwerk nichts als dies, zugleich aber den anderen ein Mittel, andere Dinge zu bereichern, vereinfachen usw. Nach einem grossen deutschen Werk lässt sich schwer etwas anderes tun als das Gegenteil beginnen oder nachahmen. Denn der Mann versuchte, in seinem Werk alles zu leisten. Der Deutsche diskutiert in seinen Werken, er spielt einen Menschen gegen den andern aus. Man erfand dafür das Wort Charakter, was oft besagte, die Figur reicht weit über den Roman hinaus, sie führt ein Leben nach dem Tode weiter. Aber wir sprachen vom Künstlichen, der ist nichts als unsachlich und gibt Pointen. Ob eine Pointe im sprachlichen oder gegenständlichen Sinn ist gleich. Der Poetische hingegen scheint mir ein ebenso liebenswürdiger wie gefährlicher Trottel. Gerade die Deutschen besitzen den ungeheuren poetischen Menschen in Jean Paul. Wieviel dichterische Empfindungen sind dort angehäuft, einen geläuterten Jean Paul kann ich mir nicht vorstellen, so gross wäre er. Aber er verspürte und fand keine Schicksale, und so bleibt er leicht und witzig. Die Griechen schufen sich die Ananke, die Athe, um sich zur Form zu zwingen. Balzac fand die Gier und Flaubert den allmählichen Tod, das Sichgleichbleiben oder das Kleinwerden, der uns ungesehen umgibt. Sie entdeckten Kräfte, die unentrinnbar sind, nur solche erzeugen die Form. Die Griechen gaben einen religiösen Zwang, die Lateiner entdeckten Motive, die man glauben muss. Sie waren durchaus konventionell und schlicht. Der Deutsche hingegen baut zumeist auf dem Letzten auf, das er errang, auf dem Augenblicklichen. Darum sind Goethes Gedichte so gross, und darum vergisst Faust das Sterben. Denn diese Deutschen sind ein grenzenloses Volk, ein beispielloses Kompendium von Einzelfällen, und keiner widerlegt so gern wie der Deutsche. Sonderlich jetzt biegen wir um, Bücher, wie die kleine Stadt von Heinrich Mann versprechen uns die Möglichkeit von Romanen, während der Franzose jetzt leicht Weltanschauungsdichter wird. Nehmen Sie die Porte étroite von Gide, oder Claudel. Charles Louis Philippe schrieb einmal: »Man braucht jetzt Barbaren, man muss jetzt ganz nahe bei Gott gelebt haben, ohne ihn in Büchern studiert zu haben. Eine Vision der lebendigen Natur brauchen wir, damit man Kraft habe, ja, selbst Mut. Die Zeit des Dilettantismus der sanften Mittel ist vorüber, heute beginnt die Zeit der Leidenschaft. Ich weiss nicht, ob der eine oder andere unter uns ein grosser Schriftsteller ist, aber das weiss ich, wir gehören zum Geschlecht derer, die kommen werden, darunter ist sicher einer der kleinen Propheten, die den Christus vor seiner Ankunft verkündigten und schon da nach seiner Lehre predigten.« Vorher sprach er von [481] Anatole France, dann fährt er mit dem Idioten Dostojewskis fort: »Hier, sagt er, ist das Werk eines Barbaren, alle menschlichen Fragen werden mit Leidenschaft abgehandelt, manchmal war ich toll vor Schönheit. Seine Personen sind zugleich einfach und kompliziert.«[3] Das ist von einem Menschen geschrieben, der einsieht, dass man in Frankreich fast zuviel Literatur getrieben hat, so dass es kaum noch einen Zustand dort gibt, der nicht literarisch fixiert worden wäre. Fast nirgendwo haben unliterarische Künstler wie Tolstoi und Dostojewski so stark gewirkt wie in Frankreich. Zunächst dichtet man dort in sinnlichen Abstrakten und löst fast zu sehr auf. Uns hingegen kolportierte man einen Gegensatz zwischen Literatur und Leben, und die Verschmelzung beider kommt selten über eine absonderliche Groteske hinaus. Philippe schrieb diesen kurzen und wichtigen Satz, »die Menschen Dostojewskis seien zugleich einfach und kompliziert«. Sehen Sie von einem ganzen Kern, einem Aktionszentrum aus, geschieht dort alles. Der Mensch ist von vornherein Roman. Dieser entfaltet sich in jedem Kapitel mehr und nach immer neuen Seiten hin. Er wird plastisch und räumlich, weil das Epos ihm neue Menschen zuführt, an denen er sich äussert und seiner selbst gewahr wird. Dann erschrickt er über sich selbst, denn so viel Schicksal für Menschen zu sein kann er nicht ertragen. Er kann nicht unter die Menschen den Tod bringen, hierin besteht seine Sünde, dass ein Mensch um seinetwillen gemordet werden musste. Hier erhebt sich sein Schicksal. Der Idiot bedarf des Romans, sonst bliebe er nichtig. Das Drama kann ihm nicht helfen und das Leben auch nicht. Denn der Idiot wird nur auf ganz wenige Wochen lebendig, um wieder zurückzufallen. Der Idiot verlangt nach Menschen, die ihn erwidern und erleben, sonst wäre er nichts, Menschen, denen er zum Schicksal anschwillt, und diese Menschen wiederum brauchen den Fürsten. Sie sind nötig aufeinander angewiesen und leben vom Wachsein des Fürsten. Und Madame Bovary, was wäre sie ohne die Menschen des Buches, und ihr Hans, was wäre er ohne die Dinge, die Bücher, die Kämpfe, die nicht im Buche stehen. Der Deutsche schreibt Bruchstücke einer Biographie und wagt nur selten Ausschnitte. Er löst die Gestalt in Fremdkörpern auf und verbindet sie durch Surrogate, Erklärungen oder ähnliches. Wie er ja oft erläutert, da er keine seelischen Übereinkünfte besitzt. Diese Menschen, der Idiot, die Bovary, sind einfach. Heisst dies nichts anderes, als sie decken sich mit dem Buch, und wird dies nicht ganz bei uns bleiben, und sind die Dinge dort nicht so gültig, dass sie immer sein werden? Meinungen, Entwicklungen und Historien werden nie eindeutig und notwendig, werden nie [482] Schicksale. Im Drama ist zumeist alles geschehen, wir erleben nur die Wirkung, das Ausbreiten der Geste. Im Epos geschieht es, und die Geste ist darum unmöglich. Um so mehr Formung verlangt der Roman. Er ist sicher keine Verbreiterung oder ein Abgeleitetes von irgendeiner Gattung. Ohne den Roman wäre die Menschheit unvollständig, denn sie bedarf des epischen Schauens. Hier gelange ich zum Wichtigen, zur Erziehung zum Epiker. Das Ganze besteht darin, Menschen so stark zu sehen, dass sie einander zum Schicksal werden, aber nichts ausser diesen Menschen. Das heisst, sie müssen von sich ausgehen und in sich verbleiben. Nicht von einer aussenstehenden Sache oder Idee.

Es darf nichts mehr sein ausser diesen Menschen. Denn anderes schwächt und lenkt ab. Diese Menschen müssen sich stark lieben und befeinden und die Dinge zwischen ihnen absorbieren. Sie dürfen nicht selbstsüchtig sein und ihre Biographie bringen, keine Gedanken über Dinge oder Aperçus, keine Gegenstände zwischen sich aufbauen, keine Philosophien und Privatgefühle. Sie müssen sich ganz dem Geschehen hingeben. Der Sinn des Romans ist, Menschen und Dinge in einem Zug zu bewegen, der Roman gibt nicht das Leben der Menschen, sondern die Zeit, da sie sich bewegen, um ihr Schicksal zu erzeugen. Im Drama ist dies bereits fertig, im Roman wird es.

Und was bleibt mir, dem Dichter, beklagen Sie sich? Noch lebe ich.

Ihnen gehört alles, diese Menschen, diese Schicksale und viele andere Bücher, die Sie schreiben werden. Verringern Sie das nicht, indem Sie sich ungelöst einmischen. Sie müssen ganz darin sein, nicht Ihren Roman schlechter machen, als Sie sind. Eine Persönlichkeit, deren Etappen nicht vollkommen sachliche Taten sind, bleibt immer Dilettant.

Aber lebe ich nicht über den Roman hinaus?

O ja, wollen Sie aber drei Bücher in einem schreiben? Haben Sie Geduld, sonst kommen [Sie] zu einer Anhäufung von Fragmenten, und das Fragment ist die schwerste Sünde. Schreiben Sie einfach und kompliziert, aber versuchen Sie nicht, in den üblichen einfachen Zuständen, die geographisch begrenzt sind, der Heimatskunst oder dem Volkston, den das Volk nicht mehr versteht. Seien Sie in der Nähe Gottes, d.i. seien Sie ursprünglich von Ihrem Innern aus. Dann entwickeln Sie sich auch nicht in Ihren Romanen, wenn Sie über Ideologien und Dingen zu den Ursprüngen gelangen.

Anmerkungen

1. In der überarbeiteten Fassung des Essays, die Einstein 1916 in der *Aktion* publizierte, lautet dieser Satz: *Flaubert entzog seinen Sentiments die persönliche Teilnahme* (W 102, N 1, Sp. 269); im Manuskript der ersten Fassung dagegen: *Flaubert entzog sich seine Sentiments seine persönliche Teilnahme.* (Carl-Einstein-Archiv in der Akademie der Künste, Berlin.)

2. Vgl. Fr. Nietzsche, Götzendämmerung. In: F. N., Werke. Kritische Gesamtausgabe. Hg. v. G. Colli u. M. Montinari. 6. Abt., Bd. 3: Nachgelassene Schriften. Berlin: de Gruyter 1969, S. 424f.

3. Charles-Louis Philippe, [Brief an Henri Vandeputte vom 18. 12. 1897]. In: Ch.-L. Ph., Lettres de jeunesse à Henri Vandeputte. 2. Aufl. Paris: Editions de la Nouvelle Revue Française, Marcel Rivière 1911, S. 63f.

CARL EINSTEIN 1912

Über den Roman.
In: Die Aktion, Jg. 2, 1912, Sp. 1264–1269. W 104.

Ich schlage vor, bis auf weiteres die Bezeichnung Roman aufzugeben – das Wort Epos genügt und ist bei zeitlich ausreichender Distanz von Humanistischer Bildung und dem Idylliker Vergil weniger diskreditiert.

Der psychologische Roman beruht auf causaler Schlussweise und gibt keine Form, da nicht abzusehen ist, wohin das Schliessen zurückführt und wo es endigt. Dies ist zumeist an die Anekdote gebunden – also induktive Wissenschaft.

Hingegen die Anekdote ist die Unkunst des Vermischten stets tendenziös und moralisch, denn die Pointe ist immer willkürlich. Welches Motiv und welches Ende einer Anekdote liessen sich nicht schmerzlos rumdrehen. Denn die Anekdote ist das nicht Seiende. Die Stärke der Darstellung bildet sie zum Faktum.

[1267] Lyrismus ist Koketterie. Zweifellos wirft man einen Pianisten, der eine Fuge von Bach spielt und darunter eigene Themen mischt, vor die Tür des Saales. Dies geschieht mit einigem Recht.

Der deskriptive schildernde Roman setzt vollständige Unkenntnis des Lesers von Tischen, Nachttöpfen, jungen Mädchen, Treppenstiegen, Schlafröcken, Busen, Hausklingeln usw. voraus. Die Ereignisse werden zu Begleiterscheinungen von traumhaft verschlungenen Fingern, opalschillernden Spucknäpfen usw. Ob dies neuartig gesagt wird oder im Ton der Marlitt, beruht nur auf Alter des Schreibers und ähnlichem Unfug.

Diesen Dingen Seele zu geben – ist immer pantheistischer Lyrism. Ein Nachttopf, ein Lockenkopf, selbst Orchideen, die mit violettem Protoplasma genotzüchtigt sind – bleiben Dinge und haben sich vor dem Schicksal der Menschen zu verkriechen.

Gefühl hat immer statt – wenn es gilt, Impotenz zu verbergen. Das Epos wurde in die Länge gezogen – aus dem sklavischen Nachahmen des Homer usw. Der Knabe Vergil liefert hierfür eklatante Beispiele. Die Ilias ist eine Ansammlung von Geschichten um ein zentrales Schicksal gerichtet und von dem und jenem gemacht. Vergil hingegen eine in die Länge gezogene Anekdote. Das zentrale Schicksal wurde vergessen – denn der Mythus ging verloren, was blieb – die Technik des in die Längeziehens.

Ein Ereignis mit Vorbedingungen und Folgen geben. Wo beginnen jene und endigen diese? Mit dem Tod der Beteiligten? Ich sehe nicht ein, warum nicht jeder, dem 7 Gattinnen, 4 hoffnungsvolle Söhne, 3 Töchter, 2 Väter, 1 Kind im Mutterleib verloren gingen, wenn er sich aufhängte, abgeknüpft werden kann? Der Abgeknüpfte ist wahrscheinlich bemerkenswerter und erfahrener als das Familienkaninchen. Jede Handlung kann auch anders endigen – wenn man nicht orthodox katholisch ist, und selbst hier gibt es die unerforschliche Güte Gottes, das Wunder usw.

Also das Kunstwerk ist Sache der Willkür resp. benommener Trunkenheit. Ich ziehe die erstere vor, da sie imstande ist, Rücksicht und Takt zu üben.

[1268] Das Kunstwerk ist Sache der Willkür, also der Wahl, des Wartens. Was soll gewählt werden? Sicher, man kann alles nehmen. Jedoch – es ist langweilig, von Dingen zu hören, die zu oft gesagt wurden. Was einmal mit Gottes Hilfe anständig traitiert ist, lasse man ruhen. Wir wiederholen ja doch.

Seien Sie versichert, mir sind Tristan und Isolde ganz egal – aber Gullivers Reisen bete ich an. Nichts wird einen Trottel hindern, Tristan zu machen – jedoch Gullivers Reisen bedingt Intelligenz, Erziehung, Gewalt.

Man stelle das Epos in Zukunft nicht mehr allein in den Dienst des geschlechtlichen Verkehrs. Das Besingen mehr oder weniger komplizierter Genitalien dürfte überflüssig sein – da der Zeugungsakt resp. Beischlaf mit seinen mitunter nicht ganz reizlosen Präludien und seinen meist sichern Folgen wie Kinder, Abtreibung, Ekel, Verdummung, gegenseitige Gewöhnung, regelmässiges Vollziehen oder Lüderlichkeit usw. von jedem einigermassen realisiert werden kann. Liebesgeschichten haben nur Sinn für von Jugend an kastrierte, schwer Frauenleidende Personen.

Man gewöhnte sich, Dinge, die mit einer gewissen Anstrengung zu erreichen sind, als künstlich zu bezeichnen. In dieser Kategorie stehen Enthaltsamkeit, Gott, Denken usw. Wer aus der Empfindung schafft, ist meist auf die Liebe, das Weib usw. angewiesen. Ich hingegen schlage eine Literatur für differenzierte Junggesellen vor – Denken ist eine Leidenschaft ersten Ranges, die von den Philosophen, der Schule, dem Militär, dem Staat, vor allem der Ehe, vergewaltigt, nur mühsam im Religiösen fortbesteht. Wer hätte nicht ein philosophisches System? – Wer aber weiss um die Menschen, die nicht anwandten, die Gedanken erfanden, an ihnen beteten, Tee tranken, rauchten, ja starben.

Entscheidend für Einrichtungen und Uebereinkünfte sind zweifellos Systeme. Die Ehe ist das System des allgemeinen Beischlafs, der gehemmten Erlebnisse, der moralischen Meinungen – dies alles sind Dressuranstalten für Menschen, die allein sich nicht benehmen können, ihre kleine Anbetung geniessen müssen, die infolge dyonysischen Lebens à la commis voyageurs, am Abgrund standen. Der grösste Teil der Literatur ist eine Institution für Eheleute und [1269] solche, die es werden wollen, für beherrschte Naturen, Anleitung zum Flirt und Teesalon.

Wer edel und schön schreibt, treibt sein Handwerk für Gemeine.

Die erhabene Schreibweise ist oft gerade naturalistisch – da sie immer, wenn auch gegensätzlich, auf das gemeine Wesen hinzeigt. Sie wirkt oft grotesk, da sie als bezwungene Steigerung der Wirklichkeit empfunden wird – die verschönt usw. werden soll.

Es gilt, im Roman Bewegung darzustellen – eine Aufgabe, der das Deskriptive gänzlich fern liegt. Ich wüsste kaum – warum es als Kontrakt eingeführt werden sollte. Jedenfalls die Ruhe, das Deskriptive in die Gegenstände zu verlegen, ist sinnlos. Wertvoll im Roman ist – was Bewegung hervorbringt. Ruhe ist genug da – weil das Ganze schliesslich doch fixiert ist.

Ich weiss nicht, ob man Typisches gibt. Häufig werden jedoch intensiv vorgetragene und fixierte Ereignisse später als typisch empfunden.

Das Absurde zur Tatsache machen! Kunst ist eine Technik, tatsächliche Bestände und Affekte zu erzeugen.

ALFRED DÖBLIN 1913

An Romanautoren und ihre Kritiker. Berliner Programm.
In: Der Sturm, Jg. 4, 1913, Nr. 158/59, S. 17 f. W 107.

Der Künstler arbeitet in seiner verschlossenen Zelle. Sein Persönliches ist zwei drittel Selbsttäuschung und Blague. Die Tür zur Diskussion steht offen.

Gewisses ist unverrückbar in der Zeit; Homer läßt sich noch genießen: Kunst konserviert; aber die Arbeitsmethode ändert sich, wie die Oberfläche der Erde, in den Jahrhunderten; der Künstler kann nicht mehr zu Cervantes fliehen, ohne von den

Motten gefressen zu werden. Die Welt ist in die Tiefe und Breite gewachsen; der alte Pegasus von der Technik überflügelt, hat sich verblüffen lassen und in einen störrischen Esel verwandelt. Ich behaupte, jeder gute Spekulant, Bankier, Soldat ist ein besserer Dichter als die Mehrzahl heutiger Autoren.

Die Prosaautoren, am ehesten zum Mitgehen-Mitwagen verpflichtet, erschließen die Welt nicht mittels neuer, strenger, kaltblütiger Methoden, sondern kauen unentwegt an »Stoffen« und Problemen ihrer inneren Unzulänglichkeit. Man soll seine vermeintliche inneren Notwendigkeiten zügeln und die Zügel der Kunst in die Hand geben. Dichten ist nicht Nägelkauen und Zahnstochern, sondern eine öffentliche Angelegenheit.

Ein Grundgebrechen des gegenwärtigen ernsten Prosaikers ist seine psychologische Manier. Man muß erkennen, daß die Romanpsychologie, wie die meiste, täglich geübte, reine abstrakte Phantasmagerie ist. Die Analysen, Differenzierungsversuche haben mit dem Ablauf einer wirklichen Psyche nichts zu tun; man kommt damit an keine Wurzel. Das »Motiv« der Akteure ist im Roman so sehr ein Irrtum wie im Leben; es ist eine poetische Glosse. Psychologie ist ein dilettantisches Vermuten, scholastisches Gerede, spintisierender Bombast, verfehlte, verheuchelte Lyrik.

Immer war der Rationalismus der Tod der Kunst; der zudringlichste, meist gehätschelte Rationalismus heißt jetzt Psychologie. Viele als »fein« verschrieene Romane, Novellen, – vom Drama gilt dasselbe – bestehen fast nur aus Analyse von Gedankengängen der Akteure; es entstehen Konflikte innerhalb dieser Gedankenreihen, es kommt [18] zu dürftigen oder hingepatzten »Handlungen«. Solche Gedankengänge gibt es vielleicht, aber nicht so isoliert; sie besagen an sich nichts, sie sind nicht darstellbar, ein amputierter Arm; Atem, ohne den Menschen der atmet; Blicke ohne Augen. Die wirklichen Motive kommen ganz anders woher; dieses da, der lebendigen Totalität ermangelnd, ist Schaumschlägerei, ästhetisches Gequerle, Geschwafel eines doktrinären, gelangweilten Autors, dem nichts einfällt, zu Gebildeten, die sich belehren lassen wollen.

Man lerne von der Psychiatrie, der einzigen Wissenschaft, die sich mit dem seelischen ganzen Menschen befaßt; sie hat das Naive der Psychologie längst erkannt, beschränkt sich auf die Notierung der Abläufe, Bewegungen, – mit einem Kopfschütteln, Achselzucken für das Weitere und das »Warum« und »Wie«. Die sprachlichen Formeln dienen nur dem praktischen Verkehr. »Zorn«, »Liebe«, »Verachtung« bezeichnen in die Sinne fallende Erscheinungskomplexe, darüber hinaus geben diese primitiven und abgeschmackten Buchstabenverbindungen nichts. Sie geben ursprünglich sichtbare, hörbare, zum Teil berechenbare Abläufe an, Veränderungen der Aktionsweise und Effekte. Sie können nie und nimmermehr als Mikroskope oder Fernrohre dienen, diese blinden Scheiben; sie können nicht zum Leitfaden einer lebennachbildenden Handlung werden. An dieses ursprüngliche Gemeinte, dieses Simple muß man sich streng halten, so hat man das Reale getroffen, das Wort entzaubert, die unkünstlerische Abstraktion vermieden. Genau wie der Wortkünstler jeden Augenblick das Wort auf seinen ersten Sinn zurück»sehen« muß, muß der Romanautor von »Zorn« und »Liebe« auf das Konkrete zurückdringen.

Damit ist der Weg aus der psychologischen Prosa gewiesen. Entweder offenes, nicht mehr verschämtes Lyrisma mit seiner Unmittelbarkeit; Sichergehen in Gehobenheiten und Niederungen; Ichreden, wobei das naive Räsonement zulässig ist. Ich zweifle freilich, ob man diese Form Roman, Novelle nennen kann. Oder die eigentliche Romanprosa mit dem Prinzip: der Gegenstand des Romans ist die entseelte Realität. Der Leser in voller Unabhängigkeit, einem gestalteten, gewordenen Ablauf gegenübergestellt; er mag urteilen, nicht der Autor. Die Fassade des Romans kann nicht anders sein als aus Stein oder Stahl, elektrisch blitzend oder finster; sie schweigt. Die Dichtung schwingt im Ablauf wie die Musik zwischen den geformten Tönen.

Die Darstellung erfordert bei der ungeheuren Menge des Geformten einen Kinostil. In höchster Gedrängtheit und Präzision hat »die Fülle der Gesichte« vorbeizuziehen. Der Sprache das Aeußerste der Plastik und Lebendigkeit abzuringen. Der Erzählerschlendrian hat im Roman keinen Platz; man erzählt nicht, sondern baut. Der Erzähler hat eine bäurische Vertraulichkeit. Knappheit, Sparsamkeit der Worte ist nötig; frische Wendungen. Von Perioden, die das Nebeneinander des Komplexen wie das Hintereinander rasch zusammenzufassen erlauben, ist umfänglicher Gebrauch zu machen. Rapide Abläufe, Durcheinander in bloßen Stichworten; wie überhaupt an allen Stellen die höchste Exaktheit in suggestiven Wendungen zu erreichen gesucht werden muß. Das Ganze darf nicht erscheinen wie gesprochen sondern wie vorhanden. Die Wortkunst muß sich negativ zeigen, in dem was sie vermeidet: ein fehlender Schmuck, im Fehlen der Absicht, im Fehlen des bloß sprachlich schönen oder schwunghaften, im Fernhalten der Maniriertheit. Bilder sind gefährlich und nur gelegentlich anzuwenden; man muß sich an die Einzigartigkeit jedes Vorgangs heranspüren, die Physiognomie und das besondere Wachstum eines Ereignisses begreifen und scharf und sachlich geben; Bilder sind bequem.

Die Hegemonie des Autors ist zu brechen; nicht weit genug kann der Fanatismus der Selbstverleugnung getrieben werden. Oder der Fanatismus der Entäußerung: ich bin nicht ich, sondern die Straße, die Laternen, dies und dies Ereignis, weiter nichts. Das ist es, was ich den steinernen Stil nenne.

Fortgerissen vom psychologischen Wahn hat man in übertriebener Weise den einzelnen Menschen in die Mitte der Romane und Novellen gestellt. Man hat tausende besondere, höchst outrierte Personen erfunden, an deren Kompliziertheit der Autor sich sonnte. Hinter dem verderblichen Rationalismus ist die ganze Welt mit der Vielheit ihrer Dimensionen völlig versunken; diese Autoren haben wirklich in einer verschlossenen Kammer gearbeitet. Der Künstler hat sich zum Handlanger dürftiger Gelehrten degradiert, sich geblendet, den Kunstfreund und Leser entwöhnt, in den Reichtum des Lebens zu blicken. Man hat eine Atelier-Schriftstellerei gezüchtet, eine systematische Verarmung der Kunst betrieben. Hier konnte sich der zweite Wahn, der erotische, etablieren. Die schriftstellerische Welt ist succesive vereinfacht auf das geschlechtliche Verhältnis; ein Prozeß, der durch das beifällige Interesse eines schlechten oder schlechtgeleiteten Publikums begünstigt wurde. Diese Verwässerung, Verdünnung des bischen Lebens, das in die Schreibstuben drang.

Der Naturalismus ist kein historischer Ismus, sondern das Sturzbad, das immer wieder über die Kunst hereinbricht und hereinbrechen muß. Der Psychologismus, der Erotismus muß fortgeschwemmt werden; Entselbstung, Entäußerung des Autors, Depersonation. Die Erde muß wieder dampfen. Los vom Menschen! Mut zur kinetischen Phantasie und zum Erkennen der unglaublichen realen Konturen! Tatsachenphantasie! Der Roman muß seine Wiedergeburt erleben als Kunstwerk und modernes Epos.

Bei Gelegenheit des Romans

Die *Absonderung des Dichters von der Menge* [1], die Heinrich Mann mit seinem Programm hatte überwinden wollen, stand auch in Schriften anderer zeitgenössischer Romanautoren im Brennpunkt des Interesses. Die Lösungen jedoch, die Stefan Zweig, Jakob Wassermann [2] oder Hermann Hesse [3] vortrugen, zielten insgesamt darauf ab, dem Romandichter durch die Hervorkehrung lyrisch-pathetischer oder naturhaft-schöpferischer Befähigungen neuerlich einen besonderen Nimbus zu verleihen und ihn damit gegen den intellektuellen Habitus des *Literaten* abzugrenzen. Auch Thomas Mann, der »Die kleine Stadt« seines Bruders als ein *hohes Lied der Demokratie* gefeiert und dem Roman *viel in hohem und vorgeschrittenen Sinne Zeitgemäßes* nachgesagt hatte [4], nutzte die Gelegenheit eines Vorworts zu einem autobiographischen Roman, das *naiv-aristokratische Interesse* des Romanciers am *Mysterium hoher Bevorteilung und gefährlicher Auszeichnung* zum eigentlichen Grund des Romanschreibens zu erklären.

Im Zusammenhang der Stellungnahmen zum Kriegsbeginn erreichte der literarische und politische Konflikt zwischen den Brüdern Mann seine äußerste Zuspitzung. Gegen die Befangenheit seines Bruders in Spekulationen über die Erhaltung deutscher Kunst und Kultur forderte Heinrich Mann im Essay über Zola noch einmal zu einer Verschwisterung des literarischen mit dem politischen Handwerk auf und errichtete nun seinerseits dem *Verkünder des demokratischen Glaubens* Zola ein Podest (W 113, S. 207).

In der hier abgedruckten Einleitung zu einer Lesung aus dem »Felix Krull« von 1916 hat Thomas Mann erstmals versuchsweise und mit Vorbehalten eine Annäherung an die *vorgeschrittene* Position des Bruders unternommen. Die Einleitung verschwieg und erst »Die Betrachtungen eines Unpolitischen« bezeugten auf eindringliche Weise, wie kompliziert und auf welch verschlungenen Wegen die Distanzierung Thomas Manns von der im *unpolitischen* deutschen Bildungsideal gründenden Romanüberlieferung erfolgte. Im Verlauf dieses *großen und nicht ohne Bravour geführten Rückzugsgefechts* [5] gelangte Thomas Mann in Abgrenzungen gegen die Tradition auf der einen und gegen den *Radikalismus des Literaten* auf der anderen Seite zu seiner Lösung: die *Ironie* als Denkform wie als Erzählprinzip ermöglichte ihm eine Balance zwischen Patriotismus und Europäertum, zwischen literarischer Überlieferung und radikalem Fortschritt, zwischen einer im *Leben* fundierten Kunst und dem *kritizistischen Geist.*[6]

Im Vorwort zur Neuauflage seiner »Theorie des Romans« von 1963 reklamierte Georg Lukács den Ausbruch des Krieges und eine dadurch hervorgerufene *permanente Verzweiflung über den Weltzustand* (W 114, N 2, S. 6) als auslösende und bestimmende Momente der Zeitdiagnose in seiner Schrift. In der Diktion der »Theorie« blieb die Diagnose allerdings auf abstrakte Bestimmungen begrenzt: auf die einer *gespaltenen Realität*, eines *Risses zwischen Innen und Außen*, einer Diskrepanz zwischen *Wesen* und *Leben.* Als das Mittel, zwischen den so polarisierten Bereichen eine zumindest formale Beziehung zu bewahren und damit den Totalitätsanspruch des klassischen Epos auch für die Moderne aufrechtzuerhalten, galt Lukács – wie Thomas Mann – die *Ironie.* Die folgende Textauswahl konzentriert sich auf Passagen aus der »Theorie«, in denen die Ironie als gegenwärtig notwendige Bedingung einer großen Epik beschrieben wird.

In einer Anmerkung zur Erstveröffentlichung der »Theorie« von 1916, die in spätere Nachdrucke nicht wiederaufgenommen wurde, wies Lukács darauf hin, daß die Abhandlung in der vorliegenden Form *als Einleitungskapitel zu einem ästhetisch-geschichtsphilosophischen Werk über Dostojewsky* geschrieben worden sei – in der Absicht, *sowohl in Bezug auf literarische Form wie auf deren geschichtsphilosophische Bezogenheit den Hintergrund zu zeichnen, von dem sich Dostojewsky – als Künder eines neuen Menschen, als Gestalter einer neuen Welt, als Finder und als Wiederfinder einer neu-alten Form – abhebt.* Die *positive Analyse seiner Werke und seiner geschichtsphilosophischen Bedeutung* sollte *manches hier nur Angedeutete durch den ergänzenden Kontrast zur wahren Evidenz* bringen (W 114, S. 225f.). Der Plan blieb unausgeführt, die Richtungnahme der literarischen und geschichtsphilosophischen Reflexion ist in den letzten Abschnitten der »Theorie« aber doch angezeigt. Im utopischen, der klassisch-idealistischen Ästhetik verpflichteten Bild einer *neuen und abgerundeten Totalität* erscheint die Problematik der Moderne behoben und der Roman durch ein neues Epos ersetzt, das der Ironie zur Vermittlung disparater Elemente nicht mehr bedarf. Es war dieser utopische Ausblick der »Theorie des Romans«, den Ernst Bloch während der Expressionismus-Debatte der dreißiger Jahre gegen Lukács und dessen Realismusbegriff kehrte.

Zum Titel der Vorbemerkung vgl. G. Lukács, Die Seele und die Formen. Essays. Berlin: Fleischel 1911, S. 33.

Anmerkungen

1. St. Zweig, Das neue Pathos. (1909). In: Paul Raabe (Hg.), Expressionismus. Der Kampf um eine literarische Bewegung. München: Dt. Taschenb. Verlag 1965 (= dtv sr 41), S. 17.
2. J. Wassermann, Der Literat oder Mythos und Persönlichkeit. Leipzig: Insel 1910.
3. H. Hesse, Gute neue Bücher. In: *März*, Jg. 4, 1910, Bd. 1, S. 281–283.
4. In: Thomas Mann – Heinrich Mann, Briefwechsel 1900–1949. Berlin, Weimar: Aufbau 1969, S. 101.

5. Eine spätere Charakterisierung der »Betrachtungen« durch Thomas Mann im »Lebensabriß« von 1930: Th. M., Gesammelte Werke in zwölf Bänden. [Frankfurt/M.:] S. Fischer 1960, Bd. 11, S. 129.

6. Vgl. dazu besonders die Gegenüberstellung von ›Ironie‹ und ›Radikalismus‹ im letzten Abschnitt der »Betrachtungen«.

THOMAS MANN 1916

Der Entwicklungsroman.
In: Vossische Zeitung vom 4. 11. 1916. W 115.

»Liebe zu sich selbst« hat, ich weiß nicht mehr welcher Autor gesagt – es war ein geistreicher Autor, so viel ist sicher – »Liebe zu sich selbst ist immer der Anfang eines romanhaften Lebens.« Liebe zu sich selbst, so kann man hinzufügen, ist auch der Anfang aller Autobiographie. Denn der Trieb eines Menschen, sein Leben zu fixieren, sein Werden aufzuzeigen, sein Schicksal literarisch zu feiern und die Teilnahme der Mit- und Nachwelt leidenschaftlich dafür in Anspruch zu nehmen, hat dieselbe ungewöhnliche Lebhaftigkeit des Ichgefühls zur Voraussetzung, die, nach jenem Autor, ein Leben nicht nur subjektiv zum Roman zu stempeln, sondern auch objektiv ins Interessante und Bedeutende zu erheben vermag. Das ist etwas Stärkeres, Tieferes und Produktiveres als ›Selbstgefälligkeit‹. Es ist in den schönsten Fällen das dankbar-ehrfürchtige Erfülltsein der Götterlieblinge von sich selbst, wie es mit unvergleichlich innigem Nachdruck aus den Zeilen spricht:

»Alles geben die Götter, die unendlichen,
Ihren Lieblingen ganz:
Alle Freuden, die unendlichen,
Alle Schmerzen, die unendlichen, ganz.«

Es ist das naiv-aristokratische Interesse an dem Mysterium hoher Bevorteilung, substantieller Vornehmheit, gefährlicher Auszeichnung, angeborener Verdienste, als deren Träger sie sich fühlen; ist die Lust, aus geheimster Erfahrung zu bekunden, wie ein Genie sich bildet, Glück und Verdienst nach irgendwelchem Gnadenschlusse sich unauflöslich verketten: Sie brachte »Dichtung und Wahrheit« hervor; und sie ist recht eigentlich der Geist der großen Autobiographie überhaupt.

Diese Sätze schrieb ich vor Jahren einmal, als ich dem nachgelassenen autobiographischen Roman eines früh Verstorbenen einige Begleitworte mit auf den Weg in die Öffentlichkeit zu geben hatte; und sie fallen mir wieder ein in dem Augenblick, wo ich mich anschicke, einiges aus den Anfängen eines bisher unvollendeten Buches vorzulesen, das sich illusionsweise als Autobiographie eines Schwindlers, eines Hochstaplers gibt. Ein solches Buch ist ein sonderbares Unternehmen, das werden Sie mir einräumen und sich nicht wundern, wenn ich selbst mich nach den tieferen Gründen dieser Konzeption frage, mir es auch nicht als Dünkel auslegen, wenn ich versucht bin und versuche, sie in einen gewissen Zusammenhang deutscher Entwicklung, ja, in einen gewissen politischen Zusammenhang zu stellen. Die Zeit ist es, die uns so denken lehrt.

Nicht wahr, der Roman überhaupt, in seiner Gemischtheit aus synthetisch-plastischen und analytisch-kritischen Elementen ist eigentlich keine sehr deutsche Gattung. Er ist es am wenigsten, sofern er politisch, sofern er Gesellschaftskritik ist. Es gibt unterdessen eine Spielart des Romans, die allerdings deutsch, typisch-deutsch, legitim-national ist, und dies ist eben der autobiographisch erfüllte Bildungs- und Entwicklungsroman. Wir sind ferner, denke ich, einig darüber, daß die Vorherrschaft dieses Romantyps in Deutschland, die Tatsache seiner besonderen nationalen Legitimität, aufs engste zusammenhängt mit dem deutschen Humanitätsbegriff, welchem, da er das Produkt einer Epoche ist, in der die Gesellschaft in Atome zerfiel und die aus jedem Bürger einen Menschen machte, das politische Element von jeher fast völlig fehlte: mit dem deutschen, romantisch-unpolitischen Individualismus also, jenem Bildungsindividualismus, den man mit dem neudeutschen Staatssozialismus zu versöhnen trachtet, indem man ihn seine Ergänzung nennt.

Das wäre gut und schön, wenn wirklich das Spiel nur um die Gegensätzlichkeit und Versöhnbarkeit von Bildungsindividualismus und Staatssozialismus ginge. Die geistige Entwicklung, der Fortschritt in fortschrittlicher Richtung aber, in welchem Deutschland sich seit geraumer Zeit befindet und der durch den Krieg mit höchster Wahrscheinlichkeit einen mächtigen Antrieb erfahren wird, führt in Wahrheit beträchtlich weiter. Es ist das ein Prozeß, für den es vielleicht nicht spricht, daß eine Handvoll zweifelhafter Kunstwörter nötig ist, um ihn zu bezeichnen. Es ist die Politisierung, Literarisierung, Intellektualisierung, Radikalisierung Deutschlands; es ist seine »Vermenschlichung« im westlich-politischen Sinne und seine Enthumanisierung im deutschen; es ist, um das Lieblingswort, den Kriegs- und Jubelruf desjenigen zu brauchen, dessen eigentliche Sache und Sendung die Anfeuerung dieses Prozesses ist, des radikalen Literaten nämlich, die Demokratisierung Deutschlands –, ein sehr summarisches Wort, das alles in allem eine Anähnlichung der deutschen Geistesverfassung an die des europäischen Westens und die des Weltwestens überhaupt besagen will. Der genaue Gradmesser aber für den Fortschritt dieses Prozesses wird das Vortreten des Romans, genauer: des Gesellschaftsromans und der politisch-sozialen Satire im öffentlichen Interesse sein.

Was Wunder nun, wenn auf der anderen Seite, unter der Einwirkung dieses Prozesses, die ursprünglich nationale Form der deutschen Prosa-Epopöe, der individualistische deutsche Bildungsroman, der Zersetzung anheimfiele? Das läge im Gang der Entwicklung, das wäre ganz nach dem Sinne des Fortschritts. Welches war denn aber von jeher das Mittel und Werkzeug aller Zersetzung? Es war der Intellekt. Und welches war immer die Kunstform, in die der Instinktwille zu intellektualistischer Zersetzung sich mit Vorliebe, ja mit Notwendigkeit kleidete? Es war immer die Parodie. Der deutsche Bildungs- und Entwicklungsroman, parodiert und der Schadenfreude des Fortschritts ausgesetzt als Autobiographie eines Hochstaplers und Hoteldiebes –, das wäre dann also der melancholisch-politische Zusammenhang, in den ich dies Buch zu stellen hätte? [. . .]

GEORG VON LUKÁCS 1916

Aus: Die Theorie des Romans . . . I. Die Formen der großen Epik in ihrer Beziehung zur Geschlossenheit oder Problematik der Gesamtkultur.
In: Zeitschrift für Ästhetik und Allgemeine Kunstwissenschaft, Jg. 11, 1916, S. 238, 245, 248, 267–271. W 114.

2.
[Das Problem der Geschichtsphilosophie der Formen]

[. . . 238 . . .] Die große Epik gestaltet die extensive Totalität des Lebens, das Drama die intensive Totalität der Wesenhaftigkeit. Darum kann das Drama, wenn das Sein die sich spontan abrundende und sinnlich gegenwärtige Totalität verloren hat, in seiner Formapriorität dennoch eine vielleicht problematische, aber trotzdem alles enthaltende und in sich abschließende Welt finden. Für die große Epik ist dies unmöglich. Für sie ist die jeweilige Gegebenheit der Welt ein letztes Prinzip, sie ist in ihrem entscheidenden und alles bestimmenden transzendentalen Grunde empirisch; sie kann das Leben manchmal beschleunigen, kann Verstecktes oder Verkümmertes zu einem ihm immanenten utopischen Ende führen, aber Weite und Tiefe, Abrundung und Versinnlichung, Reichtum und Geordnetsein des geschichtlich gegebenen Lebens wird sie niemals aus der Form heraus überwinden können. Jeder Versuch einer wahrhaft utopischen Epik wird scheitern müssen, denn sie muß subjektiv oder objektiv über die Empirie hinausgehen und deshalb ins Lyrische oder Dramatische transzendieren. Und diese Transzendenz kann für die Epik niemals fruchtbar werden. [. . .]

[245 . . .] 3.
[Epopöe und Roman]

Epopöe und Roman, die beiden Objektivationen der großen Epik, trennen sich nicht nach den gestaltenden Gesinnungen, sondern nach den geschichtsphilosophischen Gegebenheiten, die sie zur Gestaltung vorfinden. Der Roman ist die Epopöe eines Zeitalters, für das die extensive Totalität des Lebens nicht mehr sinnfällig gegeben ist, für das die Lebensimmanenz des Sinnes zum Problem geworden ist, und das dennoch die Gesinnung zur Totalität hat. [. . .]

[248 . . .] Die Epopöe gestaltet eine von sich aus geschlossene Lebenstotalität, der Roman sucht gestaltend die verborgene Totalität des Lebens aufzudecken und aufzubauen. Die gegebene Struktur des Gegenstandes – das Suchen ist nur der vom Subjekt aus gesehene Ausdruck dafür, daß sowohl das objektive Lebensganze wie seine Beziehung zu den Subjekten nichts selbstverständlich Harmonisches an sich hat – gibt die Gesinnung zur Gestaltung an: alle Risse und Abgründe, die die geschichtliche Situation in sich trägt, müssen in die Gestaltung einbezogen und können und sollen nicht mit Mitteln der Komposition verdeckt werden. So objektiviert sich die formbestimmende Grundgesinnung des Romans als Psychologie der Romanhelden: sie sind

Suchende. Die einfache Tatsache des Suchens zeigt an, daß weder Ziele noch Wege unmittelbar gegeben sein können, oder daß ihr psychologisch unmittelbares und unerschütterliches Gegebensein keine evidente Erkenntnis wahrhaft seiender Zusammenhänge oder ethischer Notwendigkeiten ist, sondern nur eine seelische Tatsache, der weder in der Welt der Objekte noch in der der Normen etwas entsprechen muß. [...]

5.
[Geschichtsphilosophische Bedingtheit und Bedeutung des Romans]

[... 267 ...] Der Roman ist die Epopöe der gottverlassenen Welt; die Psychologie des Romanhelden ist das Dämonische; die Objektivität des Romans die männlich reife Einsicht, daß der Sinn die Wirklichkeit niemals ganz zu durchdringen vermag, daß aber diese ohne ihn ins Nichts der Wesenlosigkeit zerfallen würde: alles dies besagt eins und dasselbe. Es bezeichnet die produktiven, von innen gezogenen Grenzen der Gestaltungsmöglichkeiten des Romans und weist zugleich eindeutig auf den geschichtsphilosophischen Augenblick hin, in dem große Romane möglich sind, in dem sie zum Sinnbild des Wesentlichen, was zu sagen ist, erwachsen. Die Gesinnung des Romans ist die gereifte Männlichkeit und die charakteristische Struktur seines Stoffes ist seine diskrete Art, das Auseinanderklaffen von Innerlichkeit und Abenteuer. *»I go to prove my soul,«* sagt Brownings Paracelsus [1] und die Unangemessenheit dieses wundervollen Wortes liegt nur darin, daß es ein dramatischer Held sagt. Der Held des Dramas kennt kein Abenteuer, denn das Geschehnis, das für ihn zum Abenteuer werden sollte, wird an der schicksalgeweihten Kraft seiner erreichten Seele bei der bloßen Berührung mit ihr zum Schicksal, zur bloßen Gelegenheit der Bewährung, zur Veranlassung des Offenbarwerdens dessen, was im Akt der Erreichung der Seele vorgebildet lag. Der Held des Dramas kennt keine Innerlichkeit, denn die Innerlichkeit entsteht aus der feindlichen [268] Zweiheit von Seele und Welt, aus dem peinvollen Abstand zwischen Psyche und Seele; und der tragische Held hat seine Seele erreicht und kennt deshalb keine ihm fremde Wirklichkeit: alles Äußere wird ihm zur Gelegenheit des vorbestimmten und angemessenen Schicksals. Der Held des Dramas zieht darum nicht aus, um sich zu prüfen: er ist Held, weil seine innere Sicherheit jenseits von jedem Geprüftwerden *a priori* gewährleistet ist; das schicksalgestaltende Geschehnis ist für ihn nur eine symbolische Objektivation, eine tiefe und würdevolle Zeremonie. (Es ist die wesentlichste innere Stillosigkeit des modernen Dramas, Ibsens vor allem, daß seine Gipfelgestalten geprüft werden müssen, daß sie den Abstand zu ihrer Seele in sich fühlen und ihn in dem verzweifelten Bestehenwollen der Probe, vor die die Ereignisse sie stellen, überwinden wollen; die Helden der modernen Dramen erleben die Voraussetzungen des Dramas: das Drama selbst durchläuft den Stilisierungsprozeß, den der Dichter – als phänomenologische Voraussetzung seines Schaffens – vor dem Drama hätte leisten müssen.)

Der Roman ist die Form des Abenteuers, des Eigenwertes der Innerlichkeit; sein Inhalt ist die Geschichte der Seele, die da auszieht um sich kennen zu lernen, die die

Abenteuer aufsucht, um an ihnen geprüft zu werden, um an ihnen sich bewährend ihre eigene Wesenheit zu finden. Die innere Gesichertheit der epischen Welt schließt die Abenteuer in diesem eigentlichen Sinne aus: die Helden der Epopöe durchlaufen eine bunte Reihe von Abenteuern, daß sie sie aber innerlich wie äußerlich bestehen werden, steht nie in Frage; die weltbeherrschenden Götter müssen immer über die Dämonen (die Gottheit der Hindernisse nennt sie die indische Mythologie) triumphieren. Daher die von Goethe und Schiller geforderte Passivität des epischen Helden [2]: der Abenteuerreigen, der sein Leben ziert und füllt, ist die Gestaltung der objektiven und extensiven Totalität der Welt, er selbst ist nur der leuchtende Mittelpunkt, um den sich diese Entfaltung dreht, der innerlich unbeweglichste Punkt der rhythmischen Bewegung der Welt. Die Passivität der Romanhelden ist aber keine formale Notwendigkeit, sondern es bezeichnet das Verhältnis des Helden zu seiner Seele und sein Verhältnis zu seiner Umwelt. Er muß nicht passiv sein, darum hat jede Passivität bei ihm eine eigene psychologische und soziologische Qualität und bestimmt einen bestimmten Typus in den Aufbaumöglichkeiten des Romans.

Die Psychologie des Romanhelden ist das Wirksamkeitsgebiet des Dämonischen. Das biologische und soziologische Leben hat eine tiefe Neigung in seiner eigenen Immanenz zu verharren: die Menschen wollen bloß leben und die Gebilde wollen unangetastet bleiben; und [269] die Ferne und die Abwesenheit des wirkenden Gottes würde der Trägheit und der Selbstgenügsamkeit dieses still verfaulenden Lebens die Alleinherrschaft verleihen, wenn die Menschen nicht manchmal von der Macht des Dämon ergriffen in grundloser und nicht begründbarer Weise über sich hinausgingen und alle psychologischen oder soziologischen Grundlagen ihres Daseins kündigten. Dann enthüllt sich plötzlich das Gottverlassene der Welt als Substanzlosigkeit, als irrationale Mischung von Dichtigkeit und Durchdringbarkeit: was früher als das Festeste erschien, zerfällt wie vertrockneter Lehm bei der ersten Berührung des vom Dämon Besessenen und eine leere Durchsichtigkeit, hinter der lockende Landschaften sichtbar waren, wird auf einmal zur Glaswand, an der man sich vergeblich und verständnislos – wie die Biene am Fenster – abquält, ohne durchbrechen zu können, ohne selbst zur Erkenntnis gelangen zu können, daß es hier keinen Weg gibt.

Die Ironie des Dichters ist die negative Mystik der gottlosen Zeiten: eine *docta ignorantia* dem Sinn gegenüber; ein Aufzeigen des gütigen und des böswilligen Wirkens der Dämonen; der Verzicht, mehr als die Tatsache dieses Wirkens begreifen zu können, und die tiefe nur gestaltend ausdrückbare Gewißheit: in diesem Nicht-wissen-wollen und Nicht-wissen-können das Letzte, die wahre Substanz, den gegenwärtigen, nichtseienden Gott in Wahrheit getroffen, erblickt und ergriffen zu haben. Deshalb ist die Ironie die Objektivität des Romans.

»Wie weit sind die Gestalten des Dichters objektiv?« fragt Hebbel. »Soweit der Mensch in seinem Verhältnis zu Gott frei ist.« [3] Der Mystiker ist frei, wenn er sich aufgegeben hat und ganz in Gott aufgegangen ist; der Held ist frei, wenn er in luciferischem Trotz sich in sich und aus sich vollendet hat, wenn er – für die Tat seiner Seele – jede Halbheit aus der von seinem Untergang beherrschten Welt verbannt hat. Der normative Mensch hat die Freiheit Gott gegenüber errungen, weil die hohen

Normen der Werke und der substantiellen Ethik in dem Sein des Alles vollendenden Gottes, in der Idee der Erlösung wurzeln; weil sie in ihrem innersten Wesen von dem Beherrscher der Gegenwart, sei es Gott oder Dämon, unberührt bleiben. Aber die Verwirklichung des Normativen in der Seele oder im Werk kann sich von ihrem Substrat, vom Gegenwärtigen (im geschichtsphilosophischen Sinn) nicht ablösen, ohne ihre eigenste Kraft, ihr konstitutives Auftreffen auf ihren Gegenstand zu gefährden. Auch der Mystiker, der über die geformten Götter hinaus zum Erleben der endgültigen und einzigen Gottheit strebt und der es erreicht, ist in diesem seinem Erleben doch an den gegenwärtigen Gott gebunden; und insofern sein Erleben sich zum Werk vollendet, vollendet es sich in den Kategorien, die der geschichtsphilosophische Stand der Weltuhr vorschreibt. Diese [270] Freiheit ist also einer doppelten, einer sphärentheoretischen und einer geschichtsphilosophischen kategorialen Dialektik unterworfen; was an ihr das eigenste Wesen der Freiheit ist, bleibt unaussprechbar: die konstitutive Bezogenheit auf die Erlösung; alles was ausgesprochen und gestaltet werden kann, spricht die Sprache dieses doppelten Dienens.

Aber dieser Umweg über das Sprechen zum Schweigen, über die Kategorie zum Wesen, über den Gott zur Gottheit, ist nicht zu überspringen: ein direktes Schweigenwollen muß zu einem reflexiven Stammeln in unausgereiften historischen Kategorien werden. So ist in der vollendet geleisteten Form der Dichter frei Gott gegenüber, denn in ihr und nur in ihr wird Gott selbst zum Gestaltungssubstrat, gleichartig und gleichwertig allen anderen normativ gegebenen Materien der Form und wird vollständig von deren Kategoriensystem umfaßt: sein Dasein und die Qualität dieses Daseins sind von der normativen Beziehung bedingt, die er – als Gestaltungsmöglichkeit – zu den bauenden Formen hat; von dem Wert, der ihm für Aufbau und Gliederung des Werkes technisch zukommt. Aber diese Subsumierung Gottes unter den technischen Begriff der Materialechtheit der einzelnen Formen zeigt das doppelte Antlitz des künstlerischen Schließens und seine Einordnung in die Reihe der metaphysisch bedeutsamen Werke auf: diese vollendete technische Immanenz hat eine – normativ und nicht psychologisch – vorangehende konstitutive Beziehung auf das endgültige transzendente Sein zur Voraussetzung: die wirklichkeitschaffende, transzendentale Werkform kann nur entstehen, wenn in ihr eine wahre Transzendenz immanent geworden ist. Die leere Immanenz, die nur im Erlebnis des Dichters und nicht zugleich in dessen Einkehr in die Heimat aller Dinge verankert ist, ist nur die Immanenz einer die Risse zudeckenden Oberfläche, die aber nicht einmal als Fläche diese Immanenz halten kann und auch als solche löcherig werden muß.

Für den Roman ist die Ironie diese Freiheit des Dichters Gott gegenüber, die transzendentale Bedingung der Objektivität der Gestaltung. Die Ironie, die das von Gott Erfüllte der von Gott verlassenen Welt in intuitiver Doppelsichtigkeit zu erblicken vermag; die die verlorene utopische Heimat der zum Ideal gewordenen Idee sieht und dieses doch gleichzeitig in seiner subjektiv-psychologischen Bedingtheit, in seiner einzig möglichen Existenzform erfaßt; die Ironie, die – selbst dämonisch – den Dämon im Subjekt als metasubjektive Wesenheit begreift und dadurch, ahnend und unausgesprochen, von vergangenen und kommenden Göttern spricht, wenn sie von

Abenteuern verirrter Seelen in einer wesenlosen und leeren Wirklichkeit redet; die [271] Ironie, die in dem Leidensgang der Innerlichkeit, die eine ihr angemessene Welt suchen muß und nicht finden kann, zugleich die Schadenfreude des Schöpfergottes über das Scheitern aller schwachen Aufstände gegen sein mächtiges und nichtiges Machwerk und das über allen Ausdruck hohe Leiden des Erlöser-Gottes über sein Noch-nicht-kommen-können in diese Welt gestaltet. Die Ironie als Selbstaufhebung der zu Ende gegangenen Subjektivität ist die höchste Freiheit, die in einer Welt ohne Gott möglich ist. Darum ist sie nicht bloß die einzig mögliche apriorische Bedingung einer wahrhaften, Totalität schaffenden Objektivität, sondern erhebt auch diese Totalität, den Roman, zur repräsentativen Form des Zeitalters, indem die Aufbaukategorien des Romans auf den Stand der Welt konstitutiv auftreffen.

Zur späteren Distanzierung Lukács' von der »Theorie des Romans« vgl. die Aufsätze: Mein Weg zu Marx. In: *Internationale Literatur*, Jg. 3, 1933, H. 2; Es geht um den Realismus. In: *Das Wort*, Jg. 3, 1938, H. 6; und das Vorwort zur Neuauflage der »Theorie« von 1963 (W 114, N 2).

Anmerkungen

1. Robert Browning, Paracelsus. In: R. B., The Poems and Plays. Bd. 1, 1833–1844. London: Dent 1906, S. 50.
2. J. W. Goethe, Wilhelm Meister. In: J. W. G., Werke. Abt. I, Bd. 22. Weimar 1899, S. 178.
3. Fr. Hebbel, Tagebücher. In: F. H., Sämtliche Werke. Histor.-krit. Ausg., bes. v. R. M. Werner. 2. Abt., Tagebücher, Bd. 2: 1840–1844. Berlin: Behr 1905, Nr. 2011, S. 45.

Der ›neue Roman‹

In der Literatur des zweiten Jahrzehnts hatte sich insgesamt eine Bevorzugung lyrischer und dramatischer Genres und allenfalls kleiner Prosaformen abgezeichnet. Zu den wenigen Versuchen, die literarischen Prinzipien der Revolte auch dem Roman mitzuteilen, zählten insbesondere Carl Einsteins »Bebuquin« und Heinrich Manns »Die kleine Stadt«. Lion Feuchtwanger beschrieb als literarhistorisch bedeutsamen und anregenden Aspekt der ›kleinen Stadt‹ die Verknüpfung eines *wimmelnden Romanhintergrunds* mit einer *dramatisch fortschreitenden, dramatisch gegliederten Handlung* der Hauptfiguren. Feuchtwanger interpretierte dies als einen Versuch Heinrich Manns, vom Roman zum neuen Genre eines ›Roman-Dramas‹ vorzustoßen (W 117, S. 8). Vom Drama ausgehend strebte Feuchtwanger – durch die Fundierung eines bewegten Einzelschicksals in einem breit entfalteten Zeitbild – das gleiche Ziel an. Im Vorwort zum »Thomas Wendt« hat er darüber Rechenschaft gegeben. Feuchtwanger nannte seinen Versuch einen ›dramatischen Roman‹; der Verlag bot interessierten Theatern eine Bühnenfassung an – *auf zwei Abende berechnet, mit sehr vereinfachter Szenenfolge.* Auch die »Fahnen« von Alfons Paquet erschienen 1924 als ›dramatischer Roman‹. Gelegentlich der Aufführung der »Fahnen« durch Piscator erfolgte dann die Umbenennung des Genres in ›episches Drama‹.[1]

Der Verknüpfung von Prinzipien des Romans und des Dramas durch Feuchtwanger kommt in zweifacher Hinsicht historisches Gewicht zu. Sie begegnet denkbar nachdrücklich den noch im Jahrzehnt zuvor erneuerten Vorbehalten gegen den Roman aufgrund einer überlieferten Rangordnung der Gattungen. Sie trägt zugleich – neben der Genrebezeichnung ist die Zusammenarbeit Feuchtwangers mit Brecht in diesen Jahren Indiz dafür – zur Ausbildung der wichtigsten Dramenform in der modernen deutschen Literatur bei.

In einem Beitrag für die *Neue Rundschau* hatte Alfred Döblin 1917 gegen ein Vordringen dramatischer Elemente im Roman, gegen *verkappte Dramatiker* unter den zeitgenössischen Romanautoren polemisiert. Die Bemerkung, dieser Trend sei *sicher nicht von Deutschen,* sondern *von den Franzosen hergeholt* (W 116, S. 19), macht kenntlich, daß die Polemik gegen Heinrich Mann – möglicherweise auch noch gegen René Schickele – gerichtet war. Döblin begründete seine Vorbehalte damit, daß ein Vordringen dramatischer Elemente die Einführung *klipp und klarer Problemstellungen* in den Roman und eine Konzentration des Romanciers auf *Konfliktschürzung* und *Konfliktlösung* zur Folge habe (W 116, S. 192). In der Kritik an Flakes Romanprogramm von 1919 richtete Döblin seinen Angriff dann direkt gegen philosophische und pädagogische Erörterungen, gegen *Reflexion im Roman.*

Flake hatte sich nach anfänglicher Reserve[2] gegenüber der Literaturrevolte des Jahrzehnts in zwei Beiträgen von 1919 – in Sprachgestus und Wortwahl zumindest – der expressionistisch-aktivistischen Bewegung anzunähern gesucht[3]; auch im Plädoyer für eine Eroberung der *Denkkraft* für den Roman klingt Hillerscher Geistesaktivismus deutlich an. Daß Flakes Vorschlag einer auf der ›Souveränität des Individuums‹ und der Eroberung von Denkkraft gründenden Romankunst schwerlich dem Anspruch genügte, Gegenentwurf zum überlieferten Bildungsroman zu sein, ist von Döblin mit Recht eingewandt worden. Mit dem entschiedenen Eintreten für *Philosophie und Reflexion im Roman* griff Flake gleichwohl einen für die Romandiskussion im folgenden Jahrzehnt zentralen Punkt auf; das Streitgespräch zwischen Ponten und Thomas Mann von 1924/25 und die neuerliche Kontroverse zwischen Döblin und Flake von 1928 zeigen das Gewicht dieser Forderung für die Gruppen- und Frontenbildung unter den Romanschriftstellern in den zwanziger Jahren an.[4]

Die Kontroverse von 1919, die übrigens von Döblin forciert worden war[5], fand im *Neuen Merkur* statt, in dem Wilhelm Hausenstein, Mitherausgeber der Zeitschrift, kurz zuvor die erste Grabrede auf den Expressionismus gehalten hatte[6]. Die zu dieser Zeit sich vollziehende Aufspaltung der expressionistischen Bewegung in das von der Zeitschrift *Sturm* eingerichtete Refugium einer *reinen Wortkunst* und die von der *Aktion* stimulierte Anlehnung an verschiedene sozialistische Gruppierungen ist im Bereich der Romantheorie kaum mehr als ansatzweise in Erscheinung getreten. Einige um Kasimir Edschmid versammelte Autoren und Kritiker, die zuvor vor allem die Novelle und andere kleine Prosaformen gefördert hatten, sahen nun im Roman ein weiteres Feld, auf dem erneut bürgerlicher Individualismus durch eine Mobilisierung irrationaler und mystischer Qualitäten eines *›rasenden Lebens‹* überwunden werden sollte. Franz Jung dagegen, der dem Kreis um die *Aktion* entstammte und dann Mitglied des Spartakusbundes und der KPD geworden war, begab sich auf die Suche nach Vorbildern für eine dezidiert *proletarische Erzählungskunst* (W 122). Als zentrale Kategorie proletarischer Romane stellte Jung den *Gemeinschaftsrhythmus* im erzählten Geschehen vor. In dieser Kategorie und dem auf sie gestützten programmatischen Ausblick Jungs war eines der zentralen Motive der Literaturrevolte bewahrt: die aus der sozialen Abgeschiedenheit der literarischen Intelligenz resultierende forcierte Gemeinschaftssehnsucht; sie war jetzt allerdings geheftet an die Hoffnung auf eine umfassende soziale und politische Veränderung.

Anmerkungen

1. Vgl. dazu die Ausführungen und Hinweise Erwin Piscators in: E. P., Das politische Theater. Faksimiledruck der Erstausgabe 1929. Berlin: Henschel 1968 (= Schriften. 1.), S. 53–59, 274–276.
2. Insbesondere im Aufsatz »Von der jüngsten Dichtung« in der *Neuen Rundschau* von 1915, nachgedruckt bei Paul Raabe (Hg.), Expressionismus. Der Kampf um eine literarische Bewegung. München: Dt. Taschenbuch Verlag 1965 (= dtv sr 41), S. 53–65.
3. Neben dem hier abgedruckten Romanvorwort vgl. auch Flakes Beitrag zu Alfred Wolfensteins *Erhebung:* »Souveränität«. In: *Die Erhebung*. Berlin: S. Fischer 1919, S. 338–347.
4. Vgl. dazu S. 146–156 dieses Bandes.
5. Ein Brief Döblins an Efraim Frisch vom 7. 7. 1919 macht dies kenntlich: A. D., Briefe. Olten, Freiburg: Walter 1970, S. 107.
6. W. Hausenstein, Was ist Expressionismus? In: *Der neue Merkur*, Jg. 3, 1919, S. 119–125.

LION FEUCHTWANGER 1919

Aus: Thomas Wendt. Ein dramatischer Roman. Vorwort.
München 1920, S. 5–7. W 117.

1

Dramatischer Roman. Keiner schlampigen Grenzverwischung soll das Wort geredet sein. Ein Ziel soll gesetzt, ein Weg bezeichnet, ein Ich verzichte nicht! soll erklärt sein.

Keine neue Kunst will sich großspurig auftun. Die Bezeichnung ist neu, nicht die Sache. Dramatische Romane schrieben die Inder, dramatische Romane sind die Tragödien der Griechen, versteht man nur ihre Chöre recht und reißt man die Einzeldramen nicht aus ihrer trilogischen Bindung. Dramatische Romane sind Shakespeares Historien, seine großen Weltbilder, ein dramatischer Roman ist der Faust. Die Liste ließe sich dehnen bis herein in unsere Zeit.

Dramatischer Roman ist der Gegenpol des Anekdotendramas, des Bühnenwerks, das sich darauf beschränkt, eine Anekdote zu dramatisieren und von der Anekdote aus ein Perspektivchen in eine Zeit, in eine Idee, ins allgemein Seelische, ins Leben, in die Welt aufzutun.

2

Roman: ein Weltbild soll gegeben sein, nicht ein Einzelschicksal bloß, ein Zeitbild zumindest, Hintergründe, Unterströmungen, Belichtungen von verschiedenen Seiten, Umwelt, Ursachen und Ziele, das Bewegte und das Bewegende. Ein dramatischer Roman: kein Verweilen soll sein, kein sanftes Vorwärtsgleiten, Betrachtung soll vermieden, gesagte, nicht gestaltete Wertung vom Autor her [6] soll ausgeschlossen sein. Ruckweis empor soll der Weg gehen, auf stark gegliederten Stufen, das gesprochene Wort sei das Hauptmittel, und Objektivierung alles.

Drama: nur die Krone des Baums, vom Sturm geschüttelt, ein geschreckter Vogel vielleicht, sich duckend, gelähmt. Roman: der ganze Baum mit dem Erdreich ringsum, mit seinen Wurzeln, labyrinthisch nach allen Seiten langend, mit den Ameisen, in seinem Moos wimmelnd, mit den Säften, in seinem Mark kreisend, mit seinen Narben, mit dem Kleinleben seiner toten und lebendigen Äste.

Drama: nur die Spitze der Pyramide, blaue Luft darüber und, vielleicht, ein einsamer Betrachter auf dem Gipfel. Roman: die ganze Pyramide mit den Spießbürgern, die auf ihr herumkriechen, mit den Schakalen, die ihren Fuß bepissen, mit den Geiern, die im Blau darüber wegfliegen, mit der endlosen, gelben Wüste ringsum und mit den toten Königen in der gemauerten Nacht ihres Innern.

Dramatischer Roman: ich will nur die Spitze der Pyramide geben, aber ihr sollt spüren, immer wieder sollt ihr gemahnt werden, wie darunter die Basis wuchtet, wie ringsum die Wüste wächst, wie in dem Blau die Geier schweben, wie unter Gold und Spezereien die toten Könige schlafen, und wie neugierige Bürger mit dem Baedeker auf den Stufen herumklettern. *Dramatischer* Roman: ich halte mich nicht auf, und ich halte euch nicht auf, nicht mit der Wüste und nicht mit den Geiern und nicht mit den Königen und nur ganz wenig mit den neugierigen Bürgern. Aber verzichten will ich nicht auf dies alles. Da soll es sein. Seinen Dunst sollt ihr spüren.

3

Warum, werdet ihr fragen, dann kein rechtes Drama oder einen rechten Roman?

[7] Darum: ich glaube nicht, daß es einen rein dramatischen Stoff gibt oder einen rein epischen. In jedem Stoff ist der Keim, ist die Dynamis eines Dramas sowohl wie eines Epos. Bei diesem Stoff, der so stark und gegenständlich um mich, um uns alle ist, spürte ich die Kräfte zuerst, die in dem Helden wirken und sich bekämpfen und ihn verbrennen.

Drama also.

Aber das, was diese Kräfte löst, das, was um den Helden ist, begnügt sich nicht, in einer Einzelseele, und wäre sie die reichste, kämpferischste, sich auszutoben. Es ist zu mannigfaltig, es ist zu sehr voll Widerspruch, es ist zu hart und weich, es ist zu farbig, es kriecht mit zu viel Beinen, es fliegt mit zu viel Flügeln, es lebt zu sehr, es ist zu sehr da, als daß man nicht davon reden, nicht davon schreien, als daß man es nicht machen müßte.

Roman also.

Aber dann wieder, wie das alles zum Ziel jagt, wie zehnmal in der Minute Tod aufklafft und zehnmal Hoffnung aufzuckt, das wirbelt so übers Maß schnell ineinander, daß gesitteter epischer Gang in hinkendem Kontrast stünde zu so gehetztem Geschehen.

Also wieder Drama.

Nein, es bleibt nichts anderes. Drama ist zu eng, Roman zu lahm. Nur so, im dramatischen Roman, nicht anders will, heute, dieser Stoff gepackt sein. [. . .]

OTTO FLAKE 1919

Die Stadt des Hirns. Vorwort.
Berlin 1919, S. 9–11. W 118.

Bei einem Roman der um den Roman zu retten darauf ausgeht die Form des Romans zu sprengen, ist es erlaubt ein Vorwort voranzustellen.

Bildende Kunst läuft mit vollen Segeln von den behaglich bewohnten Küsten des Realismus Impressionismus durch die glückliche Ausfahrt des Expressionismus auf die unbefleckte Insel des *Abstrakten* die sich vielleicht zu einem neuen Kontinent weiten wird, Lyrik quillt aus geöffneter Tiefe des *Simultanen*, Benn Ehrenstein Sternheim formten die Novelle des *Unbürgerlichen* – der Roman ist nicht über den Expressionismus hinausgelangt.

Der neue Roman wird möglich sein durch Vereinigung von Abstraktion Simultanität Unbürgerlichkeit. Es fallen fort konkrete Erzählung Ordnung des Nacheinander bürgerliche Probleme erobertes Mädchen Scheidungsgeschichte Schilderung des Milieus Landschaftsbeschreibung Sentiment.

Thema des alten Romans: gegebene Verhältnisse in die ein Moment der Erregung oder Auflehnung kommt, Kampf Sieg des Bestehenden Abgang des Aufrührers durch Selbstmord oder anerkannte Harmonie, das alles ist rührende aber unverbindliche Tragik der das letzte fehlt, Entschlossenheit Denkkraft wahre Souveränität des Individuums.

[10] Was war der Roman soweit er nicht als verbreiterte Erzählung auftrat? Eine Kunstform in der die Gestaltung des Weltbilds versucht wurde. Seine höchste Form war der Entwicklungsroman, es ging einer durch die Fülle der Erscheinungen und unternahm es ihren Sinn zu finden. Guter Gedanke aber das Machtverhältnis war falsch gesehen: mächtig real gegeben die Verhältnisse Zustände der Welt, schwach demütig gehorsam der Wandrer durch sie. Deutlicher gesagt: die Romane waren dualistisch angelegt, ein moralischer theologischer Sinn in den Erscheinungen, das Apriori, einerseits – der Sucher des Sinns andrerseits. War er aufsässig und empfand Vielheit oder Gleichzeitigkeit der Gesichtspunkte, blieb ihm nichts übrig als zum Mittel des Nacheinander zu greifen wobei ihm stets passierte daß er den letzten Gesichtspunkt doch als den wahren erklärte – nachgebend durch Resignation oder

Harmonie machte er seinen Frieden, der Roman war aus und nichts gesagt, Gleichzeitigkeit nicht gestaltet.

Verworfen Dualismus, proklamiert Monismus der mit Aufklärung der Naturwissenschaft nichts zu tun hat. Der Sinn ist nicht in den Erscheinungen, er ist im Wandrer der ihn in sie trägt. Aber es erhebt sich die entscheidende Frage ob der so hineingetragne Sinn Willkür sei oder nicht vielmehr auch er das Ergebnis der Beschäftigung mit den Erscheinungen der Existenz also doch Reflex des Sinns den man in dem Phänomen Existenz zu finden glaubt. Ganz recht: der Sinn den man zu finden glaubt, den man also mitbringt, aus dem die Produktion erst entspringt – es handelt sich um einen Zentralismus von noch nicht erreichter Intensität, es entrollt die Welt einem Hirn als Vorstellung, um die Achse der Grundauffassung [11] legen sich Kristallisationen, alles was früher primär und Selbstzweck der Schildrung war, Erlebnis Gefühle Stimmungen, wird sekundäres Material Beleg Gelegenheit zur Demonstration, alles wird in den Strudel des kreisenden Mittelpunkts, in die Atmosphäre gezogen in der durch Anlagrung ein Kosmos entsteht rotiert ist. Anschaulichkeit wird überwunden an ihre Stelle tritt Anschauung, der Roman als Projektion.

Von Anschauung, dem Absoluten, her gibt es keinen Unterschied mehr von Phantasie (mattes Wort Damenwort, erlaubt nur noch: Vorstellungskraft) Denken Verstand Reflexion – Erobrung aller dieser Mittel für die Epik, Verzicht auf den Ehrgeiz ein klares leicht lesbares Buch nach bürgerlichem Ideal zu schreiben. Hilflos sitzt Leser da wie er hilflos vor einem kubistischen gar abstrakten Bild steht. Ihr sollt nicht mehr lesen um euch zu unterhalten, auch nicht um durch angenehmes Beiwohnen den Leidenschaften andrer ein wenig zum Sinnen angeregt zu werden; ihr sollt indem ihr den Kosmos eines Hirns anschaut in die denkende ruhende Sphäre der Anschauung, den philosophischen Zustand, gehoben werden. Mühe, hervorgerufen durch die Einschaltung von Erzählungen mit andren Vorgängen Menschen, ist beabsichtigt; ihr sollt euch nicht drei Stunden mit dem Buch beschäftigen, sondern drei Wochen denkend verbracht.

ALFRED DÖBLIN 1919

Aus: Reform des Romans.
In: Der neue Merkur, Jg. 3, 1919/20, S. 189–192. W 119.

»Grands Poètes incendiaires! O mes Frères Futuristes! Voici le grand roman boute-feu que je vous ai promis. Comme notre âme à nous, il est polyphonique. C'est à la fois un chant lyrique, une épopée, un roman d'aventures et un drame. Je suis le seul qui ait osé écrire ce chef-d'œuvre.« [1]

Das war im Jahre 1909. Es sind 10 Jahre um, seit dieser afrikanische Roman *»Mafarka le futuriste«* von Marinetti erschienen ist, und von neuem wird der Roman »gesprengt«. Ich rede von einem Buch Flakes »Die Stadt des Hirns«. Der Zug zu sprengen ist verbreitet; die Malerei sprengt seit langem. Es sind offenbar Menschen gewachsen, denen allerhand zu eng ist. Ich liebe die Erneuerung und die rastlose Frische. Aber wenn ich hier widerspreche, so geschieht es, weil ich den Drang vermisse, der den Wunsch rechtfertigt, den heißen wallenden Überschwang, die Todsicherheit, die nicht zögern darf.

Dieser, der hier redet, Flake, ist keiner, dem nicht alle vorhandenen Formen genügen könnten. Ich fange von vorne an.

* * *

Ein Sprengungsversuch, wo nichts zu sprengen ist. Denn der Roman ist schon lange keine Form mehr. Was ist das für ein »Roman«: der Werther. Und Hölderlins Hyperion: ist das auch ein Roman. Eine Gruppe aus dieser Gattung fällt dem Oberflächlichen besonders auf: der Konfliktroman, die Liebesgeschichte, die Spannungsaffären. Flake mag sie nicht? Mein Gott, so kann er doch nebenan essen, es ist ja soviel Platz. Man will Raum für Reflektion? Man schreibe Essays, man dichte auch herum, es steht ja alles frei. In »Wilhelm Meister« kommen Gedichte vor, in den »Wahlverwandtschaften« und im »Meister« die längsten ästhetischen naturwissenschaftlichen und moralischen Expektorationen. Ist man Feind der Handlung, so macht man keine; will man keinen Roman schreiben, so schreibt man keinen. Es steht ja alles frei und ist ja auch alles dagewesen. Es ist zu begrüßen, daß man [190] den Erzählungsroman und den Entwicklungsroman nicht allein gelten lassen will. Wenn man mehr etwas anderes kann, warum nicht?

Man widerlegt nicht, behauptet nichts. Wozu der Lärm?

* * *

Man will nicht etwas anderes, nicht nur etwas anderes, sondern auch etwas Besseres und Höheres. Und da beginnt die Tragödie. Nämlich Flakes. Er äußert sich in einer Vorrede. [. . .]

Er will erstens Einbeziehung des Reflektiven in den Roman als selbständigen und nicht gelegentlichen Faktor. Er will zweitens eine Lösung der Romanform derart, daß statt des bisherigen Aufziehens an einem Faden eine andersgeartete Schichtung und Gruppierung des Ganzen erfolgt, eine Gleichzeitigkeit, ein Verweilen.

Einbeziehung des Abstrakten und Umkonstruktion des Romans sind keine unzusammenhängenden Maßnahmen, vielmehr zwingt das Abstrakte zum Verweilen, andererseits gewinnt man beim Schichten auch Platz für das Abstrakte und Reflektive, ja es wird hier gefordert.

Mit beiden zusammenwirkenden Mitteln will er den »philosophischen Zustand« herbeiführen. Ich kritisiere dieses sofort. Es ist ein Novum, daß mit einem Kunstwerk ein philosophischer Zustand herbeigeführt werden soll. Er kann zufällig durch ein bestimmtes Kunstwerk herbeigeführt werden, es ist aber ein völliger Widersinn, dies vom Kunstwerk im allgemeinen zu fordern. Die »ruhende denkende Sphäre« ist nicht Ziel eines Kunstwerks. Er greift über den Weg des Sinnlichen das gesamte

Seelische an; nicht Änderung, Klärung und Erweckung von Gedankengängen, sondern Hinstellung von sinnlichen Formungen, die Einfluß nehmen auf Gemütszustände einschließlich Willensantriebe und Geistesbewegungen ist Aufgabe der Kunst.

[191] Ich halte mich zunächst an das Erste des Programms: das Auftreten selbständiger abstrakter Elemente im Roman. Man hört den Schlachtruf »Geist« schon lange. Bei Flake wird die Absicht laut, Geist zu geben und abstrakt zu sein wie die bekannten abstrakten Maler. Geist geben und wie jene Maler handeln, ist nun schon zweierlei. Es ist ein grober und charakteristischer Fehler, daß Flake das nicht merkt. Ich kann die Bemerkung nicht unterdrücken, daß es fatal ist, wenn man Geist bringen will und mit Verwechselungen ins Haus fällt. Denn jene angerufenen Maler wollen abstrakt sein – aber wovon, und dies ist das Wesentliche: von der Realität der Gegenstände; sie wollen diese spezielle Abstraktion, die ganz und gar nicht die Abstraktion der logischen und metaphysischen Begriffe ist; denn die Maler wollen durch Ablösung von der kunstfremden Gegenständlichkeit zu der üppigsten Sinnlichkeit und Selbstherrlichkeit der Farben gelangen und der malerisch spezifischen Gestaltung. Zu diesem Zwecke und aus keinem anderen Grunde abstrahieren sie. Und Flake beruft sich auf sie, wo er für Reflexion und philosophische Zustände wirbt. Wollte man – äußerlich freilich nur – den Maler nachahmen, so müßte man im Gegenteil Logik und Syntax zerschlagen, zum Alogischen im Einzelwort dringen, und wir haben auch in der Literatur solche Bemühungen; hier ist Klarheit.

Die Kronzeugen verlassen ihn also. Zur Sache selbst. Hier ist eine Diskussion nur möglich, wenn man des Grundsätzlichen der Kunst gewiß ist. Es ist mir klar und ich gehe darin konform mit den mir bekannten lebenden und toten Künstlern, daß Wissenschaft und Kunst zweierlei ist, daß sie in Arbeitsmethoden und Darstellungsmitteln von Grund auf verschieden sind. Man kann als Philosoph eine künstlerische schöne Darstellung geben wie Platon, ohne damit aber viel mehr als die Äußerlichkeit eines Kunstwerks nachfühlend nachgebildet zu haben. Im Kunstwerk ist man verpflichtet, sinnlich anschaulich und affektiv zu gestalten. Man ist als Wortkünstler an Worte, die auch Begriffe sein können, gebunden. Es darf gerade hier, wo die Gefahr so groß ist, nie die affektive oder sinnlich gegebene Bindung gelockert werden oder gar aufgehoben. Es ist zweifelhaft, ob es gut und fruchtbar ist, die Grenzen der Künste zu verwischen, es ist absolut schlecht und unfruchtbar, die Grenze von Kunst und Wissenschaft zu verwischen. Die Berechtigung zum Gebrauch reflektiver Sätze und Worte, abstrakter Gedankengänge quillt nur aus dem Affekt, der sich äußern und sinnlich darstellen will; [192] das Reflektive ist nichts, die anschauliche Gestaltung und die Durchblutung des Gedankengangs mit dem Affekt ist alles. [. . .]

Flake veröffentlichte wenig später eine »Erwiderung« auf diesen Aufsatz (W 120).

Anmerkung

1. F. T. Marinetti, Mafarka-le-futuriste. Roman africain. Paris: Sansot 1910. [Vorwort].

KASIMIR EDSCHMID 1920

Aus: Der neue Roman und Wassermann.
In: Die weißen Blätter, Jg. 7, 1920, S. 130f., 133–135. W 121.

Tut Euch nicht dick, Freunde, die Ihr aufs Neue stolz seid. Das war erst der Durchbruch. Noch schleift Ihr die Schenkel Euch ab um den Roman. Nichts ist da, was wie ein Globus kompakt und glasig, wie ein Kuheuter am Belchen voll Saft, kühn wie ein Verführer und voll Zeitdonner und Anklage wie die Stimme Jaurès. Eingänge nach Licht sind geschlagen, die Novelle steht im besten Saft. Noch rauft Ihr um Programme und blökt um Ziele, aber das Querschnittbuch ist noch nicht geschrieben. Weltgefühl ist da, addiert man die Zähler. Es fehlt die Repräsentation. Vous êtes foutus, ein Kropf hängt die Volkstragödie an Euren Hälsen. Wo Ihr bereit steht, endlich mit schönen Netzen den Kosmos einzufangen, fehlt Euch der Tüll, und die Schwünge sind Euch nicht mehr geläufig. Am großen Start versagen Eure Gäule. Noch habt Ihr wie Besessene ums Drumherum zu kämpfen, während Ihr vergeht vor Geilheit, den Geist zu fassen. Nie hatten Eure Vorfahren Zeit. Schließlich braucht's fünf oder sieben Generationen, bis eine Volksart nationalen Ausdruck findet. Wir wurden nach zweien jeweils von den Nachbarn wegen Ungeheuerlichkeiten erledigt oder schlugen uns nach dreien heulend, lachend, selbst die Schädel ein. Als Ihr von den Terrassen Eurer Träume herunterkamt, den neuen Menschheitstag zu grüßen und empfangen, waren die Stufen verschlagen und die Röte über den Seen kam durch den verwilderten Park nicht herauf. Eure Soldaten rühmten sich, mit Faust und Bibel im Tornister zum Krieg gezogen zu sein. Welches Durcheinander, was hat beides miteinander zu tun und welche Dreistigkeit mischt hier Gott mit den Verfluchten? Seht Ihr Euch um, ist Wahnsinn um einige Pyramiden gesammelt. Zwischen Balzac und Dostojewsky ist am Rhein nichts übriggeblieben. Kein deutscher Roman mischt Euer Blut mit europäischen Säften. Ihr habt da und dort ein paar Bücher (Döblins »Drei Sprünge«, Heinrich Manns »Kleine Stadt«, Hauptmanns »Quint«). Nationalistische Hybris will Euren Volksnamen degradieren, und heulen sie deutsch, meinen sie Blöm und Herzog. Noch ist nicht ganz vergessen, wie sie im Vorzimmer des speisenden [131] Kaisers mit Ganghofer die traurigen Siegesmärsche den kämpfenden Armeen zugetrieben. Deutsch heißt nicht annexionistisch, hat mit Talmud und Kalewala mehr zu tun als mit Generalkommandolyrik. Ausgleich muß einmal endlich stattfinden zwischen Eurem Charakter rein menschlichen Gefühls und dem Weltgeist, Zwiesprache zwischen Leid deutscher Kreatur und Demiurg. Das ist das einzige Alphabet göttlicher Dichtung, und nur, ob es sanfter oder wilder erschallt, ist ein Zeichen, obs serbische oder malaische Menschheit singt. Noch sind wir daran, Europa zu nivellieren. Man hört die russische Stimme, Dostojewskys in sich selbst verzehrte, Tankschlachten in den Nerven ausspielende, ungeheuer nach erlösendem Oben sich drängende Demut. Seine Landsleute kommen weiter in die Seele hinein, indem sie sich opfern, und die Termopylen ihres Geistes beginnen stärker als die hellenischen Überlieferungen die Jugend zu ergreifen. Bei France und Flaubert kommt aus der souveränen

Skepsis die Engelsehnsucht untadelig und elegant in die heiligen Prozessuale. Selbst die kleinsten Völker scheinen mit Schallrohren sich anzukündigen. Schweden mit Brodi voran. Am Ende des Zugs für das allerkleinste mit Munch der Norweger Hamsun, neben Gorki und France der größte Romancier Europas. Die deutsche volle Stimme ist nicht in dem Orchester. Einige untadelige Geister bemühen sich um Gehör, aber es scheint, sie schweben im Raum. Keiner ist da, aus dem wie aus einem apokalyptischen Maule die Musik eines Volkes bräche und stürze und wo das deutsche Temperament, jene Mischung aus Güte, Barbarei und Hochmut, sich schrankenlos auflöste in die Einheit des Kosmos, dem sie diente und der Zeit, die sie schallend und freundlich einfügte ins Orgelgerippe ihrer Brust. [. . .]

[133 . . .] Einer hat seine Hand über Euch weggestreckt und einer der wenigen, die vor Eurer Zeit um großes Romanwerk sich bemühten, einer der vier oder fünf, hat vor Euch eine Trompete geblasen. Wassermann. Was er seither geleistet, ist großer Aufwand. Er besitzt, was Euch unerprobt noch, das Können, den Griff, den Griff. Zwar stammt seine Form aus impressionistischen Gefühlslagen, sein Gemälde aus einer Tradition, die beschaulich und malend das Erlebnis bewältigte. Doch war sein Geist immer auf Weites aus, zwar bürgerlich oft in Konflikten und Breiten. Doch nie ohne Lust nach Größe. Manchmal kam er herauf und schaukelte über seiner üblen Zeit. Man muß sehr genau horchen, wenn dieses Können nun Eure Themen und enthusiastische Probleme bewältigen will, denn es ist der Verdacht, daß, wenn die Hände schon jenseits des Flusses an neuen Architekturen klug und geschickt formen, der Geist noch diesseits des Wassers ruhet und Larven sucht, um sich die Augen zu maskieren. Hat dieser den Ehrgeiz, das Zeitbuch zu schreiben, muß es zwei Bogen haben. Der erste zeigt das Seither, das Leben, an dem er jahrelang schon malte, die Gesellschaft, das stolze und farbige Spiegeln der kapitalistischen Epoche. Das zweite muß geben was folgt, das Nachher, die neue Zeit. Das erste muß den Zusammenbruch schildern, unerbittlich sein, das Gesetz aufbrechen und das Gegländz. Der zweite muß den Schwung haben, die Forderung, den Schrei ans Schicksal. Der zweite muß die Vollendung sein, muß den Menschen zum Paradies hinentwickeln, auch in der Zeithölle das Unfehlbare, Göttliche weisen. Sonst ist das ganze Ethos Humbug. Sonst ist das Ganze Schwindel, ein Nichts. Sonst bleibt das Ganze ein kühner Ingenieurkniff, eine Brücke über Festland geschlagen, zwecklos, ein Marnesieg. Ein verantwortungsloses Kunststück. Hohl, verfehlt, verworfen eben des großen Ausmaßes halber, das es plant. Da hilft kein Können, kein Sprachglanz, kein Mal-Virtuosentum, kein Wortplätschern. Steht einer da vor dem Abgrund und schildert, während die anderen einsacken, Herrlichkeit der Blitzzüge und Luxusdampfer, ist er ein Phantast, vielleicht ein Schwätzer, aber kein Verantwortungsvoller, kein Helfer. Darauf kommt es allein an, Talent ist Vorbedingung, guter Wille selbstverständlich. Alles [134] andere ist verbrecherisch. Wassermann macht tatsächlich den großen und staunenswerten kühnen Versuch, den umfassenden deutschen Zeitroman zu schreiben. Er unterliegt völlig.

Es soll die große Welt zuerst gegeben werden. Der Aufwand ist bedeutend. Zwanzig, vierzig Menschen, ebensoviel Schicksale gleiten durcheinander. Das Technische ist vorzüglich, die Kuppelungen, die Konstruktion außerordentlich, die Linien gebrochen, weitergeführt, in langen Atmungen hingestreckt. Jede Vorbedingung die des großen Künstlers. Das Ausmaß ist Dostojewsky. Der Gehalt: Belletristik. Der Russe stürzt in so weit abgestecktes Terrain ein mit einer Psychologie, die wild wie ein Tier, explosiv, aus dem Chaos unzähmbarer Kraft der russischen Seele nicht nach außen, sondern nach innen sich zersetzt. Wassermann hat keine elementare Bindung in den Boden hinein. Er hat Gemischtes, Jüdisches, Deutsches, Österreichisches, Ästhetisches, also viel Vorbereitung für eine Kunst schöner Spiegelungen und idealer Seelenzerlegung, aber nicht das heisere, rauhe Seelenhurra der Naturkraft. Er hat Hirn und zwar mehr als Blut. Das ist schon eine Inkonsequenz im schöpferischen Menschen. Er hat geschickte Hand, geniale Konstruktion, die wechselnden Schicksale laufen wie Springnummern des Automaten – aber er hat nicht Dynamik, die unabwendbare Schicksale schleudert. So wird sein erster Romanteil Konstatierung und lediglich Schilderung, und es mag wahr sein, daß keiner das Jahrzehnt vor den Kriegen so groß und elegant, in solchem Fresko und mit solcher Leidenschaftlichkeit gemalt hat. Damals lebte man wohl, um zu reisen, schlief lange, um gut zu dinieren, nahm Kunst wie Parfüm, Politik wie Poker, lebte einsam, unbeteiligt an der Menschheit. Unendlich einsam im Reichtum und abgeschlossen durch Genuß. Ahnte vielleicht, die Nase zuhaltend, den Vulkan unter sich am üblen Geruch aus dem Innern der Dampfer, aber übertäubte das Grollen der sozialen Welle, die Weltwende bedeutete, indem man sie ignorierte. Wurde vielleicht im besten Falle hypnotisch angezogen, ging hin und sah es, stieg vielleicht hinunter. Aber was war das? Mischung aus Sensation und Magie des Schicksals. Neugier und Blutdünne. Weiter nichts. Aber Thema und Ergebnis des Wassermannschen Romans.

Dies alles Zeug, was da lebt, genießt und glücklich ist, soll ein Querschnitt sein, aber nur Vorbereitung für das Kommende. Jedoch es wird wohl gegen die Konstruktion, aber nicht gegen das Herz des Autors Hauptsache. Da steht mit Kainz und Saharet und Heymel und vielen lebenden, nur wenig kachierten Typen die vorkriegerische Welt jener etwas fauligen Gesellschaft, die Geld und Stellung und gepflegtes Fleisch bis zu einer Sterilität [135] und äußerlich raffinierten Kultur gebracht hat, die beim ersten Ruck zusammenflog. Da stehen wundervolle, von großer Künstlerschaft zeugende Kapitel. Doch nicht jener Sproß des Reichtums, der sich umwendet und in die andere Welt der stinkenden Löcher geht, wie es die Lineatur des Romans verlangt, entwickelt sich hier, spielt Flöte und Klavier seines Schicksalsmarsches. Was gekonnt und vollendet ist, ist das eigentlich Nebensächliche, ist die große Tänzerin, ist der Gourmet Crammon. Das ist mit Liebe und mit oft klassischer Zartheit gemalt. Aber wo sind die Ergebnisse? Angedeutet vielleicht, ein Wind wird wohl gehört, der Laternen dieses Karussels ausbläst. Aber wo bleibt die Verantwortung, wo der Dichter, der anklagt? Nichts. Nur im einzelnen, bei diesem, bei jenem, wird eine Folgerung gezogen. Im großen versagt das alles, hat keinen typischen Wert. Hier liegt schon die Tragik. Das Weltbild versagt. Das Ziel kann nicht werden, da der Dichter verstrickt ist. Es kann sein, daß irgendeiner, der diese Welt haßt, ihre Weiber, ihre Genüsse aber bis zum Exzeß liebt und braucht, menschlich vielleicht zu schwach ist, zu entsagen, aber darunter leidet und in der Sache und in der Wahrheit seine Anklage darum um so heftiger schleudert. Aber wem diese Welt so maßlos imponiert, wer innerlich fasziniert ist von ihr wie Wassermann, kommt nicht frei. Der zieht keine Schlüsse. Der kommt nicht zu Summen. Der macht keinen Strich. Der hat in keiner Weise eine Radikalität der Wahrheit, die künstlerisch allein Wertvolles hinsetzt. Der malt und zeichnet immer noch auf der Oberfläche, während in der Tiefe die Entwicklung sich schon vollzog. Das ist aber ohne Bedeutung. Die Zeit schildert nur der, welcher aus dem Alten das Neue herausentwickelt. Wir haben keine Lust, zuzuhören, wenn um eine Sache herumgeredet wird. Es fehlt uns die Geduld zu Umwegen ohne Ergebnis. Das Motto ist nicht: ich weiß, – sondern: ich kreuzige mich. Die Fahne weht nicht: ich komme dahin, – sondern: ich erkenne, erreiche oder verrecke. Alles andere ist mißverstanden, wird überhört oder verflucht. [. . .]

Edschmid bezieht sich in diesem Essay auf Wassermanns Roman »Christian Wahnschaffe«. Eine erste Bilanz »expressionistischer« Romanversuche – u. a. von Döblin, Krell und Edschmid – zieht wenig später Carlo Mierendorff (W 123).

II

»Krise des Romans« überschrieb Flake 1922 einen Artikel in der *Neuen Bücherschau*. Thomas Mann und Robert Musil nahmen 1926/27 die Losung von der *Krise des Romans* auf. Diagnosen der *Krise* und *Erschöpfung* des Romans und Vorschläge zu seiner Erneuerung oder zur Ausbildung anderer Formen der großen Epik beherrschten die Romandiskussion bis 1933.

Die Parole war neu; die Bedingungen der *Krise* waren im Jahrzehnt zuvor bereits gegeben. Die literarische Revolte nach 1910 hatte im Zuge ihrer Kritik am bürgerlich-humanistischen Lebens- und Kulturideal auch den herkömmlichen Bildungsroman entschieden in Frage gestellt. Eine veränderte Ausrichtung aber und neue Aufgabenstellungen sind für den Roman nicht gewonnen worden. Edschmid, der noch 1920 einen neuen Roman erhoffte und ihn als großen *Zeit- und Gesellschaftsroman* konzipierte (W 121), zog wenig später resigniert Bilanz; für die Ausbildung eines *Gesellschaftsromans* fehlte im 19. Jahrhundert und fehlt gegenwärtig in Deutschland die Voraussetzung: eine – wie Edschmid formulierte – *die Nation repräsentierende Gesellschaft* (W 130).

Die problematische Situation des Romans und das Bewußtsein von der *Erschöpfung* seiner überkommenen Formen manifestierten sich zu Beginn der zwanziger Jahre zunächst im Vordringen und der ausdrücklichen Förderung alternativer epischer Genres: des *Epos* und *epischer Dichtungen* auf der einen, der *Reportage* und *Tatsachenberichte* auf der anderen Seite. Vom »Parzival« Albrecht Schaeffers bis zu Alfred Döblins »Manas« erschien eine nicht unbeträchtliche Zahl von Versepen,

Legenden und epischen Dichtungen[1], die insgesamt nahelegten, das *moderne Epos* als ein aktuelles Problem der literarischen Entwicklung zu erörtern (W 140, 142). Von einem *modernen Epos* als der Alternative zum überlebten Roman war auch im Jahrzehnt zuvor zu Beginn der Revolte die Rede gewesen und Döblins theoretische wie literarisch-praktische Versuche in den zwanziger Jahren geben sich deutlich als späte Realisierungen dieser Ansätze zu erkennen. Als Verfechter einer ausdrücklichen Erhebung ›*epischer Dichtung*‹ über den Roman traten jetzt – und das macht den Bedeutungswandel der Genrebezeichnung vorab kenntlich – Autoren kulturkonservativer Haltung wie Schaeffer und Walter von Molo[2], in erster Linie aber Schriftsteller völkisch-nationaler Orientierung hervor: vor allem Kolbenheyer (W 157, 158) und Wilhelm Schäfer (W 126).

Nachhaltiger als durch diese Abgrenzungen eines Bereichs epischer Dichtungen sind die Funktionen und Möglichkeiten des Romans dadurch in Frage gestellt worden, daß mit der Reportage eine Form des erzählenden Berichts mit deutlich neuen Qualitäten in den Vordergrund trat. Bereits 1926 regten die Bücher des ›rasenden Reporters‹ Egon Erwin Kisch eine Umfrage der *Literarischen Welt* an, ob die *neue Sachlichkeit der Reportage* von entscheidendem Einfluß für die Entwicklung epischer Kunstformen sein werde (W 134). Kischs »Berichte über Sowjetrußland« und die von ihm herausgegebene Chronik der Oktoberrevolution von John Reed[3] gaben den Anstoß, der Reportage für die Ausbildung einer sozialistischen Literatur in Deutschland eine bevorzugte Rolle zuzuweisen. Vor allem in der *Neuen Bücherschau* und der *Roten Fahne* wurde die Reportage als Alternative zum *Roman alter Schule* und zugleich als Vorstufe zu einem *neuen, sozialkritischen* und späterhin *proletarisch-revolutionären Roman* propagiert (W 136, 139).

Für die Förderung und spezifische Ausrichtung der alternativen Genres, zugleich aber für den Austrag entschiedener Kontroversen über die Erneuerung überkommener Formen des Romans kam zwei literarischen Organisationen besonderes Gewicht zu. Es war einmal die Sektion für Dichtkunst, die sich 1926 an der Preußischen Akademie der Künste in Berlin konstituiert hatte. Es war zum anderen der im Oktober 1928 ebenfalls in Berlin gegründete Bund proletarisch-revolutionärer Schriftsteller. Vor allem zu Beginn der dreißiger Jahre diente in beiden Organisationen speziell die Romanpoetik als Gelegenheit zu politischer und ideologischer Frontenbildung.

In der Sektion für Dichtkunst nahm eine Schriftstellergruppe um Thomas Mann eine Auseinandersetzung um den Titel und die Aufgaben der Sektion zum Anlaß, sich im Namen der Republik, die diese Institution ins Leben gerufen habe, gegen Autoren völkisch-nationaler Gesinnung abzugrenzen und diese schließlich aus der Sektion zu verdrängen. Insbesondere Thomas Mann selbst trat im Verlauf dieser Kontroverse dem von Kolbenheyer und Schäfer vorgestellten Programm einer *im Gefühlsleben des Volkes* mystisch verwurzelten Dichtkunst mit der Forderung nach einer essayistischen Romankunst entgegen. Den forcierten Unterscheidungen seiner Kontrahenten zwischen *Dichtung* und *Literatur*, zwischen *Natur* und *Geist, Schöpfung* und *Kritik* begegnete Thomas Mann hier und in anderem Zusammenhang mit der These, daß gerade die Verbindung und Verquickung dieser Bereiche Merkmal und Aufgabe des modernen Romans sei. Die Aufnahme zeitkritischer Essayistik in den Roman rechtfertigte Thomas Mann im Hinblick auf die schwierigen, *streng zum Denken anhaltenden* Zeitverhältnisse und durch Verweise auf die *hochintellektualistischen Kunstprodukte* in der zeitgenössischen französischen Romanliteratur; er hielt auch hier aber daran fest, sein Verständnis vom *modernen Roman* unter Berufung auf Schiller, den *von der Idee, vom Geistigen ausgehenden Dichter*, in der deutschen Bildungstradition zu verankern.[4]

Thomas Mann formulierte damit exemplarisch die Bemühungen bürgerlicher Romanschriftsteller in den zwanziger Jahren, durch Modifizierungen des überkommenen Bildungsbegriffs veränderte Orientierungen zur *geistigen Bewältigung der Welt* zu gewinnen (W 133) und damit die außerordentliche Position des künstlerischen Weltgestalters doch aufrechtzuerhalten. Neben zustimmenden Äußerungen aus dem Kreis der Sektion belegen dies vor allem die Romanentwürfe Musils und Brochs, die ebenfalls auf dem Wege einer Vereinigung *›rationaler‹* und *›irrationaler‹* Elemente neuerlich Totalität herzustellen und damit dem diagnostizierten *Zusammenbruch aller Ideologien*[5], dem *Zerfall der Werte*[6] zu begegnen suchten. Mit der Differenzierung zwischen einem *Bildungsroman der Person* und einem *Bildungsroman der Idee*[7] hat Musil auf die Tradition dieser Programme und die Richtungnahme ihrer Erneuerung eigens aufmerksam gemacht.

Im Bund proletarisch-revolutionärer Schriftsteller stand in den ersten Jahren nach seiner Gründung die ideologische Abgrenzung proletarischer gegen bürgerliche und ›sympathisierende‹ Schriftsteller im Mittelpunkt der literarischen Kritik. Noch 1931 wurde eine Diskussion über literarische Genres – *Reportage oder Roman? Lehrstück oder Theaterstück? Agitationssong oder lyrisches Gedicht?* – zugunsten der Auseinandersetzung über den *ideologischen Inhalt* der Werke zurückgestellt.[8] Die Vernachlässigung dieses Sektors der Theoriebildung beeinträchtigte die Ausbildung schlüssiger Schreibperspektiven und begünstigte das Vordringen von Arbeitsentwürfen, die außerhalb des Bundes entwickelt worden waren: insbesondere Tretjakovs Entwurf einer ›Tatsachenliteratur‹[9], den Tretjakov selbst 1931 in Vorträgen und Arbeitsgesprächen in Berlin vorgestellt hatte; ferner Brechts Thesen zur ›epischen Form‹ des Theaters und die generelle Forderung nach ›Neuerungen‹, die Brecht 1930 im zweiten Heft der »Versuche« veröffentlicht hatte.[10] Sie standen im Zentrum der prinzipiellen Auseinandersetzung, die Georg Lukács 1932 bei Gelegenheit des ›Tatsachenromans‹ von Ottwalt unternahm. Den als *Formexperimenten* sicher unzureichend qualifizierten Versuchen Tretjakovs, Brechts, Ottwalts und auch Ehrenburgs stellte Lukács ein Romanprogramm entgegen, in dem die Anwendung des dialektischen Materialismus als *schöpferische Methode der Literatur* zur zentralen Forderung erhoben war. Insbesondere in der Totalitätsforderung und in der Auslegung des Widerspiegelungsprinzips widersprach dieses Programm den aus der Reportage entwickelten Formen des ›Tatsachenromans‹.

Wiewohl Lukács zunächst nur zur Erläuterung der propagierten Methode französische und russische Romane des 19. Jahrhunderts heranzog, spitzte sich die Kontroverse doch auf die Frage nach dem *literarischen Erbe* zu. Gegenüber den Vorhaltungen der ›Neuerer‹ legitimierte Lukács sein Vorgehen durch Rekurse auf Lenins Thesen zum Erbe Tolstois und auf Engels' Brief über Balzac, der zum ersten Mal 1932 in einer deutschen Übertragung in der *Linkskurve* veröffentlicht worden war und von Lukács zuerst ausgewertet wurde[11]. Der Verlauf der Literaturdebatte im BPRS machte insgesamt jedoch kenntlich, daß einer umfassenden Aufarbeitung des bürgerlichen Literaturerbes und einer Bewältigung der *höheren Aufgaben*, die Lukács im Anschluß an das Programm der Russischen Assoziation proletarischer Schriftsteller formulierte, sowohl die politischen Bedingungen als auch der verzögerte Entwicklungsstand der proletarisch-revolutionären Literatur in der Weimarer Republik entgegenstanden.

Neben den Schriftstellerorganisationen bildete gegen Ende der zwanziger Jahre das Feuilleton der *Frankfurter Zeitung* ein gewichtiges Forum der literarischen Diskussion. Bernard von Brentano, Siegfried Kracauer und Walter Benjamin gaben diesem Feuilleton Profil. Von Benjamin und Kracauer stammen die wohl schärfsten und genauesten Diagnosen der »Krisis des Romans« in den zwanziger Jahren: sie begründeten die Krise in erster Linie in der *Abgeschiedenheit* des Romanciers vom politischen und sozialen Leben und in der *Geschlossenheit* des Romans mit *individuellem Bezugssystem* (W 161 und 164). In der Montage von Dokumenten und der *soziologischen Konstruktion* (W 163) stellten sie Möglichkeiten vor, der Krisis des Romans vorauszueilen und neue ›epische‹ Formen auszubilden.

Unter dem Druck der politischen Entwicklung nach 1933 und den äußerst schwierigen Arbeitsbedingungen der Schriftsteller im Exil sind diese Vorschläge und ebenso die Ansätze zu einem ›Tatsachenroman‹ wenig wirksam geworden. Die veränderten Voraussetzungen trugen im Gegenteil dazu bei, daß die Erörterungen über den Roman in den dreißiger und vierziger Jahren in erster Linie von Bemühungen um die Erneuerung traditioneller Roman- und Erzählformen geprägt wurden.

Anmerkungen

1. Der Herausgeber der Zeitschrift *Orplid* veröffentlichte 1929 einen Überblick und eine Bibliographie zur »Wiedergeburt des Versepos« (W 151).

2. A. Schaeffer, Dichter und Dichtung. Kritische Versuche. Leipzig: Insel 1923. W. v. Molo, Dichterische Konzeption. In: Jahrbuch der Sektion für Dichtkunst 1929. Berlin: S. Fischer 1929, S. 179–205.

3. John Reed, 10 Tage, die die Welt erschütterten. Wien, Berlin: Verl. f. Literatur u. Politik 1927. Kisch stellte dem Buch ein längeres Vorwort voran, in dem er – unter Berufung auf Lenins Vorwort zur amerikanischen Ausgabe – die *wahrheitsgetreue Berichterstattung* zu einer bevorzugten, einem *Großteil aller Romanliteratur* überlegenen *Waffe der Arbeiterbewegung* erklärte (S. VI, IX).

4. Vgl. dazu besonders die Einführung zu einer Lesung aus »Goethe und Tolstoi« in: Paul Scherrer/Hans Wysling, Quellenkritische Studien zum Werk Thomas Manns [Vgl. W 165], S. 149f.

5. R. Musil, Tagebücher, Aphorismen, Essays und Reden. Hamburg: Rowohlt 1955, S. 636.

6. H. Broch, Gesammelte Werke. Bd. 7, Essays II. Zürich: Rhein-Verlag 1955, S. 5–43.

7. R. Musil, [Aphorismus zum] Roman. In: R. M., Tagebücher, Aphorismen, Essays und Reden. Hamburg: Rowohlt 1955, S. 572.

8. A. Kurella, Die Organisierung der revolutionären Literatur. (1931) In: Zur Tradition der sozialistischen Literatur in Deutschland [vgl. W 168], S. 317.

9. Zu dem 1929 in Moskau erschienenen Sammelband »Literatura fakta« leistete Tretjakov mit dem Aufsatz »Die Biographie des Dings« den wohl gewichtigsten und später umstrittensten Beitrag. Jetzt in der Übersetzung von Karla Hielscher in: Sergej Tretjakov, Die Arbeit des Schriftstellers. Aufsätze, Reportagen, Porträts. Hg. v. Heiner Boehncke. Reinbek: Rowohlt 1972 (= das neue buch. 3.), S. 81–85.

10. Anmerkungen zur Oper »Aufstieg und Fall der Stadt Mahagonny«. Jetzt in: B. B., Schriften zum Theater 2. Frankfurt: Suhrkamp 1963, S. 109–126.

11. Vgl. dazu die Nachbemerkung auf S. 31 dieses Bandes.

Entfabelung

Erörterungen über die *»Krise des Romans«* entzündeten sich Mitte der zwanziger Jahre zunächst an der Romanfabel. Gerade für einen Geschichtenerzähler und Fabulierer vom Range Wassermanns, der noch 1926 *Charakterskizzen* als Grundlage für eine *Spiegelung der Epoche* ausgab [1], mußte die Zurückdrängung und Überlagerung der individuellen Fabel in zeitgenössischen Romanen ein beunruhigendes Signal sein. Unter dem Begriff der *Entfabelung* suchte Wassermann die beobachtete Veränderung in der Kompositionsweise von Romanen als einen Ausdruck des gegenwärtigen *problematischen Zeitalters* zu deuten; er setzte dem Trend aber entgegen das entschiedene Bekenntnis zur *unsterblichen Fabel.*

In der »Pariser Rechenschaft« und in einer »Tischrede auf Wassermann« hat Thomas Mann Vorbehalte gegen diese Deutung geäußert. Er wertete es als persönliche Stärke des *großen Erzählers* Wassermann, *von der Krise, in der sich der Roman als Form heute für unser aller Gefühl befindet und für welche ›Entfabelung‹ nur ein halbwegs zutreffendes Wort ist, vergleichsweise wenig berührt zu sein.* [2] Thomas Mann selbst verstand die *Krise* als eine günstige Bedingung für die künftige Entwicklung des Romans. Er versuchte sie treffender zu bezeichnen und zugleich positiv zu akzentuieren, indem er die These der *Entfabelung* durch die einer *Auflösung* des Romans ins Geistige [3] ersetzte – eine Formel, die offenbar ebenfalls erzähltechnische wie ideologische Aspekte umfassen sollte, tatsächlich aber einer Mystifizierung der historischen Entwicklung Vorschub leistete.

Ein Literaturkritiker der *Roten Revue* machte darauf aufmerksam, daß der Verfasser des »Zauberberg« bei diesem Versuch, die Entfabelung des Romans zu legitimieren, in eigener Sache sprach (W 174). Am Beispiel des »Zauberberg«, vor allem aber der »Falschmünzer« von André Gide unterstützte und präzisierte er die Einschätzung Thomas Manns, indem er die »Krise des Romans« auf die besonderen Schwierigkeiten einer ideologischen und kulturpolitischen Orientierung der zeitgenössischen Schriftsteller zurückführte. Wassermann hatte vermieden, den »Zauberberg« als Exempel anzuführen; ihm diente neben anderen das Romanwerk Prousts als Beleg.

Der Aufsatz Wassermanns war 1926 in der *Neuen Schweizer Rundschau* erschienen. Die Zeitschrift setzte die Diskussion 1927 mit einem Beitrag Ortega y Gassets fort, in dem Ortega eine weitgehende Reduktion der Fabel als Voraussetzung dafür beschrieb, der vermeintlichen *stofflichen Erschöpfung* des Romans zu begegnen (W 141). Die Diagnose läßt die von Ortega umrissene Aufgabenstellung für den künftigen Roman bereits durchscheinen: *Nicht in der Erfindung von üppigen Fabeln, sondern in der Erfindung merkwürdiger Seelen erblicke ich die verheißungsvolle Zukunft für die Gattung Roman. Die Möglichkeit, eine imaginäre Geistesfauna zu konstruieren, ist vielleicht das stärkste Werkzeug, das der künftige Roman handhaben kann* (W 141, S. 855).

Trotz einzelner Divergenzen weist Ortegas Begründung des künftigen Romans auf der Konstruktion einer *imaginären Geistesfauna* Verbindungen zur Formel Thomas Manns ebenso wie zu Äußerungen Musils von 1926 auf, in denen Musil seinen Plan zur Gestaltung des *geistig Typischen, Gespenstischen* der gegenwärtigen Epoche erläuterte (W 133). Dabei hat Ortega nachhaltiger als Musil und Thomas Mann darauf bestanden, den Bezirk einer mystischen *Geistigkeit* gegen sozial und politisch *wirkende Wirklichkeit* (W 141, S. 850) abzuschirmen, ihn also vom realen Geschichtsprozeß abzuheben.

Zwei Publikationen aus dem Jahre 1926, Döblins »Manas« und Kischs »Zaren, Popen, Bolschewiken«, haben vor allem durch die Entschiedenheit, mit der sie ideologische und literarisch-formale Alternativen vorstellten, dazu beigetragen, die Erörterungen zur Überwindung der Romankrise auf andere epische Genres auszudehnen. Mit der Rückwendung Döblins zu indischer Mythologie tauchte der Titel des *Epos* wieder auf. Der Bericht Kischs über Arbeits- und Lebensbedingungen in der Sowjetunion markierte die Wende der *Reportage* zu einer proletarisch-revolutionären Literaturform. Die abgedruckten Rezensionen von Musil und von Becher machten die Distanz beider Bücher zur Form und Ausrichtung des zeitgenössischen Romans kenntlich; sie wiesen zugleich dem Roman damit die Richtung, die Krise zu überwinden: durch eine Rückgewinnung des *Rauschs* der alten Epik oder aber auf dem Weg über die *Faktizität* der Reportage.

Anmerkungen

1. H. Aufricht, Was arbeiten Sie? Gespräch mit Jakob Wassermann. In: *Die literarische Welt* vom 21. 5. 1926.

2. Th. Mann, Pariser Rechenschaft. In: Th. M., Gesammelte Werke in zwölf Bänden. [Frankfurt/M.:] S. Fischer 1960, Bd. 11. S. 97.

3. Ebd., S. 97.

KASIMIR EDSCHMID 1925

Aus : Notiz über den Gesellschaftsroman.
In: Amalthea-Almanach 1925, S. 70–74. W 130.

[. . .] Es scheint in der Tat, als wolle mit dem siebzigjährigen France die große Romanschriftstellerei aussterben, die ihre Zeit jeweils repräsentiert hat. Das Zeitalter der großen Epen hat das Mittelalter dargestellt, die großen Dramen von (geographisch gesprochen) Shakespeare bis Racine, von Calderon bis Molière haben sie abgelöst. Dann ward die Gesellschaft Europas vertreten durch die großen Romane von Manzoni bis Balzac, von Dickens bis De Coster, von Swift und Fielding bis Dostojewski und Zola, von Queiroz bis Keller, von Voltaire und Rousseau bis Goldsmith und Scott. Besonders der englische Roman bekam ein europäisches Publikum, weil er bald schlechtweg der Roman des Bürgertums überhaupt wurde. Der französische Roman großen Stils war aristokratisch oder revolutionär [71]. Selbst wo er sich für eine bürgerliche Gesellschaft erhitzte, hatte er die hektische Röte des Kampfes und der staatsfeindlichen Richtung. Denn alles, was scheinbar seit Ewigkeit her in den guten Stuben seiner bürgerlichen Ideale thront, hat auf dem Kontinent erst kurze Zeit Geltung und war vor anderthalb Jahrhunderten noch blutiger Aufruhr.

Die Engländer hatten ihre grundlegende Revolution sehr gesund und sehr früh gehabt. Während in Deutschland die Kunst, als sie zur Meistersingerzeit in demokratische Bürgerhände kam, abscheulich malträtiert wurde, breitete sie sich in England mit pompösem Selbstbewußtsein bürgerlich aus, ja sie schuf mit einer streng moralisierenden Geste, mit den Satirikern Hogarth und Swift, mit den Malern Reynolds und Gainsborough, mit der ganzen Romanliteratur zwischen Sterne und Scott geradezu ein Monument bürgerlich nicht verkümmerter, sondern groß und weltmännisch gewordener Kunst. Die Engländer waren also in der Lage, von ihrem Reichtum abzugeben. Für Walter Scott hat jeweils jeder Deutsche geschwärmt, für Dickens sich töten lassen und mit Goldsmith und Bulwer erst schwärmte und moralisierte er bis in den obersten Himmel seiner Glückseligkeit. Er sah in dieser Literatur eben alles das vollkommen und alles das zu Idealhöhe selbstverständlich erreicht, was er sich im Leben selbst erträumte: Anerkennung seiner Gesellschaftsschicht, strengste Durchführung seiner Moral und höchste Geltung seiner Welteinstellung. Kurz, er sah, während um ihn herum monströse Morddramen [72] entstanden, während ihm unverständliche lyrische Gedichte von größenwahnsinnigen Kunst-Zigeunern hergestellt wurden, während seine Klassiker ihm griechische Harmonien vorsetzten und seine Theaterautoren ihm verhaßte, leichtlebige französische Sitten servierten . . . kurz er sah im englischen Roman sich selbst, sah sein eigenes Leben (und nicht das griechischer Helden oder Verbrecher) plötzlich heroisch erhöht, er erkannte sich wieder und dankte es diesem Dichter mit stärkster Konsumierung seiner Werke. Nur so ist der sensationelle Erfolg der englischen Romane zu erklären. Sie gaben eben das bürgerliche Weltbild, sie gaben eine zur Herrschaft gelangte selbstsichere stolze Gesellschaft. Und da es keine deutsche Gesellschaft und infolgedessen keinen deutschen Roman gab, wurde der englische von der gesamten deutschen Bourgeoisie übernommen. Die bürgerliche Welthaltung ist genau so international wie die sozialistische oder aristokratische. Wo einer in der Welt sich selbst wiederfindet und sich selbst mit seinem ganzen Drumherum aus Tugenden und Idealen bestätigt und geehrt sieht, ist er allemal zu Hause gewesen. Mag er nebenbei noch so sehr die angelernten Phrasen über den verderblichen Internationalismus gefaucht haben.

Der englische Roman war also gleichzeitig der Roman der englischen Macht, der englischen Größe, der englischen Welt. Der deutsche bürgerliche Roman blieb im besten Falle Kleinmalerei fast kuriosen Charakters. Der deutsche Bürgerstand repräsentierte weder die Nation noch ihre Erhabenheit, sondern war eine verkauzte [73] Welt, aus der man höchstens Butzenscheibenromantik zog und die eher stickig als ein Weltbild war. Man konnte daher keine Weltanschauung darauf bauen und nicht vor Europa damit prunken. Die deutschen Dichter begaben sich daher lieber in antike Zeiten oder in romantische Perioden, begannen bei Voltaire wie Wieland, oder bei englischen Epikern wie Klopstock, aber sie mieden die bürgerliche Sphäre. Man kann sagen, das Weltbild der deutschen Literatur sei auf dem Staat der Geister und Traumwesen eher als auf dem der Bürger aufgebaut. Aristokratisch wie die französische Literatur konnte sie sich ebenfalls nicht entfalten und eine bürgerliche Periode vermochte sie nach Rousseau den Galliern auch nicht nachzumachen. Kurz es kam nicht zur Gesellschaft. Es kam also auch nicht zu deutscher repräsentativer bürgerlicher Kunst außer vielleicht bei Keller, dessen zahlreiche Nachahmer bis zu Thomas Mann aber nur gewisse Detailmalereien eines Standes von Bürgern gaben, welche bedeutenden Anklang und literarische Anerkennung fanden, aber alles andere, wie der nationale Ausdruck einer deutschen Gesellschaft waren.

Will daher irgend ein deutscher Schriftsteller Gesellschaft, das heißt al fresco die Zeit, und zwar mit Größe malen, kommt er in die erschrecklichste Verlegenheit. Denn er darf nicht mit Voraussetzungen kommen wie die englischen und romanischen Autoren, weil niemand sie versteht, und er findet schließlich als Schilderungsobjekt kein Volk, sondern lauter Individualwahnsinnige. Er findet keine Sitten, sondern Figuren. Diese Figuren [74] sind aber nicht Typen, hinter denen sich der Horizont nationaler Gepflogenheiten aufstellt, sondern sie sind tatsächlich nur Einzelwesen, deren Meinungen und Schicksale für Deutschland gewöhnlich völlig gleichgültig sind. Es ist sehr lehrreich und amüsant, aber nicht ohne Tragik, wie jeder versucht, aus diesem Dilemma herauszukommen und wie jeder versucht, doch irgendwie zu erreichen, daß man seine literarischen Einzelherrschaften eben für die Repräsentanten Deutschlands hält.

JAKOB WASSERMANN 1926

Aus: Kolportage und Entfabelung.
In: Wissen und Leben, Neue Schweizer Rundschau, Jg. 19, 1926, S. 362–364, 366f.
W 135.

In unserem problematischen Zeitalter liegt die Scheu vor der Wirkung und die Angst vor dem Affekt dicht neben der Unbedenklichkeit, womit man sich beider bedient. Auf der einen Seite genügen die schärfsten Reizmittel nicht mehr, die schlaffen Nerven und müden Gehirne in gewünschte Spannung zu bringen, auf der anderen herrscht, in ungewusster Widerströmung oft nur, eine ans Krankhafte streifende und jedenfalls überbetonte Vorliebe für eine gleichsam geräuschlose Innerlichkeit, ein Wort übrigens, das durch sündhaften Missbrauch bereits so heruntergekommen ist, dass es fast gar nichts mehr bedeutet und dass »Äußerlichkeit« nahe daran ist, sich wieder in Respekt zu setzen. Gegensätze der berührten Art sind freilich den verschiedensten Kulturperioden nicht fremd, vielleicht bedingt und bestimmt sogar die eine Richtung immer die andere, dramatische Steigerung das Idyll, Sturm die Stille, Katastrophe die Flucht in den Winkel oder umgekehrt, Balzac den Lamartine, Gessner die Lenz und Klinger, politisch erregte Diskussionsliteratur einen Stifter oder es erhebt sich aus einer Welt verschwärmter Romantik der gespenstisch unruhvolle Geist eines E. T. A. Hoffmann. Aber die Antithese, die ich über diese Zeilen schrieb, hat tieferen Bezug zu unserem gegenwärtigen Leben, als durch eine bloße literargeschichtliche Analogie klarzumachen wäre. Der Begriff Entfabelung ist mir erst in letzter Zeit durch die Lektüre des Lawrenceschen Romanes *Jack im Buschland* zur Formel geworden, eines höchst ungewöhnlichen Werkes, repräsentativ für eine ganze Gattung, zu der auch, in gebührendem Abstand nach unten, was die künstlerische Kraft und Neuheit betrifft, etwa Anker Larsens *Stein der Weisen* gehört. Schon bei diesem Buch, das ich vor Monaten las, hatte mich, abgesehen von gewissen charakteristisch nordischen Seltsamkeiten, einer alles Figurenhafte tötenden philosophisch-theologischen, bis ins Verworrene ausartenden Grübelsucht, die Mischung von Konturlosigkeit im Verlauf und Geschlossenheit im einzelnen Bild, Dialog oder Schicksal geradezu gequält, und ich suchte nach einem Kriterium dafür. Bei dem Roman von Lawrence, weil er die ungleich bedeutendere Leistung ist, im Menschlichen freier, im Gestaltlichen kühner, im Landschaftlichen und Erotischen alle Bahn der Tradition verlassend, befiel mich die Unruhe in noch höherem Grad. Recht häufig hört man solche Bücher als Weltanschauungsbücher bezeichnen. Das ist bequem, vor allem sagt es herzlich wenig und [363] ist im Grunde auch wohl ein Unsinn, da jedes Buch von Rang in seiner Weise die Welt »anschaut«. Ich finde, das wesentliche gemeinsame Merkmal ist der Mangel an einer Fabel. Aber was ist denn Fabel? Wodurch unterscheidet sich Fabel von Handlung? Worin Handlung von Stoff? Worin Stoff von Motiv? Vielgebrauchte Kenn- und Fachworte, die scharf gegeneinander abzuscheiden jedoch sehr schwer ist, und da die gründlichste Definition oft weniger Licht gibt als das Beispiel, will ich es mit einem solchen versuchen: Raskolnikow. Die leibliche Not, die Verlassenheit des Raskolnikow, seine Liebe zu Mutter und Schwester, das Verhältnis zu Rasumichin, zu Sonja sind Motive; die Art, wie er sich in seiner besonderen Geistes- und Gemütsverfassung mit dieser Not und mit der bürgerlichen Gesellschaft, die sie verursacht, mit seinen Leidenschaften und Ideen auseinandersetzt, ist der Stoff; der Mord an der Pfandleiherin, die allmähliche Entdeckung des Verbrechens samt allen Umständen, die dazu beitragen, ist die Handlung. Die

Zusammenfassung von Motiven, Stoff und Handlung zu einer Stufe um Stufe gesetzmäßig vorwärtsschreitenden, die Erwartung steigernden Metamorphose seines gesamten Wesens ist die Fabel. Sie ist aber zugleich auch das Fundament. In ihr erschließt sich der eigentliche Sinn des Kunstwerkes, sie zeigt sowohl seinen inneren Tiefgang an, wie auch sein äußeres Bewegungsziel, alles nur mittelbar, durch Bild, Schicksal, Figuration. Sie ist der Ring, innerhalb dessen der Dichter seine Gestaltungen spielen lässt, der ihm auf allen Seiten die Grenze zieht, genau zwischen Freiheit und Gesetz, und ihn verhindert, dass seine Gleichniswelt ins Wesenlose stürzt und im banalen wie im höheren Sinn unfassbar wird.

Der Roman von Lawrence, um bei dem Musterbeispiel zu bleiben, ist reich an Motiven, sogar seltenen und starken. Es ist eine neue Welt in ihm und eine neue Betrachtung der bekannten Welt, der Stoff ist gefunden und geschaut, nicht gemacht und erdacht, die Handlung voll Bewegung und Beseelung; eine Fabel hat er nicht, Fabel als Gerüst, als Bett und Ufer der Erzählung, ja als ihr Zentrum und Herz. Gerade seine außerordentlichen Eigenschaften lassen deutlicher als bei minder gewordenen, nicht so groß konzipierten, so glühend erlebten Werken erkennen, woran es ihm gebricht, was er zuletzt vorenthält. Alles Geschehen verläuft in der Fläche, es könnte immer so weiter gehen, Hunderte von Seiten noch, das Buch hört auf, aber es endet nicht. Während die Fabel Verkürzungen, Verwebungen, Hintergründe schafft, bringt die fabellose Handlung nur ein primitives Nebeneinander; auch bei genialster Schilderungs- und Darstellungskunst, von der man in diesem Fall sprechen muß, wird kein [364] Ineinander daraus, weil die Schichtenfolge nach unten und nach hinten fehlt, die verschiedenen zeitlichen und räumlichen Lagerungen, von denen die oberste und vorderste (das, was in Worten zu lesen ist) nur die zufällig sichtbare ist. Die Fabel vereinigt alle Bezüge und Beziehungen in einen Brennpunkt, das Verhältnis der Teile zum Ganzen wird aus einem bloß linearen zu einem radialen, Konstruktion wird organische Gliederung, Rhythmus ist zugleich Blutpulsung. Damit ist aber auch das Wichtige über den Anteil des Lesers ausgesagt und der Weg bezeichnet, der von Interesse zur Ergriffenheit, von geistiger Erregung, sinnlicher Neugier, Freude an exakter Beobachtung, an Stimmungsgehalt und Welterschließung zum Schicksalswissen und zur inneren Verwandlung führt.

Es ist natürlich kaum anzunehmen, dass ein Autor wie Lawrence nicht wüsste oder nicht ergründet haben sollte, wohin er, Meister in seinem Handwerk, mit den Mitteln des Handwerks gelangen kann. So wie dieser Dichter haben ja viele andere, fast alle, die heute in der literarischen Schätzung ganz oben stehen, deutsche, französische, russische, amerikanische, auf die Fabelgebung beinahe mit einer Art von Ostentation verzichtet. Es muss also, was ich Entfabelung nenne, ein besonderer Ausdruck, ein bestimmtes Merkmal der Epoche sein. [. . .]

[366 . . .] In den letzten Jahren haben die Romanschöpfungen Marcel Prousts große Aufmerksamkeit auf sich gelenkt, mit Recht, denn es sind Werke von hohem Belang, in denen sich eine Epoche spiegelt und die sich vor allem durch eine beispiellose Präzision des Details auszeichnen. Aber in ihnen ist zu einer Fabel auch nicht einmal mehr ein Ansatz. Es ist eine andere Kategorie. Man soll die Kategorien nicht miteinander verwechseln, dadurch entsteht die grenzenlose Verwirrung, die aus der Literatur einen Jahrmarkt macht, auch aus der Kunst, der Politik, der Wirtschaft, dem täglichen Umgang. Kein Zweifel, dass wir uns in einer Periode der Entfabelung befinden, es leugnen hieße die Tragweite der meisten Erscheinungen des öffentlichen Lebens verkennen. Es äußert sich in der Suprematie der intellektuellen Betätigungen, wie in einer gewissen kruden Nacktheit und Direktheit der sozialen und persönlichen Beziehungen; in dem, was man »Aussprache« nennt, in dem, was für »Expression« gilt; in der geistigen Auseinandersetzung, die in Büchern an Stelle der Dichtung rückt; in der Leidenschaft für Analyse [367] jeder Art; im Schwinden des Enthusiasmus und im Wachstum des Fanatismus; all dies Ernüchternde, Schleierlose, Betriebsame, Zielstrebige, Anarchische ist Entfabelung. Daneben dann als Ausgleich, Narkotikum und Nervenhammer: Kolportage.

Dabei kann einem wohl bange werden; aber da die Entwicklung den Weg der Spirale einschlägt, kommt man, auf einer anderen Ebene, immer wieder zu den alten Göttern und Idealen. Es gibt zuverlässige Hüter der ewigen Bestände. Wer je die erwartungsvollen Augen eines Kindes auf sich gerichtet sah, während sein Mund mit erregtem Stammeln um »eine Geschichte« bettelte, der weiß, dass die Fabel unsterblich ist.

ROBERT MUSIL 1927

Aus: Alfred Döblins Epos.
In: Berliner Tageblatt vom 10. 6. 1927. W 140.

[. . .] Die Überzeugung, das Epos als besondere Kunstform sei heute im letzten Abwelken, hat gute Gründe für sich; die Nachahmungen der mittelalterlichen Verserzählung, welche vor der Zeit des Realismus die deutsche Bürgerstube entzückten, bedeuteten einen äußersten Tiefpunkt, und wenn trotzdem seither noch bedeutende Dichter, ohne für den Vers geboren zu sein, und nur in einer besonderen inneren Konstellation, Epen geschrieben haben, so war diese deutlich als eine Ausnahme zu erkennen. Entweder drückte sich darin ein spielendes Behagen aus, das sich der archaisierenden Form etwa so bediente, wie man sich eine unendlich lange Zigarre anzündet, um das Tempo der Gedanken zur Träumerei zu verlangsamen, oder es drückte sich ein romantisches Unbehagen aus, dem das Wort des Dichters nicht weit genug von den Worten der Welt wegliegen konnte, die ja manchen Priestern der reinen Dichtung als rettungslos profaniert erscheint. Die wirkliche Führung ist lange schon an den Roman übergegangen, und wenn man sich da, die Produkte der Verlagsindustrie beiseite lassend, an die großen Beispiele hält, so sieht man eine Entwicklung, die sich nicht nur vom Epos entfernt, sondern sogar schon vom Epischen, das heißt jenen mit der Vergangenheit gemeinsamen Elementen, welchen der Roman es verdankt, daß er für eine Art ziviler Form der epischen Dichtung gilt. Denn episch im eigentlichen oder alten Sinn sind am Roman nur noch das Breite, Malende, Verweilende, Fädenspinnende und jenes schwer zu beschreibende »Leserische an sich«, das durch eine eigentümliche Betäubung, Abblendung, Einengung und Entrückung den Leser vorübergehend zwingen kann, auf alle geistigen Fähigkeiten, die ihn im Leben auszeichnen, zu verzichten und atemlos einer unter Umständen völlig albernen Geschichte zu folgen. So paradox es ist, sind, wörtlich genommen, heute weit mehr schlechte Romane epische Dichtungen zu nennen, als gute. Das Intelligentere, Umfassendere, Biegsamere, Schnellere, die Fähigkeit, große Bilder zu gestalten, ohne auf das scharfe Licht der Wahrheit zu verzichten, mit einem Wort, das Eigentliche, die größere und zeitgemäßere geistige Begabtheit, welche den Roman vor den anderen Formen der Dichtung auszeichnet, ist in diesem Sinne unepisch. Zumindest ist der Roman heute schon dadurch in eine innere Krisis gebracht worden, die den Fachleuten bekannt ist, aber auch im Publikum sich äußert als eine mehr oder weniger eingestandene Abneigung gegen das Lange und Dicke der Erzählerei, für das der zeitgenössische Mensch nicht mehr genug Zeit zu haben behauptet, als eine Abneigung gegen die dünne Substanz des erfundenen Lebens, vergleicht man es mit der gedrängten Wirklichkeit, und gegen die naive Selbstgefälligkeit der Erzähler, welche sich noch immer breit wie die Kinderfrauen niederlassen, während die Kinder doch längst nicht mehr die Geduld und Gläubigkeit ihrer Großeltern besitzen. Ich will keineswegs behaupten, daß alle diese Reaktionserscheinungen schon die rechte Form gefunden haben, aber sie beweisen, daß das Epische heute äußerst problematisch geworden ist.

Nicht minder das Mythologische. Noch stehen in den Gärten die Sandsteinpuppen mit Schwert und Bogen, welche unsere Ureltern errichtet haben, aber sie muten sinnlos an, wie verlassene Spielsachen. Unsere Zeit kennt die Mythen dank ihren Forschungen weit besser, als sie früher gekannt wurden, aber sie behandelt sie wie schöne, prähistorische Scherben, die ins Museum gehören. Kein Gedanke daran, daß aus diesen unzähligen Resten von Menschheitsträumen, die von der Wachheit des Denkens überwunden und zerschlagen worden sind, jemals wieder ein Ganzes werden könnte, daß sie Neues ansetzen könnten; sie mögen im einzelnen reizvolle Erinnerungen bedeuten, aber im ganzen glauben wir zu fühlen, daß sie einer zurückgelassenen Bewußtseinsstufe angehören. Es ist nichts so bezeichnend für den Zustand unseres Bewußtseins, wie die Spaltung seiner Neigungen zwischen Musik und Prosa; während die Dichtung sich immer mehr zu Prosa konzentriert und ihre alten Zaubermittel nur noch in der Pillenform des lyrischen Gedichts zur Anwendung bringt, hat sich das Bedürfnis nach Zauber, Entrückung, großer Phrase und religiöser Bewegtheit die Wolkenburg der Musik geschaffen. Diese seelische Doppelexistenz, welche wir zwischen einem zu unlyrischen und einem zu lyrischen, gar nicht mehr an die Wahrheiten der Wirklichkeit gebundenen Zustand führen, ist eine der Ursachen, warum die Künste heute als so artifiziell und das Leben als so mechanisch, das heißt, beide nicht die volle Menschenseele angehend, empfunden werden. Wenn so aber unser Zustand ist, dann ist vielleicht das Bedürfnis nach Mythik, sicher aber nicht das nach Epik – im verloren gegangenen Sinn der Erhebung des Lebens ins Gesanghafte – erledigt, sondern es ist bloß beiseite gedrängt oder vernachlässigt, und kurz gesagt, es gibt nicht viele Fragen, welche für die Dichtung so wichtig sind, wie diese, auf welche Weise man ihr den Rausch, die Götter, den Vers, das Ueberlebensgroße wiedergeben könnte, ohne gipserne Monumentalität und ohne die erreichte Helle unseres Geistes künstlich zu verfinstern. Mit einem Wort, unser Roman hat das Epos so gründlich überwunden, daß sich an der Spitze der Entwicklung bereits wieder das Bedürfnis nach einer Gegenschwingung merken läßt, was durchaus nicht das gleiche ist wie eine Umkehr.

Es ist also weder Laune, noch Zufall, sondern außerordentlich bezeichnend für die nervöse Intensität Döblins, daß er sich als erster in diesen Schwung eingelassen hat, und das sogleich ohne jeden Vorbehalt. Es gibt wahrscheinlich auch andere Möglichkeiten, die sich näher an die heutige Erzählungsform halten könnten, aber es ist sicher die kühnste und den radikalsten Entschluß erfordernde, einfach zur früheren Verserzählung zurückzukehren, um dieser uralten heiligen Schildkröte die Gangart der Gegenwart aufzuzwingen. [. . .]

Zur Stellung des Buches von Döblin in der zeitgenössischen Literaturentwicklung vermerkt Musil abschließend:

Ich weiß nicht, welchen Einfluß dieses Buch gewinnen wird und ob es die Widerstände, die ihm zweifellos nicht erspart bleiben werden, überwinden kann. Deshalb möchte ich nicht austrompeten, daß da etwas geschaffen worden ist, das auf den Entwicklungsgang unserer Dichtung von großem Einfluß sein wird. Aber auch wenn ich es mir kühl überlege, traue ich mich zu behaupten, daß dieses Werk von größtem Einfluß sein sollte!

JOHANNES R. BECHER 1927

Aus: [Rezension zu Egon Erwin Kisch,] Zaren, Popen, Bolschewiken.
In: Die rote Fahne vom 1. 7. 1927. W 139.

[. . .] Reportage in der heutigen Literatur ist: Erkundungsarbeit, Pionierarbeit, Stoßtrupparbeit. Reportage ist die notwendige Vorarbeit, die geleistet werden muß, jedesmal, wenn eine neue Wirklichkeit auftaucht, um das Terrain abzustecken, zu sondieren. Lyrik, Reportage, Kurzgeschichte: sie brechen Schulter an Schulter, die literarische Avantgarde, in das neue Land ein. Sie reagieren sofort, verarbeiten am schnellsten. Das Drama steht schon weiter hinten, das Epos: schwerfällig, zäh, erst wenn eine Etappe bereits erobert und gesichert ist. Ueber die Grenze der Reportage und über ihre Unterlegenheit gegenüber der Dichtung soll ein andermal ausführlich gesprochen werden . . . Die sogenannten »tiefen, kosmischen« Dichter, die vom Reporter immer sprechen: »Jongleur«, »Schaum« – ahnen in ihrer Weltfremdheit und Traumduselei allerdings nicht, wie oberflächlich im Grunde ihre »Tiefe« ist – und daß die Reporter, diese literarischen Fassadenkletterer, tausendmal mehr dem Leben und der Wahrheit abgucken als sie in ihrem mystischen Brunnenloch, in dem sie, sich um sich selbst drehend, ihre Sternentänze produzieren.

Die Eroberung der Wirklichkeit, der Kampf gegen alle Jenseitigkeit, in welcher

Gestalt auch, Erkenntnis der herrschenden Natur- und Gesellschaftsgesetze, Menschenerkennen: das hat sich auch Kisch in seinen *Reiseberichten über Sowjetrußland* zur Aufgabe gesetzt. Kisch weicht nicht vor der sozialen Wirklichkeit aus. Dadurch, daß er sie richtig in den Mittelpunkt seiner Berichterstattung rückt, wird er zu einem Reporter der Wahrheit. (Es lohnt sich, Kisch' eigene Auffassung über Reportage nachzulesen in der »Bücherschau«.)[1] Um die Wirklichkeit zu verändern (dieser Imperativ steht bei Kisch immer, mindestens zwischen den Zeilen), muß man erst einmal die Wirklichkeit so fassen, wie sie ist. *»Zaren, Popen, Bolschewiken«* berichtet von Sowjetrußland, von einer in unserem Sinn bereits veränderten Wirklichkeit. Kisch' künstlerische Fähigkeiten wuchsen an der Größe des Objekts. Unendliche Steppe und das Tempo des sozialistischen Aufbaus sind in seinem Buch. Heroismus des Bürgerkriegs und das »Unheroische« des Alltags – nichts wird verheimlicht, nichts wird schöngefärbt. Schwierigkeiten über Schwierigkeiten, Rückständigkeiten aller Art werden nur so herangeschwemmt, eine ganze Sintflut – aber der feste Block: die Partei, die Revolution weicht nicht. Weicht nicht und wankt nicht, trotz alledem, steht fest und unerschütterlich: vorgeschobenste Position des zwanzigsten Jahrhunderts.

Und Kisch entgeht instinktsicher beinahe immer der Gefahr, die darin liegt, Tatsachen mechanisch aneinanderzureihen, zu summieren. Im entscheidenden Moment springt Kisch los, faßt zusammen, konzentriert, macht einen Strich, zieht den Schluß. Das sieht oft wie eine Rechnung aus, die das Leben, die Geschichte geschrieben hat. [. . .]

Anmerkung

1. E. E. Kisch, Soziale Aufgaben der Reportage. (W 137).

Schriftstellerei und Dichtung

Während einer Festsitzung der Sektion für Dichtkunst am 15. März 1928 hielt Döblin als neugewähltes Mitglied den im folgenden abgedruckten Vortrag über »Schriftstellerei und Dichtung«. Seine polemischen Äußerungen über ein *Herabsinken* des zeitgenössischen Romans auf die Ebene *zweckgetragener rationaler Schriftstellerei* entsprachen durchaus früheren Wendungen, in denen Döblin der *Reflexion im Roman*[1] und einem vermeintlichen *Mißbrauch epischer Formen für essayistische Versuche*[2] entgegengetreten war. Das Plädoyer für eine möglichst *betonierte Mauer* zwischen einem *Schriftstellerroman* und einer auf *unbeschränkter Souveränität von Sprachkunst und Phantasie* gründenden epischen Dichtung legitimierte und befestigte außerdem den von Döblin im Indien-Epos 1927 eingeschlagenen Weg.[3]

Aus zwei Gründen erscheint dieser polemische Vorstoß und zumal der Umstand, daß Döblin ihn in der Sektion unternahm, gleichwohl überraschend. Auf die Frage der Redaktion des *Berliner Börsen-Courier* nach den Aufgaben der Sektion für Dichtkunst hatte Döblin am 25. 12. 1927 – kurz vor seiner Wahl zum Mitglied der Sektion – verwundert zurückgefragt: *Warum hat man apropos die Akademie oder Sektion »für Dichtkunst« genannt? Man hätte doch wissen müssen, daß ein »Dichter« eine komische Sache ist; kannte man die Worte »Schriftsteller« und »Schrifttum« nicht?*[4]

Die Charakterisierung des *Schriftstellers* im Sektionsvortrag als eines *literarischen Exhibitionisten*, als eines auf *praktische Zwecke* fixierten Konkurrenten der Journalistik war zweifellos nicht dazu angetan, eine Namensänderung der Sektion und das im *Börsen-Courier* entworfene Arbeitsprogramm einer *aktiven Sektion* zu befördern. Döblin muß sich darüber hinaus bewußt gewesen sein, daß er mit der forcierten Abgrenzung des *Dichters* gegenüber dem *Schriftsteller* ein Argumentationsschema und Klassifizierungen übernahm, deren sich die national-konservative Fraktion – insbesondere Ponten, Schäfer und Kolbenheyer – bedienten, um der vermeintlichen *Überfremdung* der Sektion durch Schriftsteller *internationalen Typs* zu wehren und eine Bevorzugung der als *spezifisch deutsch* geltenden Dichter bei den Sektionswahlen durchzusetzen[5].

Gegen die Disqualifizierung des Romans zugunsten des *eigentlichen Epos* im Vortrag Döblins erhob Otto Flake Einspruch. Mit der These, daß einzig eine auf die *Problematik* der Moderne reflektierende *labile* Kunstform gegenwärtig legitim und entwicklungsfähig sei und daß allein der Roman diesem Anspruch genüge, erneuerte Flake einen Streit, der bereits 1919 zwischen beiden Autoren über die Berechtigung von *Reflexion im Roman* geführt worden war[6]. Der folgende Nachdruck aus dem Aufsatz Flakes von 1928 beschränkt sich auf einige die frühere Kontroverse weiterführende Passagen. Flake hat darüberhinaus – an das Programm eines *›geistigen Romans‹* von 1922 (W 125) anknüpfend – einen Gegenentwurf zur Epentheorie Döblins vorgestellt; daß auch dieser Entwurf aber – nicht anders als Döblins – an der Voraussetzung mystischer Befähigungen des Dichters festhielt, zeigt Flakes Abgrenzung des reklamierten *geistigen* Bezirks gegen den *Intellekt* des Schriftstellers an.

Die historische Funktion der vielfachen ›Geistes‹-Beschwörung in der Romantheorie der zwanziger Jahre trat deutlicher in den Kontroversen hervor, die in der Sektion für Dichtkunst über die Unterscheidung des *Dichters* vom *Schriftsteller* geführt wurden. Diese Literaturdebatte ist von allgemeinerem Interesse, weil sie einer Frontenklärung zwischen völkisch-nationalen und bürgerlich-demokratischen Autoren diente. Da sie ausschließlich von Romanschriftstellern bestritten wurde, fanden die divergierenden Auffassungen vom Verhältnis des Autors zu seinem Publikum und zu den Zeitverhältnissen in besonderem Maße in Romanen und der Romantheorie ihren Niederschlag.

In einem »Offenen Brief an Thomas Mann« hatte Josef Ponten[7] bereits 1924 die Bezeichnungen des *Dichters* und *Schriftstellers* dem Gegensatz von *Natur* und *Geist* assoziiert und diese Gegenüberstellungen durch einen umfangreichen Katalog weiterer Kategorien zu erhärten versucht. Dieser Katalog bildete in den Auseinandersetzungen der Sektion die Grundlage für Attacken der national-konservativen Autorengruppe gegen eine *intellektuelle, der Natur* und *dem Volk* entfremdete *Zivilisationskultur;* der Brief Pontens bestimmte auf der anderen Seite Thomas Mann, bereits im Jahr der Gründung der Sektion dem ersten Präsidenten Wilhelm von Scholz den Gedanken nahezulegen, *daß man den Namen ›Sektion für Dichtkunst‹ über kurz oder lang als allzu meistersingerlich wird fallen lassen und ihn in ›Sektion für Literatur‹ wird ändern müssen. Dies nämlich würde die Möglichkeit gewähren, sich nicht dauernd auf das rein Poetische zu beschränken, sondern das kritisch-essayistische, historisch-kulturphilosophische Element mit einzubeziehen, was ich für eine geistige Notwendigkeit halte.* [8]

Thomas Mann hat sich in den folgenden Jahren wiederholt zu dem *längst tief langweilig gewordenen Gegensatz zwischen Dichter- und Schriftstellertum, den unsere Konservativen polemisch fortpflegen* [9], geäußert. In der Hauptversammlung der Sektion vom Oktober 1929 brachte er – unterstützt vor allem von Heinrich Mann, Jakob Wassermann und nun auch von Döblin – den Antrag ein, den Namen der Sektion zu ändern und die Aufnahme von Essayisten und Kulturkritikern in die Sektion zu befürworten, um – wie Döblin formulierte – *die Einheit der modernen Geistigkeit* [10] umfassend berücksichtigen zu können. Die Begründungen des Antrags machen kenntlich, daß die Vokabel *›Geist‹* diente, zwischen den polarisierten Begriffen des Dichters und des Schriftstellers zu mitteln. Damit war nicht nur eine veränderte Zusammensetzung der Sektion legitimiert, sondern zugleich das literarische Programm formuliert, Romankunst und zeitkritische Essayistik zu verbinden.

Insbesondere Kolbenheyer begriff sehr rasch die literarischen, ideologischen und auch politischen Implikationen dieses Antrags auf Namensänderung der Sektion. Die Auseinandersetzungen über den Antrag entzündeten sich an den hier abgedruckten Briefen Kolbenheyers und Thomas Manns vom Dezember 1929 und vom Januar 1930, die allen Mitgliedern der Sektion in einem Umdruck zugeschickt wurden. Mit dem Austritt Kolbenheyers, Schäfers und Emil Strauß' und mit der Wahl Heinrich Manns zum Vorsitzenden der Sektion fand die Kontroverse 1931 einen vorläufigen Abschluß.

Anmerkungen

1. Vgl. dazu S. 123 und S. 128f. dieses Bandes.
2. A. Döblin, Die Romane von Franz Kafka. (1927). In: A. D., Aufsätze zur Literatur. Olten und Freiburg: Walter 1963, S. 285.
3. Vgl. dazu die Rezension Musils auf S. 143–145 dieses Bandes.
4. A. Döblin, Die repräsentative und die aktive Akademie. In: A. D., Die Vertreibung der Gespenster. Autobiographische Schriften, Betrachtungen zur Zeit, Aufsätze zur Kunst und Literatur. Berlin: Rütten u. Loening 1968, S. 384.
5. E. G. Kolbenheyer in einem Brief an den Vorsitzenden der Sektion vom Dezember 1927, abgedruckt in: E. G. K., Die Sektion der Dichter an der Berliner Akademie. In: *Deutsches Volkstum*, Jg. 13, 1931, S. 251–252.

6. Vgl. die Dokumente S. 126–129 dieses Bandes.

7. In: *Deutsche Rundschau,* Jg. 51, 1924, H. 1, S. 64–83.

8. Der Brief Thomas Manns ist abgedruckt in: I. Jens, Dichter zwischen rechts und links. Die Geschichte der Sektion für Dichtkunst der Preußischen Akademie der Künste, dargestellt nach den Dokumenten. München: R. Piper u. Co. 1971, S. 244–245; die zitierte Passage findet sich auf S. 245.

9. Th. Mann, Vorwort zu Edmond Jaloux' Roman »Die Tiefen des Meeres«. In: Th. M., Gesammelte Werke in zwölf Bänden. [Frankfurt/M.:] S. Fischer 1960, Bd. 10, S. 707.

10. Aus dem Protokoll der Sektionssitzung vom 10. 1. 1930. In: I. Jens, Dichter zwischen rechts und links [s. Anm. 8], S. 111.

ALFRED DÖBLIN 1928

Aus: Schriftstellerei und Dichtung.
In: Jahrbuch der Sektion für Dichtkunst 1929.
Berlin 1929, S. 72f., 75–78. W 145.

[. . .] Nachdem ich, meine Damen und Herren, Ihnen diese Vorbemerkungen zur Anregung und Erwägung gegeben habe, möchte ich zum eigentlichen Thema meiner Rede kommen. Dieses Thema soll sein: Abgrenzung des Romans vom epischen Wortkunstwerk, Abgrenzung der Schriftstellerei von der Dichtung. Ich habe mir grade dieses Thema genommen, denn ich glaube, daß die Herstellung einer solchen möglichst betonierten Mauer [73] zu den stärksten Dringlichkeiten der heutigen Literatur gehört. Es kann mich dabei nicht stören, wenn etwa romanische Länder diese Trennung nicht scharf machen oder aus der Natur ihrer Mentalität heraus überhaupt keinen Wert auf diese Trennung legen, ich habe mich um die Mentalität von Paris und Rom nicht zu kümmern, ich spreche von dem, was ich hier bei uns sehe. [. . .]

[75 . . .] Der Roman ist besonders in unserer Zeit ein hochkomisches und lächerliches Produkt. Es ist gänzlich unverständlich, wie man auf den Einfall kommen kann, die heutigen Romane in Zusammenhang mit Dichtung zu bringen. Ein Wort sagt: Der Romanautor ist der Halbbruder des Dichters. Das ist sehr schonend ausgedrückt. Er ist vielleicht sein verstorbener Großonkel. Das Unvollkommene, Halbe, der Mißgeburtcharakter des Romans von heute liegt auf der Hand, wenn man sich erinnert, was für Romanarten es da gibt: Der Bildungsroman, – also er will bilden, warum gibt der Autor nicht lieber Unterricht, was verspricht er sich davon, wenn er unentschlossen Gelehrsamkeit mit einer unterhaltenden Fabel zusammenrührt, Tinte mit Eidotter, – der historische Roman, [76] der nach Wahrheit strebt, wo doch sogar die Historiker es aufgeben sollten, nach Wahrheit zu streben, – die schauerlichen Romane der naturalistischen Zeit, die ganze Zeitalter, wie sie behaupten, schildern oder darstellen, – dann Biographien, geschrieben von Leuten, die im übrigen keine Ahnung haben, wie ein Mensch aussieht, wie ein Mensch wächst, und wer von uns weiß das auch wirklich, aber das nennt sich Biographie. Lauter Mischprodukte,

Dinge, die auf zehn halben Wegen stehen bleiben. Was sind diese Romane? Sie stehen ein bißchen mehr von der Wissenschaft weg wie die Historie, drapieren sich mit Requisiten aus den Leihhäusern der älteren Kunst, und in der Regel haben sie einen bestimmten praktischen Zweck: zu unterhalten und etwas ethisch zu erreichen, nun, was der Autor sich als Ethik ausgedacht hat, oder sie wollen politisch agitieren, oder sie wollen sozialkritisch wirken und aufklären, oder sie wollen nur der Ort sein, wo der geplagte Autor sein Herz ausschütten kann, also das literarische Kabinett für Exhibitionisten, literarisches W. C. Nun, das ist ja alles sinnvoll, begreiflich und hat seine Berechtigung. Besonders ein Zeitalter, das mechanistisch ist, wird diese Berechtigung nicht bestreiten, und wir wissen ja auch, wie gern unser Publikum solche Romane liest. Sie sind ihm der Inbegriff der Literatur, die Autoren dieser Druckschriften halten sich für Dichter, und die Leser bestätigen es ihnen liebend gern. Warum soll übrigens auch das Publikum diese Bücher nicht lesen? Sie popularisieren gewisse Vorstellungen, sie machen bekannt mit Land und Leuten, sie machen bequem gewisse Ideologien zugänglich, sie erinnern an vorgefallene Dinge, und man bekommt etwas wie Kenntnis dadurch, sie sind meist nicht langweilig oder nur stellenweise. Also wir haben hier vor uns eine Art Schmutzkonkurrenz bald mit der Journalistik, bald [77] mit der Wissenschaft, bald mit der Ethnologie oder Geographie oder Ethik. Mit der Kunst liegt nie Konkurrenz vor; es wird ja nur einiges aus vorhandenen Kunstwerken gestohlen. Manche dieser »Dichtwerke« legen sogar, das ist der Höhepunkt der Komik, Wert darauf, vollkommen »richtig« zu sein, und, nicht weniger komisch, Wissenschaftler fühlen sich gedrängt, auf – Fehler in der »Dichtung« hinzuweisen. Das kommt davon, wenn sich die Katze blau anstreicht; dann schimpfen die blauen Husaren über sie und sagen, sie wäre kein richtiger Husar.

Es ist, meine ich, bloß schade, daß das Publikum und die Autoren selbst glauben, diese Literatur sei Kunst. Es ist sonst, wie bemerkt, ein praktischer und nützlicher Schriftstellereibetrieb. Es ist illegale Wissenschaft oder illegale Politik oder illegale Ethik. Die Illegalität macht aber nichts. In keinem Fall aber ist es – legale Kunst. Dieses Herabsinken in das Praktische, in das Nützlich-Begreifliche charakterisiert die zivilisatorische Entartung des Kunstwerks.

Dichtung steht im klaren Gegensatz zur zweckgetragenen rationalen Schriftstellerei. Das sieht nun ganz aus, als lehre ich L'art pour l'art, was soviel bedeutet, als lehne ich die Wirkung des Kunstwerks auf das Leben und den lebendigen Menschen ab. Davon kann keine Rede sein. Es ist eine blöde Unterstellung. Aber bestimmt steckt in dem Satz l'art pour l'art die vernünftige Abwehrbewegung: mit der Zeitung und der Belehrung ist es bei uns nicht getan. Auch das Dichtwerk hat seine Zwecke, die auf das Leben und auf die Menschen wirken, aber es sind die spezifischen, sehr komplexen, auch sehr aktuellen Zwecke der Dichtung. Die Dichtung hat nicht nötig, sich ihre Zwecke aus den Parteibureaus und den Lehrbüchern der Ethik zu [78] entleihen. Die Dichtung ist, wie die Kunst überhaupt, ein autochthones Gewächs, sie hat eigenen Wuchs, und die Gesetze ihres Wachstums sind ihre Gesetze.

Ich gebe hier zwei wesentliche Unterscheidungsmerkmale des epischen Dichtwerks an: Souveränität der Phantasie und Souveränität der Sprachkunst. [. . .]

Döblins Vortrag erschien zuerst in einer stark gerafften Fassung in der *Literarischen Welt* vom 30. 3. 1928. Als den ›Gegenpol‹ epischer Dichtung führte Döblin dort nicht die ›Romanschriftstellerei‹, sondern die ›Reportage‹ an; die Polemik war damit entschiedener gegen die Schriftstellergruppe um Joh. R. Becher und E. E. Kisch gerichtet (vgl. dazu W 134, 136 u. 139).

OTTO FLAKE 1928

Aus: Der Roman heute und morgen.
In: Neue Schweizer Rundschau, Jg. 21, 1928, S. 700, 703 f. W 146.

I.

Es macht sich eine Reaktion gegen den Roman bemerkbar. Sie wird nichts an der Tatsache ändern, daß er *das* geistige Ausdrucksmittel unserer Zeit geworden ist. Weder der – nach meiner Meinung recht kurzsichtige – Versuch der neugegründeten Akademie, Dichter und Schriftsteller zu trennen, wird die Entwicklung aufhalten, noch der wenig durchdachte Einfall Döblins, gegen den Roman das »eigentliche« Epos auszuspielen.

Was sollen theoretische Abgrenzungen, wenn in der Praxis die Gebiete ineinander übergehen?

Hand und Fuß hat allein die Methode der Franzosen (die wahrhaftig etwas von diesen Dingen verstehn), zwischen dem Versdichter und dem Prosadichter zu unterscheiden. Es ist eine formale Unterscheidung, also ist sie klar und führt nie zu Haarspaltereien wie bei uns, wo man immer in Sorge schwebt, ob ein Roman auch »dichterisch« sei, und durch einen falschen Ausgangspunkt zu der Konsequenz gedrängt wird, Prosa im Grunde für undichterisch zu halten. Da man aber nicht gern so weit geht, bleibt es eben bei der für das deutsche Reflektieren so bezeichnenden Unsicherheit, oder, was noch schlimmer ist, beim Unsichermachen der jungen Schriftsteller, die sich bemühen werden, »möglichst« dichterisch zu sein – sie kopieren schon alle Knut Hamsun. [...]

VI.

[703] Ich erwähnte den Versuch eines Romanciers, gegen den Roman das »eigentliche« Epos auszuspielen. Aber der Roman von heute ist die direkte und legitime Fortsetzung, er ist die Weiterbildung des Epos. Die legitime auch dann, wenn es trotz ungeheurer Hervorbringung nur wenige geschlossene Kunstwerke geben sollte – was nicht einmal der Fall ist. Die Legitimität besteht darin, *daß* man weiterbildet. [...]

VII.

Will man heute nicht ein ganz strenger Künstler von bewußt antimoderner Haltung sein, so muß man nachgeben. Man erklärt: was [704] immer uns beschäftigt, sei Material, mögliches Thema, möge ruhig freigegeben werden, also z. B. Ideen, Reflexion, Raisonnement, Problematik, Analyse, die ganze Zeitlichkeit.

Leicht möglich, daß dieses Nachgeben bei den Köpfen zweiten Ranges zu unerfreulichen Ergebnissen führt. Aber das besagt nichts dagegen, daß es keinen anderen Weg gibt, um die zwei notwendigen Eigenschaften der Elastizität und des Mutes zu züchten. Elastizität: man hält Schritt, Mut: man nimmt das Unkünstlerische auf sich, in der Voraussetzung, daß es auch in der Kunst wertvoller ist, gefährlich zu leben, als bequem.

Nur Begabungen von echter künstlerischer Kraft können dieses Experiment wagen; nur ein religiöser Mensch kann ja Apostat werden. Indessen, der Fall liegt nicht so schlimm, daß man wirklich Apostat der Kunst werden müßte, wir werden gleich sehn.

Die Zeit, ihr Tempo, ihre Hochflut von Fragestellungen, ihre Problematik, brauchen eine *labile* Kunstform, oder sie gelangen überhaupt zu keiner mehr. Diese labile Kunstform ist der Roman. Er allein hat noch ganz große Entwicklungsmöglichkeiten, während Drama und Lyrik gewiß erschöpft sind. Ich denke manchmal: wie verhielte sich heute Goethe? Antwort: gar nicht goethisch, zunächst, sondern wandlungsfähig, gefüllt mit der Überzeugung, daß, wenn Kunst unmöglich sei, auch das als Phase im Erlebnis oder meinetwegen im Plan des Demiurgen gelten müsse – was vermutlich bereits wieder goethisch klingen dürfte.

Der Mut zur labilen Kunstform begründet die Legitimität des Romans. Es handelt sich um eine ehrliche Kunstform, die nicht grundsätzlich abgeschlossen ist und darauf vertraut, daß jedes konsequent durchgeführte Experiment zu Ergebnissen führen muß. [. . .]

ERWIN GUIDO KOLBENHEYER 1929

Aus: [Brief vom 24. 12. 1929] An die Preußische Akademie der Künste, Sektion für Dichtkunst.
[Typoskript im Archiv der Preußischen Akademie der Künste, Berlin.] W 158.

Sehr verehrte Herren Kollegen!

Manche Entschließungen der Sektionssitzung am 28. und 29. Oktober 1929 hält der Unterzeichnete für so wesentlich und weittragend, daß er sich zu einer Aeußerung verpflichtet fühlt. Abwesenheit vom Hause und unmittelbar folgende Arbeiten haben eine frühere Stellungnahme verhindert.

Noch besitzt die Sektion für Dichtkunst kein gültiges Statut und fristet Rechte und Pflichten der Mitglieder unter Zusagen und Uebereinkünften, aber schon scheint ihr Name unhaltbar. Bloße Umbenennung steht nicht in Frage, es handelt sich kaum zweifelhaft um eine Aenderung der inneren Einstellung der Sektion.

Die ersten Mitglieder der Sektion sind von dem wählenden Gremium unter dem Begriff *Dichtkunst* aufgerufen worden und haben damals ohne Zweifel ihrer Mehrzahl nach einen zum mindesten gefühlsmäßigen Inhalt mit diesem Begriffe verbunden. Etwa folgenden: Dichtkunst ist die emotionelle Führung und Befreiung eines

Volkes durch das Kunstmittel der Sprache. So tief sie jedoch im *Gefühlsleben* ihres Volkes wurzelt und so [2] weit sie sich des Mittels der Gefühlserregung bedient, um ihre »Funktion« zu erfüllen, so wenig kann Dichtkunst in einer Weise zum *Geistigen* in Gegensatz gestellt werden, daß man, um gleichsam das geistige Element auf sprachlichem Formgebiete vertreten zu wissen, die Sektion für Dichtkunst über die Dichtung hinaus erweitern müsste. Dichtkunst *ist* vergeistigtes Gefühl. Sie umfaßt die Mittel der Geistigkeit und bleibt der Geistigkeit, möge sich diese einer vollendeten Form bedienen oder selbst sentimentalisiert werden, nicht nur überlegen, sondern ist auch stets vom empfangenden Volke als aller Geistigkeit überlegen gewertet worden.

Der Unterzeichnete vermutet, daß eine Anzahl von Mitgliedern der Sektion ihre Wahl unter solcher Einstellung angenommen haben. Das Wort *Dichtkunst* kann für eine Anzahl Mitglieder die Bedeutung einer ausschließenden, charakteristischen Schaffens-, ja Lebenshaltung haben. Weder der Begründer der Sektion, noch das ernennende Gremium werden unbedacht auf das Wort Dichtkunst verfallen sein, denn nur die hohe Deutungsmöglichkeit dieses Wortes konnte dem Volke das Herausheben einer kleinen Anzahl Schaffender aus der Menge der literarisch Tätigen gerechtfertigt erscheinen lassen. So muß es der Unterzeichnete bedauern, daß Aeußerungen wie: »die Sektion für *Dichtkunst* erscheint anachronistisch« (Döblin) oder gar »die etwas lächerliche Bezeichnung »Dichtkunst«« (Wassermann) – in einer Sitzung der Sektion für Dichtkunst fallen konnten und in den Verhandlungsberichten festgelegt bleiben.[1] Beschämend, daß diesen Entgleisungen nicht begegnet wurde. [3] Nicht Schulsinn und Schulform haben den Begriff *Dichter* geschaffen, sondern eine bestimmt faßbare schöpferische Fähigkeit und bildnerische Leistung innerhalb des überindividuellen Lebens eines Volkes. Es gibt keinen Ort in Deutschland, wo dies tiefer, ja leidenschaftlicher gefühlt werden sollte, als eben die Sektion für Dichtkunst. [...]

In brieflichen Stellungnahmen vom Januar 1930 stimmten Wilhelm Schäfer, Wilhelm v. Scholz, Hermann Stehr und Emil Strauß den Ausführungen Kolbenheyers vorbehaltlos zu. Ludwig Fulda stimmte *wenn auch nicht in allen Teilen ihrer Begründung, so doch in ihren Ergebnissen* den Äußerungen *nachdrücklich bei.* Hermann Hesse gab Kolbenheyer *vollkommen recht, ohne doch dessen Wunsch nach Aufrechterhaltung der bisherigen Fiktion zu teilen, als ginge es bei unserer Sektion um Dinge, die mit dem Begriff des Dichterischen zu tun haben.* Gegen die Ausführungen Kolbenheyers wandten sich neben Thomas Mann (s.u.) Ricarda Huch, Jakob Wassermann, Heinrich Mann und Arthur Schnitzler (Briefe sämtlich im Archiv der Preußischen Akademie der Künste, Akademie der Künste, Berlin).

Anmerkung

1. Protokoll der Sitzung vom 2. 10. 1929, S. 9f. In: [Archiv der Preußischen Akademie der Künste, Akademie der Künste, Berlin].

THOMAS MANN 1930

Aus: [Brief vom Januar 1930] An die Preussische Akademie der Künste, Sektion für Dichtkunst.
In: P. Scherrer / H. Wysling, Quellenkritische Studien zum Werk Thomas Manns. Bern, München 1967, S. 229–231. W 165.

[. . .] Es ist kein Zweifel, daß, wie Kolbenheyer sagt, das Dichterische (womit ja nicht irgendwelche Pegasusdressur und Frühlings-Reimschmiederei, sondern immer sehr Strenges, Hohes und Kühnes gemeint ist) das Geistige mitumfaßt. Aber leidenschaftlich sprachverbundene Geistigkeit umfaßt auch das Dichterische, und auch dies ist eine Begründung für Kolbenheyers Satz, daß Dichtung nicht zum Geistigen in Gegensatz gestellt werden darf. Tatsächlich sind die stärksten führenden und befreienden Wirkungen emotionell-sprachkünstlerischen Gepräges seit dem Ende des 19. Jahrhunderts nicht von einem Adepten der »Dichtkunst«, sondern von einem großen Prosaisten und Kulturkritiker, Nietzsche, ausgegangen; und wenn wirklich »das Volk« irgendwelche Dichtkunst derselben Jahrzehnte diesem Phänomen dichterischer Geistigkeit und geistigen Dichtertums für grundsätzlich »überlegen« halten sollte, so wäre es [229] meiner Meinung nach in einem solchen frommen Vorurteil nicht konservativ zu bestärken, sondern mit milder Autorität eines Besseren zu belehren.

Kolbenheyer spricht von »sentimentalisierter Geistigkeit«, die, in den Augen des Volkes und in den seinen, eigentlicher Dichtkunst als vergeistigtem Gefühl nicht das Wasser reiche. Es ist gefährlich, in diesem Zusammenhang den Begriff des Sentimentalischen heraufzurufen, denn er erinnert an Schiller, den von der Idee, vom Geistigen ausgehenden Dichter, der dieser *moderneren* Erscheinungsform des Dichterischen eine unsterbliche Apologie, den klassischen Aufsatz des Deutschen gewidmet hat. Sein größter Bewunderer und Schüler im 19. Jahrhundert war Ibsen, von dem es ein Wort gibt, dahingehend, aus jedem seiner Stücke hätte ebenso gut ein Essay werden können. Was Lessing betrifft, dessen Andenken jüngst von unserer Akademie mit besonders beziehungsvoller Herzlichkeit gefeiert wurde [1], so hat er, anständiger Weise, den Titel eines Dichters selbst abgelehnt, und noch heute ist der Streit, ob er einer war, oder nicht, unter Literarhistorikern nicht verstummt, – eine querelle allemande, die schon Friedrich Schlegel für die allermüßigste erklärt hat. [2] Muß man denn durchaus ein Dichter sein, wenn man ein Lessing ist? Auf jeden Fall wäre der emotionelle Verfasser des Anti-Goeze in der literarischen Sektion einer Akademie der Künste recht wohl am Platze gewesen. [. . .]

E. G. Kolbenheyers Name ist vor allem als der eines bedeutenden Romanschriftstellers [230] gefeiert. Nun, den Romanschreiber hat noch Schiller den »Stiefbruder des Dichters« [3] genannt, die Form des Romans also nicht, oder kaum, zur Dichtkunst gerechnet. Teilt der Autor des »Paracelsus« diese historisch überholte Auffassung? Dann müßte er selbst sich in einer Akademie der Dichtkunst, die rigoroser Weise nur Lyrik, Drama und Versepos zulassen dürfte, als fehl am Orte empfinden. Aber

Zeit und Entwicklung sind für ihn. Der Roman, die epische Prosa-Komposition, mit ihren starken Einschlägen von Untersuchung, Betrachtung, Sozialkritik, Psychologie, Moralistik, Schriftstellertum, ist die heute europäisch herrschende literarische Kunstform, und die Akademie hat dieser Tatsache Rechnung getragen, indem sie eine ganze Reihe ausgesprochener Prosaisten, Romanciers und Essayisten, Wassermann, Döblin, Frau Huch, Leonhard Frank, von Molo, meinen Bruder und mich selbst – Autoren von denen mehr als einer nie einen Vers veröffentlicht hat – unter ihre Mitglieder aufnahm. Leier und Bogen galten immer als Werkzeuge ein und desselben Gottes, aber es ist nur zu begreiflich, daß in einer problemgequälten und streng zum Denken angehaltenen Zeit, wie der unserigen, geist- und kunstgetragene Kritik ihr Lebensrecht neben, ja vor einer kaum noch existenten und meist minderwertigen gestalterischen Unschuld behauptet. Einer der in Deutschland populärsten zeitgenössischen Auslandsromane, Rolland's »Jean Christophe«, ist zu einem Dritteil unverhüllte zeitkritische Essayistik. André Gide's »Falschmünzer«, Meisterwerk und Merkzeichen zugleich für die Krisis, in der der moderne Roman sich fruchtbarer Weise befindet, sind ohne Zweifel ein hochintellektualistisches Kunstprodukt. Das sind Franzosen? Aber den großen Mittelraum einer der interessantesten deutschen Romandichtungen der jüngsten Zeit, ich meine Hermann Hesse's »Steppenwolf«, nimmt, als Kernstück, ein Essay ein. Was ist es mit den Dichtern? Sie sind es, wie es scheint, die die besten Essays verfassen, und wenn es unserer Schriftstellerakademie recht, billig und zeitgemäß scheint, doch auch »einige Essayisten« in ihre Mitte zu berufen, so steht es um die Personenfrage zweifellos schwieriger und unklarer als um das durch und durch gerechte Prinzip. Sollte aber zum Beispiel Rudolf Kaßner die besondere Freundlichkeit haben, einem solchen Rufe zu folgen, so meine ich nicht, daß das für E. G. Kolbenheyer ein Anlaß sein sollte, unter Protest gegen die Veräußerung höchster Grundsätze die Sektion zu verlassen. Es wäre, meine ich, nicht schön, nicht schlicht, nicht klug von ihm, die Schaffens-, ja Lebenshaltung des Platoübersetzers und außerordentlichen geistigen Künstlers Kaßner für weniger »ausschließend« zu halten als seine eigene.

Ich müßte alles mißverstanden haben, wenn auch nur die Rede davon sein könnte, die Akademie beabsichtigte mit der geplanten Namensänderung dem Eindringen aller möglichen Literatenkrapüle Tür und Tor zu öffnen. Ich weiß [231] nicht mehr, ob es im Protokoll stand, aber ausgesprochen wurde, wir alle wüßten im Stillen ganz genau, wo die Grenze zu ziehen sei. Nicht auf Niveausenkung ist es abgesehn, – ich kann die in dieser Richtung geäußerten Besorgnisse Kolbenheyers kaum ernst nehmen. Sein Widerspruch ist tiefer zu verstehn: als Ausdruck konservativ-kulturpolitischer Wachsamkeit. Worauf er beharrt, was er zu schützen wünscht, das ist der mythisch-volkstümliche Begriff des Dichterischen im *Gegensatz* – einem unhaltbaren Gegensatz – zu dem der Literatur, der ihm als europäisierende Windbeutelei erscheint und den er darum aus der Bezeichnung unserer Korporation verbannen will. Sonderbar! In der ganzen gesitteten Welt steht der literarische Name in hohen und höchsten Ehren. Nur in Deutschland sucht eine gewisse fromme Rancune ihn zu bemakeln, indem sie den sakralen Begriff des Dichtertums, des »Deutschen Dichters«

dagegen ausspielt, welcher, unliterarisch bis in die Knochen, nicht einmal schreiben zu können braucht, und den das empfangende Volk als aller Geistigkeit überlegen wertet. Die Literatur, das ist offenbar etwas wie die Republik, die beiden gehören in ihrer Undeutschheit zusammen, ein deutscher Dichtersmann wünscht sie mit einander zum Teufel. Da es aber die Republik war, die aus dem durchaus zeitgemäßen Wunsch, die Literatur als nationalen Faktor ausdrücklich anzuerkennen und staatlich sichtbar zu machen, unsere akademische Sektion begründete, – da nicht zufällig sie es war, – so sollte man ihr, meine ich, nicht den Willen zu einer falschen und unzeitgemäßen Ausschließlichkeit unterstellen. [. . .]

Anmerkungen

1. Vgl. dazu Th. Mann, Rede über Lessing [gehalten bei der Lessing-Feier der Preußischen Akademie der Künste am 22. 1. 1929]. In: Th. M., Gesammelte Werke in zwölf Bänden. Bd. 11. [Frankfurt/M.:] S. Fischer 1960, S. 229–245.

2. Vgl. F. Schlegel, Über Lessing. In: F. S., Kritische Schriften. Hg. v. W. Rasch. 2. Aufl. München: Hanser 1964, S. 346–383.

3. F. Schiller, Über naive und sentimentalische Dichtung. In: F. S., Werke. Nationalausgabe, Bd. 20. Weimar: Böhlau 1962, S. 462f. [dort »Halbbruder«].

Der verlorene Faden

Thomas Mann nannte den »Zauberberg« gelegentlich den *Versuch einer Bestandsaufnahme der europäischen Problematik nach der Jahrhundertwende* (W 258, S. 5). Musil notierte als Arbeitsvorhaben für den »Mann ohne Eigenschaften«, ein Bild *der geistigen Konstitution der Zeit* zu erstellen. [1] Broch prägte für den »Ulysses« die Formel vom *Weltalltag der Epoche* (W 178, S. 6) und suchte in den »Schlafwandlern«, in synchronen Schnitten von 1888 bis 1918 die *Totalität der in der Epoche wirkenden Kräfte* zu gestalten. Der entscheidende Anstoß für die romantheoretischen Überlegungen der Autoren tritt in den Romanen selbst hervor: in den Bemühungen um Erneuerung des künstlerischen Totalitätsanspruchs, dessen Einlösung in den breiten politischen Auseinandersetzungen der Nachkriegszeit problematisch geworden war. Sehr viel deutlicher und nachhaltiger als bei anderen zeitgenössischen Autoren manifestierte sich in diesen Versuchen, *die Ideen, die die Zeit bewegen*, literarisch ins Spiel zu setzen [2], die »Krisis des Romans« als eine ideologische Krise.

Schon im Essay »Das hilflose Europa« von 1922 hat Musil auf Symptome einer solchen Krise aufmerksam gemacht: *Das Leben, das uns umfängt, ist ohne Ordnungsbegriffe. Die Tatsachen der Vergangenheit, die Tatsachen der Einzelwissenschaften, die Tatsachen des Lebens überdecken uns ungeordnet. Unsere Zeit beherbergt nebeneinander und völlig unausgeglichen die Gegensätze von Individualismus und Gemeinschaftssinn, von Aristokratismus und Sozialismus, von Pazifismus und*

Martialismus, Kulturschwärmerei und Zivilisationsbetrieb, Nationalismus und Internationalismus, von Religion und Naturwissenschaft, von Intuition und Rationalismus und ungezählt vielen mehr. [3] Mit der Forderung, die *Auseinandersetzung* sowohl wie die neuerliche *Verknüpfung ideologischer Elemente* nicht dem Zufall zu überlassen, sondern zur *Organisation* und *Ordnung der Gefühls- und Ideenwelt* durch den Roman beizutragen [4], ist sehr früh die Aufgabenstellung für den »Mann ohne Eigenschaften« bezeichnet.

Die hier abgedruckte Passage aus dem »Mann ohne Eigenschaften« und die »Aufzeichnungen zur Krisis des Romans« demonstrieren, wie intensiv Musil auf den Zusammenhang zwischen Ideologiebildung und formaler Veränderung des Romans reflektierte und wie strikt die formale Gestaltung seines Romans aus der Zeitdiagnose abgeleitet war – sowohl im Hinblick auf die *Fabel,* die zum Ausdruck eines ungeordneten Nebeneinander von Ideologien wird, wie auch im Hinblick auf den *Helden* und auf das *Grundelement* aller Epik, *das Erzählen.*

Wie Musil entwickelte Broch seine Vorstellung von einem *zeitgerechten Roman* aus der Diagnose eines allgemeinen *Zusammenbruchs und Zerfalls der Werte.* Er formulierte und begründete diesen Ansatz und aus ihm abgeleitete Konsequenzen für die Aufgabe und Form des Romans zuerst in einer Einführung zu einer Lesung aus den »Schlafwandlern« vom Februar 1931. Diese Einführung ist bisher nicht veröffentlicht worden. Ihr wird im folgenden besonderer Raum gegeben, da sie für die Genese der Theorie Brochs von bemerkenswertem Aufschluß ist. Mit der konzentrierten Erörterung der *Daseinsberechtigung von Kunst* ist hier das entscheidende movens für die Theoriebildung Brochs bezeichnet. Hier sind Thesen zusammenhängend entwickelt, an die Broch später in Briefen und Vorträgen oft nur formelhaft wieder anknüpfte: die These insbesondere von einer zunehmenden *Mathematisierung der Philosophie* und einem dadurch bedingten Ausschluß *metaphysischer Belange* aus ihrem Bereich; die These ferner, daß der Roman sich anbiete, die *polyhistorischen Tendenzen der alten Philosophie* zu übernehmen und damit zum *Gefäß* künftiger Geschichtsphilosophie zu werden.

Der Begriff des *polyhistorischen Romans,* den Broch hier einführte und der inzwischen zur Kennzeichnung einer Reihe von Romanen der zwanziger Jahre verwandt wurde [5], verdeckt, daß Broch sehr viel entschiedener als Mann und Musil nicht eine breite Entfaltung und genauere, kritische Präsentation verschiedener Ideologien anstrebte, sondern Totalität im wesentlichen durch einen Zusammenschluß der vermeintlichen *Pole der Zeit,* des *Rationalen* und *Irrationalen,* herzustellen bemüht war. Deutlicher noch als die Einführung demonstrierte der 1933 gehaltene Vortrag über »Das Weltbild des Romans« die Reduktion einer Vielzahl von Weltbildern auf diese abstrakten Pole und die Ausrichtung des Romans auf ihre *Vereinigung* in einer *rational-irrationalen Polyphonie* (W 188, S. 238).

Daß ein *Polyhistorismus in der Sache* einen *Polyhistorismus der Darstellungsmittel* erfordere, ist von Broch ebenfalls in der frühen Einleitung bereits vermerkt worden. Eine tatsächliche Erörterung und Problematisierung dieses Aspekts erfolgte allerdings erst im Sommer 1931 gelegentlich einer Umarbeitung der »Schlafwandler«. Der

Entschluß, den Essay über den »Zerfall der Werte« in den Roman einzuarbeiten, bildete den Anstoß zu kritischen Unterscheidungen verschiedener Verfahren, *Wissenschaft im Roman unterzubringen.* Das für den europäischen Roman der zwanziger Jahre zentrale Problem, kulturkritische Essayistik in der Form des Romans zu übermitteln, fand in Briefen Brochs und im Joyce-Vortrag die in der deutschen Romantheorie einlässigste Behandlung. Die Textauswahl – Brochs Kommentar an seine englische Übersetzerin Willa Muir und die Passagen aus dem Joyce-Vortrag – konzentriert sich auf diesen Aspekt; die äußerst angestrengten Bemühungen Brochs, dem zeitgenössischen Künstler eine *übersoziale Abbildungspflicht* und der Dichtung eine *wesentlich »sozialfreie« Erkenntnisfunktion* zuzuweisen[6], auch die Ausblicke auf eine *neue Einheit des Weltbildes*, einen *neuen Mythos*[7], bleiben hier unberücksichtigt.

Zum Titel der Vorbemerkung vgl. die Passage aus Musils »Mann ohne Eigenschaften« (W 166).

Anmerkungen

1. Der Mann ohne Eigenschaften. Hamburg: Rowohlt 1952, S. 1599.
2. R. Musil: Tagebücher, Aphorismen, Essays und Reden. Hamburg: Rowohlt 1955, S. 248.
3. Das hilflose Europa oder Reise vom Hundertsten ins Tausendste. In: R. M., Tagebücher, Aphorismen, Essays und Reden. Hamburg: Rowohlt 1955, S. 633 u. 634.
4. Ebd., S. 637 u. 640.
5. Zuerst von Hartmut Steinecke, Hermann Broch und der polyhistorische Roman. Bonn: Bouvier u. Co. 1968.
6. Vgl. insbesondere W 178, N, S. 202–204.
7. W 178, N, S. 210 u. W 188, S. 238.

ROBERT MUSIL 1930

Aus: Der Mann ohne Eigenschaften.
Berlin 1930, S. 1043–1044. W 166.

[. . .] Und als einer jener scheinbar abseitigen und abstrakten Gedanken, die in seinem Leben oft so unmittelbare Bedeutung gewannen, fiel ihm ein, daß das Gesetz dieses Lebens, nach dem man sich, überlastet und von Einfalt träumend, sehnt, kein anderes sei als das der erzählerischen Ordnung! Jener einfachen Ordnung, die darin besteht, daß man sagen kann: »Als das geschehen war, hat sich jenes ereignet!« Es ist die einfache Reihenfolge, die Abbildung der überwältigenden Mannigfaltigkeit des Lebens in einer eindimensionalen, wie ein Mathematiker sagen würde, was uns beruhigt; die Aufreihung alles dessen, was in Raum und Zeit geschehen ist, auf einen Faden, eben jenen berühmten »Faden der Erzählung«, aus dem nun also auch der Lebensfaden besteht. Wohl dem, der sagen kann »als«, »ehe« und »nachdem«! Es mag ihm Schlechtes widerfahren sein, oder er mag sich in Schmerzen gewunden haben: sobald er imstande ist, die Ereignisse in der Reihenfolge ihres zeitlichen Ablaufes wiederzugeben, wird ihm so wohl, als schiene [1044] ihm die Sonne auf den Magen. Das ist es, was sich der Roman künstlich zunutze gemacht hat: der Wanderer mag bei strömendem Regen die Landstraße reiten oder bei zwanzig Grad Kälte mit den Füßen im Schnee knirschen, dem Leser wird behaglich zumute, und das wäre schwer zu begreifen, wenn dieser ewige Kunstgriff der Epik, mit dem schon die Kinderfrauen ihre Kleinen beruhigen, diese bewährteste »perspektivische Verkürzung des Verstandes« nicht schon zum Leben selbst gehörte. Die meisten Menschen sind im Grundverhältnis zu sich selbst Erzähler. Sie lieben nicht die Lyrik, oder nur für Augenblicke, und wenn in den Faden des Lebens auch ein wenig »weil« und »damit« hineingeknüpft wird, so verabscheuen sie doch alle Besinnung, die darüber hinausgreift: sie lieben das ordentliche Nacheinander von Tatsachen, weil es einer Notwendigkeit gleichsieht, und fühlen sich durch den Eindruck, daß ihr Leben einen »Lauf« habe, irgendwie im Chaos geborgen. Und Ulrich bemerkte nun, daß ihm dieses primitiv Epische abhanden gekommen sei, woran das private Leben noch festhält, obgleich öffentlich alles schon unerzählerisch geworden ist und nicht einem »Faden« mehr folgt, sondern sich in einer unendlich verwobenen Fläche ausbreitet. [. . .]

ROBERT MUSIL 1931

Aus: Aufzeichnungen zur Krisis des Romans.[1]
In: R. M., Tagebücher, Aphorismen, Essays und Reden.
Hamburg 1955, S. 861–864. W 175.

Ich habe diesen Namen gewählt, weil er nicht selten gebraucht wird, glaube aber nicht wie viele andere daran, daß der augenblickliche Zustand der europäischen Sprachen unter krisenhaften Formen etwas Neues hervorbringen will, sondern bin der Meinung, daß die Erscheinungen, die man Krisis nennt, dauernde und stationäre sind, wonach man es also mit einer schlichten Entwicklung zu tun hat statt mit einer Zeugungskatastrophe und Mutation.

Eventuell wenn weiter ausgesponnen: Fraglos wäre es eine der dringendsten Aufgaben, den Vorgang des Lebens zu untersuchen. Nicht elementar-psychologisch, sondern als soziales Phänomen. [. . .]

Da das Individualistische der Kunstübung natürlich nicht unbegründet ist, wird man zu dem Problem der notwendigen Ablösung des Individualismus durch den Kollektivismus geführt. [. . .]

Im Gebiet des Romans äußert es sich u. a. darin, daß man nicht mehr mit naivem Gewissen Einzelschicksale so wichtig nehmen kann wie ehedem. Noch bei Balzac. Bei Zola schon ein Versuch. So gestattet es auch nicht die populär gewordene Psychoanalyse; ob man ihr im besonderen glaubt oder nicht, hat sie aufs mächtigste dazu beigetragen, daß man hinter Einzelschicksalen etwas Typisches vermutet.

Das tun aber die anderen Wissenschaften auch, und so war man [862] früh darauf gekommen, daß wir uns in einem Zeitalter des Wissens befänden, und hat darin nach einer Position für die Kunst gesucht. Die zum großen Teil miserablen Versuche, der Kunst irgendein »Geheimnis« zu vindizieren, sind darauf zurückzuführen.

Man könnte einen Teil des Problems auch in die Frage fassen: Was ist ein Roman?

Angeregt durch die Kritiken[2]:

Man sieht in mir einen Outsider: Autor, der einige ungewöhnliche Bücher geschrieben hat, die nie ins Volk dringen werden. *Bohemia.*

Man hält heute etwas anderes für modern: In Berlin und heute wäre ein solcher Mann nicht möglich.[3] *Bohemia.*

Man hält ihn für einen Bildungsroman: (Hier müßte ich Bildungsroman im engeren technischen und im weiteren Sinn unterscheiden.) Mehr als ein Bildungsroman; er ist überhaupt kein Roman, sondern ein Essay von ungeheuren Dimensionen, ein Meisteressay usw.[4] *Bohemia.*

Geistiges Abenteuer.[5] Richtig erkannt. *Bohemia.*

Zur Frage: Erzählung oder nicht?: Wenn jemand buchstabierend oder mit Mühe liest, kommt er nicht dazu, die Gestalt, das Dichterische usw. zu fühlen oder gar zu erfassen.

Jahrhundertelang hat man den Aufschneider geschildert mit seinen erfundenen Abenteuern und Siegen. Tartarin; am knappsten: Nestroy. Bald lag ich unten, bald lag er oben. Die Angst wird vom Kind in den Dienst des Geltungsbewußtseins gestellt, die Gefahren der Gespenster, Tiere usw. werden phantastisch übertrieben, und wenn sich das Kind nun zur Mutter flüchtet, so ist das entschuldigt und beinahe ehrenvoll. Eventuell wirft sich das Kind durch die Angst zum Tyrannen auf (individualpsychologische Auffassung).

Unser Verhältnis zu diesen Erscheinungen ist erklärend geworden und bloß eine neue Variation, zu erzählen, kann uns nicht mehr befriedigen. Das ist eine bedeutende Ursache der heutigen Mauserungserscheinungen.

Eine Vorfrage: Ist es anzunehmen, daß etwas im Lauf eines Menschenalters in eine Krise gerät oder plötzlich eine Epoche erlebt, das mehr als ein Jahrtausend überstanden hat, ohne sich in seinem Wesen zu ändern? Es hat im Jahre 500 n. Chr. Romane gegeben, und wahrscheinlich haben sie ihre noch viel älteren Vorläufer gehabt, die immer noch als Vorbild unserer Magazin- und Zeitschriftenromane gelten könnten.

Einwand: Trotzdem gibt es einen Wendepunkt: den des Zurücktretens des Epos, den Sieg des Romans über das Epos. Ist er mit [863] Notwendigkeit verbunden? Wir haben allerdings das Gefühl, daß epische Dichtung nicht zu uns paßt. Aber hängt das nicht vielleicht mit dem Zurücktreten der Lyrik zusammen? Ist das Verlangen nach Lyrik aber wirklich schwächer geworden? Die Auflagen Rilkes und Werfels. Anderseits: Das »Erzählen« kommt ganz aus der Situation des epischen Vortrags. Das Erzählen ist Bericht. Was läßt man sich gern berichten? Etwas Neues und etwas gern Gehörtes!

Sollen wir sagen, daß wir die breite Ausgestaltung eines Menschenschicksals nicht mehr vertragen? Zu besingen, wie Herr A. dem Fräulein B. einen Kuß gibt (sich verlobt und entlobt), setzt sehr viel Bedeutung und Würde dieser kleinen Handlung voraus. Die gehobene Darstellung setzt gehobenes Leben, Wille zu einem solchen voraus. Wir sind prosaisch geworden (d.h. wir sind unbürgerlich geworden. Aber das Kommende wird wieder seine Poesie haben?). [...]

Ein anderer Grund: Erinnerung an den Jugendeindruck, daß man das, was heute wichtig sei, nur in Prosa ausdrücken könne. Prosa ist gelenkiger, biegsamer, eindringlicher und elastischer, denn sie bohrt und schnellt auf das breiteste ins Allgemeine aus. Man darf auch hier hinzufügen, daß die Lebensart prosaischer geworden ist.

Das wäre sozusagen eine Epoche (Wandlung) von innen heraus. Aber es gibt auch Einwirkungen von außen. Wir erleben heute die ungeklärte Beziehung zwischen Theater und Film und Tonfilm. Man muß das Lesen auch als eine soziale Erscheinung betrachten. Die Linie: höfischer Barde – Druck ist zu ergänzen durch die: auf sich zurückgezogener Privatmensch – ins Öffentliche getretener Mensch. Das Lesen hat seine feste soziale Funktion verloren. Es ist teils eine Art Laster geworden, ein »Zeitvertreib« (war es allerdings immer), andernteils eine teils künstlich konservierte, teils ganz hohe Beschäftigung.

Man könnte nun sagen: Gilt der völlige Übergang vom Epos zum Roman als erster Schritt, so folge nun der zweite; es kommt nach der Gehobenheit ein zweites Element daran, vielleicht das Grundelement, das des Erzählens.

Äußerlich ist die gegenwärtige Krise des Romans so in Erscheinung getreten.

Wir wollen uns nichts mehr erzählen lassen, betrachten das nur [864] noch als Zeitvertreib. Für das, was bleibt, suchen zwar nicht »wir«, aber unsere Fachleute eine neue Gestalt. (Das Neue erzählt uns die Zeitung, das gern Gehörte betrachten wir als Kitsch.)

Das ist aber nun nicht ganz richtig. Kommunisten und Nationalisten und Katholiken möchten sich sehr gern etwas erzählen lassen. Das Bedürfnis ist sofort wieder da, wo die Ideologie fest ist. Wo der Gegenstand gegeben ist.

Auch ich bin nicht ganz damit einverstanden. Und so komme ich auf die zwei charakteristischsten mir gemachten Einwände: Daß ich zuwenig und daß ich zuviel erzähle.

Man kann als die spaltende Frage auch die des philosophischen Gehalts benutzen. Ich möchte einmal ganz naiv meinen eigenen Werdegang zu Papier bringen.

Reiz des Erzählens vielleicht am stärksten in der Kindheit. Noch einmal! verlangt das Kind! Es scheint leichter zu sagen [zu] sein, warum uns das Erzählen widerstrebt, als warum wir es lieben. Abtrennen muß man eigentlich Versuche wie: Synchronismus, Auflockerung udgl. Da hat sich der Gegenstand des Erzählens geändert. Die Gleichzeitigkeit des Lebens heute und den Helm des ... zur Zeit Homers beschreiben ist z.T. das gleiche. (z.T. löst der Gegenstand aber auch eine andere Tätigkeit aus.) Ohne Änderung des Gegenstandes drängen aber auch im Erzählen selbst andere Funktionen vor; die Sinngebung des Daseins, die Gestaltung, die Sinngestaltung.

Anmerkungen

1. Im Erstdruck tragen diese »Aufzeichnungen« den vom Herausgeber hinzugefügten Untertitel: »Studien. Zwischen 1930 und 1932?« Aufgrund des Erscheinungsdatums der Rezension (vgl. Anm. 2), aus der Musil im zweiten Teil der »Aufzeichnungen« zitiert, wird hier als Entstehungszeit 1931 angenommen.

2. Musil zitiert im folgenden aus der Rezension von Ludwig Winder, Der Mann ohne Eigenschaften. In: *Deutsche Zeitung »Bohemia«* (Prag) vom 13. 2. 1931.

3. L. Winder hatte dazu geschrieben: *In Berlin und heute wäre ein solcher Mann nicht möglich. Deshalb versetzt Musil seinen Romanhelden in das dem Niedergang geweihte Wien des Jahres 1913. Oesterreich [. . .] ist der eigentliche Held des Romans, ein höchst unzeitgemäßer, aber nicht uninteressanter Held* [. . .].

4. Diese häufig Musil selbst zugeschriebene Charakterisierung stammt ebenfalls von L. Winder: *»Der Mann ohne Eigenschaften« ist mehr als ein Bildungsroman; er ist überhaupt kein Roman, sondern ein Essay von ungeheuren Dimensionen, ein Meisteressay von einer geradezu phantastischen Klugheit und Universalität.*

5. L. Winder: [. . .] *ein Abenteuer des Geistes* [. . .].

HERMANN BROCH 1931

Aus: Über die Aufgabe des neuen Romans.[1]
[Typoskript im Archiv der Beinecke Rare Book and Manuscript Library, New Haven.] W 170.

Ich möchte einiges über die Grundlagen des Romans vorausschicken, aus dem ich ein paar Stücke vorlesen werde. Es sind dies Auszüge aus einem theoretischen Buch, das sich in Vorbereitung befindet.[2] [. . .]

M. a. W. es handelt sich um die Frage: unter welchen Bedingungen hat ein Roman Daseinsberechtigung?

Die nächstliegende Antwort: er hat überhaupt *keine* Daseinsberechtigung. Das liesse sich mit verschiedenen Gründen belegen. Etwa, dass eine Zeit schwerster wirtschaftlicher Not kein Organ für künstlerische Produktion hat, ja nicht einmal haben dürfte.

Oder mit einem Schlagwort: in einer solchen Zeit brauchen wir keine Worte, sondern Taten. [. . .]

Nun haben aber viele Schlagworte, auch wenn sie noch so dumm klingen, oftmals einen realen Nährboden.

Was heisst nämlich »Taten«? sicherlich etwas höchst Unmittelbares, eine unmittelbare Wendung zum Objekt, eine unmittelbare Verbindung zwischen dem Subjekt und dem Objekt, anders gesprochen ein unmittelbarer Kontakt zwischen dem Individuum und seinem Leben, kurz mit der Welt. [. . .]

[2 . . .] Der werkende Mensch des heute ist völlig ins Leben geworfen. Ich brauche dies nicht weiter auszuschmücken. Diese ins Leben-Geworfenheit hat jeder von uns am eigenen Leib erfahren. Der werkende Mensch von heute ist in einem viel tieferen Sinne *stumm* als etwa ein Trappist. Seine Sprache ist eigentlich nur mehr Verständigung, ist eigentlich, im weitesten Sinne genommen, immer nur Signal, immer nur Geschäftsbrief. Er spricht von den Dingen, so weit es unerlässlich nötig ist, aber er spricht nicht mehr über die Dinge. Und wenn er nicht an seinem Arbeitsplatz steht, so treibt er Sport und gerät in ein unmittelbares und stummes Verhältnis zur Natur. Oder er geht ins Kino. Oder er hört Radiomusik. Niemals war die Welt mit so viel Bild- und Musikwirkungen erfüllt wie heute. Über die Rolle der Musik im modernen Wertsystem wäre noch besonders zu sprechen. Kurz zusammengefasst: der Mensch von heute ist ein visueller, ist ein auditiver Mensch, aber er ist radikal antiintellektualisiert. Ja, wie ist es aber dann mit der Intellektualität? nun natürlich auch nicht anders. Der moderne Intellektuelle ist der Wissenschaftler kat'exochen. D.h. der Naturwissenschaftler. Über die Resultate seiner Tätigkeit muss nicht berichtet werden. Sie wissen alle, dass die Wendung zum Objekt das wissenschaftliche Weltbild in geradezu unfassbarer Weise bereichert hat. Dass wir einen neuen Kosmos besitzen.

Aber auch hier, in dieser intellektuellsten Sphäre, ist die Verachtung des Wortes sichtbar. Die Wissenschaft versucht ihre Sprache, ihre Geschäftsbriefe immer mehr vom Wort unabhängig zu machen. D.h. sie sucht ein absolut [3] korrektes Verständigungsmittel. Sie hat es auch gefunden. U.z. in der Mathematik [. . .]. Kant hat diese Entwicklung vorausgewusst, als er den Wissenschaften nur so weit Wissenschaftlichkeit zubilligte, als sie Mathematik enthalten. d.h. sich mathematisch ausdrücken lassen. Vom Wort aus gesehen: sind auch die Wissenschaften stumm geworden. – Stehen also wir, die wir uns noch um das Wort, um einen sprachlichen Ausdruck bemühen, auf einem verlorenen Posten? wollen wir etwas ausdrücken, das überhaupt kein ausdrückbares Substrat besitzt? hat sich das intellektuelle Reden über die Dinge in ein leeres Daherreden verwandelt?

Es ist eine Frage, die nicht ganz leicht zu beantworten ist. Wenn Sie z.B. das russische Kulturprogramm betrachten, das bloss die Realwissenschaften gelten lässt, zutiefst antiintellektuell und antiplatonisch eingestellt ist, so haben Sie nicht nur eine Illustration zum Gesagten, sondern auch die eine radikale Beantwortungsmöglichkeit u.z. im negativen Sinne.

Und wenn Sie den heutigen Stand der Philosophie betrachten, oder zumindest jenen Zweig, der heute eine Art führende Stellung errungen hat, nämlich den von Russel ausgehenden Neo-Positivismus, so sagt Ihnen schon dieser Name, dass hier die Beantwortungen in ähnlicher Richtung liegen.

Es gibt eben keine isolierten Erscheinungen in der Welt. – Aber eben in Betrachtung dieser Philosophie wird es sichtbar, dass diese Beantwortungsmöglichkeit *nicht* ausreicht. Was die neue Philosophie will, ihre Erhebung zur reinen Wissenschaft, ihre Abkehr vom Dahin-Reden über die Dinge, drängt letzten Endes zu ihrer Mathematisierung. Das ist erfreulich. Und der Ansatz ist auch bereits vorhanden, nämlich in der Logistik und ihrer Zeichensprache. –

Aber gleichzeitig wird eine furchtbare Verarmung der Philosophie deutlich.

Gewiss war die bisherige Philosophie in diesem Sinne unwissenschaftlich, sonst gäbe es auch nicht so viel Philosophenschulen, gewiss war sie zum grossen Teil ein Kreislauf auf dem gleichen Fleck, aber sie hat das grosse Erbe, das [4] [sie] seit ihrem Bestehen, oder sagen wir, um einen Namen zu nennen, seit Plato zu hüten gehabt hat, niemals vergessen. Sie hat unentwegt das Auge auf das ethische Problem gerichtet gehabt, und sie war im weitesten Sinne genommen stets Theologie.

Die Mathematisierung der Philosophie hat das ungeheure Gebiet des Mystisch-Ethischen aus ihrer Problematik ausgeschaltet. Legitim ausgeschaltet. Und vielleicht auf später verschoben, bis die Ausdrucksmittel des Rationalen wieder so weit gediehen sein werden, das Metaphysische zu erfassen. [. . .]

Aber diese Ausschaltung des Irrationalen aus der rationalen Wissenschaftlichkeit kann das Irrationale nicht erschlagen. Es ist da. Und es meldet sich unausgesetzt. Vielleicht vehementer denn je. Was frühere Epochen der unseren voraushatten, war das strenge rationale Wertsystem. Denn vergessen Sie nicht: *jede Religion ist rational* und nichts verdammt der Religiöse so tief als das dumpf-Mystische.

Was wir erleben, ist der Zusammenbruch der grossen rationalen Wertsysteme. Und wahrscheinlich ist die Katastrophe des Menschlichen, die wir erlebten, nichts anderes als dieser Zusammenbruch. Eine Katastrophe der Stummheit.

Wir haben, krass gesprochen, keine Philosophie, und wir haben noch viel weniger eine Theologie. Die rationalen Mittel zu deren Wiederaufrichtung sind nicht vorhanden oder noch nicht vorhanden. Aber die Probleme sind da, ungebrochen und vehementer denn je in ihrer Stummheit. Und wenn wir uns mit ihnen befassen wollen, so können wir es nur versuchen auf ihrem eigenen Boden, auf dem Boden des Irrationalen. Und dieser irrationale Ausdruck, diese Erkenntnis schwebend zwischen der Mitteilbarkeit und dem Stummen, diese Ausdrückbarkeit durch Symbole und Ungesagtes, war stets das Künstlerische, war stets das Dichterische. Dichten war stets eine Ungeduld der Erkenntnis, ein Vorauseilen vor dem Rationalen, ein Wegbereiten.

[5 . . .] Das Rationale geht millimeterweise vor, es muss die Welt sozusagen mit Atomen pflastern, der Mensch aber ist ungeduldig. Er hat bloss ein *kurzes* Leben und schreit nach Totalität.

Von hier aus kann man die Aufgabe des Dichterischen in der heutigen Welt zu verstehen suchen. Was die Philosophie anstrebte: die Welt darzustellen und aus dieser Darstellung selber heraus den Weg zur Ethik und zu den Wertsetzungen zu finden, diese Aufgabe der Philosophie scheint nunmehr der Dichtung und besonders der epischen Dichtung zuzufallen, oder, um sehr unbescheiden zu sprechen, genau so wie aus den antiken dichterischen Kosmogonien sich die rationale Philosophie und die Wissenschaften entwickelt haben, genau so werden jetzt infolge einer Selbstbescheidung des Wissenschaftlichen und eines Versagens des Theologischen die irrationalen Bestandteile des Lebens wieder an den irrationalen Ausdruck des Dichterischen zurückgewiesen.

Selbstverständlich lässt sich für das Gesagte nur ein *Indizienbeweis* erbringen. Als Stücke eines solchen Beweises könnte historisch angeführt werden, dass die neue Romanform eben in dem Augenblicke entstehen musste, als das mittelalterlich-theologische Weltbild in die endgültige Phase seines Liquidierungsprozesses trat, also mit dem Ende des Barock und des ausgehenden 18. Jahrhunderts. [. . .]

Als ein weiteres Stück eines solchen Beweises wäre auf den polyhistorischen Charakter aller Philosophien hinzuweisen. [. . . 6 . . .] Die moderne Philosophie hat, wie gesagt, diese polyhistorischen Aspirationen zum grossen Teil wieder abgestreift. Aus einer gesunden Selbstbescheidung heraus und in ihrem Trachten nach mathematischer Wissenschaftlichkeit. Aber genau so wie die Vielfalt der Welt nicht aus der Welt zu schaffen ist, genau so wie das Irrationale im Menschen immer wieder zum Worte sich meldet, genau so wie das ethische Problem, und das Problem der Werthaltungen so drängend wie eh und je ist, genau so wenig lässt sich der Wunsch des Menschen nach der Totalität des Weltbildes unterdrücken. Und deswegen kann es als Komponente des zu führenden Beweises gelten, dass der moderne Roman ausgesprochen polyhistorische Tendenzen zeigt und sich bemüht, auch in diesem Punkte die Nachfolgeschaft der Philosophie anzutreten. Von derartigen polyhistorischen Romanen kann nicht eindringlich genug der Ulysses von Joyce genannt werden, ebenso André Gide in seinen grossen Versuchen zur Neuformung der Romankunst, nicht zuletzt, wenn auch auf anderm Wege Robert Musil, Ihnen allen wohlbekannt.

Es versteht sich, dass sich ein derartiger Polyhistorismus nicht auf das Sachliche allein beschränkt. Es ist auch ein Polyhistorismus der Methoden, denn Form und Inhalt bilden stets eine Einheit. Wieder muss auf Joyce verwiesen werden und auf dessen souveräne Behandlung aller Darstellungsformen, aller Stilarten, aller Symbole, an diese ganze Vielfalt des Instrumentariums, mit welchem das Irrationale des Lebens gehoben und zu Bewusstsein gebracht werden soll.

Und auf dieses Irrationale allein kommt es an. Auf diese Heraushebung der tieferen Schichten des Gefühls und des Lebens. Denn erst in ihnen kann man den Wegweiser finden, der zu den neuen Werten zeigt, und in ihnen ist die unmittelbare Wendung zum Objekt zu finden, die das Wesen dieser Zeit ausmacht.

Von hier aus gesehen, hat der neue Roman eine grosse Aufgabe innerhalb der Erkenntnis zu bewältigen. Dass der Einzelne zu dieser grossen Aufgabe bloss ein bescheidenes Schärflein beitragen kann, beweisen Ihnen die Schlafwandler.[3]

Anmerkungen

1. Das unbetitelte Typoskript dieses Aufsatzes ist im Broch-Archiv der Beinecke Library – in Anlehnung an den ersten Satz des Vortrags – unter dem Titel »Über die Grundlagen des Romans« katalogisiert worden. Der für den vorliegenden Druck benutzte Titel geht auf einen Brief Brochs an Daniel Brody vom 6. 4. 1932 zurück: [. . .] *tatsächlich habe ich ja schon seit vorigem Jahr einen Aufsatz: »Über die Aufgabe des neuen Romans« (oder so ähnlich) vorbereitet, einen Aufsatz, den ich der Neuen Rundsch. geben wollte.* (H. B., Briefe. Zürich: Rhein-Verlag 1957, S. 69). Entgegen der Vermutung des Herausgebers der Briefe, der zu dieser Stelle anmerkt: *aus dem im Manuskript nicht mehr vorhandenen Essay mag einiges in den Vortrag »Das Weltbild des Romans« Eingang gefunden haben* (H. B., Briefe, S. 445), bestätigte Herr Broch de Rothermann, daß es sich bei dem hier abgedruckten Text um den von Broch genannten ›Aufsatz‹ handelt.

2. Dem Typoskript liegt ein Brief an Theo Feldmann vom 7. 2. 1931 bei, in dem Broch anmerkte, *daß dieser Text aus einem in Vorbereitung befindlichen theoretischen Buch über den modernen Roman stammt, das [. . .] bald im Rheinverlag erscheinen wird (nämlich als Einleitungsband zu den gesammelten Werken von Joyce).*

Dieser Brief erlaubt zugleich eine genaue Datierung des Textes: Broch spricht von der *gestrigen Einleitung* (vgl. dazu auch H. Steinecke, Hermann Broch und der polyhistorische Roman. Bonn: Bouvier u. Co. 1968, S. 189f.).

3. Die Folge der letzten beiden Absätze ist in der Vorlage nicht eindeutig bezeichnet: der vorletzte Absatz wurde handschriftlich auf dem Typoskript nachgetragen.

HERMANN BROCH 1931

Aus: [Brief an Willa Muir] 3. August 1931.
In: H. B., Gesammelte Werke, Bd. 10: Unbekannte Größe. Zürich 1961, S. 318–320.
W 171.

[. . .] Und eigentlich möchte ich Ihnen sehr gerne etwas über die Aufbauprinzipien, sowohl der Gesamttrilogie als des Huguenaus[1], erzählen, will mir aber nicht den Spaß und die Freude verderben, daß Sie selber das entdecken [319], was ich wollte, – solcherart »entdeckt« zu werden, ist ja doch die eigentlichste Freude für den Autor. Nur eines will ich sagen: es versteht sich, daß der »Zerfall« den (rationalen und intellektuellen) Schlüssel zum Gesamtaufbau darstellt, darüber hinaus ist er aber noch etwas anderes: nämlich der Grundriß einer – ich sage dies mit möglichster Objektivität und sicherlich ohne Selbstüberhebung, denn ich bin in dieser Materie ziemlich bewandert, – der Grundriß einer *neuen* Geschichtsphilosophie. Man kann mir nun einwenden, daß eine solche im Roman nichts zu tun hätte, und dagegen habe ich zu sagen:

1. daß meines Dafürhaltens Geschichtsphilosophie und viele andere Belange infolge der Mathematisierung der eigentlichen Wissenschaft aus dem wissenschaftlichen Bereich auszuscheiden beginnen, daß dagegen – infolge des metaphysischen Bedürfnisses des Menschen – diese Belange anderswo untergebracht werden müssen und daß hiefür der neue Roman, die neue Romanform offenbar das künftige Gefäß werden wird. Es scheint so, und viele andere Gründe sprechen dafür, daß der Polyhistorismus, der bis jetzt das Reservat einer anscheinend wissenschaftlichen Philosophie gewesen ist, zur Domäne des Romans geworden ist;
2. die Polyhistorisierung des Romans macht allenthalben Fortschritte (Joyce, Gide, Th. Mann, in letzter Derivation Huxley). Aber diese Romanschreiber – mit Ausnahme Joyces – haben keinen rechten Begriff von der Wissenschaft: sie versuchen »Bildungselemente« im Roman unterzubringen; die Wissenschaft ist ihnen wie ein krystallener Block von dem sie das eine oder das andere Stück abbrechen, um damit ihre Erzählung an zumeist ungeeignetem Ort zu garnieren oder einen Wissenschaftler als Romanfigur damit auszustatten. Auch mein Freund Musil, der allerdings den Vorzug besitzt, ein ausgezeichnet wissenschaftliches und trainiertes

Denken zur Verfügung zu haben, ist von diesem Vorwurf nicht freizusprechen. Demgegenüber mache ich nun den Versuch, und das ist vor allem das »Wagnis«, von dem ich sprach, lebendige Wissenschaft, d.h. hier produktive Wissenschaft (mit der Einschränkung, daß sie m.E. nicht mehr als reine Wissenschaft gilt) im Roman unterzubringen, einesteils indem ich sie immanent in eine Handlung und in Figuren unterbringe, die mit »Bildung« nichts mehr zu tun haben, bei denen also die fürchterlichen Bildungsgespräche nicht geführt werden, anderseits indem ich sie nackt und geradeaus und [320] eben nicht als Gesprächsfüllsel zum Ausdruck bringe. Daß der »Zerfall« mit dem Ich des »Heilsarmeemädchens« [2] in einen gewissen Zusammenhang gebracht wurde, ist fast eine Konzession, legitimiert sich aber an der internen Architektonik aller drei Bücher, (darüber aber, wie gesagt, später einmal!). [. . .]

Die hier Willa Muir mitgeteilten Thesen – Willa und Edwin Muir übersetzten »Die Schlafwandler« – finden sich in zum Teil gleichlautenden Wendungen auch in einem Brief Brochs an seinen Verleger Brody vom 5. 8. 1931 (H. B., Briefe. Zürich: Rhein-Verlag 1957, S. 59–61.).

Anmerkungen

1. »Die Schlafwandler« erschienen 1931/32 in drei Bänden im Rhein-Verlag, Zürich; als letzter Teil »1918 – Huguenau oder Die Sachlichkeit«.
2. Der Essay über den »Zerfall der Werte« ist in zehn Teilen, die Ich-Erzählung der »Geschichte des Heilsarmeemädchens in Berlin« in sechzehn Teilen in den »Huguenau« eingearbeitet worden.

HERMANN BROCH 1932

Aus: James Joyce und die Gegenwart. Rede zu Joyce's 50. Geburtstag. Wien, Leipzig, Zürich 1936, S. 17–21. W 178.

[. . .] Wir haben uns vorgenommen, von der Zeitgerechtheit Joyces zu sprechen [. . .].

[. . .] Wenn es überhaupt so etwas wie Zeitgerechtheit gibt, so kann es nicht an der Wahl der Themen liegen, [. . .] sondern es muß aus einem bestimmten Zustand des Bewußtseins, aus einem bestimmten Zustand der Logik, kurzum einer bestimmten Technik des Denkens herstammen, aus einer Logik, die für die betreffende Zeit verbindlich ist und [18] die damit automatisch zu ihren Themen und den ihr eigentümlichen Inhalten hinführt. Mit Inhalten ist es bei weitem nicht getan. Wenn zum Beispiel Gide einen Roman als Rahmenerzählung für psychoanalytische oder andere wissenschaftliche Exkurse benützt, so ist damit noch keineswegs eine Modernität erreicht; die wäre erst dann gegeben, wenn der Geist wissenschaftlichen Denkens – wie er in seiner spezifisch rationalen und kausalierenden Prägung sich darbietet – die ganze übrige rein dichterische Darstellung durchdränge. Ob dann überhaupt noch wissenschaftliche Themen behandelt werden, ist herzlich gleichgültig, das Thema wird einfach zur Funktion des Dichterischen; wäre dem nicht so, es müßte der moderne Roman ausschließlich im Gelehrtentum oder etwa im Bildungsunwesen spielen, wie dies bezeichnenderweise in vielen neueren Gesellschaftsromanen auch tatsächlich der Fall ist. Der Ulysses ermangelt sicherlich nicht der Gelehrtheit, viele werden sogar sagen, daß er damit überladen ist: es sei bloß erwähnt, daß man ihn immerhin auch als psychoanalytischen Roman auffassen kann, sowohl wegen des prävalierenden Vater-Sohnproblems (Bloom zwischen dem Vater Virag und dem Sohn Dädalus) als auch wegen der weitgehenden Übereinstimmung der Form des innern Monologs mit der Methode jener freien Assoziation, die die Psychoanalyse in ihrer Therapeutik anwendet. Aber die Gelehrtheit wird niemals Selbstzweck, sondern bleibt immer nur Darstellungsmethode, hat mit dem sogenannten wissenschaftlichen Inhalt überhaupt nichts zu schaffen. Und daß Joyce, wie aus manchen Äußerungen hervorgeht, die Psychoanalyse ablehnt, ist bloß ein Beweis für das Gesagte: es ist ein Beweis dafür, daß die Gemeinsamkeit zwischen seinem Denken und dem der Psychoanalyse bloß eine methodische ist, Funktion einer überindividuellen methodischen Logizität, der sowohl der Roman als auch die Psychologie unterworfen sind, Gemeinsamkeit des Methodischen und des Ziels, die der Zeitgeist ist und die den Menschen zwingt, in das Metalogische des Unbewußten und Irrationalen hinabzusteigen, die Ur-Moventien des Seins aufzuspüren, auf daß in solch hintergründiger Sphäre des Erlebens und der Realität der Mensch sich selbst offenbare, sich selbst erkenne in der fürchterlichen und doch großartigen Verbindung zwischen Tier und Gott, die er nicht sehen will und die er trotzdem ist. Eine ungebrochene Linie zieht sich, man könnte wohl sagen in geometrischer Simultaneität von den Tiefen der [19] Assoziationen Mollys bis zur theologischen Dialektik Dädalus', und in ihrer Mitte, ihnen beiden angehörig, sie beide er selbst, steht Bloom.

Derartige Beispiele ließen sich häufen. Um nur noch eines zu nennen. Der Ulysses hat mit der Relativitätstheorie sicherlich nichts zu tun; sie wird auch nicht mit einem Worte erwähnt. Indes läßt sich mit einigem Fug vertreten, daß die erkenntnistheoretische Wesenheit der Relativitätstheorie in der Entdeckung des logischen Mediums innerhalb der physikalischen Beobachtungssphäre gegeben ist. Das ist so zu verstehen: die klassische Physik begnügt sich damit, die zu erforschenden Erscheinungen zu beobachten und zu messen, sie nahm auf das Beobachtungsmedium, den Akt des Schauens, bloß insoweit Rücksicht, als in diesem, sei es durch die Mangelhaftigkeit der menschlichen Sinnesorgane, sei es durch die der irdischen Meßinstrumente, Fehlerquellen zustande kommen. Die Relativitätstheorie aber hat entdeckt, daß es darüber hinaus eine prinzipielle Fehlerquelle gibt, nämlich den Akt des Sehens an sich, das Beobachten an sich, daß also, um diese Fehlerquelle zu vermeiden, der Beobachter und sein Sehakt, ein idealer Beobachter und ein idealer Sehakt, in das Beobachtungsfeld einbezogen werden müßen, kurzum daß hiefür die theoretische Einheit von physikalischem Objekt und physikalischem Subjekt geschaffen werden muß. Es ist keine Beleidigung für die Relativitätstheorie, wenn wir eine Parallele zur Dichtung ziehen: der klassische Roman begnügte sich mit der Beobachtung von realen und psychischen Lebensumständen, begnügte sich, diese mit den Mitteln der Sprache zu beschreiben. Es galt einfach die Forderung: ein Stück Natur zu sehen durch ein Temperament. [1] Man stellte dar und benützte dazu die Sprache als fix und fertig gegebenes Instrument. Was Joyce tut, ist wesentlich komplizierter. Immer schwingt bei ihm die Erkenntnis mit, daß man das Objekt nicht einfach in den Beobachtungskegel stellen und einfach beschreiben dürfe, sondern daß das Darstellungssubjekt, also der »Erzähler als Idee« und nicht minder die Sprache, mit der er das Darstellungsobjekt beschreibt, als Darstellungsmedien hineingehören. Was er zu schaffen trachtet, ist eine Einheit von Darstellungsgegenstand und Darstellungsmittel im weitesten Sinne genommen, eine Einheit, die manchmal wohl so aussieht, als würde das Objekt durch die Sprache, die Sprache durch das Objekt bis zur völligen Auflösung vergewaltigt werden, die aber trotzdem Einheit bleibt, jedes überflüssige [20] Füllstück, jedes überflüssige Epitheton vermeidet, Einheit, in der eines aus dem andern natürlich herauswächst, weil es in seiner Ganzheit dem Architektonischen untertan ist. Der Titel seines neuen Werkes »Work in Progress« [2], das fortschreitende Werk, das werdende Werk, das Werk im Entstehen, verrät diese Absicht. Das Werk soll selber aus der Beobachtung entstehen, der Beobachter ist immer mitten drin, er stellt dar und stellt sich und seine Arbeit gleichzeitig mit ihr dar. Als verhältnismäßig einfaches Exempel der Inhalt des Kapitels »Anna Livia Plurabella« [3]: wie stets bei Joyce haben auch hier die Namen mehrfache Bedeutung und die Heldin Anna Livia steht in geheimnisvoller und doch sehr rationaler Verbindung mit dem Flusse Liffey, der die Stadt Dublin durchströmt. An diesem Flusse nun knien zwei Wäscherinnen und waschen die schmutzige Wäsche. Sie knien an den Ufern, und über das Wasser hin erzählen sie einander den Tratsch der Stadt, den Tratsch über die Heldin Anna Livia Plurabella. Ihre Gespräche gehen im Takte der Arbeit, des Walkens und des Ausschlagens, ihre Gespräche sind selber Waschen, sie waschen die schmutzige Wäsche der Stadt. Doch es wird dunkler, die Nebel sinken herab, das Gespräch wird lässiger, die Bewegungen der Wäscherinnen werden lässiger, der Fluß wird im sinkenden Nebel immer breiter und breiter, sein Murmeln wird immer hörbarer, es dringt das Murmeln des Flusses in die Gespräche ein, denn nichts wird beschrieben, alles entsteht in und aus dem Reden der Wäscherinnen, die nun schon keine Wäscherinnen mehr sind, sondern Fabelwesen, die eine zum Strunk eines Uferstrauches, die andere zu einem Felsstück geworden, bespült von den wachsenden Wellen sie beide, und ihre Sprache ist schließlich nur mehr das verebbende Murmeln des Flusses, unverständlich jedem Zuhörer, unverständlich ihnen selber, Musik des Wassers, gefaßt in menschlichen Laut, der kaum mehr Wort ist. Und um ein persönliches Bekenntnis dazu abzulegen: es ist von unbeschreiblicher Schönheit.

Vielleicht genügt dies, um die Verbundenheit der Joyceschen Methode mit der wissenschaftlichen Situation und mit der eigentümlichen Logizität, die zu solcher Situation geführt hat, zu erweisen. Und eben an dem Beispiel der Anna Livia Plurabella mag auch klar geworden sein, wie hier aus dem Problem des Mediums heraus, jene höchst sonderbare Auflösung des Objektes erfolgt, die gleichzeitig eine Präzisierung desselben ist und nur in der Auflösung der physikalischen [21] Materie durch mathematische Funktionen, wie dies die moderne Physik vollzogen hat, ihr Analogon findet. [. . .]

Anmerkungen

1. Broch bedient sich zur Kennzeichnung des ›klassischen Romans‹ hier der Formel Zolas: E. Zola, Le roman experimental. Paris: Charpentier 1880, S. 111.
2. Die seit 1927 unter dem Titel »Work in Progress« veröffentlichten Kapitel wurden 1939 in »Finnegans Wake« aufgenommen.
3. Kapitel aus »Finnegans Wake«, erschienen 1928 in *Transition*.

Neue, sehr epische Möglichkeiten

Im Oktober 1928 teilte Walter Benjamin den Plan mit, eine *neue »Theorie des Romans«* zu schreiben, die *ihres Platzes neben Lukács versichert* sei.[1] Im November 1929 vermerkte er, daß der geplante *Essay über »Roman und Erzählung«* eine Verzögerung erfahren habe.[2] Anläßlich einer Rezension von Döblins »Berlin Alexanderplatz« führte Benjamin 1930 den Ansatz und grundlegende Thesen seiner Theorie zum ersten Mal aus; er hat sie später am Beispiel der »Kalender-Geschichten« von Oskar Maria Graf[3] und im Aufsatz über den Erzähler Ljesskow (W 200) weiter ausgefaltet. Im Artikel zu den »Kalender-Geschichten« verglich Benjamin sein Plädoyer für eine *Restitution des Epischen* ausdrücklich den Tendenzen, die eine *neue Schule* im Theater verwirklichte. Um auch auf dem Gebiet der Prosa neue epische Möglichkeiten zu fördern, trat Benjamin wiederholt für eine Zurückdrängung des *Schreibromans* zugunsten mündlicher Erzähltraditionen ein. Döblins »Alexanderplatz« galt ihm als ein erstes Muster dafür; Benjamin knüpfte dabei auch an Thesen Döblins an, die dieser im Rahmen einer Vortragsreihe der Sektion für Dichtkunst im Dezember 1928 vorgestellt und im Jahrbuch der Sektion 1929 veröffentlicht hatte.

Döblin hatte auch in diesem Vortrag an einer Gegenüberstellung von Dichtkunst und Schriftstellerei, von epischem Werk und Roman festgehalten. In Stellungnahmen zu einzelnen Aspekten des Epischen revidierte er allerdings frühere Positionen. Es ist sicher ein Reflex der kulturpolitischen Kontroversen in der Sektion, daß Döblin neuerdings eine Durchlässigkeit aller literarischen Formen gegeneinander und eine Einbeziehung auch reflektierender Werkpartien in die Epik befürwortete. Und auf Döblins nähere Verbindung zu Brecht ist vermutlich zurückzuführen, daß er im ›epischen Werk‹ *den eisernen Vorhang hochzuziehen* empfahl und Möglichkeiten erörterte, die abgeschiedene Arbeitsweise des Romanciers zu überwinden. Aus dem umfangreichen Essay »Der Bau des epischen Werks« werden hier nur die Passagen nachgedruckt, in denen Döblin neue Akzente setzte, an die Benjamin und auch Bernard von Brentano in ihren Vorschlägen zu einer *epischen Schreibweise* (W 162, S. 18) anknüpften.

Brentano, von 1925 bis 1930 Berliner Korrespondent der *Frankfurter Zeitung*, hatte den Vortrag Döblins in der Tendenz zustimmend rezensiert.[4] Er hielt allerdings für erforderlich, *den Boden* für eine zeitgemäße Epik *anders zu bestellen*, damit sie – dem Theater Piscators entsprechend – zu einer *öffentlichen Angelegenheit* werden könne (W 162, S. 19). Brentano kritisierte vor allem die nach wie vor dominierende autobiographische und psychologische Orientierung zeitgenössischer Romane und forderte zu einer Fundierung des Geschehens in den *Zuständen* und den *Ideologien* auf. Die Anweisungen blieben indessen auf halbem Wege stehen: bei der Forderung an den Schriftsteller, er müsse halt *wissen, was gespielt wird*, oder aber *es in Erfahrung bringen.*[5]

Weitaus versierter in der ideologischen Begründung hat Siegfried Kracauer in der *Frankfurter Zeitung* das Hervortreten biographischer Romanliteratur – speziell der historischen Biographie – als einen letzten Rettungsversuch gekennzeichnet, mit dem die literarische Intelligenz eines *neuerlich stabilisierten Bürgertums* ihre ideologischen Fundamente zu wahren und zu befestigen suchte. Im Roman »Ginster« und im »Angestellten«-Buch hat Kracauer in eigenen Versuchen die kritische *Selbstzersetzung* bürgerlicher Bewußtseinsinhalte und Kulturformen als vorrangige Aufgabe neuer epischer Formen vorgestellt. Benjamin begrüßte das »Angestellten«-Buch als einen *Markstein* auf dem Wege zur *Politisierung der Intelligenz*, zur *Politisierung der eigenen Klasse;* er sah darin das einzige Ziel, das ein *schreibender Revolutionär aus der Bürgerklasse sich heute vorsetzen kann.*[6] Wie Benjamins Rezension der »Angestellten« und die hier abgedruckte Passage aus dem Buch Kracauers zeigen, grenzten sich beide Autoren durch diese Funktionsbestimmung gegen den *neuberliner Radikalismus*[7] der im Bund proletarisch-revolutionärer Schriftsteller entstehenden Reportageliteratur deutlich ab.

Anmerkungen

1. W. Benjamin, Briefe. Bd. 1. Frankfurt: Suhrkamp 1966, S. 482.
2. W. Benjamin, Briefe. Bd. 2. Frankfurt: Suhrkamp 1966, S. 504.
3. W. Benjamin, Oskar Maria Graf als Erzähler. (1931). In: *Alternative* 56/57, 1967, S. 217–219.
4. B. v. Brentano, Epische Formprobleme. In: B. v. B., Kapitalismus und schöne Literatur. Berlin: Rowohlt 1930, S. 33–37.
5. B. v. Brentano, Über die Stellung des Schriftstellers in unserer Gesellschaftsordnung. In: B. v. B., Kapitalismus und schöne Literatur [s. Anm. 4], S. 10.
6. W. Benjamin, Politisierung der Intelligenz. Zu S. Kracauer »Die Angestellten«. (1930). In: W. B., Angelus Novus. Ausgewählte Schriften 2. Frankfurt: Suhrkamp 1966, S. 428.
7. Ebd., S. 422 u. 428.

ALFRED DÖBLIN 1929

Aus: Der Bau des epischen Werks.
In: Die neue Rundschau, Jg. 40, 1929, Bd. 1, S. 534–538. W 154.

IV

Der Weg zur zukünftigen Epik

Nachdem ich nun von dem Bericht als der Grundform des Epischen gesprochen habe, muß ich eine praktische Bemerkung machen, die Sie vielleicht überraschen wird, und muß den Autoren einen Hinweis geben, der mit dem eben Gesagten in striktem Widerspruch steht oder zu stehen scheint. Ich empfehle nicht die Berichtform als alleinige Form im epischen Werk zu benutzen. Sie wissen, Homer, Dante, Cervantes, das sind die drei größten epischen Namen, haben nur die Berichtform gewählt, und sämtliche heutigen Romane in Deutschland, soweit mir bekannt ist, bewegen sich nur in dieser Form: sie stellen berichtend, erzählend dar. Ich bin nicht dafür. Es ist zweierlei: das epische Kunstwerk und dieses epische Mittel, die Berichtform. Es steht nirgends geschrieben, daß der Epiker nur zu berichten habe. Im alten Theater, im alten Drama gab es auch Stücke, die gar nichts mit der ablaufenden Handlung zu tun hatten, etwa Chöre. Verschämterweise läßt auch Shakespeare gelegentlich eine Person vor den Vorhang treten und läßt erzählen. So ist es richtig. Es ist auch ein Dogma, aber ein abbruchreifes, daß das Drama nur in der Dialoghandlung abläuft; ich stelle mit Vergnügen fest, daß der Film, die Bilderzählung, schon jetzt versuchsweise in das Theater gedrungen ist und an der schon völlig ausgenützten Form des Dialogdramas, des Spiels der Personen oben auf der Bühne unter sich ohne Zusammenhang mit mir hämmert.

[535] Sie werden die Hände über dem Kopf zusammenschlagen, wenn ich den Autoren rate, in der epischen Arbeit entschlossen lyrisch, dramatisch, ja reflexiv zu sein. Aber ich beharre dabei. Wir haben uns im epischen Werk nicht eines bestimmten Herkommens wegen, welche Tradition sich als Dogma gebärdet, unserer Freiheit zu begeben, und wir werden aus dem Roman machen, was uns gut dünkt. Deutschland ist das Land einer pedantischen epischen Realistik, Realistik, damit meine ich: Du hast Realitäten oder Pseudorealitäten zu berichten. Frankreich dichtet leichter, ist schon lange elastischer. Es gibt nur wenige stabile Kunstgesetze über dem Künstler; der Künstler macht die meisten Kunstgesetze selber. Das epische Kunstwerk ist keine feste Form, sie ist wie das Drama ständig zu entwickeln, und zwar durchweg im Widerstand gegen die Tradition und ihre Vertreter. Wie das Theater von heute erstarrt ist im Dialog der Personen oben – und die Wohltat der Betrachtung, des lyrischen oder spottenden Eingriffs, der freien wechselnden Kunstaktion, auch der direkten Rede an uns wird uns versagt, wir werden nicht hinreichend beteiligt an dem, was oben vorgeht –, genau so steht es im Epischen, wo die Berichtform ein eiserner Vorhang ist, der Leser und Autor voneinander trennt. Diesen eisernen Vorhang rate ich hochzuziehen.

Ich gestehe selbst: Ich habe unbändig gehuldigt dem Bericht, dem Dogma des eisernen Vorhangs. Nichts schien mir wichtiger als die sogenannte Objektivität des Erzählers. Ich gebe zu, daß mich noch heute Mitteilungen von Fakta, Dokumente beglücken, aber Dokumente, Fakta, wissen Sie, warum? Da spricht der große Epiker, die Natur, zu mir, und ich, der Kleine, stehe davor und freue mich, wie mein großer Bruder das kann. Und es ist mir so gegangen, als ich dies oder jenes historische Buch schrieb, daß ich mich kaum enthalten konnte, ganze Aktenstücke glatt abzuschreiben, ja ich sank manchmal zwischen den Akten bewundernd zusammen und sagte mir: besser kann ich es ja doch nicht machen. Und als ich ein Werk schrieb, das den Kampf von Riesenmenschen gegen die große Natur schildert [1], da konnte ich mich kaum zurückhalten, ganze Geographieartikel abzuschreiben, der Lauf der Rhone, wie sie aus dem Gebirge bricht, wie die einzelnen Täler heißen, wie die Nebenflüsse heißen, welche Städte daran liegen, das ist alles so herrlich und seine Mitteilung so episch, daß ich gänzlich überflüssig dabei bin.

Aber man ist ein ganzes Leben lang nicht fähig, diesen Standpunkt innezuhalten. Eines Tages entdeckt man auch etwas anderes neben der Rhone, [536] den Tälern und den Nebenflüssen: man entdeckt sich selbst. Ich selbst – das ist das tollste und verwirrendste Erlebnis, das ein Epiker haben kann. Es sieht zuerst aus, als ob es das Erlebnis ist, das ihm das Genick brechen wird. Aber er sieht sich nur solange in Gefahr und in Schwierigkeiten, bis er sieht, das Kunstwerk ist Sache des Künstlers, Gesetze gibt mir nicht die Vergangenheit, das Gesetz gebe ich selber und für mich heißt nun episches Kunstwerk etwas anderes. Darf der Autor im epischen Werk mitsprechen, darf er in diese Welt hineinspringen? Antwort: ja, er darf und er soll und muß. Und jetzt erinnere ich mich, was das ist, was Dante in der Göttlichen Komödie gemacht hat: er ist selber durch sein Gedicht gegangen, er hat seine Figuren beklopft, er hat sich in die Vorgänge eingemischt, und zwar nicht spielerisch, sondern mit allem Ernst, jeder zu seiner Zeit hat ihn verstanden in dem wichtigsten Punkt seines Gerichts. Er hat teilgenommen am Leben seiner Figuren. Er hat wie König David vor dem siegreichen Heer seiner Figuren getanzt.

Wenn ich sage, wir sollen im Epischen auch lyrisch, dramatisch und reflexiv sein, so rede ich damit nicht einem Gemengsel von Formen das Wort. Wir müssen wieder hin zum frischen Urkern des epischen Kunstwerks, wo das Epische noch nicht erstarrt ist zu der heutigen Spezialhaltung, die wir ganz irrig die Normhaltung des Epikers nennen. Es heißt meines Erachtens noch hinter Homer gehen.

In solchem großartigen und gefährlichen Moment aber heißt es: können und sein. Diese Urform der Dichtung wird alle erfrischen, die an sie herangehen, aber es wird viel Malheur geben. Zu den Müttern darf nur, wer von den Müttern stammt. So sehe ich eines Tages eine epische Dichtung kommen, die nach erfolgter Sprengung der Tradition und Aufgabe der Berichtform uns ehrlich etwas angehen kann. Ich möchte wieder und wieder die Autoren aufrufen, nicht der Form, welcher auch immer, zu dienen, sondern sich ihrer zu bedienen.

Und hier wird auch eine besondere und heute sehr drückende Schwierigkeit beseitigt. Ich fordere auf, die epische Form zu einer ganz freien zu machen, damit der Autor allen Darstellungsmöglichkeiten, nach denen sein Stoff verlangt, folgen kann.

Wenn ein Sujet gewillt ist, lyrisch zu tanzen, so muß er es lyrisch tanzen lassen. Die Autoren erleben von allen Seiten den dringenden Ruf nach Aktualität, nach Gegenwartsdichtung. Wenn man ganz ehrlich ist, sagt man heute sogar: man will überhaupt keine Dichtung, das ist eine überholte Sache, Kunst langweilt, man will Fakta und Fakta. [537] Dazu sage ich bravo und dreimal bravo. Man hat mir nichts vorzuphantasieren. Der Oberst Springgenau langweilt mich momentan. Der wirkliche Dichter war zu allen Zeiten selbst ein Faktum. Der Dichter hat zu zeigen und zu beweisen, daß er ein Faktum und ein Stück Realität ist und noch immer so gut und faktisch wie die gute Erfindung des Triergon oder wie die Caroluszelle. Die Autoren haben keine Fakta aus den Zeitungen zu stehlen und in ihre Werke einzurühren, das genügt nicht. Nachlaufen und Photographie genügt nicht. Selber Faktum sein und sich Raum schaffen dafür in seinen Werken, das macht den guten Autor, und dafür ermahne ich ihn heute, im Epischen die Zwangsmaske des Berichts fallen zu lassen und sich in seinem Werk zu bewegen, wie er es für nötig hält.

V
Unterschied der heutigen individualistischen Produktionsweise von der früheren kollektiven

Ich habe nicht vor, die Formprobleme der Epik allesamt abzumachen, ja ich habe nicht einmal vor, alle wesentlichen zu berühren und zu nennen, ich werde nichts weiter tun, als mich um die Befestigungslinien dieser Burg herum bewegen, die Vorwerke studieren und an die Einfallstore herankommen. Ich frage jetzt ganz von außen: welche Einflüsse formen das epische Werk? Früher sang der Epiker und trug im Volk herumziehend die Fabeln, Schwänke und Sagen, die im Volk selbst umliefen und an denen er selbst zumeist nur wenig arbeitete, er wird hie und da Varianten oder eine neue Liedweise hineingebracht haben. Der Mann hatte damit seine bestimmte Aufgabe, er mußte sich durchs Leben schlagen, seine Zuhörer waren strenge Richter, gefiel ihnen nicht, was er vortrug, so hatte der Mann zu hungern: das war nun ein sehr deutlicher Einfluß auf die Formung seines Werks, es war die allerlebendigste und produktive Kritik, man kann es direkt eine Kollektivarbeit von Autor und Publikum nennen, das Brot, das Geld war ein sehr eindringliches Argument für den Autor und war indirekt ein solider Faktor in bezug auf die Formung.

Wie steht es jetzt? Jetzt sitzt ein Autor in seiner Stube, lutscht an seinem Bleistift oder Federhalter und ihm soll etwas einfallen. Geld will er auch verdienen, aber da hatten es die früheren Sänger und Vaganten doch viel besser: sie waren im Konnex mit ihrem Publikum, merkten rasch, was sie zu liefern hatten, der Autor jetzt kann auf die Straße [538] gehen, er kann mit seinem Verleger sprechen, die Zeitungen lesen, hie und da herumhören, von einem »Konnex« mit einem Hörerkreis kann keine Rede sein. Wir sitzen alle auf dem Isolierschemel, zweifellos eine unsympathische Situation und der Produktion im ganzen nicht zuträglich. Der heutige Zustand in den Kulturstaaten ist geeignet, überall individualistische Autoren zu erzeugen, denn die großen Zusammenschlüsse, die großen Kollektive sind in unseren Staaten durchweg politischer und wirtschaftlicher Art, ideelle machtvolle Kollektive sind nicht da, wenigstens nicht für das Gros der Autoren, da ist im allgemeinen keine gute Luft weder für das große Drama, noch für das große epische Werk.

Auf den heutigen Autor ist das Unglück des Buchdrucks gefallen. Ein Buch ist endlos lang, man kann ein Buch noch immer länger machen, man kann zwei Bücher machen, drei Bücher, woran soll ein Autor, ein epischer, merken, wann er aufzuhören hat? Im Grunde braucht er doch erst aufzuhören, wenn alle Papiervorräte erschöpft sind. – Und das ist also die fehlende Bedingung zu einer äußeren Form für uns heute. Und *wie* sollen wir sprechen, wer reguliert unsere Stimme – wir haben plötzlich gar keine Stimme, man nimmt uns die Stimme und gibt uns dafür traurige Drucktypen. Wie sollen Drucktypen unseren Sprachrhythmus beeinflussen, wo doch gerade das wirkliche Sprechen, das wirkliche Einatmen und Ausatmen, die Kadenz des Tonfalls nach dem Sinn den Satz baut und die Sätze hintereinander reiht. – Und was soll der heutige Autor schreiben, für wen schreibt er denn? Wohin die Bücher gehen, weiß er nicht; vielleicht bleiben sie in Leipzig auf dem Speicher des Verlegers, er spricht überhaupt für niemand, er spricht ins Leere, es ist kein allgemeines Volksdenken mehr da, die Maschine und die Wirtschaft hat alles zerrissen. Ein vollkommen katastrophaler Zustand. [. . .]

Döblin erörtert in den folgenden Abschnitten des Essays die Rolle der ›lebenden Sprache‹ im epischen Produktionsprozeß. Er räsonniert abschließend: *Ich will auch nicht davon sprechen, daß ich die Befreiung des epischen Werks vom Buch für schwierig, aber nützlich halte, nützlich insbesondere in Hinsicht auf die Sprache. Das Buch ist der Tod der wirklichen Sprachen. Dem Epiker, der nur schreibt, entgehen die wichtigsten formbildenden Kräfte der Sprache; ich habe seit langem die Parole: Los vom Buch, sehe aber keinen deutlichen Weg für den heutigen Epiker, es sei denn der Weg zu einer – neuen Bühne.* (W 154, S. 550f.) Piscator nahm diese Bemerkung als einen Beitrag zur theoretischen Begründung seiner Theaterarbeit in die Schrift »Das Politische Theater« von 1929 auf (E. P., Das Politische Theater. Faksimiledruck der Erstausgabe 1929. Berlin: Henschel 1968, S. 59.).

Anmerkung

1. A. D., Berge, Meere und Giganten. Berlin 1924. Neufassung u. d. T. Giganten. Ein Abenteuerbuch. Berlin 1932.

WALTER BENJAMIN 1930

Aus: Krisis des Romans. Zu Döblins »Berlin Alexanderplatz«.
In: Die Gesellschaft, Jg. 7, 1930, Bd. 1, S. 562–564. W 161.

Das Dasein ist im Sinne der Epik ein Meer. Es gibt nichts Epischeres als das Meer. Man kann sich natürlich zum Meer sehr verschieden verhalten. Zum Beispiel an den Strand legen, der Brandung zuhören und die Muscheln, die sie anspült, sammeln. Das tut der Epiker. Man kann das Meer auch befahren. Zu vielen Zwecken und zwecklos.

Man kann eine Meerfahrt machen und dann dort draußen, ringsum kein Landstrich, Meer und Himmel, kreuzen. Das tut der Romancier. Er ist der wirklich Einsame, Stumme. Der epische Mensch ruht nur aus. Im Epos ruht das Volk nach dem Tagwerk; lauscht, träumt und sammelt. Der Romancier hat sich abgeschieden vom Volk und von dem, was es treibt. Die Geburtskammer des Romans ist das Individuum in seiner Einsamkeit, das sich über seine wichtigsten Anliegen nicht mehr exemplarisch aussprechen kann, selbst unberaten ist und keinem Rat geben kann. Einen Roman schreiben heißt, in der Darstellung des menschlichen Daseins das Inkommensurable auf die Spitze treiben. Was den Roman vom eigentlichen Epos trennt, fühlt jeder, der an die homerischen Werke oder an das dantesche denkt. Das mündlich Tradierbare, das Gut der Epik, ist von anderer Beschaffenheit als das, was den Bestand des Romans ausmacht. Es hebt den Roman gegen alle übrigen Formen der Prosa – Märchen, Sage, Sprichwort, Schwank – ab, daß er aus mündlicher Tradition weder kommt noch in sie eingeht. Vor allem aber gegen das Erzählen, das in der Prosa das epische Wesen am reinsten darstellt. Ja, nichts trägt so sehr zum gefährlichen Verstummen des inneren Menschen bei, nichts tötet den Geist des Erzählens so gründlich ab wie die unverschämte Ausdehnung, die in unser aller Existenz das Romanlesen annimmt. Es ist daher die Stimme des geborenen Erzählers, die sich gegen den Romancier so vernehmen läßt: »Ich will auch nicht davon sprechen, daß ich die Lösung des epischen Werkes vom Buch für . . . nützlich halte, nützlich insbesondere in Hinsicht auf die Sprache. Das Buch ist der Tod der wirklichen Sprachen. Dem Epiker, der nur schreibt, entgehen die wichtigsten formbildenden Kräfte der Sprache.« So hätte Flaubert nicht gesprochen. Diese These ist Döblins. Er hat darüber im ersten Jahrbuche der Sektion für Dichtung an der Preußischen Akademie der Künste eine sehr umfassende Rechenschaft abgelegt, und sein »Bau des epischen Werkes« ist ein meisterhafter und dokumentarischer Beitrag zu jener Krise des Romans, die mit der Restitution des Epischen einsetzt, der wir allerorten und bis ins Drama begegnen. Wer diesen Döblinschen [563] Vortrag durchdenkt, braucht sich gar nicht mehr bei den äußeren Anzeichen dieser Krisis, dieses Erstarkens des Radikal-Epischen aufzuhalten. Die Sturmflut biographischer, historischer Romane verliert für ihn alles Erstaunliche. Der Theoretiker Döblin, weit entfernt, mit dieser Krisis sich abzufinden, eilt ihr voraus und macht ihre Sache zu seiner eigenen. Sein letztes Buch zeigt, daß Theorie und Praxis seines Schaffens sich decken.

Es ist aber nichts aufschlußreicher als diese Döblinsche Haltung mit der gleich souveränen, gleich beherzt in praxi durchgeführten, gleich exakten und doch in allem gegensätzlichen zu vergleichen, die André Gide in seinem »Tagebuch der Falschmünzer« kürzlich an den Tag gelegt hat. [1] Im Widerspiel dieser kritischen Intelligenzen kommt die heutige Situation der Epik am schärfsten zum Ausdruck. Gide entwickelt in diesem autobiographischen Kommentar seines letzten Romans die Lehre vom »roman pur«. Dort hat er's mit erdenklichster Subtilität darauf angelegt, alle schlichte, geradlinig aneinanderreihende Erzählung (alle epischen Größen ersten Grades) zugunsten sinnreicher, rein romanhafter (und das heißt hier zugleich auch romantischer) Verfahrungsweisen beiseite zu setzen. Die Stellung der Personen zu dem, was vorgeht, die Stellung des Dichters zu ihnen und seiner Technik, all das soll Bestandteil seines Romans selbst werden. Kurz, dieser »roman pur« ist eigentlich reines Innen, kennt kein Außen, und somit äußerster Gegenpol zur reinen epischen Haltung, die das Erzählen ist. Gides Ideal des Romans ist – so läßt er sich im strengen Gegensatz zu Döblin darstellen – der reine Schreibroman. Er hält die Flaubertschen Positionen vielleicht zum letzten Male aufrecht. Und es kann nicht Wunder nehmen, in Döblins Vortrag auch auf diese Leistung die denkbar schärfste Entgegnung zu finden. »Sie werden die Hände über dem Kopf zusammenschlagen, wenn ich den Autoren rate, in der epischen Arbeit entschlossen lyrisch, dramatisch, ja reflexiv zu sein. Aber ich beharre dabei.«

Wie unerschrocken er's tut, dafür ist die Ratlosigkeit mancher Leser vor diesem neuen Buche ein Zeichen. Nun ist es wahr, daß selten auf solche Weise erzählt wurde, so hohe Wellen von Ereignis und Reflex haben selten die Gemütlichkeit des Lesers in Frage gestellt, so hat die Gischt der wirklichen gesprochenen Sprache ihn noch nie bis auf die Knochen durchnäßt. Aber es wäre nicht nötig gewesen, darum mit Kunstausdrücken zu operieren, vom »dialogue intérieur« zu reden oder auf Joyce zu verweisen. In Wirklichkeit handelt es sich um etwas ganz anderes. Stilprinzip dieses Buches ist die Montage. Kleinbürgerliche Drucksorten, Skandalgeschichten, Unglücksfälle, Sensationen von 28, Volkslieder, Inserate schneien in diesen Text. Die Montage sprengt den »Roman«, sprengt ihn im Aufbau wie auch stilistisch, und eröffnet neue, sehr epische Möglichkeiten. Im Formalen vor allem. Das Material der Montage ist ja durchaus kein beliebiges. Echte Montage beruht auf dem Dokument. Der Dadaismus hat sich in seinem fanatischen Kampf gegen das Kunstwerk durch sie [564] das tägliche Leben zum Bundesgenossen gemacht. Er hat zuerst, wenn auch unsicher, die Alleinherrschaft des Authentischen proklamiert. Der Film in seinen besten Augenblicken machte Miene, uns an sie zu gewöhnen. Hier ist sie zum ersten Male für die Epik nutzbar geworden. Die Bibelverse, Statistiken, Schlagertexte sind es, kraft deren Döblin dem epischen Vorgang Autorität verleiht. Sie entsprechen den formelhaften Versen der alten Epik.

So dicht ist diese Montierung, daß der Autor schwer darunter zu Wort kommt. Die moritatenähnlichen Kapitelansagen hat er sich vorbehalten; im übrigen ist's ihm nicht eilig, sich vernehmen zu lassen. (Aber er wird sein Wort noch anbringen.) Erstaunlich, wie lange er seinen Figuren folgt, ehe er's riskiert, sie zur Rede zu stellen. Sacht, wie der Epiker es soll, geht er an die Dinge heran. Was geschieht, auch das Plötzlichste, scheint von langer Hand vorbereitet. In dieser Haltung aber inspiriert ihn der berlinische Sprachgeist selbst. Sacht ist das Zeitmaß seiner Bewegung. Denn der Berliner spricht als Kenner und mit Liebe zu dem, wie er's sagt. Er kostet es aus. Wenn er schimpft, spottet und droht, will er dazu sich Zeit nehmen, genau wie zum Frühstück. Glaßbrenner pointierte das Berlinische dramatisch. Hier ist es nun in seiner epischen Tiefe ermessen; Franz Biberkopfs Lebensschiffchen hat schwer geladen und braucht doch nirgends auf Grund zu stoßen. Das Buch ist ein Monument des Berlinischen, weil der Erzähler keinen Wert darauf legte, heimatkünstlerisch, werbend zur Stadt zu stehen. Er spricht aus ihr. Berlin ist sein Megaphon. Sein Dialekt ist eine von den Kräften, die sich gegen die Verschlossenheit des alten Romans kehren. [...]

Im Schluß der Rezension schränkt Benjamin diese Einschätzung des Buches von Döblin leicht ein. Er kennzeichnet den »Alexanderplatz« als die *äußerste, schwindelnde, letzte, vorgeschobenste Stufe des alten bürgerlichen Bildungsromans* (W 161, S. 566).

Die einleitenden Passagen dieser Rezension übernahm Benjamin später in seinen Essay »Der Erzähler« (W 200; vgl. S. 253 dieses Bandes).

Anmerkung

1. A. Gide, Tagebuch der Falschmünzer. Übers. v. F. Hardekopf. Stuttgart, Berlin, Leipzig: Dt. Verl.-Anstalt 1929; zum Folgenden vgl. vor allem S. 44–46.

SIEGFRIED KRACAUER 1930

Die Biographie als neubürgerliche Kunstform.
In: Frankfurter Zeitung vom 29. 6. 1930. W 164.

War in der Zeit vor dem Krieg die Biographie das seltene Werk der Gelehrsamkeit, so ist sie heute ein verbreitetes literarisches Erzeugnis. Es sind die Literaten, die Prosakünstler, denen die Biographie zur Form der Aussage wird. In Frankreich, England, Deutschland beschreiben sie das Leben der von Emil Ludwig noch übrig gelassenen öffentlichen Personen, und bald wird es keinen großen Politiker, Feldherrn, Diplomaten mehr geben, dem nicht ein mehr oder weniger vergängliches Denkmal gesetzt wäre. Eher schon einen Dichter; denn diese stehen lang nicht so in Gunst wie jene Namen, durch die das geschichtliche Leben bestimmt worden ist. Ein auffälliger Wandel gegen früher: während einst die Künstlerbiographien unter den Gebildeten gediehen, entstammen die gegenwärtigen Helden zumeist der Historie und werden von den belletristischen Verlegern in Menge für die Menge gedruckt.

Man hat die Neigung zur biographischen Darstellung, die sich seit einiger Zeit in Westeuropa eingenistet hat, kurzerhand als eine Mode abfertigen wollen. Sie ist es so wenig, wie die Kriegsromane es waren. Vielmehr sind ihre unmodischen Gründe in den weltgeschichtlichen Ereignissen der letzten anderthalb Jahrzehnte zu suchen. Ich verwende das Wort Weltgeschichte nur ungern, weil es leicht einen Rausch hervorruft, der ihm höchstens dann zukommt, wenn die Weltgeschichte wirklich zur Allerweltsgeschichte wird. Im Rundfunk z.B., aus dem es oft »Hier Paris« oder »Hier London« tönt, erfüllt die Nennung der Weltstädte die Mission eines ordinären Fusels. Aber es läßt sich nicht leugnen, daß der Weltkrieg mitsamt den politischen und gesellschaftlichen Veränderungen in seinem Gefolge, daß nicht zuletzt auch die neuen technischen Erfindungen den Alltag der sogenannten Kulturvölker tatsächlich erschüttert und umgebrochen haben. Auf dem Gebiet, um das es hier geht, haben sie das Gleiche bewirkt wie die Relativitätstheorie in der Physik. Ist durch Einstein unser Zeit-Raum-System zum Grenzbegriff geworden, so durch den Anschauungsunterricht der Geschichte das selbstherrliche Subjekt. Allzu nachhaltig hat in der jüngsten Vergangenheit jeder Mensch seine Nichtigkeit und die der andern erfahren müssen, um noch an die Vollzugsgewalt des beliebigen Einzelnen zu glauben. Sie aber bildet die Voraussetzung der bürgerlichen Literatur in den Vorkriegsjahren. Die Geschlossenheit der alten Romanform spiegelt die vermeintliche der Persönlichkeit wider, und seine Problematik ist stets eine individuelle. Das Vertrauen in die objektive Bedeutung irgendeines individuellen Bezugssystems ist den Schaffenden ein für allemal verloren gegangen. Mit dem Schwinden dieses festen Koordinatennetzes haben aber auch alle darin eingetragenen Kurven ihre Bildgestalt eingebüßt. So wenig sich der Schriftsteller noch auf sein Ich berufen kann, ebensowenig gewährt ihm die Welt einen Halt; denn beider Strukturen bedingen einander. Jenes ist relativiert, diese mit ihren Gehalten und Figuren in einen undurchsichtigen Umlauf gebracht. Nicht umsonst spricht man von der Krisis des Romans. Sie besteht darin, daß die bisherige Romankomposition durch die Aufhebung der Konturen des Individuums und seiner Gegenspieler außer Kraft gesetzt ist. (Darum ist noch nicht der Roman als Kunstgattung historisch geworden. Denkbar wäre, daß er in einer der verwirrten Welt angepaßten Form neu erstünde, daß die Verwirrung selber epische Form gewönne.)

Inmitten der erweichten unfaßlichen Welt wird der Zug der *Geschichte* zum Element. Die Geschichte, die sich uns eingebrockt hat, taucht als Festland aus dem Meer des Gestaltlosen, Nichtzugestaltenden auf. Sie verdichtet sich dem heutigen Schriftsteller, der sie nicht wie der Historiker unmittelbar anpacken kann und mag, im Leben ihrer weithin sichtbaren Helden. Nicht um des Heroenkults willen werden diese zum Gegenstand von Biographien; sondern aus dem Bedürfnis nach einer rechtmäßigen literarischen Form. In der Tat scheint der Ablauf eines historisch wirksamen Lebens sämtliche Bestandteile zu bergen, die unter den herrschenden Umständen ein Prosagebilde ermöglichen. Das in ihm eingefangene Dasein ist eine Kristallisation des geschichtlichen Waltens, dessen Unantastbarkeit außer Zweifel steht. Und wird nicht die Objektivität der Darstellung durch die historische Bedeutung des Urbildes verbürgt? An ihm glauben die literarischen Biographen endlich die Stütze gefunden zu haben, die sie anderswo vergeblich suchten, das gültige Bezugssystem, das sie der subjektiven Willkür enthebt. Seine Verbindlichkeit ist ganz offenbar eine Folge seiner Faktizität. Die Hauptperson der jeweiligen Biographie hat wirklich gelebt und alle Züge dieses Lebens sind dokumentarisch belegt. Der Kern, den einst die erfundene Handlung bot, wird in einem Schicksal wiedererlangt, das beglaubigt ist. Es ist zugleich auch die Garantie der Komposition. Jede geschichtliche Gestalt hat bereits in sich selber Gestalt. Sie hebt zu einer bestimmten Zeit an, entwickelt sich im Widerstreit mit der Welt, gewinnt Umriß und Fülle, tritt ins Alter zurück und erlischt. Der Autor ist also nicht auf ein individuelles Schema angewiesen, er erhält eines, das ihn wie jeden verpflichtet, fertig ins Haus. Des freut sich nicht so sehr seine Bequemlichkeit als sein Gewissen; vorausgesetzt, daß es sich nicht um die serienweise Fabrikation von Biographien aus Konjunkturgründen handelt. Denn die Biographie macht dem Roman heute nur darum Konkurrenz, weil sie zum Unterschied von diesem, der frei schwebt, schwebt, Stoffe verarbeitet, die ihre Form bedingen. Die Moral der Biographie ist: daß sie im Chaos der gegenwärtigen Kunstübungen die einzige scheinbar notwendige Prosaform darstellt.

Eine des stabilisierten *Bürgertums.* Dieses ist freilich dazu gezwungen, sich allen Erkenntnissen und Formproblemen zu verweigern, die seinen Bestand gefährden. Es spürt die Macht der Geschichte in den Knochen und merkt sehr wohl, daß das Individuum anonym geworden ist, zieht aber aus seinen Einsichten, die sich ihm mit der Gewalt physiognomischer Erfahrungen aufdrängen, keinen wie immer gearteten Schluß, der die aktuelle Situation zu erhellen vermöchte. Vor der Konfrontation mit ihr scheut es im Interesse der Selbsterhaltung zurück. Weder läßt sich die literarische Elite der neuen Bourgeoisie ernsthaft darauf ein, die materialistische Dialektik zu durchdringen, noch stellt sie sich offen dem Anprall der unteren Massen, noch wagt sie sich irgendwo auch nur einen Schritt über die von ihr erreichte Grenze hinaus ins Jenseits der Klasse. Und doch könnte sie erst dann auf Grund stoßen, wenn sie sich ohne jede ideologische Schutzhülle an die Bruchstelle unserer Gesellschaftskonstruktion begäbe und sich auf diesem vorgeschobenen Posten mit den sozialen Mächten auseinandersetzte, in denen sich heute die Wirklichkeit verkörpert. Hier und sonst nirgends sind die Erkenntnisse zu holen, die, vielleicht, eine echte Kunstform gewährleisten. Denn die Gültigkeit, deren diese bedarf, kommt allein den Aussagen des fortgeschrittensten Bewußtseins zu, das sich hier, nur hier entwickeln kann. Aus ihm, das Halt schenkt, mag die literarische Gestalt erwachsen; oder sie erwächst nicht aus ihm, dann bliebe uns eben in der Gegenwart die Gestaltung verwehrt. (Wenn oben gesagt wurde, daß die Verwirrung selber epische Form gewinnen könne, so ist jetzt hinzuzufügen: nur auf dem Fundament des fortgeschrittensten Bewußtseins, das die Verwirrung durchschaut.) Die Biographie als Form der neubürgerlichen Literatur ist ein Zeichen der *Flucht;* genauer: der Ausflucht. Um sich nicht durch Erkenntnisse bloßzustellen, die das Dasein der Bourgeoisie in Frage ziehen, harren die Biographen unter den Schriftstellern wie vor einer Wand an der Schwelle, bis zu der sie von den Weltereignissen vorgetrieben worden sind. Daß sie von ihr aus wieder ins bürgerliche Hinterland fliehen, statt sie zu übertreten, beweist die Analyse des Durchschnitts der Biographien. Diese betrachten zwar das geschichtliche Walten, verlieren sich aber so in seiner Betrachtung, daß sie sich nicht mehr zur Gegenwart zurückfinden. Sie treffen unter den historischen Größen eine wenig wählerische Auswahl, die jedenfalls nicht durch die Anerkennung der aktuellen Situation bedingt ist. Sie möchten der Psychologie ledig werden, von der die Vorkriegsprosa bestimmt war, und arbeiten trotz der Scheinobjektivität ihres Stoffgebiets teilweise mit den alten psychologischen Kategorien. Sie haben den suspekten Individualismus zur Hintertür hinausgeworfen und geleiten offiziell abgestempelte Individuen durch den Haupteingang von neuem ins bürgerliche Haus. Womit zugleich ein Zweites erreicht wäre: die unausgesprochene Absage an ein Regiment, das aus den Tiefen der Masse aufsteigt. Die literarische Biographie ist eine Grenzerscheinung, die hinter der Grenze bleibt.

Sie ist noch etwas anderes als bloße Flucht. So gewiß sich das Bürgertum heute im Uebergang befindet, so gewiß wohnt jeder seiner Leistungen eine doppelte Bedeutung inne. Es beabsichtigt, mit der Leistung seine Existenz zu verteidigen, und bewahrheitet unabsichtlich mit ihr den Vollzug des Uebergangs. Wie Auswanderer ihre Habseligkeiten zusammenraffen, so sammelt die bürgerliche Literatur den Hausrat, der bald nicht mehr die alte Stätte haben wird. Das Motiv der Flucht, dem die Unzahl der Biographien ihre Entstehung schuldet, wird von dem der *Rettung* überblendet. Wenn es eine Bestätigung für das Ende des Individualismus gibt, ist sie in dem Museum der großen Individuen zu erblicken, das die Literatur der Gegenwart hochführt. Und die Auswahllosigkeit, mit der sie sich aller Staatspersonen bemächtigt, bezeugt nicht nur das Unvermögen zur richtigen zeitgebundenen Wahl, sondern ebensosehr die Eile des Retters. Es gilt einen Bildersaal einzurichten, in dem sich die Erinnerung ergehen kann, der jedes Bild gleich wert ist. Wie fragwürdig immer die eine oder andere Biographie sei: der Glanz des Abschieds ruht auf ihrer Gemeinschaft.

Soweit ich sehe, gibt es nur ein einziges biographisches Werk, das von der Summe der übrigen grundsätzlich geschieden ist. Das *Trotzkis.* [1] In ihm sind die Bedingungen durchbrochen, denen die literarische Biographie untersteht. Die Lebensbeschreibung des historischen Individuums ist hier nicht ein Mittel, um der Erkenntnis unserer Situation auszuweichen, sondern dient nur dazu, sie zu enthüllen. Darum formt sich in dieser Selbstdarstellung auch ein anderes Individuum aus als das in der bürgerlichen Literatur gemeinte. Eines, das insofern bereits übergegangen ist, als es nur durch seine Transparenz gegen die Wirklichkeit wirklich wird, nicht aber die eigene Wirklichkeit behauptet. Ein neues Individuum, außerhalb des Dunstkreises der Ideologien: es besteht genau bis zu dem Grade, in dem es sich im Interesse der erkannten aktuellen Notwendigkeiten aufgehoben hat.

Anmerkung

1. L. Trotzki, Mein Leben. Versuch einer Autobiographie. Berlin: S. Fischer 1930.

SIEGFRIED KRACAUER 1930

Aus: Die Angestellten. Aus dem neuesten Deutschland.
Frankfurt/M. 1930, S. 20–21. W 163.

[. . .] Seit mehreren Jahren genießt in Deutschland die Reportage die Meistbegünstigung unter allen Darstellungsarten, da nur sie, so meint man, sich des ungestellten Lebens bemächtigen könne. Die Dichter kennen kaum einen höheren Ehrgeiz als zu berichten; die Reproduktion des Beobachteten ist Trumpf. Ein Hunger nach Unmittelbarkeit, der ohne Zweifel die Folge der Unterernährung durch den deutschen Idealismus ist. Der Abstraktheit des idealistischen Denkens, das sich durch keine

Vermittlung der Realität zu nähern weiß, wird die Reportage als die Selbstanzeige konkreten Daseins entgegengesetzt. Aber das Dasein ist nicht dadurch gebannt, daß man es in einer Reportage bestenfalls noch einmal hat. Sie ist ein legitimer [21] Gegenschlag gegen den Idealismus gewesen; mehr nicht. Denn sie verliert sich nur in dem Leben, das dieser nicht finden kann, das ihm und ihr gleich unnahbar ist. Hundert Berichte aus einer Fabrik lassen sich nicht zur Wirklichkeit der Fabrik addieren, sondern bleiben bis in alle Ewigkeit hundert Fabrikansichten. Die Wirklichkeit ist eine Konstruktion. Gewiß muß das Leben beobachtet werden, damit sie erstehe. Keineswegs jedoch ist sie in der mehr oder minder zufälligen Beobachtungsfolge der Reportage enthalten, vielmehr steckt sie einzig und allein in dem Mosaik, das aus den einzelnen Beobachtungen auf Grund der Erkenntnis ihres Gehalts zusammengestiftet wird. Die Reportage photographiert das Leben; ein solches Mosaik wäre sein Bild.

Reportage und proletarischer Roman

Döblins »Berlin Alexanderplatz«, dem Benjamin trotz einiger Vorbehalte doch die Ausbildung neuer, ›epischer‹ Möglichkeiten konzediert hatte, diente Kritikern aus dem Bund proletarisch-revolutionärer Schriftsteller (BPRS) mehrfach als Gelegenheit zur Abgrenzung gegen linksbürgerliche Autoren. Klaus Neukrantz, der die erste, sehr kurze Rezension des Romans in der *Linkskurve* schrieb[1], und ebenso Johannes R. Becher und Otto Biha werteten den »Alexanderplatz« als einen *Angriff auf die These des organisierten Klassenkampfes*[2]; den *Scheinradikalismus der seelischen Zergliederung*[3] und die *ultrarealistische Methode*[4] Döblins begriffen sie als Symptome für die Auflösung, für das nahe Ende der bürgerlichen Literatur. Auch Weiskopf unterstrich diese Einschätzung, indem er den »Alexanderplatz« in einer Artikelserie über die *Pleite* des bürgerlichen Romans vorstellte.[5] Zwar gestand er dem Roman Döblins zu, eine zersetzende Wirkung auf Ideale und das Selbstverständnis des bürgerlichen Lesepublikums auszuüben; er wies zugleich aber auf die *gesellschaftserhaltende Funktion* der Sozialkritik im »Alexanderplatz« hin.

In dem hier abgedruckten Gespräch mit Kurt Hirschfeld hat Weiskopf diese These – auch am Beispiel von Kracauers »Ginster« – genauer ausgeführt und begründet. Das Gespräch bezeichnet einen der wenigen Versuche in der Anfangsphase des BPRS, Fragen literarischer Gattungen und Genres zu erörtern und speziell Perspektiven für den Übergang von der Reportage, dem Protokoll und dem Bericht zu einem *proletarischen Roman* zu entwickeln. In der *Roten Fahne* und ebenso in Diskussionsbeiträgen auf der Internationalen Konferenz proletarischer und revolutionärer Schriftsteller in Charkov sind die Überlegungen Weiskopfs als Leugnung der Existenz eines proletarischen Romans angegriffen und als *rechte Abweichung* verurteilt worden.[6] Erst nach einer Intervention Bella Illes, des Sekretärs der Internationalen Vereinigung revolutionärer Schriftsteller, sind die Differenzen zwischen Weiskopf und seinen Kritikern als *Differenzen in Gestaltungsfragen* beigelegt worden.

Die Konferenz in Charkov vom November 1930 diente der Koordinierung proletarischer Literaturbewegungen in verschiedenen Ländern. Mitgliedern des deutschen Bundes wurde hier die Kenntnis der literaturpolitischen Plattform der Russischen Assoziation proletarischer Schriftsteller vermittelt. Averbach, der seit 1928 maßgeblich an der Ausarbeitung dieser Plattform beteiligt war, hielt in Charkov das Hauptreferat über Fragen der *schöpferischen Methode* und der Literaturkritik.[7] In den wichtigsten Forderungen stimmt das in den folgenden Jahren in der *Linkskurve* vorgestellte Literaturprogramm mit den Ausführungen Averbachs überein: das betrifft die Anwendung des dialektischen Materialismus als *schöpferischer Methode* der Literatur; die Aufarbeitung des bürgerlichen Erbes mit besonderer Aufmerksamkeit auf Werke, denen *materialistische und dialektische Elemente der Weltbetrachtung zugrunde lagen*[8]; ferner die Verknüpfung *erkennender* und *verändernder* Funktionen der Literatur[9] gegenüber einer Beschränkung auf aktuelle Agitation und bloßen Bericht. Die Resolution der Charkover Konferenz forderte dazu auf, diese Prinzipien sowohl gegen *rechte Abweichungen*, die die Möglichkeit einer proletarischen Literatur vor dem Sieg der proletarischen Revolution leugnen, als auch gegen linke Parolen von einer ›radikal neuen Kunst‹ auf internationaler Ebene durchzusetzen.[10]

Im BPRS übernahmen vor allem Johannes R. Becher, Georg Lukács und Andor Gábor diese Aufgabe. Nachdem Becher die Notwendigkeit einer umfassenden und schöpferischen Selbstkritik der proletarisch-revolutionären Literatur in ihrer gegenwärtigen Entwicklungsphase begründet hatte[11], setzten Lukács und Andor Gábor in Rezensionen von Romanen Willi Bredels (W 173) und Hans Marchwitzas[12] die künftig entscheidenden Maßstäbe. Gewichtigster Einwand gegen die Romane beider Autoren war die mangelhafte Beherrschung der *dialektisch-materialistischen Methode* in der Gestaltung des Gesamtzusammenhangs wie auch der Einzelfiguren. Bredel hat in einem Beitrag über die »Wendung an der Literaturfront« selbst die Berechtigung dieses Einwands unterstrichen und eine *qualitative Weiterentwicklung* der proletarischen Literatur gefordert, weil sie *weit, sehr weit hinter den politischen Entwicklungen zurückgeblieben* sei[13]. Demgegenüber versuchte Otto Gotsche, Bredel gegen Lukács' Kritik zu verteidigen (W 180); er stützte sich dabei auf Gespräche mit Arbeitern, die sowohl die Charaktere als auch die politische Situation in den Betrieben in Bredels Romanen richtig abgebildet fanden. Zur Überwindung des zurückgebliebenen Entwicklungsstandes der proletarischen Literatur forderte Gotsche die Ausbildung einer *Massenliteratur* und *Massenkritik* (W 180, S. 30).

Lukács antwortete auf diesen Vorschlag mit einer Polemik: er warf Gotsche vor, auf dem Boden der *Spontaneitätstheorie* zu verharren, die Lukács als eine der *nicht wenigen Luxemburgischen Überreste in der deutschen Arbeiterbewegung* kritisierte (W 183, S. 31). Er formulierte bei dieser Gelegenheit noch einmal die Ausgangsfrage seiner Kritik an Bredel, die auch den Ansatz für die Kontroverse mit Ottwalt bezeichnet: *Kann Bericht oder Reportage die Gestaltung ersetzen? Ist etwa Reportage wie sowohl in der Sowjetunion wie bei uns einige proletarische Schriftsteller behaupten, die richtige ›zeitgemäße‹ Methode unserer Literatur? Oder ist sie eine niedrigere, (in der Sowjetunion überholte, bei uns) zu überwindende schöpferische Methode? Darüber wäre es sehr nützlich zu diskutieren* (W 183, S. 32). In der unvermittelten Gegenüberstellung von Reportage und »gestaltetem« Roman zeichnete sich hier bereits ab, daß Lukács auf der Grundlage von Erfahrungen in der sowjetischen Literaturentwicklung wichtige Funktionen der Reportage für die Ausbildung eines proletarischen Romans in der Weimarer Republik nicht in Rechnung stellte.

Mit der Kontroverse zwischen Lukács und Ottwalt und mit der grundsätzlichen Kritik Gábors am epischen Theater Brechts [14] fand die Literaturdebatte im BPRS in den letzten Heften der *Linkskurve* von 1932 ihren Höhepunkt, zugleich aber einen abrupten Abschluß. Die politischen Ereignisse ermöglichten eine Auswertung der Debatte erst unter sehr veränderten Voraussetzungen in den Exilzeitschriften gegen Ende der dreißiger Jahre.

Anmerkungen

1. K. Neukrantz, »Berlin Alexanderplatz«. In: *Die Linkskurve*, Jg. 1, 1929, Nr. 5, S. 30–31.
2. K. Neukrantz, ebenda, S. 30.
3. O. Biha, Herr Döblin verunglückt in einer »Linkskurve«. In: *Die Linkskurve*, Jg. 2, 1930, Nr. 6, S. 24.
4. J. R. Becher, Einen Schritt weiter! In: *Die Linkskurve*, Jg. 2, 1930, Nr. 1, S. 4.
5. F. C. Weiskopf, Die Pleite des großen deutschen Romans. III. Döblin, der deutsche Normaleinheits-Joyce. In: *Berlin am Morgen* vom 2. 2. 1930.
6. Vgl. dazu den Kommentar und die Angaben in: Zur Tradition der sozialistischen Literatur in Deutschland [s. W 168], S. 765–766.
7. Die Redaktion der *Linkskurve* veröffentlichte 1931, Heft 2, eine »Bilanz der Charkower Tagung«, die sich weitgehend auf die Ausführungen Averbachs stützte: »Durchbruch der proletarischen Literatur«.
8. Ebd., S. 3.
9. Ebd., S. 4.
10. Resolution zu den politischen und schöpferischen Fragen der internationalen proletarischen und revolutionären Literatur. In: Zur Tradition der sozialistischen Literatur in Deutschland [s. W 168], S. 281–283.
11. J. R. Becher, Unsere Wendung. In: *Die Linkskurve*, Jg. 3, 1931, S. 1–8 (vgl. vor allem S. 2f.).
12. A. Gábor, »Schlacht vor Kohle«. In: *Die Linkskurve*, Jg. 4, 1932, Nr. 5, S. 31–36.
13. W. Bredel, Einen Schritt weiter. In: *Die Linkskurve*, Jg. 4, 1932, Nr. 1, S. 20–22.
14. A. Gábor, Zwei Bühnenereignisse. In: *Die Linkskurve*, Jg. 4, 1932, Nr. 11/12, S. 27–32.

FRANZ CARL WEISKOPF / KURT HIRSCHFELD 1930

Aus: Um den proletarischen Roman. Rundfunk-Gespräch vom 13. 6. 1930.
In: Zur Tradition der sozialistischen Literatur in Deutschland. 2. Aufl., Berlin, Weimar 1967, S. 191–198. W 168.

H.: Gibt es einen proletarischen Roman in Deutschland?

W.: Der deutsche proletarische Roman ist im Werden. Er ist – weshalb, möchte ich später erklären – in Elementen jedoch schon vorhanden.

H.: Gut, dann müssen wir versuchen, diese Elemente aufzudecken. Aber zunächst: »Was ist das, der proletarische Roman?« Ist das ein Roman *von* Proletariern oder *für* Proletarier?

W.: Ich glaube, die Frage darf man nicht so stellen: von oder für Proletarier. Das ist nicht das entscheidende Merkmal. Er kann sowohl von Proletariern als auch von Nichtproletariern geschrieben sein. Es kommt nicht darauf an, von wem er geschrieben ist, auch nicht für wen (wenn auch diese Frage sehr wichtig ist; aber es gibt ja auch nichtklassenbewußte, verbürgerlichte Proletarier, für die ein Roman geschrieben sein kann); es kommt also nicht darauf an, sondern . . .

H.: Sondern was ist das Entscheidende?

W.: Die Tendenz, die Gesinnung, das Ziel, die Absicht!

H.: Gut, also halten wir zunächst fest: Gesinnung und Tendenz sind die Kriterien des proletarischen Romans. Er ist also eine der Kampfformen, die mithelfen sollen, eine Veränderung der Lebensbedingungen des Proletariats zu schaffen.

[192] Dann wäre allerdings, wie Sie schon sagten, auch die Frage, für wen er geschrieben ist, nicht unwichtig.

Jeder Roman hat, soziologisch gesehen, sein Publikum. Er möchte es jedenfalls haben.

Das hat natürlich Einfluß auf die Art der Darstellung, auf die Stoffwahl etc. Zunächst wollen wir jedoch festhalten, was Sie sagten: Gesinnung und Tendenz, relativ belanglos von wem, aber wichtig für wen er geschrieben ist.

W.: Das heißt, soweit wir überhaupt vom Roman sprechen können, denn ich glaube, daß der Roman als literarische Form sich in Auflösung befindet.

H.: Wenn Sie glauben, daß der Roman sich in Auflösung befindet (ich teile Ihren Glauben), wäre es vielleicht nützlich, die sogenannten bürgerlichen Romane der letzten Zeit zu prüfen. Von da aus ließen sich gute Perspektiven und Abgrenzungen für uns finden.

W.: Einverstanden! Es wird sich dabei herausstellen, daß fast alle gewisse Zersetzungserscheinungen aufweisen.

H.: Und auch zersetzend – in einem noch zu erläuternden Sinne – wirken.

W.: Selbstverständlich, die sogenannte Zersetzungsliteratur ist zersetzend und wirkt zersetzend.

H.: Wir müßten wohl den Begriff »Zersetzungsliteratur« kurz klarstellen. Ich verstehe darunter eine Literaturgattung, die versucht, die Ideologien (das heißt das falsche, weil wirklichkeitsfremde Bewußtsein von etwas), die Ideologien, sage ich, der jeweils herrschenden Gesellschaftsschicht aufzudecken, zu zersetzen, in Gegensatz zu stellen zur echten Wirklichkeit und von da aus anzugreifen. Sie haben einmal geschrieben, Herr Weiskopf, daß diese Literatur lediglich ein Ventil der bürgerlichen Gesellschaft sei. Würden Sie vielleicht erklären, was Sie darunter verstehen? Diese Art der Literatur hat, glaube ich, eine Aufgabe, die auch von Ihrem Standpunkt aus nicht unterschätzt werden sollte.

[193] W.: Nein, ganz und gar nicht. Ich gebrauchte dieses Wort in einer Besprechung von Döblins Roman »Berlin Alexanderplatz«.[1] Ich sagte damals, daß dieser Roman einerseits ein Werk der Zersetzungsliteratur sei, da er bestimmte bürgerliche Ideale und Anschauungen, kurz die bürgerliche Ideologie zersetzt, daß [er] aber andererseits als Ventil wirke. Als Sicherheitsventil für Unzufriedenheitsenergien, für Rebellantenenergien. Die bürgerliche Gesellschaft gestattet nämlich einer gewissen Sorte von Unzufriedenen, von Oppositionellen, auf literarischem Gebiet Kritik zu üben. Auf diesem Gebiet erscheint ihr nämlich eine Kritik am ungefährlichsten; ja mehr als das, indem sie die Kritik dort austoben läßt, nimmt sie ihr Kraft und Gelegenheit, auf gefährlicherem Gebiet – etwa auf dem der Wirtschaft oder dem der Politik – aufzutreten. Man soll dem Ochsen nicht das Maul verbinden, wenn er drischt, sagt schon die Bibel.

H.: Sie glauben also, die Zersetzungsliteratur habe nur den Zweck, als Auspuff für gefährliche Energien zu dienen?

W.: Sehr richtig, eine ihrer Funktionen besteht darin, durch Kritik Abhilfe von Mißständen *vorzutäuschen*, zu meckern, ohne daß etwas gebessert wird.

H.: Dem muß ich widersprechen. Einmal sind einige dieser Romane eminent politisch ...

W.: Aber ja doch! Die Funktion der Zersetzungsliteratur ist doch politisch! [...]

[194 ...] H.: Ich glaube, daß man zunächst zwei verschiedene Formen unterscheiden muß. Einmal den Döblinschen »Alexanderplatz«, der durch direktes Aufzeigen des Lebens bestimmter Gruppen, mit dem Hinweis: Das gibt es!, die Absolutheit der bürgerlichen Lebensform und Auffassung ins Wanken bringt, indem er einfach sagt, das gibt es, das ist nicht besser und nicht schlechter als ihr, das lebt, von den Verhältnissen gezwungen, das kann nur so und nicht anders existieren. Döblin entkleidet also bestimmte Vorurteile wie »Würde«, »Ehre« usw. der Bedeutung, die ihnen die bürgerliche Gesellschaft beimißt. Dann gibt es noch den indirekten Angriff gegen diese Form, der einfach ironisch, das heißt durch ständiges In-Frage-Stellen und Lächerlichmachen, denselben Prozeß zu vollführen versucht. Als bestes Beispiel scheint mir der Roman »Ginster. Von ihm selbst geschrieben«[2] zu sein. Dieser Ginster ist so etwa der soziologische Chaplin. Er sieht zwar die Gesellschaft durch ihre eigene Brille, aber durch eine übersichtige. Die Ideologie wird ihrer falschen Würde und ihrer vermeinten Unfehlbarkeit durch Ironie entkleidet. Wer einmal diese Gesellschaft so ohne den Dunst der Ideologien [195] völlig nackt gesehen hat, wird gezwungen sein, lebensnahere Formen zu suchen oder zumindest für ihre Aufnahme bereiter zu sein.

W.: Was Sie da angeführt haben, scheint mir weniger Ihre Theorie als die meinige zu bekräftigen. Sehen Sie, eine literarische Kritik bestehender Zustände hat es doch auch schon früher gegeben, ja, alle großen Romanschriftsteller von Stendhal bis Hamp und von Dickens bis Galsworthy waren und sind nicht mehr oder weniger kritisch gegen die herrschende Ordnung eingestellt. Aber Kritik ist auch nicht das Wesentliche an der Zersetzungsliteratur, und die Kritik macht auch nicht das Zersetzende aus. Die Zersetzungsliteratur unserer Zeit wirkt weniger durch ihre Kritik zersetzend, denn sie ist teils zu zahm, teils wird sie zu kompliziert vorgebracht, als durch ihre Art der Darstellung, und zwar die ideologische und die formale Art der Darstellung. Bei Döblin z. B. wird schon in der äußeren Form die ehrwürdige Form des Romans gesprengt. Döblin tritt gleichsam als Conférencier auf. Er kommt immer wieder zwischen seinen Figuren vor, er macht Ulk, prophezeit, redet etwa über das Schicksal einer Person, inszeniert eine Prinz-Homburg-Parodie, kurz, setzt sich über die Romanform hinweg. Er tut es in einer aufdringlichen Saloppheit, »mir kann keener«, und er zeigt dadurch schon, daß ihm eigentlich alles – Roman, Romanhandlung, Romanfiguren, und was sie bewegt, also Liebe, Leidenschaft, Politik – gleichgültig sind.

Alles: Ideale, Tugenden, Leidenschaften, Programme, politische Bewegungen, Systeme – alles ist beiläufig, unwichtig, nicht ernst zu nehmen, und in dieser Bagatellisierung liegt die zersetzende Wirkung. Dabei bagatellisiert und verhöhnt Döblin jedoch gleichzeitig die gegen die jetzige Ordnung kämpfenden Kräfte ebenso (die Proletarier Döblins sind z. B. nur Lumpenproletarier, dumpfe, doofe Gesellen) und hebt dadurch die Wirkung seiner *scheinbaren* Gesellschaftskritik auf!

[196] Ähnlich wie bei Pirandello und wie bei Joyce werden auch bei Döblin die letzten formalen und ideelichen Möglichkeiten, die dem Roman noch geblieben sind, ausgeschöpft, und schon darum, glaube ich, muß jetzt etwas anderes kommen.[3]

H.: Und Sie meinen nun, daß das Neue, was kommen wird, »der proletarische Roman« ist?

W.: Wobei ich nochmals bemerken muß, daß ich noch gar nicht weiß, ob es noch Roman sein wird.

H.: Nun gut. Was unterscheidet den proletarischen Roman vom bürgerlichen, soweit er existiert? Wir hatten am Anfang unseres Gespräches festgestellt: Gesinnung und Tendenz.

W.: Nicht nur Gesinnung und Tendenz.

H.: Was noch? Wir müßten uns nun fragen, ob die beiden Fakten vermochten, stofflich, in der Gestaltung, im Aufbau und in der Sprache den proletarischen Roman vom bürgerlichen Roman so zu unterscheiden, daß man von ihm als von einer eigenen Kunstgattung sprechen kann.

W.: Selbstverständlich. Aber wir müssen eines bedenken. Es wird zunächst, wie in der Wirtschaft, auch hier Zwischen- und Übergangsformen geben müssen. Vorläufig gibt es ja überhaupt erst nur Keime dieser neuen epischen Art. Eine auch nur einigermaßen abschließende Theorie kann es also noch nicht geben.

H.: Untersuchen wir also zunächst einmal den Aufbau und die Form. Finden wir da schon Merkmale, die ihn unterscheiden?

W.: Der Aufbau des proletarischen Romans dürfte ein anderer als der des bürgerlichen Romans sein. Es ist schon jetzt eine Sprengung der strengen Romanform zu konstatieren, starke Anklänge an das Chronikhafte, an die Selbstbiographie, an den Bericht, an die Rede.

Turek: halb Roman, halb Biographie.[4]

Kläber: halb Protokoll, halb Roman.[5]

Knauf: halb Reportage, halb Roman.[6]

[197] Diese Erscheinungen gehen auf die bürgerliche Zerfallsform zurück (Dos Passos, Nathan Asch in Amerika, Ralph Mottram in England, in Deutschland Holitscher, der frühe Leonhard Frank).

H.: Der Aufbau hat sich also gelockert. Die strenge Form ist gesprengt, das gab es auch schon im bürgerlichen Roman. Hier scheint also nicht das Entscheidende zu liegen. Hingegen ist die Einbeziehung von Chronik und Bericht schon wichtiger. Die Grenzen werden erweitert und neue Elemente einbezogen. Wie ist es mit dem Stoff? Da müßte sich doch einiges verändert haben.

W.: Stofflich wäre zu sagen, daß neben dem Gebiet des Psychologischen, das vom bürgerlichen Roman erobert wurde, jetzt die Eroberung des breiten Gebietes des kollektiven Handelns und der kollektiven Gefühle hinzukommt. In Deutschland sind erst Ansätze vorhanden. Kläber, Scharrer[7], Plivier[8], aber in der Sowjetunion ist man schon viel weiter, dort gibt es bereits großangelegte Werke wie z. B. Panfjorows »Habenichtse«, um nur einen Roman aus der Fülle der russischen proletarischen Literatur herauszugreifen.

H.: Das würde also heißen, daß gegen die Individualgesinnung des bürgerlichen Romans, in dem Individuen, ihre Erlebnisse und ihre privaten Gefühle beschrieben werden, nur kollektive Gruppen von Menschen Träger der Handlung sind, oder Individuen, deren Gefühle sich als Ausdruck und Spiegel der Gesellschaft darstellen lassen. Nicht das Ich, sondern das Ich als Teil des Wir, das Ich, soweit es gesellschaftlich gebunden ist, spricht sich aus.

W.: Ich würde es so ausdrücken: Aller Voraussicht nach werden an Stelle der privaten die soziologischen Konflikte von den Autoren des proletarischen Romans zum Vorwurf genommen werden, siehe wiederum Panfjorows Roman der Kollektivierung. Was aber nicht heißt, daß jetzt keine persönlichen Schicksale mehr geschildert werden, nein, das [198] heißt nur, daß die Motoren der Romanhandlung nicht mehr private, sondern große soziale, wirtschaftliche oder Klassenkonflikte sein werden, daß sich diese großen Konflikte aber widerspiegeln im Leben einzelner Menschen und Gruppen. [. . .]

Anmerkungen

1. F. C. Weiskopf, Die Pleite des großen Romans. III. Döblin, der deutsche Normaleinheits-Joyce. In: Berlin am Morgen vom 2. 2. 1930.

2. Roman von Siegfried Kracauer. Berlin: S. Fischer 1928.

3. In der Rezension des »Alexanderplatz« schreibt Weiskopf dazu: *Döblin hat schließlich von einem Mann gelernt, dessen Werk einen Grenzstein in der Entwicklung der Literatur bedeutet: von James Joyce. Dieser Ire hat in seinem Riesenwerk »Ulysses« die letzten Möglichkeiten der heute gegebenen Romanform (die eine bürgerliche Literaturform ist, genau so wie das höfische Epos eine feudale Literaturform war) erschöpft und eine neue Form geschaffen, für die er allerdings den neuen Inhalt zu finden noch nicht imstande war.* (Berlin am Morgen vom 2. 2. 1930.)

4. L. Turek, Ein Prolet erzählt. Lebensschilderung eines deutschen Arbeiters. Berlin: Malik 1929.

5. K. Kläber, Passagiere der III. Klasse. Berlin: Internat. Arbeiter-Verlag 1927.

6. E. Knauf, Ça ira! Reportage-Roman aus dem Kapp-Putsch. Berlin: Büchergilde Gutenberg 1930.

7. A. Scharrer, Vaterlandslose Gesellen. Wien, Berlin: Agis-Verlag 1930.

8. Th. Plivier, Des Kaisers Kulis. Berlin: Malik 1929.

GEORG LUKÁCS 1932

Aus: Reportage oder Gestaltung? Kritische Bemerkungen anläßlich des Romans von Ottwalt.
In: Die Linkskurve, Jg. 4, 1932, Nr. 7, S. 23–25, 28–30. W 184.

I.

Der neue Roman Ottwalts* ist repräsentativ für eine ganze Literaturrichtung, für eine ganz bestimmte Art der *schöpferischen Methode.* Er arbeitet mit den Mitteln der Reportage, an der Stelle der »überkommenen«, »veralteten«, »bürgerlichen« Mitteln der »erfundenen« Handlung und der »gestalteten« Menschen. Diese Richtung ist heute international verbreitet: von Upton Sinclair und Tretjakow bis Ilja Ehrenburg arbeiten die verschiedensten Schriftsteller mit dieser Methode. Diese Richtung ist ja auch nicht heute entstanden. In gewisser Hinsicht gehört schon Zola zu ihren Ahnen, ja man kann ihre Anfänge bereits in den gesellschaft-kritischen Romanen der Spätromantik (Victor Hugo, Georges Sand, Eugéne Sue usw.) auffinden. Ein geschichtliches Erforschen der Entstehung dieser schöpferischen Methode – zu dem leider alle Vorarbeiten fehlen – wäre für die Fragen, die wir hier zu stellen haben, sehr wesentlich. Denn erst das Aufzeigen, wie diese Methode aus der ideologischen Entwicklungslage der Bourgeoisie auf einer bestimmten Entwicklungsetappe entstand, ließe endgültige Folgerungen über ihre Wesensart, über ihre Stellung zu den anderen schöpferischen Methoden ziehen. Wir müssen uns aber vorläufig in Ermangelung solcher Vorarbeiten mit einer engeren und darum abstrakteren Fragestellung begnügen.

Es ist jedoch klar, daß auch diese beschränktere Fragestellung nicht bei Ottwalts Roman stehen bleiben kann. Es wäre leicht, die Vorzüge dieses Buches aufzuzählen,

* Ernst Ottwalt: »Denn sie wissen, was sie tun«. Ein deutscher Justizroman. Berlin, Malik-Verlag.

und wenn wir uns hier nicht bei ihnen aufhalten, so tun wir es nicht, weil wir das Buch für schlecht halten. Ganz im Gegenteil. Es ist ein gutes, lehrreiches, nützliches Buch. Es bearbeitet sein Material: die deutsche Klassenjustiz der Nachkriegszeit, mit Fleiß, Wissen und Systematik. Es gibt diesem Material eine lebhafte und anregende Darstellung. Alle diese Vorzüge sind die eigenen, *individuellen* Vorzüge des Schriftstellers Ottwalt. Dagegen ist, was wir am Buch Ottwalts kritisieren wollen, seine literarische Richtung, seine schöpferische Methode, eben das, was an ihm mit vielen zeitgenössischen Schriftstellern *gemeinsam* ist. Eine solche Kritik muß also ihren Ausgangspunkt bei den gemeinsamen Zügen nehmen. Ottwalts Buch, das auf diese Weise ebenso Anlaß wie auch Gegenstand dieser Kritik ist, ist gerade wegen seiner Vorzüge geeignet, eine in unserer Literaturentwicklung unerläßlich gewordene prinzipielle Auseinandersetzung dieser Fragen auszulösen.

Der Psychologismus

Warum erscheint sehr vielen – auch unter den proletarischen Schriftstellern und Lesern – diese Form zeitgemäßer als die hergebrachte Romanform? Die Frage ist nicht schwer zu beantworten (und die Antwort wirft zugleich klares Licht auf die soziale Herkunft und künstlerische Beschaffenheit dieser Form). Es entstand in steigendem Maße und mit steigender Stärke die Anschauung, daß der bürgerliche Roman, der sich immer mehr in der psychologischen Darstellung privater Schicksale und Privatgefühle verlor, absolut ungeeignet ist, die großen allgemeinen Fragen der Zeit auch nur anzuschneiden, geschweige denn zu ihnen angemessene Stellung zu nehmen. In dieser Anschauung steckt der richtige Instinkt, daß Form und Inhalt organisch zusammengehören; daß das vollständige Versagen des psychologischen Romans unmöglich ein Zufall sein kann; daß seine Form mit seinem Inhalt (und mit der Weltanschauung seiner Verfasser) ursächlich zusammengehört; daß man ihn also nicht verbessern, nicht umbauen kann, sondern an seine Stelle *etwas anderes* zu setzen hat. Die Unzufriedenheit mit den wesenlos gewordenen Inhalten des psychologischen Romans rief eine berechtigte Opposition gegen seine Form hervor. [24] Diese Opposition ging jedoch im Inhaltlichen und im Weltanschaulichen nicht tief genug. Sie *konnte* – wie wir zeigen werden – aus *klassenmäßigen* Gründen nicht tief genug gehen und wurde deshalb zu einer bloßen *Erneuerung der Form.* Es wäre eine unzulängliche Erklärung des Versagens des psychologischen Romans, wenn man die Ursache ausschließlich in dem mangelnden Mut der Verfasser die Wahrheit über die heutige Gesellschaft auszusprechen (wie dies z. B. Upton Sinclair tut) oder gar in der mangelnden Erkenntnis der Schriftsteller über gesellschaftliche Zusammenhänge suchen würde. All dies ist selbstverständlich da, ist sogar ausschlaggebend wichtig. Der apologetische Charakter der bürgerlichen Literatur der Verfallszeit und schon lange vor der ausgesprochenen Verfallszeit ist eine grundlegende Tatsache für ihre Bewertung. Er erklärt jedoch nicht, warum der Apologetismus gerade die Form des Psychologismus aufnimmt. Es gibt ja daneben eine breite offen apologetische Richtung in der bürgerlichen Literatur, die nicht mit den Mitteln des Psychologismus arbeitet.

(Zum Beispiel Kipling als Herold des englischen Imperialismus; im Gröberen etwa: Detektivroman usw.) Andererseits entsteht der psychologische Roman noch auf einem nicht apologetischen Boden, ja seine ersten und größten Vertreter kritisieren noch scharf die kapitalistische Gesellschaft, wenn auch freilich unkonsequent und mit untauglichen weltanschaulichen Mitteln (Flaubert, Jacobsen). Der Psychologismus, als *eine*, besonders »vornehme« Richtung des Apologetismus muß also aus dem *gesellschaftlichen Sein* der bürgerlichen Klasse begriffen werden, aus der kapitalistischen Arbeitsteilung, aus dem auf diesem Boden entstehenden Warenfetischismus, der »Verdinglichung« des Bewußtseins. Dabei ist für die Literaturentwicklung besonders in Betracht zu ziehen, daß im Kapitalismus die Arbeitsteilung auch für die einzelnen Gebiete der Produktion der Ideologie »wieder ein neues selbständiges Gebiet eröffnet, das bei aller seiner allgemeinen Abhängigkeit von der Produktion und vom Handel doch eine besondere Reaktionsfähigkeit gegen diese Gebiete besitzt« *. Der Psychologismus in der Literatur ist ein Fall dieser »besonderen Reaktionsfähigkeit«. Die »Verdinglichung« äußert sich für den Literaten und überhaupt für den mit der materiellen Produktion nicht unmittelbar verbundenen Intellektuellen vorwiegend so, daß die Wirklichkeit ihm als »mechanisch«, »seelenlos«, von »fremden« Gesetzen beherrscht erscheint, wobei diese Vorstellung zwischen »sinnlosem« Gesetzsystem und Chaos die verschiedensten Variationen aufweist, je nach der jeweiligen, aber stets unbegriffenen, Entwicklungsphase der kapitalistischen Produktion. Dieser »wesenlosen« Wirklichkeit stellt der bürgerliche Literat die »allein maßgebende« Wirklichkeit, das »Seelenleben« gegenüber. Dieses Seelenleben wird der Mittelpunkt des Inhalts, zuweilen der alleinige Inhalt seiner Gestaltung. Die schöpferische Methode, die auf dieser Grundlage entsteht, ist der Psychologismus. Entstanden ist er bei seinen ersten, bedeutendsten Vertretern als romantische Opposition gegen die entmenschenden Wirkungen des Kapitalismus, die freilich schon hier eine nicht nur auf den Kopf gestellte, sondern auch verzerrte Spiegelung des wahren Tatbestandes gewesen ist. Denn auch diese Schriftsteller gehen von den ideologischen Auswirkungen als der ihnen unmittelbar gegebenen Wirklichkeit aus und bekämpfen von hier aus die von ihnen nicht verstandenen und darum mythologisierten Ursachen dessen, was sie für schädlich, für entmenschend halten. Im Laufe der Entwicklung verliert dieser romantische Antikapitalismus immer mehr seine Schärfe. Er wird rein apologetisch, indem er teils eine Kapitulation vor alten Ideologien predigt und verherrlicht (Dostojewsky, Bourget, Huysmans usw.), teils durch alleinige Darstellung des »Innenlebens« eine mehr oder weniger bewußte Erziehungsarbeit in der Richtung auf politischen und sozialen Indifferentismus, auf Vernachlässigen, Beiseiteschieben der »unwesentlichen«, »äußeren« Kämpfe zugunsten des allein maßgebenden »Seelenlebens« verrichtet (Hamsun, Anfänge von Anatole France).

* Engels über die Berufsjuristen im Brief an C. Schmidt 27. Oktober 1890. Die späteren Ausführungen des Briefes zeigen, daß diese Feststellung, wenn auch modifiziert, auch für die »noch höher in der Luft schwebenden« ideologischen Gebiete gilt. [1]

[25] *Der Reportageroman als Opposition gegen den Psychologismus.*

Die Reportage als schöpferische Methode ist aus der berechtigten Opposition gegen solche Weltanschauungen und ihre literarischen Ausdrucksformen entstanden. Oppositionelle Schriftsteller, die in mehr oder weniger engen und klaren Beziehungen zur Arbeiterbewegung standen, versuchen die von ihnen bekämpften Mißstände der kapitalistischen Gesellschaft objektiv, den Tatsachen treu darzustellen. Der *primäre* Ausgangspunkt dieser Richtung war also eine von den Vertretern des psychologischen Romans verschiedene Einstellung zur kapitalistischen Gesellschaft: die einer kleinbürgerlich-radikalen, zuweilen den Sozialismus streifenden Opposition. Die Schilderungen der objektiven Tatbestände, das oberste Ziel dieser Richtung, war also von vornherein kein Selbstzweck, sondern sollte der *Entlarvung* der schreiendsten Mißstände und Mißbräuche dienen. Diese Absicht hat naturgemäß zur Folge, daß bei der Darstellung der objektiven Tatbestände eines solchen Entlarvungskomplexes die dabei beteiligten Menschen, ihre individuellen Erlebnisse, Schicksale usw. nur eine untergeordnete Rolle spielen konnten. Im schroffen Gegensatz zum psychologischen Roman, zu seiner »Zergliederungskunst«, zu der ununterbrochenen Reflexion des Verfassers über die Gefühle, Erlebnisse usw. seiner Gestalten und zu der ebensolchen Reflexion der Gestalten über ihre eigenen Erlebnisse, zu der ganzen skeptisch-lyrischen Willkür des Psychologismus (Dostojewsky selbst nennt die Psychologie »einen Stock mit zwei Enden«) sollte hier resolut bloß das Objektive, das rein Typische, das von den Individuen Unabhängige dargestellt werden. Also: im Gegensatz zum Psychologismus ein *rein gesellschaftlicher Inhalt*.

Dieser Gegensatz war und ist aber ein mechanischer Gegensatz, kein dialektischer. Wie bereits hervorgehoben, waren die meisten Vertreter des Reportageromans, vor allem seine Begründer kleinbürgerliche Oppositionelle gegen den Kapitalismus, keine proletarischen Revolutionäre; sie hatten also keine materialistisch-dialektische Erkenntnis über seine Bewegungsgesetze, über seine bewegenden Widersprüche. Sie konnten nur einzelne isolierte Tatsachen (oder bestenfalls Tatsachenkomplexe) abgetrennt von der bewegt-widerspruchsvollen Einheit des Gesamtprozesses erkennen und über solche Tatsachenkomplexe *moralische Werturteile* fällen. Die fetischistische Auseinanderreißung der Wirklichkeit, die Unfähigkeit in den »Dingen« des gesellschaftlichen Lebens Beziehungen von Menschen (Klassenbeziehungen) zu erblicken, ist deshalb bei ihnen ebenso vorhanden, wie bei ihren künstlerischen Antipoden, den Psychologisten, nur von der anderen Seite. Während diese als subjektive Idealisten der Illusion verfallen, die »das egoistische Individuum der bürgerlichen Gesellschaft . . . sich in seiner unsinnlichen Vorstellung und unlebendigen Abstraktion zum Atom aufblähen« läßt [2] (Marx: Heilige Familie), begehen jene den Fehler des alten Materialismus und erkennen nicht die Dialektik, die die »bewegenden Ursachen« von Gesellschaft und Geschichte »durch die Köpfe« der Menschen wirken läßt [3] (Engels: Feuerbach). Sie wollen das Objektive rein objektiv, das Inhaltliche rein inhaltlich ohne dialektische Wechselwirkung mit den subjektiven und formellen Faktoren darstellen und können deshalb weder das Objektive noch das Inhaltliche wirklich erfassen und angemessen zum Ausdruck bringen. Der in der Gestaltung beiseitegeschobene subjektive Faktor erscheint im Werk als ungestaltete Subjektivität des Verfassers, als moralisierender Kommentar und als überflüssige, zufällige, mit der Handlung nicht organisch verbundene Charakteristik der Gestalten. Und die mechanisch-einseitige Ueberbetonung des Inhaltlichen führt zum Formexperiment: zum Versuch, den Roman mit den Mitteln der Publizistik, der Reportage zu erneuern.

Reportage als schöpferische Methode

[28 . . .] Der Reportageroman übernimmt die Methode der Wirklichkeitsdarstellung von der Reportage. Das ist klassenmäßig durchaus verständlich. Während der proletarisch-revolutionäre Dichter, indem er den dialektischen Materialismus zur Grundlage seiner schöpferischen Methode macht, stets die treibenden Kräfte des Gesamtprozesses vor Augen hat*, kann der Schriftsteller, der in kleinbürgerlicher Opposition zur kapitalistischen Gesellschaft steht, nicht vom Gesamtprozeß und seinen treibenden Kräften, die er nicht versteht, ausgehen. Er will *Einzelheiten* entlarven. Hier ist es aber ausschlaggebend wichtig, daß diese Einzelheiten auch stimmen. Denn sobald er nicht imstande ist, den *Gesamtprozeß zu gestalten*, ist er gezwungen, seinen *Einzelfall* (oder seinen Komplex von Einzelfällen) zu *beweisen*. Als Beweis kann aber nur die Uebereinstimmung mit der empirischen Wirklichkeit dienen. Ottwalt äußert sich auch über diese Frage im Vorwort seines Buches mit anerkennenswerter Offenheit:

. . . *»Es liegt in der Geschichte der deutschen Republik begründet, daß diese Tatsachen dem Leser zuweilen unglaubhaft erscheinen mögen. Daher bittet der Autor den Leser, sich über den Verlag an ihn zu wenden, wenn irgendwelche Zweifel an dem dokumentarischen Charakter dieser oder jener Darstellung in dem Roman auftauchen sollten. Alle derartigen Anfragen werden beantwortet durch Offenlegung des Tatsachenmaterials, auf das sich die fraglichen Stellen stützen.«*

Fetischismus

Betrachten wir nun etwas näher, was diese Differenz der Darstellungsmethode konkret zur Folge hat. Vor allem ist zu bemerken, daß hierbei die Vorzüge [29] der Reportage (auf ihrem eigenen Gebiet) verblassen und ihre Grenzen, die auf dem eigenen Gebiet organische Grenzen einer beschränkten, aber in dieser Beschränkung berechtigten und wirksamen Darstellungsmethode der Wirklichkeit waren, in Schranken der Gestaltungsmöglichkeit umschlagen. Die eigentliche Reportage gestattet

* Dasselbe gilt von den großen realistischen Schriftstellern der revolutionären Periode des Bürgertums, nur daß bei ihnen diese Erkenntnis klassenmäßig beschränkt ist und dementsprechend ihrer Methode nur ein naiver Materialismus und eine instinktive Dialektik zugrundeliegen kann.

nämlich eine lebendige, wirksame und durchschlagende Darstellung eines Wirklichkeits*ausschnittes* auch *ohne* Einsicht in den Gesamtprozeß und seine Zusammenhänge. Sind die Einzelfälle richtig beobachtet und dargestellt, ist die Generalisierung wenigstens so weit vollzogen, daß gezeigt werden kann: sie sind typisch für den geschilderten Wirklichkeitsausschnitt, so haben sie eine Ueberzeugungskraft, selbst wenn der Gesamtzusammenhang gar nicht oder ganz falsch erkannt wird. (Knickerbockers einzelne Deutschlandreportagen)[4]. Dagegen ist die *Gestaltung* des Gesamtzusammenhanges die *Voraussetzung für eine richtige Komposition* des Romans. Das mag mit »falschem Bewußtsein« geschehen; d.h. so, daß der Verfasser die Gegenwart, in der er lebt, und die er schildert, verurteilt, bewußt eine vergangene, vergehende Gesellschaft oder eine nur in seiner Vorstellung vorhandene Utopie bejaht, aber in seiner Gestaltung doch die treibenden Kräfte in ihrem Zusammenhang erkennt, aufzeigt und gestaltet, was Engels eben »für einen der größten Siege des Realismus« hält. (Brief über Balzac a.O.[5] Vgl. auch Lenin über Tolstoj, wo zugleich die Grenzen einer solchen Gestaltung mit »falschem Bewußtsein« meisterhaft aufgedeckt werden.[6])

Die Gestaltung des Gesamtprozesses ist die Voraussetzung für eine richtige Komposition des Romans. Warum? Weil nur die Gestaltung des Gesamtprozesses den Fetischismus der ökonomischen und gesellschaftlichen Formen der kapitalistischen Gesellschaft auflöst und sie als das erscheinen läßt, was sie wirklich sind, als (klassenmäßige) Beziehungen der Menschen zueinander. »Ihre eigene gesellschaftliche Bewegung besitzt für sie die Form einer Bewegung von Sachen, unter deren Kontrolle sie stehen, statt sie zu kontrollieren«[7] (Marx: Kapital I, S. 41). Wenn also – um auch inhaltlich auf das Thema von Ottwalt zu kommen – in einer Reportage auf Grundlage der bürgerlichen Ideologie das kapitalistische Justizwesen als eine »Maschine« geschildert wird, die in unmenschlicher »Sachlichkeit« und »Objektivität« Menschen zertrümmert, so kann das unter Umständen nützlich und wirkungsvoll sein, der Fetischismus der Weltanschauung beschränkt bloß die Darstellungsweise, aber zerstört sie nicht. Wenn aber diese fetischistische Grundanschauung zur kompositionellen Grundlage eines Romans wird, so tritt ihr einseitig-mechanistisches Wesen klar zutage. Dann ist nämlich das Justizwesen ein fertiges Produkt, nicht Moment eines Prozesses, das selbst prozessiert, sich im Prozeß entwickelt, sich in steter lebendiger Wechselwirkung mit seinen Voraussetzungen und Folgen befindet, stets lebendiges Resultat der (klassenmäßigen) menschlichen Beziehung jener Menschen ist, deren Tätigkeit ihm selbst als Subjekt und Objekt dient. Starr, mechanisch, von »eigenen« Gesetzen (im Kreise) bewegt, steht es im Gegenteil unbezwingbar und unüberwindbar allen *Einzelmenschen* gegenüber, die diese Maschine teils bedienen, und zwar in einer Weise, daß sie selbst zu bloßen Räderchen der Maschinerie werden, teils ihr widerstandslos zum Opfer fallen, etwa wie das Korn von der Mühle zermahlen wird. Damit haben wir das erste charakteristische Moment des Reportageromans aufgedeckt: er geht von einem als fertig gefaßten Gebilde aus, das eben – »objektivistisch«, »wissenschaftlich« – als Gebilde geschildert wird. Die von Marx und Engels als Wesenszeichen der kapitalistischen Gesellschaft aufgezeigte – sehr relative – Verselbständigung der Produkte der Gesamtentwicklung, wird hier verabsolutiert. Indem die dialektische Wechselwirkung eines solchen Gebildes sowohl zu der Gesellschaftsschicht, die dieses Gebilde »bedient«, deren Tätigkeit seine Existenz ausmacht, wie zu der gesellschaftlichen Gesamtheit, in deren Klassenkämpfen es bestimmte eigene Funktionen ausübt (und *darum* und *nur* darum sich verselbständigen kann) verschwindet, erstarrt der dialektische Schein zu einer Scheinwirklichkeit. Das heißt der fetischistische Schein dieser Selbständigkeit, der in der lebendigen Dialektik der Gesamtentwicklung die notwendige *Erscheinungsform* [30] des Gesamtprozesses, also Moment der Ganzheit, ist, das dialektisch aufgehoben werden müßte*, bleibt unaufgehoben bestehen. Es wird in der Tat ein »dinghaftes« Gebilde, also nicht mehr dialektischer Schein eines Gebildes, wird in der Tat selbständig, also spielt nicht mehr bloß im dialektischen Prozeß die notwendige, aber zugleich notwendig aufgehobene Rolle eines sich »verselbständigenden« Moments.

Aus diesen notwendigen Folgen der Reportage als schöpferischer Methode des Romans lassen sich eine Reihe wichtiger ideologischer wie künstlerischer Mängel ableiten. Erstens, daß die in guter revolutionärer Absicht vollbrachte Entlarvung des Unterdrückungsapparates der Bourgeoisie in eine politisch schiefe Beleuchtung kommt. Er erscheint als allmächtig und unbesiegbar. Der Kampf, der Widerstand der Arbeiterklasse fehlt. Das Proletariat ist als ohnmächtiges Objekt der Justiz geschildert. Ja, in den meisten Fällen sehen wir nicht die wirklichen Repräsentanten der Klasse, sondern bereits zermürbte, vom Leben zerschlagene, eines Widerstandes unfähige, ins Lumpenproletariat herabsinkende Typen vor uns. Aber auch dort, wo kämpfende Arbeiter zum Gegenstand der Justizmaschinerie werden (Tschekaprozeß in Leipzig)[8], sind sie auch bloße Objekte der Justiz, und ihre klassenbewußt-kämpferische Haltung kann nicht wirkungsvoll zum Ausdruck kommen. Das ist aber weder ein zufälliges Versagen Ottwalts an diesem Punkt, noch sein Versagen als Schriftsteller überhaupt, sondern eine notwendige Folge seiner schöpferischen Methode. Erst wenn der Gesamtprozeß gestaltet wird, wo der Klassenkampf des Proletariats die *gestaltete* Voraussetzung des Seins und des Soseins der Klassenjustiz ist, kann der Kampf der Arbeiter vor dem Gericht, der in der Wirklichkeit nur ein Moment des Klassenkampfes ist, als Moment des Kampfes erscheinen. Losgerissen von diesem Kampf siegt in der Gestaltung die fetischistisch-erstarrte Erscheinungsform. Es ist ja nicht unwahr, daß der revolutionäre Arbeiter vor Gericht sagen und tun kann, was er will, das Urteil ist fertig, er ist bloß Objekt der Maschine der Klassenjustiz. Es ist nicht unwahr, aber *nur ein Teil* der Wahrheit, und »das Wahre ist das Ganze«[9] (Hegel). Die vom Ganzen losgelöste, starr auf sich gestellte Teilwahrheit, die Teilwahrheit, die sich als ganze Wahrheit gibt, schlägt notwendig in eine *Entstellung* der Wahrheit um. Derselbe politische Fehler findet sich in allen mit ähnlicher Methode

* Aufheben im Hegelschen *Doppelsinn* gemeint; also hier *zugleich:* einerseits die Vernichtung der Selbständigkeit des Moments, seine Degradierung zum *bloßen* Moment, das Aufzeigen, daß es *bloß* Erscheinung ist, andererseits die Feststellung, daß es *als* Erscheinung, *als* Moment, *als* Teil des Gesamtprozesses – auch in seiner relativen Selbständigkeit – objektiv existiert.

verfaßten Romanen. Ich will gar nicht von Ehrenburg sprechen, bei dem die Verbindung zwischen skeptisch-zerfressener, intellektualistisch-gegenrevolutionärer Weltanschauung und immer bewußterem Vermeiden aller Gestaltungsmethoden auf den ersten Blick augenfällig ist. Aber auch bei Upton Sinclair kann man deutlich sehen, daß seine Unklarheit in den Fragen des Klassenkampfes, sein Schwanken zwischen kleinbürgerlich-moralisierender Gesellschaftskritik und wirklichem Anschluß an den Klassenkampf des Proletariats auch als Schwanken zwischen realistischer Gestaltung und Reportage zum Ausdruck kommt. Je näher er dem konkreten Klassenkampf steht, desto stärker ist er als Gestalter (Jimmie Higgins), je mehr er sich von ihm entfernt, desto ausgeprägter wird die Reportage als seine Schaffungsmethode (Petroleum). Und die Schilderung des Proletariats ist im letzteren mit der bei Ottwalt sehr verwandt. Auch bei Ottwalt scheint es uns, daß in diesen politischen Konsequenzen seiner schöpferischen Methode eben die soziale Wurzel seiner Wahl dieser Methode zum Ausdruck kommt: die aus der Kritik der bürgerlichen Gesellschaft entstandene Annäherung an das revolutionäre Proletariat, die aber – bis jetzt – nur zur Kritik der Bourgeoisie, nicht zum Verwachsen mit der revolutionären Klasse gediehen ist, die deshalb auch als Kritik der bürgerlichen Gesellschaft auf halbem Wege stehen bleibt, mechanisch und nicht dialektisch ist.

In einem zweiten Teil dieses Essays wies Lukács *den Mangel an Dialektik in Ottwalts Kritik der bürgerlichen Gesellschaft* im einzelnen in der Konstruktion der Fabel und in der Gestaltung der Hauptfiguren auf.

Anmerkungen

1. K. Marx / F. Engels, Werke (MEW), Bd. 37. Berlin: Dietz 1967, S. 491.
2. MEW, Bd. 2, 1970, S. 127.
3. MEW, Bd. 21, 1962, S. 259–307, bes. S. 298.
4. H. R. Knickerbocker, Deutschland so oder so? Berlin, Rowohlt 1932.
5. Vgl. S. 30–31 dieses Bandes.
6. W. I. Lenin, Tolstoi als Spiegel der russischen Revolution. In: W. I. L., Über Kultur und Kunst. Berlin: Dietz 1960, S. 100.
7. MEW, Bd. 23, 1971, S. 89.
8. Verfahren gegen sechzehn Kommunisten vor dem ›Staatsgerichtshof zum Schutz der Republik‹ in Leipzig 1925. Ottwalt schildert diesen Prozeß in seinem Roman im Kapitel »Tscheka«: E. O., Denn sie wissen, was sie tun. Ein deutscher Justizroman. Berlin: Malik 1932, S. 184–218.
9. G. W. F. Hegel, Phänomenologie des Geistes. M. e. Vorw. v. J. Schulze. 3. Aufl. Stuttgart: Frommann 1951, Bd. 2, S. 24.

ERNST OTTWALT 1932

Aus: »Tatsachenroman« u. Formexperiment. Eine Entgegnung an Georg Lukács. In: Die Linkskurve, Jg. 4, 1932, Nr. 10, S. 21–23. W 185.

Wenn ich hier zu dem Artikel des Genossen Lukács »Reportage oder Gestaltung« Stellung nehme, so geschieht das durchaus nicht zu dem Zweck, meinen Justizroman gegen eine Kritik zu verteidigen, die ich für unrichtig halte. Vielmehr möchte ich auf die bedenklichen Folgen hinweisen, die sich aus einer widerspruchslosen Hinnahme der Lukácsschen Theorien für unsere proletarisch-revolutionäre Literatur ergeben müssen.

Ich bin durchaus damit einverstanden, daß eine Abgrenzung zwischen der hergebrachten Romanform und dem Tatsachenroman vorgenommen wird, aber diese Analyse kann nur unter einem ganz anderen Gesichtswinkel gewonnen werden, als ihn der Gen. Lukács gewählt hat. Ich halte die kritische Methode des Genossen Lukács für einseitig und falsch.

Es ist selbstverständlich, daß die Analyse einer »literarischen Richtung«, einer »schöpferischen Methode« zu wichtigen Resultaten führen kann, zumal wenn man sie mit denjenigen philosophischen Mitteln vornimmt, die dem Gen. Lukács zur Verfügung stehen. Indem Lukács aber nur und ausschließlich eine schöpferische Methode analysiert, begeht er meines Erachtens einen entscheidenden Fehler. Er untersucht zwar eingehend die Zusammenhänge zwischen der »literarischen Richtung« und der Klassenlage eines Autors, unterdrückt und vernachlässigt aber alle diejenigen Wechselbeziehungen, die zwischen einem Literaturwerk und der Wirklichkeit bestehen. Lukács, der immer an die proletarisch-revolutionäre Literatur die Forderung nach Erfassung der Totalität dialektischer Zusammenhänge erhebt, handelt insofern seiner eigenen Forderung entgegen, als bei ihm die Wirklichkeit – selbst als Vokabel – nur in Verbindung mit ästhetischen Wertungen vorkommt. Hierdurch entsteht der zweifellos unbeabsichtigte Eindruck, als wolle Lukács ein Buch, einen Roman, der Waffe im Klassenkampf sein will und sein soll, losgelöst und abgesondert von allen realen Faktoren [22] lediglich auf die Ebene philosophisch-ästhetischer Axiome projiziert werten und betrachten. Die mit Hilfe einer solchen kritischen Methode gewonnenen Resultate können – eben wegen ihrer Beschränkung auf eine einzige Deduktionslinie – niemals denjenigen Anspruch auf allgemeine Gültigkeit erheben, den Gen. Lukács ihnen durch zahlreiche Marx-, Engels- und Hegelzitate zu verleihen sucht. Eine kritische Methode, die lediglich die schöpferische Methode eines Autors als Objekt der kritischen Analyse hinstellt, kann niemals zu Wertungen gelangen, die sich produktiv auswirken. Ich befürchte, daß die strenge Berücksichtigung der kritischen Feststellungen des Gen. Lukács letzten Endes die Produktion proletarisch-revolutionärer Literatur hemmen wird.

Die proletarisch-revolutionäre Literatur ist nicht Selbstzweck, sondern sie soll die Wirklichkeit verändern helfen. Unsere Literatur hat nicht die Aufgabe, das Bewußtsein des Lesers zu stabilisieren, sondern sie will es verändern. Der größere oder geringere Grad dichterischer Gestaltung schlechthin kann also niemals das ausschließliche Kriterium der proletarisch-revolutionären Literatur sein. Nicht die schöpferische Methode ist Objekt der Analyse, sondern die funktionelle Bedeutung, die ein Buch in einer ganz bestimmten, von ganz bestimmten ökonomischen und politischen Einflüssen gebildeten Wirklichkeit hat. Wenn Lukács in seinem Artikel zu der Feststellung kommt, daß der Tatsachenroman, diejenige schöpferische Methode, deren sich etwa Schriftsteller wie Upton Sinclair, Sergej Tretjakow, Ehrenburg u. a. bedienen, als Formexperiment abzulehnen sei, dann zwingt ihn die absolute Vernachlässigung der Wirklichkeit dazu, die Begründung für diese Behauptung aus abstrakten literarphilosophischen Theorien herzuholen, die zudem noch tatsächlich – nach der historischen Seite hin – anfechtbar sind. So gelangt Lukács letzten Endes zu der Feststellung, daß diese literarische Erscheinungsform wegen ihres – angeblich – kleinbürgerlichen Ursprungs a priori für die proletarisch-revolutionäre Literatur abzulehnen sei. [. . .]

[23 . . .] Ich halte es für nicht angängig, eine literarische Richtung, die ja in ständiger Entwicklung begriffen ist, so starr und unbedingt gradlinig und komplikationslos aus der Klassenlage jener Autoren herzuleiten, die sich ihrer als Erste bedient haben. Die Antwort auf die Frage, warum sich die Form des Tatsachenromans heute so großer Beliebtheit erfreut, kann nur von der Wirklichkeit aus gegeben werden.

Und hier ist prinzipiell folgendes zu sagen: die »Reportage«-Form ist nicht willkürlich von außen her in die proletarisch-revolutionäre Literatur hineingetragen worden von Autoren, deren Klassenbasis schmal ist, sondern sie kommt einem Bedürfnis des Proletariats entgegen, sie entspricht den Erfordernissen des Klassenkampfs.

Ich weiß, daß noch vor wenigen Monaten in Sowjet-Rußland die Methode eines Tretjakow als »Tatsachenfetischismus« ironisiert worden ist. Aber wir müssen uns doch darüber klar sein, daß wir nicht blindlings die literaturpolitischen Probleme der Sowjet-Union in unsere literaturpolitische Situation übernehmen können. Die Verhältnisse, gegen die wir kämpfen, und unter denen wir zu produzieren gezwungen sind, sind andere*. [. . .]

* So spielt beispielsweise für uns die Frage des »Erbes« bei weitem nicht diejenige Rolle wie in der Union. Einfach aus dem Grunde, weil die, die wir zu »beerben« haben, einstweilen noch leben; weil uns die bürgerlichen Ideologien des Klassizismus und der Humanität im täglichen Kampf entgegentreten nicht als totes »Erbe«, sondern als lebendige Elemente der Reaktion.

GEORG LUKÁCS 1932

Aus: Aus der Not eine Tugend.
In: Die Linkskurve, Jg. 4, 1932, Nr. 11/12, S. 16–23. W 186.

Methodologische Vorfragen

[. . .] Jede Kritik von Marx, Engels oder Lenin über ein ideologisches Produkt, gleichgültig welchen Gebietes, kann zeigen, daß für sie die Wirkung eine notwendige – wenn auch vielfältig vermittelte, »ungleichmäßig« zur Geltung gelangende – *Folge* der klassenmäßig bestimmten Ursachen seines *Entstehens* ist; daß für sie die *Methode*, mit der irgendein ideologisches Produkt hervorgebracht wird, stets den zentralen Gegenstand der Untersuchung bildet. Nicht als ob sie, wie Ottwalt mir vorwirft, in »ästhetischen«, »philosophischen«, »ökonomischen«, etc. Fachuntersuchungen steckengeblieben und so von der »Wirklichkeit« abgetrennt geblieben wären. Vielmehr im Gegenteil: weil in der Methode einerseits die objektive Klassengrundlage klar zum Ausdruck kommt und ohne diese Grundlage gar nicht wirklich begriffen werden kann, andererseits weil die Methode der Bearbeitung des Stoffes ein unerhört wichtiges *Vermittlungsglied* auch der Wirkung ist, deren Art und Grad aufs engste mit der Methode zusammenhängt. Beziehen sich diese allgemeinen Erwägungen auch auf die Literatur? Oder ist die Literatur ein ganz eigenartiges Sondergebiet, wo jene Erfahrungen, die wir aus der Bearbeitung der ökonomischen und philosophischen etc. Gebiete durch Marx, Engels und Lenin geschöpft haben, nicht mehr anwendbar sind? Ich glaube: eine solche Folgerung wäre derart abwegig, daß wir sie gar nicht diskutieren müssen, um so weniger, als ja die Meister der materialistischen Dialektik sich in den Literaturfragen *derselben* Methode – nur dem spezifischen Gebiet entsprechend spezifiziert – bedient haben. Der Vorwurf Ottwalts, daß bei mir »die Wirklichkeit . . . nur in Verbindung mit ästhetischen Wertungen vorkommt«, ist damit bereits etwas niedriger gehängt. Es ist die selbstverständliche, *spezifische* Aufgabe eines marxistischen Literaturkritikers, die Methode – also die schöpferische Methode! – ausführlich zu analysieren. Tut er dies nicht, so bleiben alle Berufungen auf Wirklichkeit, auf Tatsachen (nicht zu reden von der »funktionellen Bedeutung«) Phrasen, sie bringen uns keinen Schritt unserem *spezifischen* Problem näher.

Eine »radikal« neue Kunst

Ein solcher »Praktizismus«, dessen Folge die einseitige und ausschließliche Betonung der Agitation, die Vernachlässigung der Propaganda und das Verhöhnen der methodologischen Untersuchungen ist, geht aber durch die Abhandlung des Genossen Ottwalt wie ein roter Faden durch. Er hält die [17] Literatur für eine Art Reserve, die eingesetzt werden muß, »an dem Punkt der Klassenkampffront, wo Massenbroschüren versagen, Hausagitation für unzweckmäßig gehalten wird, wo besondere psychologische Forderungen zu berücksichtigen sind.« Damit hängt es wohl in erster Reihe zusammen, daß Ottwalt die »funktionelle« Bedeutung der Literatur im Klassenkampf auf das »tagesmäßig« Aktuelle einengt und nicht bemerken will oder kann, daß gerade die *gegenwärtige Entwicklungsstufe des Klassenkampfes der proletarisch-revolutionären Literatur höhere Aufgaben stellt;* Werke zu schaffen, die die grundlegenden Entwicklungstendenzen der ganzen Periode zusammenfassen, die, ohne das Aktuelle zu vernachlässigen, auch die dauernden, bleibenden, wirklich typischen Züge der Periode berücksichtigen, – *das große proletarische Kunstwerk.* Und diese Forderung steht, wenn richtig, marxistisch gestellt, keineswegs im Gegensatz zu den Bedürfnissen der Agitation. Im Gegenteil: je höher das Niveau – das theoretische Niveau im Erfassen, das literarische Niveau im Gestalten der Entwicklungstendenzen – ist, desto besser wird auch die Agitation werden; während die einseitige, »praktizistische« Beschränkung auf Agitation auch das Niveau der Agitation selbst hinuntersenkt und damit ihre Durchschlagskraft vermindert.

Marx, den wohl auch Ottwalt weder für einen einseitigen Aesthetiker, noch für einen dem Klassenkampf entfremdeten Theoretiker halten wird, geht aber soweit, daß er sogar die Wirkung von Kunstwerken, die in ganz entfernten Perioden geschaffen worden sind, untersucht. Er beschäftigt sich – man stelle sich vor! – sogar mit Homer. Und er versucht, die Gründe aufzudecken, warum »sie für uns noch Kunstgenuß gewähren und in gewisser Beziehung als Norm und unerreichbare Muster gelten.« [1] (Zur Kritik der politischen Oekonomie XLIX.) Das ist freilich eine höchst ketzerische Anschauung des alten Marx. Er ist eben, – wie es auch Lenin Klara Zetkin gegenüber äußerte [2], – ein »Barbar«, der mit der »neuen Kunst« nicht mehr Schritt halten kann. Diese Gegenüberstellung ist nicht als Scherz gemeint. Denn Marx, Engels und Lenin haben wiederholt vom Kunstgenuß gesprochen, während die »neue Schule« darin einen gänzlich überwundenen, bürgerlichen Begriff erblickt. Ich führe eine bezeichnende Stelle von Ottwalt an.

»Denn das Ziel dieser Arbeiten ist die Gestaltung, das Streben nach einem abgeschlossenen, in sich ruhenden und in sich vollendeten Kunstwerk, vor dem der Leser sich automatisch in einen Genießer verwandelt, keine Folgerungen zieht und sich mit dem, was da ist, begnügt, mit der emotionellen Erregtheit, mit der sanften Genugtuung, ein schönes Buch gelesen zu haben.«

Das entspricht ganz genau der Gegenüberstellung, die Bert Brecht zwischen altem und neuem Theater macht; jenes: »ermöglicht dem Zuschauer Gefühle, Erlebnis, der Zuschauer wird in etwas hineinversetzt«; dieses »erzwingt von ihm Entscheidungen«, gibt ein »Weltbild«, der Zuschauer wird »gegenübergesetzt«. [3] Mit einem Wort: die »neue« Kunst bedeutet einen *radikalen Bruch* mit allem Alten. Denn in der alten Kunst werden »die Empfindungen konserviert.« (Brecht); »In einer dichterischen Wirklichkeit werden eben nur ästhetische Folgerungen gezogen, nicht praktische.« (Ottwalt); »Kann man das Werk dieses Mannes (Balzac) Propaganda nennen?« [4] (Upton Sinclair) usw. Es wäre natürlich unzureichend, uns damit zu begnügen, gezeigt zu haben, daß die Anschauungen des Genossen Ottwalt sich im *diametralen Gegensatz zu den Anschauungen von Marx, Engels und Lenin befinden.*

Es muß noch kurz gezeigt werden, daß sie unhaltbar sind. Vor allem beruhen sie auf falschen, willkürlichen, der objektiven Wirklichkeit nicht entsprechenden Konstruktionen. Denn erstens ist es unrichtig, daß »Kunstgenuß« überhaupt und aktive, propagandistische Wirkung einander ausschließende Gegensätze wären. Das kann man nur sagen, wenn man einfach die heutige, gänzlich parasitär gewordene Bourgeoisie mit allen früheren Klassen, von den athenischen Polisbürgern bis zu den puritanischen Bürgern der englischen oder den jakobinischen der [18] französischen Revolution identifiziert. Denn erst dann könnte man behaupten, daß ihre *gestaltenden* Dichter – und die alten Dichter haben wahrlich gestaltet –, die ihnen »Kunstgenuß« gewährten, sie vom Handeln abgelenkt, zum gefühlvollen Müßiggang verleitet hätten.

Aber neben diesem unhistorischen, unkritisch verallgemeinernden Grundzug hat die Antigestaltungstheorie noch einen theoretischen Fehler, der ganz klar ihren undialektischen Charakter enthüllt. Ottwalt sagt: »Unsere Literatur hat nicht die Aufgabe, das Bewußtsein des Lesers zu *stabilisieren,* sondern sie will es *verändern*«. Auch Brecht stellt dem »unveränderlichen Menschen« des alten Theaters den »veränderlichen und verändernden Menschen« des neuen gegenüber. Ist das richtig? Ich glaube nein. Wenn wir die Klassenkämpfe konkret betrachten und uns nicht mit sozialdemokratischen oder liberalen Schablonen von »Reaktion«, »Friedhofstille« etc. begnügen, so müssen wir klar sehen, daß die ökonomische und politische Lage *einer jeden Klasse* sich ununterbrochen verändert, daß deshalb *eine jede* Klasse – bei Strafe des Untergangs – stets gezwungen war, das Bewußtsein ihrer Mitglieder und das der von ihr beeinflußten Mitglieder anderer Klassen *ununterbrochen zu verändern.* Es muß doch jeder, der nicht blind ist, sehen, daß etwa die Ideologie des Zentrums oder der Deutschnationalen Partei keineswegs mit der Vorkriegsideologie des Zentrums oder der Konservativen identisch ist. Bestimmte Klasseninteressen sind selbstredend die gleichen geblieben; es gibt eben Interessen, die für ganze Perioden gelten. Aber einerseits haben diese Interessen selbst große Wandlungen durchgemacht, andererseits müssen dieselben Interessen unter veränderten Umständen verändert durchgesetzt werden. [. . .]

Diese Theorie glaubt offenbar, sich auf die bekannte letzte Feuerbachthese von Marx stützen zu können: auf die Gegenüberstellung von »Interpretieren« und »Verändern« der Wirklichkeit, als Trennungsstrich zwischen alter Philosophie und dialektischem Materialismus.[5] Aber die Gegenüberstellung, wie sie hier gefaßt wird, ist mechanisch und verfälscht den wirklichen Sinn der Marxschen These. Die Vorstellung, als ob man – vor Marx – *nur* »interpretiert« hätte, und wir seit Marx *nur* verändern würden, ist eine oberflächliche Vulgarisierung der Anschauungen von Marx, wodurch sowohl das Dialektische, wie das Materialistische verloren geht. Wie hätten die Menschen vor Marx überhaupt leben können, wenn sie in einer Wirklichkeit, die sich stets verändert, sich so »verhalten« hätten, wie unsere neueste Literaturtheorie dies mißverständlich meint? Selbstverständlich gab es also ein *»Verändern«* der Wirklichkeit und damit notwendigerweise auch des Bewußtseins, eine Praxis auch vor Marx. Aber – und dies ist das Wichtigste – mit »falschem Bewußtsein« (Engels).

Marx, der gleich in der ersten Feuerbachthese darauf hinweist, daß, infolge der Einseitigkeit des alten philosophischen Materialismus, »die *tätige* Seite, im Gegensatz zum Materialismus, vom Idealismus entwickelt wurde – aber nur abstrakt«[6] (also: mit falschem Bewußtsein), gibt auch die richtige Darlegung dieses Zusammenhanges und seiner Gründe. Er schreibt im Feuerbach-Abschnitt der »Deutschen Ideologie«: »Die Teilung der Arbeit wird erst wirklich Teilung von dem Augenblick an, wo eine Teilung der materiellen und geistigen Arbeit eintritt. Von diesem Augenblicke an, *kann* sich das Bewußtsein wirklich [19] *einbilden* (dieses Wort von mir gesperrt. G. L.), etwas anderes als das Bewußtsein der bestehenden Praxis zu sein . . .«[7] (Gesamtausgabe, V 21.) Die grundlegende Wendung, die Marx hier vollzieht, ist also nicht, daß er an die Stelle von »Nichtpraxis« die »Praxis« stellt – das hieße Hegel an Idealismus weit übertrumpfen – sondern daß er die Möglichkeit, die die Klassenlage des Proletariats objektiv mit sich bringt, die bisher »unbewußte« oder »falsch bewußte« Praxis in eine bewußte Praxis, in eine Praxis mit richtigem Bewußtsein zu verwandeln, erkennt. Die starre Gegenüberstellung der beiden Perioden, die – ungeklärt, unbewußt, – den Anschauungen Ottwalts und seiner Mitstreiter zugrunde liegt, muß, zu Ende gedacht, sowohl zu mechanistischen, wie idealistischen Konsequenzen führen. [. . .]

Das Erbe

[. . .] In Ottwalts Augen ist das Erbe eine tote »Erbmasse«, die gegenwärtig die Bourgeoisie besitzt und die wir – erst *nach* ihrem Tode – von ihr »erben« werden. Ottwalt übersieht, daß, wenn Marx und Engels seinem Rezept gefolgt wären, der dialektische Materialismus überhaupt nie entstanden wäre; er übersieht auch, daß die Geschichte der proletarischen Ideologie *von Anfang an*, auch ein Kampf um jene Elemente, Tendenzen, Errungenschaften der bürgerlichen Entwicklung gewesen ist, die geeignet waren, vom Proletariat dialektisch umgearbeitet, »umgestülpt«, »aufgehoben« weitergeführt, fortentwickelt zu werden; die *nur* das Proletariat imstande ist, fortzuführen; die in den Händen der Bourgeoisie – wenn gebraucht – ins Reaktionäre *rückentwickelt* werden. Er muß deshalb übersehen, daß dieser Kampf desto energischer weitergeführt werden muß, je weiter sich die revolutionäre Arbeiterbewegung entwickelt, vor je höhere Aufgaben sie gestellt wird. In diesem Sinne spricht Engels am Schluß seines Feuerbachbuches von der deutschen Arbeiterbewegung »als Erbin der klassischen deutschen Philosophie«.[8] In diesem Sinne hebt Lenin wiederholt mit größtem Nachdruck den Zusammenhang von Marx' Denken mit der klassischen Philosophie und Oekonomie hervor (z. B. Karl Marx Werke Bd. XVIII, 14) und sieht die Stärke des Marxismus gerade darin, daß er die »wertvollsten Errungenschaften des bürgerlichen Zeitalters durchaus nicht ablehnte«, sondern im Gegenteil sich aneignete und verarbeitete.[9] (Thesen über Proletkult, XXV 510) Ottwalts Anschauung enthält also einen dreifachen Fehler. Erstens verzichtet er, mit dem Verzicht auf das Erbe, auf die wirkliche Entfaltung aller Elemente [20] der proletarischen Kultur, ja selbst auf den Kampf um diese Elemente der proletarischen Kultur *vor* der Machtergreifung des Proletariates. (Berührungen mit Trotzkis Kulturtheorie.)[10] Zweitens überläßt er kampflos das ganze Erbe der Bourgeoisie, indem er es, unbesehen, so hinnimmt, wie es in den Händen der Bourgeoisie, von der Bourgeoisie *verfälscht, erst wirkt:* als »lebendige Elemente der Reaktion«. Drittens läßt er demzufolge die proletarische Literatur – und da diese nur ein Teil der proletarischen Kultur ist, auch die Kultur – ohne Verbindung mit der Vergangenheit aus dem Nichts entstehen. Er vertritt damit eine ähnliche Richtung, wie seinerzeit der Proletkult (»eine besondere, eigene Kultur auszuklügeln« [11] Lenin a. a. O.). Daß diese »besondere eigene Kultur« nur in der Einbildung ihrer Urheber wirklich aus dem Nichts entsteht, versteht sich von selbst. In Wirklichkeit nährt sie sich, – abgeschnitten vom großen Strom der revolutionären Entwicklung und Tradition – von den ideologischen Abfallsprodukten der niedergehenden Bourgeoisie (Neomachismus etc.). [. . .]

[21 . . .] *Tatsache, Totalität und Gestaltung*

Genosse Ottwalt glaubt die Frage sehr präzis gestellt zu haben, wenn er sagt, daß der Arbeiter die Realität, selbst in literarischer Einkleidung, ganz konkret erfassen will, daß er bei der Alternative: »Tatsache oder dichterische Gestaltung« sich unbedingt für die Tatsache entscheidet und aus praktischen Notwendigkeiten entscheiden muß. Die Sache ist leider längst nicht so klar, wie Ottwalt meint. Erstens ist *seine* Alternative schief, denn *er meint* gar nicht Tatsache oder Gestaltung, sondern Tatsache oder *Psychologie*. Daß ich hier Genossen Ottwalt kein Unrecht tue, zeigt, daß er wenige Zeilen weiter Tolstoi mit Jakob Wassermann gleichstellt. Das heißt einen wirklichen Gestalter, der aus dem Sein seiner Gestalten ihr Bewußtsein herausentwickelt, mit einem subjektiven Idealisten, für den das Bewußtsein das Sein bestimmt. Und auch [22] diese Verwechslung ist nicht zufällig, sondern ein – unausgesprochenes, vielleicht unbewußtes – Dogma der Richtung, der Ottwalt angehört. So sagt der hier sicher kompetente Tretjakow ironisch-polemisch: »Was an einem Schriftsteller geschätzt wird, das ist ja sein Vermögen, ›in den Herzen zu lesen‹ (also: Psychologie! G. L.), nicht aber sein Wissen auf dem Gebiete der kollektivistischen Theorie und Praxis« [12] (also: Ottwalts Tatsache). Indem also Ottwalt aus seiner Alternative die dialektisch-materialistische Gestaltung einfach wegläßt, feiert er einen billigen – nur etwas verfrühten – Triumph. Die Antwort auf seine Alternative muß lauten: weder – noch; tertium datur: es gibt noch ein *Drittes!*

Gen. Ottwalt befindet sich ferner im Irrtum, wenn er die Marxsche Auffassung der Realität mit seinen »Tatsachen« identifiziert. Lenin führt in seinen Hegelstudien folgenden Satz Hegels an: »Es erhellt indes sogleich, daß dies ein Verkehren der Dinge ist, und das Erkennen, welches die Dinge nehmen will wie sie *sind*, hierbei mit sich selbst in Widerspruch gerät.« [13] Lenin nennt diese Bemerkung »sehr richtig« und verweist auf das »Kapital«. Dort spricht Marx davon, »daß in der Erscheinung die Dinge sich oft verkehrt darstellen« und weist dies an der Hand einer Reihe von der Oekonomie dem Alltagsleben entlehnten Kategorien (»Tatsachen! Tatsachen!«) wie »Preis der Arbeit« nach [14] (Lenin: »Aus dem philosophischen Nachlaß« 161,

Kapital I. 499). Darum sagt Lenin: »Dadurch, daß das Denken vom Konkreten zum Abstrakten aufsteigt, entfernt es sich – wenn es richtig ist – nicht *von* der Wahrheit, sondern kommt ihr näher. Die Abstraktion der *Materie*, des *Naturgesetzes*, die Abstraktion des Wertes usw., mit einem Wort: *alle* wissenschaftlichen (richtigen, ernst zu nehmenden, nicht unsinnigen) Abstraktionen spiegeln die Natur tiefer, getreuer, *vollständiger* wider. Vom lebendigen Anschauen zum abstrakten Denken und von *diesem zur Praxis*, – das ist der dialektische Weg der Erkenntnis der Wahrheit« [15] (a.a.O. 89). Indem Ottwalt das Zwischenglied zwischen Tatsache und Praxis, die Erkenntnis der objektiv wirkenden dialektischen Gesetze außeracht läßt und »Tatsache«, d.h. in ihrer Gesetzmäßigkeit noch nicht erkannte *Oberflächenerscheinung der unmittelbaren Wirklichkeit* ohne die notwendigen Vermittlungen mit der Praxis verknüpft, verkrüppelt sich bei ihm die Praxis zum bloßen »Praktizismus«. Dasselbe Außerachtlassen der entscheidenden dialektischen Vermittlungen veranlaßt Ottwalt, die Totalität mit der *Summe* der »Tatsachen« (in seinem Sinne) zu verwechseln. Er sagt: »Es ist eine Selbstverständlichkeit, daß das Justizwesen nicht als Gesamtprozeß gestaltet werden kann. Dazu gehörte nämlich nichts anderes als ein *Kompendium einer materialistischen Rechtsgeschichte* in Romanform zu geben.« Selbstverständlich hat diesen Unsinn niemand von ihm verlangt. Nach seinen Forderungen könnte man über Totalität praktisch nie sprechen, denn Totalität könnten allenfalls nur Enzyclopaedien, Lexika etc. geben. Auch hier ist der Standpunkt der Marxisten ein diametral entgegengesetzter. Man denke an die Bestimmung, die Lenin in »Was tun?« vom »sozialdemokratischen« (lies heute: kommunistischen) Klassenbewußtsein gibt. (Wk IV II 206.) Oder an seine Ausführungen über die Gewerkschaftsfrage (1921). »Um den Gegenstand wirklich zu erkennen, muß man alle seine Seiten, alle Verbindungen und Vermittlungen erfassen, erforschen. Wir werden dieses niemals vollständig erreichen, aber die Forderung der Allseitigkeit bewahrt uns vor Fehlern, vor Erstarrung.« [16] Es ist zwar schrecklich, aber eine Tatsache, daß Genosse Lenin bei einer so eminent praktischen Frage es für notwendig hielt, auf die Grundprobleme der Dialektik zurückzugehen. Wir schöpfen daraus Mut und fügen noch hinzu, daß Marx und Lenin uns genau den Weg gewiesen haben, wie man – trotz der Unvollständigkeit unserer Erkenntnisse – doch dieser Forderung der Erkenntnis der Totalität nachkommen kann. Marx spricht oft von dem »übergreifenden Moment«, der in einem dialektischen Wechselverhältnis objektiv vorhanden und von Erkenntnis und Praxis herauszuholen ist; Lenin gebraucht wiederholt das schöne Bild vom »Kettenglied«, das man ergreifen muß, um die ganze Kette festzuhalten und den festen Uebergang zum nächsten Gliede der Kette vorzubereiten. Es wird jetzt also [23] verständlich, warum ich mit Recht bei Tolstoi (obwohl dieser sich, wie ihm Ottwalt vorwirft, überhaupt nicht mit der »Zivilgerichtsbarkeit« befaßt hat) die Totalität finde und sie bei Ottwalt nicht darum vermisse, weil er etwa die »einstweilige Verfügung« nicht berücksichtigt hat. Tolstoi hat nämlich – so wie ich es hier hervorgehoben habe – soweit er die Besonderheit der bürgerlichen russischen Bauernrevolution zum Ausdruck bringt, das Justizwesen in lebendiger Wechselbeziehung mit dem Leben jener Klassen, als deren Unterdrückungsapparat es aktiv wie passiv fungiert, gestaltet; also:

»die Gesamtheit der Momente der Wirklichkeit, welche sich in ihrer *Entfaltung* als notwendig erweist«[17] (auch ein von Lenin beifällig zitierter Satz Hegels! a. a. O. 77). Während bei Ottwalt gerade dieses bewegende, belebende, zusammenhaltende und zusammenfassende Prinzip fehlt. Und fehlen muß. Denn solange Ottwalt bewußt-programmatisch bei der »Tatsache«, d.h. bei der unmittelbar gegebenen Oberflächenerrechnung stehen bleibt, muß bei ihm diese »Gesamtheit der *Momente* der Wirklichkeit«, die *nicht* auf der Oberfläche liegt, *nicht* unmittelbar gegeben ist, fehlen. [. . .]

Anmerkungen

1. K. Marx / F. Engels, Werke (MEW), Bd. 13. Berlin: Dietz 1971, S. 641.
2. Lenin bezeichnete sich selbst – nicht Marx – als ›Barbaren‹: vgl. C. Zetkin, Erinnerungen an Lenin. In: W. I. Lenin, Über Kultur und Kunst. Berlin: Dietz 1960, S. 636.
3. B. Brecht, Anmerkungen zur Oper »Aufstieg und Fall der Stadt Mahagonny«. In: B. B., Versuche 1–4. Berlin, Frankfurt: Suhrkamp 1959, S. 103f. Für den Nachdruck der »Anmerkungen« in den »Schriften zum Theater« ist die Gegenüberstellung von dramatischer und epischer Form des Theaters in einigen Positionen verändert worden; u. a. ersetzte Brecht den hier von Lukács zitierten Begriff *Weltbild* durch die Wendung: *vermittelt ihm Kenntnisse* (B. B., Schriften zum Theater 2. Frankfurt: Suhrkamp 1963, S. 116).
4. U. Sinclair, Der Raubtierdichter. In: U. S., Die goldne Kette oder Die Sage von der Freiheit der Kunst. Berlin: Malik 1928, S. 215. Die Passage lautet: *Kann man das Werk dieses Mannes Propaganda nennen? Jene, die dem Dogma anhängen, daß die Schilderung und Verherrlichung des blinden Egoismus Kunst bedeute, der Versuch hingegen, das Leben zu verstehen und aus ihm etwas Würdiges und Schönes zu gestalten, nur Propaganda sei, werden zweifellos die »Comédie Humaine« für die reinste und erhabenste Kunst halten.*
5. MEW, Bd. 3, 1969, S. 535.
6. Ebd., S. 533.
7. Ebd., S. 31.
8. MEW, Bd. 21, 1962, S. 307.
9. W. I. Lenin, Über Kultur und Kunst. Berlin: Dietz 1960, S. 375.
10. Vgl. L. Trotzki, Literatur und Revolution. Wien: Verl. f. Literatur u. Politik 1924; insbesondere den Abschnitt »Proletarische Kultur und Proletarische Kunst« (S. 113–147).
11. W. I. Lenin, Über Kultur und Kunst. Berlin: Dietz 1960, S. 375.
12. S. Tretjakov, Schriftsteller in die Kolchose. In: S. T., Feld-Herren. Der Kampf um eine Kollektiv-Wirtschaft. Berlin: Malik 1931, S. 33.
13. W. I. Lenin, Werke, Bd. 38. Berlin: Dietz 1970, S. 227.
14. Ebd., S. 710, Anm. 2.
15. Ebd., S. 160.
16. W. I. Lenin, Noch einmal über die Gewerkschaften. In: W. I. L., Werke, Bd. 32. Berlin: Dietz 1963, S. 85.
17. W. I. Lenin, Werke, Bd. 38. Berlin: Dietz 1970, S. 148.

III

Bereits wenige Wochen nach der Machtübernahme durch die Nationalsozialistische Partei stellten sich in einer von Heinz Kindermann herausgegebenen Anthologie zu »Des deutschen Dichters Sendung in der Gegenwart« [1] 28 Autoren – unter ihnen Kolbenheyer und Wilhelm Schäfer, Hans Friedrich Blunck und Hanns Johst – als Dichter des neuen Staates vor. Proklamationen einer *nationalen Erstarkung*, der *Wiedergeburt* und *Wiederaufrichtung* einer vermeintlich *erniedrigten Nation* und die Aussicht auf eine *einige deutsche Volksgemeinschaft* beherrschten die Stellungnahmen der Autoren zum politischen Geschehen der Zeit. [2]

Der besonderen Sorge um die *Macht, Ehre und Größe der Nation* hatten zuvor vor allem Romane über den Ersten Weltkrieg unmittelbar Ausdruck gegeben. Die Beiträge der Anthologie machen auf breiterer Ebene kenntlich, in welcher Weise nationalistisches und teils chauvinistisches Geschichtsverständnis sich mit einem spezifischen Berufsverständnis der Autoren verband. Durch die Stilisierung des ›Dichters‹ zur *Vorhut der Nation* [3], zum *Führer* [4], zum *Seher* und *Propheten des Volkes* [5] warfen die Autoren sich selbst zu Repräsentanten und Sachwaltern *nationaler Größe* auf. Das bezeichnet für die Mehrzahl der hier versammelten Schriftsteller keineswegs einen Wandel in der Selbsteinschätzung ihrer Tätigkeit; das forciert nationalistische Berufsethos war lange vorher formuliert. In der Machtübernahme der Nationalsozialisten sahen die Autoren allerdings mit Recht die günstige Voraussetzung dafür, der von ihnen vertretenen heroischen Geschichts- und Heimatdichtung allgemeine Geltung zu verschaffen und über die ›Literaten der Republik‹ doch noch zu obsiegen.

Neben Paul Ernst beklagte sich besonders Wilhelm Schäfer darüber, daß *zweifelhafte Literaten* – zumal im Ausland – *als Vertreter der deutschen Geistigkeit gelten, während Dichter von Rang nicht einmal den Gebildeten unseres eigenen Landes bekannt* seien [6]; und Schäfer machte dabei ausdrücklich auf die Rolle aufmerksam, die dem Roman in diesem Rangstreit zugemessen wurde: *Daß sich das Dasein des Literaten mit dem des Dichters überhaupt so verquicken konnte, dazu hatte der Roman herhalten müssen, den der Literat als seine Domäne erkannte, das Zeitalter mit dem Abdruck seiner Problematik zu bedienen.* [7]

Die Wendung gegen den Roman, der hier ausdrücklich als *Spiegel* problematischer Zeitverhältnisse und als Instrument zur Durchsetzung *demokratischer Maximen* im kulturellen Leben attackiert wurde [8], führte in den folgenden Jahren zu einer Hervorkehrung alternativer Gattungsbegriffe für die große Prosaform: Kolbenheyer propagierte eine ›Erhebung‹ des Romans zur ›epischen Dichtung‹, die er wiederholt als *Offenbarung biologischer Lebenswerte des Volkes* vorstellte [9]; Hans Hermann Wilhelm forderte eine Ablösung des Romans durch ein *deutsches Volksepos* (W 226) und wenig später ein *der Weltgeltung des Deutschen* angemessenes *weltgültiges Epos* (W 227, S. 128); Peter von Werder schließlich plädierte für die Wiederbelebung der *nordgermanischen Erzählweise* der *Saga* (W 261, S. 196), als deren Merkmal er die

Vorherrschaft des Handelns vor der Betrachtung, der Aktion vor der Reflexion ausgab (W 261, S. 194, 197f.) – dies 1942 mit der ausdrücklichen Auflage, zu *kriegerischer Kraftentfaltung* der Nation durch die Literatur beizutragen.

Die Fiktion einer *einigen deutschen Volksgemeinschaft* [10] erwies sich nicht nur im politischen Bereich, sondern auch in der literarischen Theorie als eines der wirkungsvollsten propagandistischen Instrumente des Nationalsozialismus. Dort wie hier fungierte sie als Gegenentwurf zu einem liberalen Gesellschaftsverständnis ebenso wie zum Klassenbegriff des *marxistischen Sozialismus* [11]. Als Vorbild des Dichters, der *der dünnen Luft prahlerischer Einsamkeit* entronnen sei und *die Sorge für die umfassende Gemeinschaft des Volkes* zu seiner Sache gemacht habe (W 225, S. 97), wurde in aller Regel Hans Grimm vorgestellt. Sein Roman »Volk ohne Raum« galt als Vorbote des ›großen deutschen Volksepos‹, mit dem in der deutschen Literatur endlich ein *Gegenstück* zum europäischen Gesellschaftsroman geschaffen werden sollte: *Heute erstmals,* so schloß Carl Atzenbeck einen Aufsatz von 1937, in dem er Edschmids Klage über das Ausbleiben eines Gesellschaftsromans in Deutschland (W 130) zunächst paraphrasiert hatte, *heute erstmals finden wir die Voraussetzungen geschaffen, aus denen* [. . .] *ein deutscher Volks- und Ständeroman als Spiegelbild und Vertretung nicht nur einer bestimmten Schicht, Klasse oder persönlichen Weltansicht, sondern unserer völkischen Ganzheit erwachsen kann* (W 208, S. 805).

Rang und Größe der Nation und die Fiktion einer *einigen Volksgemeinschaft* sind in der Epik des Dritten Reichs vornehmlich in die Geschichte projiziert worden. 1939 eingeleitete *Reichspropagandaaktionen* für einen *großen Zeitroman* (W 232, S. 245f.), der ›nationale Größe‹ und ›völkische Einheit‹ auch für die Gegenwart bestätigen und ›dokumentieren‹ sollte, blieben erfolglos. Auf dem Weimarer Dichtertreffen 1942 haben Goebbels und auch Gerhard Schumann das Scheitern dieser Aktionen eingeräumt. Schumann bemühte zur Begründung dessen ein *Formgesetz* epischer Dichtung: Epos, Roman und Erzählung seien dem *Gesetz der Vergangenheit* unterstellt und daher auf einen historisch *abgeschlossenen Stoff* angewiesen (W 261, S. 396). Angesichts der zugespitzten Aufgabenstellung für alle Dichtung, zur *Stärkung der Kampfkraft der Nation* im Kriege beizutragen (W 260, S. 398), zeichnete sich allerdings auf dem Weimarer Dichtertreffen ein Ende der Auseinandersetzung über große Prosaformen und eine forcierte Bevorzugung lyrischer Agitationsformen ab.

*

Das Jahr 1933 bildete für die Lebens- und Arbeitsbedingungen der Schriftsteller, die gezwungen waren, ins Exil zu gehen, einen scharfen und folgenschweren Einschnitt. Die Bemühungen, abgetrennt vom bisherigen Publikum Literatur zu verfassen und über sie nachzudenken, wurden insbesondere im westeuropäischen Exil von den schwierigen und häufig nur kurzfristig gesicherten Lebensverhältnissen der Schriftsteller entscheidend geprägt. Für die Meinungsbildung über den Roman waren drei Zentren des Exils von besonderem Belang: Paris als Mittelpunkt der Auseinandersetzung über die von Exilverlagen so zahlreich publizierten historischen Romane;

Moskau als Zentrum für die Ausbildung einer sozialistisch-realistischen Romankonzeption; schließlich die Vereinigten Staaten – und zwar nicht Kalifornien, sondern in erster Linie die Universitäten an der Ostküste, in deren Umkreis eine mythische Romanliteratur ausgebildet wurde.

Die zunächst überraschende Wendung so vieler Exilschriftsteller – auch einiger Autoren im Dritten Reich, die sich später der ›Inneren Emigration‹ zurechneten – zu historischen Romanstoffen ist wiederholt und mit Recht auf die schwierigen Arbeitsbedingungen dieser Schriftsteller nach 1933 zurückgeführt worden: Das historische sujet bot den Freiraum, in dem die Schreibbehinderungen im Dritten Reich und die Publikationsschwierigkeiten im Exil am ehesten überwunden werden konnten. Beobachtungen Kracauers legen allerdings nahe, diesen Momenten eher eine katalysatorische denn initiierende Funktion zuzumessen.

Kracauer hatte bereits um 1930 ein Vordringen der Historienbücher – speziell der historischen Biographie – in der zeitgenössischen Romanliteratur konstatiert und dieser Wende eine einsichtige, für den Exilroman später vor allem durch Löwenthal bestätigte Diagnose gegeben: *Das Museum großer Individuen*, das die historischen Romane *mit Eile einzurichten* bemüht waren, deutete Kracauer als ein *Zeichen der Flucht* aus den sich zuspitzenden politischen Auseinandersetzungen der Zeit, als einen *Versuch der Rettung* zugleich bürgerlich-individualistischer Ideologien (W 164). Schärfer noch markierte Löwenthal 1938 die Ratlosigkeit der Biographen vor der Geschichte (W 222).

Die Funktion historischer Romane blieb in der Exilliteratur – auch in der ›Inneren Emigration‹ – überwiegend darauf beschränkt, einem durch die politischen Ereignisse nachhaltig erschütterten Geschichtsverständnis Ausdruck und Fassung zu geben. Der Rückzug in die Historie verband sich in aller Regel mit einem Rückzug auf einst gesicherte und durch die Beschreibung großer Persönlichkeiten der Geschichte vermeintlich noch einmal zu festigende Positionen des bürgerlich-humanistischen Kulturerbes und vielfach eines dezidiert christlichen Weltverständnisses. Im ›historischen Modell‹ konnte die Gültigkeit von Maximen des privaten und politischen Lebens, denen die Gegenwart so entschieden widersprach, noch einmal vorgestellt werden. Die Not einer solchen Selbstvergewisserung trug dazu bei, daß die zahlreichen Stellungnahmen zum historischen Roman in der Exilpresse zumeist auf umständliche Rechtfertigungen der Wahl historischer oder auch *archaischer Stoffe* beschränkt blieben und zu eigentlich programmatischen Ausführungen nicht vorstießen. Nur vereinzelt – vor allem im Anschluß an die Romane Feuchtwangers und Heinrich Manns – sind dem historischen Roman im Exil konkret gerichtete antifaschistische Ziele aufgetragen worden. Zu Beginn der vierziger Jahre schloß sich auch Thomas Mann in der Begründung seines Romanwerks dieser Zielsetzung an, indem er die über ein Jahrzehnt fortgeführte *mythische Unternehmung* der Josephsromane, die ihm zunächst Beleg einer allgemeinen *Rückkehr des modernen Romans zum Mythos* gewesen war (W 267, S. 31), nun ebenfalls gegen den Faschismus kehrte: gegen die von Jüngern Rosenbergs praktizierte Weise, *den Mythos zu traktieren* (W 258).

Das antifaschistische Engagement der Brüder Mann fand allerdings in anderen Formen – denen des Essays, des Vortrags, des Radioaufrufs – entschiedeneren Ausdruck. So streitbar und *höchst militant* sie sich dort *gegen das Deutschland von heute* zu Wort meldeten (W 206, S. 131) – im historisch-biographischen Bilderbogen über König Henri IV. und im Traktat über den Mythos des biblischen Joseph hielten sie fest am Selbstverständnis und dem Erzählduktus ›großer Romanciers‹.

Für die Romandiskussion nach dem Ende der faschistischen Herrschaft stellte die historische und mythische Romanliteratur des westeuropäischen und amerikanischen Exils keine Orientierungen und Anknüpfungsmöglichkeiten bereit. Romantheoretische Schriften in der Bundesrepublik griffen zu Beginn der fünfziger Jahre bezeichnenderweise auf Entwürfe aus den zehner und zwanziger Jahren zurück und erneuerten das Erbe der bürgerlichen ›Moderne‹. Die Theorie in der DDR dagegen konnte unmittelbar an die Auseinandersetzungen anschließen, die während der dreißiger Jahre in der Moskauer Exilpresse über den ›sozialistischen Realismus‹ geführt worden waren.

*

Die Losung des ›sozialistischen Realismus‹ ist 1934 auf dem I. Unionskongreß der Sowjetschriftsteller in Moskau propagiert und erläutert worden.[12] Sie war zunächst Ausdruck einer Wende in der sowjetischen Literaturpolitik zwischen 1932 und 1934, in deren Verlauf die in literarischen Fehden zerstrittenen Schriftstellerorganisationen und -gruppen in der Sowjetunion aufgelöst und zu einer *Einheitsfront* der sowjetischen Literatur zusammengefaßt wurden. Zugleich sollte – wie Hugo Huppert bereits 1932 in der *Roten Fahne* berichtete[13] – die *alte Losung* vom dialektischen Materialismus als Schaffensmethode durch die des ›sozialistischen Realismus‹ ersetzt werden, um sympathisierenden und verbündeten Schriftstellern die Annäherung an die proletarische Literatur nicht weiterhin durch *abstrakte und scholastische Fragen nach der Weltanschauung*[14] zu erschweren. Auch Karl Radek unterstrich in seinem umfangreichen Grundsatzreferat auf dem Moskauer Kongreß den bündnispolitischen Aspekt der neuen Losung. Die Bündnispolitik erforderte allerdings veränderte Lösungen in der Auseinandersetzung mit modernen Theorien und avancierten Techniken der bürgerlichen Literatur. Mit französischen und deutschen Gästen des Kongresses ist diese Auseinandersetzung 1934 eingeleitet worden.

Malraux und Jean-Richard Bloch nahmen Attacken sowjetischer Kritiker gegen den »Individualismus« bürgerlicher Romanliteratur zum Anlaß, Bedenken über die individuellen Entfaltungsmöglichkeiten des Schriftstellers in der Sowjetunion vorzutragen. Im Verlauf der Diskussionen wurde über diesen Punkt vergleichsweise leicht eine Verständigung erreicht – durch einen Vorgriff der sowjetischen Kritiker auf die *kommunistische Gesellschaft*, die die *reichste Entwicklung großer Persönlichkeiten* ermöglichen werde.[15] Malraux und auch André Gide bekräftigten diese Verständigung in ihren Referaten auf dem Pariser Schriftstellerkongreß 1935.[16]

Die Auseinandersetzung über avancierte Techniken der westeuropäischen

Romanliteratur gestaltete sich demgegenüber komplizierter. Neben Radek nahm vor allem Maxim Gorki zu dieser Frage Stellung. Gorki konzedierte eine Anwendung *formaler Errungenschaften des kritischen Realismus* allenfalls *zur Beleuchtung der Überreste der Vergangenheit, zum Kampf gegen sie*[17]; er betonte im übrigen den *krassen Unterschied* zwischen der sowjetischen und der *westlichen* Literatur. Radek dagegen forderte einerseits die proletarischen Schriftsteller in der Sowjetunion auf, in Fragen der literarischen Form von den *Meistern der Gestaltung* in der westeuropäischen Literatur zu lernen[18], nahm zugleich aber eine äußerst strikte Abgrenzung des sozialistischen Realismus gegen die Schreibweisen Prousts, Joyces und auch Dos Passos' vor. Dabei bildete hier bereits eine energisch vorgetragene Totalitätsforderung an den Roman – die Forderung, *auf dem Boden der Welt-Wirklichkeit den Untergang des Kapitalismus und die Entstehung des Sozialismus in allen ihren fundamentalen Gegensätzen darzustellen*[19] – die Grundlage für die Ablehnung der bezeichneten Schreibweisen.

Es war ein besonderes Verdienst Friedrich Wolfs, in seinem Beitrag zum Moskauer Kongreß auf den unterschiedlichen Entwicklungsstand und die differenten Aufgaben einer sozialistischen Literatur in der Sowjetunion und der *revolutionären Literatur* in den *imperialistisch-faschistischen Ländern des Westens* aufmerksam zu machen[20]; er lehnte eine Übertragung der Ergebnisse der sowjetischen Literaturdiskussion auf die antifaschistische Literatur im Exil *sowohl in der Thematik als auch in der Behandlung der Formprobleme*[21] ab. Wolf bezeichnete damit einen gewichtigen, in den folgenden Jahren jedoch kaum mehr aufgedeckten Grund für die Kontroversen über den sozialistischen Realismus in der deutschen Exilpresse. Das gilt für die Auseinandersetzungen über Ernst Blochs programmatisches Buch zur »Erbschaft dieser Zeit« ebenso wie für die Realismus-Debatte in der Zeitschrift *Das Wort.*

Das Plädoyer Ernst Blochs für die Montage – für *literarische* und *philosophische Montage*[22] – basierte auf behutsamen Sondierungen *avantgardistischer Kunstbewegungen* in den *spätkapitalistischen Gesellschaften* Westeuropas. Seine Vorschläge einer *Ummontierung* und *Umfunktionierung* formaler und inhaltlicher Elemente der bürgerlichen Moderne sind zunächst in der *Internationalen Literatur* von Hans Günther kritisiert worden – bezeichnenderweise unter Berufung auf die Ausführungen Radeks auf dem Moskauer Kongreß.[23] Sowohl Günther als dann auch Georg Lukács[24] wiesen die Anregungen Blochs mit dem Hinweis auf die umfassende, die *objektive Totalität der Wirklichkeit* gestaltende Aufgabe sozialistisch-realistischer Romanliteratur zurück. Der Bezug der Thesen auf unterschiedliche »Lebenswirklichkeiten« – so Friedrich Wolf – ist im Verlauf der Kontroverse weder von Günther und Lukács noch auch von Bloch in Anschlag gebracht worden.

Lukács hat an anderer Stelle – insbesondere im Essay über den historischen Roman (W 223) – speziellen Erfordernissen der deutschen Exilliteratur durchaus Rechnung getragen. Vornehmliches Ziel seiner Arbeiten blieb es indessen, von den Thesen Engels' und Lenins zum ›realistischen Erbe‹ ausgehend Verbindungen zwischen der realistischen Romanliteratur des ›aufsteigenden‹ Bürgertums im 19. Jahrhundert und dem sozialistisch-realistischen Roman herauszuarbeiten – Verbindungen, die zunächst nur der Literatur in der Sowjetunion dienlich sein konnten. Es nimmt daher nicht wunder, daß Einwände gegen die ›Gestaltungstheorie‹ Lukács' in erster Linie von Autoren vorgetragen wurden, die unter den Bedingungen des westeuropäischen oder auch – im Falle Brechts – des skandinavischen Exils lebten und arbeiteten. Die Einwände entzündeten sich zumeist an den Schreibanweisungen, die Lukács den Klassikern des Realismus für einen zeitgenössischen Roman abgewann. Sowohl Brecht als auch Anna Seghers haben sie als eine Behinderung der literarischen Produktion kritisiert.[25]

Brecht nahm die Kritik zum Anlaß, einen alternativen Realismusbegriff zu entwikkeln.[26] Die Distanz, die Anna Seghers zur Theorie des ›Gestaltens‹ hielt, fand einen recht prägnanten Ausdruck in der Frage an Lukács, ob in der Literaturdebatte in der Zeitschrift *Das Wort ›Realismus heute‹ oder ›Realismus überhaupt‹* (W 231, S. 100) zur Diskussion gestanden habe. Die Antwort Lukács', erst durch die Erforschung der *Bedingungen und Gesetze des Realismus überhaupt* könne ein *Maßstab* für einen *Realismus heute* gewonnen werden (W 231, S. 109f.), macht den idealistischen Ansatz der ›Gestaltungstheorie‹ kenntlich, der einer Berücksichtigung variabler Darstellungsformen und -techniken lange entgegenstand. Erst gelegentlich eines Romans von J. R. Becher – »Abschied« (1941) – konzedierte auch Lukács, daß der Erzählstil Prousts und Joyces *ins Realistische umkehrbar* sei (W 252, N 1, S. 88 u. 91).
Die Vorbehalte Brechts und Anna Seghers' gegen die von Lukács entwickelte Theorie des sozialistisch-realistischen Romans sind in den letzten Jahren des Exils kaum wirksam geworden[27]; sie haben gerade in jüngster Zeit aber sowohl in der DDR als auch in der Bundesrepublik zu neuen Ansätzen der literarischen Theoriebildung erheblich beigetragen.

Anmerkungen

1. H. Kindermann (Hg.), Des deutschen Dichters Sendung in der Gegenwart. Leipzig: Reclam 1933.
2. Vgl. insbesondere das Vorwort Kindermanns und die Beiträge von Paul Ernst, Jakob Schaffner, Paul Fechter, Otto Gmelin, Hans Fr. Blunck und Paul Alverdes.
3. F. Schreyvogl, Die Dichter als Vorhut der Nation. In: Kindermann, Des dt. Dichters Sendung [vgl. Anm. 1], S. 257–263.
4. P. Ernst, Das deutsche Volk und der Dichter von heute. In: Kindermann, Des dt. Dichters Sendung [vgl. Anm. 1], S. 19f.
5. J. M. Wehner, Der Dichter und sein Volk. In: Kindermann, Des dt. Dichters Sendung [vgl. Anm. 1], S. 233. Auszugsweise nachgedruckt in: K. Vondung (Hg.), Völkisch-nationale und nationalsozialistische Literaturtheorie. München: List 1973 (= LTW Bd. 1465), S. 29f.
6. W. Schäfer, Der Dichter und seine Zeit. In: Kindermann, Des dt. Dichters Sendung [vgl. Anm. 1], S. 41.
7. Ebd., S. 45.
8. Ebd., S. 44f.
9. E. G. Kolbenheyer, Unser Befreiungskampf und die deutsche Dichtkunst. München: Langen/Müller 1932, S. 4f. u. 20–24.

E. G. K., Lebenswert und Lebenswirkung der Dichtkunst in einem Volke. In: Kindermann, Des dt. Dichters Sendung [vgl. Anm. 1], S. 83–85 u. 104–106.

10. Neben den Zeugnissen in Kindermanns Anthologie [vgl. dazu Anm. 2] insbesondere W. Linden, Volkhafte Dichtung von Weltkrieg und Nachkriegszeit. In: *Ztschr. f. Deutschkunde*, Jg. 48, 1934, S. 3.

11. Besonders prononciert bei P. Fechter, Vom Ich zum Wir. In: Kindermann, Des dt. Dichters Sendung [vgl. Anm. 1], S. 146–153.

12. Neben Maxim Gorki war es vor allem Karl Radek, der im Eröffnungsreferat über »Die moderne Weltliteratur und die Aufgaben der proletarischen Kunst« die Losung des ›sozialistischen Realismus‹ vorstellte. Gorkis Rede ist nachgedruckt in: F. J. Raddatz (Hg.), Marxismus und Literatur. Bd. 1. Reinbek: Rowohlt 1969 (= RP 80), S. 335–346. Das Referat Radeks erschien in: *Internationale Literatur*, Jg. 4, 1934, H. 5, S. 3–25.

Nach Redaktionsschluß dieses Bandes erschien eine Dokumentensammlung zum Moskauer Kongreß: Sozialistische Realismuskonzeptionen. Dokumente zum 1. Allunionskongreß der Sowjetschriftsteller. Hg. v. H.-J. Schmitt und G. Schramm. Frankfurt: Suhrkamp 1974 (= edition suhrkamp 701.). Die Sammlung konnte für den vorliegenden Band – auch für das Werkverzeichnis – nicht mehr berücksichtigt werden. Bedauerlicherweise drucken die Herausgeber das Grundsatzreferat von Radek, auf das sich nahezu alle Beiträge deutscher Teilnehmer des Kongresses bezogen, nicht in seiner originalen, sondern in einer 1935 hergestellten, stark überarbeiteten und erweiterten Fassung; der Diskussionsverlauf wird dadurch – gerade im Hinblick auf die Differenzen zwischen Radek und Herzfelde (vgl. S. 264 u. S. 267–270 dieses Bandes) – erheblich verzerrt.

13. Ergebnisse und Perspektiven der Sowjetliteratur. In: *Die rote Fahne* vom 18. u. 23. 12. 1932. N: M. Brauneck (Hg.), Die rote Fahne. Kritik, Theorie, Feuilleton 1918–1933. München: Fink 1973 (= UTB 127), S. 461–469. Der Artikel erschien anonym; als Verfasser kann Huppert gelten, da der Artikel weitgehend übereinstimmt mit Hupperts Bericht in der *Internationalen Literatur*, Jg. 3, 1933, H. 1. N: Zur Tradition der sozialistischen Literatur [vgl. W 168], S. 491–513.

14. *Die rote Fahne* vom 18. 12. 1932.

15. K. Radek im »Schlußwort« zum Kongreß: *Internationale Literatur*, Jg. 4, 1934, H. 5, S. 66.

16. Vgl. dazu den Bericht der *Rundschau*, Basel, nachgedruckt in: Zur Tradition der sozialistischen Literatur [vgl. W 168], S. 809–811.

17. Maxim Gorki, Rede auf dem I. Unionskongreß der Sowjetschriftsteller [vgl. Anm. 12], S. 343.

18. K. Radek, Die moderne Weltliteratur [vgl. Anm. 12], S. 21 f.; ferner im »Schlußwort« [vgl. Anm. 15], S. 62–64.

19. K. Radek, Die moderne Weltliteratur [vgl. Anm. 12], S. 23.

20. F. Wolf, Faschistische und antifaschistische Dramaturgie. In: Zur Tradition der sozialistischen Literatur [vgl. W 168], S. 614–620.

21. Ebd., S. 615.

22. E. Bloch, Erbschaft dieser Zeit. (1935). Erweiterte Ausgabe: Frankfurt/M.: Suhrkamp 1962, S. 227.

23. H. Günther, Bürgerliche Montage. In: H. G., »Erbschaft dieser Zeit«? *Internationale Literatur*, Jg. 6, 1936, H. 3, S. 96–99.

24. Es geht um den Realismus. In: *Das Wort*, Jg. 3, 1938, H. 6, S. 112–138. N: G. L., Werke. Bd. 4: Probleme des Realismus I. Neuwied, Berlin: Luchterhand 1971, S. 313–343.

25. Vgl. Brechts Notiz vom 18. 8. 1938 in: B. B., Arbeitsjournal. Bd. 1. Frankfurt: Suhrkamp 1973, S. 26; und Anna Seghers' Bemerkungen im Brief an Lukács: W 231, S. 103f.
26. Vgl. insbesondere »Volkstümlichkeit und Realismus«. In: B. B., Schriften zur Literatur und Kunst 2. Frankfurt: Suhrkamp 1967, S. 139–150.
27. Brecht veröffentlichte seine Beiträge erst seit 1954, überwiegend 1963.

Die ›Erhebung‹ des Romans zur epischen Dichtung

In seinem Aufsatz über die ›Erhebung‹ des deutschen Romans zur ›Dichtung‹ versuchte Kolbenheyer, die im Akademiestreit von 1930 verfochtene Abgrenzung zwischen ›Literatur‹ und ›Dichtung‹ speziell für den Roman historisch herzuleiten. Wie bereits in der Schrift über »Die Dritte Bühne« [1] beanspruchte Kolbenheyer auch hier, das Erbe des Naturalismus anzutreten. Das *Formgesetz*, auf dem die neue epische Dichtungsart gründen sollte, zeigt das spezifische Interesse Kolbenheyers an der Literaturrevolte der achtziger Jahre an: *Unmittelbarkeit* wurde zu einem Stichwort, die Erneuerung archaischer Erzählmuster im Dritten Reich zu legitimieren.

Tatsächlich hatte bereits zu Beginn der zwanziger Jahre dasselbe Postulat der Unmittelbarkeit – und zwar in der auf den Erzähl- und Lesevorgang gerichteten Fassung, die auch Kolbenheyer ihm gab – den Ausgang für eine Rückbesinnung auf das »Epos« dargestellt. Aus dem Grundsatz, daß *das Erzählte dem Zuhörer zum eigenen Erlebnis werden* müsse, hatte Wilhelm Schäfer eine breite Palette von Schreibanweisungen für den zeitgenössischen Epiker abgeleitet (W 126, S. 124f.); dazu zählte auch 1923 schon die Stilisierung des Erzählers zu einem *Führer,* dem *der Zuhörer vertrauen kann* (W 126, S. 135). Der hier auszugsweise wiedergegebene Aufsatz Schäfers von 1939 über »Das Wesen der epischen Dichtung« stellt eine überarbeitete und gekürzte Fassung der Rede von 1923 dar.

Für Schäfer und ebenso für Hans Brandenburg galt als Muster für *unmittelbare Darstellung* und unmittelbare *Wirkung* des Epikers die *mündliche Erzählung* (W 217 u. 230). Entschiedener noch als Kolbenheyer versuchten sie, die *Gesetze* dieser *Grundform* aller Epik zu reaktivieren; übereinstimmend stellten sie dabei den *Mythos des Volkes* als den Bereich vor, in dem auch gegenwärtig Erzähler und Zuhörer einander begegnen. Sehr deutlich findet in dieser Konstruktion eines Gemeinschaft stiftenden Mythenbereichs die allgemeine Funktion von Mythenbeschwörungen im Dritten Reich ihren spezifischen Niederschlag in der Theorie epischer Formen.

Die meisten Artikel über den Roman in der nationalsozialistischen Presse waren darum bemüht, verschiedene, rasch einander ablösende Romangenres zu propagieren. Dabei galt zunächst – wegen der besonderen ideologiebildenden Funktion, aber auch infolge der massenhaften Publikation – dem historischen Roman ein vorrangiges Interesse. In einer Vielzahl von Rezensionen wurde speziell dem historischen

Roman die *Umwertung, Neuwertung* und geradezu eine *Neudichtung der deutschen Geschichte* aufgetragen (W 195, 198, 199, 210, 215 u. 220). Zwar dämmten offiziöse Vorbehalte und vielfache *Mahnungen an die Verleger*[2] in den Jahren 1938/39 die *Flut geschichtlicher Romane* ein. Der hier abgedruckte Aufsatz von Günther Stöve (W 242) macht indes kenntlich, daß trotz gleichzeitiger ›Propagandaaktionen‹ für einen Zeitroman die *geschichtliche Dichtung* auf Grund ihrer mythenbildenden Funktion weiterer Förderung versichert war.

Der Artikel Stöves erschien in der *Bücherkunde*, deren Hauptschriftleiter Stöve zeitweilig war. Die *Bücherkunde* stellte als Organ der Reichsstelle Rosenberg eines der wichtigsten Instrumente für die Lenkung und Kontrolle der nationalsozialistischen Literaturpolitik dar. Sowohl dem Artikel Stöves als auch den Aufsätzen Frankes über den *Großstadtroman* (W 248) und Peter von Werders über die *Saga* (W 261) kam durch die Veröffentlichung in der *Bücherkunde* richtungweisende Bedeutung zu. Dabei deckt insbesondere die Artikelserie über den ›Großstadtroman‹ durchaus das Verfahren, aber auch Behinderungen der Lenkung auf.

Franke hatte bereits 1937 im *Deutschen Erzieher* den Rückzug der Autoren in die Historie und in ländliche Idylle kritisiert und hatte angemerkt, daß *die deutsche Stadt, die Großstadt zumal, völlig aus dem Blickwinkel der deutschen Romanschreiber verschwunden* sei (W 209). Unter dem wohl provozierend gemeinten Titel: »Zurück zu Zola und Thomas Mann?« reagierte die *NS-Landpost* auf diesen Beitrag mit dem Vorwurf, Franke leiste einer Kunst des *Asphalt* und der *Milieutheorie* Vorschub (W 221). Tatsächlich berief sich Franke bei seinem erneuten Plädoyer für einen Großstadtroman 1941 ausdrücklich auf den *Wegweiser* Zola.

Die *Bücherkunde* stellte dem Aufsatz Frankes zunächst einen Artikel von Peter von Werder gegenüber; antizivilisatorische Ressentiments, die dem Nationalsozialismus stets äußerst dienlich waren, wurden hier im Vorwurf einer *seelenlosen Maschinengesinnung des Großstädters* gegen Frankes Programm erneut ins Spiel gebracht (W 249). Auf ausdrücklichen *Wunsch der Schriftleitung* der *Bücherkunde* wurde die Kontroverse dann aber durch einen Artikel Dähnhardts abgeschlossen, in dem unter Berufung darauf, daß gerade die Großstädte seit 1933 zum Ausdruck der *geschichtlich-politisch gestaltenden schöpferischen Kräfte* der nationalsozialistischen Bewegung geworden seien (W 250, S. 229), dem Großstadtroman vorrangige Bedeutung eingeräumt wurde.

Kommentare Bernhard Payrs, des Leiters der Reichsstelle Rosenberg, und auch die Rede Goebbels' auf dem Weimarer Dichtertreffen unterstrichen noch einmal, daß eine Abkehr vom historischen Roman und auch vom Bauernroman zugunsten eines zeitnahen Großstadtromans derzeit ›erwünscht‹ war.[3] Sie machten sowohl das besondere Ziel dieser Wende – eine gegenwartsnahe Kriegspropaganda – als auch die Zielgruppe kenntlich, an die die Großstadtromane sich richten sollten: an die Arbeiter in den Industriezentren, die – so hatte auch Franke geschrieben – *noch immer im stillen anderen Ideen nachhängen*.

Daß mit dieser Wende die vertrauten Ideologeme des Nationalsozialismus gleichwohl nicht verabschiedet waren, bezeugt der Leitartikel Peter von Werders über

»Das Germanische in der neuen Dichtung« in der *Bücherkunde* von 1942 (W 216); die Polemik war hier allerdings nicht mehr gegen Großstädter und Großstadtroman, sondern gegen den *liberalen Menschentypus* der vergangenen Epoche und den *psychologischen Roman* als der *Hauptform der Zivilisationsliteratur* gerichtet. Der Artikel schließt mit einem Bekenntnis zum *handelnden Menschentypus, dem erst vom Handeln aus der Gedanke sinnvoll wird als Mittel zur Tat* (W 261, S. 198). Das Gesetz der »Unmittelbarkeit«, das Kolbenheyer als Werkstatterfahrung mitteilte und das Schäfer und Brandenburg im Mythos des Volkes zu verankern suchten, wird hier zur normativen Form der *Wirklichkeitsauffassung* und zum Verhaltensprinzip des ›Dichters‹ und seines Lesers erhoben. In Werders Programm einer erneuerten Saga erreichten die Roman- und Epenentwürfe im Dritten Reich den äußersten Gegenpol zur essayistischen Romankunst der bürgerlich-humanistischen Schriftsteller im Exil.

Anmerkungen

1. E. G. Kolbenheyer, Die dritte Bühne. In: E. G. K., Neuland. Zwei Abhandlungen. München: Langen/Müller 1935, vgl. besonders S. 139–143 u. 161–167.
2. Aus der Herbsternte des deutschen Schrifttums 1939. In: *Bücherkunde*, Jg. 6, 1939, S. 545.
3. B. Payr, Die Feuerprobe des deutschen Verlegers. In: *Bücherkunde*, Jg. 8, 1941, S. 195f.; J. Goebbels, Rede zum Weimarer Dichtertreffen 1942. In: *Völkischer Beobachter* vom 12. 10. 1942. Vgl. dazu Dietrich Strothmann, Nationalsozialistische Literaturpolitik. 2. Aufl. Bonn: Bouvier 1963, S. 404–406.

ERWIN GUIDO KOLBENHEYER 1936

Aus: Wie wurde der deutsche Roman Dichtung?
In: Zeitschrift für deutsche Bildung, Jg. 12, 1936, S. 465f., 469–473. W 204.

Solange auch schon auf deutschem Sprachgebiete Romane geschrieben werden: wir können sagen, daß der Roman im deutschen Volke erst jüngst zum Range der Dichtung gelangt ist. Das Urteil Schillers war kein Vorurteil. Goethes »Werther«, sein »Wilhelm Meister« und die »Wahlverwandtschaften« müssen als weit vorauseilende Herolde der Romandichtung angesehen werden. – Wohl sprach man auch schon zu Goethes Zeit von Romandichtern, aber man definierte sie als Leute, »die Romane verfertigten und im gemeinen Leben Romanschreiber genannt werden« [1] (Adelung). Der Roman, man sagte auch die Romäne, war Nebenwerk des Schrifttums, jede erdichtete wunderbare Geschichte, auch eine erdichtete Reisebeschreibung galt als Roman, und »im engsten Verstande« – wie die Feststellung lautet – »war der Roman nur eine von Verwirrungen durchwebte Liebesgeschichte«. Man unterschied politische, historische, philosophische und satirische Romane, aber es lief unter diesen Gattungen nur auf eine verschieden aufgezogene, überraschend verwickelte und gelöste Liebschaftsdarstellung hinaus. Das war auch die Meinung einer Zeit, in der durch die »Leiden des jungen Werthers« Deutschland von einem sentimentalen Fieber ergriffen wurde und alle Welt über diese unerhörte Liebesgeschichte nicht nur in Tränen zerfloß, sondern sich à la Werther kleidete, um die Hingerissenheit zu bezeugen.

Noch nach Goethes Tod stand es um das Ansehen des Romanes kaum besser. Der Jenenser Professor Wolf kennzeichnet in seinem Konversations-Lexikon die »fabula romanensis« als episch-poetische Darstellung einer Reihe erdichteter und zu einem Ganzen verbundener Begebenheiten, welche anziehende Seiten des Menschenlebens darstellen.[2] Er ließ dem Roman die mannigfaltigsten Formen zu und forderte nur, daß die Sprache edel, ruhig, fließend und blühend sei. Also: Darstellung anziehender Seiten des Menschenlebens in gehobener Sprache. Man wird nicht behaupten können, daß es sich dabei um eine bedeutsame Angelegenheit handle. Das Lexikon gibt die Meinung der gebildeten Welt maßgeblich wieder, wenn es im Roman nur den Stellvertreter des Epos sieht, für das die Neigung der Leser gesunken sei.

Und Goethe selbst will in der Hauptperson des Romans einen Freund, nicht aber einen Helden finden. Der Roman stelle vornehmlich Gesinnung und Begebenheit dar, das Drama erst gestalte Charaktere.[3] Gleichwohl hat der große Meister im Roman nicht mehr nur einen fast bedauerlichen Ersatz für das Heldenepos gesehen, als er im höchsten Alter Walter Scott las. »Er gibt mir viel zu denken«, sagte Goethe zu Eckermann, »ich entdecke in ihm *eine ganz neue Kunst, die ihre eigenen Gesetze hat.«*[4] Das historische Stoffgebiet kann nicht gemeint sein, Romanhistorien gab es vor Walter Scott.

Auch als ein halbes Jahrhundert nach Goethes Tod der naturalistische Literaturumsturz unter westlichem Einfluß für Drama, Lyrik und Roman sich einer unerhörten Form und der freiesten Inhalte bemächtigt hatte, war die alte Anschauung nicht abgetan. [466] Die Revolution in der Literatur stand viel zu sehr unter dem Bewußtsein ihrer Kampfhandlung gegen alles Epigonentum, als daß sie ihre eigentliche Funktion und Leistung in der Entwicklung der deutschen Dichtkunst hätte klarbewußt erkennen können. [. . .]

*

[469 . . .] Das im Kampfe des Naturalismus durchgebildete Formgesetz gehörte inhaltlich weder einer stilisierten Humanität noch einer Mitleidsüberschwemmung des Gefühlslebens zu eigen an, es war nicht ausschließlich einem ethischen Libertinismus oder der nackten Wirklichkeitssucht vorbehalten, es läßt sich jenseits aller Inhalte durch sehr schlichte Worte ausdrücken und scheint so simpel, daß jedermann es wie eine Selbstverständlichkeit anzuhören meint, und bedeutet doch im Leben der deutschen Kunst einen gewaltigen Umschwung.

Das Gesetz:

Jeder Stoff muß seine eigene Form empfangen, wenn die Darstellung *den* Grad innerer Wahrscheinlichkeit erhalten soll, daß nicht nur berichtet, nicht nur geschildert, nicht nur unterhalten werde, sondern *daß Erlebniselemente im Leser oder Hörer entstehen, die den innersten Kern des künstlerischen Vorwurfes aus dem bildnerischen Erleben des Empfangenden selbst erzeugen.*

Die scheinbar so schlichte Wahrheit war gefunden, daß nicht alles mit denselben Mitteln dargestellt werden kann, wenn jene innerlichst wirkende Wahrscheinlichkeit erzielt werden soll, eine Wahrheit, die deshalb so nüchtern klingt, weil sie im praktischen Leben tausendfältige Erfahrung ist, aber auf dem Gebiete der Kunst umwälzend wird, weil hier das praktische Leben völlig ausgeschaltet bleibt und dennoch eine seelische Bewegung erschaffen werden muß, die den lebenbildnerischen Wirkungen des praktischen Lebens nicht nur gleichkommen, sondern ihnen zuweilen weit überlegen sein kann.

Es gehört eine Beherrschung der künstlerischen Mittel auf äußerster Höhe ihrer gegenwärtigen Entwicklung dazu, wenn ein Dichter verschiedene Stoffe in dieser Wirksamkeit gestalten soll, da jedes neue Werk, soferne es den Stoffkreis der früheren überschreitet, seine eigengeartete Form finden muß. Der Dichter hat sie jeweils neu zu schaffen. Auch große Meister haben sich diesem strengen Anspruch gegenüber nur dadurch helfen können, daß ihre Stoffwahl sehr enge geblieben ist, da sie von einer bestimmten, ihnen besonders eigenen Form nicht loszukommen vermochten.

[470] Und dies *Gesetz der Formeigentümlichkeit der Stoffe* erstreckt sich bis ins Innerste eines Kunstwerkes selbst, dessen einzelne Motive und Charaktere die ihnen eigentümliche Darstellungsweise erfordern – wenn Sprechende gestaltet sind, wird dies besonders deutlich. Und doch darf das Kunstwerk innerlich nicht zerklüften und muß – soll keine Beunruhigung eintreten und die bildnerische Wirkung erreicht werden – einheitlichen Guß zeigen. Selbst das Gesamtwerk des Meisters, das viele verschiedene Einzelwerke umfaßt, die ihren Stoffen nach eigens gestaltet sind, muß überall seine Hand, sein Auge und sein Ohr erkennen lassen, denn im besonderen Kunstcharakter eines Meisters liegt das tiefste Geheimnis seiner Lebenswirksamkeit.

Neue Kunst war es also: Das Bildnerische im Kunsterleben dem Erlebenden in einer letzten Form nicht nur gleichsam zum Nacherleben vorzustellen, *sondern es in ihm selbst erst erwachsen zu lassen.*

Die alte Kunst hatte ihre Sendung erfüllt gesehen, wenn sie schöne, edle, ansprechende Inhalte in einer vollendeten Form zum Aufklingen brachte. Und beide Kunstweisen, die alte und die neue, vermochten und vermögen innere Spannungen zu führen und zu lösen und werden damit dem biologischen Sinn und Wert der Kunst gerecht. Mit der Weiterentwicklung des Anpassungslebens aber, mit der vervielfältigten Aufdifferenzierung der Individuen und ihrer umfassenderen Versponnenheit in den überindividuellen Lebenszusammenhang war eine Stufe der Volksentwicklung erreicht, auf der die neue Kunst dem innerlich differenter Gewordenen erst dadurch gerecht wurde, daß sie ihm Erlebniselemente ausgestaltete, aus denen er selbst die künstlerische Entspannung seines Innern dem Überindividuellen gegenüber zu gewinnen vermag. Die Dichtkunst ist durch den Naturalismus hindurchgegangen, weil dieser allein ihr die Form schmieden konnte, die dem neuen Gestaltungsgesetze entspricht.

Nichts könnte besser die Tatsache enthüllen, wie selten sich die zuweilen äußerst bewegten Ereignisse des Lebens ihrem innersten biologischen Kern nach für den

Erlebenden erschließen, als die Beurteilung, die der Naturalismus erfahren hat und noch erfährt. Unter größtem Aufwand ist er umkämpft worden, und doch kreiste der Wirbel fast nur um die fragwürdigen und zuweilen verwerflichen Inhalte seiner Darstellung. Die Inhalte aber lassen sich leicht vermeiden, ohne das Wesentliche zu verlieren, das durch den Naturalismus erkämpft wurde, das neue Formgesetz. Erst heute, da wir uns anschicken, die Bewegungen des Lebens biologisch zu betrachten, sind wir fähig, die eigentliche Funktion der naturalistischen Kunstbewegung richtig zu deuten. [. . .]

*

[471 . . .] Nun ließe sich wohl an jedem zeitgenössischen Romane von dichterischem Range das neue Gesetz erweisen, durch das der deutsche Roman zur Kunst erhoben wurde; aber es mag sein, daß am historischen Roman dieser Erweis augenfälliger wird.

[472] Das Gesetz der *Romandichtung* scheint im historischen Romane deshalb durchsichtiger, weil die Dichtung zeitnaher oder gegenwärtiger Stoffe die Lebenswelt der bedichteten Ereignisse nicht erst in die Erlebnisnähe zu erheben braucht. Der Dichter zeitgenössischer Stoffe hat das weite Reich durchbluteter Erfahrung und eines wachen Daseinsgefühles seiner Mitwelt zur Verfügung und kann seine Dichtung darüber errichten. Und auf diesen Verlaß hin lassen sich jene Gestaltungselemente, aus denen im Leser die künstlerischen Erlebnisse erwachsen, subtiler bilden, so daß die *Unmittelbarkeit* ihrer Wirkung, die zugleich auch ihre größte Kunst bleibt, kaum auffällig wird. Bei manchen bedeutenden Dichtern zeitgenössischer Stoffe ist darum auch von den genießerischen Lesern, die nicht immer die erwünschtesten sind, besonders die, der gesteigerten Darstellungsmöglichkeit entsprechende, *stilistische* Kunst vor allem bemerkt und mehr gerühmt worden, als der inneren, der volksbiologischen Bedeutung des Dichters nützlich fiel, ja, es ist zu vermuten, daß manche Dichter selbst den Fallstricken dieser besonderen Möglichkeiten erlegen sind, denn man kann im Vertrauen auf die verläßliche Unmittelbarkeit des täglich erfahrenen Lebens leichthin von der Kunst zu Künstelei gelangen. Aber das neue Gesetz, das den Roman zur Dichtung erhob, ist gleichwohl von allen Schriftstellern dichterischen Ranges in den letzten Jahrzehnten auch bei Gegenwartsstoffen eingehalten worden.

Der historische Roman kann diesen, wie man sieht, nicht immer gefahrlosen Anspruch auf die Lebenswelt der Leser nicht erheben. Er ist gezwungen, den Lebensraum der Dichtung selbst zu erschaffen. Denn soll der historische Roman dem neuen Gesetze folgen, d. h. soll er nicht bloße Kostümreportage für irgendeine unterhaltsame Angelegenheit sein, so ist es Bedingnis, daß der Dichter die Lebenswelt seines Stoffes durch die Kunst in solch zwingendem Maße wachzurufen vermag, daß dem Leser unvermerkt aus einer längst verklungenen Vergangenheit jene Erlebniselemente erwachsen, die in ihm die lösenden und steigernden Wirkungen der Dichtkunst bilden. Der Leser muß in jene vergangener Welten versinken können und dann aus ihnen erleben, ohne daß er ihrer Ferne gewahr wird.

Die Vermutung ist falsch, daß dies zu erreichen wäre, wenn man aus der Geschichte Ereignisse des allgemeinen und des Einzellebens griffe, die sich mit Ereignissen der

Gegenwart vergleichen lassen oder bedeutsame allzeitlich wirkende Bewegnisse des Menschenlebens darstellen. Historisierende Prosaliteratur konnte dieser Art auf der Stufe »ideogener« Kunstentwicklung[5] nicht über das Kostüm hinausgelangen, historische *Dichtung* aber hat auf dieser Stufe nur die Formen des Epos, des Dramas, der balladischen Lyrik annehmen können. In unserer Zeit fallen alle Erzählungen geschichtlicher Stoffe, die nur aus dem Antriebe eines Gleichnisses zu den Begebenheiten unserer Zeit geschrieben werden, unter die kostümierte Reportage, sie gelangen, weil sie Bewegnisse der Lebenswelt ihrer Leser auf dem Umwege der Analogie in Anspruch nehmen, nicht zur bildnerischen Höhe der Dichtung, die an das nunmehr bekannte Gesetz gebunden ist. Bestenfalls wird ihnen ein künstlerisches Spiel der Ironie eigen sein, das so fein gekonnt sein mag, daß die üble Offenbachiade vermieden wird. (Die allerjüngste Zeit zeigt übrigens die Neigung, solch kostümierte Gleichungen ernst zu [473] nehmen und als Dichtungen zu werten; sie wären Verfallserscheinungen, wenn sie ihre Absichten nicht so offenkundig zur Schau stellten. Damit ist nun nicht gesagt, daß die Dichtung geschichtlicher Romane ihre Inhalte über einen toten Raum in die Gegenwart bringen könnte. Natürlich müssen lebendige Adern von den fernen Zeiten in die Gegenwart schlagen, wenn es gelingen soll, den Leser von der Vergangenheit so umfangen sein zu lassen, daß sie ihm zum unmittelbaren inneren Erlebnisse werde. Aber diese Adern schlagen nur aus den Wesenstiefen der *ununterbrochenen Volkswerdung*, sie spielen nicht von den Ereignissen einer vergangenen Tagesgeschichte in die Tagesgeschichte unserer Zeit. Wenn man die Hochflut der kostümierten Romanreportagen, die sich seit ungefähr 25 Jahren besonders an die Namen berühmter Männer knüpfen, überblickt, so wird man wissen, was da gemeint ist. Es gibt im Verhältnis zu diesem Überschwall nur sehr wenig Stoffe der Vergangenheit, die im Roman wirklich zur Dichtung erhoben werden können. Es ist bezeichnend, daß manche Literarhistoriker diese Dichtungen auch nicht schlechthin Romane, sondern Romanepen nennen, so tief wurzelt immer noch das Mißtrauen gegen die Vollwertigkeit der Romandichtung.

Nicht die Analogie der Gegenwart ist also das Wesentliche der Romandichtung geschichtlicher Stoffe, sondern die Kunst Lebensepochen der Volkswerdung so unmittelbar zur Wirkung zu bringen, daß der Leser sein eigenes Volk in seinen Wesenstiefen zu erleben vermag. Dies kann kein kostümierter Vergleich erreichen.

Es kommt auch nicht darauf an, daß die herangezogenen Geschichtsereignisse mit jedem Zug überlieferter Dokumente übereinstimmen, aber sie müssen *das* zu Gestalt und Erlebnis bringen, wovon die Dokumente nur einen Niederschlag bedeuten, und wir wissen aus unserer Gegenwart, wie wenig historische Dokumente mit der Lebenswelt übereinstimmen. – Der Lebenswuchs eines Volkes, der über alle historischen Beglaubigungen hinaustreibt, das ist der Gegenstand historischer Romandichtung.

Es kommt aber auch nicht darauf an, daß die handelnden und sprechenden Personen der Romandichtung sich darüber äußern, wohin sich die Epoche ihres Lebens entfaltet, oder daß sie handelnd dargestellt werden, als machten sie bei Bewußtsein Epoche. Sie müssen aus der unbewußten Triebhaftigkeit ihres Wesens als die Gestalter eines überindividuellen Geschehens, das sie kaum zu ahnen vermögen, zu Gefühl des Lesers oder besser noch in die Ahnung des Lesers gelangen, so daß der Leser mit ihnen die Epoche erleben kann, kraft seiner eigenen Umfangenheit von dem inneren Wachstum seines Volkes.

Solch eine Wirkung ist mit den Gestaltungsmitteln der Sprache nur dann zu erreichen, wenn jene *elementare Wahrhaftigkeit* erbracht wird, die jenseits eines abschreckenden, ideologischen Verismus das volkserforderte, verdeckt gebliebene Ziel des Naturalismus war. Der Naturalismus fand die sinnfälligen Gestaltungsmittel, gelangte aber nicht zur Reife einer biologischen Weltanschauung, er mußte so an den Problemen des Tages verbranden und hat seine Funktion in der Durchbildung des Gestaltungsmittels erschöpft. Es ist heute einfacher auf den Naturalismus geringschätzig herabzusehen, als seine tatsächliche, wenn auch bedingte Leistung zu erkennen.

Kolbenheyer resümiert abschließend: *Die neue Zeit erforderte die neue Kunstgestalt, und auf dem Schaffensgebiete des Romans hat sie sich eine neue Dichtungsart eröffnet, die nun nicht mehr als ein bedauernswerter Ersatz für das Epos, sondern als dessen Nachfolger gleichen Ranges und gleichtiefer volksbiologischer Wirkung zu gelten habe.* (W 204, S. 475).

Anmerkungen

1. Joh. Chr. Adelung, Versuch eines vollständigen grammatisch-kritischen Wörterbuches der Hochdeutschen Mundart . . ., T. 3. Leipzig: Breitkopf 1777, S. 1475.
2. Vgl. dazu O. L. B. Wolff, Allgemeine Geschichte des Romans, von dessen Ursprung bis zur neuesten Zeit. Jena: Mauke 1841, S. 1–21.
3. J. W. Goethe, Wilhelm Meisters Lehrjahre. In: J. W. G., Werke. Abt. I, Bd. 22. Weimar: Böhlau 1899, S. 178.
4. Goethe zu Eckermann am 8. März 1831. In: Goethes Gespräche. Gesamtausgabe. Neu hg. v. F. Frhr. v. Biedermann. Bd. 4. Leipzig: Biedermann 1910, S. 340.
5. Zur Begriffsbildung und Unterscheidung von »ideogener« und »ästhetogener Kunst« vgl. E. G. Kolbenheyer, Die dritte Bühne. In: E. G. K., Neuland. Zwei Abhandlungen. München: Langen/Müller 1935, S. 101–167; bes. S. 120–123.

WILHELM SCHÄFER 1939

Aus: Das Wesen der epischen Dichtung.
In: Zeitschrift für deutsche Kulturphilosophie, Jg. 5, 1939, S. 99–104. W 230.

[. . .] Epik ist [. . .] in ihrem Grundbestand Erzählung, die jedermann ausübt, der aus seiner Erfahrung berichtet. Erzählen läßt sich natürlich alles und jedes Erlebnis, sei es der Sinne oder der Seele; wie es denn Kinder und Große gibt, denen der Mund nicht stillstehen will, weil sie wahllos in Worte ausfließen lassen, was ihnen durch den Kopf geht.

Die erste Beschränkung solcher Wahllosigkeit tritt durch die Zuhörer ein. Einer allein läßt sich vielleicht den Schwall seufzend gefallen; ihrer mehrere fahren dem Erzähler bald über den Mund, wenn er langweilig wird. Langweilig ist alles, was uns nichts angeht. Das Erzählte geht den Zuhörer an, indem es ihm selber zum Erlebnis wird, indem er in das Erzählte einschlüpft, als wäre es ihm selber geschehen. Hier ist das Schlüsselloch zum Geheimnis aller epischen wie überhaupt dichterischen Wirkung, [100] welches Geheimnis durch die ursprüngliche Bedeutung des heutigen Schwammwortes Interesse so schön bezeichnet wird.

Damit das Interesse des Zuhörers geweckt werde, stellt er bestimmte Anforderungen an den Erzähler:

Zum ersten, damit das Erzählte dem Zuhörer zum eigenen Erlebnis werden kann, muß er es für wahr halten können. Es muß für ihn ein Stück wirklichen Lebens sein; weshalb nichts unlieber angehört wird als ein Traum. Erweist sich eine Erzählung als Flunkerei, wendet sich der Zuhörer enttäuscht ab.

Zum zweiten, damit das Erzählte ihm zum eigenen Erlebnis werden kann, muß es seinen Erlebnisbereich vermehren: es muß ihm neu sein. Wenn er noch nie einen Zug sah, kann er dem Erlebnis einer Eisenbahnfahrt atemlos zuhören; wenn er drei Schilderungen einer Löwenjagd anhörte, kann ihm die vierte schon langweilig sein.

Zum dritten, damit das Erzählte ihm zum eigenen Erlebnis werden kann, muß es für ihn eine wirkliche Erfahrung bedeuten. Daß einer eine Stecknadel findet, mit der nichts geschieht, als daß er sie wieder verliert, wobei Finden und Verlieren gar nichts bedeuten: dafür mag der Erzähler allen Witz aufwenden, der Zuhörer verliert doch die Geduld.

Zum vierten und letzten, damit das Erzählte dem Zuhörer zum eigenen Erlebnis werden kann, muß es – wie der beliebte Ausdruck lautet – spannend sein. Zug und Gegenzug einer Handlung sollen ihn in einen Zustand bringen, wo seine Seele – tatsächlich wie ein Gummiband eingespannt – zur Entfaltung von Kräften und Gegenkräften genötigt wird, die sein Alltag nicht aufbringt, in die er aber durch sein Interesse gelangt.

Mit diesen naiven Ansprüchen des Zuhörers an den Erzähler sind auch dem Epiker als dem berufsmäßigen Erzähler seine Pflichten vorgeschrieben. Denn ein episches Werk wird immer unter der Voraussetzung hingenommen, ein Erzähler stände dahinter. Wir sind leider so gewöhnt, Buchstaben zu verschlingen, daß uns dieses Grundverhältnis kaum noch bewußt wird: darum bleibt der Leser doch ein Zuhörer, der in keinem Punkt geneigt ist, den Erzähler um des bedruckten Papiers willen aus seinen Pflichten zu entlassen.

Wenn wir uns nun dem erzählenden Dichter, also dem epischen Künstler zuwenden, müssen wir den Zuhörer wohl oder übel in unsere Betrachtung hinein nehmen; ob er auch nur, leider, ein Leser ist.

*

[101 . . .] Indem der Dichter die Tiefe ruft und die Elemente entfesselt, scheint er der Störenfried dessen, was sich der Mensch als seine Ordnung im Chaos erkämpft hat. Als Aufrührer der Leidenschaften müßte er vor der bürgerlichen Ordnung vogelfrei sein; aber es ist nur scheinbar das Chaos, was er ruft.

Die alten Germanen verkündeten darüber eine schöne Lehre: die Riesen, nämlich die Elementargewalten, hatten das Chaos über die Welt gebracht, darin einmal Ear, der Himmelsgott wohnte. Aber die Mächte, aus dem Chaos geboren und von den Menschen Götter geheißen, stellten die Ordnung wieder her, freilich nur um sie im unaufhörlichen Kampf mit den Riesen, den Elementargewalten, aufrecht zu halten.

[102] Das ist ein gewaltiges und an den Himmel geschriebenes Sinnbild dessen, was der Dichter in den Herzen der Zuhörer tut: er weckt nicht das Chaos in den Leidenschaften, sondern er ruft die Ordnungsmächte. Zu welchem Ende, verrät die Göttersage gleichfalls. Auch die Germanen hatten Himmel und Hölle bereit für die Abgeschiedenen: die Tapferen gingen ein in Walhall, die Feigen mußten hinunter zur Hel. Aber nicht Lohn oder Strafe war dies, sondern Scheidung für den Endkampf, der zwischen Göttern und Riesen, zwischen Ordnung und Chaos einmal ausgekämpft werden mußte, wenn »Götterdämmerung« war: nicht Untergang der Welt sondern Neueinrichtung durch die Wiederkunft Ears, des »Starken von oben«.

Wie bedeutungsvoll ist es von hier aus, daß der Zuhörer einen »Helden« haben muß, wie wir sagen, einen Träger der Handlung, in den er hineinschlüpft, um mit ihm oder eigentlich für ihn das Schicksal zu erleben. Mit diesem Helden nämlich benimmt er sich aufs eigentümlichste gegen die bürgerliche Ordnung. Ob es ein Empörer wie der Michael Kohlhaas, ein Nichtsnutz wie der Grüne Heinrich, ein Schwächling wie Werther oder gar ein Raubmörder wie Raskolnikow ist: also die Einstellung seines Helden nach der Moral oder gar dem Strafgesetzbuch ist ihm gleichgültig.

Als ich aber meine »Halsbandgeschichte« schrieb, scheiterte ich daran, daß die Heldin eine Hochstaplerin war, und auch den »Hauptmann von Köpenick« nahm mir der Zuhörer nicht ab, der durchaus nicht jenseits von Gut und Böse sein will. Niemals nimmt er Anteil am Gemeinen, Selbstsüchtigen, Feigen; er muß seinem Helden recht geben können aus einer Entscheidung, die zwar jenseits vom Gut und Böse seines Alltags, dennoch eine Goldwaage der Sittlichkeit ist. Eine Art Naturrecht wird darin ausgeübt. Das gilt für die Indianergeschichte des Schülers wie für den Schauerroman der Köchin. Wer die Lüge die Anerkennung des Guten durch das Laster genannt hat, ist in der Lebensluft weise geworden, darin der Zuhörer naiv entscheidet. Selbst wenn der Held, wie es nicht nur im Schauerroman der Köchin vorkommt, dem guten Geschmack widersteht, muß ihn die Glorie der Tugend umscheinen. Es ist tatsächlich so, wie der Spruch drastisch sagt: das Laster erbricht, und die Tugend setzt sich zu Tisch.

Der Kampf zwischen Chaos und Ordnung, dem unsere Vorfahren ihr gewaltiges Sinnbild an den Himmel malten, wird unverkennbar in der epischen Entscheidung irdisch ausgekämpft: die Leidenschaften werden entfesselt, damit die Ordnung kein »unversucht Kind« sei. So war es gemeint, wenn ich die epische Kunst »Chronik der Leidenschaft« nannte[1]; warum Chronik, müssen wir erst noch sehen.

[103] Der Chronist schreibt auf, was geschah, und fabuliert nicht. So er es täte, würde er seine Pflicht verletzen, der Nachwelt ein sicherer Zeuge zu sein. Wenn sie seinen Bericht liest, ist alle Leidenschaft längst verglommen; von ihren Flammen und Stürmen steht nur noch das Wort auf dem Papier, beides vielleicht vergilbt, aber um der Vergilbtheit willen eher noch überzeugender. Nicht Meinung sondern Zeugnis sucht der Leser bei ihm, Zeugnis dessen, was so und nicht anders geschah. Darum ist keine Eigenschaft an ihm so wichtig, wie seine Zuverlässigkeit, daß er nicht abschweift und von sich selber spricht statt von der Sache, daß er nicht zweideutig oder gar lügenhaft ist. Ein solcher Chronist, sagte ich, solle der Erzähler sein, damit der Zuhörer seinem Bericht vertrauen kann.

Nichts soll dies weniger bedeuten, als daß er etwa in einem altmodischen Stil erzählt; kein wahrer Chronist hat je anders geschrieben denn als ein Kind seiner Zeit; für die Vergilbtheit braucht er nicht selber zu sorgen. Mein Wort will lediglich sagen, daß die Abgelöstheit von den Leidenschaften, die eine Chronik im Lauf der Jahre von selber erhält, für den Epiker notwendig ist. Er muß den Geschehnissen nahe genug sein, sie zu bezeugen; aber er soll nicht die Leidenschaft selber, nur die Chronik davon geben: die Erfahrung muß vollendet sein. Denn der Zuhörer braucht einen Führer, dem er vertrauen kann, und führen kann nur, wer die Geschehnisse ganz übersieht und diese Übersicht in der ruhigen Bestimmtheit all seiner Schritte und Weisungen zur Schau trägt, wer eben eine »Chronik der Leidenschaft« gibt.

*

Es würde lehrreich sein, nunmehr an einem Beispiel – etwa am Michael Kohlhaas – nachzuweisen, wie eine Erzählung im Einzelnen aussehen muß, um eine solche Chronik der Leidenschaft vorzustellen. Damit würden wir aber schon in die Anwendung abgleiten, bevor wir den Erzähler ganz abgeleuchtet hätten. Denn im Individuellen allein, wie wir ihn bisher betrachteten, kann er sich noch nicht erfüllen. Er hat es nicht mit einem beliebigen Zuhörer, sondern vielen zu tun, die nicht willkürlich zusammen gerafft, sondern ihm durch die gemeinsame Sprache verbunden sind. Wenn eine andere Kunst sich über ihre vermeintliche Unabhängigkeit vom Volkstum zu täuschen vermag, so ist die Dichtung der volkstümlichen Gebundenheit durch ihr Mittel, die Sprache, gewiß. Es gibt keine Sprache des Einzelnen und keine Sprache der Menschheit, nur das Volk spricht; und der Dichter ist sein Mund, heißt es.

Während der Einzelne gemeinhin von seiner »Muttersprache« unbekümmert Gebrauch macht, und zwar so, daß er nicht nur die geprägten Worte [104] und Wendungen in den Mund nimmt, sondern sich auch ihrer Erfahrung und Weisheit bedient, ist sich der Dichter dieses Gebrauchs bewußt. Er weiß, daß die Sprache nicht nur das Schicksalskleid ist, darin sich das Wesen des Volkes zur Schau trägt, sondern daß Wesen und Schau in der Wandlung alles Lebendigen begriffen sind. Wenn er am vielbemühten »Webstuhl der Zeit« sitzt, aus den bunten Fäden der Leidenschaften die Bilder der Ordnung zu wirken, so ist es das Volk, aus dem er die bunten Fäden bezieht und dem er die Bilder liefert. Was also hindert uns zu sagen, daß es der

Mythos ihres Volkes sei, darin der Epiker und seine Zuhörer einander begegnen? Der Mythos nicht nur als die Summe der volkstümlichen Sagen, sondern auch als der Lebensboden gemeint, aus dem sie wuchsen und noch wachsen.

Wir malen zwar keine Götter mehr an den Himmel; aber alles, was volkstümliches Allgemeingut geworden ist vom Eulenspiegel bis zum alten Fritz zeigt die ungebrochene Neigung und Fähigkeit des Volkes, seine Sinnbilder zu gestalten. Wenn ich in der Vorrede zu meiner »Halsbandgeschichte« sagte, daß die Weltgeschichte kaum anders denn als die Summe von Sagen in den Köpfen existiere, so bleibt das Volk als Schöpfer dieser Sagen übrig, und der unbekannte wie der bekannte Epiker als Gestalter ist an den Mythos seines Volkes gebunden; ein Dasein auf eigene Faust ist schon durch die Sprache unmöglich gemacht, deren Erfahrung und Weisheit er sich bewußt bedient.

Der Mythos eines Volkes ist also nicht mit seiner Mythologie abgedankt – wie es die historische Betrachtung gern annahm – sondern er ist die Selbstbespiegelung jenes »großen unwillkürlichen Wesens« – wie Goethe das Volk nannte – das, darin dem Einzelnen gleich, »sich nicht entfliehen« kann und sich nach dem Gesetz vollenden muß, »wonach es angetreten« ist.[2] Wo anders als in diesem Mythos soll die Dichtung ihren Lebensgrund haben? [. . .]

Anmerkungen

1. Vgl. die Rede von 1923: »Epik« (W 126): zuvor bereits im Untertitel eines Romans: »Karl Staufers Lebensgang, eine Chronik der Leidenschaft.« München: G. Müller 1911.

2. Schäfer kompiliert hier ›geflügelte‹ Wendungen, die weder dem genaueren Wortlaut noch dem Sinn nach Goethes Äußerungen entsprechen (vgl. dazu Die ital. Reise. Venedig, 29. 9. 1786. In: Goethes Werke, Bd. 11. Hamburg: Wegner 1959, S. 67; Urworte, orphisch. In: Goethes Werke, Bd. 1. Hamburg: Wegner 1952, S. 359).

GÜNTHER STÖVE 1940

Aus: Über die geschichtliche Dichtung.
In: Bücherkunde, Jg. 7, 1940, S. 147, 152f. W 242.

In den letzten Jahren ist bei Leserschaft, Lektoren, Dramaturgen und Kritikern der Ruf nach Gegenwartsdichtungen immer lauter geworden. Ja, es hat sich eingebürgert, daß historische Bücher mit einem Seufzer begrüßt werden. Das nahm seinen Anfang, als das Wort von der »Flucht in die Historie« zum Schlagwort wurde; es galt vor einigen Jahren insbesondere den damals üppig emporschießenden historischen Romanen und Biographien, als Geschichte Konjunktur wurde. Daß gegen trivialen und banalen Raubbau an den Gegenständen der Geschichte Sturm gelaufen wurde, war durchaus berechtigt. Wer jedoch das Anwachsen der historischen Dichtung überhaupt verneinen zu müssen glaubte, weil dadurch die neue Dichtung unserer Zeit beengt würde, der sah die Ursachen nicht und nur einen Teil der Wirkung und verkannte zudem das Wesen der Dichtung im Grundsatz.

[. . . 152 . . .] Ein helles Licht fällt auf das wertmäßige Verhältnis der historischen zur zeitgenössischen Dichtung, betrachtet man die großen Dichtungen aller Zeiten. Von Homer bis zu den Sagas der Edda und dem Heldenliede der Nibelungen liegen den größten Dichtungen historische Stoffe zugrunde. Selbst das griechische Drama, das in diesen und ähnlichen Zusammenhängen gern angeführt wird, ist historischer Natur, da es keinen wesentlichen Unterschied macht, ob der Dichter ein religiös geglaubtes oder historisch nachweisbares Ereignis behandelt; in beiden Fällen geht es um allgemein bekannte Persönlichkeiten und Handlungen.

Die große ernste Dichtung – und dazu gehört ja auch die Komödie – bedarf einer Überlieferung, zu Vergleichen und ähnlichen Zwecken hat sie – im Publikum allgemein bekannte Ereignisse und Erzählungen nötig, ob es sich nun um religiöse Mythen, Göttererzählungen und Berichte aus dem Leben des Religionsschöpfers (Christus, Buddha, Mohammed) oder um Sagen und Märchen handelt. Es ist richtig, daß wir heute eine solche schon allgemein gültige Überlieferung noch entbehren; und wir spüren das – meist unbewußt – nur allzuoft. Der Göttermythus unserer germanischen Vorfahren läßt sich nicht mehr erneuern; wer das glaubt, hängt Utopien an. Die biblischen Geschichten sind kaum weniger veraltet, weil sie einfach den realen Erkenntnissen unseres Denkens nicht mehr Stand halten (Kopernikus). Und der Mangel überlieferter Erzählungen, die auch dem geringsten Volksgenossen bekannt sind, war gewiß nicht die letzte Ursache, daß unsere Klassiker sich der damals sehr bekannten Göttermären der Hellenen bedienten. Aber auch sie lebten nicht; sie waren nur bekannt; sie waren nur ein Ersatz.

Jede Kultur hat aber als Basis solche allgemein bekannten Berichte über eine geglaubte oder reale Vergangenheit notwendig. Die Ansicht, in einer realistischen Zeit, wie der unsrigen, sei ihre Neubildung unmöglich, verneint letzthin überhaupt die Möglichkeit einer über die Jahrhunderte hin stetig andauernden Kulturleistung. Andererseits war es natürlich abwegig, nun tüftelnd zu suchen, wo sich die Möglichkeit zur Schaffung einer solchen – wenn man es so nennen darf – Mythologie böte. Sie muß wachsen und, wenn sie da ist, überraschen, da man ihr Wachstum kaum bemerkte. Anders ist ihr Entstehen nicht denkbar.

Aber wir brauchen ja auch gar nicht nach solchen Möglichkeiten zu suchen. Denn [153] wenn wir richtig hinschauen, sehen wir die Anfänge dieser Grundlage der Kultur schon. Wie die Sagas und die Heldenlieder besitzen wir ihn – in der Geschichte unseres Volkes; und zwar in der rassisch, ethnologisch gesehenen Geschichte. Es brauchen an dieser Stelle nur einige Namen genannt zu werden, um die Richtigkeit dieses Satzes zu erweisen: der Cherusker, der Löwe, Barbarossa, Luther, der Landsknecht des Dreißigjährigen Krieges, Maximilian, Maria Theresia, Friedrich der Große und wie die Persönlichkeiten unserer Geschichte alle heißen! Es ist dies ein realistischer Mythus, der es nicht nötig hat, auf dunkle Unwahrscheinlichkeiten und zu ihrer Erhärtung auf Doktrinen und doktrinäres Glaubensverlangen oder Verdammung des Unglaubens zu pochen. Denn hier handelt es sich nicht um Glauben, sondern um Wissen. Und dieser Realismus bewahrt uns davor, eine einmalige Deutung eines Geschehens als absolut richtig für alle Zeiten zu postulieren. Die Verehrung unserer Geschichte – ihrer Größe und ihrer Schwächen – hindert uns nicht, sie immer aufs neue zu untersuchen, ihre Deutungen kritisch zu sehen. Wir wollen eben nicht stumpf für wahr halten, sondern wissen und erleben. Diese historische Mythologie ist weder dunkel noch starr; sie ist von einer heiligen Nüchternheit und lebensrechten Beweglichkeit – Sie ist deutsch!

Es ist charakteristisch, daß unsere Sprache mit dem Wort Geschichte nicht nur die Historie bezeichnet, sondern auch eine Erzählung. Hinfort kommt es nur darauf an, sie zu bereichern und zu verbreiten. Denn noch ist ihre allgemeine Wirkung auf wenige Epochen und Persönlichkeiten beschränkt.

Unter diesem Gesichtswinkel darf man die – ach so verachteten – Historendramen durchaus als wertvoll betrachten, wenn sie nur getreulich echte Bilder zeichnen; zumindest sind sie nützlicher als ein läppischer Schmarren mit einer Handlung aus unserer Zeit. Als Dichtung können jedoch beide nicht bezeichnet werden.

Und eben der Erfolg der vielen historischen Bücher und Dichtungen beweist, daß das deutsche Volk spürt, wie ihm aus seiner Geschichte eine neue Basis zu einer großen die Jahrhunderte überdauernden Kultur erwächst. Es nimmt an seiner eigenen Vergangenheit größten Anteil; und die Familienforschung, die durch den Zwang zum Nachweis der arischen Abstammung viele neue Freunde gefunden hat – man stöhnt zuerst, wenn man die Papiere zusammensuchen muß, und hernach hat einen das Interesse an den Ahnen gepackt; man forscht weiter und verbeugt sich ehrfurchtsvoll vor den Vätern – unterstützt die Entwicklung des historischen Empfindens jedes einzelnen auf das nachdrücklichste. Es darf allerdings nicht übersehen werden, daß dieses Werden keine Sache weniger Jahre ist, sondern Generationen währt. Aus Sage – die ja auch aus der Historie kommt –, Geschichte und Ahnenverehrung schöpft die Dichtung das kulturelle, allgemeine Besitztum der Zukunft. Denn die Geschichte ist es heute wie zu allen Zeiten, die die Götter und die Mythen eines Volkes schuf. Diese Aufgabe Schöpfung und Vertiefung von Mythen und Sagen erhebt die historische Dichtung über alle anderen Gattungen weit hinaus. Ja, die Geschichte ist recht eigentlich das höchste Objekt einer Dichtung. [. . .]

HANS FRANKE 1941

Aus: Der Großstadtroman. Versuch zur Abgrenzung eines dichterischen Themas. In: Bücherkunde, Jg. 8, 1941, S. 135f., 138–141. W 248.

Epos der Gegenwart

Es ist zu allen Zeiten darüber gestritten worden, ob denn *der Roman* als selbständige dichterische Gattung betrachtet und derart in das Gebiet der Literatur eingeordnet werden dürfe. Immer wieder setzte sich der Begriff der »Halbkunst« für den Roman durch, und er schien ein Stiefkind der Dichtung in Deutschland zu bleiben, während andere Länder inzwischen gerade den Roman als große Kunst- und Deutungsform zu höchster Blüte entwickelten; man denke an Frankreich, England oder den Norden. Die Tatsache, daß man an den Werken eines Zola oder Balzac, eines Dickens oder Walpole, eines Dostojewski, eines Dreiser, Hamsun oder Reymont tatsächlich einen Querschnitt durch das gesamte Leben des betreffenden Volkes oder doch durch den Volkscharakter in Händen hielt, daß also der Roman zum Epos des gesamten Lebens oder doch einer Zeit geworden war, hätte die Frage nach dem Dichtungswert des Romans auch für uns längst in bestimmendem Sinne beantworten sollen.

Wenn wir in den hier folgenden (der Kürze des Raumes wegen Fragment bleibenden) Untersuchungen über den Roman reden, so stellen wir uns dabei auf den Standpunkt, daß der Roman in seiner Hochform und als ausgetragenes Werk dichterischen Wollens in der Tat *das Epos der Gegenwart* darstellt. Und wir setzen dagegen die Tatsache, daß er diese Aufgabe – soweit sie unsere unmittelbare Gegenwart angeht – deshalb noch nicht erfüllte, weil unsere Romandichter mit wenigen Ausnahmen es bisher versäumten, den (wenn auch da und dort angebahnten) Lebensdurchschnitt so zu erweitern, daß auch der Sammelpunkt geistiger und weltanschaulicher Energien, *die Stadt und insbesondere die Großstadt*, mit in den Kreis der Betrachtung einbezogen wurde. Es hat vielmehr eine – mitunter sehr fragwürdige – Flucht auf das Land stattgefunden, in die Landschaft aller Stämme und Lagen; die Stadt aber und die Großstadt ließ man links liegen [. . .].

[136 . . .] *Die Großstadt als Schicksalsraum*

Die Tatsache ist nun nicht zu leugnen, daß uns ein Roman *der Gegenwart*, der sich dieser Probleme annimmt und sie durchführt, der also unsere gesamte Lebensform aus dem Blickpunkt der Zeit und der Großstadt sieht, der sich vornimmt, die Menschen des Jetzt in dieser so stark umgrabenden Zeit und in eben dieser Atmosphäre städtischen Daseins zu zeigen, fehlt. Es ist dabei sofort hinzuzufügen, daß nun nicht etwa ein Roman sich einfach das Ziel stecken sollte, sagen wir Berlin als Schauplatz zu wählen; das ist dutzendfach geschehen. Wir haben eine große Zahl solcher (namentlich Unterhaltungs-)Romane, die sich gerne des großstädtischen Rahmens und hierbei bestimmter Volksschichten als Schauplatz bedienen. Aber hier gibt das Großstädtische doch fraglos nur eine meist sehr vage, nicht eigentlich faßbare Lebensstimmung, bleibt die Stadt selbst die absolute »Kulisse«, werden gewisse Berufe oder Gesellschaftskreise nur deshalb zitiert und dargestellt, weil sie als »gefragt« im Sinne der Filmmärchen gelten dürfen. Das aber ist nicht das, was gemeint ist: es muß vielmehr die *Großstadt als Seelen und Schicksale formende Macht* auftreten, es müssen *Menschen und Menschengruppen* gezeigt werden, *die nur im Milieu der Großstadt denkbar sind, die also sowohl soziologisch wie biologisch im Lebensverbande dieses »Organismus Großstadt« eingewurzelt sind, von ihm geprägt*, oftmals durch mehrere Generationen von Vorfahren hindurch, und die in irgendeiner anderen Lebensform so nicht auftreten. – [. . .]

[138 ...] Freilich: diese Welt als eine Schicksalswelt zu schildern, von der »Kulisse« Berlin oder Hamburg oder Duisburg abzubiegen und die Stadt als prägende Macht, als Raum-Welt großen Stils, zu erkennen und wiederzugeben, dazu gehört eine unerhörte Kenntnis aller Zusammenhänge, gehört das Auge eines Falken; gehört aber nicht weniger *Mut,* sich auch der Gegensätze in dieser Welt anzunehmen, sie klaren Blickes zu durchdringen und dort, wo das Herz schauert, das Wagnis der Bekennerschaft nicht zu scheuen!

Ein Dichter, der solches zu schildern unternähme, müßte nicht nur wissen, wie sich die Struktur einer Industrie bis hin zu dem Einzelnen, der als Mittelpunkt gedacht ist, gliedert und welche Funktionen sie ihm zuweist; er müßte auch die Maschine, an dem dieser Mann steht, bis ins einzelne kennen; er müßte wissen, wie sich die Frau dieses Mannes das Wirtschaftsgeld einteilt und müßte aussprechen, warum die Frau noch, der Mann nicht mehr in die Kirche geht; es müßte hier zu lesen sein, weshalb der Mann der Welt Adolf Hitlers in treuem Glauben anhängt, sein Nachbar an der Maschine aber noch immer im stillen anderen Ideen nachhängt; es müßte das Stammlokal des Mannes nicht weniger echt beschrieben sein, als der Gang der Tochter ins Deutsche Opernhaus zu der KdF.-Vorstellung, in der »Rigoletto« gespielt wird; wir müßten erfahren, warum der Sohn lieber das Schauspiel besucht und sie beide sich wohl sein lassen in der freien Natürlichkeit der Sportplätze. Es müßte aber zu dem Einzelschicksal treten das große gemeinsame Schicksal, eben das städtische Schicksal, etwa im Geist der Konstrukteure, diesem Flügelgeist unserer Tage, der so kühne und gewaltige Schwingen hebt und darum mit seinem Atem noch den letzten Mann mit dem Schraubenschlüssel anweht. So müßte der Geist des neuen Deutschland spürbar sein: nicht als billige, ach, nur allzu billige »Konjunktur«, aufgesetzt mit einem halben Lächeln, das uns anekelt, sondern eben als Substanz der Luft, die geatmet wird, als selbstverständlicher Lebensinhalt. Denn der Held kann hier nur das ganze Volk sein, so weit und so ausschließlich es sich auch um das Schicksal einzelner oder einer Familie handeln würde. Es müßte auch von den Opferungen, Verbrechen und Versuchungen die Rede sein, die in der Stadt lauern, vom Kampf zwischen der falschen und der reinen Moral, vom Drange eines neuen Lebensgefühls und dem einer neuen Religiosität (die sich nicht scheuen darf, mit der alten in offene Aussprache zu treten).

Zu dieser Welt gehört nun einmal auch die Partei. Man kann heute nicht mehr verschweigen (wie das nur zu oft unter den seltsamsten Windungen in Romanen geschieht!), daß der Held des Buches abends in seine Ortsgruppe geht, daß er Blockwalter der NSV. ist, daß sich der Sohn mal fluchend, mal heiter auf das Fahrrad setzt und zu seinem Fähnleindienst fährt und die Tochter an der Frauenschaft mitunter, nun sagen wir keinen rechten Spaß hat. Diese Dinge tauchten bislang in den Romanen nur allzu oft wie unter hundert Entschuldigungen auf oder wurden penetrant bewußt hingesetzt. Das Leben, dessen Abbild wir erwarten, duldet keine Penetranz oder Entschuldigung; es läuft ab und weiter; es geht zur Tagesordnung über und schließt auch diese Dinge immer fester in den Ring des Selbstverständlichen ein. Es handelt sich um Lebenswirklichkeit! Diese bedarf keiner »Nuance« (die nur zu rasch am

Untertone erkannt wird), sondern sie ist eine Wahrheit. Denn wir reden ja von einer Lebensgemeinschaft, deren Raum die Großstadt ist.

Vom Wesen und der Form

Diese Vielfalt des zu Schildernden, wie sie uns schon bei der ersten nur raschen Übersicht überfällt, macht sogleich *die Frage nach der Form* und der Technik eines solchen Romans frei; wenn sich derart unerhörte Eindrücke sammeln und nach Darstellung schreien, dann muß auch eine Ordnung walten, die diese Vielheit zu einer Einheit: der des Romanwerkes werden läßt. [. . .]

[139 . . .] Es ist ja ohne weiteres klar, daß die Entwicklung, die das 20. Jahrhundert zur Technik hin genommen hat, die Folgerungen, die der Einzelne daraus gewinnen mußte, eine neue Situation des großstädtischen Romans schuf. Die zunehmende Erweiterung der Lebensgrundlagen, die vergrößerte Kenntnis aller Lebensvorgänge, die Ausweitung der sozialen Blickpunkte, die Schnelligkeit der Nachrichtenübermittlung, die Aufhellung vieler Horizonte und wie wir das alles bezeichnen möchten, was kurz gesagt den Fortschritt bedeutet, das alles hat das magische Feld um den Romanhelden mit immer neuen und vielstrahlig auf ihn einstürzenden Spannungen geladen. All dies erscheint, zumal in den Städten, so gleichzeitig wirkend, daß die Dichter versucht waren und sind, von all diesen heranbrausenden und unmittelbar wirkenden Beziehungen möglichst viele in unmittelbaren Kontakt mit dem Helden zu setzen. War die Bewußtseinsebene des normalen Menschen zu klein, so baute man über und unter dieser Ebene eine zweite und dritte, ging in ein Ober- und Unterbewußtsein und hielt als Ergebnis eines Tages ein so monströses und abwegiges Buch wie den »Ulysses« des Iren James Joyce in der Hand, das es unternahm, auf 1500 Seiten das Leben zweier Menschen an einem Tage zu schildern. Ähnliches hat der Amerikaner Thomas Wolfe unternommen, als er in dem zweibändigen Buche »Aus Zeit und Strom« versuchte, die Erlebnisse in der Großstadt in einem Laufband [140] von Eindrücken aneinanderzureihen; ein phosphoreszierendes Glühen, aber keine Gestaltung. Einen anderen Weg geht der Franzose Jules Romain, der das Abbild der Stadt Paris und vieler seiner Menschen in einem fünfzehnbändigen Werke zu geben versucht, Schicksale aufgreifend, wieder fallen lassend, wieder sie aufnehmend, verschlingend, Gesellschaftsebenen berührend, wieder lassend, alles verwebend in einen großen Teppich, zu dem er selbst freilich als Anhang einen Personenführer beigibt, damit der Leser nicht etwa beim Lesen des zehnten Bandes die Personen des fünften Bandes vergißt. Wir sehen in beiden Fällen eine Hypertrophie, einmal der aufgenommenen Eindrücke, dann der Form; eine unmäßige Häufung des Stoffes; denn wer hinderte den Dichter, statt der fünfzehn Bände nun sein Werk auf sagen wir fünfzig auszudehnen? Gegenüber solchen Autoren bleibt denn doch Zola in der Art, wie er ein gewaltiges Material meistert, mit dem Willen (welch ein Wille!), in es einzudringen und zu verarbeiten, mit der Hingabe an die dahinbrausenden Gedanken der Zeit, der Wandlungen, ein Wegweiser, wenn der Dichter nicht den Weg Balzacs wählen will, in vielen Büchern das nämliche Thema abzuspielen und so in der Totalität des Werkes etwas wie eine »Menschliche Komödie« zu geben; freilich zu solchem Tun gehört eine Konzeption über Jahre, gehört der Einsatz und die Konsequenz eines ganzen Lebens (in Deutschland beispielhaft ist für diese Art Fontane geworden; in unserer Zeit scheint Ernst Moritz Mungenast auf solchem Wege zu sein).

Gerade bei Balzac hat man mit Recht darauf hingewiesen, daß solch ein für ein Zeitalter typisches und bedeutendes Werk nur möglich ist, nur verstanden werden kann, wenn in einer »Gesellschaft« die nämlichen Auffassungen (bei Balzac von Geld, Rang, Titeln, Ehe, Liebe, Emporkommen usw.) bestehen; im Rahmen solcher festen Beziehungen entfalten sich gerade bei den französischen Schriftstellern die persönlichen Schicksale und sie sind der Spiegel der Schicksale aller. – Wie sehr sollte darum die jetzige Gemeinsamkeit der Auffassung (die uns ja jahrzehntelang fehlte) in Deutschland Grund sein, auf ihr die Schicksale der Zeit aufzubauen!

Aber wir Deutschen brauchen auch hier nicht nach fremden Vorbildern auszuspähen, wenn es sich um Art, Form und Anlage solch eines Buches handelt. Wir haben ja selbst bereits in der neuen Zeit eine Anzahl solcher Werke, die – zwar aus einer anderen Lebens- und Problemsphäre kommend – wesentliche Beiträge zur Technik des Groß-Romans darstellen. Wenn ein Michael Georg Conrad vor einem halben Jahrhundert (als er in den Spuren Zolas wandelnd versuchte, den Roman Münchens in zehn Bänden zu schreiben – von denen freilich nur drei fertig wurden) noch scheiterte, so sind Hans Grimms »Volk ohne Raum«, Zillichs »Zwischen Grenzen und Zeiten«, Pontens Auswanderer-Epos oder auch Straußens »Riesenspielzeug« Werke, die ihren an sich überaus großen, ja teilweise enormen Stoff in höchster deutscher Formenklarheit Gestalt werden ließen. [. . .]

[141 . . .] So müßte also, denken wir, der deutsche Dichter unserer Zeit auch in der Lage sein, die Vielfalt des Lebens der großen Städte einzufangen in ein episches Dichtwerk, das zwar Fülle gibt, aber nicht an dieser Fülle zugrunde geht, das zwar realistisch ist, aber nicht naturalistisch, das in der Tendenz idealistisch ist, ohne dabei die Schatten des Lebens zu leugnen. Kein Zweifel, daß wir dann zugleich den großen Zeitroman in Händen halten, von dem bereits so viel geschrieben worden ist, jenen Roman, der Kunde ablegt und Zeugnis sei für all das, was geschieht und die Taten der Menschen bestimmt. [. . .]

Die Anklage auf Flucht

Auf dem Pariser Schriftstellerkongreß zur ›Verteidigung der Kultur‹ [1] hielten Heinrich Mann und Lion Feuchtwanger Referate zum Tagesordnungspunkt: *Probleme des Schaffens und Würde des Denkens.* [2] Während Heinrich Mann sich vor allem der Losung über die *Würde des Denkens* widmete und an die *intellektuelle Festigkeit* der Schriftsteller gegenüber dem Faschismus appellierte [3], hat Lion Feuchtwanger hier eine erste Rechtfertigung der Bevorzugung historischer Romanstoffe in der Exilliteratur gegeben. Feuchtwangers Rede wurde gleich zweimal – in leicht veränderten Fassungen und mit unterschiedlichen Titeln – in der Exilpresse nachgedruckt: »Vom Sinn und Unsinn des historischen Romans« hieß die Veröffentlichung in der *Internationalen Literatur;* »Vom Sinn des historischen Romans« die im Pariser *Neuen Tage-Buch* (W 194).

Die Titeländerung und auch die einführenden Bemerkungen Feuchtwangers deuten an, daß das Hervortreten ausgerechnet des historischen Romans in der Exilliteratur doch bereits fragwürdig erschien. Daß die vielen Rezensionen und Artikel über den historischen Roman im *Neuen Tage-Buch*, im *Pariser Tageblatt* und in der *Neuen Weltbühne* wenig dazu beitrugen, den Boom der Historienbücher zu erklären und zeit- und situationsgerechte Zielsetzungen für den historischen Roman zu entwickeln, ist unter anderem wohl darin begründet, daß die Mehrzahl der Rezensenten als Autoren an diesem Boom teilhatten und ihm – und sei es kurzfristig – ihre Existenzsicherung dankten. Darüber hinaus war eine solche Klärung aber bereits 1935 dadurch behindert, daß die *Neue Zürcher Zeitung* mit sehr groben Invektiven gegen das *andere Deutschland* und speziell gegen Heinrich Manns »Henri Quatre« sich zum Sprachrohr der Kritik an historischen Romanen gemacht hatte (W 197). In der *Neuen Zürcher Zeitung* waren nicht allein Darstellungsweise und *Sprachgewissen* Heinrich Manns in Frage gestellt worden; der Rezensent merkte im übrigen an, daß das *»andere Deutschland« unfähig* gewesen sei, *sich in den Stand der Macht zu setzen*, und daß es *den großen Begriff der Emigration zu Unrecht* beanspruche. Speziell den historischen Romanen warf die *Neue Zürcher Zeitung* vor, sie versäumten, sich der *deutschen Geschichte* anzunehmen und der *siegreichen Bewegung* des Nationalsozialismus *neue anwendungsfähige Staatstheorien* entgegenzuhalten.

Im Pariser *Neuen Tage-Buch* antwortete Ludwig Marcuse, dessen Roman »Ignatius von Loyola« neben anderen in der *Neuen Zürcher Zeitung* aufgeführt worden war. Marcuse bezeichnete sehr direkt die *Sympathie für das nationalsozialistische Deutschland* als die *unliterarische Triebfeder* der literarischen Attacken gegen das »andere Deutschland« (W 206, S. 133). Der »Anklage auf Flucht« widersprach Marcuse mit dem Hinweis auf die umfangreiche politische Publizistik im Exil und unter Berufung auf den aktuellen Wert zumindest eines Teils der historischen Romanliteratur (W 206, S. 131). Darüber hinaus hat Marcuse in diesem Zusammenhang sehr eindringlich die beispiellos schlechten Arbeits- und Publikationsbedingungen der Exilschriftsteller dargestellt. Es nimmt danach nicht wunder, daß die Diskussion über den historischen Roman in westeuropäischen Exilblättern auch künftig auf Einzelwürdigungen und gegenseitige Würdigungen der Exilautoren beschränkt blieb.

1937 forderte die in Moskau erscheinende Exilzeitschrift *Das Wort* in einem Artikel über »Fragen der antifaschistischen Literatur« dazu auf, die *Diskussion über die Probleme des historischen Romans, die Ludwig Marcuse seinerzeit* [. . .] *begonnen hat, um der Selbstverständigung* der antifaschistischen Literatur und Literaturkritik willen doch fortzusetzen.[4] *Das Wort* hatte bereits 1936 durch den Abdruck des umfangreichen Essays über den historischen Roman von Alfred Döblin dazu beigetragen (W 203); es folgten 1937/38 eine kritische Revue von Geschichtsromanen wiederum von Ludwig Marcuse[5] und eine Rezension des »Henri Quatre« von Georg Lukács[6].

Döblin war lediglich im Schluß seines Essays auf die für die westeuropäische Exilliteratur gewichtigen Fragen zum historischen Roman eingegangen; der folgende Abdruck beschränkt sich auf diese Passagen. Döblin suchte im übrigen der Diskussion dadurch eine veränderte Ausrichtung zu geben, daß er die *Funktion* und Aspekte der literarischen *Verarbeitung* geschichtlicher wie zeitgenössischer Romanstoffe in den Vordergrund stellte. Mit markanten Zwischentiteln: »Der historische Roman ist erstens Roman und zweitens keine Historie« (W 203, S. 60) – und mit ebenso entschiedenen wie lapidaren Feststellungen: *Es besteht nämlich kein prinzipieller Unterschied zwischen einem gewöhnlichen und einem historischen Roman* (W 203, S. 61), schob Döblin Fragen zur Legitimation historischer Sujets in der Exilliteratur beiseite.

Georg Lukács hat diesen Äußerungen Döblins in seinem Buch über den »historischen Roman« beigepflichtet. Auch Lukács wandte sich darin gegen *die Konstituierung des historischen Romans als besonderen Genres* (W 211, S. 247–270). Zwar hatte Lukács die Rechtfertigungsbemühungen in der Pariser Exilpresse und deren spezielle Gründe offenbar nicht zur Kenntnis genommen; mit dem Epochen übergreifenden Blick des Geschichtsphilosophen deutete Lukács die Absonderung des historischen Romans zu einem eigenen Genre als Zeichen der ›bürgerlichen Dekadenz‹ nach 1848. Die umfangreichen Studien Lukács' zum historischen Roman zielten darauf, auch für dieses Genre das klassisch-realistische Erbe auszugraben: Scott wurde hier zum Muster erhoben. Die Studien erschienen zunächst nur in russischer Sprache, bildeten aber die Grundlage sowohl für die Rezension des »Henri Quatre« im *Wort* als auch für den Aufsatz über ›Liberalismus und Demokratie‹ im historischen Roman der deutschen Antifaschisten, den Lukács 1938 in der *Internationalen Literatur* veröffentlichte.

Genauer als an anderer Stelle ist Lukács in diesem Aufsatz auf Probleme der Ideologiebildung speziell in der deutschen Exilliteratur eingegangen und dezidierter auch als sonst hat Lukács hier sein Realismuskonzept auf Erfordernisse der antifaschistisch-demokratischen Volksfront-Politik ausgerichtet. Der gerade in diesem Aufsatz hervorgekehrte Begriff der ›revolutionären Demokratie‹ ist später als Beleg für *revisionistische* Anschauungen Lukács' herangezogen worden; dabei ist allerdings außer acht gelassen worden, daß der vermeintliche *Revisionismus* Lukács' zu diesem Zeitpunkt mit der erklärten Bündnispolitik der Kommunistischen Internationale übereinstimmte.

Auch Lukács ließ keinen Zweifel daran, daß die Mehrzahl der historischen Romane im Exil bisher keineswegs die von ihm proklamierte Überwindung des *liberalen Erbes* und einen Anschluß an *demokratische Traditionen* anzeigte. Um des propagandistischen Ziels willen konzentrierte er sich auf die fortgeschrittensten Zeugnisse der angestrebten ideologischen Wende in der deutschen Exilliteratur, auf Heinrich Manns und Feuchtwangers Romane. Das Gegenbild, eine kritische Analyse der breiten Menge dieser Romanproduktion, gab gleichfalls im Jahre 1938 Leo Löwenthal. Sowohl die andere Auswahl: Löwenthal hat bezeichnenderweise Heinrich Manns und Feuchtwangers Romane nicht berücksichtigt – als auch das andere Ziel der Analyse: die Bestimmung des sozial- und ideologiegeschichtlichen Orts zeitgenössischer *Massenkultur* – trugen dazu bei, daß Löwenthal sehr viel schärfer als Lukács gegen den ›Liberalismus‹ der Geschichtsromane polemisierte. Löwenthal hat gerade in diesem Punkt – in Übereinstimmung auch mit Anmerkungen Döblins – den Zusammenhang der Romanentwicklung im Exil mit der politischen und literarischen Situation vor 1933 hergestellt.

Anmerkungen

1. Über den Kongreß berichtete ausführlich die Baseler *Rundschau;* der Bericht ist nachgedruckt in: Zur Tradition der sozialistischen Literatur in Deutschland [vgl. W 168], S. 801–846.
2. Ebd., S. 826f.
3. Ebd., S. 724–729.
4. F. Timm, Zu den Fragen der antifaschistischen Literatur. In: *Das Wort*, Jg. 2, 1937, H. 4/5, S. 39.
5. L. Marcuse, Geschichte, Dichtung, Geschichtsdichtung. In: *Das Wort*, Jg. 3, 1938, H. 5, S. 125–138.
6. G. Lukács, Die Jugend des Königs Henri Quatre. In: *Das Wort*, Jg. 3, 1938, H. 8, S. 125–132.

LION FEUCHTWANGER 1935

Aus: Vom Sinn und Unsinn des historischen Romans.
In: Internationale Literatur, Jg. 5, 1935, H. 9, S. 19–23. W 194.

Ich habe es unternommen, meine Herren und Damen, zu Ihnen über ein abgelegenes Thema zu sprechen. Das Wort historischer Roman erweckt heute peinliche Assoziationen. Man denkt an Ben Hur, an den Grafen von Monte Christo, an gewisse historische Filme, man hat die Vorstellung: Abenteuer, Intrigen, Kostüm, dicke, bunte Farben, pathetisches Gerede, Vermengung von Politik und Liebe, spielerische Rückführung grosser Ereignisse auf kleine, persönliche Passionen.

Soziale, politische Erwägungen tragen dazu bei, die Gattung weiter in Verruf zu bringen. Jemand, der sich daran macht, Vergangenes, Abgelaufenes darzustellen, gerät leicht in Verdacht, er wolle den Problemen der Gegenwart ausweichen, sei ein Reaktionär. Von der *Schilderung* der alten Zeit, argwöhnt man, sei der Weg zum *Lob* der alten Zeit nicht weit. Viele von den historischen Romanen, die heute erscheinen, geben auch wirklich nichts weiter als mehr oder minder geschickt zusammengestellte, überfärbte Bilder, dazu bestimmt, den Leser auf unterhaltende Art von der Not der Gegenwart abzulenken, das Lob der reicheren, bunteren, besseren alten Zeit zu singen.

Ich für mein Teil gestehe, dass ich den historischen Roman leidenschaftlich liebe. Ich verstehe das Vorurteil gegen diese Literaturgattung, aber es ist ein Vorurteil. Es hat mich von Jugend an nachdenklich gemacht, dass von den Dichtungen, die ihre Epoche überdauerten, ein so grosser Teil von historischen Gegenständen handelt, nicht von zeitgenössischen. Homer etwa wünscht die Errichtung einer Diktatur und ersehnt für die Griechen eine starke Zentralregierung. Aber er gestaltet diese Sehnsucht nicht, indem er die Verhältnisse der Zeitgenossen schildert, sondern er stellt das Unglück dar, das vor Jahrhunderten aus den Streitigkeiten der partikularistischen Fürsten Griechenlands anwuchs, und er legte seine Forderung einem vor endloser Zeit verstorbenen König in den Mund. Der Tragödiendichter Aeschylos wünscht eine Reform des athenischen Prozessverfahrens. Zu diesem Zweck gestaltet er die legendarischen Taten eines Mannes aus grauer Vorzeit namens Orest und den Prozess der Götter und Menschen über diese Taten. Alle erhaltenen Tragödien der Griechen mit Ausnahme einer einzigen sind in eine ferne, mythologische Frühzeit zurückverlegt. Die Autoren des alten Testaments, wenn sie von ihren Zeitgenossen Neues, Revolutionäres verlangten, stimulieren sie, indem sie Geschichte schreiben, historische Romane, holen ihre Argumente aus einer sorgsam präparierten Vergangenheit. Die Autoren der vier Evangelien fühlten sich bestimmt als Verkünder einer neuen, umwälzenden Wahrheit. Sie begründeten diese ihre Wahrheit mit Ereignissen, die sie sechzig bis neunzig Jahre zurückdatierten. Wenn eine Epoche, dann fühlte die Renaissance sich revolutionär: von den Erzählungen der führenden italienischen Novellisten sind viele, von den Dramen Shakespeares fast alle in der Vergangenheit angesiedelt.

Ich habe mir oft die grossen, gültigen historischen Kunstwerke daraufhin angesehen, ob sie wohl Historie oder Mythologie um ihrer selbst willen haben darstellen wollen, ob ihre Urheber sich vom Kostüm, vom farbigen Hintergrund [20] haben locken lassen, ob sie historische oder zeitgenössische Inhalte haben gestalten wollen. Ich bin in jedem einzelnen Fall zu dem Schluss gekommen, dass der Künstler nichts anderes beabsichtigte, als sein eigenes (zeitgenössisches) Lebensgefühl, sein subjektives (keineswegs historisierendes) Weltbild so auszudrücken, dass es sich ohne weiteres auf den Leser übertrage. Wenn er die historische Einkleidung wählte, dann deshalb, weil er das Darzustellende aus der Sphäre des Persönlichen, Privaten herausheben, weil er es erhöhen, auf eine Bühne stellen, es distanzieren wollte. Der Tolstoi, der »Krieg und Frieden« schrieb, wollte bestimmt keine Geschichte der napoleonischen Feldzüge schreiben, sondern einfach seine (zeitgenössischen) Ideen über Krieg und Frieden darstellen, und August Strindberg wollte bestimmt auch in seinen historischen Dramen und Miniaturen nichts anderes geben als sich selber, seine Zeit, seine Ideen, genau wie in seinen autobiographischen Romanen. Wenn diese beiden in ihren historischen Werken ihre Menschen und Ideen zeitlich distanzierten, dann nur um der besseren Perspektive willen, in der Ueberzeugung, dass man die Linien eines Gebirges aus der Entfernung besser erkennt als mitten im Gebirge.

Damit wären wir bei der Beantwortung der ersten der beiden Fragen, die an den

Autor historischer Romane immer wieder gestellt werden. Die erste Frage lautet: wenn Sie zeitgenössische Inhalte geben wollen, warum dann wählen Sie nicht zeitgenössische Stoffe statt der Vergangenheit?

Erlauben Sie mir, diese Frage aus meinen eigenen schriftstellerischen Erfahrungen heraus zu beantworten. Ich habe zeitgenössische Romane geschrieben, und historische. Ich darf, nach schärfster Gewissensprüfung, erklären, dass ich in meinen historischen Romanen die gleichen Inhalte[1] zu geben beabsichtigte wie in den zeitgenössischen. Ich habe nie daran gedacht, Geschichte um ihrer selbst willen zu gestalten, ich habe im Kostüm, in der historischen Einkleidung immer nur ein Stilisierungsmittel gesehen, ein Mittel, auf die einfachste Art die Illusionen der Realität zu erzielen. Andere haben ihr Weltbild, um es klarer aus sich heraus zu projizieren, in eine grössere räumliche Entfernung gerückt, es in irgendeiner exotischen Gegend angesiedelt. Ich habe mein (natürlich zeitgenössisches) Weltbild zum gleichen Zwecke *zeitlich distanziert*, das ist alles.

Ich kann mir nicht denken, dass ein ernsthafter Romandichter, der mit geschichtlichen Stoffen arbeitet, in den historischen Fakten etwas anderes sehen könnte, als ein Distanzierungsmittel, als ein Gleichnis, um sich selber sein eigenes Lebensgefühl, seine eigene Zeit, sein Weltbild möglichst treu wiederzugeben.

Wenn ich – lassen Sie mich, bitte, wieder aus meiner eigenen Praxis erzählen – wenn ich mich veranlasst sehe, einen zeitgenössischen Inhalt in ein historisches Gewand zu kleiden, dann spielen negative und positive Ursachen ineinander. Manchmal etwa gelingt es mir nicht, Teile meiner Handlung nach Wunsch zu stilisieren; sie bleiben, lasse ich sie [in] zeitgenössischem Gewand, Rohstoff, sie bleiben Bericht, Erwägung, Gedanke, werden nicht zum Bild. Oder ich habe, wenn ich das Milieu der Gegenwart setze, das Gefühl des mangelnden Abschlusses. Die Dinge sind noch im Fluss, die Annahme, ob eine gegenwärtige Entwicklung vollendet sei und wie weit, bleibt immer willkürlich, jeder gesetzte Schlusspunkt ist zufällig. Ich habe bei der Darstellung zeitgenössischer Verhältnisse das Unbehagen des fehlenden Rahmens; es ist Duft, der verraucht, weil die Flasche nicht verschlossen werden kann. Dazu kommt, dass unsere sehr bewegte Zeit jede Gegenwart sehr rasch zur Historie macht, und wenn das Milieu von heute doch schon in fünf Jahren ein historisches sein wird, warum dann soll ich, um einen Inhalt auszudrücken, [21] von dem ich hoffe, daß er in fünf Jahren noch lebendig sein wird, nicht ebenso gut ein Milieu wählen dürfen, das eine beliebige Zeit zurückliegt? Zuweilen auch fürchte ich, ich könnte meine Darstellung, wenn ich zeitgenössische Menschen und Dinge verwerte, nicht frei von den Trübungen kleiner und kleinlicher privater Erfahrungen und Interessen halten, ich könnte das Gleichmass verlieren, das die Voraussetzung jedes Kunstwerks ist.

Vor Jahren etwa lag mir einmal daran, den Weg eines Mannes zu zeigen vom Tun zum Nichttun, von der Aktion zur Betrachtung, von europäischer zu indischer Weltanschauung. Es lag nahe, diese Idee [in] der Entwicklung eines Mannes aus der Zeitgeschichte zu gestalten: Walter Rathenaus. Ich versuchte es: es misslang. Ich legte den Stoff zwei Jahrhunderte zurück und versuchte, den Weg des Juden Süss Oppenheimer darzustellen: ich kam meinem Ziel näher.

Ein Thema, das mich seit je von Grund auf bewegt hat, ist der Konflikt zwischen Nationalismus und Internationalismus in der Brust eines Mannes. Wenn ich dieses Thema in Form eines zeitgenössischen Romans darzustellen versuche, dann fürchte ich, könnten persönliche Ressentiments meine Darstellung trüben und unrein machen. Ich zog es vor, den Konflikt in die Seele eines Mannes zurückzuverlegen, der ihn, wie mir scheint, in der gleichen Form erlebt hat wie heute so viele, allerdings vor 1860 Jahren, in die Seele des jüdischen Geschichtsschreibers Flavius Josephus. Ich hoffe, mir eine relative Ruhe des Urteils bewahrt zu haben; trotzdem glaube ich, kann ich die Leute, die vor 1870 Jahren einige zentrale Gebäude des Neronischen Rom in Brand gesteckt haben, – trotzdem kann ich diese armen, törichten Werkzeuge der Feudalisten und Militaristen ihrer Zeit mit weniger Ekel und also überzeugender darstellen als etwa die Leute, die vor zwei Jahren den Reichstag in Berlin angezündet haben, arme, törichte Werkzeuge der Feudalisten und Militaristen ihrer, unserer Epoche. [. . .]

[22 . . .] Dass es Sinn hat, *zeitgenössische* Romane zu schreiben, bestreiten wenige. Dass es Sinn hat, historische *Wissenschaft* zu treiben, bestreiten wenige: aber vielen will es nicht eingehen, dass es Sinn hat, *historische Romane* zu schreiben.

Dabei ist die Wissenschaftlichkeit dessen, was man heute Geschichtschreibung nennt, äusserst fragwürdig. Nichts gegen den Historiker, der auf der Basis der Hegelschen Philosophie an Hand von Fakten die Grundlinien der Entwicklung der Menschheit, die Gesetze dieser Entwicklung, ihre Dialektik darzulegen sucht. Aber wer unter anderen Gesichtspunkten historische Fakten zusammenstellt, darf der den Anspruch darauf erheben, ein Wissenschaftler zu sein? Gibt er nicht, wie immer er seinen Stoff anordnet, einfach durch seine Anordnung der Fakten ein subjektives Bild, gibt er nicht im besten Falle Kunst? Der alte Skeptiker Talleyrand hat seine Erfahrung auf diesem Gebiet in dem Satz zusammengefasst: »Nichts lässt sich leichter arrangieren als Fakten.« Und Lytton Strachey formuliert glücklich: »Geschichte ist offenbar nichts als eine Zusammenstellung angehäufter Fakten.«[2] Werden diese Fakten aber ohne Kunst zusammengestellt, dann ergeben sie Geschichte so wenig, als Butter, Eier und Petersilie Anspruch darauf erheben können, ein Omelett zu sein.

Soweit indes Geschichtsschreibung Kunst ist, ist sie nicht anders denkbar als nach den Prinzipien, die Friedrich Nietzsche aufstellt. Der in seiner »Unzeitgemässen Betrachtung vom Nutzen und Nachteil der Historie für das Leben« fordert, Historie sei nur zum Zweck des Lebens zu treiben.[3] Wenn der historische Sinn autonom und universal wäre, frässe er das Leben selber an; er müsse also von der plastischen Kraft des Lebens in Zucht genommen werden. Gesundes Leben forme das gültige Bild der Geschichte nach den Erfordernissen seiner Gegenwart und seiner Zukunft.

Der Wissenschaftler mag gegen diese Sätze schwere Bedenken haben: der Autor historischer Romane wird sie mit beiden Händen unterschreiben. Er sieht, mit den Philosophen, seine Aufgabe darin, die natürliche klare Beziehung [23] von Leben und Historie herzustellen, das Vergangene, die Geschichte für die Gegenwart und die Zukunft fruchtbar zu machen.

Benedetto Croce, auf den Fundamenten Nietzsches weiterbauend, kam zu der Formulierung: »Die Gegenwärtigkeit ist der eigentliche Charakter aller lebendigen Geschichten, im Gegensatz zur blossen Chronik.«[4] Er wurde verbannt; die Nationalisten nämlich finden nicht, dass der Sinn der Vergangenheit sei, Gegenwart zu werden, sie wollen vielmehr die Gegenwart in die Vergangenheit zurückführen. Theodor Lessing formulierte Nietzsches Ergebnisse zu dem Satze: »Geschichte ist die Sinngebung des Sinnlosen.«[5] Er wurde von den Nationalsozialisten totgeschlagen. Diese berufen sich zwar auf Nietzsche, unter dessen Büste sich ihr Führer hat photographieren lassen, aber ihr Zweck ist, das Sinnlose sinnlos zu erhalten.

Sowohl der Historiker wie der Romandichter sieht in der Geschichte den Kampf einer winzigen, urteilsfähigen und zum Urteil entschlossenen Minorität gegen die ungeheure, kompakte Majorität der Blinden, nur vom Instinkt Geführten, Urteilslosen.

Episoden aus den früheren Phasen dieses Kampfes darzustellen, scheint mir wichtig. Die Erinnerung an frühere Siege und Niederlagen, die Legende, der historische Roman scheint mir eine Waffe, die wir, in unserem Stadium dieses ewigen Kampfes, gut brauchen können. (Uebrigens wissen auch unsere Gegner von den Vorteilen dieser Waffe, sie münzen die Geschichte der Menschheit nach dem Vorbild ihrer Ideologen in schmutzige, blutige sentimentale Mythen um und wärmen den historischen Roman in seinen altbekannten Typen wieder auf.)

Ich für mein Teil habe mich, seitdem ich schreibe, bemüht, historische Romane für die Vernunft zu schreiben, gegen Dummheit und Gewalt, gegen das, was Marx das Versinken in die Geschichtslosigkeit nennt. Vielleicht gibt es auf dem Gebiet der Literatur Waffen, die unmittelbarer wirken: aber mir liegt, aus Gründen, die ich darzulegen versuche, am besten diese Waffe, der historische Roman, und ich beabsichtige, sie weiter zu gebrauchen.

Für die Veröffentlichung dieser Rede im *Neuen Tage-Buch* strich Feuchtwanger den ersten hier nachgedruckten Absatz der Seite 22 und den letzten Absatz S. 23.

Anmerkungen

1. Im *Neuen Tage-Buch:* [. . .] *die gleichen aktuellen Inhalte* [. . .] (W 194, S. 641).
2. Vgl. dazu L. Strachey, Geist und Abenteuer. Berlin: S. Fischer 1932, S. 290: *Es liegt auf der Hand, daß Geschichte nicht [!] Anhäufung von Tatsachen, sondern deren Verknüpfung ist.*
3. F. Nietzsche, Unzeitgemäße Betrachtungen. Zweites Stück. Vom Nutzen und Nachtheil der Historie für das Leben. In: F. N., Gesammelte Werke, Bd. 6. München: Musarion 1922, S. 241.
4. B. Croce, Zur Theorie und Geschichte der Historiographie. Tübingen: Mohr 1915, S. 2 u. 9.
5. Th. Lessing, Geschichte als Sinngebung des Sinnlosen. München: Beck 1919.

ALFRED DÖBLIN 1936

Aus: Der historische Roman und wir. XI. Der historische Roman in der Literatur unserer Emigration. Welches ist heute die Parteilichkeit des Tätigen?
In: Das Wort, Jg. 1, 1936, H. 4, S. 70f. W 203.

Es ist schließlich Zeit zu fragen, wie das Gespräch heute überhaupt auf den historischen Roman kommt.

Viele von uns leben in der Emigration. Eine Gesellschaft, mit deren Schicksal wir verwachsen sind und deren Sprache die unsrige ist, umgibt uns nicht. Wir sind aus dem Kraftfeld der Gesellschaft, in der wir lebten, wenigstens physisch, physikalisch, entlassen und in kein neues eingespannt. Da finden sich wenige Dinge, die der Tätige braucht und die ihm als Lebensreiz dienen. Ein großer Teil des Alltags, der ihn umgibt, bleibt ihm, wenigstens lange Zeit, stumm. Das ist so in allen Emigrationen. Hier entsteht ein gewisser Zwang zum historischen Roman, für den Erzähler. Es ist eine Notlage. An sich ist der historische Roman selbstverständlich keine Noterscheinung. Aber wo bei Schriftstellern die Emigration ist, ist auch gern der historische Roman. Begreiflicherweise, denn abgesehen vom Mangel an Gegenwart, ist da der Wunsch, seine historischen Parallelen zu finden, sich historisch zu lokalisieren, zu rechtfertigen, die Notwendigkeit, sich zu besinnen, die Neigung, sich zu trösten und wenigstens imaginär zu rächen.

Wir hatten auch schon vor der Zeit unserer Auswanderung Emigration zu Hause. Man kann Emigrant im eigenen Lande sein. Und solche Emigranten waren nicht nur viele Schriftsteller in Deutschland, sondern ganze Volksteile, nämlich die, die in gewollter oder gemußter politischer Abstinenz lebten. Wir hatten in Deutschland sehr viel mystische, religiöse und märchenhafte Literatur, die Literatur der Verklärer, der Skeptiker, der Untätigen, viele scheinobjektive Darstellungen. Wir hatten wenig aktive Literatur, die der Parteilichkeit des Tätigen entstammte, welche neu aufgedeckte Gegenwart persönlicher oder gesellschaftlicher Art oder Auseinandersetzung mit ihr gab. Historische Romane gab es in Deutschland viel, von Leuten, die keine Emigranten waren, aber was waren das für welche? Da waren die Erfolgsromane des Ägyptologen Ebers, dann die Romane aus der Römer- und Gotenzeit von Felix Dahn, dann die historischen Bücher von Gustav Freytag: »Die Ahnen«. Warum sind diese Bücher so verstaubt? Nicht wegen der literarischen Unfähigkeit ihrer Verfasser, denn es waren ausgezeichnete Könner dabei. Sondern weil die Autoren durch die politische Kastration, der der Deutsche unterlag, unfähig wurden, historische Stoffmassen zu mobilisieren. Sie drangen daher nicht zu jener einzigen Echtheit vor, die dazu befähigt, nämlich zu der kraftvollen Parteilichkeit des Tätigen, zum Willen des Leidenden und Aggressiven, sie wollten ja nur billigen und verherrlichen. Sie waren einverstanden.

[71] Wir sind nicht einverstanden. Und ich habe vom historischen Roman gesprochen. Mein Thema lautet: »Der historische Roman und wir«. Ich hebe jetzt noch das *Wir* hervor.

Der Leser und Hörer setzt sich zum Roman hin, und es ist *seine* Sache, die er da erfahren will. Es geht um ihn, mehr oder weniger deutlich. Der Autor ist ihm genehm, wenn er ihm *seine* Sache vorträgt. Welches ist heute unsere Sache, die des Autors und des Lesers, welches sind die Prinzipien, mit denen man historische Stoffe wählt, durchdringt und tätig gestaltet? Wenn wir nur einen Augenblick um uns blikken, sind wir darüber im klaren.

Schon drüben im Lande, das wir verlassen haben, wie haben wir nicht nur die Wirtschaftsanarchie, den blödsinnigen Kampf aller gegen alle gesehen, sondern dabei die Ratlosigkeit und Haltlosigkeit der Menschen, ihre innere Leere, den schauerlichen Nihilismus, der alle Gebiete durchdrang und dahin führte zu leben, wie man es konnte, gleichgültig gegen den Nächsten, faul, bequem bei sich selbst. Dabei dieses immense Hinkümmern großer und kräftiger Volksmassen, die voll des Besten steckten, aber abgeschnitten waren nicht nur von einem wirklich politischen Leben, sondern auch von der Teilnahme an der Kultur und vergiftet durch das quälende Gefühl, enterbt zu sein und ohne Hoffnung enterbt zu bleiben. Da konnte nur Haß und Rachsucht wachsen. Und diesem schrecklichen, aber natürlichen Haß gegenüber lebte der Herrenstandpunkt. Die absterbende Herrenklasse warf ihre frechen und hochmütigen Urteile über die Masse des Mittelstandes, des Bürgertums, das sich diese Urteile selig zu eigen machte. Die Masse erfuhr niemals, was wirklich eine Gesellschaft ist, weder in der Schule noch draußen. Statt dessen fing man sie ein und berauschte sie mit Vorstellungen aus der Sphäre des Herren und des Knechtes, mit den Vorstellungen der Gewalt, des Kriegs, der Technik, des Erfolges, des Rekords. Die natürliche Liebe jedes Menschen zu dem Boden, auf dem er lebt, zu den Menschen, mit denen er aufwächst, fälschte man um in einen Haß auf Nachbarn, in die Besitzwut um Grenzen.

Die Entlarvung und Anprangerung dieser ungeheuerlichen Entartung, das ist das Eine, was dem, der heute schreiben will, mit auf den Weg zu geben ist, – als Aufgabe und Kraft, die den Zauberstab bewegt. Es ist das Negative.

Positiv: die Autoren haben sich weit aus der Sphäre der Gewalt, der Menschenverachtung und der Grausamkeit zu entfernen. Sie haben die Feigheit und die bequeme Unklarheit zu vermeiden. Das Schreckliche ist nicht um seiner selbst willen aufzusuchen, sondern als abscheulich und entartet zu zeichnen. Der unermüdliche Kampf aller Menschen, besonders der Armen und der Unterdrückten, um Freiheit, Frieden, echte Gesellschaft und um Einklang mit der Natur, gibt genug Beispiele für Tapferkeit, Kraft und Heroismus. Und wer sie aufsucht, wird in jeder Epoche mehr davon finden, als die toten Menschen drüben, die armseligen Gehäuse der Gewalt, ahnen.

In einem Artikel im *Pariser Tageblatt* vom 5. 1. 1936 hatte Döblin das Hervortreten historischer Romane im Exil durchaus entschiedener als *eine Art Flucht* gekennzeichnet; der Ausblick auf die künftige Romanliteratur war dort an der französischen Romanüberlieferung orientiert: *Was haben sie für Gesellschaftsromane! Sind sie uns nicht weit voraus? Und wollen wir nicht von ihnen lernen, auf dieser Studienreise wider Willen?* (W 202).

GEORG LUKÁCS 1938

Aus: Der Kampf zwischen Liberalismus und Demokratie im Spiegel des historischen Romans der deutschen Antifaschisten.
In: Internationale Literatur, Jg. 8, 1938, H. 5, S. 63f., 72–75, 78f., 82. W 223.

I

Es ist eine bekannte und auffallende Tatsache, daß in der deutschen antifaschistischen Literatur der historische Roman eine führende Rolle spielt. Es wäre vollständig falsch, hierin eine Abkehr von der Gegenwart und von ihren Kämpfen zu erblicken. Im Gegenteil. Diese historischen Romane sind fast ausnahmslos kriegerische Pamphlete gegen den deutschen Faschismus. Das ist am deutlichsten sichtbar in Feuchtwangers letztem Roman (»Der falsche Nero«). Das ganze historische Milieu spielt hier sozusagen nur die Rolle von Kostüm und Kulisse: Feuchtwanger entlarvt unmittelbar mit beißender Satire in treffenden Karikaturporträts die menschliche und politische Minderwertigkeit Hitlers und die seiner unmittelbaren Mitarbeiter Göring und Goebbels. Ein ähnliches Bild erhalten wir im historischen Roman Gustav Reglers (»Die Saat«). Der Bauernaufstand im Deutschland des XV. Jahrhunderts gibt dem Verfasser die Möglichkeit, die brutalen Greuel der Gegenrevolution, die außerordentliche Heldenhaftigkeit der illegalen Kämpfer vor uns lebendig hinzustellen. Und sogar bei Heinrich Mann, der unter den antifaschistischen Schriftstellern die historische Wirklichkeit am tiefsten und wahrsten erfaßt, begegnen wir Stellen, wo er die Geschichte der Vergangenheit beiseiteschiebt, um den wirklichen, den heutigen Feind, um Hitler frontal anzugreifen. So ist z.B. die Figur des Herzogs von Guise in dem ausgezeichneten historischen Roman »Die Jugend des Königs Henri IV.« in manchen Szenen nichts anderes als ein satirisches Bild des »Führers« und seiner demagogischen Mittel, auf das Volk einzuwirken.

Aber all dies umschreibt nur den oberflächlichsten Teil des Problems. Würden diese historischen Romane wirklich nichts weiter bieten, als farbig kostümierte politische Pamphlete, dann hätten sie nur eine aktuelle politische Tagesbedeutung. Sie haben ohne Zweifel auch diese, und sie ist keineswegs zu unterschätzen. Wir glauben aber, daß damit noch bei weitem nicht die wirkliche literarische und politische Bedeutung des antifaschistischen historischen Romans erschöpft ist. Wir glauben vielmehr, daß jene Umschichtung, die heute in der deutschen Literatur vor sich geht, nicht nur politisch, sondern auch literarisch eine internationale Bedeutung hat. Es scheint deshalb nicht unwesentlich, einige Hauptmomente dieser Umwandlung kurz zu skizzieren.

Ein Hauptmoment liegt in der allgemein bekannten Tatsache, daß der historische Roman des deutschen Antifaschismus zur Verteidigung der humanistischen Ideale entstanden ist, welche die tierische Barbarei des Faschismus [64] theoretisch und praktisch auszumerzen versucht. Und dieser historische Roman begnügt sich keineswegs mit der Verteidigung, sondern geht zur Offensive über, will die weltumwandelnde Wirksamkeit der humanistischen Ideale gestaltend aufzeigen. Dieser offensive Charakter bezeichnet eine Wendung im Verhalten der deutschen Intelligenz. In der

Vorhitlerzeit war es nämlich eine ihrer Hauptschwächen, daß sie nie mit wirklicher Entschlossenheit ihre humanistischen Ideale verteidigt hatte. Gerade jener beträchtliche Teil der deutschen Intelligenz, der von der antihumanistischen Demagogie der faschistischen Propaganda nicht ergriffen wurde, hat auf diese vornehm herabgeblickt, hat sie still ironisiert, hat sie sogar oft überhaupt nicht zur Kenntnis genommen. Selbstverständlich gab es hier Ausnahmen, sogar sehr bedeutende Ausnahmeerscheinungen – man denke nur an Ossietzky oder Heinrich Mann –, wir sprachen aber hier von dem Grundton des Verhaltens der linken Intelligenz in dieser Zeit.

Mit der Machtergreifung Hitlers, mit der Emigration des besten Teils der deutschen Intelligenz, des deutschen Schrifttums hat sich diese Lage gründlich verändert. Aus der vorsichtigen, in abgedämpftem Ton gehaltenen Verteidigung ist ein immer schärferer Angriff geworden. Der historische Roman der deutschen Antifaschisten ist eine monumentale Verherrlichung des humanistischen Typus, der besten Traditionen des deutschen Volkes, der deutschen Geschichte; ein Gegenbild zur Barbarei des »Dritten Reiches«. [. . .]

II

[72 . . .] Es ist nur natürlich und vollkommen richtig, daß die deutsche Emigration der faschistischen Barbarei die Parole des Humanismus gegenüberstellt. Jedoch der Humanismus hat eine Geschichte von vielen Jahrhunderten und hat sich im Laufe dieser langen Entwicklung vielfach und gründlich verändert. Der Humanismus der Aufklärer des XVII. und XVIII. Jahrhunderts war der Humanismus der demokratischen Revolution. Das liberale Verkommen der bürgerlichen Ideologie hat nun jene groteske Situation hervorgebracht, in der man überhaupt einen Gegensatz zwischen Humanismus und demokratischer Revolution konstruieren zu können meint. Freilich geschieht dies selten offen und brutal. Wenn aber die Parole des Humanismus soviel bedeutet, daß eine jede gewaltsame Umwälzung der Gesellschaft in seinem Namen verworfen werden muß – wie dies in und nach dem Weltkrieg der abstrakte Pazifismus verkündete –, dann besteht ein Widerspruch zwischen Humanismus und gewaltsamem Sturz des faschistischen Regimes, zwischen Humanismus und Mobilisierung der Volksmassen für eine demokratische Revolution in Deutschland.

Diesen Standpunkt vertritt in der deutschen Emigration insbesondere Stefan Zweig. In seinem bereits zitierten Erasmus-Buch spricht er dies ganz offen aus: »Aber der Humanismus ist seinem Wesen nach nie revolutionär.«[1] In dieser Beleuchtung erscheint dann nicht die konkrete, gesellschaftlich-inhaltliche Reaktion als der Erbfeind des Humanismus, sondern jede zu Ende geführte Überzeugung, unabhängig von ihrem gesellschaftlichen Inhalt: jeder »Fanatismus«. Stefan Zweig stellt dementsprechend den Standpunkt seines Erasmus, der klarerweise auch sein eigener ist, so dar: »Seiner Überzeugung nach wären beinahe alle Konflikte zwischen Menschen und Völkern durch gegenseitige Nachgiebigkeit gewaltlos zu schlichten, weil doch alle in der Domäne des Menschlichen liegen, fast ein jeder Widerstreit [73] könnte *vergleichsweise* (von mir hervorgehoben. G. L.) ausgetragen werden, überspannten nicht immer die Treiber und Übertreiber den kriegerischen Bogen.«[2] Sein historisches Pamphlet gegen Calvin ist nur die Ergänzung dieses Bekenntnisses zur liberalen Kompromißpolitik als Inhalt des Humanismus.

Die Stellungnahme Zweigs zeigt ganz klar das Niveau, von dem die Entwicklung eines Teils der antifaschistischen Emigration ausgegangen ist. Es ist die liberale Verherrlichung des Kompromisses, die historisch wie philosophisch gleich falsche Identifikation von Humanismus und diplomatischem Ausgleich aller Gegensätze. Um diese Lage klar zu bezeichnen, sei an einen älteren Roman Lion Feuchtwangers erinnert. Im »Jud Süß« läßt Feuchtwanger den Rabbi Jonathan Eybenschütz – wiederum begleitet von der offenkundigen Sympathie und Übereinstimmung des Verfassers – sagen. »Es ist billig Märtyrer zu sein, es ist viel schwerer zwielichtig dastehen, um der Idee willen.«[3]

Wenn es gestattet ist, eine so komplizierte Entwicklung in einem Satz zusammenzufassen, so müßte man sagen: Aus Deutschland sind etliche liberal-pazifistische Humanisten vor Hitler geflohen – und erst in der Emigration begannen sie den Weg der revolutionären Demokratie zu betreten. Dieser Weg bedeutet den Weg zum Volke, das neuerwachte Vertrauen in die Kraft und in die Instinktsicherheit des Volkes. Es bedeutet die wachsende Erkenntnis, daß nicht nur die wirklichen Ergebnisse des politischen Lebens von der Aktivität des Volkes hervorgebracht werden, sondern daß auch die wirklichen Gipfelpunkte der Kultur aus dem Volksleben herauswachsen. Heinrich Mann, der schon in der Vorhitlerzeit der entwickelteste revolutionäre Demokrat unter den deutschen Schriftstellern war, ist hier naturgemäß am weitesten gegangen [. . .]

Infolge dieser seiner Klarheit und Entschlossenheit wird Heinrich Mann immer mehr zum wirklichen geistigen Führer der deutschen antifaschistischen Literatur. Und zwar – und dies ist seit langer Zeit der erste derartige Fall in der deutschen Literatur, ja in der deutschen Geschichte – wird er darum zur führenden Figur, weil er diesen Weg als erster betreten hat und weil er ihn am entschlossensten und mutigsten zu Ende geht. Er repräsentiert also endlich einmal nicht mehr jenen Typus der führenden Gestalt der liberalen Ideologie, der durch geschickte Kompromisse, durch ein Verschmieren [74] der Gegensätze zu einer solchen Rolle gelangt. Und es ist interessant, die heutige und die frühere Stellung Heinrich Manns in der deutschen Literatur zu vergleichen. Er ist auch früher der am weitesten links stehende Schriftsteller des Bürgertums gewesen. Diese Position hat ihn aber in der Literatur Deutschlands, sogar in der Weimarer Zeit, eher isoliert als wirklich an die Spitze gestellt. Jetzt erst ist eine Wendung eingetreten, die nicht nur seine eigenen Anschauungen zur wirklichen Reife bringt, sondern zugleich diesen Anschauungen eine führende Rolle sichert.

Die anderen hervorragenden deutschen Schriftsteller sind bis jetzt noch nicht so weit gegangen wie Heinrich Mann. Aber die Richtung der Entwicklung ist überall zweifellos feststellbar. Ich greife nur ein Beispiel heraus. Feuchtwanger hat den ersten Band seines Romans über Josephus Flavius noch vor Hitlers Machtergreifung vollendet. Der zweite Band ist in der Emigration geschrieben worden. Der wesentliche Inhalt des ersten Bandes war der Freiheitskampf des jüdischen Volkes gegen Rom, in welchem Josephus Flavius eine führende Rolle gespielt hat. Im zweiten Band schreibt nun dieser sein Werk über den jüdischen Freiheitskampf und veröffentlicht es. Und Feuchtwanger gibt eine sehr interessante Kritik dieses Buches, aus deren Inhalt und Ton offenkundig hervorgeht, daß sie sich nicht nur auf das Werk seines Helden bezieht, sondern auch auf den ersten Band von Feuchtwangers Roman. Johann von Gischala, ein früherer Führer des extrem plebejischen Flügels des jüdischen Aufstands, jetzt Sklave des römischen Senators Marull, spricht gelegentlich mit dem berühmten Schriftsteller über sein Buch und sagt ihm harte Wahrheiten darüber. »›Ich selber habe zu Anfang des Krieges seine Ursachen nicht besser gekannt, als Sie (Josephus G. L.), vielleicht habe ich sie nicht besser kennen wollen . . . Es ging damals . . . nicht um Jahve, und nicht um Jupiter: es ging um den Preis des Öls, des Weins, des Korns und der Feigen. Hätte Eure Tempelaristokratie‹, wandte er sich mit freundlicher Belehrung an Joseph, ›nicht so gemeine Steuer auf unsere mageren Produkte gelegt und hätte Ihre Regierung in Rom‹, wandte er sich ebenso freundlich sachlich an Marull, ›uns nicht so niederträchtige Zölle und Abgaben aufgebrummt, dann wären Jahve und Jupiter noch lange ausgezeichnet miteinander ausgekommen . . . Lassen Sie mich, einen einfachen Bauer, Ihnen sagen: Ihr Buch mag ein Kunstwerk sein, aber wenn man es gelesen hat, weiß man über das Warum und Wieso des Krieges keinen Deut mehr als vorher. Das Wichtigste haben Sie nämlich leider ausgelassen!‹« Joseph schweigt höhnisch verachtend nach dieser Kritik. Es ist aber sehr bezeichnend, daß im Laufe dieses Gesprächs der kluge Senator Marull sagt: »Nicht am griechischen Geist und nicht am jüdischen und nicht an den Barbaren wird Rom kaputt gehen, sondern am Zusammenbruch seiner Landwirtschaft.«[4]

Es unterliegt keinem Zweifel, daß Feuchtwanger hier seinen ersten Band, die Geschichtsauffassung dieses ersten Bandes, kritisiert. Seine Kritik richtet sich auf zwei Punkte: erstens auf die Vernachlässigung der wirklichen Lage des Volkes, seiner wirklichen Bedürfnisse, woraus notwendig folgen mußte, daß im ersten Band gerade das aufständische Volk als eine von blinden Fanatikern geleitete amorphe Masse erschien, zweitens – und im engsten Zusammenhang damit – gegen die Überschätzung der rein ideologischen und moralischen Probleme in der Oberschicht der Intelligenz, die er nunmehr nur im Zusammenhang mit den Volksbewegungen als historische Faktoren darzustellen bestrebt ist. Der große Fortschritt in der historischen Auffassung des zweiten Bandes zeigt sich gerade dort, wo Feuchtwanger die Entstehung des Christentums zwar noch immer vorwiegend in den religiösen Diskussionen der [75] Intellektuellen gestaltet, jedoch ununterbrochen auf die wirklichen Bewegungen im Volke selbst hinweist, die die reale Grundlage dieser religiösen Spaltungen in der Intelligenz bilden. Es ist also der entschiedene Versuch vorhanden, eine große historische Wendung von jenen Veränderungen aus zu gestalten, die sich im Leben des Volkes selbst abspielen. [. . .]

III

[78 . . .] Die außerordentliche Bedeutung des jetzt entstehenden historischen Romans der antifaschistischen deutschen Emigration besteht in dem Versuch eines

Bruchs mit den unvolkstümlichen Traditionen des historischen Romans der Niedergangsperiode des Realismus. Und dieser Bruch beinhaltet das Streben zu einer Kunst, die aus dem Volksleben erwächst, die das Volksleben mit dichterischer Kraft gestaltet. Die außerordentliche Wichtigkeit dieser Wendung für die deutsche Literatur – und nicht nur für die deutsche Literatur – wird dadurch nicht im geringsten gemindert, daß wir feststellen müssen: der Roman befindet sich nur auf dem Wege zu diesem Ziel, er hat es aber bis jetzt noch nicht erreicht. Die bedeutenden deutschen Schriftsteller fühlen immer tiefer die Notwendigkeit einer wirklichen und konkreten Verbundenheit mit dem Volk, und zwar nicht nur politisch, sondern gerade künstlerisch, gerade als Lebensfrage für die Literatur. Der neue historische Roman ist die Gestaltung dieser *Sehnsucht.* Das Wesen der Wendung besteht vorläufig noch nur darin, daß dieses Problem sehr ernst gestellt wird: mit großer künstlerischer Kraft, auf einem hohen Niveau der schriftstellerischen Gestaltung. Aber wir würden die heutige Lage unrichtig bewerten, wenn wir die Tatsache [79] übersehen wollten, daß vorläufig vorwiegend diese Sehnsucht, diese richtige Einsicht gestaltet wird und nicht der wirklich volkstümliche Heroismus selbst.

Die Helden des neuen historischen Romans sind »welthistorische« Individuen, politische Führer, literarische Genies etc., die als Repräsentanten historischer Massenbewegungen, historischer Volksbewegungen gestaltet werden. Es ist aus unseren bisherigen Ausführungen klar ersichtlich, daß hier ein scharfer Gegensatz zum historischen Roman der zweiten Hälfte des XIX. Jahrhunderts vorliegt, dessen bedeutendste Repräsentanten Flaubert und Meyer waren. Der neue historische Roman greift über die Abgerissenheit jener einsamen Helden von den großen historischen Bewegungen hinaus und stellt einen lange vergessenen historischen Zusammenhang wieder her. Die Tatsache, daß der Henri IV. Heinrich Manns, der Cervantes Bruno Franks *darum* große Männer sind, weil eine große historische Massenbewegung in ihrer Person zusammenläuft, bedeutet also eine Wendung in der Geschichte des historischen Romans, bedeutet – objektiv – den Beginn der Rückkehr zu den Traditionen des klassischen historischen Romans.

Aber die künstlerische Komposition dieser Romane ist zumeist noch modern, ist durchsetzt von den falschen, volksfremden liberalen Traditionen der vergangenen Periode: sie ist noch nicht volkstümlich, noch nicht demokratisch. Hier ist ein scharfer Widerspruch zwischen dem politischen und weltanschaulichen Wollen der Verfasser und ihrer künstlerischen Gestaltungsweise sichtbar. Heinrich Mann ist politisch und sozial viel demokratischer als Walter Scott oder Manzoni. Aber Scott und Manzoni sind als Künstler noch immer unerreichte Muster der demokratischen Gestaltungsweise, der volkstümlichen Kunst. Bei ihnen wird der historische Held tatsächlich von jenen Massenbewegungen aus gestaltet, deren historischer Repräsentant er ist. Die Volksbewegung ist immer das künstlerisch Primäre und Bestimmende. Es ist der Mühe wert, zu studieren, mit welcher Kunst Walter Scott die großen wie die kleinlichen menschlichen Züge seiner historischen Gestalten aus jenen Volksbewegungen, aus ihrer Stärke und ihren Schranken ableitet, die diesen Helden eine Rolle in der Geschichte geben.

Scheinbar ist hier nur von einer Frage der literarischen Komposition, der künstlerischen Proportion die Rede. Teils von der Proportion im künstlerischen Aufbau zwischen den Volksbewegungen selbst und ihren weithin sichtbaren Repräsentanten, teils von der kompositionellen Frage, ob die »welthistorischen Individuen« geeignet sind, die Hauptheiden der historischen Romane abzugeben, oder ob nicht die »mittleren Gestalten« dazu geeigneter sind. Über alle diese Fragen müßte man sehr ausführlich sprechen, wenn man zu einer wirklichen Ästhetik des historischen Romans gelangen wollte. Hier werden, wie wir glauben, die bisherigen Andeutungen genügen, um sichtbar zu machen, daß hinter diesem Kompositionsproblem eine Weltanschauungsfrage verborgen ist. Die Priorität in der Komposition deckt die weltanschauliche Priorität in der Seele des Schriftstellers auf. Und zwar nicht die bewußte politische und soziale Weltanschauung, sondern die im Schriftsteller konkret wirksame, erlebte Vorstellung von Gesellschaft und Geschichte. Nur jener Schriftsteller will und kann die Volksbewegungen konkret und wahrhaftig, breit, lebendig und tief darstellen, der mit dem Leben des Volkes in der Wirklichkeit eng verbunden ist. Für einen solchen Schriftsteller ist jene künstlerische Proportion, daß der repräsentative Held nur die Krönung der wirklichen Volksbewegung bedeutet, eine Selbstverständlichkeit, für ihn ist die Volksbewegung selbst die wirkliche zentrale Gestalt des Romans.

[82 . . .] Die Frage der Traditionen des klassischen historischen Romans ist, wie wir sehen, keine engartistische, keine rein künstlerische Frage, sondern eine der adäquaten Gestaltung des wirklichen Volkslebens, der Volkstümlichkeit der Kunst, der künstlerischen adäquaten Ausdrucksweise der wirklich demokratischen Gesinnung.

Es bedarf nunmehr keiner ausführlichen Auseinandersetzungen, um zu sehen, welche wichtigen Lehren die Tugenden und Schwächen des neuen historischen Romans für die gesamte Volksfrontbewegung enthalten. Wir haben gesehen, daß die grundlegenden künstlerischen Probleme dieses Romans sich im Kampf zwischen der demokratischen und der liberalen Weltanschauung in der Seele der besten deutschen Schriftsteller konzentrieren. Und wir hoffen, daß es uns gelungen ist, wenn auch noch so skizzenhaft auf das Problem hinzuweisen, daß, gerade vom künstlerischen Standpunkt aus, die wichtigste, die aktuellste Frage für die Literatur der Volksfront die Überwindung der liberalen Ideologie der Kompromisse, der liberalen Volksfremdheit ist. [. . .]

Anmerkungen

1. St. Zweig, Triumph und Tragik des Erasmus von Rotterdam. Frankfurt/M.: S. Fischer 1950, S. 90.
2. Ebd., S. 12.
3. L. Feuchtwanger, Jud Süß. München: Drei Masken Verlag 1925, S. 454.
4. L. Feuchtwanger, Die Söhne. Der Romantrilogie »Josephus« zweiter Band. Amsterdam: Querido 1935, S. 179f., S. 182.

LEO LÖWENTHAL 1938

Aus: Die biographische Mode.*
In: Frankfurter Beiträge zur Soziologie, Bd. 1: Sociologica. Frankfurt 1955, S. 363–365, 367f., 369f., 374f., 384f. W 222.

[. . .] Seit 1918 bereits ist die politische Biographie die klassische Emigrationsliteratur [364] des deutschen Bürgertums. Gewiß ist sie weder auf den deutschen Sprachkreis beschränkt noch erst nach dem ersten Weltkriege aufgetreten. Schon Nietzsche spricht von »unserer an die biographische Seuche gewöhnten Zeit« **. Die gängigsten deutschen biographischen Schriftsteller haben sich in Übersetzungen auch außerhalb ihrer Landes- und Sprachkreise Riesenerfolge zu schaffen gewußt, und die französische und englische Sprache hat während der letzten Jahrzehnte viele eigene Beiträge geliefert. Aber nirgends läßt sich eindeutiger Konstruktion und soziale Rolle dieser Literatur ablesen als am deutschen Material.

Die Analyse der Popular-Biographie ist unter diesen Umständen vor allem ein Beitrag zur Analyse ihrer Leserschicht, ein Beitrag zur Kritik der geistigen Kultur des späten Liberalismus. Es gilt zu zeigen, in welcher Weise Willkür und Widerspruch jeden Anspruch auf Theorie zerstörten, ja, wie letzten Endes diese Literatur eine Karikatur der Theorie ist. Es ist nicht bloß die Rolle des idealistischen Systems, welche die Popular-Biographie – ein kümmerliches Spätprodukt – zu vertreten hat; zugleich repräsentiert sie den großen Roman. In den Aufstiegsperioden des Bürgertums, in denen die Gattung des Erziehungsromans die erzählende Literatur charakterisiert, steht das Individuum in einem durchsichtigen Wechselspiel zwischen seinen eigenen Anlagen und Tendenzen und der Umwelt; das Material, welches die Substanz und die Folie des einzelnen Schicksals bedeutet, entnimmt der Schriftsteller einer exakten Phantasie – Phantasie, weil mit der seltenen Ausnahme einiger mehr für die Oberfläche und das Kolorit verwandten Daten Gegenständlichkeiten und Figuren ersonnen sind; exakt, weil im Ergebnis solcher dichterischen Einbildungskraft die gesellschaftliche und psychologische Realität so widergespiegelt wird, wie sie die soziale Schicht des Schriftstellers und seiner Leser sieht. Wilhelm Meister, Illusions Perdues, David Copperfield, Education Sentimentale, Der Grüne Heinrich, Anna Karenina – diese Romane sind in ihrer Rezeption nicht nur begleitet von dem sozialpsychologischen Massenphänomen eines »déjà vu«, sie betreiben darüber hin-

* Der hier publizierte Beitrag ist der Teil eines umfangreichen, bereits 1938 abgeschlossenen Manuskripts. Er behält seine Aktualität als Beitrag zur Erkenntnis der modernen Massenkultur und ihrer gesellschaftlichen Implikationen. Der Autor hat später auch amerikanisches Biographienmaterial analysiert: Biographies in Popular Magazines[1], in: Radio Research 1942–1943, herausgegeben von Paul F. Lazarsfeld und Frank Stanton, New York 1944.

** Nietzsche Werke, 2. Abt., Band X, Die Philosophie im tragischen Zeitalter der Griechen (Fragment, Frühjahr 1873), Stuttgart 1922, S. 26.

aus die Bestätigung und Rettung des Individuums, indem die Bürde wie das Glück der ersonnenen Einzelexistenz in einer nachvollziehbaren Weise unmittelbar vom Leser erfahren wird. In diesen Kunstwerken sind immer eine bestimmte Welt und bestimmte, in sich konsistente Individuen gegeben, genau in der gleichen Weise, in der die wissenschaftliche Geschichtsschreibung seit der Aufklärung stets die Realität konzipiert hat: als ein mit dem Schicksal der lebenden und lesenden Zeitgenossen verbundener und verstehbarer Zusammenhang von Subjekten. In diesem Sinne besteht in der Tat eine unmittelbare Beziehung zwischen wissenschaftlichem [365] und literarischem Realismus und der Theorie der Gesellschaft: wo jener die Sorge um das Subjekt formuliert, will diese die Bedingungen seines Glücks entwerfen.

Die Biographie ist wie die Fortsetzung so zugleich die Umkehrung des Romans. Die Dokumentation im bürgerlichen Roman hatte die Funktion der Rohstoffe. Ganz anders in der Popular-Biographie: dort vertreten die Dokumentationen, jenes Riesengepränge aus fixierten Daten, Ereignissen, Namen, Briefen usw., die Stelle von sozialen Verhältnissen, die zu Fesseln des Individuums geworden sind; das Individuum ist gleichsam nur noch ein typographisches Element, ein Kolumnentitel, der sich durch die Erzählung der Bücher schlängelt, ein Anlaß bloß, der dazu dient, ein bestimmtes Material hübsch zu gruppieren. Was auch immer anderes, wie zu zeigen ist, die Biographien über ihre Helden proklamieren: diese sind keine mehr, sie haben kein Schicksal, sie sind bloße Funktionen des Geschichtlichen. [. . .]

[367 . . .] Der Biograph ist der Lieferant der Soziologie für Massenkonsum. Was hier getrieben wird, ist die Karikatur jener induktiven Methode, die sich aus einer Reihe von Beobachtungen zuverlässige Spielregeln des Menschenlebens durch alle seine Zeiträume hindurch zusammenzubrauen sucht. Die politische Soziologie der Biographen ist das »gesunkene Kulturgut« einer um Gesetze bemühten Sozialforschung. Sie arbeitet mit kunstgewerblichen Mitteln; charakteristisch dafür ist das Wörtchen »immer«, ein Favorit aus Stefan Zweigs Sprachschatz, das irgendwelchen Folgerungen aus zufälligen Befunden den Adel des Normativen verleiht. Was war, war immer so, ist so, und so wird es bleiben – ist die Weisheit wie bei jeder generalisierenden Methode so auch ihrer populären Ableger. Zum großartigen Konzept des Molochs Geschichte gehört der common sense der soziologischen Betrachtung, genau so wie zur religiösen Formel auf der ersten Seite des Hauptbuches die nüchternen Ziffern der folgenden Blätter.

Die vornehmlichsten Themen der Popular-Biographie sind Politik, Macht und die Typologie der Führer. Die Art und Weise, in der von der politischen Machtapparatur und ihren Mechanismen die Rede ist, stammt aus dem Gesichtswinkel des Zuschauers, der halt nichts dran machen kann und sich mit der Beobachtung begnügt. Diese Biographen gebärden sich, als ob sie eigentlich die ganze Sache nichts angehe und sie sich's nicht in ihren kühnsten Träumen einfallen [368] ließen, daß sie selbst etwas dabei zu suchen hätten. [. . .]

[369 . . .] Im Untergeschoß dieses geistigen Warenhauses findet sich alles. Wie in einem Kaleidoskop erblickt man jetzt eine machiavellistische Soziologie der Politik, erblickt man im nächsten Moment eine utopische Konzeption in der Geschichte. Es ist für die gesellschaftliche Funktion dieser Biographen besonders kennzeichnend, daß sie die beiden Konzeptionen in sich vereinigt. Während aber der frühere [370] Verlauf der divergenten geschichtsphilosophischen Interpretationen in einem erkennbaren Zusammenhang mit den Interessen kämpfender sozialer Gruppen steht, ist das Kunststück, das Unvereinbare zu vereinen, für eine soziale Situation sehr charakteristisch, in der die Biographen gedeihen. Mit der pessimistischen Perspektive findet sie sich ab, indem sie sie teils magisch beschwört und kategorisiert, als ob das Wissen um ihre ewig wiederkehrenden Formen sie für das betroffene Individuum ungefährlich mache, oder indem sie den zynischen Beobachter spielt, den es eigentlich nicht betrifft; und der Optimismus kommt durch die Versicherung zustande, daß schließlich doch das Gute siege. Dieser Pluralismus von Standpunkten wird uns immer wieder begegnen; er gehört zu einer Haltung, der eigentlich nichts mehr ernst ist, die bestimmt jedenfalls den Geist nicht mehr ernst nimmt. Ihre letzte Weisheit ist der Relativismus. [. . .]

[374 . . .] Die Biographen sind ausgezogen, um das Königreich der höchsten Wahrheiten zu erobern. Bei Kleinigkeiten haben sie sich nicht aufgehalten – sie sind auf ein Imperium des Geistes aus, in dem die Rätsel des Geschichtlichen, der Zeit, der Natur, des Wesens der Politik, der Moral, des Lebens überhaupt gelöst sind. Zurück kommen sie mit einer Kräuter- und Käfersammlung. In der Sphäre der höchsten Abstraktionen fühlen sie sich zu Hause wie der Positivist im Reich der sogenannten Fakten. Bei ihnen vertreten die Allgemeinheiten die Stelle der Fakten; sie eilen von Konstatierung zu Konstatierung (bei Stefan Zweig gibt es geradezu das Gegenstück zum »Protokollsatz«: es sind die mit »immer« eingeleiteten Sentenzen), indem sie sich aus bekannten Gefilden der Philosophie und der Sozialwissenschaften die divergierendsten generalisierenden Aussagen zusammentragen. Aus diesen unechten Tatsächlichkeiten, die weder die empirische Realität spiegeln noch ihr theoretisches Bild bestimmen, wird ein Schleier gewoben, der aus Geschichte Mythologie macht. Diese Mythologie hat keine Bedeutung. Anders in der George-Schule: in den Prinzipien ihrer Auswahl der Helden und Künder wirkt ein Moment bestimmend, welches ein gesellschaftlicher Index der Sekurität ist: der Geschmack. Jene Schule hat Luxusgüter solcher Art produziert, daß sie zur Feier einer saturierten gesellschaftlichen Elite angemessen beitragen könnten. Sie trägt noch das Erbteil von Kampf und Aktion, die vorgenommenen Zielen gilt und sich nicht beirren läßt: sie kennt die Auswahl und weiß die Tür zu öffnen und zu schließen. Die moderne Biographik hingegen ist wahllos, weil sie ratlos ist. So vielfach, wie ihre Mythen der Allgemeinheit, so beliebig sind ihre Griffe in das Reservoir vergangener Menschenleben. Als ob alles und jeder gerade gut genug wäre, um die Konsistenz des Individuums zu rechtfertigen, an die man nicht mehr glaubt, purzeln Feldherrn, Dichter, Polizeichefs, Monarchen, Komponisten, Entdecker und Religionsstifter in einen großen Topf, aus dem Zufall und Konjunktur sie dann herauslesen. Die Geschichte und ihr Inhalt wird zum Anlaß eines welthistorischen Geschwätzes; sein Signum ist der Relativismus einer Schicht, die nichts ernst nimmt und die nicht mehr ernst genommen wird.

Daß es so bestellt ist, erfährt eine Bekräftigung durch die Reversibilität. Neben der

Spekulation über das Allgemeine als des eigentlich Mächtigen steht unversöhnt die Anpreisung des Individuellen. Neben einer Gesinnung, die sich [375] einer absoluten Notwendigkeit, einem radikalen Determinismus kosmisch-geschichtlicher Gesetze und soziologischer Regeln zu unterwerfen scheint, steht in glatter unauffälliger Unvereinbarkeit der Hymnus der Individualität. Das Fürchten darf nicht verlernt werden. Wie die generellen Sätze, denen man sich geradezu mit Hingebung entgegenwirft, die Angst produzieren, umsonst gelebt zu haben, ja, eigentlich gar keine Existenz zu besitzen, wenn es nichts Verbindliches gibt, an das man sich halten kann, so lebt die Anbetung des Einzigartigen und Außerordentlichen der Individualität aus dem gleichen Grunde der Sorge, nur ein verwehendes Stäubchen zu sein. Der Hymnus des Individuellen, der jetzt zu belegen ist, gibt den Spiegel bloßen Scheins, reflektiert die krampfhafte Bemühung, in der Wunschphantasie eine Autonomie und Beständigkeit – die Persönlichkeit – bestätigt zu wissen, die jenes Allgemeine beständig zertritt.

Wie scheinhaft freilich dieses Reich der Freiheit ist, verrät sich rasch. Das Zeichen der Superlative, das es als seine Fahne hat, wirkt lächerlich. Alles, was dem Biographen unter die Finger kommt, schwemmt zu einem künstlichen Koloß auf, die Menschen genauso wie das sonstige Material, mit dem er hantiert. Man blättert im Katalog eines Versandgeschäftes, das auf großen Absatz bedacht sein muß. Alles ist das Beste, das Teuerste, die nie wiederkehrende Gelegenheit. Was der Mensch aus sich macht, was aus den Menschen geschehen könnte, die Entfaltung seiner Kräfte, das ihm eigentümliche Glück, zu dem ihn seine Wünsche treiben können, sein menschliches Wesen wird zu einem Etikett, zu einer kommerziell gemachten und dann patentamtlich geschützten Besonderheit, die nichts Besonderes mehr ist, weil es mit allem und allen geschieht. [. . .]

[384 . . .] Der Relativismus ist nur selten das manifeste Glaubensbekenntnis dieser Literatur, aber latent ist er stets vorhanden; ja, in der uneingestandenen und unbewußten Form, in der er im wesentlichen hier auftritt, in diesem Schwanken und beliebigen Wechsel zwischen dem Generellen und dem Individuellen wird seine spezifische Rolle für den späten Liberalismus deutlich: er hat nichts vom bewußten Zynismus [385] der Herren, sondern lebt aus dem Bedürfnis, die Ratlosigkeit der Besiegten zu bemänteln. Der geheimnisvolle Schritt der Weltgeschichte oder das geheimnisvolle Begebnis beim Sterbenden, die Durchsichtigkeit der Gesetze des politischen Handelns und die dunkle mythische Färbung des Einzelschicksals sind Erklärungsweisen, die gewiß nicht in einer Theorie zu vereinen sind, aber sich sehr wohl zu einer Ideologie zusammenfügen, welche die eigene Vernichtung negieren will. Der Ästhetizismus der neunziger Jahre, die sogenannte Stimmung des fin de siècle, ist noch ein Inbegriff an Aktivität, gemessen an der Müdigkeit und Schwäche, welche von diesen späten Epigonen ausgeht. In der von ihnen vorgelegten Kollektion der Unvergänglichkeit des Vergänglichen, in ihrem Irrgarten von Superlativen und Einzigartigkeiten, zu dem kein Denken einen Wegweiser gibt, sind die Schriftsteller wie die Leser in gleicher Weise verloren.

Anmerkung

1. Unter dem Titel »Der Triumph der Massenidole« in: L. Löwenthal, Literatur und Gesellschaft. Das Buch in der Massenkultur. Neuwied, Berlin: Luchterhand 1964 (= Soziologische Texte, Bd. 27.), S. 196–243.

Zum »geschichtlichen Standindex« des Romans

Wie sehr der ›Hymnus der Individualität‹, den Löwenthal feststellte, Versuch der Rettung eines bereits fernen und eben auch vom Biographen nicht mehr einzulösenden Kulturideals war, haben neben Löwenthal vor allem Benjamin und Schirokauer kenntlich gemacht. In weiträumigen Retrospektiven haben beide den mächtigen Aufstieg des Romans als Teil der Geschichte des Bürgertums beschrieben und dabei neben dem Persönlichkeitsideal die Rolle des Buches für die Konstituierung des bürgerlichen Romans – speziell des Bildungsromans – unterstrichen. Auch in der Einschätzung der zeitgenössischen Kultursituation hob Schirokauer diesen Zusammenhang hervor: *Niedergang des individuellen Lebens, Niedergang des Buchs als seines Instruments und Niedergang des Romans als seiner Kunstform gehen notwendig Hand in Hand.*

Während Schirokauer die Aufmerksamkeit darauf lenkte, daß neue Reproduktionsverfahren – die des Films und des Radios – die *alte Erfindung des Buchs* und damit den Roman ablösen werden, hat sich Benjamin in den »Betrachtungen zum Werk Nikolai Ljesskows« darauf beschränkt, den Romancier einem noch ferneren Ahnen zu konfrontieren: dem auf *mündlicher Tradition* und in ihr gesammelter *Erfahrung* gründenden, auf ein *praktisches Interesse* ausgerichteten ›Erzähler‹. Sowohl die Gelegenheit – *eine aus leidigen Umständen eingegangene Verpflichtung, eine Arbeit über den russischen Dichter Ljesskow zu schreiben* [1] – als auch der Publikationsort – die in Bern und Leipzig herausgegebene Zeitschrift *Orient und Occident* – haben die Beschränkung auf eine Retrospektive in diesem Fall sicher befördert. Wie ›nah‹ gleichwohl der ›entfernte‹ *Erzähler* für Benjamin war, ist bei anderer Gelegenheit von ihm demonstriert worden: im Vortrag »Der Autor als Produzent« in den Ausführungen über Tretjakov und den *von ihm definierten und verkörperten Typ des ›operierenden‹ Schriftstellers* [2]; ferner in einer Rezension der »Rettung« von Anna Seghers, in der Anna Seghers als *›Erzählerin‹*, als die *›Chronistin‹ der deutschen Arbeitslosen* vorgestellt wurde (W 216, S. 594f.).

Schirokauer hatte schon in den »Gedanken zum Roman« von 1938 ein Vordringen der *Körperkunst* des Films konstatiert und diese Beobachtung dort – energischer als im späteren Aufsatz – mit der These vom »Ende des Romans« verknüpft; es sei augenscheinlich, schrieb Schirokauer, *daß keine Fortsetzung mehr folgt, daß die Gattung Roman bald unter die ausgestorbenen Arten gezählt werden muß* (W 224, S.

355). Im Aufsatz über den »Bedeutungswandel des Romans« suchte Schirokauer dem Roman – auch in der Form des Buches – dann doch einen *neuen Weg* zu weisen. Deutlich schlug sich hier die Wirkung des Romanwerks von Thomas Mann nieder. Insbesondere der Josephsroman gab – neben dem »Ulysses« von James Joyce – den Anstoß, den *mythischen Roman* als Alternative zum individualistischen Bildungsroman anzusehen.

Thomas Mann hat seinerseits in einem Kommentar zum »Joseph« von 1942 diese Anregung aufgegriffen; daß er gleichwohl weder den »Joseph« noch auch »Lotte in Weimar« als Zeugnisse einer literarischen oder gar umfassend kulturellen Epochenwende auffaßte, zeigt der Kommentar darin an, daß er die Wendung zu mythischen Stoffen in erster Linie biographisch begründet, sie im übrigen als eine Reaktion auf den Gebrauch des Mythos im Dritten Reich erklärt. Eine derart historisch begrenzte und zugespitzte Legitimation hatte Thomas Mann seinen mythischen Unternehmungen auch in einem Brief an Kerenyi gegeben: [. . .] *was sollte mein Element derzeit wohl sein als Mythos plus Psychologie. Längst bin ich ein leidenschaftlicher Freund dieser Combination; denn tatsächlich ist Psychologie das Mittel, den Mythos den fascistischen Dunkelmännern aus den Händen zu nehmen und ihn ins Humane »umzufunktionieren«* (W 267, S. 82).

Wenn demgegenüber Broch – entschiedener noch als Schirokauer – 1945 in einem Beitrag zur Festschrift zu Thomas Manns 70. Geburtstag den »Mythos« nicht nur als *Ur-Ahn jedweder erzählerischen Aussage* beschwor (W 266, S. 68), sondern gerade auch für *jene neue Menschenkultur, die da kommen soll* (W 266, S. 76), die ›mythische Erbschaft‹ der Dichtung zu erneuern bestrebt war, so ist dies verständlich nur als ein beharrliches Ausfalten der zu Beginn der dreißiger Jahre entworfenen Theorie; der Versuch Brochs bezeugt geradezu exemplarisch eine aus sozialer Abgeschiedenheit resultierende Ungleichzeitigkeit der literarischen Theorie im Exil.

Die Ablösung der ›individuellen Geschichte‹ blieb nach 1945 eine der zentralen Fragen der Romantheorie. Wenn gleichwohl an die späten Zeugnisse der Exildiskussion in den USA nicht angeknüpft worden ist, war dies dem Umstand zu danken, daß eine Hervorkehrung mythischer Qualitäten nach dem Ende des Dritten Reichs in jeder Form suspekt sein mußte. Als Erich von Kahler mit dem Aufsatz über »Untergang und Übergang der epischen Kunstform« 1952 einige der im Exil in den USA ausgesonnenen Möglichkeiten und Mittel für einen künftigen Roman in die westdeutsche Romandiskussion einbrachte, hat er – trotz der engen Bindung an die literarischen Arbeiten Brochs – *den Weg des Romans zum Mythos* bezeichnenderweise nicht wiederbelebt.

Zum Titel der Vorbemerkung vgl. W. Benjamin, Der Erzähler (W 200, S. 27).

Anmerkungen

1. W. Benjamin, Briefe. Bd. 2. Frankfurt/M.: Suhrkamp 1966, S. 710.
2. In: F. J. Raddatz (Hg.), Marxismus und Literatur. Bd. 2. Reinbek: Rowohlt 1969, S. 265.

WALTER BENJAMIN 1936

Aus: Der Erzähler. Betrachtungen zum Werk Nikolai Lesskows.
In: Orient und Occident, N. F. 1, 1936, S. 16–20, 25–27. W 200.

I.

Der Erzähler – so vertraut uns der Name klingt – ist uns in seiner lebendigen Wirksamkeit keineswegs durchaus gegenwärtig. Er ist uns etwas bereits Entferntes und weiter noch sich Entfernendes. Einen Lesskow als Erzähler darstellen, heisst nicht, ihn uns näher bringen, heisst vielmehr den Abstand zu ihm vergrössern. Aus einer gewissen Entfernung betrachtet gewinnen die grossen einfachen Züge, die den Erzähler ausmachen, in ihm die Oberhand. Besser gesagt, sie treten an ihm in Erscheinung wie in einem Felsen für den Beschauer, der den rechten Abstand hat und den richtigen Blickwinkel, ein Menschenhaupt oder ein Tierleib erscheinen mag. Diesen Abstand und diesen Blickwinkel schreibt uns eine Erfahrung vor, zu der wir fast täglich Gelegenheit haben. Sie sagt uns, dass es mit der Kunst des Erzählens zu Ende geht. Immer seltener wird die Begegnung mit Leuten, welche rechtschaffen etwas erzählen können. Immer häufiger verbreitet sich Verlegenheit in der Runde, wenn der Wunsch nach einer Geschichte laut wird. Es ist, als wenn ein Vermögen, das uns unveräusserlich schien, das Gesichertste unter den Sicheren, von uns genommen würde. Nämlich das Vermögen, Erfahrungen auszutauschen.

Eine Ursache dieser Erscheinung liegt auf der Hand: die Erfahrung ist im Kurse gefallen. Und es sieht aus, als fiele sie weiter ins Bodenlose. Jeder Blick in die Zeitung erweist, dass sie einen neuen Tiefstand erreicht hat, dass nicht nur das Bild der äussern, sondern auch das Bild der sittlichen Welt über Nacht Veränderungen erlitten hat, die man niemals für möglich hielt. Mit dem Weltkrieg begann ein Vorgang offenkundig zu werden, der seither nicht zum Stillstand gekommen ist. Hatte man nicht bei Kriegsende bemerkt, dass die Leute verstummt aus dem Felde kamen? nicht reicher – ärmer an mitteilbarer Erfahrung. Was sich dann zehn Jahre später in der Flut der Kriegsbücher ergossen hatte, war alles andere als Erfahrung gewesen, die von Mund zu Mund geht. Und das war nicht merkwürdig. Denn nie sind Erfahrungen gründlicher Lügen gestraft worden als die strategischen durch den Stellungskrieg, die wirtschaftlichen durch die Inflation, die körperlichen durch die Materialschlacht, die sittlichen durch die Machthaber. Eine Generation, die noch mit der Pferdebahn zur Schule gefahren war, stand unter freiem Himmel [17] in einer Landschaft, in der nichts unverändert geblieben war als die Wolken und unter ihnen, in einem Kraftfeld zerstörender Ströme und Explosionen, der winzige, gebrechliche Menschenkörper.

II.

Erfahrung, die von Mund zu Mund geht, ist die Quelle, aus der alle Erzähler geschöpft haben. Und unter denen, die Geschichten niedergeschrieben haben, sind es die Grossen, deren Niederschrift sich am wenigsten von der Rede der vielen namenlosen Erzähler abhebt. [. . .]

[18 . . .] *IV.*

Die Ausrichtung auf das praktische Interesse ist ein charakteristischer Zug bei vielen geborenen Erzählern. Nachhaltiger als bei Lesskow kann man ihn zum Beispiel bei einem Gotthelf erkennen, der seinen Bauern landwirtschaftliche Ratschläge gab; man findet ihn bei einem Nodier, der sich mit den Gefahren der Gasbeleuchtung beschäftigte; und ein Hebel, der seinen Lesern kleine naturwissenschaftliche Unterweisungen in das »Schatzkästlein« schob, steht gleichfalls in dieser Reihe. Das alles deutet auf die Bewandtnis, die es mit jeder wahren Erzählung hat. Sie führt, offen oder versteckt, ihren Nutzen mit sich. Dieser Nutzen mag einmal in einer Moral bestehen, ein andermal in einer praktischen Anweisung, ein drittes in einem Sprichwort oder in einer Lebensregel – in jedem Falle ist der Erzähler ein Mann, der dem Hörer Rat weiss. Wenn aber »Rat wissen« heute altmodisch im Ohre zu klingen anfängt, so ist daran der Umstand schuld, dass die Mitteilbarkeit der Erfahrung abnimmt. Infolge davon wissen wir uns und andern keinen Rat. Rat ist ja minder Antwort auf eine Frage als ein Vorschlag, die Fortsetzung einer (eben sich abrollenden) Geschichte angehend. Um ihn einzuholen, müsste man sie zuvörderst einmal erzählen können. (Ganz davon abgesehen, dass ein Mensch einem Rat sich nur soweit öffnet, als er seine Lage zu Wort kommen lässt.) Rat, in den Stoff gelebten Lebens eingewebt, ist Weisheit. Die Kunst des Erzählens neigt ihrem Ende zu, weil die epische Seite der Wahrheit, die Weisheit, ausstirbt. Das aber ist ein Vorgang, der von weither kommt. Und nichts wäre törichter, als in ihm lediglich eine »Verfallserscheinung«, geschweige denn eine »moderne« erblicken zu wollen. Vielmehr ist es nur eine Begleiterscheinung säkularer geschichtlicher Produktivkräfte, die die Erzählung ganz allmählich aus dem Bereich der lebendigen Rede entrückt hat und zugleich eine neue Schönheit in dem Entschwindenden fühlbar macht.

V.

Das früheste Anzeichen eines Prozesses, an dessen Abschluss der Niedergang der Erzählung steht, ist das Aufkommen des Romans zu Beginn der Neuzeit. Was den Roman von der Erzählung (und vom Epischen im [19] engeren Sinne) trennt, ist sein wesentliches Angewiesensein auf das Buch. Die Ausbreitung des Romans wird erst mit Erfindung der Buchdruckerkunst möglich. Das mündlich Tradierbare, das Gut der Epik, ist von anderer Beschaffenheit als das, was den Bestand des Romans ausmacht. Es hebt den Roman gegen alle übrigen Formen der Prosadichtung – Märchen, Sage, ja selbst Novelle – ab, dass er aus mündlicher Tradition weder kommt noch in sie eingeht. Vor allem aber gegen das Erzählen. Der Erzähler nimmt, was er erzählt, aus der Erfahrung; aus der eigenen oder berichteten. Und er macht es wiederum zur Erfahrung derer, die seiner Geschichte zuhören. Der Romancier hat sich abgeschieden. Die Geburtskammer des Romans ist das Individuum in seiner Einsamkeit, das sich über seine wichtigsten Anliegen nicht mehr exemplarisch auszusprechen vermag, selbst unberaten ist, und keinen Rat geben kann. Einen Roman schreiben, heisst, in der Darstellung des menschlichen Lebens das Inkommensurable auf die Spitze treiben. Mitten in der Fülle des Lebens und durch die Darstellung dieser Fülle bekundet der Roman die tiefe Ratlosigkeit des Lebenden. Das erste grosse Buch der Gattung, der Don Quichote, lehrt sogleich, wie die Seelengrösse, die Kühnheit, die Hilfsbereitschaft eines der Edelsten – eben des Don Quichote – von Rat gänzlich verlassen sind und nicht den kleinsten Funken Weisheit enthalten. Wenn im Laufe der Jahrhunderte hin und wieder – am nachhaltigsten vielleicht in »Wilhelm Meisters Wanderjahre« – versucht wurde, dem Roman Unterweisungen einzusenken, so laufen diese Versuche immer auf eine Abwandlung der Romanform selber hinaus. Der Bildungsroman dagegen weicht von der Grundstruktur des Romans in gar keiner Weise ab. Indem er den gesellschaftlichen Lebensprozess in der Entwicklung einer Person integriert, lässt er den ihn bestimmenden Ordnungen die denkbar brüchigste Rechtfertigung angedeihen. Ihre Legitimierung steht windschief zu ihrer Wirklichkeit. Das Unzulängliche wird gerade im Bildungsroman Ereignis.

VI.

Man muss sich die Umwandlung von epischen Formen in Rhythmen vollzogen denken, die sich denen der Verwandlung vergleichen lassen, die im Laufe der Jahrhunderttausende die Erdoberfläche erlitten hat. Schwerlich haben sich Formen menschlicher Mitteilung langsamer ausgebildet, langsamer verloren. Der Roman, dessen Anfänge in das Altertum zurückgreifen, hat Hunderte von Jahren gebraucht, ehe er im werdenden Bürgertum auf die Elemente stiess, die ihm zu seiner Blüte taugten. Mit dem Auftreten dieser Elemente begann sodann die Erzählung ganz langsam in das Archaische zurückzutreten; sie bemächtigte sich zwar vielfach des neuen Inhalts, wurde aber nicht eigentlich von ihm bestimmt. Auf der anderen Seite erkennen wir, wie mit der durchgebildeten Herrschaft des Bürgertums, zu deren wichtigsten Instrumenten im Hochkapitalismus die Presse gehört, eine Form der Mitteilung auf den Plan tritt, die, soweit ihr Ursprung auch zurückliegen mag, die epische Form nie vordem auf bestimmende Weise beeinflusst hat. Nun aber tut sie das. Und es zeigt sich, dass sie der Erzählung nicht weniger fremd aber viel bedrohlicher als der Roman gegenübertritt, den sie übrigens ihrerseits einer Krise zuführt. Diese neue Form der Mitteilung ist die Information.

[20] Villemessant, der Begründer des »Figaro« hat das Wesen der Information in einer berühmten Formel gekennzeichnet. »Meinen Lesern, pflegte er zu sagen, ist ein Dachstuhlbrand im Quartier latin wichtiger als eine Revolution in Madrid.« Das stellt mit einem Schlage klar, dass nun nicht mehr die Kunde, die von fernher kommt, sondern die Information, die einen Anhaltspunkt für das Nächste liefert, am liebsten Gehör findet. Die Kunde, die aus der Ferne kam – sei es die räumliche fremder Länder, sei es die zeitliche der Ueberlieferung –, verfügte über eine Autorität, die ihr Geltung verschaffte, auch wo sie nicht der Kontrolle zugeführt wurde. Die Information aber macht den Anspruch auf prompte Nachprüfbarkeit. Da ist es das Erste, dass sie »an und für sich verständlich« auftritt. Sie ist oft nicht exakter als die Kunde früherer Jahrhunderte es gewesen ist. Aber während diese gern vom Wunder borgte, ist es für die Information unerlässlich, dass sie plausibel klingt. Dadurch erweist sie sich mit dem Geist der Erzählung unvereinbar. Wenn die Kunst des Erzählens selten ge-

worden ist, so hat die Verbreitung der Information einen entscheidenden Anteil an diesem Sachverhalt.

Jeder Morgen unterrichtet uns über die Neuigkeiten des Erdkreises. Und doch sind wir an merkwürdigen Geschichten arm. Das kommt, weil uns keine Begebenheit mehr erreicht, die nicht mit Erklärungen schon durchsetzt wäre. Mit andern Worten: beinah nichts mehr, was geschieht, kommt der Erzählung, beinah alles der Information zugute. Es ist nämlich schon die halbe Kunst des Erzählens, eine Geschichte, indem man sie wiedergibt, von Erklärungen freizuhalten. Darin ist Lesskow Meister (man denke an Stücke wie »Der Betrug«, »Der weisse Adler«). Das Ausserordentliche, das Wunderbare wird mit der grössten Genauigkeit erzählt, der psychologische Zusammenhang des Geschehens aber wird dem Leser nicht aufgedrängt. Es ist ihm freigestellt, sich die Sache zurechtzulegen, wie er sie versteht, und damit erreicht das Erzählte eine Schwingungsbreite, die der Information fehlt. [. . .]

[25 . . .] *XIII.*

Man hat sich selten darüber Rechenschaft abgelegt, dass das naive Verhältnis des Hörers zu dem Erzähler von dem Interesse, das Erzählte zu behalten, beherrscht wird. Der Angelpunkt für den unbefangenen Zuhörer ist, der Möglichkeit der Wiedergabe sich zu versichern. Das Gedächtnis ist das epische Vermögen vor allen anderen. Nur dank eines umfassenden Gedächtnisses kann die Epik einerseits den Lauf der Dinge sich zu eigen, andererseits mit deren Hinschwinden, mit der Gewalt des Todes ihren Frieden machen. Es ist nicht verwunderlich, dass für einen einfachen Mann aus dem Volk, wie Lesskow sich ihn eines Tages ausgedacht hat, der Zar, der das Haupt des Weltkreises ist, in dem sich seine Geschichten ereignen, über das umfassendste Gedächtnis verfügt. »Unser Kaiser, so heisst es da, und seine ganze Familie haben in der Tat ein ganz erstaunliches Gedächtnis.«

Mnemosyne, die Erinnernde, war bei den Griechen die Muse des Epischen. Dieser Name geleitet den Betrachter zu einer weltgeschichtlichen [26] Wegscheide zurück. Wenn nämlich das von der Erinnerung Aufgezeichnete – die Geschichtsschreibung – die schöpferische Indifferenz der verschiedenen epischen Formen darstellt (wie die grosse Prosa die schöpferische Indifferenz zwischen den verschiedenen Maßen des Verses), so schliesst deren älteste Form, das Epos, kraft einer Art von Indifferenz die Erzählung und den Roman ein. Als dann im Verlauf der Jahrhunderte der Roman aus dem Schoss des Epos herauszutreten begann, da zeigte sich, dass an ihm das musische Element des Epischen, die Erinnerung also, in ganz anderer Gestalt als in der Erzählung zutage tritt.

Die *Erinnerung* stiftet die Kette der Tradition, welche das Geschehene von Geschlecht zu Geschlecht weiterleitet. Sie ist das Musische der Epik im weiteren Sinne. Sie umgreift die musischen Sonderarten des Epischen. Unter diesen ist an erster Stelle diejenige, welche der Erzähler verkörpert. Sie stiftet das Netz, welches alle Geschichten miteinander am Ende bilden. Eine schliesst an die andere an, wie es die grossen Erzähler immer, und vor allem die orientalischen gern gezeigt haben. In jedem derselben lebt eine Scheherazade, der zu jeder Stelle ihrer Geschichten eine neue

Geschichte einfällt. Dieses ist ein episches *Gedächtnis* und das Musische der Erzählung. Ihm aber ist ein anderes, gleichfalls im engeren Sinn musisches Prinzip entgegenzusetzen, das als Musisches des Romans zunächst, das will sagen im Epos, noch ungeschieden von dem Musischen der Erzählung verborgen liegt. Allenfalls lässt es in den Epen gelegentlich sich erahnen. So vor allem an feierlichen Stellen der homerischen, wie die Anrufungen der Muse zu deren Beginn es sind. Was an diesen Stellen sich ankündigt, ist das verewigende Gedächtnis des Romanciers im Gegensatz zu dem kurzweiligen des Erzählers. Das erste ist dem *einen* Helden geweiht, der *einen* Irrfahrt oder dem *einen* Kampf; das zweite den *vielen* zerstreuten Begebenheiten. Es ist, mit anderen Worten, das *Eingedenken,* das als das Musische des Romans dem Gedächtnis, dem Musischen der Erzählung, zur Seite tritt, nachdem sich mit dem Zerfall des Epos die Einheit ihres Ursprungs in der Erinnerung geschieden hatte.

XIV.

»Niemand, sagt Pascal, stirbt so arm, daß er nicht irgend etwas hinterlässt.« Gewiss auch an Erinnerungen – nur dass diese nicht immer einen Erben finden. Der Romancier tritt diese Hinterlassenschaft an, und selten ohne tiefe Melancholie. Denn wie es in einem Roman von Arnold Benett [1] der Toten nachgesagt wird – »sie hatte überhaupt nichts vom wirklichen Leben gehabt« – so pflegt es um die Summe aus der Hinterlassenschaft bestellt zu sein, die der Romancier antritt. Ueber diese Seite der Sache verdanken wir den wichtigsten Aufschluss Georg Lukács, der im Roman »die Form der transzendentalen Heimatlosigkeit« gesehen hat. Zugleich ist der Roman, nach Lukacs, die einzige Form, die die Zeit in die Reihe ihrer konstitutiven Prinzipien aufnimmt.

»Die Zeit, heisst es in der ›Theorie des Romans‹, kann erst dann konstitutiv werden, wenn die Verbundenheit mit der transzendentalen Heimat aufgehört hat. Nur im Roman trennen sich Sinn und Leben und damit das Wesenhafte und das Zeitliche; man kann fast sagen, die ganze innere Handlung des Romans ist nichts als ein Kampf gegen die Macht der Zeit . . . Und aus diesem . . . entsteigen die [27] episch echtgeborenen Zeiterlebnisse: die Hoffnung und die Erinnerung . . . Nur in dem Roman . . . kommt eine schöpferische, den Gegenstand treffende und ihn umwandelnde Erinnerung vor . . . Die Dualität von Innerlichkeit und Aussenwelt kann hier für das Subjekt ›nur‹ aufgehoben werden, wenn es die . . . Einheit seines ganzen Lebens . . . aus dem in der Erinnerung zusammengedrängten, vergangenen Lebensstrome erblickt . . . Die Einsicht, die diese Einheit erfasst, . . . wird das ahnend-intuitive Erfassen des unerreichten und daher unaussprechlichen Lebenssinnes.« [2]

Der »Sinn des Lebens« ist in der Tat die Mitte, um welche sich der Roman bewegt. Die Frage nach ihm ist aber nichts anderes als der eingängliche Ausdruck der Ratlosigkeit, mit der sich sein Leser in eben dieses geschriebene Leben hineingestellt sieht. Hie »Sinn des Lebens« – da »Moral von der Geschichte«: mit diesen Losungen stehen Roman und Erzählung einander gegenüber, und an ihnen lässt sich der gänzlich verschiedene geschichtliche Standindex dieser Kunstformen ablesen. – [. . .]

Im V. Abschnitt des Essays griff Benjamin auf Thesen zurück, die er bei Gelegenheit des »Berlin Alexanderplatz« von Döblin 1930 bereits vorgetragen hatte (W 161; vgl. S. 175 bis 178 dieses Bandes); den Anfang des XIV. Abschnitts und ebenfalls den hier nicht nachgedruckten XV. Abschnitt übernahm Benjamin aus seinem Essay über einen Roman von Arnold Bennett (s. Anm. 1.): W. B., Am Kamin. Zum 25jährigen Jubiläum eines Romans. In: *Frankfurter Zeitung* vom 23. 5. 1933 (unter dem Pseudonym Detlef Holz). N: W. B., Gesammelte Schriften III. Frankfurt: Suhrkamp 1972, S. 388–392.

Anmerkungen

1. A. Bennett, Konstanze und Sophie oder Die alten Damen. München: Piper 1932; die zitierte Passage findet sich in Bd. 2, S. 406.
2. G. Lukács, Die Theorie des Romans. W 114, N 2, S. 125–127, 131f.

ARNO SCHIROKAUER 1940

Aus: Bedeutungswandel des Romans.
In: Maß und Wert, Jg. 3, 1939/40, S. 575, 577f., 582–590. W 234.

Der Wert des Satzes von Novalis »Ein Roman ist ein Leben als Buch« [1] liegt darin, daß er nicht nur philosophisch und ästhetisch richtig ist, sondern sogar historisch; er gibt die exakte Antwort auf die Frage, wann das Leben sich diese neue Ausdrucks- und Darstellungsform erfunden hat. Wenn wir von der Spätantike absehen, in der zersetztes Mythengut und resignanter Heroenklatsch in der locker gehaltenen Kunstprosa des »Romans« einem genußfreudigen Publikum vorgesetzt wird (welcher Roman aber nur den Namen mit der Erscheinung gemein hat, die wir im Auge haben), so ist tatsächlich der Roman nicht eher, als das Buch ist. Bevor das Leben die Form des Romans finden konnte, hatte es den Buchdruck zu erfinden, jene Schwarzkunst, vor der Victor Hugos Dekan von *Notre Dame de Paris* warnt, sie werde die Dome töten. [2] [. . .]

[577 . . .] Unvereinbar ist Buch und Sozietät. Der Dekan, der vom Buch sagt, es werde die Dome töten, erkennt, daß sein Kanzelwort Gemeinde voraussetzt, das Buch aber Individualitäten.

Und in dem gleichen Moment, da der aus seinen überkommenen Bindungen entbundene Mensch das Buch erfindet, als Mittel individuellerer Aussprache statt der öffentlichen, erfindet er die ungebundene Rede des Prosaromans.

Die Renaissance ist buchstäblich und genau Geburt, nämlich Entbindung. Die Entbindung der Persönlichkeit aus alten Mitgliedschaften. [. . .] Es ist die Zeit der großen *Konfessionen.* Im Bedeutungswandel dieses [578] Wortes zeigt sich der Wandel der Zeit. Konfession ist nicht mehr Glaubensbekenntnis in einer Gemeinde, mitgesprochen mit dem der Brüder, im Chor gesprochen in altgeheiligter Form, Konfession ist Selbst-Bekenntnis! Da ist kein starrer Glaube mehr vorausgesetzt und keine Bindung an ein Dogma, ein Ich spricht von sich selbst. An die Stelle des unpersönlichen Kirchenlatein tritt die eigensten Ausdrucks fähige Muttersprache. Ein Ich erkennt sich und bekennt sich. Ein Leben führt eine Art von Selbstgespräch. Der Roman ist ein Selbstverhör, ein Selbstzeugnis, ein Leben als Buch.

Auch wenn es das Thema nicht verböte, fühlte ich keine Nötigung, die weiteren Etappen des Romans zu beschreiben. Das Anwachsen und mächtige Entfalten der Persönlichkeit ist von einer Reihe immer mächtiger um sich greifender Romane begleitet; die wunderbare Anreicherung des Begriffs der Persönlichkeit spiegelt sich nirgends besser als hier. Wenn wir nichts von ihr wüßten, wir könnten die Französische Revolution erschließen aus dem Riesenwuchs der französischen Romane der Stendhal-Balzac-Epoche. Gerade in dieser seiner besten Stunde hat man dem Roman vorgeworfen, daß er wohl Charakter habe, aber keinen Stil, daß in ihm wohl Gesinnung verkörpert sei, aber keine Satzung; an Stelle des objektiven natürlichen Weltbildes, wie es das Epos gebe, sei im Roman ein subjektives, im freien Einzelgeist stimmunghaft erscheinendes Dunstbild der Welt gegeben. Der Roman sei die chaotische, durch keine Gesetze gebändigte Darstellung der Welt aus dem Geist eines frei spielenden Ich. Mithin habe es keinen Stil, sondern höchstens eine Haltung. Das ist richtig als Feststellung, als Vorwurf aber falsch. Die Beseligung des Ich, so frei zu sein, die Vergottung der Persönlichkeit auf Kosten alles Gattungsmäßigen, das hohe Glück, Gesetz und Maß des Handelns in sich zu finden und nirgends außerhalb, die sorgsame Kultivierung individueller, ja asozialer Neigungen ging auf Kosten eines verpflichtenden ästhetischen Gesetzes. Ist die Durchbildung und Prägung der Persönlichkeit bis in seine äußerste Vereinzelung und Einzigkeit Ziel des Romans – und sie ist es in seinen besten Beispielen, den großen Bildungs- und Erziehungsromanen des 19. Jahrhunderts –, so ist am meisten Roman eben der, der gar keinen Stil und nur Charakter besitzt. [. . .]

[582 . . .] Der großen Entbindung, die wir Renaissance nennen, wird ein Ende gesetzt von einer neuen Spatenwissenschaft, einer Gräberforschung, die sorgsam Bedecktes bloßlegt und in urzeitliche Tiefen hinabsieht.

Die erste literarische Konsequenz der Seelen-Archäologie ist das Romanwerk von James Joyce. Es zerstört die Prosa und ihre grammatischen Gebilde nicht aus anarchischer Ungebundenheit, sondern ganz im Gegenteil, um durch das freigelegte, ungebundene Bewußtsein hindurchzustoßen, bis es auf die unverletzlichen Gesetze trifft, die [583] jedes tiefere Leben regieren. Weil das Bewußtsein frei ist und seine Ausdrucksform freie Rede, gräbt Joyce sich ins Unbewußte, dessen unentrinnbare Norm er entblößt. Am Punkt, wo der moderne Mensch nicht mehr frei ist, hört auch die Prosa auf, eine zu sein. Hier, am Ende des Romans, taucht denn auch sogleich der alte Mythen-Titel wieder auf: *Ulysses**. Es ist mindestens interessant zu sehen, wie in dem Augenblick, da die Fiktion der Freiheit nicht mehr aufrechterhalten wird, der Roman als die epische Form, in der der Geist der Freiheit sich ausspricht, zusammenbricht und bis in die Prosa hinein einstürzt. Joyce, als Jesuitenzögling im Stu-

* Wer den »Ulysses« aus der chaotischen Nachkriegsstimmung erklären will, sei auf Joyces neuestes Buch verwiesen, in dem die Zersetzung des Ich noch radikaleren Ausdruck gefunden hat.

dium des Thomas von Aquin geschult, vernichtet das Bild des neuzeitlichen Menschen, das sich seit den Tagen der Renaissance gebildet hat. Aber die Leuchtkraft dieses Bildes war ohnehin schon im Verblassen, seit Schopenhauer das freie Ich als Täuschung und Hochstapelei des Bewußtseins entlarvte. Im *Ulysses* ist der Einzelne und sein Eigentum ohne Rest ins Gesellschaftliche aufgelöst. Gesprächsfetzen einer vielköpfigen Gesellschaft werden ohne Unterschied der jeweiligen Sprecher aneinandergereiht, Personen werden ausgetauscht, indem die nächste die Handlungen der vorherigen weiterführt. An der Stelle, wo das Unterbewußte ins Bewußtsein einschießt, werden Begriffe ausgewechselt, in die Scheidemünze des Sprachverkehrs umgewandelt, umgeprägt, kostümiert und verkehrsfähig gemacht. Zwischen dem Unterbewußten und dem Bewußten steht eine Zollkontrolle und Clearingstelle, die beschlagnahmt, umtauscht und die Passierscheine ausstellt, mit denen das neue Ich vor uns erscheint, in die europäisch gangbaren Couleurs gehüllt. Der Mensch *Ulysses*, der in einer Niederstapelei seines Ich-Gefühls manchmal auch *Niemand* heißt, ist nicht mehr der Homo des Humanismus, er ist austauschbar, uneinzeln, dividuell; er ist vereinbar. Die Sonderungen, mit denen der Einzelne sein Ich füttert, sind nicht mehr nahrhaft, die Einzäunungen, hinter denen er es sorgsam pflegt, sind baufällig, und der Blick hinter die Zäune ergibt die verblüffende Gleichheit aller Ichs. Im gleichen Seelengrunde wurzeln alle und treiben in der gleichen Strömung nach für alle verbindlichen Gesetzen. Das Individuum geht unter und aus dem Mythengrunde taucht *Ulysses* wieder auf.

[584] In dieser Stunde, da der Roman beginnt, nicht mehr *ein* Leben zu sein, sondern Leben, Typus des Lebens, heben die neuen Erfindungen Film und Radio die alte Erfindung des Buchs auf. In den Tagen des *Ulysses* wird das mächtige Monopol des Buchs, von dem gesagt war, es werde die Dome töten, gestört und zerstört; die Druckerpresse erhält in Linse und Mikrophon mächtige Konkurrenten; das Leben, das veränderte Bild von Leben, wie es sich nun bildet, wird nicht mehr des Buchs bedürfen, um sich darzustellen, andere Reproduktionsverfahren bieten sich an, weit fähiger als die bisherigen, dem Kollektiven zu dienen. Es gehört nicht viel Geist zu dem naheliegenden Schluß, Niedergang des individuellen Lebens, Niedergang des Buchs als seines Instruments und Niedergang des Romans als seiner Kunstform, das alles gehe notwendig Hand in Hand. Das Buch, das die Dome getötet hat, wird sterben im Licht der Jupiterlampen, im Wechselstrom der Radiostationen.

So erweist sich der Vernichtungswille des James Joyce als völlig legitim. Daß der Einbruch in das Gehege des Persönlichen Beschädigungen sogar der syntaktischen Ordnung der Prosa nach sich zieht, wäre damit zu erklären, daß alle Werkzeuge, die das lange Zeitalter des Individualismus in Gebrauch hatte, samt und sonders die Spuren dieses Gebrauchs an sich tragen. Formen sind ja zugleich Inhalte, mit Inhalten zugleich entstehen und vergehen sie. Also stürzt mit dem Individualismus zugleich auch seine eigentliche Kunstform zusammen. Der Abschied vom freien, aus allen Bindungen entlassenen Ich bedeutet auch den Abschied vom Roman. Nach dem Gesetz, nach dem er angetreten, ist ihm sein Urteil gesprochen. Ist er nicht mehr ein

Leben als Buch, so kann er selbst nicht mehr leben. Die Spuren, in die er treten könnte, sind vom Zeitenwinde verweht; er findet sie nicht mehr. [. . .]

[585 . . .] Jede Biographie trägt unsichtbar den Untertitel, den Nietzsche seinem *Ecce homo* gab: Wie man wird, was man ist. – Es scheint, daß die Gesetze, unter denen die Lebensformen stehen, für Kunstformen nicht gelten. Vom Roman in seiner letzten Figur sprechen, heißt geradezu berichten, wie er wird, was er nicht war! Wie er aus seiner vorgezeichneten Spur gerät und von dem verdächtigen Privileg [586] der Form Gebrauch macht, Gefäß eines anderen Inhalts zu werden. Die Vernichtung des Romans durch Joyce war historisch legitim. Aber ästhetisch legitim ist sein *Bedeutungswandel* durch das Genie Thomas Manns.

Lotte in Weimar bezeichnet sich als Roman. In Anbetracht des Traditionalismus seines Autors, seiner geistigen und gesellschaftlichen Herkunft, seiner Verehrung für das Herkömmliche, seines Prosaismus, der tiefste und treueste Liebe zur Demokratie ist, seiner Vornehmheit, die es vermeidet, anders zu sprechen als konventionell und unauffällig, ist es selbstverständlich, daß Th. Mann die Prosa wahrt und alle äußeren Schilder beläßt, die sein Werk als Roman deklarieren. [. . .]

[587 . . .] Was dieser Roman im Abtragen von Oberschichten, Decken und Vorwänden leistet, im Eröffnen von Tiefblicken, im Anschlagen von ungehörten Untertönen und Mitschwingungen, ist höchste Literatur, Weltliteratur. Aber ist es noch Romanliteratur? Handelt es noch von [588] Lotte oder Goethe? Die Macht, die hier handelt, ist keine menschliche mehr; sie handelt durch die Menschen hindurch und mit Menschen; sie ist abgründig, wofür unsereiner wohl sagen darf: *diabolisch.* Sie zwingt ihre Helden und hebt die Freiheit in einem Maße auf, daß ihnen nur Kopfschütteln bleibt und das seherische Versehen der Zunge, das Sich-Versprechen. Gegen ihre eigentliche Absicht handeln sie im Kreise, jedes neue Tun erweist sich als eine Repetition älteren Tuns (ob Lotte nun nach Weimar fährt oder Goethe nach Frankfurt, ob August nun Ottilie liebt oder Lotte ein Kleid anzieht, dem jenes symbolhaltige Schleifchen fehlt), so daß statt einer Entwicklung etwas Zyklisches stattfindet, keine Parabel, sondern ein Kreis. Ich denke, wir wissen, was es mit dem Noch-einmal-tun, Wieder-und-wieder-tun, Sich-selbst-zitieren und -zelebrieren auf sich hat. Ein zyklischer Roman, das ist ein Roman auf dem Wege zum Mythos. Hier werden Worte gesprochen und versprochen, die bei aller Prosa doch weit fester gebunden sind als die epischen früher. Hier ist ein Epos, in die Konvention gebettet, die wir Roman nennen. [. . .]

[589 . . .] In Thomas Mann hat der Roman den Schritt gemacht vom individuellen zum mythischen Zeugnis, vom Roman also zum Epos. Natürlich ganz still, ganz schicklich, ganz ironisch, in Konvention gebettet. Den Schritt, der notwendig geworden war, wenn auch keineswegs vorauszusehen. Nicht der Roman ist zu Ende, sondern nur seine bisherige Bedeutung. Wie zähe ist diese undichte und nachlässig geschnittene Form, zu wie vielem war sie schon fähig, Schelmenroman und historisches Wortgemälde, enzyklopädisches Weltbild, Bildungsroman, Kulturkritik. – Das alles, was er war, wird der Roman von nun an nicht mehr sein können. [. . .]

Der Roman hat sein Gleichgewicht verloren; aus individualistischer Hochstapelei fiel er in die Niederstapelei, die *Ich* gleich *Niemand* setzte. Die Tiefenpsychologie hat ihn in mythologische Tiefen gezogen. Wollte er dem Absturz in die Welt des Unterbewußten, in die Unter-Welt, entgehen, so mußte er allen psychischen Ballast abwerfen, sich vordergründig machen und die Dimension der Tiefe verleugnen.

Die Geste ist oft gesehen, daß man über das Tiefe und Schaurige eine Decke legt. Leinwand über die Geheimnisse, ein weißes Tuch über das Mysteriöse. Der schöne Schein täusche über die Drohungen des Dunklen. Apollos Leier übertöne die Marterschreie des Dionys. – [590] Was der Mythos aufreißt, bedeckt eine Körperkunst, eine Kunst nur der Körper. Körper und nichts als nur Körper ziehen über die Leinwand der Kinos ihre prangende Wallfahrt.

Der Roman hat sein Gleichgewicht verloren. Die eine Waage zieht ihn ins Dämmer des Mythos, die andere in die Überbelichtung des Films. Dort ist Traum, verglaster Blick und Durchblick; hier ist Oberfläche und schöner Schein. Dort dunkles Spiel im Schatten des Erinnerten, hier Lichtspiel. Dort ist die Tiefe so enorm dimensioniert, daß die Distanzen zwischen den Objekten belanglos werden; hier ist die Dimension der Tiefe in Fläche verwandelt, der Tiefblick nur noch Spiel und Trick der Perspektive.

Die Zerstörung des Buchmonopols durch den Film, gleichzeitig mit der Zerstörung der individuellen Freiheit durch die Organisation, hat dem Roman den alten gewohnten Weg verbaut, ihm aber zwei neue Wege eröffnet: entweder ein Buch zu sein, aber dann nicht nur ein Leben, sondern sein Mythos; oder aber ein Leben zu sein, dann aber verschnitten um jene ins Tiefe und in die Tiefe führende dritte Dimension, als Film.

Anmerkungen

1. Novalis, Vorarbeiten zu verschiedenen Fragmentsammlungen, Nr. 241. In: Novalis, Schriften, Bd. 2: Das philosophische Werk I. Hg. v. R. Samuel. Darmstadt: Wiss. Buchges. 1965, S. 599.

2. V. Hugo, Notre-Dame de Paris. 1831. Paris: Garnier Frères 1961. Die vorausschauende Einsicht des Archidiakons Claude: *le livre tuera l'édifice* (Ende des 1. Kap. des 5. Buches) wird im folgenden Kapitel – »Ceci tuera cela« – in einem kulturhistorisch ausgreifenden Essay amplifiziert. Der größte Teil dieses Kapitels erschien 1926 als zweisprachige bibliophile Sonderausgabe im Verlag der Gutenberg-Gesellschaft, Mainz, u. d. T. »Hymnus auf die Druckkunst«.

THOMAS MANN 1942

Aus: Joseph und seine Brüder.
In: Deutsche Blätter (Santiago de Chile), Jg. 3, 1945, H. 24, S. 4–6. W 259.

[. . .] Ich weiss noch, wie es mich erheiterte, und wie sehr ich es als Kompliment empfand, als meine Münchner Abschreiberin, eine einfache Frau, mir das Maschinen-Manuskript des ersten Romans, »Die Geschichten Jaacobs«, ablieferte mit den Worten: »Nun weiss man doch, wie sich das alles in Wirklichkeit zugetragen hat!« Das war rührend; denn es hat sich ja garnicht zugetragen. Die Genauigkeit, die Realisation sind Täuschung, ein Spiel, ein Kunstschein, eine mit allen Mitteln der Sprache, der Psychologie, der Darstellung und dazu noch der kommentierenden Untersuchung erzwungene Verwirklichung und Vergegenwärtigung, deren Seele, bei allen menschlichen Ernst, der Humor ist. Humoristisch im Besonderen ist alles Essayistisch Erörternde in dem Buch, das Kommentatorische, Kritische, Wissenschaftliche, das so gut wie das Erzählende und szenisch Darstellende ein Mittel zur Erzwingung von Wirklichkeit ist, und für das also das Wort »Bilde Künstler, rede nicht!« ausnahmsweise einmal nicht gilt. Wir haben da ein ästhetisches Problem, das mich oft beschäftigt hat. Die erörternde Rede, die schriftstellerische Einschaltung braucht nicht aus der Kunst zu fallen, sie kann ein Bestandteil [5] davon, selber ein Kunstmittel sein. Das Buch weiss das und spricht es aus, indem es auch noch den Kommentar kommentiert. Es sagt von sich selbst, dass die oft erzählte und durch viele Medien gegangene Geschichte hier durch eines gehe, worin sie gleichsam Selbstbesinnung gewinne und sich erörtere, indem sie sich abspiele. Die Erörterung gehört hier zum Spiel, sie ist eigentlich nicht die Rede des Autors, sondern die des Werkes selbst, sie ist in seine Sprachsphäre aufgenommen, ist indirekt, eine Stil- und Scherzrede, ein Beitrag zur Schein-Genauigkeit, der Persiflage sehr nahe und jedenfalls der Ironie: denn das Wissenschaftliche, angewandt auf das ganz Unwissenschaftliche und Märchenhafte ist pure Ironie.

Es ist schon möglich, dass solche heimlichen Reize gleich damals bei der frühesten Konzeption des Werkes eine Rolle spielten. Aber die Frage, wie ich zu dieser archaischen Stoffwahl gekommen sei, ist damit nicht beantwortet. Mancherlei Umstände, persönliche und zeitlich allgemeine wirkten dabei mit, und die persönlichen waren auch zeitlicher Art, sie hatten mit den Jahren, mit einer erreichten Lebensstufe zu tun. The readiness is all. Ich musste, menschlich und künstlerisch, irgendwie in *Bereitschaft* gewesen sein, von einem solchen Gegenstand produktiv angesprochen zu werden, und meine Bibel-Lektüre war kein Zufall. Die Lebensalter haben verschiedene Neigungen, Ansprüche, Geschmacksrichtungen – oder auch Fähigkeiten und Vorzüge. Es ist wohl eine Regel, dass in gewissen Jahren der Geschmack an allem bloss Individuellen und Besonderen, dem Einzelfall, dem »Bürgerlichen« im weitesten Sinne des Wortes allmählich abhanden kommt. In den Vordergrund des Interesses tritt dafür das Typische, Immer-Menschliche, Immer-Wiederkehrende, Zeitlose, kurz: das Mythische. Denn das Typische ist ja doch das Mythische, insofern es Ur-Form und Ur-Form des Lebens ist, zeitloses Schema und von je gegebene Formel, in die das Leben eingeht, indem es aus dem Unbewussten seine Züge reproduziert. Entschieden, die Gewinnung der mythisch-typischen Anschauungsweise macht Epoche im Leben des Erzählers, sie bedeutet eine eigentümliche Erhöhung seiner künstlerischen Stimmung, eine neue Heiterkeit des Erkennens und Gestaltens, welche, wie gesagt, späteren Lebensjahren vorbehalten zu sein pflegt: denn im Leben der Menschheit stellt das Mythische zwar eine frühe und primitive Form dar, im Leben des Einzelnen aber eine späte und reife.

Da ist das Wort »Menschheit« gefallen: – im Zusammenhang mit den Ideen des Zeitlos-Typischen und des Mythischen stellte es sich von selber ein. Ich war in Bereitschaft gewesen, von einem Gegenstand wie die Josephs-Legende mich produktiv angesprochen zu fühlen, durch die Geschmackswendung vom Bürgerlichen weg und hin zum Mythischen, die im Begriffe war, sich in mir zu vollziehen. In Bereitschaft aber war ich zugleich dafür durch eine Disposition für menschheitliches Fühlen und Denken – ich meine: ein Fühlen und Denken im Menschheitsstil, – eine Disposition, die nicht nur das Produkt meiner persönlichen Zeit und Lebensstufe war, sondern dasjenige der Zeit im Grossen und Allgemeinen, *unserer* Zeit, der geschichtlichen Erschütterungen, Abenteuer und Leiden, durch die die Frage des Menschen, das Problem der Humanität selbst uns als Ganzes vor Augen gestellt und unserem Gewissen auferlegt worden ist wie kaum je einer Generation vor uns. Ein Buch, wie der Vorgänger des »Joseph«, der »Zauberberg«, Versuch einer Bestandaufnahme der europäischen Problematik nach der Jahrhundertwende, war bereits ein Erzeugnis dieser moralischen Situation, dieser Erschütterung und Aufgewühltheit des Gewissens gewesen. Die Traum-Psychologie kennt die Erscheinung, dass der äussere Anlass, der den Traum auslöst, ein fallender Schuss etwa, den der Schläfer hört, in Umkehrung der Kausalität begründet wird durch einen langen und komplizierten Traum, der mit dem Schusse – und mit dem Erwachen – endet, während [6] in Wirklichkeit der Choc am Anfang der ganzen Traummotivierung stand. So steht der dichterischen Chronologie nach, der Donnerschlag des Kriegsausbruchs von 1914 am Ende des Zauberberg-Romans, in Wahrheit aber hatte er an seinem Anfang gestanden und alle seine Träume hervorgerufen. Es war ein sprengender, weckender, weltverändernder Schlag – er endete eine Epoche, die bürgerlich-ästhetische, in der wir herangewachsen waren, und öffnete uns die Augen dafür, dass wir fortan nicht würden leben und dichten können, wie bisher. Der Held jenes Zeit-Romans war nur scheinbar der freundliche junge Mann, Hans Castorp, auf dessen verschmitzte Unschuld die ganze Dialektik von Leben und Tod, Gesundheit und Krankheit, Freiheit und Frömmigkeit pädagogisch hereinbricht: in Wirklichkeit war es der homo Dei, der Mensch selbst mit seiner religiösen Frage nach sich selbst, nach seinem Woher und Wohin, seinem Wesen und Ziel, nach seiner Stellung im All, dem Geheimnis seiner Existenz, der ewigen Rätsel-Aufgabe der Humanität.

So aber ist auch das mythische Romanwerk nichts weniger als ein abseitiges, ausweichendes, zeitabgewandtes Produkt, sondern eingegeben von einem über das Menschlich-Individuelle hinausgehenden Interesse am Menschheitlichen, – eine humoristisch getönte, ironisch abgedämpfte, ich möchte fast sagen: verschämte Menschheitsdichtung.

Damit freilich ist gesagt, dass sich die Art dieses Buches, den Mythos zu traktieren, im tiefsten Wesen unterscheidet von einer gewissen zeitgenössischen Art, sich seiner zu bedienen: einer feindseligen und anti-humanen Art, deren politischen Namen wir alle kennen. Das Wort »Mythos« steht ja heute in einem üblen Geruch – man braucht nur an den Titel zu denken, den der »Philosoph« des deutschen Fascismus, Rosenberg, der Praeceptor Hitlers, seinem bösartigen Lehrbuch beigegeben hat: »Der

Mythos des 20. Jahrhunderts«. Zu oft war in den letzten Jahrzehnten der Mythos als Mittel obskurantischer Gegenrevolution mißbraucht worden, als dass nicht ein mythischer Roman wie der »Joseph« bei seinem ersten Auftreten den Verdacht hätte erregen müssen, als schwimme sein Autor mit dem trüben Strom. Man hat ihn fallen lassen müssen, diesen Verdacht, denn man wurde bei genauerem Hinsehen einer Um-Funktionierung des Mythos gewahr, deren man ihn nicht für fähig gehalten hatte. Man beobachtete einen Vorgang, ähnlich dem, wenn in der Schlacht ein erobertes Geschütz umgekehrt und gegen den Feind gerichtet wird. Der Mythos wurde in diesem Buch dem Fascismus aus den Händen genommen und bis in den letzten Winkel der Sprache hinein *humanisiert*, – wenn die Nachwelt irgend etwas Bemerkenswertes daran finden wird, so wird es dies sein. [. . .]

James Joyce oder sozialistischer Realismus

Im Grundsatzreferat zum I. Unionskongreß der Sowjetschriftsteller 1934 spitzte Karl Radek seine Ausführungen über »Die moderne Weltliteratur und die Aufgaben der proletarischen Kunst« [1] auf eine Gegenüberstellung zwischen Joyce und sozialistischem Realismus zu. Nachdem im BPRS um 1930 zunächst Döblin als Widerpart proletarisch-revolutionärer Literaturtheorie fungiert hatte [2], forderten jetzt Joyce und Dos Passos zu kritischer Aufmerksamkeit heraus. In den sechziger Jahren fiel diese Rolle dann Kafka zu. [3]

Auf dem Moskauer Kongreß erhob neben Tretjakov [4] vor allem Wieland Herzfelde Einspruch gegen die von Radek vorgetragene Abgrenzung des sozialistischen Realismus gegen Schreibweisen der bürgerlichen Moderne. Zwar markierte Herzfelde schärfer noch als Radek die ideologische Desorientiertheit vieler Schriftsteller im Westen, die auch er im »Ulysses« von Joyce exemplarisch belegt sah; er wandte sich aber dagegen, zugleich mit dem Inhalt des Romans auch das technische Verfahren Joyces zu verwerfen. Damit trug Herzfelde hier bereits Vorbehalte gegen die Verpflichtung sozialistisch-realistischer Romanliteratur auf herkömmliche Erzählmuster vor, wie sie später von Anna Seghers und vor allem von Brecht gegenüber Lukács geltend gemacht wurden.

Georg Lukács trat erst 1935/36 mit einer Reihe brillanter Analysen zum ›klassischen Erbe‹ in die Diskussion über den sozialistischen Realismus ein. In dem hier auszugsweise abgedruckten Essay »Erzählen oder Beschreiben« unternahm Lukács den Versuch, die im BPRS 1932 verfochtene Unterscheidung zwischen »Gestaltung« und »Reportage« historisch zu fundieren, die Entstehung dieser Schreibweisen aus der unterschiedlichen gesellschaftlichen Situation von Romanschriftstellern im 19. Jahrhundert herzuleiten, wobei vor allem Balzac und Tolstoi den ›klassischen Realismus‹ der *Aufstiegsperiode* des Bürgertums, Flaubert und Zola dagegen den neueren, *spätbürgerlichen Realismus* repräsentierten.

Der Essay erschien in der von Becher redigierten deutschsprachigen Ausgabe der *Internationalen Literatur.* Er gab sich im Untertitel gleichwohl als ein Beitrag zur »Diskussion über Naturalismus und Formalismus« zu erkennen, die 1936 – durch mehrere Artikel der *Prawda* eingeleitet – im sowjetischen Schriftstellerverband geführt wurde.[5] Vor allem die abschließenden Forderungen Lukács' an den sozialistisch-realistischen Roman zeigen diesen Diskussionsrahmen an. Aber auch die Analyse des ›klassischen Erbes‹, insbesondere die Bindung des ›Erzählens‹ an eine Teilnahme des Schriftstellers am Aufbau einer *entstehenden neuen Gesellschaft*, erhält erst vor dem Hintergrund der Entwicklung in der Sowjetunion konkrete Bedeutung; für die Mehrzahl der exilierten deutschen Schriftsteller blieben diese Hinweise notwendig abstrakt.

Der Aufsatz erschien nahezu ein Jahr vor Beginn der Expressionismusdebatte; Brecht hat sich offensichtlich erst im Rahmen dieser späteren, nun speziell unter Exilautoren geführten Debatte mit ihm auseinandergesetzt. Im Arbeitsjournal notierte Brecht unter dem 18. 8. 1938 Einwände vor allem gegen die Bewertung Zolas durch Lukács. Daß Zola nicht mehr ›erzähle‹, sondern ›Tatsachenkomplexe beschreibe‹, erklärt Brecht damit, daß *an den ›seelenlosen‹ tatsachenkomplexen bergwerk, geld usw. die erzählungsform der balzac, tolstoi usw. in die brüche gegangen* sei, und er fügt hinzu: *die ermahnungen der professoren leimen sie nicht wieder zusammen. GIDE schreibt seinen hauptroman über die schwierigkeit, einen roman zu schreiben, JOYCE schreibt einen Katalog von beschreibungsarten* und auch die *einzige große volkstümliche erzählung der zeit, haseks SCHWEJK,* habe die *romanform des frühen bürgerlichen romans verlassen.*[6] In den »Notizen zur realistischen Schreibweise« von 1940 (W 235) hat Brecht selbst einen Katalog von Beschreibungsarten zusammengestellt[7] und Voraussetzungen genannt, unter denen die *hochentwickelten technischen Elemente* der zeitgenössischen bürgerlichen Romanliteratur auch für den sozialistischen Schriftsteller nutzbar sind.

In den »Notizen« ist Brecht seinerseits der Frage nachgegangen, inwieweit *auch im Balzac* brauchbare Techniken für einen sozialistisch-realistischen Roman ausgebildet seien. In den »Bemerkungen zu einem Aufsatz« dagegen, die vermutlich gleichzeitig mit den Eintragungen im Arbeitsjournal im August 1938 entstanden und sich unmittelbar auf »Erzählen oder Beschreiben« beziehen, polemisierte er sehr schroff gegen das vorgestellte ›Muster‹ Balzac. Brechts Gegendarstellung des ›Sammlers‹ Balzac griff zwar offensichtlich zu kurz; sie blieb zudem unausgeführt. Diese Gegendarstellung ist gleichwohl für die Genese der polemischen Notizen Brechts gegenüber Lukács von besonderem Aufschluß: die hier vorgetragene Kritik an der Rolle, die Lukács dem Individuum – den ›großen, bleibenden Gestalten‹ – in einer realistischen Romanliteratur zuwies, läßt die ideologische und politische Differenz zu Lukács besonders scharf hervortreten. Den aktuellen Anlaß dieser Kritik Brechts bot ein Reisebericht André Gides: »Retour de l'URSS«.

Gide hatte sich 1935 auf dem Pariser Schriftstellerkongreß unter dem Tagesordnungspunkt ›Das Individuum‹, zu dem auch Brecht einen Beitrag beigesteuert hatte, als *Individualist und Kommunist zugleich* vorgestellt[8]; er hatte seine emphatische

Laudatio auf Gesellschaft und Kultur der Sowjetunion im Reisebericht von 1936 dann aber entschieden eingeschränkt. Diese Reaktion eines der gefeierten westeuropäischen Intellektuellen war für Brecht und auch für Feuchtwanger[9] Anlaß genug, der Destruktion individualistischer Kunsttheorien vor allen bündnispolitischen Erwägungen den Vorrang zu geben.

Auf einen Nachdruck von Beiträgen zur Expressionismus-Realismus-Debatte in der von Brecht, Feuchtwanger und Bredel herausgegebenen Exilzeitschrift *Das Wort* ist hier verzichtet worden. Die Dokumente sind neuerdings leicht zugänglich[10]; die Debatte griff zudem über den Bereich der Romantheorie weit hinaus. In Nachträgen zur Debatte sind allerdings – von den Praktikern des Romans Arnold Zweig und Anna Seghers, ferner von Brecht – spezifische Arbeitsprobleme der Romanschriftsteller erörtert worden. Neben Brecht ist vor allem Zweig dabei auf formale Fragen einer realistischen Romanliteratur eingegangen. Wiewohl sich Zweig in seinem Essay über »Realismus und Form« im *Wort* von 1938 nicht auf die voraufgegangene Debatte bezog, mußte sein lebhaftes Plädoyer für die *Fabel* im Roman als eine Unterstützung der Position Lukács' erscheinen. Ein Brief Arnold Zweigs an Wolfenstein von 1937 macht allerdings auf den differenten Begründungszusammenhang aufmerksam, in dem Zweig der »Fabel« besonderen Wert beimaß: *Unsere gemeinsame Herkunft ist der falsche, autobiographische Roman der deutschen Klassiker. Das Geheimnis des europäischen Romans aber ist seine Fabel. Diese Fabel wird nicht gebildet vom zeitlichen Ablauf eines Werdens, sei es das eines einzelnen oder eine Familie. [. . .] Verknüpft werden die einzelnen Ereignisse durch das Spiel von Ursache und Wirkung, wobei Wirkungen manchmal lange nach den Ursachen eintreten, manchmal aber auch, bevor die Ursachen erkannt werden* (W 214, S. 375). Auch mit dem Hinweis auf die *in Formproblemen geradezu ahnungslose deutsche Literaturgeschichte* hob Zweig *Gefahren* der gemeinsamen literarischen Herkunft und die Notwendigkeit einer Orientierung an englischer, russischer und französischer Romanliteratur hervor (W 214, S. 377).

Anna Seghers stellte in ihrem Briefwechsel mit Georg Lukács als einzige unter den beteiligten Autoren den Zusammenhang der Expressionismusdebatte mit den Kontroversen über ›Reportage‹ und ›Gestaltung‹ vor 1933 in Berlin her; sie versah die Debatte zugleich auch mit neuen Fragestellungen, die zunächst Probleme des literarischen Schaffensprozesses, entscheidend dann aber die Methoden der literarischen Kritik betrafen. In Übereinstimmung mit Brechts Forderung nach »Weite und Vielfalt der realistischen Schreibweise«[11] hat Anna Seghers dabei vor einer *Verengung* der Literaturdiskussion gewarnt und für eine *vielfältige antifaschistische Kunst* plädiert (W 231, S. 114).

Der Titel der Vorbemerkung entspricht einem Zwischentitel im Referat Redeks [vgl. Anm. 12 auf S. 212 dieses Bandes].

Anmerkungen

1. In: *Internationale Literatur,* Jg. 4, 1934, H. 5, S. 3–25.
2. Vgl. S. 182 und 186f. dieses Bandes.
3. Vgl. S. 352f. dieses Bandes.
4. S. Tretjakov, [Diskussionsbeitrag auf dem I. Unionskongreß der Sowjetschriftsteller, Moskau, 1934]. In: *Neue Deutsche Blätter,* Jg. 1, 1933/34, S. 726f.
5. Vgl. dazu den anonym erschienenen Aufsatz: Gegen Formalismus und Naturalismus. Zu den »Prawda«-Artikeln über Kunstfragen. In: *Internationale Literatur,* Jg. 6, 1936, H. 6, S. 71–80.
6. B. Brecht, Arbeitsjournal. Bd. 1. Frankfurt: Suhrkamp 1973, S. 27.
7. Vgl. die Anmerkung auf S. 282 dieses Bandes.
8. Vgl. die Zusammenfassungen in: Zur Tradition der sozialistischen Literatur in Deutschland [vgl. W 168], S. 809 und 811f.
9. L. Feuchtwanger, Ein Ästhet über die Sowjetunion. In: *Das Wort,* Jg. 2, 1937, H. 2, S. 86–88.
10. H.-J. Schmitt (Hg.), Die Expressionismusdebatte. Materialien zu einer marxistischen Realismuskonzeption. Frankfurt: Suhrkamp 1973 (= edition suhrkamp. 646.).
11. Zuerst veröffentlicht in: B. B., Versuche 13. Berlin, Suhrkamp 1954, S. 99–107.

WIELAND HERZFELDE 1934

Aus: Ueber James Joyce und einige ästhetische Probleme.
In: Internationale Literatur, Jg. 4, 1934, H. 5, S. 40–42. W 191.

[. . .] Diese Methode von Joyce ist ein Experiment. Man darf dem Künstler das Experimentieren nicht einfach untersagen, auch dann nicht, wenn einem der Wert der Experimente fragwürdig erscheint. Joyce arbeitet mit ungewöhnlichen künstlerischen und intellektuellen Mitteln. Und seine Bemühungen haben Schule gemacht, am sichtbarsten bei *Dos Passos.* [1] Und Genosse Radek hat recht: *diese Schule ist gefährlich.* Nicht aber, weil etwa ein alberner, armseliger Unterricht erteilt wird, wie man auf Grund der Ausführungen des Genossen Radek glauben könnte – sondern umgekehrt, weil man dort wirklich sehr viel lernen kann. Wieso dann gefährlich? Weil man noch mehr *ver*lernen kann. Ein Schriftsteller, der Joyce las und seine Romanfigur etwa aus dem Fenster sehen läßt, wird sich nicht mehr damit begnügen, zu schreiben:

». . . blickte auf die Fensterbank gestützt, lange in die Ferne der Felder. Alles reizte ihn: dieser Rauch, und daß die Bauern die Wälder in Brand stecken, und daß er wegen der Scheunen in der krummen Straße Bruski nicht sehen kann, und daß er selbst immer gereizt ist und wegen jeder Kleinigkeit schimpft, wie ein altersschwacher greinender Greis . . .«

Er wird entdecken, daß der Mensch gleichzeitig in die Felder und in die Zeit und in die Erinnerung blickt, er wird versuchen zu zeigen, wie sich das eigentlich abspielt: *»alles reizte ihn«*, und er wird auf das falsche Bild mit dem Greis verzichten zugunsten einer konkreten Schilderung des gereizt aus dem Fenster Blickenden. Das, Genossen, kann *Panferow* – bei ihm fand ich das Zitat – von James Joyce lernen. Und es wird nicht schaden, wenn er es lernt. Aber es wird gefährlich in dem Augenblick, wenn er sich angewöhnt, nur »Innenmalerei« zu treiben, wenn er seine Ausdrücke nach der Suche auf Präzision unverständlich werden läßt, wenn er die Logik des Satzbaues über Bord wirft, weil sich diese Logik mit der Alogik des Kaleidoskops im Kopf, in den Nerven und Eingeweiden des Menschen, den er schildert, nicht deckt. Das ist eine Gefahr. Sie erscheint mir größer für den Schriftsteller des Westens als für den Schriftsteller der Sowjetunion, der durch sein marxistisches Wissen und durch die intensive Kontrolle der Lesermassen in hohem Maße vor einem solchen Sichverlieren geschützt ist.

Nicht scheint mir die Gefahr zu bestehen, daß der von Joyce Lernende nur noch »Mist« sieht[2], oder, um es gerechter auszudrücken, nur noch Eingeweide (einschließlich Hirn, Herz usw.). Denn wenn Joyce den Menschen so sieht, so nicht infolge seiner künstlerischen Methode, sondern eher umgekehrt. Seine Methode erweist sich als besonders geeignet, dem Joyce'schen Bilde vom Menschen Ausdruck zu verleihen. Und dieses Bild ist vom Kapitalismus bestimmt, es zeigt Details überdeutlich, die Kräfte aber, die diese Details so werden lassen, bleiben unsichtbar, sie finden sich bei Joyce daher auch nicht. Wenn Genosse Radek aber glaubt, die Methode von Joyce sei ausschließlich geeignet zur Vermittlung eines Joyce'schen Bildes von [41] der Welt, also wegen des Inhaltes auch gleich die Form verwirft, so ist das zumindest voreilig. Natürlich bestehen hier Zusammenhänge, aber man findet sie nicht, wenn man einfach ein Gleichheitszeichen setzt. Es ist vielmehr notwendig, den sozialen Auftrag von Joyce aufzuhellen. Und dieser Auftrag ist komplizierter Natur. [...]

Ihr wißt, im Kapitalismus bestimmt das Prinzip der Konkurrenz die Produktion. *O'Flaherty* hat das revoltierende Dublin geschildert[3] (ich lasse die Frage offen, wie weit er es richtig schildert). Joyce kann leichter konkurrieren, wenn er nicht dieselbe Sache anpackt. Natürlich weiß auch er, daß sein Held unter anderem imstande ist, auf Engländer zu schießen. Aber diese Tatsache ist ja banal. Das liest man ja in den Zeitungen. Es gibt andere, neuere, unbekanntere Kämpfe. Z.B. die Kämpfe seines Helden mit dem Lärm oder mit dem Stuhlgang. Sie zu schildern, ist zweifellos origineller. Man sieht, die Konkurrenzbedingungen steigern (wenn auch dem Autor in der Regel unbewußt) die Tendenz, Fachleute zu erzeugen, Snobs aus den Künstlern zu machen, denn es ist nicht nur schwer, sondern auch unvorteilhaft unter dem Kapitalismus, nach künstlerischer Totalität zu streben.

Das Streben nach Totalität, die Schilderung von Menschen und Vorgängen in ihrer Wechselwirkung auf die Umwelt, in ihrer Verbundenheit mit Vergangenem und Kommendem, kann der Bourgeoisie heute nicht gefallen. Wenn schon Licht – dann aus Scheinwerfern auf kleine Teilgebiete: das blendet eher, als daß es aufklärt. Auch in dieser Hinsicht erfüllt Joyce einen sozialen Auftrag, er verspricht Einsicht, nach der so viele suchen, er führt aber nicht zu der Einsicht in das Ganze, die zur Revolution führen würde.

... Es gibt eine Methode der Erkenntnis, die davor schützt, einen Teil für das Ganze zu halten. Das ist der historische Materialismus. Der Marxist kann und soll jedes Detail untersuchen, – auch die Misthaufen, Genosse Radek, deren es im Kapitalismus wirklich nicht wenige gibt. Er wird dann vielleicht sogar manches entdecken, was mit Joyce's Entdeckungen übereinstimmt. Aber er wird gleichzeitig wissen, daß das nicht alles ist, und er wird den gesellschaftlichen Auftrag seiner Klasse, Wert oder Unwert der Erscheinungen zu unterscheiden, nicht vernachlässigen.

Kann Joyce das auch? Will er es? Mir scheint, er vermeint subjektiv, in niemandes [42] Auftrag zu handeln. Er führt einfach sein subjektives Unbehagen an *der* Kultur (nämlich der von Irland) ganz wie *Sigmund Freud*, den man wohl als seinen Lehrer bezeichnen darf, auf den Unwert der Kultur ganz allgemein zurück. Und mir scheint, daß Joyce damit objektiv dazu beiträgt, die Intelligenz, die von Zweifeln gegen das Leben, von Mißtrauen gegen die Gattung Mensch erfüllt ist, in ihrem Zweifel und in ihrem Mißtrauen zu bestätigen.

Auch dazu kann die herrschende Klasse vielleicht noch ja sagen; wenn Joyce die bürgerliche Kultur schön negiert, so nährt er wenigstens nicht, wie viele andere Vertreter der Intelligenz, den Kampf jener Klasse, die sich fähig fühlt und weiß, eine neue Kultur, die sozialistische Kultur zu schaffen.

Joyce produziert also auch in dieser Hinsicht im Geiste der herrschenden Klasse. Aber die herrschende Klasse ist kein einheitliches Ganzes. Ihre Kunst drückt oft aus, was sie im Leben verbirgt. Und zwar dann, wenn ein Künstler stark genug ist, die Wahrheit zu gestalten, auch wenn sie seinen eigenen Anschauungen zuwiderläuft. Es sei hier nur an die oft zitierten Ausführungen von *Engels* über *Balzac* erinnert.[4]

Ist Joyce ein so starker Künstler? Repräsentiert er jenen Teil der Bourgeoisie, der noch zu denken wagt, dessen Beunruhigung durch das vom Kapitalismus erzeugte Elend noch nicht umgeschlagen ist in eine zynische Verneinung der Vernunft? Sucht er wirklich die Wahrheit? Arbeitet er mit seinem Mikroskop, das den Horizont unerhört verengt, ehrlich, – ehrlich wenigstens innerhalb dieses engen Horizonts? Ich glaube, man darf diese Frage bejahen. Ich glaube, an den Verzerrungen und Verstümmelungen des Bildes, das Joyce von »dem Menschen« gibt (den es ja gar nicht gibt), ist nicht ein unehrliches, snobistisches Künstlertum schuld, sondern der soziale Standort von James Joyce.

Den gleichen sozialen Standort nehmen viele Schriftsteller des Westens ein. In diesem Sinne ist der Name James Joyce ein Sammelname für viele, und nicht für die schlechtesten bürgerlichen Intellektuellen. Grübelnd bohren sie in dieser Welt des Kapitalismus. Am Wahnsinn, der sie umgibt, drohen sie selbst wahnsinnig zu werden. Ihr krampfhaftes Suchen äußert sich in verkrampften Formen und Gedanken. Ja, sie sind krank. Deshalb sind sie aber nicht wertlos. Manche Krankheiten sind Vorboten einer Neugeburt. Natürlich müssen wir vorsichtig sein, damit wir uns nicht anstecken. Aber ihnen einfach den Rücken kehren, diesen Kameraden, weil sie, trotz ehrlichen Suchens, unseren Weg nicht fanden, das ist Defaitismus: dieser wurzelt im Unglauben an unsere eigene Kraft; das dürfen wir nicht.

Sie sahen hier im Saal Bilder vieler Dichter. Die meisten unter diesen Dichtern verzweifelten an der Welt, in der sie lebten. Ich nenne nur *Tolstoi.* Und doch waren sie ehrliche Künstler. Und darum trug ihr Wort dazu bei, daß das Zarenreich, an dem sie zerbrachen, zerbrochen wurde. Glaubt mir, Genossen, mancher der Dichter in kapitalistischen Ländern, die selbst nicht hoffen, nicht kämpfen, die nur das Negative sehen, – sie erleichtern es stärkeren, jüngeren Zeitgenossen, die Faust zu erheben gegen das System, an dem sie alle leiden, – auch James Joyce.

Ich fasse zusammen: James Joyce kann uns kein Vorbild sein. Seine Methode ist geboren aus der Skepsis des untergehenden Bürgertums. Aber er ist ein ernst zu nehmender, bedeutender Schriftsteller. Wir können von ihm – wie von jedem wirklichen Künstler lernen; nur müssen wir uns der Begrenztheiten bewußt bleiben und der Gefahren, die seine Methode birgt.

Anmerkungen

1. In der Erwiderung auf diesen Beitrag kennzeichnete Radek Dos Passos zwar als einen *großen revolutionären Künstler,* warf auch ihm aber vor, daß er über eine Aneinanderreihung einzelner Lebensgeschichten nicht hinausgelange (K. Radek, Schlußwort. In: *Internationale Literatur* Jg. 4, 1934, H. 5, S. 68).
2. In seinem Grundsatzreferat hatte Radek über Joyce ausgeführt: *Er stellt dem Künstler die Aufgabe, einen Misthaufen mit Hilfe eines Filmapparates durch ein Mikroskop zu photographieren. Joyce glaubt, man könne die Wirklichkeit darstellen, wenn man sie Regung um Regung filme [. . .]. Gibt Joyce etwa eine wahre Filmaufnahme des Lebens? Nein. Die Auswahl seines Filmobjekts ist bei Joyce durch seinen Gesichtspunkt bedingt. Joyce schildert nicht das Leben in seiner Gesamtheit. [. . .]. Es ist mithin nicht irgendeine neue objektive Methode der Lebensschilderung, sondern bloß eine Auslese von Erscheinungen des Lebens, betrachtet unter dem Aspekt des Kleinbürgers, der keinen Ausweg aus der Kulturkrise findet.* (K. Radek, Die moderne Weltliteratur und die Aufgaben der proletarischen Kunst. In: *Internationale Literatur,* Jg. 4, 1934, H. 5, S. 22f.).
3. L. O'Flaherty: Die Nacht nach dem Verrat. Berlin: Th. Knaur Nachf. 1928.
4. Vgl. S. 30–31 dieses Bandes.

GEORG LUKÁCS 1936

Aus: Erzählen oder Beschreiben? (Zur Diskussion über Naturalismus und Formalismus).
In: Internationale Literatur, Jg. 6, 1936, H. 11, S. 105f., 109–112, 117f., H. 12, S. 108, 118–120. W 205.

II

[. . .] Balzac, Stendhal, Dickens, Tolstoi usw. gestalten die sich in schweren Krisen endgültig konstituierende bürgerliche Gesellschaft. Sie gestalten die komplizierten Gesetzmäßigkeiten ihrer Entstehung, die vielfältigen und verschlungenen Uebergänge, die aus der zerfallenden alten Gesellschaft zur entstehenden neuen

Gesellschaft führen. Sie selbst haben die krisenhaften Uebergänge [106] dieses Entstehungsprozesses *aktiv miterlebt*. Freilich in den verschiedensten Formen. Goethe, Stendhal, Tolstoi haben an den Kriegen, die als Geburtshelfer dieser Umwälzungen dienten, teilgenommen; Balzac war Teilnehmer und Opfer der fieberhaften Spekulationen des entstehenden französischen Kapitalismus; Goethe und Stendhal haben an der Verwaltung aktiv mitgearbeitet; Tolstoi erlebte als Grundbesitzer, als Teilnehmer an gesellschaftlichen Organisationen (Volkszählung, Kommission für Hungersnot etc.) die wichtigsten Momente dieser Umwälzung. Sie sind in dieser Hinsicht auch in ihrer Lebensführung Nachfolger der alten Schriftsteller, Künstler und Gelehrten der Renaissance und der Aufklärung: Menschen, die die großen gesellschaftlichen Kämpfe ihrer Zeit vielseitig und aktiv mitmachen, die aus den Erfahrungen eines vielseitigen und reichen Lebens heraus Schriftsteller werden. Sie sind noch keine »Spezialisten« im Sinne der kapitalistischen Arbeitsteilung.

Flaubert und Zola haben ihr Schaffen nach der Junischlacht in der bereits konstituierten, fertigen bürgerlichen Gesellschaft begonnen. Sie haben das Leben dieser Gesellschaft nicht mehr aktiv miterlebt; sie *wollten* sie nicht mehr aktiv miterleben. In dieser Weigerung zum Miterleben äußert sich die Tragödie einer bedeutenden Künstlergeneration der Uebergangszeit. Denn diese Weigerung ist vor allem oppositionell bestimmt. Sie drückt den Haß, den Abscheu, die Verachtung für das politische und gesellschaftliche Regime ihrer Zeit aus. Die Menschen, die die gesellschaftliche Entwicklung dieser Zeit mitlebten, sind zu seelenlosen und verlogenen Apologeten des Kapitalismus geworden. Dazu waren Flaubert und Zola zu groß und zu ehrlich. Sie konnten deshalb als Lösung des tragischen Widerspruchs ihrer Lage nur die Isolierung wählen. Sie sind kritische *Beobachter* der kapitalistischen Gesellschaft geworden.

Damit aber zugleich Schriftsteller im Sinne des ausschließlichen Berufsschriftstellertums; Schriftsteller im Sinne der kapitalistischen Arbeitsteilung. Das Buch ist nunmehr vollständig zur Ware geworden, der Schriftsteller zum Verkäufer dieser Ware; wenn er nicht zufällig als Rentner geboren war. Bei Balzac sehen wir noch die düstere Großartigkeit der ursprünglichen Akkumulation auf dem Gebiet der Kultur. Goethe oder Tolstoi stehen noch in seigneurialer Haltung des nicht ausschließlich von Literatur Lebenden diesem Phänomen gegenüber. Flaubert ist freiwillig asketisch, Zola von materieller Not gezwungen bereits nur Schriftsteller im Sinne der kapitalistischen Arbeitsteilung.

Neue Stile, neue Darstellungsweisen der Wirklichkeit entstehen nie aus einer immanenten Dialektik der künstlerischen Formen, wenn sie auch stets an die vergangenen Formen und Stile anknüpfen. Jeder neue Stil entsteht mit gesellschaftlich-geschichtlicher Notwendigkeit aus dem Leben, ist das notwendige Produkt der gesellschaftlichen Entwicklung.

Aber die Erkenntnis dieser Notwendigkeit, der Notwendigkeit der Entstehung der künstlerischen Stile macht diese Stile künstlerisch noch lange nicht gleichwertig oder gleichrangig. Die Notwendigkeit kann auch eine zum künstlerisch Falschen, Verzerrten und Schlechten sein.

Mitleben oder Beobachten sind also gesellschaftlich notwendige Verhaltungsweisen der Schriftsteller zweier Perioden des Kapitalismus.

Erzählen oder Beschreiben die beiden grundlegenden Darstellungsmethoden dieser Perioden. [...]

III

[109 ...] Flaubert und Zola sind ihren subjektiven Meinungen und schriftstellerischen Absichten nach keineswegs Apologeten des Kapitalismus. Aber sie sind Söhne ihrer Zeit und sind als solche weltanschaulich sehr tief von diesen Anschauungen ihrer Zeit beeinflußt. Insbesondere Zola, bei dem die flachen Vorurteile der bürgerlichen Soziologie einen bestimmenden Einfluß auf die Konzeption seiner Werke haben. Darum entwickelt sich bei Zola das Leben fast gliederungslos, solange es, nach seiner Auffassung, im sozialen Sinne, normal ist. Alle Lebensäußerungen der Menschen sind dann normale Produkte des sozialen Milieus. Es wirken aber noch ganz andere, völlig heterogene Mächte. So z. B. die Vererbung, die im Denken und Empfinden der Menschen mit einer fatalistischen Gesetzmäßigkeit wirksam ist, und die den normalen Fluß des Lebens unterbrechende Katastrophen hervorbringt. Man denke an die erbliche Trunksucht von Etienne Lantier in »Germinal«, die verschiedene plötzliche Explosionen und Katastrophen verursacht, die mit dem allgemeinen Charakter Etiennes in gar keinem organischen Zusammenhang stehen und von Zola gar nicht im Zusammenhang gestaltet werden. Aehnlich die von Saccards Sohn verursachte Katastrophe im »Geld« usw. Ueberall steht die normale, gliederungslose Gesetzlichkeit des Milieus den plötzlichen Vererbungskatastrophen unverbunden ausschließend gegenüber.

Es ist klar, daß es sich hier nicht um die richtige und tiefe Widerspiegelung der objektiven Wirklichkeit handelt, sondern um eine Verflachung und Verzerrung ihrer Gesetzmäßigkeiten, entstanden auf Grundlage des Einflusses von apologetischen Vorurteilen auf die Weltanschauung der Schriftsteller dieser Periode. Die wirkliche Erkenntnis der treibenden Kräfte der gesellschaftlichen Entwicklung, die unbefangene, richtige, tiefe und umfassende dichterische Widerspiegelung ihrer Wirksamkeit im menschlichen Leben muß in der Form der Bewegung erscheinen. Einer Bewegung, die die gesetzmäßige Einheit des Normalen und des Exzeptionellen manifestiert.

Diese Wahrheit der gesellschaftlichen Entwicklung ist auch die Wahrheit der Einzelschicksale. Wo und wie wird aber diese Wahrheit sichtbar? Es ist nicht nur für die Wissenschaft, nicht nur für die wissenschaftlich fundierte Politik, sondern auch für die praktische Menschenkenntnis im Alltagsleben klar, daß diese Wahrheit des Lebens sich nur in der *Praxis des Menschen* offenbaren kann, in ihren Taten und Handlungen. Die Worte der Menschen, ihre bloß subjektiven Gefühle und Gedanken zeigen ihre Wahrheit oder Unwahrheit, ihre Echtheit oder Verlogenheit, ihre Größe oder ihre Beschränktheit nur dann, wenn sie in Praxis umgesetzt werden: wenn sie sich in Taten und Handlungen der Menschen bewähren oder wenn diese Taten und Handlungen der Menschen ihr Scheitern an der Wirklichkeit demonstrieren. Nur die menschliche Praxis kann das Wesen der Menschen konkret zeigen. Wer ist tapfer? Wer ist gut? usw. – diese Fragen werden ausschließlich durch die Praxis beantwortet.

Und nur dadurch werden die Menschen füreinander *interessant*. Nur dadurch werden sie wert, dichterisch gestaltet zu werden. Die Erprobung, die [110] Bewährung wichtiger Charakterzüge des Menschen (oder ihr Versagen) kann nur in den Handlungen, in den Taten, in der Praxis der Menschen zum Ausdruck kommen. Die ursprüngliche Poesie – handle es sich um Märchen, Balladen oder Sagen oder um die spätere spontane Form von erzählten Anekdoten – geht immer von diesem grundlegenden Tatbestand der Bedeutung der Praxis aus. Diese Poesie hatte darum stets Bedeutsamkeit, weil sie diese grundlegende Tatsache der Bewährung oder des Versagens der menschlichen Absichten in der Praxis gestaltet hat. [. . .]

[111 . . .] Die innere Poesie des Lebens ist die Poesie der kämpfenden Menschen, der kampfvollen Wechselbeziehung der Menschen zueinander in ihrer wirklichen Praxis. Ohne diese innere Poesie kann es keine wirkliche Epik geben; kann keine epische Komposition ausgedacht werden, die geeignet ist, das Interesse der Menschen zu erregen, zu steigern und lebendig zu erhalten. Die epische Kunst – und selbstverständlich auch die Kunst des Romans – besteht in der Entdeckung der jeweils zeitgemäßen und typischen, menschlich-bedeutsamen Züge der gesellschaftlichen Praxis. Der Mensch will sein eigenes deutlicheres, gesteigerteres Spiegelbild, das Spiegelbild seiner gesellschaftlichen Praxis in der epischen Poesie erhalten. Die Kunst des Epikers besteht gerade in der richtigen Verteilung der Gewichte, in der richtigen Hervorhebung des Wesentlichen. [112] Er wirkt desto hinreißender und allgemeiner, je mehr bei ihm dieses Wesentliche, der Mensch und seine gesellschaftliche Praxis, nicht als ausgeklügeltes Kunstprodukt, als Resultat einer Virtuosität erscheint, sondern als etwas naturhaft Gewachsenes, als etwas nicht Erfundenes, sondern bloß Entdecktes.

Darum sagt der in seiner Praxis sehr problematische deutsche Epiker und Dramatiker Otto Ludwig als Resultat seiner Studien über Walter Scott und Dickens sehr richtig: ». . . die Existenzen scheinen die Hauptsache, und das drehende Rad der Begebenheiten diente nur, die Existenzen als solche in ein natürlich anziehendes Spiel zu setzen, nicht diese deshalb vorhanden, das Rad drehen zu helfen. Die Sache ist, daß der Autor das interessant macht, was des Interesses bedarf, und das ohnehin Interessierende ohne weitere Nachhilfe seiner eigenen Kraft überläßt . . . Die Gestalten sind immer die Hauptsache. Und wirklich, eine Begebenheit, so wunderbar sie sei, wird uns nicht so auf die Dauer beschäftigen, als Menschen, die wir im Umgange liebgewonnen.« [1]

Die Beschreibung in dem von uns bereits dargelegten Sinn, als herrschende Methode der epischen Gestaltung entsteht in einer Periode, in der aus gesellschaftlichen Gründen der Sinn für dieses wesentlichste Moment der epischen Komposition verlorengeht. Die Beschreibung ist ein schriftstellerisches Ersatzmittel für die verlorengegangene epische Bedeutsamkeit. [. . .]

IV

[117 . . .] Die Beschreibung nivelliert die Menschen auf das Niveau der toten Gegenstände. Damit geht die Grundlage der epischen Komposition verloren. Der beschreibende Schriftsteller komponiert von den Sachen aus. Wir haben vernommen, wie Zola sich das schriftstellerische Herangehen an ein Thema vorstellt. Ein Tatsachenkomplex ist der eigentliche Mittelpunkt seiner Romane: das Geld, das Bergwerk usw. Diese Kompositionsart bedingt nun, daß die sachlich verschiedenen Erscheinungsweisen dieses Gegenstandskomplexes die einzelnen Abschnitte des Romans bilden. Wir haben gesehen, wie z. B. in »Nana« in einem Kapitel das Theater vom Zuschauerraum aus, in einem anderen von den Kulissen aus, usw. beschrieben wird. Das Leben der Menschen, das Schicksal der Helden bildet nur einen losen Faden zum Anknüpfen, zum Aneinanderreihen dieser gegenständlich geschlossenen Bildkomplexe.

Dieser falschen Objektivität steht eine ebenso falsche Subjektivität gegenüber. Denn es ist vom Standpunkt des epischen Zusammenhanges nicht viel gewonnen, wenn das bloße Nacheinander eines Lebens zum Kompositionsprinzip wird; wenn der Roman von der isolierten, lyrisch gefaßten, auf sich gestellten Subjektivität einer Person aus aufgebaut wird. Die Aufeinanderfolge von subjektiven Stimmungen ergibt ebensowenig einen epischen Zusammenhang wie die Aufeinanderfolge von fetischisierten Gegenstandskomplexen – mögen sie noch so sehr zu Symbolen aufgebauscht werden.

In beiden Fällen entstehen einzelne Bilder, die im künstlerischen Sinne so unverbunden nebeneinander hängen, wie die Bilder in einem Museum.

Ohne kampfvolle Wechselbeziehungen der Menschen zueinander, ohne Erprobung der Menschen in wirklichen Handlungen ist in der epischen Komposition alles der Willkür, dem Zufall preisgegeben. Kein noch so verfeinerter Psychologismus, keine noch so pseudowissenschaftlich aufgeputzte Soziologie kann in diesem Chaos einen wirklich epischen Zusammenhang schaffen.

Die Nivellierung, die durch die Beschreibungen entsteht, macht in solchen Romanen alles *episodisch*. Viele moderne Schriftsteller blicken hochmütig auf die veralteten und komplizierten Methoden herab, mit denen die alten Romanschriftsteller ihre Handlungen in Gang gebracht, die kampfvolle und verschlungene Wechselwirkung zwischen ihren Menschen, die epische Komposition hergestellt haben. Sinclair Lewis vergleicht von diesem Standpunkt aus die epische Kompositionsweise von Dickens und Dos Passos. »Und die klassische Methode – oh ja, sie war sehr mühsam aufgetakelt! Durch ein unglückliches Zusammentreffen mußte Mister Johnes zugleich mit Mister Smith in einer Postkutsche befördert werden, damit etwas recht Peinliches und Unterhaltsames passieren konnte. In ›Manhattan Transfer‹ laufen die Personen einander entweder gar nicht über den Weg, oder es geschieht auf die natürlichste Weise.« [2]

Die »natürlichste Weise« ist eben, daß die Menschen miteinander in gar keine oder höchstens flüchtige und oberflächliche Beziehungen geraten. Daß sie plötzlich auftauchen und ebenso plötzlich verschwinden. Daß ihr persönliches Schicksal – da wir sie gar nicht kennen – uns gar nicht interessiert. [118] Daß sie an keiner Handlung beteiligt sind, sondern durch die beschriebene gegenständliche Welt des Romans in verschiedenen Stimmungen hindurchspazieren.

Das ist sicher sehr »natürlich«. Es ist nur die Frage, was dabei für die Kunst der Erzählung herauskommt. Dos Passos ist ein sehr großes Talent und auch Sinclair Lewis ein bedeutender Schriftsteller. Eben deshalb ist es sehr interessant, was er in derselben Abhandlung über die Menschengestaltung von Dickens und Dos Passos sagt: »Gewiß hat Dos Passos selbst keine so bleibende Gestalt geschaffen wie Pickwick, Micawber, Oliver, Nancy, David und seine Tante, Nicholas, Smike und mindestens vierzig andere; und es wird ihm auch wohl nie gelingen.« [3]

Ein wertvolles Geständnis von großer Aufrichtigkeit. Wenn aber Sinclair Lewis hier recht hat – und er hat recht – was ist dann die »natürlichste Weise« der Verknüpfung der Personen künstlerisch wert?

[H. 12, S. 108] *V*

Aber das intensive Leben der Dinge? Aber die Poesie der Dinge? Die dichterische Wahrheit dieser Beschreibungen? Solche Fragen könnten uns Verehrer der naturalistischen Methode entgegenhalten.

Diesen Fragen gegenüber muß man auf die Grundfragen der epischen Kunst zurückgehen. Wodurch werden die Dinge in der epischen Poesie poetisch? Ist es wirklich wahr, daß eine noch so virtuose, das technische Detail einer Erscheinung, des Theaters, der Markthalle, der Börse usw. noch so genau berücksichtigende Beschreibung die Poesie des Theaters oder der Börse widergibt? Wir erlauben uns, daran sehr zu zweifeln. Logen und Orchester, Bühne und Parterre, Kulissen und Garderoben sind an und für sich tote uninteressante, vollkommen unpoetische Gegenstände. Und sie bleiben weiter unpoetisch, auch wenn sie mit menschlichen Gestalten gefüllt werden, wenn die menschlichen Schicksale der Dargestellten nicht imstande sind, uns dichterisch zu erregen. Das Theater oder die Börse ist ein Knotenpunkt menschlicher Bestrebungen, ein Schauplatz oder ein Schlachtfeld der kampfvollen Wechselbeziehungen der Menschen zueinander. Und nur in diesem Zusammenhang, nur indem das Theater oder die Börse diese menschlichen Beziehungen vermittelt, indem sie als unerläßliche konkrete Vermittlung für konkrete menschliche Beziehungen erscheint, wird sie in dieser Vermittlungsrolle durch diese Vermittlungsrolle dichterisch bedeutsam, poetisch.

Eine vom Menschen, von den menschlichen Schicksalen unabhängige »Poesie der Dinge« gibt es in der Literatur nicht. [. . .]

VII

[118 . . .] Vor einigen Jahren veröffentlichte z. B. Gen. Tretjakow folgende theoretische Prinzipienerklärung, die wegen ihrer Aufrichtigkeit hier als wertvoller Beleg dienen kann, wenn auch – hoffentlich – der Verfasser diese Anschauungen heute nicht mehr teilt. Er schrieb: »Die Zeitung gab mir das Interview als Arbeitsmethode. Das Studium der Romane der Koveyer Ampa rief ein erhöhtes Interesse für die *Biogra-*

phie der Dinge hervor. Es schien mir eine Zeitlang, als ob ein Ding, das man während seiner Reise durch die Hände der Menschen *verfolgt, mehr über eine Epoche erzählen könne, als ein psychologischer Roman.*«[4] (Von mir unterstrichen. G. L.)

Natürlich wird die Theorie einer solchen »Biographie der Dinge« selten so offen proklamiert und auch nicht so kraß fetischistisch in Praxis gesetzt wie bei Tretjakow. Aber es handelt sich hier doch nur um das Extrem einer allgemein-vorhandenen Tendenz. Die kompositionelle Einheit der Mehrzahl unserer Romane bildet doch die Biographie eines dinglich-stofflichen Komplexes, und die Menschen, die in ihm figurieren, bilden bloß ein Illustrationsmaterial zu diesem Komplex.

Damit hängt die Monotonie der Komposition unserer Romane zusammen. Die meisten hat man noch gar nicht zu lesen angefangen, so weiß man schon den ganzen Verlauf: in einer Fabrik arbeiten Schädlinge, es ist eine fürchterliche Verwirrung da, schließlich deckt die Parteizelle oder die GPU das Nest des Schädlingstums auf und die Produktion blüht; oder: infolge der Sabotage der Kulaken arbeitet der Kolchos nicht, dem kommandierten Arbeiter oder der MTS gelingt es, ihre Sabotage zu brechen und wir sehen den Aufschwung des Kolchos usw.

Selbstverständlich waren dies die typischen *Themata* einer Entwicklungsetappe. Und es ist gar nichts dagegen zu sagen, daß sehr viele Schriftsteller diese Themas bearbeitet haben. Im Gegenteil. Es zeigt aber den niedrigen Stand unserer literarischen Kultur, daß sehr viele Schriftsteller eine sozial mehr oder weniger richtige Formulierung des Themas mit der Erfindung [119] einer Fabel verwechseln. Die eigentliche schriftstellerische Arbeit der Erfindung, der Komposition hätte dort *beginnen* sollen, wo die meisten unserer Schriftsteller ihr Werk schon für literarisch *vollendet* halten. Diese Verwechslung des Themas mit der Fabel, besser gesagt, dieser Ersatz der Fabel durch die stofflich vollständige Beschreibung aller Dinge, die zum Thema gehören, ist ein wesentliches Erbstück des Naturalismus. [. . .]

[120 . . .] Ilja Ehrenburg verteidigt diese Auflösung der wirklichen epischen Form mit fast genau denselben Argumenten, die die modernen westlichen Formalisten auszuführen pflegen. Die alte klassische Form entspräche nicht mehr der »Dynamik« des neuen Lebens. Wobei es für den Formalismus der Konzeption und der Argumentation sehr bezeichnend ist, daß in dem einen Fall die »Dynamik« des Lebens das Chaos des verfaulenden Kapitalismus, im anderen Fall dieselbe »Dynamik« den Aufbau des Sozialismus, die Entstehung des neuen Menschen bedeuten soll. »Die Klassiker« sagte Gen. Ehrenburg auf dem Moskauer Schriftstellerkongreß, »schilderten gefestigte Lebensformen und Helden. Wir schildern das Leben in seiner Bewegung. Daher erfordert die Form eines klassischen, in unsere Gegenwart versetzten Romans vom Autor falsche Bindungen und, namentlich, falsche Lösungen. Das Aufblühen der Reportagen, Skizzen, das gewaltige Interesse des Künstlers für lebendige Menschen, all diese stenographischen Aufzeichnungen, Beichten, Protokolle und Tagebücher sind kein Zufall.«[5]

Das ist genau die Beschreibung des Stils von Dos Passos durch Sinclair Lewis. Wir haben diese Frage also schon damals beantwortet. Ja, *die Oberfläche* der Wirklichkeit erscheint tatsächlich so. Sie ist aber nie anders erschienen und die bürgerlichen

Schriftsteller, die schriftstellerisch nicht über diese Oberfläche hinausgingen, konnten für ihre Menschen niemals ein wirkliches Interesse erwecken, konnten nur Episodenfiguren gestalten. Man nehme eine einfache Episode aus dem Werk eines großen Schriftstellers. Etwa den Tod Andrej Bolkonski in »Krieg und Frieden«. Der verwundete Andrej Bolkonski wird im selben Zimmer operiert, wo Anatol Kuragin das Bein amputiert wird. Er wird dann nach Moskau transportiert und zufällig ins Rostowsche Haus gebracht. Ist die Wirklichkeit so? Ja, sie *kann* so sein, wenn der große Schriftsteller die Zufälligkeiten des Lebens dazu benützt, um das menschlich Notwendige seiner Gestalten zum Ausdruck zu bringen. Aber dazu muß er einen Blick auf das Leben haben, das über die Beschreibung der großen Oberfläche, über die abstrakte Darlegung noch so richtig beobachteter gesellschaftlicher Erscheinungen hinausgeht, einen Blick, der gerade zwischen den beiden den *Zusammenhang* sieht und diesen Zusammenhang dichterisch zu einer *Fabel* zusammenfaßt. Dieses Bedürfnis erlischt infolge des allgemeinen ideologischen Niedergangs der bürgerlichen Klasse. Der eigenartige Widerspruch unserer literarischen Lage besteht darin, daß das Leben all diese Fragen immer deutlicher aufwirft, unsere Literatur jedoch mit einer Zähigkeit, die einer besseren Sache würdig wäre, an der zur Methode erhobenen Oberflächlichkeit der Dekadenz der bürgerlichen Literatur festhält. Zum Glück natürlich nicht unsere ganze Literatur. Die bedeutendsten unserer Schriftsteller fühlen die Notwendigkeit der vertieften Gestaltung des neuen Lebens und streben immer energischer der individuellen Fabel zu. [. . .]

Anmerkungen

1. O. Ludwig, Der Hauptstamm in der Romankomposition. In: O. L., Gesammelte Werke. Hg. v. A. Stern. Bd. 6: Studien. 2. Leipzig: Grunow 1891, S. 109.
2. S. Lewis, Manhattan at Last. In: *Saturday Review of Literature* vom 5. 12. 1925.
3. Ebd.
4. S. Tretjakov, Die Tasche. In: *Unsere Zeit*, Jg. 6, 1933, H. 3. Jetzt in: S. T., Die Arbeit des Schriftstellers. Reinbek: Rowohlt 1972 (= das neue buch. 3.), S. 86. In der zweiten Zeile des Zitats heißt es richtig: *Das Studium der Romane Pierre Hamps* [. . .].

Die programmatische Schrift »Die Biographie des Dings« war bereits 1929 erschienen (vgl. dazu S. 137 dieses Bandes, Anm. 9).

5. I. Ehrenburg, [Rede auf dem I. Unionskongreß der Sowjetschriftsteller, Moskau, 1934]. In: *Neue Deutsche Blätter* (Prag), Jg. 1, 1933/34, S. 729.

BERTOLT BRECHT 1938

Aus: [Bemerkungen zu einem Aufsatz.]
In: B. B., Schriften zur Literatur und Kunst 2. Frankfurt/M. 1967, S. 121–125. W 209.

Unsere Erbverwalter dekretieren, daß ohne »kampfvolle Wechselbeziehungen der Menschen zueinander«, ohne »Erprobung der Menschen in wirklichen Handlungen«, ohne die »kampfvolle und verschlungene Wechselwirkung zwischen ihren Menschen« keine bleibenden Gestalten geschaffen werden können. Aber die »komplizierten (!) Methoden, mit denen die alten Schriftsteller ihre Handlungen in Gang gebracht haben«, wo sind sie bei Hašek, und doch ist sein Schwejk sicher eine schwer vergeßbare Gestalt. Ich weiß nicht, ob sie »bleiben« wird, ich weiß auch nicht, ob eine Gestalt von Balzac oder Tolstoi bleiben wird, ich weiß das sowenig wie sonst jemand, ich selber schätze, offen gesagt, den Begriff des Bleibens nicht so unmäßig hoch ... Wie sollen wir voraussehen, ob nachfolgende Geschlechter diese Figuren im Gedächtnis werden behalten wollen (Balzac und Tolstoi werden sie kaum dazu zwingen können, auch nicht durch noch so sinnreiche Methoden, mit denen sie ihre Handlungen in Gang gebracht haben); ich vermute, es wird davon abhängen, ob es eine gesellschaftlich eingreifende Aussage sein wird, wenn man sagen wird: »Das (und der ›Das‹ ist dann ein Zeitgenosse) ist eine Vater-Goriot-Natur.« Vielleicht bleiben diese Naturen gar nicht? Vielleicht standen sie gerade in solchen kampfvollen Wechselbeziehungen, wie es dann nicht mehr geben wird?

Ich habe keinen Grund, auf Gedeih und Verderb die Dos Passos'sche Montagetechnik zu propagandieren; als ich einen Roman schrieb, habe ich selber so [122] etwas wie »kampfvolle und verschlungene Wechselbeziehungen« zu gestalten versucht. (Was ich von der Montagetechnik benutzte, benutzte ich in diesem Roman anderweits.) Aber ich möchte eine Verurteilung dieser Technik lediglich zugunsten der Schaffung bleibender Gestalten doch nicht zulassen. Erstens hat gerade Dos Passos »kampfvolle* und verschlungene Wechselbeziehungen von Menschen« ausgezeichnet dargestellt, wenn auch seine Kämpfe nicht die der Tolstoischen Gestalten und seine Verschlingungen nicht die der Balzacschen Fabeln waren. Zweitens steht und fällt der Roman durchaus nicht mit der »Gestalt« und besonders nicht mit der Gestalt der Art, wie sie im vorigen Jahrhundert existierte. Man sollte nicht die Vorstellung nähren von einer Art Walhalla der bleibenden Gestalten der Literatur, einer Art von Madame Tussaudschen Panoptikums, in dem von der Antigone bis zur Nana und von Äneas bis Nechljudow (wer ist das übrigens?)[1] lauter bleibende Gestalten stehen. In einem Lachen über eine solche Vorstellung sehe ich nichts Despektierliches. Wir wissen einiges darüber, auf welchen Grundlagen der Kult des Individuums, wie er in der Klassengesellschaft getrieben wurde, beruht: Es sind historische Grundla-

* Eine scheußliche Wortbildung, Euphuismus für »konfliktreich«, das zu sehr nach »Intrige« riecht.

gen. Wir sind weit davon entfernt, das Individuum abschaffen zu wollen. Aber wir sehen immerhin mit einiger Nachdenklichkeit, wie dieser (historische, besondere, vorübergehende) Kult einen André Gide hindert, in der [123] Sowjetjugend Individuen zu entdecken.[2] Ich war, Gide lesend, nahe daran, Nechljudow (wer immer das sein mag) als bleibende Gestalt aufzugeben, wenn, wie es ja immerhin möglich wäre, nur dadurch die Gestalten unter der Sowjetjugend, die ich selber gesehen habe, bleiben könnten. Um auf unsere Grundfrage zurückzukommen: Es ist grundfalsch, das heißt, es führt zu nichts, das heißt, es lohnt sich für den Schriftsteller nicht, sich sein Problem so zu vereinfachen, daß der riesige, komplizierte, tatsächliche Lebensprozeß der Menschen im Zeitalter des Endkampfs der bürgerlichen mit der proletarischen Klasse als »Fabel« Staffage, Hintergrund für die Gestaltung großer Individuen »verwendet« werden soll. Den Individuen kann in den Büchern nicht viel mehr Platz eingeräumt und vor allem kein anderer Platz eingeräumt werden als in der Wirklichkeit. Rein praktisch gesprochen: Für uns entstehen die Individuen bei der Gestaltung der Prozesse des menschlichen Zusammenlebens, und es kann dann »groß« sein oder »klein«. Es ist grundfalsch zu sagen: Man nehme eine große Gestalt und lasse sie vielfach reagieren, mache ihre Beziehung zu anderen Gestalten möglichst wenig flüchtig und oberflächlich.

Das Dramatische (die Wucht des Zusammenpralls), die Leidenschaften (der Hitzegrad), die Spannweite der Figuren, das alles kann nicht gesondert, getrennt von der sozialen Funktion betrachtet oder propagiert werden.

Die Kämpfe (der kampfvollen und verschlungenen [124] Wechselbeziehungen) sind die Konkurrenzkämpfe des sich entfaltenden Kapitalismus, die in ganz bestimmter Weise Individuen hervorbrachten. Der sozialistische Wettbewerb bringt in anderer Weise Individuen hervor und andere Individuen. Und es ist dann noch die Frage, ob er überhaupt so sehr individualisierend wirkt wie der kapitalistische Konkurrenzkampf. In gewissem Sinne ertönt da bei unseren Kritikern die verhängnisvolle, an die einzelnen gerichtete Parole: »Bereichert euch!«[3]

Balzac ist der Dichter der Monstrositäten. Die Vielgestaltigkeit seiner Helden (Breite ihrer Sonnen-, Tiefe ihrer Schattenseiten) widerspiegelt die Dialektik des Fortschritts der Produktion als eines Fortschritts des Elends. »Die Geschäfte wurden bei ihm poetisch«[4] (Taine), aber: »Balzac war zum ersten ein Geschäftsmann, und zwar ein verschuldeter Geschäftsmann . . . , warf er sich aufs Spekulieren . . . , stellte er die Zahlungen ein, um die Schulden abzutragen, schrieb er seine Romane.«[5] Die Poesie wurde bei ihm also auch zum Geschäft! Die Individuen kämpfen gegen die Individuen in dieser Urwaldepoche des Kapitalismus, gegen Gruppen von Individuen, im Grund »gegen die ganze Gesellschaft«. Gerade dies macht eben ihre Individualität aus. Jetzt wird uns der Rat gegeben, wieder, immer noch, nein, aufs neue Individuen zu schaffen, natürlich andere, aber auf die gleiche Weise, freilich auf eine andere, also was? Balzacs »Sammlerleidenschaft grenzte an Monomanie (und so weiter, S. 11) . . . zu setzen«.[6] Diesen [125] Fetischismus des Dinges finden wir auch in seinen Romanen, auf Hunderten, ja Tausenden von Seiten. Das sollen wir allerdings wohl weglassen, Tretjakow wird von Lukács mit erhobenem Zeigefinger verwarnt wegen solcher Meinungen. Aber eben dieser Fetischismus macht die Figuren des Balzac zu Individuen. Es ist nur lächerlich, da an einen einfachen Austausch der das Individuum aufbauenden sozialen Leidenschaften und Funktionen zu denken. Baut etwa die Produktion von Gebrauchsgütern für das Kollektiv ebenso Individuen auf, wie das »Sammeln«? Natürlich kann man auch da mit einem Ja antworten. Diese Produktion findet doch statt, und es gibt doch Individuen. Aber das sind eben so sehr andere Individuen, daß Balzac sie überhaupt nicht als solche erkannt hätte (und Gide sie heute nicht als solche erkennt). Ihnen wird das Monströse fehlen, das Hohe und Niedrige in einem, das Verbrechertum und Heiligsein in einem und so weiter.[7] [. . .]

Anmerkungen

1. Fürst Dimitrij Iwanowitsch Nechljudow, Hauptgestalt in Tolstois Roman »Auferstehung«.
2. Brecht bezieht sich hier auf Gides Reisebericht »Retour de l'URSS«. Paris: Gallimard 1936 (dt. 1937).
3. An die Bauern gerichtete Parole Nikolaj Bucharins. Vgl. dazu A. G. Löwy, Die Weltgeschichte ist das Weltgericht. Bucharins Vision des Kommunismus. Frankfurt: Europa Verlag 1970.
4. H. Taine, Balzac. Ein Essay. Leipzig: Insel-Verl. o. J., S. 6.
5. Ebd., S. 3: *Zum ersten war Balzac ein Geschäftsmann, und zwar ein verschuldeter Geschäftsmann. [. . .] Um unabhängig zu werden, warf er sich aufs Spekulieren, wurde zuerst Verleger, dann Buchdrucker und endlich Schriftgießer. Alles ging fehl, und er sah seinen Bankrott herannahen. Nach vier drückenden Jahren stellte er, von Schulden überhäuft, die Zahlungen ein, und um sie abzutragen, schrieb er seine Romane.*
6. Ebd., S. 11: *Seine Sammlerleidenschaft grenzte beinahe an Monomanie. Prächtige Bücher, antike Fauteuils, geschnitzte Rahmen, auserlesene Gemälde mußte er sein eigen nennen; die Galerie, die er im »Cousin Pons« mit so liebevoller Genauigkeit beschreibt, soll die seine gewesen sein. Oft hat er sich in die grausamsten Geldverlegenheiten gestürzt, nur um sich in den Besitz von sächsischem Porzellan, von Tapeten oder anderem Kram zu setzen.*
7. Vgl. dazu den Abschnitt »Die großen Gestalten« in: H. Taine, Balzac (vgl. Anm. 4.), S. 68–85.

BERTOLT BRECHT [1940]

Aus: Notizen über realistische Schreibweise.
In: B. B., Schriften zur Literatur und Kunst 2. Frankfurt/M., Suhrkamp 1967, S. 185–189. W 235.

4

Wenn man literarische Vorbilder vorschlägt, muß man sich die Mühe machen, sehr konkret zu werden. Man muß dann zu Technikern sprechen, und das muß man als Techniker tun. Es ist sehr schwierig, die [186] Technik (das Formulieren, »Sehen«, Komponieren und so weiter) vom jeweiligen »Inhalt« abzulösen: Das jeweilige Vorbild sieht ja eine andere Welt, außer dem, daß es sie anders sieht. Es genügt natürlich nicht, wenn man nur nachweist, daß eine bestimmte historische Epoche in dem vorbildlichen Kunstwerk gut abgespiegelt wurde. Mit dem gleichen Spiegel kann man in der Literatur nicht andere Epochen spiegeln, so wie man mit ein und demselben Spiegel verschiedene Köpfe und dann noch Tische und Wolken spiegeln kann. Es genügt auch nicht, wenn man zeigt, wie die Mittel der Darstellung dem technischen Standard der betreffenden Epoche entsprachen. Das sagt über eine zu gewinnende literarische Technik nur aus, daß sie eben dem technischen Standard unserer Epoche entsprechen müsse, was ein frommer Wunsch bleibt. Ein frommer Wunsch bleibt es auch, zu verlangen, daß unsere Werke den gesellschaftlichen Bedürfnissen der Klasse, die wir vertreten, »ebensogut« dienen sollen, wie die Werke unserer Vorbilder der ihrigen gedient haben. Nach solchen für die Literaturgeschichte unendlich wertvollen Winken sind wir höchstens so weit gebracht, daß wir zweifeln, ob wir irgend etwas von der Technik unserer Vorbilder verwerten können, wenn sie doch so fest mit anderer Epochen Inhalten, Techniken und gesellschaftlichen Zwecken verknüpft sind. Balzac schrieb dann in einer Welt, die von der unsrigen außerordentlich verschieden war, mit Mitteln der Wahrnehmung und Darstellung, die keineswegs unserem technischen Standard entsprachen (in der [187] Fabrikation, Biologie, Ökonomie und so weiter) und für eine Klasse, die eben den Code Napoléon auszunutzen im Begriffe war. Natürlich, um auf die Technik zu kommen, ist unsere Technik geschichtlich geworden, eine Ansammlung von Kenntnissen und Praktiken vieler Jahrhunderte, das heißt, vieles an früherer Technik ist noch lebendig in der unsrigen, sie ist eine Fortführung, wenn auch keine geradlinige, wenn auch keine bloße Addition. Es gibt also im Balzac, auch im Balzac, technische Elemente, die wir gebrauchen können. Durch eine Konfrontierung seiner Welt, Klasse, des Standards der Technik seiner Zeit mit unserer Welt, unserer Klasse und dem Standard unserer Technik gewinnen wir wertvolle Kriterien, aber es muß unbedingt das *Wie* seiner Arbeitsweise aufgezeigt werden, also wie er sah und beschrieb, welch andere Methoden er anwandte als andere (bei der Charakteristik seiner Personen, der Beischaffung seines Materials, der Ausstellung seiner Erkenntnisse, der Komposition seiner Fabel und so weiter und so weiter). Am gefährlichsten allerdings ist es, nur von einem Vorbild allein zu sprechen. Abgesehen davon, daß ein solches Vorbild, allein propagiert, überhaupt gar nicht wirklich plastisch wird, genügt ein Vorbild allein auf keinen Fall. Geht man davon aus, daß man Technisches von Inhaltlichem ablösen kann (und das tut man, sobald man Vorbilder aus anderen Epochen empfiehlt), dann muß diese Ablösungsoperation auch bei zeitgenössischen Werken gelingen. Und dann ist tatsächlich nicht einzusehen, wieso wir zeitgenössische Technik des [188] Schreibens, insofern sie mit dem technischen Standard unseres Zeitalters überhaupt verknüpft ist, nicht mit mindest demselben Gewinn studieren sollten als die Technik vergangener Epochen. Natürlich ist bei ihnen die Anwendung der obengenannten Kriterien ebenfalls unbedingt nötig. Es ist ohne weiteres zu erwarten, daß Dampfmaschine, Mikroskop, Dynamo und so weiter, Öltrust, Rockefeller-Institut, Paramountfilm und so weiter in der literarischen Technik Entsprechungen haben, die so wenig wie alle diese neuen

Erscheinungen selber einfach mit dem kapitalistischen System zu beerdigen sind. Schon für die Beschreibung der Prozesse, in denen ein Mensch des Spätkapitalismus steht, sind die Formen des Rousseauschen Erziehungsromans oder die Techniken, mittels derer die Stendhal und Balzac die Karriere eines jungen Bourgeois beschreiben, außerordentlich überholt. Die Techniken der Joyce und Döblin sind nicht lediglich Verfallsprodukte; schaltet man ihren Einfluß aus, statt ihn zu modifizieren, bekommt man lediglich den Einfluß der Epigonen, nämlich der Hemingways. Die Arbeiten der Joyce und Döblin weisen, und das in großer Weise, den welthistorischen Widerspruch auf, in den die Produktionskräfte mit den Produktionsverhältnissen geraten sind. In diesen Arbeiten sind in gewissem Umfang auch Produktivkräfte repräsentiert. Gerade die sozialistischen Schriftsteller können in diesen Dokumenten der Ausweglosigkeit wertvolle hochentwickelte technische Elemente* kennenlernen: Sie sehen [189] den Ausweg. Nötig sind viele Vorbilder; am lehrreichsten ist der Vergleich. [...]

* Innerer Monolog (Joyce), Stilwechsel (Joyce), Dissoziation der Elemente (Döblin, Dos Passos), assoziierende Schreibweise (Joyce, Döblin), aktualitätenmontage (Dos Passos), Verfremdung (Kafka).

Seit 1945

BEARBEITET VON KARL-HEINZ HARTMANN

I

Die Weichen für die Zukunft der deutschen Literatur und des deutschen Romans waren gestellt, als die politische Entwicklung nach 1945 mit den wachsenden Interessengegensätzen der Siegerstaaten die Richtung auf eine Teilung Deutschlands nahm. Hochgespannte Erwartungen, durch ein Bündnis aller antifaschistisch-demokratischen Kräfte *über Zonengrenzen und Parteiungen hinweg* einen fortschrittlichen kulturellen und materiellen Wiederaufbau in Gang zu bringen, erfüllten sich ebensowenig wie die Hoffnungen, Deutschland eine Brückenfunktion zwischen Ost und West zu übertragen, um die Anlehnung an einen der Machtblöcke zu vermeiden.

Vorkämpferin für eine solche geistige und politische *Mittlerposition* und eine *Synthese* von Demokratie und Sozialismus war die von Alfred Andersch und Hans Werner Richter herausgegebene und als Sprachrohr der ›jungen Generation‹ apostrophierte Zeitschrift *Der Ruf*. Engagiert wurde hier die *Würde und Freiheit des Menschen* verteidigt, für die *geplante Wirtschaft* und die Abschaffung des *privaten Besitzes von Produktionsmitteln* gestritten. [1] Im April 1947 verbot die amerikanische Militärregierung den *Ruf*. Das *junge Deutschland* (Richter) geriet in die Opposition. Besonders die Romanautoren schienen in der Bundesrepublik fortan zur Gesellschaftskritik verpflichtet. [2] Entscheidend war in dieser Situation, daß die programmatischen Forderungen nach einer Literatur, die eine genaue Schilderung der *Wirklichkeit von heute* liefern sollte, von Anfang an mit der Absage an Tendenz, Dogma und Ideologie verknüpft wurden. Einen *Realismus, der sich an propagandistische Vorzeichen bindet*, hielt Andersch angesichts der *Brüchigkeit aller sich uns anbietenden objektiven Wertsysteme* für *doppelt absurd*. [3] Daher fand die proletarisch-revolutionäre und sozialistische Literatur der Jahre vor 1933, die sich – nach dem Selbstverständnis ihrer Autoren und um der erklärten politischen Ziele willen – eng mit der Arbeiterklasse verbunden hatte, in der Bundesrepublik keine Fortsetzung.

Die Abgrenzung von der *Parteilichkeit* des sozialistischen Realismus war nur *ein* Reflex des *Gefühls einer völligen Voraussetzungslosigkeit* (Andersch), mit dem die ›junge Generation‹ auf die Katastrophe von 1945 reagierte. Ihre totale Desillusionierung weckte den Wunsch nach einem *radikalen Beginn von vorn* (Richter), der die Möglichkeit ausschloß, irgendwo in der Vergangenheit den Faden aufzugreifen. Das bezog sich auch auf die Literatur der ›Inneren Emigration‹ und des ›Exils‹, die wegen ihres erzwungenen Ausweichens ins Unpolitische, Historische, Religiöse, Philosophische und Mythische als wenig brauchbar für die aktuellen Aufgaben eingeschätzt wurde. Man ging deshalb daran, sich in nüchternen Bestandsaufnahmen der Realität und der Grundlagen der eigenen Existenz aufs neue zu vergewissern. Vor allem die Einwirkung von Hemingway, Steinbeck, Faulkner, Wolfe auf der einen Seite, von Sartre und Camus auf der anderen war in den ersten Jahren zu spüren. *Das Hinnehmende, die urteilfreie Neugierde, das aufregende Ausbleiben der Reflexion* (Frisch, W 281, S. 242) in der amerikanischen Epik galt als exemplarisch dafür, wie die *reine* Übereinstimmung von Aussage und Wirklichkeit zu erreichen sei. Und im Rückgriff auf den Existentialismus ließ sich jene Identität von menschlichem Sein und absoluter Freiheit behaupten, die es gestattete, Literatur als das Resultat persönlicher und in eigener Verantwortung gefaßter Entschlüsse des Schriftstellers zu legitimieren und damit jeden Versuch abzuwehren, sie ideologischen oder politischen Zwecken dienstbar zu machen.

Die Vorstellung, den deutschen Nachkriegsroman auf einen sachlich-kritischen Realismus festzulegen, fand nicht nur ihre Fürsprecher. Im unerschütterten Glauben an das *feste Gefüge einer ewigen Ordnung* (Bergengruen) vertraute man auch weiterhin der Fähigkeit des Erzählers, das ›Ganze der Zeit‹ symbolisch zu verdichten und zu deuten. Wo indes nicht – wie im *christlichen* Roman – *Geschichte als Heilsgeschichte* aufbereitet wurde (Langgässer, W 272), war die Wendung ins Magische, Allegorische und ins *metaphysische Gleichnis* (Kasack) der Weg, um das Chaotische, Absurde und Irrationale des Daseins zu bannen. Die Manen Kafkas wurden beschworen. Der Verzicht auf eine realistische Schilderung der vorgefundenen Wirklichkeit prägte sich am entschiedensten im beharrlichen Insistieren auf der Autonomie und Zeitlosigkeit der Kunst aus. So demonstrierte Benn am »Roman des Phänotyp«, dem »Landsberger Fragment« von 1944, das 1949 erschien, unter Berufung auf Gides »Paludes« und Carl Einsteins »Bebuquin« den Übergang zur *absoluten* Prosa *außerhalb von Raum und Zeit*, zu *geordneten Worten und Sätzen als Kunst, als Kunst an sich* (W 278, S. 161). Chronologie, Psychologie und Kausalität waren bei dieser *Art Roman* ohne Handlung und Held, ohne Anfang und Ende konsequent ausgeschaltet.

Benns Abkehr von den traditionellen Formen des Romans bestätigte noch einmal, was seit den zwanziger Jahren unablässig Gegenstand der Diskussionen war: die *Krise* der Gattung. Kompliziertheit und Undurchschaubarkeit der Realität, der Umsturz aller Werte und Wahrheiten, Anonymität und Identitätsverlust des Ich in der Industriegesellschaft, die Okkupation des Berichtenswerten durch die Massenmedien und die enorme Ausweitung des Erfahrungsbereichs mit dem Fortschritt der Einzelwissenschaften – diese immer wieder genannten Ursachen der permanenten Gefährdung des Romans hatten an der Herrschaft des souveränen Erzählers gerüttelt; die Konstruktion von *Fabeln* war so problematisch geworden wie das Streben nach *Totalität* im Roman; der *Held* als *bürgerlich-ästhetisches Auslesegeschöpf* (Horst, W 292) hatte abgedankt. Zeit- und Gesellschaftskritik konnten also nicht ohne weiteres in den Roman hineingetragen werden, wenn der Autor die Sicherheit eingebüßt hatte, über die Welt zu verfügen, und die Wirklichkeit nicht mehr *in zusammenfassender Verkürzung und in objektiv erzählten Lebensläufen darstellbar . . . eigentlich überhaupt nicht repräsentierbar* war (Walser, W 330 N, S. 128).

Für die ›literarische Opposition‹, die um die Wende der fünfziger und sechziger Jahre nach den vereinzelten Protesten von Böll und Koeppen nun massiv die Auseinandersetzung mit der ›unbewältigten Vergangenheit‹, dem ›Wirtschaftswunder‹, der Remilitarisierung und der Restauration des kapitalistischen Wirtschaftssystems begann, resultierten die *Schwierigkeiten beim Schreiben der Wahrheit* nicht allein aus dieser Situation. Der *totale Ideologieverdacht*, der für die Ausgangslage der Literatur nach 1945 charakteristisch war, implizierte auch für den *neuen deutschen Roman* der Walser, Grass, Johnson den Verzicht auf eine soziale Utopie und damit auf die Ausrichtung der epischen Handlung an didaktischen und praktisch-politischen Zielen. Wo aber – so Franzen – *dieses positive Element der Orientierung auf eine – wie vage auch immer – vorgestellte Zukunft fehlt . . . verwandelt sich der Roman aus einem Informationsmittel, das die Entwicklung vorantreibt, in einen bloßen Kommentar* (W 325, S. 49).

Vom Standpunkt des *sozialistischen Realismus,* der in der DDR – nach dem Scheitern der Pläne für die Errichtung einer antifaschistisch-demokratischen Einheitsfront in den vier Besatzungszonen – als verbindliche *schöpferische Methode* deklariert wurde, lag der Grund für die *Perspektivelosigkeit* der *kritischen Realisten* in dem Versäumnis, Geschichte nicht als Geschichte von Klassenkämpfen zu interpretieren und sich politisch nicht für die Arbeiterklasse zu engagieren. Aus den intensiven Debatten in der *Linkskurve*, im *Wort*, in der *Internationalen Literatur/Deutsche Blätter* über die *Reportage*, den *Expressionismus* und den *historischen Roman* hatten sich zentrale Kriterien und Aufgaben einer sozialistisch-realistischen Literatur herauskristallisiert: Parteilichkeit, Volkstümlichkeit, Primat des Inhalts vor der Form, wahrheitsgetreue Schilderung der Wirklichkeit in ihrer revolutionären Entwicklung, Entwurf eines sozialistischen Menschenbildes. Die Kontinuität dieser Traditionslinie verbürgten nach 1945 in der DDR die rasch aus dem Exil heimkehrenden Autoren – Becher, Bredel, Friedrich Wolf, Marchwitza, Abusch, Brecht, Seghers, Uhse, die ihre Arbeit aber unter veränderten Bedingungen fortführen mußten.

Mit der umfassenden Bodenreform, der energisch vorgenommenen Verstaatlichung der Industrie und der Gründung der SED waren die Gewichte so weit in Richtung auf den Sozialismus verschoben worden, daß die sozialistisch-realistische Literatur – nun nicht länger die Literatur der ›unterdrückten‹, sondern die der ›herrschenden‹ Klasse – offiziell zur Unterstützung der neuen gesellschaftlichen Ordnung aufgerufen werden konnte. Ihren Auftrag in der ›Kulturrevolution‹ umriß die 1951 vom 5. Plenum des ZK der SED verabschiedete Entschließung: Gestaltung von aktuellen Problemen der Gegenwart, tiefe Verbundenheit mit dem Volk, Umformung und Erziehung der werktätigen Menschen im Geiste des Sozialismus durch die Darstellung des Lebens in seiner Vorwärtsbewegung.[4] Damit waren auch dem Roman die politischen und sozialen Umwälzungen, der Kampf zwischen dem Alten und dem Neuen und der *Held* der sozialistischen Produktion als Thema vorgegeben.

Die literarische Eroberung der Wirklichkeit vollzog sich nicht ohne Komplikationen. Es fehlten die nationalen Beispiele, an denen man sich hätte orientieren können.

Als vorbildlich wurden Gorki, Scholochow, Gladkow, Fadejew, Ostrowski, Alexej Tolstoi, Makarenko empfohlen. Rigide Anschauungen über den *Formalismus* in der Literatur und über die *revolutionäre Romantik*, die dogmatische Auslegung des *Typischen*, die Identifikation schließlich des *positiven* mit dem *idealen* Helden blokkierten in den frühen fünfziger Jahren die Erprobung neuer Erzählweisen. Das ›Pathos‹ des Kampfes für den Sozialismus und der ›Traum‹ von der Zukunft gerieten zu ›Schönfärberei‹ und Illusionismus. Die Forderung nach *getreuer Wiedergabe typischer Charaktere unter typischen Umständen* (Engels, W 27, vgl. S. 30 dieses Bandes) lief auf eine Qualifizierung der Widersprüche bei der revolutionären Umgestaltung als ›untypisch‹ hinaus. Es entstanden *Bodenreform-* und *Betriebsromane*, in denen die Autoren bestimmte Etappen der Sozialisierung nicht *in der Form menschlicher Beziehungen, als Summe (scheinbar) zufälliger Schicksale und Ereignisse* (Noll, W 295, S. 179), sondern als einen Automatismus schilderten, durch den sich alle Hindernisse am Ende von selbst aus der Welt schafften. In der Kritik an diesem *Schematismus*, an der bloßen *Illustrierung* abstrakter Gesetze des sozialen Wandels wurde die Notwendigkeit *echter* Konflikte und die Wichtigkeit der *Romanfabel* für das *Bewußtmachen der Wirklichkeit* (Seghers) hervorgehoben. Das war zugleich eine Mahnung, den Weg zum Sozialismus in seiner ganzen Kompliziertheit abzubilden. Erst in solchen Geschichten enthülle sich der Mensch als *tiefes, allseitiges Wesen* (Becher), werde über die Aufdeckung des *gesellschaftlichen Kausalnexus* (Brecht) hinaus durch die Lösung der Konflikte jener perspektivische Blick in die Zukunft getan, der die Lust an einer Veränderung der Welt errege.

In dem Brief der *Nachterstedter* Arbeiter (1955), die den Mangel an Werken über den *Neuaufbau in den Betrieben und das Leben in der Deutschen Demokratischen Republik*[5] beklagten, klang noch einmal unmißverständlich an, daß die epische Widerspiegelung – von Pionierleistungen wie Claudius' »Menschen an unserer Seite« (1951) abgesehen – nur ungenügend gelungen war und sozialistische Impulse von ihr kaum ausgingen. Bechers Rede auf dem IV. Deutschen Schriftstellerkongreß (1956), in der er nachdrücklich die proletarisch-revolutionäre und antifaschistische Vergangenheit der sozialistischen Literatur in die Erinnerung zurückrief, kam daher einem klaren Votum für ihren kämpferischen Charakter in den gesellschaftlichen und politischen Auseinandersetzungen auch der Gegenwart gleich.[6] Anders als Lukács, der schon in der Kontroverse mit Ottwalt (vgl. S. 189 f. dieses Bandes) einer *funktionellen* Betrachtung der Literatur skeptisch begegnet war und dessen Argumente bis dahin in der DDR die Diskussionen über den sozialistischen Realismus beherrscht hatten, verlagerte er damit den Akzent zugunsten einer *operativen* Einstellung des Autors zu seinem Stoff. Becher unterstrich in diesem Zusammenhang die *dominierende Rolle der Ideologie* im künstlerischen Schaffensprozeß und die Bedeutung der *Parteilichkeit* des Schriftstellers, die nicht – wie bei Lukács – durch eine normative Verallgemeinerung der Gesetze des bürgerlichen Gesellschaftsromans (Balzac, Tolstoi) letztlich auf die kontemplative Erkenntnis der faktischen Klassen*beziehungen* beschränkt blieb, sondern sich aus der spezifischen Situation des Klassen*kampfes* als *bewußtes* Engagement für das Proletariat und für den Sozialismus verstand.

Mit der Rückbesinnung auf die proletarisch-revolutionäre Tradition der DDR-Literatur hatte Becher für den prinzipiellen Disput mit Lukács, der sich an dessen ›revisionistischer‹ Haltung während des Ungarn-Aufstandes (1956) entzündete, eine wichtige Anregung gegeben. Lukács befürwortete aus taktischen und strategischen Erwägungen das Bündnis mit den kritischen Realisten und räumte ihrem Bekenntnis zu Demokratie und Fortschritt – für Lukács identisch mit dem Entschluß, den Sozialismus nicht von vornherein abzulehnen – den Vorrang ein vor der grundsätzlichen Differenz in der Konkretheit der *Perspektive*, im Wissen um die *wahren treibenden Kräfte* der Geschichte und um die künftige Entwicklung der Gesellschaft.[7] Kritisiert wurde an dieser Bereitschaft zur *partiellen Koexistenz*, daß sie den Klassenkampf auf dem literarischen Sektor eliminiere und mit der Preisgabe der proletarischen Klassenposition den gravierenden Unterschied zwischen dem sozialistischen und kritischen Realismus verwische.[8] Auf der *Bitterfelder Konferenz* (1959) wurde deshalb an die Schriftsteller appelliert, durch ihren aktiven Einsatz in den Zentren des sozialistischen Aufbaus Solidarität mit der Sache der Arbeiterklasse zu bekunden und sie durch stimulierende Schilderungen des ›Neuen‹ im Leben voranzubringen. Der Themenkreis eines *parteilichen* und *massenwirksamen* Romans für die sechziger Jahre war abgesteckt: die Begegnung mit der sozialistischen Wirklichkeit; der langwierige, konfliktreiche und widerspruchsvolle Weg des einzelnen bis zu seiner Entscheidung für den Sozialismus; seine *Ankunft* und *Bewährung* im sozialistischen Alltag.

Anmerkungen

1. A. Andersch, Das junge Europa formt sein Gesicht. (1946). In: *Der Ruf.* Eine deutsche Nachkriegszeitschrift. Hg. v. H. Schwab-Felisch. M. e. Geleitwort v. H. W. Richter. München: Dt. Taschenb. Verl. 1962 (= dtv dokumente. 39.), S. 22.

2. Als die Zeitschrift *Texte und Zeichen* 1956 einen Roman-Preis ausschrieb, befanden die Mitglieder der Jury – Andersch, Adorno, Bense, Koeppen, Korn –, das Wort *gesellschaftskritisch* sei nahezu identisch mit dem Wort *Roman* (Jg. 2, H. 4, S. 343).

3. A. Andersch, Deutsche Literatur in der Entscheidung. Ein Beitrag zur Analyse der literarischen Situation. Karlsruhe: Volk u. Zeit 1948, S. 20.

4. Der Kampf gegen den Formalismus in Kunst und Literatur für eine fortschrittliche deutsche Kultur [Entschließung des ZK der SED]. In: Marxismus und Literatur. Eine Dokumentation. Hg. v. F. J. Raddatz. Reinbek b. Hamburg: Rowohlt 1969, Bd. 3 (= Rowohlt Paperback. 82.), S. 96–109.

5. Offener Brief an unsere Schriftsteller (»Nachterstedter Brief«). [Zuerst in: *Tribüne*, Nr. 22 v. 27. 1. 1955, S. 2.] In: Kritik in der Zeit. Der Sozialismus – seine Literatur – ihre Entwicklung. Hg. v. K. Jarmatz. Halle (Saale): Mitteldt. Verl. 1970, S. 321.

6. J. R. Becher, Von der Größe unserer Literatur. In: IV. Deutscher Schriftstellerkongreß Januar 1956, Protokoll, T. 1. [Berlin] 1956, H. 1 (= Beiträge zur Gegenwartsliteratur. 11.), S. 15–42.

7. Vgl. dazu G. Lukács, Der Kampf des Fortschritts und der Reaktion in der heutigen Kultur. [Vortrag am 28. 6. 1956 in d. Politischen Akademie d. Ungarischen Partei d. Werktätigen.] In: *Aufbau*, Jg. 12, 1956, H. 9, S. 761–776; und das Kapitel »Der kritische Realismus in der sozialistischen Gesellschaft« in: G. L., Wider den mißverstandenen Realismus. Hamburg: Claassen 1958, S. 97–153.

8. Zur Kritik an Lukács vgl. vor allem: Georg Lukács und der Revisionismus. Eine Sammlung von Aufsätzen. Berlin: Aufbau 1960. – W. Heise, Zu einigen Problemen der literaturtheoretischen Konzeption Georg Lukács'. In: *Junge Kunst. Organ d. Zentralrats d. FDJ*, Jg. 2, 1958, H. 7, S. 1–4. – A. Abusch, Lukács' revisionistischer Kampf gegen die sozialistische Literatur. (1958). In: A. A., Kulturelle Probleme des sozialistischen Humanismus. Beiträge zur deutschen Kulturpolitik 1946–1967. Berlin, Weimar: Aufbau 1967 (= Schriften. Bd. 3.), S. 323–335.

Die Heimkehr ins ›Wirkliche‹

Lebensnähe und *Wahrhaftigkeit* des Stoffes, *Klarheit der Form* und *Unmittelbarkeit der Aussage*, Rückeroberung der Wirklichkeit, wie sie ist: so lautete die Losung für eine *neue realistische Dichtung*, die Hocke im *Ruf* ausgab.[1] Der *stilistischen Esoterik* und *Introversion* in der Literatur, denen Hocke ihre historische Legitimität in den Jahren nach 1933 bescheinigte, wurde die Aufforderung an die Schriftsteller entgegengehalten, unter veränderten politischen Bedingungen nunmehr Abschied zu nehmen vom *Künstler als dem verinnerlichten Leugner der Zeit*[2]. Das traf sich mit der Prognose Koestlers, der als die beherrschenden Eigenschaften künftiger Romane *Realismus* und *Relevanz* nannte, die unbefangene und um Traditionen unbesorgte Annäherung an die Wirklichkeit, das Aufgreifen und Verarbeiten neuer Ideen und Theorien, die Berührung mit den wesentlichen Strömungen der Zeit (W 268).

Nach den *Katastrophen der beiden Weltkriege* legt auch Usinger den Romanautoren die *Heimkehr ins Wirkliche* nahe und tritt für die Reversion einer Entwicklung ein, die durch die Erfahrung des Zerfalls von Idee und Leben ausgelöst worden sei. Mit den Romanen der deutschen Romantik habe die Entwirklichung der Wirklichkeit begonnen und eine Neigung bestanden, die Werke der Einbildungskraft, die Schöpfungen der Phantasie als die ›eigentliche‹ Realität auszugeben. Von hier aus wird die Warnung Usingers vor dem *magischen Realismus* verständlich, vor einer den Inhalt ins Jenseitige transzendierenden Literatur. Dagegen hatte Pohl in einem Aufsatz im *Aufbau* gerade in dem für die Dichtung der deutschen ›Zwischengeneration‹ – Andres' »Wir sind Utopia« (1942), Langgässers »Das unauslöschliche Siegel« (1946), Kasacks »Die Stadt hinter dem Strom« (1946) – charakteristischen Realismus, der *das Gegenständliche vollkommen gegenständlich* gestalte und *organisch an das ›Ungegenständliche‹, das Irrationale und Metaphysische* knüpfe[3], das Werden einer neuen Form vermutet. Usinger nun empfiehlt dem deutschen Roman der Nachkriegszeit als Vorbild den amerikanischen, *eine Art ins Dichterische emporgewachsener Reportage*, in der die Einbildungskraft die Tatsachenwelt durchdringe, ohne die Kontur der Dinge zu verletzen. Noch nicht bei Hemingway, aber mit Wolfe und Wilder habe die amerikanische Epik eine *Symboldimension* gewonnen, durch die sich jene von den europäischen Erzählern erstrebte *Einheit von Sein und Geheimnis, von Sein und Einbildungskraft* einstelle.

Eine *Grundlagenkrise*, den *Verlust des Bestimmten und Absoluten*, konstatiert Benn ebenso wie Usinger. Aber während der letztere seine Hoffnungen auf Romane setzt, die durch den Ausschlag des Pendels nach der Seite der Realität den Prozeß der Einung von Idee und Leben vorantreiben, konfrontiert Benn die *Relativierbarkeit der europäischen Gedankenwelt* mit einer *Sphäre, die ruht, die nie aufgehoben werden kann, die abschließt: die ästhetische Sphäre* (W 278, S. 194). Für Benns Bemühungen um einen *roman pur*, der *reines Innen ist, kein Außen kennt, und somit äußerster Gegenpol zur reinen epischen Haltung, die das Erzählen ist* (Benjamin, W 161, S. 563), bedeutete dies, *daß es Inhalt nicht giebt, nur Ausdruck u. Form, bzw. nur Inhalt als Ausdruck u. Form* (W 265, S. 117). Im »Roman des Phänotyp« fehlen daher die erzählbaren Handlungen, Personen und Schicksale. An ihre Stelle treten die Eindrücke, Erinnerungen, Gefühle, Visionen eines ›statisch‹ verharrenden Ich, Reflexionen über Form und Entstehung des Romans, Analysen der ontologischen Kondition des ›Phänotyp‹ – das alles in Sätzen, die nur sich selbst genügen und *absolut* sein sollen *in jeder Chiffre, in jedem Wort;* in einer *Folge von sachlich und psychologisch nicht verbundenen Suiten*, die – *orangenförmig* (Benn) – zur *Mitte* tendieren, zum *Existentiellen* als dem Gegenbegriff zum Individuellen, Historisch-Epischen, geradlinig und zusammenhängend Erzählbaren. Wo Herkunft, Charakter, Lebenslauf derart unwichtig geworden sind, die *Gestalt abhanden gekommen* und der *bisherige Mensch zu Ende ist,* läßt sich von ihm – nach Benn – nur noch in Schlagworten, Phrasen und abgenutzten Floskeln reden – *Montagekunst* als *Stil der Zukunft* (W 278, S. 199). Erzählpraktiken der sechziger Jahre scheinen hier schon angezeigt: die Zusammensetzung von Figuren aus divergierenden *Sprachrepertoires* (Heißenbüttel, W 364), das dokumentarische Aufbewahren von Klischees und Jargonstereotypen, um die *Gängelung, Verelendung, Entfremdung des Bewußtseins* (Baumgart, W 400) zu veranschaulichen.

Eine Alternative zum *roman pur* bot das erneute Bekenntnis zur *Fabel* als der *Lebensader* des Romans (Zweig, vgl. auch W 228 und W 275). Denn damit war dem Erzähler auch weiterhin aufgetragen, die Verwicklungen des Individuums in der Welt zu schildern mit dem Ziel, die sozialen Verhältnisse transparent zu machen und als veränderbare zu beschreiben. Der Kafka-Renaissance in den späten vierziger Jahren und in ihrem Gefolge der *Auffassung gesellschaftlicher Existenz als einer ›Absurdität‹* (Mayer, W 271, S. 80) wurde auf diese Weise mit dem Vertrauen in den *wesentlich gesellschaftsformenden und gesellschaftsbildenden Sinn* (Zweig) des Erzählens von Romanen begegnet – voll ungebrochener Zuversicht in die Möglichkeiten der Erziehung und Aufklärung des Menschen.

Anmerkungen

1. G. R. Hocke, Deutsche Kalligraphie oder: Glanz und Elend der modernen Literatur. (1946). In: *Der Ruf.* Eine deutsche Nachkriegszeitschrift. Hg. v. H. Schwab-Felisch. M.e. Geleitwort v. H. W. Richter. München: Dt. Taschenb. Verl. 1962 (= dtv dokumente. 39.), S. 203–208.
2. W. Schnurre, Auszug aus dem Elfenbeinturm. (1949). In: W. S., Schreibtisch unter freiem Himmel. Polemik und Bekenntnis. Olten, Freiburg i. Br.: Walter 1964, S. 19.
3. G. Pohl, Magischer Realismus? In: *Aufbau*, Jg. 4, 1948, H. 8, S. 652.

FRITZ USINGER 1949

Aus: Zur Physiologie des Romans.
In: Welt und Wort, Jg. 4, 1949, S. 130–132. W 276.

[. . .] Die Katastrophen der beiden Weltkriege waren für den deutschen Geist zwei blutige Lektionen über die Notwendigkeit der Heimkehr ins Wirkliche. Der Kunst und besonders der Dichtung als einer der höchsten Formen menschlicher Totalreaktion ist mit aller Dringlichkeit die Aufgabe gestellt, die Möglichkeiten neuer Lebenseinklänge zur Gestalt zu verdichten. Wenn man der Dichtung seit je einen Hauch göttlicher Begnadung zumißt, so hauptsächlich deshalb, weil sie in Zeiten der Bedrohung durch ihr eigenes Dasein verbürgt, daß das Leben nicht zu zerfallen braucht und daß es vielmehr fähig ist, ewig neue Formen des Daseins aus sich zu entlassen.

Es ist deshalb durchaus natürlich und erlaubt, wenn unser Blick immer wieder die zeitgenössische Literatur der Europa innerlich zugeordneten Kontinente überfliegt und nach Spuren solcher neuen Daseinsbestätigung sucht. Nun scheint es heute – wenn es überhaupt schon erlaubt ist, ein Urteil zu fällen –, daß die entscheidenden Auseinandersetzungen nicht, wie vor einer Generation, auf dem Felde der Lyrik erfolgen, sondern auf dem des Romans, was vielleicht damit zusammenhängen mag, daß immer größere Realitätsmassen zu bewältigen sind, ohne deren Einbeziehung alle Entscheidungen teilhaft bleiben. Dahin mag auch gehören, daß der Roman alle Schwankungen des modernen Lebensgefühls mit einer viel größeren Genauigkeit und Konsequenz verfolgt und dargestellt hat und daß seine Formen, Methoden und Ermittlungen eine viel größere Resonanz hatten als die einer gleichgerichteten Lyrik. Proust, Joyce und Kafka sind Gegenstand [131] ununterbrochener Betrachtung und Forschung. Wo aber sind die Untersuchungen der entsprechenden Seelenverhalte bei Hofmannsthal, Georg Heym, Georg Trakl, Gottfried Benn, Elisabeth Langgässer? Anscheinend erkennt man gar nicht, daß sie jenen großen Problementwürfen der repräsentativen Romanwerke innerlichst zugeordnet sind.

Wenn einem jener drei genannten Romanciers eine neue Einheit des Lebens in der künstlerischen Form gelang, so ist es Franz Kafka. Bei ihm durchdringt die Einbildungskraft das Leben mit magischer Verwandlungskraft bis in Schmutz, Gestank, Ekel und Angst hinein. Seine Schöpfung ist die eines neuen Realismus, und zwar eines magischen Realismus. Bei ihm ist alles Reale symbolisch und jedes Symbol ist sofort real. Sein Werk ist die rätselhafteste Verschmelzung von Einbildungskraft und Wirklichkeit, die wir heute besitzen. Bei Kafkas Büchern hat man das Gefühl, in eine neue, echte, dingliche, wenn auch noch so seltsame Existenz einzutreten. Kafka gibt keine neue Methode der psychischen Erschließung des Gegenstandes wie Proust und Joyce, sondern er gibt den neuen Gegenstand, den neuen Inhalt direkt. Proust und Joyce arbeiten indirekt. Sie geben eine neue Methode der künstlerischen Verarbeitung, durch die die Welt verwandelt erscheint. Dies ist die Ursache dafür, daß Kafka sprachlich und stilistisch konservativ ist, Joyce dagegen ein Revolutionär, während Proust eine Art Mittelstellung einnimmt. Daher ist auch Kafkas Werk, als von einem unabsehbaren, ins Jenseitige hinüberreichenden Inhalt herkommend, Fragment geblieben, dagegen Joyce's und Proust's Werk von der Methode her vollendet. Nichts wäre betrüblicher für den deutschen Roman, als wenn diese Meister Schule machten und eine Schar Epigonen erweckten. Das Fehlen der gleichen geistigen Voraussetzungen führte die Nachahmung der künstlerischen Mittel ins Spielerische, Leere und Nichtige. Besonders in der Nachwirkung von Kafkas Werk besteht diese Gefahr, denn es ist, da es nun einmal vorgemacht ist, ein allzu billiger Einfall, an die Wirklichkeit unmittelbar noch ein Stück Transzendenz anzuhängen und mit drei Schritten in einem nicht mehr kontrollierbaren Jenseits zu sein. Wir erinnern uns mit Unbehagen der »Morgenlandfahrt« von Hermann Hesse. Die Gefahr, die hier droht, richtet sich gegen den ganzen Surrealismus als künstlerische Bewegung. Die wenigen echten und großen Visionen ziehen eine Fülle geschickter Arrangements nach sich. Was Kafka oder ein surrealistischer Meister wie Chirico leisten, ist die Schaffung eines neuen magischen Realismus von atembeklemmender Ausdrucksgewalt. Vergessen wir aber nicht, daß dieses neue Welterlebnis kein religiöses, gesellschaftsformendes, sondern ein künstlerisches, an diese wenigen großen Schöpfer gebundenes ist. Es ist für die Gemeinsamkeit eines Volkes oder auch nur für eine größere Menschengruppe nicht gültig. Seine menschliche Basis ist also nicht zu verbreitern, und seine Nachbildung hat nicht den Charakter der Neubildung, sondern der Imitation.

Auch im amerikanischen Roman vollzieht sich der Prozeß der Einung von Sein und Einbildungskraft, aber so, daß die Einbildungskraft ganz in die Wirklichkeit einschlüpft und darin verschwindet. Der amerikanische Roman ist für den Europäer erstaunlich und in seiner Art vollendet dadurch, daß die Einbildungskraft des Romanciers sich mit der Tatsachenwelt zufrieden gibt und sie in einer neuen und glühenden Weise durchdringt, aber so, daß die Konturen der Dinge nie verletzt, sondern in ihrer Naturhaftigkeit erhalten werden. Dieser Vorgang ist nicht das Ergebnis einer künstlerischen Methode, sondern einer menschlichen Seinsart. Der Amerikaner lebt, im Gegensatz zum Europäer, in Identität mit den Dingen, so sehr, daß sie ihn in keiner Weise bedrohen, auch die Maschine nicht, auch der Wolkenkratzer nicht. Dabei hat er nicht im geringsten etwa ein besonderes Herzensverhältnis zu den Dingen, genau so wenig wie der Bauer zur Natur oder der Wilde zu den Tieren. Er ist vielmehr den Dingen vollkommen gleichgeordnet. Sie ragen nicht über ihn hinaus und er nicht über sie. Er lebt unter ihnen als in der Welt, die von Anfang an für ihn bestimmt ist. Aus dieser Einordnung des Menschen in die Dingwelt ergibt sich eine gewisse Flächenhaftigkeit des amerikanischen Geistes. Er entbehrt der Symboldimension. Er bezieht nicht, wie der europäische Geist, die Dinge unablässig auf eine hinter ihnen stehende Ideenwelt. Dies ist weniger eine Schwäche als eine Stärke der amerikanischen Dichtung, denn es beweist ihre Jugend und die großen Möglichkeiten ihrer Zukunft. Die amerikanische Literatur hat alle Welten der Idee noch vor sich.

Von dieser Regel gibt es schon vordeutende Ausnahmen. In Thomas Wolfe beginnt der Amerikaner sich selbst problematisch zu werden. Er gewinnt Abstand zu sich, zu seinem Kontinent. Er sieht sich kritisch, er sieht das Unvollendete an sich und ahnt das zu Vollendende. Er gewinnt langsam die Überzeugung, daß Amerika noch ein zweites Mal entdeckt werden muß, nämlich von innen her, vom Geiste her. Thomas Wolfe ahnt jene Tiefendimension, jene Symboldimension, die Amerika noch fehlt, und er fühlt sich als den neuen Kolumbus, der das unbekannte Seelenland entdeckt und es als erster betritt. In seinem Geiste aber mischt sich der Taumel der Entdeckung mit der Verzweiflung über die Unvollendbarkeit des Werks, das die Macht des einzelnen Mannes unendlich übersteigt.

Thornton Wilder schließlich besitzt jene Tiefendimension schon wie ein Europäer. Sein Roman »Die Brücke von San Louis Rey« ist ganz auf die Eröffnung dieser Tiefenschicht hin geschrieben. Ob sechs Personen, die beim Einsturz einer Brücke ums Leben kamen, einem Zufall zum Opfer fielen oder ob ihre Leben, ganz unabhängig von einander, sich innerlich vollendet hatten und reif zum Ende waren, das ist das Thema des Buches. Die Frage nach der Vollendung des Unvollendeten, ist sie nicht eine der großen Rätselfragen der Existenz überhaupt und besonders des modernen Menschen? Bei Proust und Joyce hebt der sonderbare Facettenblick des modernen Menschen die geschlossene Wirklichkeit auf. Bei Hemingway verschlingt die Wirklichkeit den Menschen. In diesem Roman von Wilder halten sich Mensch und Wirklichkeit die Waage und keiner der beiden Partner steht dem anderen an Rätselhaftigkeit nach. Beide steigern sich vielmehr gegenseitig in das höchste Geheimnis. Diese sechs Leben sind nicht einfach sechs Menschenleben, sondern Welt-Runen. In [132] der amerikanischen und der europäischen Literatur entsprechen einander die Gegensätze Vitalität und Form, Farbe und Zeichnung, Anschauung und Begriff, Aktualität und Tradition, Bewegung und Ordnung. Aber dieser Roman von Thornton Wilder trifft in das Herz einer Wirklichkeit, die auch die unsere, die europäische Wirklichkeit ist: jene Einheit von Sein und Geheimnis, von Sein und Einbildungskraft, die uns immer als Ziel vorschwebt und uns doch so selten gelingt.

ARNOLD ZWEIG 1949

Aus: Die Vermenschlichung des Menschen.
In: Aufbau, Jg. 5, 1949, H. 2, S. 127–130. W 277.

[. . .] Wir Schriftsteller sind die Verwalter des Wortes und späterhin der Schrift in dem Sinne, daß es uns gegeben oder aufgegeben ist, die Strukturen und Schemata des wirklichen Lebens an den wirklich zuhörenden Menschen heranzubringen, so daß er sich mit Phantasien oder Allgorien oder Utopien nicht befriedigen läßt, wie jeder von uns einmal die Lust hat es zu machen, weil es so hübsch ist mit den Dingen zu spielen, die hätten sein können oder vielleicht in zehntausend Jahren einmal sein werden. Indessen ist, was vor sich geht, wenn ein Mensch in eine Trambahn steigt und ein Billet löst, ein Prozeß geblieben, der wesensmäßig noch von kaum einem Dichter durchsichtig gemacht worden ist.

Damit haben wir eine der Lebensadern des Romans und überhaupt der Dichtung gestreift. Der Roman ist als eine Form zu betrachten, in der die Struktur des Seins in die Struktur einer Handlung umgesetzt wird, und je besser diese Handlung ist, das heißt, je großartiger der Roman ist, desto mehr – und desto unmerklicher – geht von der Struktur des Seins, wie wir sie in tausend Formen immer wieder erleben können, in diese Fabel ein. Wir sind nicht in der glücklichen Lage, wie Scheherezade dasitzen und eine Geschichte an die andere reihen zu können – das war einmal in einer anderen Welt –, wir sind dazu berufen, die wenigen Geschichten, die uns in unserem Leben gelingen, so zu gestalten, daß möglichst viel vom Rätsel des Daseins gelöst erscheint oder daß zum mindesten dem Leser unserer Bücher die Erkenntnis aufleuchtet, und zwar gefühlsmäßig als sein Lebenserlebnis aufleuchtet: die Aufgaben der Daseinsgestaltung können bewältigt werden. Sie liegen nicht jenseits der Berge, sondern vor uns auf dem Tisch. Und damit hat der Roman seinen Sinn bekommen, und zu diesem Zweck ist er so gebaut, wie er gebaut ist – wie die Geige konstruiert wurde, um die menschliche Stimme abzulösen von dem zufälligen Vorhandensein einer schön singenden Frau. So ist der Roman geschaffen worden, um abzulösen von der erkenntnistragenden, erkenntnisdeutenden Gegenwart eines Erzählers, der auf einem Marktplatz sitzt und im Schatten einer Palme den Leuten von dem Helden Odysseus erzählt, wie er die Phäaken besuchte, oder wie er dem Polyphem entrann, oder von dem Helden Jakob, wie er zu Laban kam und von diesem den Auftrag erhielt, die Schafe zu vermehren, und wie sich die Schafe so vermehrt haben, daß es für den Jakob gut war und nicht für Laban.

[128] Eine zweite wichtige Aufgabe des Romans ist es, eine Ausdrucksgebärde für den Menschen und für die Menschheit überhaupt zu schaffen, um ihr Verlangen nach größerer Harmonie im Zusammenleben auszudrücken, um ihr Mut zu machen, dieses Ziel anzustreben. Die Kunst geht darauf aus, das Unharmonische zu harmonisieren, und zwar nicht, indem sie die Elemente weniger unharmonisch darstellt, als sie sind, sondern indem sie sie so darstellt, wie sie sind. Wir alle haben es ja sehr oft gesehen, daß das tragische Schicksal eines Helden, das uns erschüttert und peinigt, uns zu gleicher Zeit auch bewegt und beglückt. Warum? Weil uns dadurch für unser eigenes Dasein und für das Sein aller unserer geliebten Menschen die Möglichkeit aufleuchtet, daß die Verwirrungen des Lebens und das Gegeneinander der Strömungen, mit denen wir jeden Tag zu ringen haben, in einer uns nahe erreichbaren greifbaren Gegenwart in eine erträgliche, von menschlichen Kräften schaffbare Harmonie umgesetzt werden können.

Das ist im Roman der Sinn der gesellschaftsbildenden oder gesellschaftszerstörenden Kräfte: dem Leser, der sich in das Schicksal der Effi Briest oder des Sergeanten Grischa vertieft, Mut zu machen: die Struktur der Gesellschaft muß nicht notwendig so sein, daß diese Menschen untergehen müssen, man kann sich vielmehr sehr gut vorstellen, daß das Schicksal dieser Menschen anders verlaufen würde, wenn sie selbst anders wären, und man kann sich das alles gefühlsmäßig nicht intellektuell vorstellen, wie das Schicksal dieser Menschen gestaltet werden müßte, wenn sie anders wären, nämlich wie die Gesellschaft umgebaut werden müßte, damit das Harmonieren der Elemente in der Welt stärker wird als die Dissonanzen, welche wir heute erleben. Die Zeit, in der wir leben, ist eine Zeit der Zonen-Dissonanzen. Was wir glauben und wovon wir überzeugt sind, nachdem wir in Rußland den Beweis vor Augen haben, ist, daß die gesellschaftsbildenden Kräfte durchaus nicht notwendig schwächer sind als die gesellschaftszerstörenden, sondern daß jeder Dichter und jeder gewissenhafte Erzähler und Gestalter das Exempel dafür liefern kann, wie durchsichtig die Welt wird, wenn man sie in der epischen Form aufrollt, und wie wir die Störungsquellen finden können, an denen es zu bessern gilt, wenn sich dies nicht in einem Roman, sondern im Leben vollzöge. Wir sind heute in der Lage – oder wenn nicht heute, so morgen oder übermorgen –, die wirtschaftlichen Gegebenheiten unserer Welt wesentlich zu verbessern. Der Reichtum der Erde, den wir jeden Frühling vor Augen sehen, ist so zu konservieren und zu verteilen, daß es tragische Schicksale des Verhungerns und des Verdurstens nicht mehr zu geben braucht. Darum brauchen wir von den [129] Künstlern das Beispiel der Tatsache, daß eine in sich stimmende Welt, eine in sich zum Schwingen zu bringende Welt denkbar und in der menschlichen Vorstellung vorhanden ist, die auch real werden kann. Wir müssen uns nämlich vorstellen, daß wir vor Jahrhunderten bereits das Flugzeug erfunden haben. Sindbad der Seefahrer, Ikarus und Dädalus, Wieland der Schmied sind die Erfinder des Flugzeugs. Das heißt: In der menschlichen Phantasie fehlt nichts eingebettet von den produktiven Dingen, um die es sich handelt und die nicht früher oder später realisiert werden können, wenn wir die Voraussetzungen schaffen, um eine Umgestaltung unseres Zusammenlebens zu finden. Darum also hat das Erzählen von Romanen einen wesentlich gesellschaftsformenden und gesellschaftsbildenden Sinn oder kann es wenigstens haben.

Dennoch liegt es mir fern, damit etwa ein pädagogisches Element in die Kunst hineinzubringen. Ich bin kein solcher Dilettant. Die Dinge können nicht auf didaktische Art mit erhobenem Zeigefinger gemacht werden. Ihre Natur, die Natur des menschlichen Erzählens überhaupt ist so, daß, wenn jemand mit ganzer Seele und mit seiner ganzen Kraft an einer Erzählung arbeitet, ihm früher oder später eine oder die andere Geschichte gelingen kann, in der diese Elemente der Gesellschaftsbildung wie von selbst durchsichtig werden. Sie sind natürlich nicht von selbst durchsichtig geworden. Unsere Seele ist, wie Freud uns nachgewiesen hat, ein dreischichtiges Gebilde, und was uns in unserem Wachbewußtsein vorkommt und was in unser Wachbewußtsein eintritt, kann aus der Tiefe kommen – aus dem Unbewußten – oder aus der Tiefe des Vorbewußtseins, in dem die Gruppenaffekte liegen, die Gesamterlebnisse einer einheitlich gebildeten oder einheitlich erzogenen Schicht. Aber indem der Dichter Anschluß an diese Strukturkräfte in seiner Seele durch den sogenannten »genialen Einfall« bekommt, hat er die Möglichkeit, wenn er als ein getreuer Handwerker und Diener seiner Form das Beste gibt, was er hat, ein Beispiel von der Art aufzurichten, wie innerhalb des menschlichen Lebens Schicksale sich zerstörend und tragisch oder humoristisch und erheiternd oder auch nur durchschnittlich gestaltet organisieren können, um Mut zu machen zu einer wirklichen Bearbeitung des Lebensstoffes.

Das nämlich ist der letzte Sinn der Tatsache, daß es Romane gibt: Wir sind Diener an einem Werk, von dem wir selber nicht wissen, wohin es führt. Wir sind Diener an einem Werk, von dem wir recht wohl wissen, woher es kommt, aber von dem wir nicht wissen, ob wir es je erreichen werden. Aber da wir das Gefühl haben, in einer Richtung zu gehen, in der schon viele tausende von Jahren Menschen [130] gegangen sind, haben wir auch das Wissen davon, daß wir nicht optimistische Schwätzer und Verschönerer eines fürchterlichen und schwierigen Lebensknotens sind, wenn wir sagen: Je durchsichtiger wir das Schicksal einer Effi Briest machen, desto klarer wird es für sehr viele Menschen werden, sich mit seinen Nebenmenschen wieder sinnvoller und damit menschlicher zu verhalten. Und *die Vermenschlichung des Menschen ist eine Aufgabe, für die keine Kunst zu schade ist.*

GOTTFRIED BENN 1944

Aus: Roman des Phänotyp. Landsberger Fragment, 1944.
In: G. B., Der Ptolemäer. Wiesbaden 1949, S. 36f., 63f. W 273.

Der Stundengott

[. . . 36 . . .] *Existentiell* – das neue Wort, das seit einigen Jahren da ist und entschieden der bemerkenswerteste Ausdruck [37] einer inneren Verwandlung ist. Er zieht das Schwergewicht des Ich vom Psychologisch-Kasuistischen ins Arthafte, Dunkle, Geschlossene, in den Stamm. Er verringert das Individuum um sein Peripheres, und gewinnt ihm Gewicht, Schwere, Eindringlichkeit hinzu. Existentiell – das ist der Todesstoß für den Roman. Warum Gedanken in jemanden hineinkneten, in eine Figur, in Gestalten, wenn es Gestalten nicht mehr gibt? Personen, Namen, Beziehungen erfinden, wenn sie gerade unerheblich werden? Existentiell –: das zielt rückwärts, verschleiert das Individuum nach rückwärts, bindet es, bringt Forderungen vor, denen die vergangenen Jahrhunderte und die deszendenten Generationen nachzukommen nicht ausgestattet waren. Handschriften, Kranzschleifen, Photographien – alles das ist schon zu viel. Existentiell – dies Wort wirkt im Phänotyp. [. . .]

[63 . . .] *Bordeaux*

Ein Roman im Sitzen. Ein Held, der sich wenig bewegt, seine Aktionen sind Perspektiven, Gedankengänge sein [64] Element. Das erste Wort schafft die Situation, substantivistische Verbindungen die Stimmung, Fortsetzung folgt aus Satzenden, die Handlung besteht in gedanklichen Antithesen.

Selbstentzündung, autarkische Monologie. Radio ist der Natur weit überlegen, es ist umfassender, kann variiert werden, die Natur ist egozentrisch, regional gebunden, auch überspannt sie immer wieder ihr panisches Prinzip. Schreibtisch oder Fensterplatz entwickelt mehr Substanz als Landschaft, sie schaffen ihr Ausdruck, überdauern ihre Nebensächlichkeiten, ihren unklaren Saisoncharakter. Außerdem – wo in ihr wäre jene Trauer, die dem menschlichen Gedanken seine lange Bestimmung und seine weiten Räume gibt, wo das Gefühl der fremden Herkunft, das unser eigentliches Wesen ist? [. . .]

GOTTFRIED BENN 1950

Aus: Doppelleben (1950).
In: G. B., Doppelleben. Zwei Selbstdarstellungen ... Wiesbaden 1950, S. 160f., 199–201. W 278.

V. Literarisches

a) Absolute Prosa

Der »Roman des Phänotyp« (in meinem Buch »Der Ptolemäer«, 1949) ist reichlich unverständlich, ganz besonders dadurch, daß ich ihn als Roman bezeichne. Eine Folge von sachlich und psychologisch nicht verbundenen Suiten – jeder mit einer Überschrift versehene Abschnitt steht für sich. Wenn diese Arbeit ein Problem bietet, ist es das Problem der absoluten Prosa. Einer Prosa außerhalb von Raum und Zeit, ins Imaginäre gebaut, ins Momentane, Flächige gelegt, ihr Gegenspiel ist Psychologie und Evolution.

Ich habe diesem Thema der absoluten Prosa manche Studie in meinen Essays gewidmet. Ich fand die ersten Spuren bei Pascal, der von Schönheit schaffen spricht durch Abstand, Rhythmus und Tonfall, »durch Wiederkehr von Vokal und Konsonant« – »die Schwingungszahl der Schönheit« sagt er und: »Vollkommenheit durch die Anordnung von Worten«. [1] Dann wurde diese Lage durch Flaubert berühmt, den der Anblick einiger Säulen der Akropolis ahnen ließ, »was mit der Anordnung von Sätzen, Worten, Vokalen [161] an unvergänglicher Schönheit erreichbar wäre«, in Wahrheit nämlich glaubte er nicht, daß es in der Kunst ein Äußeres gibt. [2] Aus der modernen Literatur nenne ich Carl Einstein mit seinem Roman »Bebuquin« (1912) und Gide mit »Paludes«. Ihnen schwebte offenbar etwas Ähnliches vor: die Möglichkeit nämlich von geordneten Worten und Sätzen als Kunst, als Kunst an sich.

Betrachten wir nun meine Arbeit. Der Roman ist – ich bitte den jetzt folgenden Ausdruck zu beachten – *orangenförmig* gebaut. Eine Orange besteht aus zahlreichen Sektoren, den einzelnen Fruchtteilen, den Schnitten, alle gleich, alle nebeneinander, gleichwertig, die eine Schnitte enthält vielleicht einige Kerne mehr, die andere weniger, aber sie alle tendieren nicht in die Weite, in den Raum, sie tendieren in die Mitte, nach der weißen zähen Wurzel, die wir beim Auseinandernehmen aus der Frucht entfernen. Diese zähe Wurzel ist der Phänotyp, der Existentielle, nichts wie er, nur er, einen weiteren Zusammenhang der Teile gibt es nicht. [...]

VI. Zukunft und Gegenwart

[... 199 ...] *5. Der Stil der Zukunft*

wird der Roboterstil sein, Montagekunst. Der bisherige Mensch ist zu Ende, Biologie, Soziologie, [200] Familie, Theologie, alles verfallen und ausgelaugt, alles Prothesenträger. Das Getue in den Romanen, als ob es an sich weiterginge und etwas geschähe, mit dem altmodischen Begriff des Schicksals oder dem neumodischen einer autochthonen gesellschaftlichen Bewegung, ist Unfug, es geht nichts an sich weiter und geschieht nichts, der Mensch stockt und arbeitet – der Künstler ist es, der weiter muß, sammelt, gruppiert – ländlich-großväterlich mit Hilfe von zeitlich-räumlichen Kategorien, aktuell-neurotisch durch absolute transzendente Schwerpunktsbildungen, Fesselungen, Drehpunktskonstituierungen – nur so schafft er etwas jenseits von Relationen und Ambivalenz. Diese Technik selbst ist das Problem und man soll sie ruhig bemerken. [...]

[201 ...] Der Mensch muß neu zusammengesetzt werden aus Redensarten, Sprichwörtern, sinnlosen Bezügen, aus Spitzfindigkeiten, breit basiert –: *Ein Mensch in Anführungsstrichen.* Seine Darstellung wird in Schwung gehalten durch formale Tricks, Wiederholungen von Worten und Motiven – Einfälle werden eingeschlagen wie Nägel und daran Suiten aufgehängt. Herkunft, Lebensablauf – Unsinn! Aus Jüterbog oder Königsberg stammen die meisten und in irgend einem Schwarzwald endet man seit je. Jetzt werden Gedankengänge gruppiert, Geographie herangeholt, Träumereien eingesponnen und wieder fallen gelassen. Nichts wird stofflich-psychologisch mehr verflochten, alles angeschlagen, nichts durchgeführt. Alles bleibt offen. Antisynthetik. Verharren vor dem Unvereinbaren. Bedarf größten Geistes und größten Griffs, sonst Spielerei und kindisch. Bedarf größten tragischen Sinns, sonst nicht überzeugend. [...]

Anmerkungen

1. Diese und die folgende Anmerkung stützen sich auf die Recherchen von B. Bleinagel, Absolute Prosa. Ihre Konzeption und Realisierung bei Gottfried Benn. Bonn: Bouvier 1969 (= Abhandlungen zur Kunst-, Musik- und Literaturwissenschaft. Bd. 62.), S. 7f. Bleinagel ist es nicht gelungen, die von Benn angeführten Zitate in: B. Pascal, Œuvres, publ. par L. Brunschvicg et P. Boutroux, 14 tomes. Paris 1904–1914, nachzuweisen.

2. Wie schon 1931 in der »Rede auf Heinrich Mann« (vgl. G. B., Gesammelte Werke in vier Bänden. Hg. v. D. Wellershoff, Bd. 1: Essays, Reden, Vorträge. Wiesbaden: Limes 1958, S. 410–418, dort: S. 413) zitiert Benn hier aus H. Manns Essay »Gustave Flaubert und George Sand« (1905). Vgl. H. M., Essays. Hamburg: Claassen 1960, S. 82–131, dort: S. 93 u. S. 129. Mann wiederum hält sich weitgehend an die Worte Flauberts in einem Brief an George Sand vom 3. April 1876. Vgl. G. F., Briefe. Hg. u. übersetzt v. H. Scheffel. Stuttgart: Goverts 1964, S. 651f.

Es läßt sich nicht mehr erzählen

Die Aufhebung der *epischen Grundkategorie der Gegenständlichkeit* (Adorno) im modernen Roman ist für Kahler, Adorno und Franzen (vgl. auch Schonauer, W 297) zwangsläufig die Folge eines von ihnen einhellig festgestellten Tatbestandes: *Um durchschaut zu werden, kann die Welt nicht mehr angeschaut werden.* [1] Demnach hat die *gültige Realität* (Kahler) nur wenig noch mit der sinnlich erfaßbaren gemein, und das Erzählen mißrät zu flachem Fassaden-Realismus, wo es nicht die empirische Erscheinung der Wirklichkeit hinterfragt.

Als die beiden dominierenden Tendenzen der modernen Epik bezeichnet Kahler die zur *Kollektivierung*, zur *Auflösung des Individuums, der individuellen Person, des individuellen Gegenstandes* (W 293, S. 4), und die zu *fortschreitender Abstraktion* (S. 5), zu *typisierender Vereinfachung* einer überkomplex gewordenen Welt. Das Erzählen im modernen Roman bewegt sich daher – wieder Kahler – zwischen der Schilderung kollektiver Ereignisse, der exemplarischen Darstellung von Massenschicksalen in der *epischen Reportage* – Pliviers »Stalingrad«, Mailers »The Naked and the Dead«, Silones »Fontamara« – und dem Einstieg ins Unbewußte, der subtilen Erforschung der Schichten des *transpersonalen* Es, dem Vordringen in das *Reich einer inneren, innerweltlichen Transzendenz* (S. 29).

Die Konsequenzen dieser Ausgangssituation sind evident. Entwertet wird die erfundene Geschichte vom individuellen Geschick, die ihre Symbolkraft für das wesentlich kollektive und technische Geschehen der Zeit eingebüßt hat. An die Stelle bloßen Imaginierens von Wirklichkeit im Roman rücken *Analyse* und *Operation* (Schonauer) – analog den rationalisierenden und klassifizierenden Verfahren der Wissenschaft. Die Reflexion als *Parteinahme gegen die Lüge der Darstellung, eigentlich gegen den Erzähler selbst, der als überwacher Kommentator der Vorgänge seinen unvermeidlichen Ansatz zu berichtigen trachtet* (Adorno, W 298, S. 414), sprengt den Raum der Fiktion. Dieses kritische Bedenken der Prämissen des Schreibens, das ständige Überprüfen des Anspruchs, Wirklichkeit zu erkennen und zu schaffen, zerstört den Nimbus des allwissenden, allmächtigen Erzählers. Mit der Zerschlagung des personalen Kerns der Figuren hat der *Held* als *Ausgeburt des privat gesinnten bürgerlichen Zeitalters* (Horst, W 292, S. 1) ausgespielt. Die seismographische Empfindlichkeit und Empfänglichkeit des Erzählers für die Schwingungen in den Tiefen des Ich eröffnet eine neue Zeitsphäre, eine *innere, subjektive Zeit*, eine *Erlebniszeit* (Kahler), die das *Ende des auf Mitteilung abzielenden, zusammenhängenden Berichts* (Schonauer) bewirkt. An die *Totalität* der Welt schließlich reicht der Roman nur noch heran, wenn die *Fabel* zum *synthetisch konstruierten Modell* und zur gänzlich *abstrakten Parabel* (Kahler) erhoben wird.

Erst die Unerbittlichkeit, mit der die Reflexion den illusionären Charakter des Erzählten zerstört und im *inneren Monolog* die Kontur des autonomen Subjekts ins Fließen gerät, verbürgt für Adorno, daß die atomistische Verfassung der Welt, die Realität in ihrer entfremdeten Gestalt adäquat zur Darstellung kommt. Mit dieser Einschätzung der Fähigkeit des modernen Romans zur *negativen Erkenntnis* (Adorno) bezog er eine Gegenposition zu Lukács, der in »Wider den mißverstandenen Realismus« die avantgardistischen Autoren – Joyce, Döblin, Musil, Kafka, Beckett – wegen ihres subjektiv verzerrten Weltbildes kritisierte. Dessen Ursachen: die Interpretation des Menschen als ein von Ewigkeit an einsames und aus den sozialen Verflechtungen gelöstes Individuum, seine daraus resultierende *Geschichtslosigkeit* und *Unfähigkeit, Richtung und Gesetzlichkeit der gesellschaftlichen Entwick-*

lung zu erblicken [2], ließen sich nach Lukács nur beseitigen, wenn bei der Spiegelung der Wirklichkeit die *sozialistische Perspektive* sichtbar wurde. Die hierbei intendierte *Versöhnung* zwischen Subjekt und Objekt, Individuum und Gesellschaft war für Adorno freilich nur eine erpreßte, die ›Lebensimmanenz des Sinnes‹ lediglich offiziell verfügt; denn: *die Spaltung, der Antagonismus überdauert.* [3]

Daß Entfremdung, von der der Roman durch die *Disintegrierung der geläufigen Realität* (Kahler) ein Bild lieferte, auch die Kommunikation zwischen Autor und Publikum bedrohte, an diesen Punkt rühren Kahler, Franzen und Horst (W 300). Bei der hochgradigen Kompliziertheit der Techniken des Erzählens, bei der Tendenz des Romans zum *reinen Artefakt*, zum *Roman des Romans* (Horst), laufe er Gefahr, allenfalls von ›Spezialisten‹ noch verstanden zu werden oder am Interesse des Kritikers sich auszurichten. Ohnehin unterliege er als *Ware* seines *tragischen Humanismus* (Franzen) wegen zunehmend dem Konkurrenzdruck der von der Kulturindustrie *in Massen hergestellten Glücksattrappen für standardisierte Lebensmodelle* (Franzen). Skeptisch wurde also die Breitenwirkung des Romans gerade dort beurteilt, wo er die Dissoziation von Ich und Welt durchleuchtete und es unternahm, eine *neue Humanität* (Franzen), eine *neue Ganzheit und Einheit* (Kahler) zu stiften.

Zum Titel der Vorbemerkung siehe Adorno, Form und Gehalt des zeitgenössischen Romans, W 298, S. 410.

Anmerkungen

1. Th. W. Adorno, Balzac – Lektüre. In: Th. W. A., Noten zur Literatur II. Frankfurt/M.: Suhrkamp 1961 (= Bibliothek Suhrkamp. 71.), S. 29.
2. G. Lukács, Wider den mißverstandenen Realismus. Hamburg: Claassen 1958, S. 81.
3. Th. W. Adorno, Erpreßte Versöhnung. Zu Georg Lukács: »Wider den mißverstandenen Realismus«. (1958). In: Th. W. A., Noten zur Literatur II, a. a. O., S. 187.

ERICH KAHLER 1953

Aus: Untergang und Übergang der epischen Kunstform.
In: Die neue Rundschau, Jg. 64, 1953, S. 8–11, 16, 29–35, 42–44. W 293.

II

[. . . 8] Die moderne Epik erobert eine ganz neue Sphäre der Realität. Die gleiche Generaltendenz der Auflösung des Individuums schlägt hier eine andere Richtung ein. Löst das *Drama* das Individuum nur *nach außen* auf, in die Kollektivität und in die soziale Typik, so zersetzt die *Epik* die individuelle Person auch *nach innen*, in das Es, in verschiedene Schichten des Es, personale und transpersonale. Sie gelangt dabei am Ende ihrerseits zu einer eigentümlichen Form von Typisierung, wie wir sehen werden. Ist das *Drama*, soweit es wirksam bleiben will, an Aktion, und das heißt wesentlich in die Sphäre des *Bewußtseins* gebunden, so hat die *Epik* den unendlichen

Weg ins *Unbewußte* offen. Das Drama muß notwendigerweise den *Zeitraffer* anwenden, die Epik kann die *Zeitlupe*, ja das *Zeitmikroskop* gebrauchen, sie kann aus der äußeren in die innere Zeit, die seelische Zeit hinunter- und hinaufsteigen, ins Unterphysische wie ins Überphysische, »Metaphysische«.

Die Epik ist übrigens auch ein viel gemäßeres Medium für die Darstellung kollektiver Prozesse. Tolstoi, in vieler Beziehung ein Ahnherr der modernen Epik, hat in »Krieg und Frieden« mit einer solchen großen Kollektivdarstellung den Anfang gemacht. Zola mit seinen sozialen Experimentalromanen steht in dieser Reihe. Und die Endpunkte dieser Entwicklung sehen wir in einer Gattung, die heute in allen Ländern sehr verbreitet ist und die man *epische Reportage* nennen könnte: Darstellungen von Massengeschehen, militärischen und sozialen Katastrophen. Ich nenne als Beispiele in Deutschland Pliviers »Stalingrad«, Jürgen Thorwalds »Es begann an der Weichsel«, Bruno Werners »Galeere«*, in Amerika Norman Mailers »The Naked and the Dead«, Irving Shaws »The Young Lions«, James Jones' »From Here to Eternity«, in Frankreich David Roussets »Les Jours de Notre Mort«, in Italien Silones »Fontamara«. In allen solchen Büchern geht es nicht mehr um individuelle Schicksale als solche, sondern um exemplarisch dargestellte Massengeschicke.

Aber künstlerisch, ja menschlich viel bedeutsamer ist die andere Richtung der modernen Epik, die in die Seelengründe des Individuums, ins Unbewußte vordringt. Dieses Vordringen begibt sich in drei Etappen: die erste Etappe ist die *tiefenpsychologische*, noch wesentlich *individuell psychologische*, die zweite ist der *Existentialismus*, die dritte endlich das Hinabrühren in eine Schicht, die ich innere, innerweltliche Transzendenz, oder um ein Wort Hermann Brochs zu verwenden, *das Jenseits im Irdischen* nennen möchte.

[9] Die Auflösung der Person in die seelischen Untergründe wurde natürlich sehr gefördert durch die Erkenntnisse der *Psychoanalyse* und ihre Methode der freien Assoziation. Aber schon vor der Psychoanalyse und parallel mit ihr ist diese Bewegung nachweisbar. Sie beginnt bei den großen Russen des neunzehnten Jahrhunderts. Ich beschränke mich auf die Erwähnung jenes Pflaumenkompotts in Tolstois »Tod des Ivan Iljitsch« (1884), das in dem kranken Ivan Iljitsch eine folgenschwere Kette von Erinnerungen aus dem Unbewußten entrollt. Die ganze »Recherche du Temps Perdu« von Marcel Proust (erschienen von 1913 an) ist voll von solchen Einstiegen ins Unbewußte. [...]

Dies sind die ersten Durchbrüche. Die Erweiterungen und Vertiefungen der neuen Sphäre bei Joyce, bei Gide, bei D. H. Lawrence, bei Thomas Mann, bei Faulkner und anderen sind offenkundig und bekannt. Es gibt kaum einen modernen Autor von künstlerischer Bedeutung, der nicht [10] in diesen Regionen des Unbewußten, des persönlichen Es sich bewegt.

Ich sage des *persönlichen* Es. Ein Schritt weiter führt in eine noch tiefere Schicht, in die des *transpersonalen* Es. Was dort hinunterführt ist das *existentialistische Erlebnis.* Dieses existentialistische Erlebnis ist wohl zu unterscheiden von der existentiali-

* Die ersten Bücher dieser Art sind in Deutschland die Romanberichte von Remarque, Renn und Dwinger.

stischen Philosophie, die durch solches Erlebnis wohl beeinflußt wurde, aber von ihm aus einen andern Weg in ein Denksystem – ein sehr fragwürdiges Denksystem – eingeschlagen hat, mit dem wir uns hier nicht zu beschäftigen haben.

Das existentialistische Erlebnis hat, ebenso wie die Psychoanalyse, seine Wurzeln im neunzehnten Jahrhundert, in dem »Ennui«, der seit dem Aufgang unserer überrationalisierten, und zugleich überempiristischen, wissenschaftlich-technischen Zivilisation schon alle tieferen Geister geplagt hat und der auch an der Schwermut Kierkegaards, des ersten ausdrücklichen Existentialisten, seinen Anteil hat. Je weiter diese überrationalisierte Zivilisation vorschreitet, desto mehr greift eine *Ermüdung an der Ratio,* ja eine wahre *Sinnmüdigkeit* um sich. Der Mensch wird zurückgeworfen, zurück*ver*worfen in den Grund seines baren, nackten Da-seins – nicht nur individuellen, sondern überhaupt menschlichen Daseins – und seiner einfachsten, ursprünglichsten Tatsachen. Und seine geistig überschärften Wahrnehmungskräfte richten sich auf die Substanz dieses ursprünglichsten Daseins *in* ihm und *außer* ihm*.

Das Vehikel des Erlebnisses ist eine *neue Sensibilität,* die sich seit dem Ende des neunzehnten Jahrhunderts entwickelt aus einer immer genaueren, geübteren Aufmerksamkeit, einem immer tieferen Eindringen in die Struktur der Erscheinungen; eine seismographische Sensibilität, in der die spirituellen Kräfte bis in die Peripherie der Sinne, ja der Nerven sich erstrecken, in der das Sensorium selbst schon auf eine vergeistigt analytische Weise operiert. Eindruck und Ausdruck jagen einander, zeugen einander fort. Eine äußerst empfindliche Eindrucksbereitschaft fördert eine neue, schier unbegrenzte Ausdrucksnuancierung hervor, und der Ausdruck selbst, das Wort selbst mit seiner »Aura« von Assoziationen inspiriert seinerseits wieder ein immer eindringlicheres, reicheres Auffassen der Erscheinungen und ihrer Bezüge, geradezu eine *geistige Mikroskopie.* Proust hat mit Recht die Mikroskopie nicht als seine Sehweise anerkennen wollen – obwohl sich auch in seinem Werk Spuren davon finden**. Bei ihm ist wohl das Ich schon in Fluß geraten, [11] über seine Grenzen getreten in die Tiefen des Unbewußten und der inneren Zeit, und die Person zeigt sich als etwas Wandelbares. Dennoch sind Personen noch die Zentren seiner Darstellung und als wie sehr auch schwankende Einheiten und Kontinuitäten behandelt. In der neuen, unendlich verfeinerten Apperzeption jedoch, die von gewissen Gedichten Mallarmés ihren Anfang nimmt, sind subtile Einzelheiten – Fragmente des Organischen, Gegenstände, Regungen, Sinnenreize – als solche, isoliert ergriffen, in den Brennpunkt gerückt und in ihre ätherischen Bezüge verfolgt. Es ist zugleich Mikroskopie und Teleskopie, Mikroteleskopie. [. . .]

[16 . . .] So führt der Weg von Mallarmé bis zu Joyce, bis zu »Finnegans Wake«,

* Erlebnis und Theorie des Existentialismus, die Regression auf die Daseinsgründe, hat zurückgewirkt auf die Psychotherapie: schon gibt es eine »Existenzanalyse«.

** So beginnt zum Beispiel das Material, das die Menschen umgibt oder von ihnen ausgeht, Kleider, Räume, Gesten, Reden, ein ausführliches, spirituell transzendierendes Eigenleben zu entfalten. Vgl. etwa bei der Theateraufführung in »Du Côté de Guermantes« die Schilderung der Logen (I, 36f.), des Spiels der Berma (I, 43f.), oder die Beschreibung des Schlafes, der das Bewußtsein umspült (I, 76f.) usf.

so führt der Weg in Rilke selbst und von Hofmannsthal bis zu Musil, Broch, Ernst Jünger und Sartre zu einer Zerarbeitung, Zersetzung der täglichen Weltoberfläche, zu einer Entorganisierung, Disintegrierung der geläufigen Realität. So führt der Weg zu jener tragischen Entfremdung des Künstlers von seiner täglichen Umwelt und Mitwelt: Entfremdung von dem groben Gewebe der erscheinenden Stofflichkeit, die ihm in verwirrenden Vielsinn, in unerschöpfliche Tiefen, ins Nichts zergeht, die ihm durchscheinend und fadenscheinig wird und ihn in Schauder und Ekel zurückwirft. Entfremdung des Künstlers aber auch von seiner Mitwelt, die, in ihre kollektiven und technischen Bindungen verstrickt, seinen subtilen Erforschungen immer weniger zu folgen vermag. [. . .]

[29 . . .] Andere aber – und dies scheint mir eine bedeutsame Wegweisung – sind über die Auflösung des Erscheinenden vorgedrungen in das Reich einer *inneren, innerweltlichen Transzendenz.* Eine Hindeutung in dieser Richtung war schon enthalten in dem schwierigen, undeutlich vielsinnigen, amorphen Gottesbegriff Rilkes, jenem Gott, der ihm überall aus den verstreuten, entlassenen, heimatlosen Dingen der zerfallenen Welt aufsteigt, einem platonischen Geist der Dinge gleichsam. Jenem Gott, den *wir* erschaffen, der am Ende steht, nicht am Anfang.

Am weitesten auf diesem Wege scheint mir bisher Hermann Broch gelangt zu sein, der in allen seinen Dichtungen hinstrebt zu einem »Jenseits im Irdischen« durch ein Hinuntersteigen in die jenseitigen Tiefen des Ich, dorthin, wo das Ich sich auflöst in das Es, und das persönliche in das transpersonale Es, in eine Gemeinschaft der Kreatur an dem untersten, innersten Quell der menschlichen Person. Dieser innerste Quell ist für Broch der Tod, und die Freudschen wie die Jungschen Schichten des Unbewußten werden durchmessen in einem Niederstieg in den Tod, einer Erleuchtung des Todes bis zu jenem mystischen Punkt, wo der Tod zur Lebensverwandlung und zum Schoße der Schöpfung wird.

III

[. . .] Welche Konsequenzen, so müssen wir weiter fragen, hat dies nun für die *Formentwicklung* der Epik?

Das erste, zunächst in die Augen springende Merkmal der neuen Epik ist [30] die *Entwertung* dessen, was die Amerikaner »fiction« nennen, *der erfundenen individuellen Geschichte,* des »Romans« im eigentlichen Sinne. Wenn man, wie die Amerikaner es tun, die Epik schlechthin mit »fiction« gleichsetzt, dann würde das bedeuten, daß die Epik, soweit sie wesentlich und künstlerisch ist, überhaupt zu Ende geht.

Die »fiction«, die erfundene Geschichte, steht und fällt mit dem individuellen Begebnis, mit der Erzählung der Schicksale von individuellen Personen. Die große Zeit des Romans – das heißt von den Ritter- und Schelmenromanen bis zu Balzac, Flaubert, Dickens und den großen Russen – diese Zeit, von der Renaissance bis zum neunzehnten Jahrhundert, war zugleich die Hochblüte des Individuums und des individuellen Lebens. [. . .]

[31 . . .] Seit dem Ende des neunzehnten Jahrhunderts aber, seitdem die Industrialisierung und Technisierung der Welt in großem Maße eingesetzt hat, ist das entscheidende Geschehen der Welt nicht mehr individuelles, sondern kollektives und technisches Geschehen. Und was zwischen menschlichen Individuen [32] sich begibt, ist rein privat geworden, das heißt, es kann als solches nicht mehr repräsentativ, und daher auch in der Kunst nicht mehr symbolisch sein für das wesentliche Geschehen der Zeit.

Die moderne Wissenschaft hat immer größere Teile des Menschen und der Gesellschaft ihrer rationalisierenden, spezialistisch analysierenden und typisierenden Behandlung unterworfen. Und so und so viel was früher als ein besonderer menschlicher Einzelfall gelten konnte, ist heute ein wissenschaftlich klassifizierter, typischer Fall geworden. Was früher menschliches Leiden war, ist heute Pathologie. Die Hedda Gabler zum Beispiel hat Ibsen seinerzeit als einen eigenartigen individuellen Charakter mit einer höchst persönlichen Tragödie entworfen, und dieser fiktive Charakter konnte damals noch eine ganze Menschenart symbolisieren. Heute ist der Fall Hedda Gabler nicht mehr ein künstlerisch symbolischer, sondern ein medizinisch typischer Fall. Aus einem Symbol ist ein Typus geworden, und das bedeutet, daß er der Kunst weggenommen und der Wissenschaft einverleibt ist. Es bedeutet weiter, daß er der Fiktion entzogen und der unmittelbaren Tatsächlichkeit zugeschlagen ist. Der Fall der Hedda Gabler ist nicht mehr ein fiktives Symbol der Realität, er ist ein typisches Modell der Realität. Dadurch ist das Kunstmittel der Fiktion in seiner künstlerischen Bedeutung bedroht. Nicht mehr ein Realitätssubstitut, wie es das Symbol ist, sondern *die Realität selbst* in ihren vollen, eigenen Lebensmaßen wird mehr und mehr *Gegenstand der künstlerischen Darstellung.*

In verschiedener Weise, von verschiedenen Seiten bricht die unmittelbare Realität in den »Roman« ein. Vor allem durch das notgedrungene *Einbeziehen technischer, sozialer, wissenschaftlicher Prozesse* in die Erzählung, das Durchführen der Erzählung durch das Detail solcher Prozesse. Die genauen, weitläufigen Studien, die Flaubert für seine Romane gemacht hat, die traurige Farce von »Bouvard et Pécuchet« zeigen schon die Entwicklung an, die in den Experimentalromanen Zolas, zunächst auf Kosten der künstlerischen Bestrebung, weitergeht. In Thomas Manns »Doktor Faustus« sehen wir das Endergebnis: die persönliche Tragödie spielt sich hier ab in minutiös beschriebenen und diskutierten Vorstößen der musikalischen Technik. Die neue Kunst selbst in ihrer tragischen Situation wird zum Protagonisten der Erzählung.

Eine andre Form des Eindringens der Tatsächlichkeit in die Fiktion ist der Gebrauch der *Montage,* wie sie zum Beispiel von John Dos Passos in »Manhattan Transfer«, von Thomas Mann im »Doktor Faustus«, von der Langgässer [33] im »Unauslöschlichen Siegel« angewendet wurde: Rohstoffe der Wirklichkeit, Bruchstücke tatsächlichen Geschehens, Reportage, dokumentarisches Material werden unverändert oder kaum verändert der Erzählung eingefügt. Ein Weiteres, Unfiktives, das den »Roman« zersetzt, sind endlich die vielfachen *philosophischen, ja wissenschaftlichen Erörterungen,* die in die neuen epischen Werke eingesprengt erscheinen, nicht nur mutwillig und launig verstreut, wie etwa bei Jean Paul, sondern in kompakter Form als organische Elemente der Erzählung; so schon bei Balzac und Dostojewski, bei Joyce im »Portrait of the Artist«, bei Thomas Mann seit dem »Zauberberg«, bei Musil im »Mann ohne Eigenschaften«, bei Broch: in den dritten Roman seiner »Schlafwandler« [1] ist eine ganze Geschichtstheorie und Erkenntnistheorie eingebaut.

Neben diesen verschiedenen Einbrüchen der unmittelbaren Realität in die Fiktion finden wir ein zweites Moment, das auf die Auflösung des »Romans« hinwirkt, eines das den Fortgang der Erzählung *von innen her* sprengt: das ist die Eröffnung einer neuen Zeitsphäre, Zeitweite und -tiefe, *die Entwicklung, ja die Wucherung einer inneren, subjektiven Zeit, einer Erlebniszeit innerhalb der äußeren Lebenszeit, der Ereigniszeit.* [. . . 34 . . .] Dahin tendiert die große moderne Epik im ganzen: zu einer Aufhebung oder besser Integrierung der Zeit in einer überzeitlichen, organischen Simultanität. Und dies führt uns endlich zu der *letzten und radikalsten Konsequenz* der hier aufgezeigten Entwicklungsreihe.

Nicht nur wird nämlich der Roman zersetzt durch den Einbruch der unmittelbaren Tatsächlichkeit und durch die Wucherung der Erlebniszeit, des »inneren Monologs«, sondern er wird als ein ganzer in die überindividuelle, überfiktive Sphäre des *Typologischen,* abstrakt *Modellmäßigen* gehoben. Kurz gesagt, *der Roman verwandelt sich zur Parabel,* zur Beispielsgeschichte, deren Vorgang von vornherein nur das Modell einer spirituellen Erfahrung, wenn nicht gar eine Lehre ist.

Wie ich schon sagte, hat in unserer kollektiven und übertechnisierten Zivilisation das Individuum und der individuelle Vorgang seine repräsentative Bedeutung verloren; alles Individuelle ist heute rein privat. Nicht mehr kann daher eine erfundene individuelle Geschichte das allgemeine, das wesentliche Geschehen unserer Epoche ausdrücken. Das Geschehen ist [35] zu komplex geworden, es ist bevölkert, übervölkert von kollektiven und technischen Prozessen, Verwachsungen gleichsam, in deren Dickicht wir uns orientieren lernen müssen, deren wahre Zusammenhänge der Dichter erforschen und aufhellen muß. [. . .]

[42] *V*

Mit der Übermäßigkeit der Bewältigungsaufgabe und Formverantwortung, der Überanstrengung des Weltverdichtens und dem Aufspüren geisterhafter Symbolverbindungen, mit alledem fühlt der Künstler seine Arbeit immer kryptischer werden und sich selbst in wachsendem Maße den Oberflächen des Publikumstages entfremden. Er spürt seinen Zusammenhang mit den Menschen, seine unmittelbare Wirkung auf Menschen schwinden, die ja doch der letzte Sinn seiner Arbeit ist. Auch diese verzweiflungsvolle Erkenntnis, die im »Ulysses«, im »Doktor Faustus«, im »Tod des Vergil«, in Kafka vernehmbar ist, beginnt im »Werther«, im »Tasso« und in vielen offen persönlichen Klagen Goethes.

Noch etwas anderes endlich finden wir schon bei Goethe angedeutet, worauf mir die hier dargelegte Entwicklung hinzuführen scheint: *die Konvergenz einer neuen Kunst und einer neuen Wissenschaft.*

Die Epik, sahen wir, ist dazu gedrängt, den »Roman«, die erfundene individuelle Geschichte aufzugeben und mehr und mehr die unmittelbare Realität, oder besser, die neue Realität unmittelbar zu erforschen und darzustellen; sei es in den gewaltigen sozialen und technischen Prozessen, sei es in neu aufgeschlossenen Erscheinungs- und Seelentiefen. Sie tut dies einerseits durch Einbeziehen technischer Beschreibung, philosophischer Exegese, psychischer und phänomenaler Analyse in die solcherart zersetzte Erzählung, andererseits durch die Erhebung der »Fabel« zum synthetisch konstruierten Modell und zur gänzlich abstrakten Parabel, und das heißt zur spirituellen Fabel schlechthin. Nur so, haben wir gesehen, und durch eine besonders formbewußte und formbestrebte Anspannung kann die Epik heute der Aufgabe aller wahren Kunst genügen: den inneren Zusammenhang, die jeweilige Ganzheit der menschlichen Welt zu erleuchten. Die epische Kunst nähert sich mit alledem, mit der Darstellung unmittelbarer Realität, mit der analytischen Schärfung und Kühlung des Blicks und der gesteigerten Abstraktion ihrer Methoden mehr und mehr der wissenschaftlichen Betrachtungsweise.

Freilich bleibt das künstlerische Modell immer ein Bild, im letzten unerklärbar wie jedes Bild. Das wissenschaftliche ist ein Begriff und will zu einem rein rationalen Begreifen der Erscheinungen führen. Jedoch hat sich die Möglichkeit solchen rein rationalen Begreifens neuerdings stark eingeschränkt: es schrumpft zusammen zu einem praktischen Provisorium, hinter dessen stetiger äußerer Ausdehnung die unendliche Unbegreiflichkeit [43] sich immer wieder und immer nachdrücklicher aufrichtet. Die Kausalität wird immer lückenhafter und vereinzelter, immer bedingter durch wachsende Komplexität, und die Frage nach dem Warum und dem Woher hat sich kaum merklich in eine Frage nach dem Wie und dem Was verwandelt. [. . .]

[44] Wir müssen diese ganze Entwicklung, die ich hier aufzuzeigen versucht habe, als einen Wegweiser annehmen: unser Ziel ist, auf einer neuen Ebene, in einem weiter und tiefer umfassenden Kreise unsere Welt wieder zu einer Ganzheit und Einheit zusammenzufassen und in unserer menschlichen Sphäre die menschliche Gemeinschaft zustandezubringen. Nur durch dieses Zustandebringen einer menschlichen Gemeinschaft ist das Menschliche überhaupt zu retten. Die spezialistische Aufvölkerung und Aufspaltung aller Weltbestände hat die alte Einheit, die Einheit des Individuums, der menschlichen Person und ihrer korrespondierenden Gegenständlichkeit zerbrochen, hat unsere alte Welt entorganisiert. Die neue, die rettende Einheit muß erreicht werden.

In den »Schuldlosen« von Broch heißt es: »Wir sind ein Wir, doch nicht weil wir eine Gemeinschaft halten, sondern weil unsere Grenzen ineinander verfließen . . .« [2] Unser Ziel muß sein, daß wir vollziehen, was von uns unweigerlich verlangt ist: daß wir menschliche Gemeinschaft halten und eine menschliche Gemeinschaft werden.

Anmerkungen

1. H. Broch, 1918. Huguenau oder Die Sachlichkeit. Zürich: Rhein-Verl. 1932.
2. H. Broch, Die Schuldlosen. Roman in elf Erzählungen. M.e. Einführung v. H. J. Weigand. Zürich: Rhein-Verl. 1954 (= Gesammelte Werke. [5].), S. 328.

THEODOR W. ADORNO 1954

Form und Gehalt des zeitgenössischen Romans.
In: Akzente, Jg. 1, 1954, H. 5, S. 410–416. W 298.

Die Aufgabe, in wenige Minuten einiges über den gegenwärtigen Stand des Romans als Form zusammenzudrängen, zwingt dazu, seis auch gewaltsam ein Moment herauszugreifen. Das soll die Stellung des Erzählers sein. Sie wird heute bezeichnet durch eine Paradoxie; es läßt sich nicht mehr erzählen, während die Form des Romans Erzählung verlangt. Der Roman war die spezifische literarische Form des bürgerlichen Zeitalters. An seinem Beginn steht die Erfahrung von der entzauberten Welt im Don Quixote, und die künstlerische Bewältigung bloßen Daseins ist sein Element geblieben. Der Realismus war ihm immanent; selbst die dem Stoff nach phantastischen Romane haben getrachtet, ihren Inhalt so vorzutragen, daß die Suggestion des Realen davon ausging. Diese Verhaltensweise ist, in einer bis ins neunzehnte Jahrhundert zurückreichenden, heute zum Extrem beschleunigten Entwicklung fragwürdig geworden. Vom Standpunkt des Erzählers her durch den Subjektivismus, der kein unverwandelt Stoffliches mehr duldet und eben damit das epische Gebot der Gegenständlichkeit unterhöhlt. Wer heute noch, wie Stifter etwa, ins Gegenständliche sich versenkte und Wirkung zöge aus der Fülle und Plastik des demütig hingenommenen Angeschauten, wäre gezwungen zum Gestus kunstgewerblicher Imitation. Er machte der Lüge sich schuldig, der Welt mit einer Liebe sich zu überlassen, die voraussetzt, daß die Welt sinnvoll ist, und endete beim unerträglichen Kitsch vom Schlage der Heimatkunst. Nicht geringer sind die Schwierigkeiten von der Sache her. Wie der Malerei von ihren traditionellen Aufgaben vieles entzogen wurde durch die Photographie, so dem Roman durch die Reportage und die Medien der Kulturindustrie, zumal den Film. Der Roman müßte sich auf das konzentrieren, was nicht durch den Bericht abzugelten ist. Nur sind ihm im Gegensatz zur Malerei in der Emanzipation vom Gegenstand Grenzen gesetzt durch die Sprache, [411] die ihn weithin zur Fiktion des Berichtes nötigt: konsequent hat Joyce die Rebellion des Romans gegen den Realismus mit einer gegen die diskursive Sprache verbunden.

Nichts oberflächlicher denn die Abwehr seines Versuchs als abseitig individualistischer Willkür. Zerfallen ist die Identität der Erfahrung, das in sich kontinuierliche und artikulierte Leben, das die Haltung des Erzählers einzig gestattet. Man braucht nur die Unmöglichkeit sich zu vergegenwärtigen, daß irgendeiner, der am Krieg teilnahm, von ihm so erzählt wie früher einer von seinen Abenteuern erzählen mochte. Mit Recht begegnet die Erzählung, die auftritt, als wäre der Erzähler solcher Erfahrung mächtig, der Ungeduld und Skepsis beim Empfangenden. Vorstellungen wie die, daß einer sich hinsetzt und »ein gutes Buch liest«, sind archaisch. Das liegt nicht bloß an der Dekonzentration der Leser, sondern am Mitgeteilten selber und seiner Form. Etwas erzählen heißt ja: etwas *Besonderes* zu sagen haben, und gerade das wird von der verwalteten Welt, von Standardisierung und Immergleichheit verhindert. Vor jeder inhaltlich ideologischen Aussage ist ideologisch schon der Anspruch des

Erzählers, als wäre der Weltlauf wesentlich noch einer der Individuation, als reichte das Individuum mit seinen Regungen und Gefühlen ans Verhängnis noch heran, als vermöchte unmittelbar das Innere des Einzelnen noch etwas: die allverbreitete biographische Schundliteratur ist ein Zersetzungsprodukt der Romanform selber.

Von der Krisis der literarischen Gegenständlichkeit ist die Sphäre der Psychologie, in der gerade jene Produkte sich häuslich, wenngleich mit wenig Glück einrichten, nicht ausgenommen. Auch dem psychologischen Roman werden seine Gegenstände vor der Nase weggeschnappt: mit Recht hat man bemerkt, daß zu einer Zeit, da Journalisten ohne Unterlaß an den psychologischen Errungenschaften Dostojewskys sich berauschten, die Wissenschaft, zumal die Psychoanalyse Freuds, längst jene Funde des Romanciers hinter sich gelassen hatte. Übrigens hat man wohl mit solchem phrasenhaften Lob Dostojewsky verfehlt: soweit es bei ihm überhaupt Psychologie gibt, ist es eine des intelligiblen Charakters, des Wesens, und nicht des empirischen, der Menschen, so wie sie herumlaufen. Und gerade darin ist er fortgeschritten. Nicht nur, daß alles Positive, Greifbare, auch die Faktizität des Inwendigen von Information und Wissenschaft beschlagnahmt ist, nötigt den Roman, damit zu brechen und der Darstellung des Wesens [412] oder Unwesens sich zu überantworten, sondern auch, daß, je dichter und lückenloser die Oberfläche des gesellschaftlichen Lebensprozesses sich fügt, um so hermetischer diese als Schleier das Wesen verhüllt. *Will der Roman seinem realistischen Erbe treu bleiben und sagen, wie es wirklich ist, so muß er auf einen Realismus verzichten, der, indem er die Fassade reproduziert, nur dieser bei ihrem Täuschungsgeschäfte hilft.* Die Verdinglichung aller Beziehungen zwischen den Individuen, die ihre menschlichen Eigenschaften in Schmieröl für den glatten Ablauf der Maschinerie verwandelt, die universale Entfremdung und Selbstentfremdung, fordert beim Wort gerufen zu werden, und dazu ist der Roman qualifiziert wie wenig andere Kunstformen. Von jeher, sicherlich seit dem achtzehnten Jahrhundert, seit Fieldings Tom Jones, hatte er seinen wahren Gegenstand am Konflikt zwischen den lebendigen Menschen und den versteinerten Verhältnissen. Entfremdung selber wird ihm dabei zum ästhetischen Mittel. Denn je fremder die Menschen, die Einzelnen und die Kollektive, einander geworden sind, desto rätselhafter werden sie einander zugleich, und der Versuch, das Rätsel des äußeren Lebens zu dechiffrieren, der eigentliche Impuls des Romans, geht über in die Bemühung ums Wesen, das gerade in der von Konventionen gesetzten, vertrauten Fremdheit nun seinerseits bestürzend, doppelt fremd erscheint.

All das hat kaum seinen Platz in der bewußten Erwägung des Romanciers, und Grund ist zur Annahme, daß, wo es in jene eindringt, wie etwa in den sehr groß intendierten Romanen Hermann Brochs, es dem Gestalteten nicht zum besten anschlägt. Vielmehr setzen sich die geschichtlichen Veränderungen der Form um in idiosynkratische Empfindlichkeiten der Autoren, und es entscheidet wesentlich über ihren Rang, wie weit sie als Meßinstrumente des Geforderten und Verwehrten fungieren. An Empfindlichkeit gegen die Form des Berichts hat keiner Marcel Proust übertroffen. Sein Werk gehört ja in die Tradition des realistischen und psychologischen Romans, auf der Linie von dessen subjektivistisch extremer Auflösung, wie sie, ohne alle historische Kontinuität mit dem Franzosen, über Gebilde wie Jacobsens Niels Lyhne und Rilkes Malte Laurids Brigge führt. Je strenger es mit dem Realismus des Auswendigen, der Geste »so war es« gehalten wird, um so mehr wird jedes Wort zum bloßen Als ob, um so mehr wächst der Widerspruch zwischen seinem Anspruch an und dem, daß es nicht so [413] war. Eben jener immanente Anspruch, den der Autor unabdingbar erhebt: daß er genau wisse, wie es zugegangen sei, will ausgewiesen werden, und die ins Schimärische getriebene Präzision Prousts, die mikrologische Technik, unter der schließlich die Einheit des Lebendigen nach Atomen sich spaltet, ist eine einzige Anstrengung des ästhetischen Sensoriums, diesen Ausweis zu leisten, ohne den Bannkreis der Form zu überschreiten. Mit dem Bericht von einem Unwirklichen einzusetzen etwa, als wäre es wirklich gewesen, hätte er nicht über sich gebracht. Daher beginnt sein zyklisches Werk mit der Erinnerung daran, wie ein Kind einschläft, und das ganze erste Buch ist nichts als eine Entfaltung der Schwierigkeiten beim Einschlafen, wenn dem Knaben seine schöne Mutter nicht den Gute-Nacht-Kuß gegeben hat. Der Erzähler stiftet gleichsam einen Innenraum, der ihm den Fehltritt in die fremde Welt erspart, wie er zutage käme an der Falschheit des Tons, der mit jener vertraut tut. Unmerklich wird die Welt in diesen Innenraum – man hat der Technik den Titel des monologue intérieur verliehen – hineingezogen und was immer an Äußerem sich abspielt, kommt so vor, wie es auf der ersten Seite vom Augenblick des Einschlafens gesagt wird: als ein Stück Innen, ein Moment des Bewußtseinsstroms, behütet vor der Widerlegung durch die objektive raum-zeitliche Ordnung, zu deren Suspension das Proustsche Werk aufgeboten ist. Aus ganz anderen Voraussetzungen und in ganz anderem Geist hat der Roman des deutschen Expressionismus, etwa Gustav Sacks »Verbummelter Student«, Verwandtes visiert. Das epische Bestreben, nichts Gegenständliches darzustellen, als was sich ganz und gar füllen läßt, hebt schließlich die epische Grundkategorie der Gegenständlichkeit auf.

Der traditionelle Roman, dessen Idee vielleicht am authentischsten in Flaubert sich verkörpert, ist der Guckkastenbühne des bürgerlichen Theaters zu vergleichen. Diese Technik war eine der Illusion. Der Erzähler lüftet einen Vorhang: der Leser soll Geschehenes mitvollziehen, als wäre er leibhaft zugegen. Die Subjektivität des Erzählers bewährt sich in der Kraft, diese Illusion herzustellen, und – bei Flaubert – in der Reinheit der Sprache, die sie zugleich durch Vergeistigung doch dem empirischen Bereich enthebt, dem sie sich verschreibt. Ein schweres Tabu liegt über der Reflexion: sie wird zur Kardinalsünde gegen die sachliche Reinheit. Mit dem illusionären Charakter des Dargestellten verliert heute auch dies Tabu seine Kraft. Oft ist hervorgehoben worden, [414] daß im neuen Roman, nicht nur bei Proust, sondern ebenso beim Gide der Faux Monnayeurs, beim späteren Thomas Mann, in Musils Mann ohne Eigenschaften die Reflexion die reine Formimmanenz durchbricht. Aber solche Reflexion hat kaum mehr als den Namen mit der vorflaubertschen gemein. Diese war moralisch: Parteinahme für oder gegen Romanfiguren. Die neue ist Parteinahme gegen die Lüge der Darstellung, eigentlich gegen den Erzähler selbst, der als überwacher Kommentator der Vorgänge seinen unvermeidlichen Ansatz zu berichtigen trachtet. Die Verletzung der Form liegt in deren eigenem Sinn. Heute erst läßt

Thomas Manns Medium, die enigmatische, auf keinen inhaltlichen Spott reduzierbare Ironie, sich ganz verstehen aus ihrer formbildenden Funktion: der Autor schüttelt mit dem ironischen Gestus, der den eigenen Vortrag zurücknimmt, den Anspruch ab, Wirkliches zu schaffen, dem doch keines selbst seiner Worte entrinnen kann; am sinnfälligsten vielleicht in der Spätphase, im Erwählten und in der Betrogenen, wo der Dichter, spielend mit einem romantischen Motiv, durch den Habitus der Sprache den Guckkastencharakter der Erzählung, die Unwirklichkeit der Illusion einbekennt, und eben damit, nach seinem Wort, dem Kunstwerk jenen Charakter des höheren Jux[1] zurückgibt, den es besaß, ehe es mit der Naivität der Unnaivität den Schein allzu ungebrochen als Wahres präsentierte.

Wenn vollends bei Proust der Kommentar derart mit der Handlung verflochten ist, daß die Unterscheidung zwischen beiden schwindet, so greift damit der Erzähler einen Grundbestand im Verhältnis zum Leser an: die ästhetische Distanz. Diese war im traditionellen Roman unverrückbar. Jetzt variiert sie wie Kameraeinstellungen des Films: bald wird der Leser draußen gelassen, bald durch den Kommentar auf die Bühne, hinter die Kulissen, in den Maschinenraum geleitet. Zu den Extremen, an denen mehr über den gegenwärtigen Roman sich lernen läßt als an irgendeinem sogenannten »typischen« mittleren Sachverhalt rechnet das Verfahren Kafkas, die Distanz vollends einzuziehen. Durch Schocks zerschlägt er dem Leser die kontemplative Geborgenheit vorm Gelesenen. Seine Romane, wenn anders sie unter den Begriff überhaupt noch fallen, sind die vorwegnehmende Antwort auf eine Verfassung der Welt, in der die kontemplative Haltung zum blutigen Hohn ward, weil die permanente Drohung der Katastrophe keinem Menschen mehr das unbeteiligte Zuschauen und nicht einmal [415] dessen ästhetisches Nachbild mehr erlaubt. Auch von den minderen Erzählern, die schon kein Wort mehr zu schreiben wagen, das nicht als Tatsachenbericht um Entschuldigung dafür bittet, daß es geboren ist, wird die Distanz eingezogen. Kündigt bei ihnen die Schwäche eines Bewußtseinsstandes sich an, der zu kurzatmig ist, um seine ästhetische Darstellung zu dulden, und der kaum mehr Menschen hervorbringt, die solcher Darstellung fähig wären, so ist in der fortgeschrittensten Produktion, der solche Schwäche nicht fremd bleibt, die Einziehung der Distanz Gebot der Form selber, eines der wirksamsten Mittel, den vordergründigen Zusammenhang zu durchschlagen und das Darunterliegende, die Negativität des Positiven auszudrücken. Nicht daß notwendig wie bei Kafka die Schilderung von Imaginärem die von Realem ablöste. Er eignet sich schlecht zum Muster. Aber die Differenz zwischen Realem und imago wird grundsätzlich kassiert. Es ist den großen Romanciers der Epoche gemeinsam, daß die alte Romanforderung des »So ist es«, bis zu Ende gedacht, eine Flucht geschichtlicher Urbilder auslöst, in Prousts unwillkürlicher Erinnerung wie in den Parabeln Kafkas und in den epischen Kryptogrammen von Joyce. Das dichterische Subjekt, das der Konventionen gegenständlicher Darstellung sich entschlägt, bekennt zugleich die eigene Ohnmacht, die Übermacht der Dingwelt ein, die inmitten des Monologs wiederkehrt. So bereitet sich eine zweite Sprache, vielfach aus dem Abhub der ersten destilliert, eine zerfallene assoziative Dingsprache, wie sie den Monolog nicht bloß des Romanciers, sondern der ungezählten der ersten Sprache Entfremdeten durchwächst, welche die Masse ausmachen. Wenn Lukács in seiner Theorie des Romans vor fast vierzig Jahren die Frage aufwarf, ob die Romane Dostojewskys Bausteine zukünftiger Epen, wo nicht selber bereits solche Epen seien[2], dann gleichen in der Tat die heutigen Romane, die zählen, jene, in denen die entfesselte Subjektivität aus der eigenen Schwerkraft in ihr Gegenteil übergeht, negativen Epopöen. Sie sind Zeugnisse eines Zustands, in dem das Individuum sich selbst liquidiert und der sich begegnet mit dem vorindividuellen, wie er einmal die sinnerfüllte Welt zu verbürgen schien. Mit aller gegenwärtigen Kunst teilen diese Epopöen die Zweideutigkeit, daß es nicht bei ihnen steht, etwas darüber auszumachen, ob die geschichtliche Tendenz, die sie registrieren, Rückfall in die Barbarei ist oder doch auf die Verwirklichung der Menschheit abzielt, [416] und manche fühlen sich im Barbarischen allzu behaglich. Kein modernes Kunstwerk, das etwas taugte und nicht an der Dissonanz und dem Losgelassenen auch seine Lust hätte. Aber indem solche Kunstwerke gerade das Grauen ohne Kompromiß verkörpern und alles Glück der Betrachtung in die Reinheit solchen Ausdrucks werfen, dienen sie der Freiheit, die von der mittleren Produktion nur verraten wird, weil sie nicht zeugt von dem, was dem Individuum der liberalen Ära widerfuhr. Ihre Produkte sind über der Kontroverse zwischen engagierter Kunst und l'art pour l'art, über der Alternative zwischen der Banausie der Tendenzkunst und der Banausie der genießerischen. Karl Kraus hat einmal den Gedanken formuliert, was immer aus seinen Werken moralisch als leibhafte, nicht-ästhetische Wirklichkeit spreche, sei ihm lediglich unterm Gesetz der Sprache, also im Namen von l'art pour l'art zuteil geworden.[3] Die Einziehung der ästhetischen Distanz im Roman heute, und damit dessen Kapitulation vor der übermächtigen und nur noch real zu verändernden, nicht im Bilde zu verklärenden Wirklichkeit, wird erheischt von dem, wohin die Form von sich aus möchte.

Anmerkungen

1. Vgl. Th. Mann, Doktor Faustus. Das Leben des deutschen Tonsetzers Adrian Leverkühn erzählt von einem Freunde. [Frankfurt/M.]: S. Fischer 1960 (= Gesammelte Werke in zwölf Bänden. Bd. 6.), S. 495: *Für den Nicht-Künstler ist es eine recht intrigierende Frage, wie ernst es dem Künstler mit dem ist, was ihm das Angelegentlich-Ernsteste sein sollte und zu sein scheint; wie ernst er sich selbst dabei nimmt und wieviel Verspieltheit, Mummschanz, höherer Jux dabei im Spiele ist.*

2. G. Lukács, Die Theorie des Romans. Ein geschichtsphilosophischer Versuch über die Formen der großen Epik. 2. um e. Vorw. verm. Aufl. Neuwied, Berlin: Luchterhand 1963, S. 158.

3. Vgl. K. Kraus, Bei den Tschechen und bei den Deutschen. In: K. K., Die Sprache. 4. Aufl. München: Kösel 1962 (= Werke. Bd. 2.), S. 341.

ERICH FRANZEN 1955

Die moderne Epik und die deutsche Öffentlichkeit.
In: Merkur, Jg. 9, 1955, H. 10, S. 901–905. W 305.

In dem etwas sentenziös formulierten Thema, das hier behandelt werden soll, verbirgt sich die grundsätzliche Frage nach der gesellschaftlichen Funktion der Kunst und der Aufgabe des Künstlers in unserer Zeit. Von dieser allgemeinen Problematik gehen die folgenden Betrachtungen über die Lage in Deutschland aus.

Auch wenn in ihnen nur von der modernen Epik – bescheidener gesagt: vom modernen Roman – gesprochen wird, ergeben sich doch manche Parallelen zu anderen Formen der Dichtung. Die schöpferischen Werke einer Epoche sind noch durch ihre Gegensätze miteinander verbunden. Sie drücken einen bestimmten Zustand der geistigen und sozialen Entwicklung aus; sie sind das Medium, durch das eine Gesellschaft sich ihrer selbst bewußt wird. Damit ist schon gesagt, daß hier nur von der Epik als Kunstform, nicht von der sogenannten Unterhaltungsliteratur die Rede sein kann. Die Grenze wird durch die Intention des Erzählers gesetzt. Wenn er ein Künstler ist, so wird er versuchen, der zerfließenden Realität des Geschehens die Einheit einer geistigen Welt gegenüberzustellen, in der das bloße Dasein sich zum Schicksal verdichtet und die Dinge, anders als in der Wirklichkeit, ein »Ende« haben.

Für die Entwicklung der epischen Kunst in den letzten sieben oder acht Jahrzehnten ist von höchster Bedeutung gewesen, daß die Fundamente, auf denen ein einheitlicher geistiger Kosmos sich aufbauen ließ, allmählich zerbröckelt sind, während gleichzeitig eine Form der Gesellschaft entstanden ist, die nicht mehr durch ein in sich geschlossenes Wertsystem, sondern durch eine Anzahl fertig zugeschnittener Lebensmodelle rein utilitaristischer Art zusammengehalten wird. Flaubert und der Naturalismus setzten noch eine logisch erfaßbare äußere und eine intelligible innere Welt voraus; über dem Werk Tolstois leuchtete die Transzendenz des geschichtlichen Daseins auf wie die Sonne über dem Schlachtfeld von Austerlitz; der deutsche Bildungsroman gründete sich auf das Ideal der »voll entwickelten Persönlichkeit«. Alle diese objektiven Prinzipien, nach denen das Sein sich ordnen ließ, sind zerfallen. An ihre Stelle ist seit Proust und der Zerstörung des *»roman pur«* (den [902] T. S. Eliot meint, wenn er schreibt, der Roman habe mit Flaubert und Henry James aufgehört) der Empfindungszusammenhang im Ich des Betrachters getreten.[1] Subjektive Erlebnisse ersetzen die äußere Aktion, die sich immer mehr in eine Folge »innerer Abenteuer« auflöst. Die Persönlichkeit des Autors wird, wie schon bei Proust, auf verschiedene Figuren verteilt, von denen jede eine fragmentarische Erfahrung aus dem Leben des Dichters verkörpert. Das erste charakteristische Werk dieser Art ist *»La condition humaine«* von André Malraux. Alle Gestalten dieser Erzählung sind nur idealtypische Versuchsfiguren, die sich je nachdem als echte Revolutionäre, als terroristische Einzelgänger, als gesinnungslose Spieler oder als leidende Betrachter ausweisen; die Hauptperson aber ist Malraux selbst, denn er allein erfährt das Schicksal, zwischen den verschiedenen Möglichkeiten, die von den Figuren vorgelebt werden, wählen zu müssen – und erst die unlösbare Spannung dieser Wahl gibt den Spiegelbildern seines Ichs Sinn und Bedeutung. Während Malraux noch glaubt, die Freiheit einer existentiellen Entscheidung für sich retten zu können, verschwindet bei anderen Autoren, die auf die Folie eines historischen Hintergrunds verzichten, selbst dieser Rest einer imaginären »Handlung«. Die völlige Isolierung des Subjekts in einer unzugänglichen und – wie bei Kafka – mörderischen Umwelt ist das Thema. Eine objektive Spannung existiert nur noch zwischen den Bruchstücken des Ichs und dem verlorenen Absoluten, das die Fragmente zusammenhalten könnte. Die Technik des inneren Monologs ist der Ausdruck dieser Lage. Aus dem *»roman pur«* mit seinem allgemein »verstehbaren« Handlungsablauf ist der chiffrierte Ideenroman geworden, der Zeit und Raum in irrationale Funktionen des Ichs verwandelt, ja sogar, wie bei Samuel Beckett und Camus, das autonome Ich ganz auflöst und an seine Stelle die namen- und umrißlose Kreatur setzt.

Diese Verwandlung der »Wirklichkeit« in eine nicht ausmeßbare Dimension, die geahnt, doch nicht gewußt wird, also in einen mythischen Schicksalsraum, widerspricht aufs schärfste dem Leitbild einer zweckrational ausgerichteten, mit kybernetischen Maschinen arbeitenden Profitgesellschaft. Da diese Gesellschaft ihre Wertvorstellungen auf Arbeitsdisziplin und auf den verläßlichen Takt der Maschine gründet, betrachtet sie den ikarischen Flug der Dichtung als ein unsicheres, kindliches und verdächtiges Abenteuer. Sie produziert ihre eigene Umwelt, in der die Kunst nicht nur, wie schon Hegel gemeint hat, mehr und mehr den Charakter der Notwendigkeit verlieren muß, sondern selbst als Fabrikat und »Ware« eingeschätzt und bezahlt wird wie das Erzeugnis eines Ingenieurs. Als reines Nutzfabrikat aber kann die Dichtung mit den in Massen hergestellten Glücksattrappen für standardisierte Lebensmodelle [903] nicht konkurrieren. Sie enthält zuviel humane Essenz, wenn auch nur in der Form eines »tragischen Humanismus« (der Ausdruck stammt von Malraux), dessen Tragik eben darin liegt, daß die allgemein propagierte Beschäftigung mit den Randbedingungen des Daseins keinen Raum für eine Besinnung auf Integralwerte läßt.

Das ist die generelle Lage im Umkreis unserer Zivilisation. Das deutsche Beispiel ist nur eine einzelne Illustration dieses Zustandes, aber es zeigt einige besondere Züge. Einmal hat man in Deutschland länger und zäher am idealistischen Menschenbild der Klassik und Romantik festgehalten als in anderen Ländern – sozusagen als Sicherung vor dem Umsturz aller Werte in der heraufkommenden industriellen Massengesellschaft – und sich dadurch den Blick verstellt. Dieser Traditionalismus hat die Anpassung an die technische und soziale Entwicklung erschwert. Man kann die Griechen-Sehnsucht der Deutschen, die einen Geist wie Valéry so schockiert hat, auf manche Art erklären; sicher aber muß man ihr mit die Schuld daran geben, daß die deutsche Epik dem zeitbewußten französischen und englischen Roman bis weit in das 19. Jahrhundert hinein nichts Ähnliches hat zur Seite stellen können. Die falschen Maßstäbe, die sich daraus ergeben haben, sind heute noch für manche Geistesverwirrung verantwortlich; nur in Deutschland findet man Philosophen und Dichter, die bei aller Verehrung Hitlers weiter an Hölderlin festhalten. – Zweitens aber erlebte die schon stark differenzierte deutsche industrielle Gesellschaft einen plötzlichen Rückfall in archaische Lebensformen, begleitet von einer ebenso archaischen Angst. Die deutsche Bevölkerung erlitt also im Lauf eines halben Jahrhunderts einen doppelten Schock: sie war innerlich nicht vorbereitet auf den Anbruch einer neuen geschichtlichen Epoche, und sie sah sich unvermutet dem archaischen Ungeheuer gegenüber, das hinter dem zerbröckelnden Selbstschutz des »harmonischen Menschenbildes« lauerte. Daher wird in Deutschland die allgemeine Reaktion der Massengesellschaft auf das geistig revolutionierende Weltbild des modernen Ideen- und Intelligenzromans noch verstärkt; zweitens aber entsteht ein spezifisches Angstgefühl, das wie ein abgespaltener Komplex wirkt und keine »Experimente« duldet. Die Unfähigkeit zu verstehen, was geschehen ist, wird auf die Zukunft projiziert. Es entwickelt sich eine Art seelischer Lähmung: man wartet fatalistisch ab und wagt nicht, sich selbst Ziele zu setzen; der Zugang zu den tieferen Schichten des Ichs wird durch Selbstschutzmechanismen aller Art blockiert. Man sucht Rettung in der Beherrschung der äußeren Welt. Die geistigen Energien werden auf das Wirtschaftliche und Politische abgelenkt und in Machtstreben umgesetzt. Die emotionale Verarbeitung des Angstkomplexes unterbleibt. Was an den Komplex rührt, wird gewaltsam abgewehrt.

[904] Nun ist die moderne Epik, von Hemingway bis Camus, in ihrer Grundstimmung beherrscht von einem tiefen Angstgefühl, das die epochale Veränderung des Welt- und Menschenbildes in unserer Zeit notwendig begleitet. Sie versucht, die Wirkungen dieser Veränderung auf das isolierte Ich mit rücksichtsloser Offenheit darzustellen, um die Möglichkeit einer Deutung und vielleicht – man wagt es kaum zu sagen – einer neuen Humanität zu schaffen. Gerade diese Auseinandersetzung, die erfordert, daß sich das Ich den eingetretenen Gleichgewichtsverlust freimütig eingesteht, ist in Deutschland emotional erschwert. Daher gelingt die geistige Durchleuchtung der Situation nicht. Die meisten Autoren laborieren an den Auswirkungen eines Zustandes, für den sie keinen Maßstab finden. Da sie es nicht wagen, die Negationen dorthin zu setzen, wo sie hingehören – und nur darin besteht die Freiheit des Dichters –, halten sie sich für Märtyrer. Dazu kommt, daß den wenigen Mutigen, wie Heinrich Böll oder Wolfgang Koeppen, trotz aller Lobsprüche die Gefahr der Vereinzelung droht, wenn sie auf ihrem Protest beharren. Die Kritiker verwerfen jede Negation des Eudämonismus – auch wenn sie sich auf die Gnostik oder Pascal stützt, wie bei Beckett – als »nihilistisch«. Der fanatische Humanismus eines Camus oder die negative Religiosität Kafkas gelten als unheimlich. Man übersieht die ästhetischen Qualitäten nicht, aber man wagt nicht, sich an der Aussage selbst zu orientieren. Statt dessen wird das Unverbindliche vorgezogen, der bewußte Rückzug in das rein Formale, wie bei Benn, oder in einen epigonalen Neo-Klassizismus, den man von Giraudoux oder dem späteren Eliot ableitet. Mit einer merkwürdigen Indifferenz gegenüber den eigenen Möglichkeiten klammert man sich an das Gesichert-Akademische oder an das behördlich Sanktionierte. In der deutschen Öffentlichkeit gilt heute Homogenität der Ansichten mehr als Bereitschaft zu neuen Erfahrungen. Dazu kommt die traditionelle Ausrichtung aller Schichten nach einer Oberschicht,

die in unseren Tagen, nach der zweimaligen Vernichtung eines finanziell unabhängigen Bürgertums, nur noch in der politischen und akademischen Elite gesehen wird, von denen die erste kein Leitbild geben kann und die zweite ihr Schifflein längst an einer windstillen Bucht vor Anker gelegt hat und sich nur noch damit beschäftigt, die Maste zu schmücken. Wo aber für alle existentiellen Spannungen ein autoritärer Ausgleich gesucht wird, hat die Literatur ihre gesellschaftliche Funktion und die Epik ihre hermeneutische Bedeutung verloren. An ihre Stelle tritt das angeblich metaphysisch-orientierte, in Wahrheit eminent politische Traktat oder die falsche Modernität des Bildungskitsches, dieses gefährlichsten Fertigprodukts für die Elite der Manager. Wie man früher in den Salon-Kommunismus flüchtete, so flüchten manche jetzt in die falsche Einfachheit [905] eines Salon-Griechentums oder eines unverbindlichen Salon-Katholizismus, um dem inkommensurabel Neuen auszuweichen; aber nach einem Bernanos würde man vergeblich suchen. Dante und Pascal müssen dazu herhalten, das *juste milieu* zu betonieren. Nichts ist dem Geist der Kunst fremder als diese Maulwurfsliteratur mit ihren unsichtbaren Höhlengängen, die auf allen Seiten zu bequemen Auswegen führen, doch nichts liefert so mühelos ein Alibi, wenn es gilt, mit dem Engel zu kämpfen.

Auch dem echten Künstler droht die Gefahr, daß er in unserer arbeitsteiligen Gesellschaft immer mehr zum Spezialisten wird, der nur von anderen Spezialisten verstanden werden kann. Weder sein Weltbild – oft so ungegenständlich wie das der Atomphysiker – noch seine Form des Ausdrucks entsprechen den Vorstellungen, die der Masse als Antrieb dienen. Sie geben nichts von dem, was an der menschenfeindlichen Rechenwelt der Gesellschaft lernbar ist. Der moderne Erzähler, der mit scheinbar unvereinbaren Kontrasten und mit Assoziationen aus der Tiefe des Unbewußten arbeitet und die gewohnte Kontur der Gestalt durch eine Fülle von Perspektiven und Überlagerungen ersetzt, betrachtet – nach dem Vorbild des »Ulysses« von Joyce – die menschliche Geschichte nur als eine beliebige Variante unendlicher Möglichkeiten. Zur Gegenwart gehören alle Zeiten, und einzig durch diese Beziehung auf ein zeitloses Selbst-Bewußtsein erweist sich die moderne Epik als zeitgebunden. Es kommt zu der sonderbaren Paradoxie, daß der Mensch, der in einer rational durchorganisierten und mechanisierten Gesellschaft lebt, in der Dichtung als sein eigener Archetyp erscheint. So endet der Roman, einst die wichtigste Informationsquelle für den erwachenden dritten Stand, als eine in Hieroglyphen geschriebene Mythologie, die in stärkstem Gegensatz zu dem Fortschrittsglauben der Massen und zu den vereinfachenden Utopien der Glückspropheten steht. Um überhaupt gehört zu werden, müssen die epischen Avantgardisten sich tarnen wie Odysseus in der Höhle des einäugigen Polyphem. Es bleibt ihnen nur übrig, ihre »neuen« Wahrheiten als altbekannte auszugeben – was durchaus keine Lüge ist – oder sich im Schafsfell des scheinbaren Kitsches zu verstecken, wie Cocteau es versucht hat. Vielleicht können sie dann sogar die behördlich sanktionierte Konkurrenz der Unterhaltungsmaschinen aushalten. Die Ironie einer solchen Wendung entspricht dem Zustand einer Gesellschaft, in der jeder sich nach Traditionen richten muß, an die keiner mehr glaubt, und alle an die Atomwelt glauben, nach der niemand sich richten kann. In diesem *»Larvatus* *prodeo«* mag für den Künstler, der die Öffentlichkeit beeinflussen will, noch eine Chance liegen. Trösten wir uns damit, daß der einzige Kunde des großen Malers Modigliani – blind war.

Anmerkung

1. T. S. Eliot, »Ulysses«, Order, and Myth. [1923]. In: Criticism: The Foundations of Modern Literary Judgment. Ed. by M. Schorer u. a. New York: Harcourt Brace (1948), S. 270. Mit dem *roman pur,* den Franzen hier im Auge hat, ist der traditionell erzählte gemeint und nicht – wie Benjamin im Zusammenhang mit Gides »Die Falschmünzer« ausführt – der Roman als *reines Innen* und *äußerster Gegenpol zur reinen epischen Haltung, die das Erzählen ist* (W 161, S. 563).

Neue Provinzen erobern

Schreibend zur Veränderung der Welt beizutragen (W 285, S. 680) – diesen Weg hatte Bodo Uhse in dem Hauptreferat des II. Deutschen Schriftstellerkongresses (1950) den Romanautoren vorgezeichnet. Die geringe Effizienz der frühen Versuche in dieser Richtung lasten Noll und Anna Seghers dem Umstand an, daß die komplizierte Dialektik der Entwicklung, die Widersprüche im Wechselverhältnis des einzelnen zur Gemeinschaft kaum wahrgenommen und individuelles Denken und Handeln einer abstrakt analysierten gesellschaftlichen Bewegung untergeordnet, *ideologische Gerüste* (Noll) also mit Leben ausgefüllt worden waren, anstatt die historischen Umwälzungen an der persönlichen Geschichte und den Geschicken des ›Helden‹ vorzuführen. In Anlehnung an Auffassungen, wie sie von Lukács etwa in »Erzählen oder Beschreiben?« (W 205) vertreten werden, sieht Noll – und Anna Seghers ebenfalls – erst durch die künstlerische und schöpferische Widerspiegelung, durch die vollständige Umsetzung der theoretischen Erkenntnis in die *ästhetischen Kategorien des Gestalteten* (Lukács) garantiert, was mit bloßen Erklärungen, Appellen an den Intellekt und durch schematisch konstruierte Vorgänge nicht zu erreichen sei: daß der Leser die erzählten Ereignisse mit- und nacherlebe. Dies aber sei eine unerläßliche Bedingung ihrer Wirkung. Der Roman – darüber besteht bei Noll, Anna Seghers, Becher und Zweig (W 312) Einigkeit – erziele diesen Effekt am ehesten, wenn das Interesse an den Figuren *bis ins Detail hinein* (Becher) getrieben werde und die Folgerichtigkeit der *Fabel* sich auch auf die seelischen Vorgänge beziehe, *die einen Charakter erhellen, vertiefen, plastisch machen* (Zweig, W 312 N, S. 385); wenn der einzelne Mensch seine Eigenheiten in *echten* Konflikten enthülle und ihre Lösung über die unmittelbare Gegenwart hinaus Ausblicke in die *Wirklichkeit des Künftigen* (Becher) eröffne.

Über die Bedeutung der *Perspektive* sprach Lukács auf dem IV. Deutschen Schriftstellerkongreß (1956). Sein Plädoyer für die Antizipation nur des *nächsten Schrittes,* für eine *relativ bescheidene unmittelbare Perspektive* im Roman stand dabei in engem Zusammenhang mit seinem Versuch, sie nicht als eine *Utopie*, einen *subjektiven Traum* zu definieren, sondern als die *notwendige Konsequenz einer objektiven gesellschaftlichen Entwicklung, die sich dichterisch in der Entfaltung einer Reihe von Charakteren in bestimmten Situationen objektiv äußert* (W 318, S. 77). Als abstrakt und ohne den *Grundstoff Wirklichkeit* (Seghers) verwarf Lukács daher eine Perspektive, bei der in unerlaubter Vereinfachung der Schwierigkeiten der sozialistischen Umgestaltung und in Überschätzung des Erreichten keimhafte Ansätze schon als volle gegenwärtige Realität ausgegeben wurden. Das richtete sich gegen eine Vernachlässigung der widerspruchsreichen Dynamik historischer Prozesse und gegen die *revolutionäre Romantik* in der Literatur, die – so Lukács – als *ästhetisches Äquivalent* des Stalinschen Dogmatismus *die Grenzen zwischen subjektiver Wünschbarkeit und objektiver Realität* verwische.[1]

Der Streit über die Realismustheorie von Lukács, der in der DDR nach dem IV. Schriftstellerkongreß aufflammte, rückte auch das Problem der Perspektive in ein anderes Licht. Lukács' Forderung nach einer *objektiven* Schilderung der verschlungenen Pfade der Wirklichkeit getreu dem Vorbild des bürgerlich-realistischen Romans wurde mit dem Einwand zurückgewiesen, daß bei dem fortdauernden Klassenantagonismus gerade der *Bewertung* des erzählten Geschehens und damit eine entscheidende Rolle der *subjektiven* Parteilichkeit zufalle, die *bewußt im revolutionären Klassenkampfe Stellung für das Proletariat, für den Sozialismus nimmt . . . der Wirklichkeit des heutigen Tages voraus ist und in diesem Sinne ›von außen‹, von ›vorn‹ über die Wirklichkeit urteilt*[2]. Lukács, der vor einer Überspannung der Perspektive gewarnt hatte, mußte sich nun vorwerfen lassen, sie auf das *Resultat der Handlung reduziert*[3] und der taktischen Überlegung vor der strategischen, dem Teilziel vor dem Endziel den Vorzug gegeben zu haben. Die ›poetische‹ Aufgabe der Literatur aber sei es, das *Ziel der Bewegung* und die *Prozesse, die dorthin führen*, in ihrer wechselseitigen Abhängigkeit bewußt zu machen.[4]

Der Titel der Vorbemerkung stammt aus Bechers »Das poetische Prinzip«, W 319, S. 237.

Anmerkungen

1. G. Lukács, Wider den mißverstandenen Realismus. Hamburg: Claassen 1958, S. 140.
2. H. Koch, Theorie und Politik bei Georg Lukács. (1957). In: Georg Lukács und der Revisionismus. Eine Sammlung von Aufsätzen. Berlin: Aufbau 1960, S. 134.
3. A. Klein, Parteilichkeit, Objektivität, Perspektive. In: *Neue deutsche Literatur*, Jg. 6, 1958, H. 11, S. 114.
4. H. Kaufmann, Lukács' Konzeption eines ›Dritten Weges‹. (1959). In: Georg Lukács und der Revisionismus, a. a. O., S. 336.

DIETER NOLL 1953

Aus: Reinowskis Romanwerk und Fragen des Schematismus.
In: Neue deutsche Literatur, Jg. 1, 1953, H. 6, S. 178–181. W 295.

Als im Frühjahr 1945 die Rote Armee den deutschen Faschismus zerschlagen hatte, begann mit der Bodenreform auch für die dörfliche Gesellschaft der damaligen Ostzone eine neue Entwicklung, die nun, im Rahmen der Gesamtentwicklung unserer Republik, zur Gründung landwirtschaftlicher Produktionsgenossenschaften geführt hat. Die literarische Gestaltung dieser revolutionären Entwicklung seit 1945 ist ein notwendiges Unternehmen, für dessen Gelingen die genaue Kenntnis der Verhältnisse, des Entwicklungsganges und aller Probleme auf dem Lande Voraussetzung ist. Voraussetzung ist weiter – und davon wird das Ergebnis wesentlich abhängen –, daß der Schriftsteller den Marxismus-Leninismus beherrscht und alle gesellschaftlichen Erscheinungen richtig zu analysieren, das heißt, sie in ihrer Klassenbedingtheit zu deuten und sie politisch, agitatorisch wirksam darzustellen weiß.

Beide Voraussetzungen hat *Werner Reinowski* zweifellos mit seinen Romanen *»Der kleine Kopf«* und *»Vom Weizen fällt die Spreu«* (Mitteldeutscher Verlag, Halle) erfüllt. Darüber hinaus bedarf sein Verdienst keiner Hervorhebung, einen bisher nur wenig behandelten Stoff mutig aufgegriffen, ausführlich dargestellt und damit eine störende Lücke unserer jungen Literatur geschlossen zu haben.

Die beiden Voraussetzungen: *Kenntnis der Entwicklung* und *wissenschaftlich fundierte Parteilichkeit* genügen zur Widerspiegelung der Wirklichkeit (im Sinne des menschlichen Erkenntnisprozesses), nicht aber zur schöpferischen, *aktiven* Widerspiegelung, zur künstlerischen Gestaltung. Es ist also zu untersuchen, wie weit die Romane Reinowskis auch die dritte, für die Entstehung eines literarischen Werkes unabdingbare Voraussetzung erfüllen, wie weit ihnen eine richtige ästhetische Konzeption zugrunde liegt.

*

Die Aufgabe des Schriftstellers darf sich nicht darauf beschränken, *Kenntnis* einer gesellschaftlichen Erscheinung und *Erkenntnis* ihrer ökonomischen Wurzeln zu vermitteln. Ein Kunstwerk muß den gesellschaftlichen Prozeß zum *Erlebnis* werden lassen; es appelliert nicht ausschließlich an den Intellekt, an die *Erkenntnisfähigkeit*, sondern zugleich und vor allem an die *Erlebnisfähigkeit*. Über persönliche Anteilnahme, über *Mit-Erleben* und *Nacherleben* der (aktiv) widergespiegelten Ereignisse führt der vom Künstler vorgezeichnete Erkenntnisweg zum Verstehen gesellschaftlicher Bewegungen und ihrer ökonomischen Bedingungen. Denn der Mensch erlebt alles gesellschaftliche Geschehen seiner Zeit als »sein Leben«, erlebt es als Individuum, als kompliziertes Wesen, das in vielfältigen, komplizierten Beziehungen zu anderen Individuen, zur *Gesellschaft* steht. Was sich in der Rückschau als *Geschichte*, als gesellschaftlicher Entwicklungsprozeß auf der Basis ökonomischer Verhältnisse offenbart, erlebt der Mensch als seine Gegenwart, als sein persönliches Sein, ausschließlich als Summe persönlicher Erlebnisse und Erfahrungen, welche sein Bewußtsein bestimmen. Er ist sich zunächst nur seiner individuellen Entwicklung, dazu eines Teils ihrer Triebkräfte (Milieu, Umwelt, Erziehung), zugleich aber auch der Entwicklung vieler, vieler anderer Menschen bewußt. Aus solcher Gebundenheit an die Gesellschaft und an die eigene Entwicklung resultiert die Unfähigkeit des Menschen, gesellschaftliche Prozesse [179] *unmittelbar*, das heißt anders denn als eigenes Erlebnis, zu erleben; er kann sie als historische Entwicklung nur *verstehen.*

Daraus ergibt sich als Hauptvoraussetzung künstlerischen Schaffens: Der Schriftsteller muß alle gesellschaftlichen Bewegungen in der Form menschlicher Beziehungen, als Summe (scheinbar) zufälliger Schicksale und Ereignisse sichtbar und damit zum *Erlebnis* werden lassen. Wird hingegen die gesellschaftliche Bewegung selbst und direkt zum »Helden« erhoben, müssen die Gestalten des Buches zwangsläufig zu mechanistischen Funktionen des historischen Prozesses herabsinken; Funktionen des historischen Prozesses sind sie tatsächlich, aber in einer komplizierten *dialektischen* Beziehung. Schließt der Schriftsteller das Medium des Erlebnisses aus, begibt er sich der besten Möglichkeiten, auf Menschen zu wirken, mit seinem Werk also an der Veränderung der Wirklichkeit mitzuarbeiten. Ein Kunstwerk muß packen und *überzeugen*, nicht erklären und erläutern.

Diese grundsätzliche These, die zum Beispiel Konstantin Fedin in dem Hinweis formulierte, man müsse *»im Einzelnen die Gesamtheit sehen«* und *»das Kleine mit dem Großen vereinen«*, läßt sich nicht ohne weiteres umkehren; in der Gesamtheit, im Allgemeinen das Einzelne, Besondere nachzuweisen, mag als Deduktion Methode des Wissenschaftlers sein. Der Künstler muß sich der Methode bedienen, durch realistische Gestaltung des Lebens die allgemeinen gesellschaftlichen Bewegungen sichtbar zu machen.

Die verderbliche Umkehrung dieses Prinzips ist eine »Kinderkrankheit« unserer jungen Literatur, eine Gefahr, der vor allem ein Roman zu erliegen droht, der den Verlauf des Entwicklungsprozesses selbst darstellen will.

*

Reinowskis Romanwerk hat einen umfassenden gesellschaftlichen Prozeß zum Thema: Die revolutionäre Umgestaltung des Dorfes seit der Bodenreform.

Der Fehler, den Reinowski dabei begangen hat, wird sofort am Fehlen der *Fabel* sichtbar. Die Handlung beider Bände läßt sich in eine Vielzahl locker aneinandergereihter Episoden auflösen, die durch ein *ideologisches Gerüst*, einen *Leitgedanken* zusammengehalten werden. Anstelle der Fabel, die von Menschen und menschlichen Beziehungen lebt, hat Reinowski seinem Werk den abstrakten Gedanken zugrunde gelegt, die Entwicklung des Dorfes seit der Bodenreform zu gestalten. Ließe sich dieses ideologische Gerüst ohne weiteres mit in Handlung wiedergegebenem Leben auskleiden, wäre gegen solche »deduktive Methode« nichts einzuwenden. Aber die Verwendung eines abstrakten Leitgedankens anstelle menschlicher, zu einer Fabel versponnener Beziehungen und Konflikte, führt zwangsläufig zum *Schematismus*. Durch die direkte Übertragung des grundsätzlich richtigen Ergebnisses einer marxistischen Analyse der Gesellschaftsverhältnisse im Dorf auf das Kunstwerk wird der *Romaninhalt* zum *Romanschema*.

In unserem Falle ergibt die Analyse der Dorfverhältnisse folgendes Bild: Revolutionärer Umschlag der Produktionsverhältnisse in der Bodenreform. Der enteignete Junker (von Kiedmann) flieht nach dem Westen. Neubauern (Schate, Mantuk) stehen Großbauern (Voß, Greisig usw.) gegenüber. Die gesellschaftliche Bewegung resultiert auf der Grundlage veränderter Produktionsverhältnisse aus der Entwicklung der Produktivkräfte und dem verschärften Klassenkampf, der offen oder versteckt von beiden Seiten mit großer Erbitterung geführt wird, einerseits inspiriert durch die Partei, andererseits von Kiedmann und den Großbauern, die sich gefügiger Werkzeuge (Kunkel, Straß) bedienen. Die Neubauern haben gegenüber den festen Positionen der Großbauern zunächst einen schweren Stand; die Partei schickt einen Funktionär (Schmidt) in eine Neubauernstelle; nun, mit aktiver Unterstützung der sowjetischen Behörden, geht es Schritt für Schritt voran. Der Klassenfeind wird isoliert, in die Verteidigung [180] gedrängt, bis er zu offener Sabotage, zu Brandstiftung und Gewalt greift, entlarvt und vernichtet wird.

Diese, hier sehr flüchtig skizzierte Entwicklungslinie, von Reinowski in allen Teilen richtig gewertet und akzentuiert, ist nun zugleich die »Fabel«, das *Schema* des Romanwerkes, in welches Menschen und Ereignisse eingesetzt werden. So entstehen die verschiedensten »Schubfächer«, die menschlichen Kategorien »Klassenfeinde«, »Fortschrittliche«, »Unentschiedene« usw. Und in diese Kategorien werden die Figuren hineingepreßt, um so das ideologische Gerüst mit Leben auszufüllen.

Eine solche allgemeine gesellschaftliche Entwicklungslinie ist aber kein schriftstellerisches Monopol Reinowskis, wie es eine erfundene, dem Leben abgelauschte Fabel wäre, sie ist vielmehr objektive Wirklichkeit. Jeder andere Schriftsteller, der die Klassenverhältnisse und die Entwicklung auf dem Lande gleichfalls richtig analysiert hat und dann den gleichen Fehler begeht, die Wirklichkeit direkt (passiv) widerzuspiegeln, muß zwangsläufig zu dem gleichen ideologischen Gerüst, also zum selben Roman-Schema gelangen. So geschieht es, daß sich fast alle Bodenreform-Romane zum Verwechseln ähnlich sind. Ich habe in den letzten Monaten mehrere Roman-Manuskripte zu lektorieren gehabt, die sich mit demselben Thema wie Reinowskis Bücher beschäftigen; das Schema war überall das gleiche, oben skizzierte; Unterschiede gab es – bei völliger Identität der Personenfunktionen – nur in den Namen und in Handlungsdetails. Reinowskis Großbauer Voß, sein Neubauer Schate – ich fand sie zum Beispiel bei X. als Großbauer A. und Bauer B. wieder.

Das ist Schematismus in Aktion, eine akute Gefahr unserer jungen Literatur, verursacht durch eine falsche ästhetische Konzeption, die nicht von menschlichen Beziehungen, von der lebendigen Vielfalt des gesellschaftlichen Lebens zur Erkenntnis des Allgemeinen vorstößt, sondern vom Allgemeinsten her das Einzelne zu bestimmen und zu gestalten sucht. Eine solche Fehlkonzeption aber kann verschiedene Ursachen haben. Ideologische Unklarheit zum Beispiel läßt den abstrakten Prozeß höher werten als den Menschen, der im Mittelpunkt zu stehen hätte; mangelnde Kenntnis der marxistischen Ästhetik verhindert die *aktive* Widerspiegelung der Wirklichkeit.

Der Einwand: Da hier kein einzelner Konflikt, sondern eine historische Entwicklung gestaltet werden soll und diese Entwicklung nun einmal diesen und keinen anderen Verlauf nahm, ist eine andere Konzeption nicht möglich –, dieser Einwand trifft ins Leere. Er würde bedeuten, daß es über eine bestimmte historische Entwicklung nur *einen* Roman geben könnte; und gäbe es dennoch mehr, wären sie im Grundsätzlichen – Namen und Handlungsdetails ausgenommen – einander gleich. Wie erklärt sich dann die grandiose Vielfalt zahlreicher Werke der Sowjet-Literatur auch bei absoluter Gleichheit des Themas? Sie erklärt sich eben daraus, daß dort die Epoche im Schicksal des Menschen eingefangen, nicht der Einzelne als bloße Funktion der Epoche dargestellt ist. Zwei Romane aus dem Bürgerkrieg: Alexej Tolstois »Leidensweg« und Ostrowskis »Wie der Stahl gehärtet wurde« haben das gleiche Thema, benutzen zum Teil die gleichen Schauplätze und lassen die gleichen historischen Figuren (zum Beispiel Petljura [1]) auftreten. Doch welch gewaltiger Unterschied zwischen den beiden Romanen! Von grundsätzlich andersartigen Dichterpersönlichkeiten geformt (wo bleibt dieses Moment in unserer jungen Literatur?), liegen jedem der Romane – das ist entscheidend – andere, typische, unverwechselbare Menschenschicksale dieser Zeit zugrunde. Bei Tolstoi sind es die Schwestern Dascha und Katja und die Menschen ihrer Umgebung; zwei Paare liebender Menschen (welche Möglichkeiten schon hier!), die in einer straff komponierten Fabel drei Bände lang um und um getrieben, getrennt und wieder vereint werden, die sich verirren und entwikkeln, Fehler begehen, in furchtbare Not geraten, von einem [181] »Zufall« zum anderen treiben –, kurz: sie begegnen tausend Erlebnissen, und an jedem dieser Erlebnisse wird ein Teilchen Geschichte beleuchtet; aus der Gesamtheit der Fabel aber steigt das Bild der Epoche in enzyklopädischer, überwältigender Vollständigkeit. Bei Ostrowski ist es Pawel Kortschagin, dessen Schicksal die gleiche gesellschaftliche Bewegung erhellt und für den Leser zum unvergeßlichen Erlebnis macht.

Hingegen Reinowski: Auf der Grundlage seines allgemeinen ideologischen Gerüsts besteht seine schriftstellerische Arbeit, die sich eigentlich auf die Gestaltung von Menschen und ihrer Umwelt konzentrieren müßte, nur darin, das Gerüst mit Leben und Handlung auszukleiden, ein Unterfangen, daran auch Schriftsteller von weitaus größerer Gestaltungskraft scheitern müßten. Weil aber alles von vornherein festgesetzt ist, dürfen die Figuren des Romans nicht wie Menschen handeln, sondern nur so, wie es ihnen das ideologische Konzept vorschreibt. Doch ein Mensch ist ein kompliziertes Wesen; Reinowski besitzt außerdem zuviel Gestaltungskraft, als daß ihm bloße Schattengestalten als Figuren genügen könnten; und da eine literarische Figur, einmal vom Schriftsteller ins Leben gerufen, ein gewisses »Eigenleben« führt, wollen Reinowskis Personen oft nicht, wie Reinowski will. Voß zum Beispiel, eine durch und durch negative Figur, gewinnt in der Sorge um einen Erben immer menschlichere Züge, bis er schließlich fast die Sympathien des Lesers erobert. In einer Fabel besäßen die Figuren die ihnen gebührende Handlungsfreiheit; da Reinowski jedoch seine ideologische Linie unter keinen Umständen verlassen darf (soll nicht sein ganzes Vorhaben zusammenbrechen), zwingt er die Figuren, die fast sämtlich ein schönes Eigenleben entfalten möchten, immer wieder in sein Schema zurück. So erklärt die falsche Grundkonzeption nicht nur die Schwarz-Weiß-Malerei, sondern auch die Brüchigkeit aller Figuren.

Die allgemeinen Erkenntnisse, die Reinowskis Bücher – wie jedes Kunstwerk – vermitteln sollen, die dem Leser also nicht auf dem Wege des Mit- und Nacherlebens menschlicher Schicksale dargebracht werden, kann er auf Grund seiner Fehlkonzeption nur in Form abstrakter Diskussionen bringen, die ermüdend langatmig, ja langweilig sind und mitunter zu exakten Anweisungen auswachsen, wie man am besten diese oder jene politische Frage diskutiere; in solcher Form haben Gespräche in einem Roman nichts zu suchen. [. . .]

Anmerkung

1. Symon Petljura (1879–1926), ukrainischer Politiker und Nationalistenführer. Sein Versuch, eine ukrainische nationale Republik zu gründen, scheiterte. Kämpfte 1918 mit polnischer Hilfe vergeblich gegen die Rote Armee. 1926 in Paris ermordet.

ANNA SEGHERS 1956

Aus: Der Anteil der Literatur an der Bewußtseinsbildung des Volkes.
In: IV. Deutscher Schriftstellerkongreß Januar 1956. Protokoll, T. 1. [Berlin] 1956, H. 1, S. 53–55, 57–59, 67f. W 317.

[. . .] In unserer Literatur fehlen Fabeln mit echten Konflikten. Man hat manchmal sogar den Eindruck, die Autoren vermieden es, echte Konflikte zu zeigen; denn sie stoßen doch andauernd auf solche in ihrer nächsten Umgebung. Und es ist gar nicht glaubhaft, daß sie sie nicht sehen, nicht miterleben. Aber sie weichen aus verschiedenen Gründen vor ihrer Gestaltung zurück. Das macht ihre Bücher arm. Und die Menschen sind enttäuscht, ja aufgebracht, daß ihre Schriftsteller, von denen sie doch die Wahrheit erwarten, sich so stellen, als ob sie die harten Konflikte im Leben nicht sehen.

Keine packende Fabel ist denkbar ohne Konflikte. Alle Bücher, die Menschen pakken, packen sie durch die Fabeln, durch die Konflikte, auf denen die Fabeln beruhen. So war es mit den griechischen Sagen, so ist es mit den biblischen Geschichten, so ist es heute. Nur im Konflikt kann der dargestellte einzelne Mensch seinen Charakter enthüllen, alle seine privaten und gesellschaftlichen Beziehungen. Im Konflikt zeigt es sich, für was er sich entscheidet, und warum er es tut. Im Konflikt zeigt sich erst die Perspektive, vor der er und wir stehen. Und der Autor, in dem er diese dem Leser klarmacht, zeigt seine Parteilichkeit. Immer ist es der Konflikt und seine Lösung, die den Leser so stark erregt, den reifen oder primitiven, das Kind oder den Erwachsenen.

Heute genügt es nicht, nur den Konflikt als solchen darzustellen und sei es auch mit der Kraft eines Balzac. Der Schriftsteller muß ihn so darstellen, daß dabei die Entwicklung, die Richtungslinie klar wird. Ob die dargestellten Personen ihr folgen oder sie meiden, davon hängt die Lösung ab und die nächste Entwicklungsstufe. Und die Wirkung auf den Leser hängt davon ab, wieweit er das miterlebt und die Lösung zu seiner macht.

Ich will später darüber sprechen, warum in unseren Büchern vielfach gar kein echter Konflikt zustande kommt, sondern ein Scheinkonflikt, vielfach keine echte Entwicklung, sondern nur eine Scheinentwicklung, so daß der Leser kalt bleibt.

Manche im Westen, auch in Westdeutschland geschriebenen Bücher sind den unseren an Fabeln und an Konflikten überlegen. Nehmen wir zum Beispiel den amerikanischen Roman »Die Nackten und die Toten«. [54] Der Leser folgt ihm gespannt. Wenn er aber das Buch zumacht, hat er soviel oder sowenig Perspektive wie vorher. Er drang tief in den Teil der Wirklichkeit ein, den der Autor ihm schonungslos gezeigt hat. Er erfuhr aber nur eine Bestätigung seines eigenen Unbehagens, in einer so düsteren, unvollkommenen Welt zu leben.

Wir bauen in unserem Staat ein helles, friedliches Leben auf. Hindernisse gibt es genug. Aber wir überwinden sie. Wir sehen die Richtung vor uns.

Es ist unerläßlich, eines unserer Grundgesetze, die Entwicklung in Widersprüchen, auf die Darstellung in der Kunst anzuwenden. Ich will vom positiven Beispiel ausgehen, um zu erklären, was uns heute fehlt. Scholochow zeigt beides im »Stillen Don«. Die Entwicklung und die Widersprüche. Wir erleben jeden Konflikt mit, den die Hauptperson, Grigori, durchmacht, wenn in Wirklichkeit unerträgliche Widersprüche aufeinanderzuprallen scheinen. Scholochow zeigt sie schonungslos. Sein Grigori, indem er aus jedem Konflikt die private Augenblicksstörung zieht, geht von einer Front des Bürgerkriegs zur anderen über. Aber der Leser verliert keinen Augenblick die Richtungslinie, weil der Autor unerschütterlich auf seinem Standpunkt steht. Darum versteht der Leser, daß Grigori zum Bandenführer werden muß wie die Sowjetmacht zum Staat wird. Je höher die Sowjetmacht steigt, desto tiefer sinkt Grigori.

Dieses Absinken, Phase um Phase gezeigt, ist nicht gleichsam vorausbestimmt. Es ist ihm nicht von Anfang an als Kainszeichen auf die Stirn geschrieben. In dem Konflikt wird sein Charakter klar. Verschiedene Charakterzüge, zum Beispiel Selbstbewußtsein und Tapferkeit, leben sich so oder so aus, je nach dem Weg, den er einschlug, mit oder gegen die Entwicklung, mit oder gegen sein Volk. Unsere Autoren dagegen, da kein Charakter in der entsprechenden Fabel auf die Probe gestellt und zur Entscheidung gezwungen wird und damit zur Rück- oder Vorwärtsentwicklung, hängen oft ihren Personen »Plakate« an, wie Gorki das nannte. [1] Man erkennt augenblicklich, wie in den Mysterienspielen des Mittelalters, die Engel an ihren Flügeln und die Teufel an ihren Hörnern. Und die Personen handeln, wie es ihren Insignien entspricht.

Viele Freunde möchten mir jetzt zurufen: Wie kannst du behaupten, daß es bei uns keine Fabeln gibt mit richtigen, spannenden Konflikten?

Meistens wird in unseren Romanen von vornherein angenommen, alle verstünden, was der Aufbau des Sozialismus bedeutet, das heißt im betreffenden Buch, ein bestimmter Prozeß des Aufbaus in einem Bergwerk oder in einer Fabrik. Daß er für alle der nächste Entwicklungspunkt zu dem allen verständlichen Ziel ist und was ihn hindert, Imperialismus und Krieg.

[55] Wir wissen, ihr und ich, daß der Aufbau des Sozialismus die Ausbeutung abschafft; wir wissen, daß Konkurrenz, Profite, Imperialismus, Krieg aufeinander folgen. Aber in Wirklichkeit sind die beiden Gegensätze derartig mit Lügengewebe versponnen, daß die Mehrzahl der Menschen sie noch nicht auseinanderhalten. Um sie zerreißen zu können, müssen sie erst im Laufe der Darstellung, die beide Seiten des Lebens enthüllt, zur Erkenntnis gelangen. Wo und wie geschieht denn in unseren Romanen »das Zerreißen der Lügengewebe«, von dem Stalin gesagt hat, das müßte den Völkern selbst gelingen? Damit ist doch noch etwas anderes gemeint als die Entlarvung von Saboteuren.

Unsere Autoren nehmen oft das Entwicklungsziel vorweg, von dem sie den Leser in dem Buch überzeugen sollten. Das könnten sie nur, wenn sie einen durch alle Widerstände geführt hätten, die man im Leben durchmachen muß.

Manche Freunde werden unsicher bei der Arbeit, weil sie den Vorwurf befürchten, sie hätten die dunklen und negativen Teile der Wirklichkeit allzu betont, auf Kosten des Hellen und Zukunftsvollen.

Dieser Vorwurf ist richtig, wenn ihnen die Entwicklungslinie verlorenging, und sie es nicht verstanden haben, diese durch alle Widersprüche hindurch klarzumachen. Dann bleibt der Leser im Negativen hängen. Aber der Vorwurf ist falsch und hemmend, wenn ein Autor die Widersprüche gezeigt hat, damit sie überwunden werden. Wir tun gerade unseren besten Menschen einen schlechten Dienst, wenn wir ihre Lebensarbeit leicht wie ein Kinderspiel darstellen durch Verschweigen aller inneren und äußeren Konflikte.

Eine falsche Auffassung des Autors oder auch eine falsche Beratung führt zur Dürftigkeit in der Literatur. Dadurch ist es schon oft in dem ehrlichen Autor selbst zu einem wahren Konflikt gekommen. Er spürt ja, daß etwas in seiner Arbeit nicht stimmt. Nun steht er vor dem Dilemma: Ist es falsch, in meinem Beruf eines der Grundgesetze anzuwenden, die mir mein Leben erklären? Allerdings, wahr und mitreißend schreiben kann nur der, der die Entwicklung begreift. Er darf weder den Leser ratlos einem Konflikt überlassen, noch ihn konfliktlos vor das Ergebnis einer Entwicklung stellen, die er gar nicht miterlebt hat. Dann steht er kalt und achselzuckend vor dem Ergebnis. [. . .]

[57 . . .] Wer dieses Prinzip unseres Denkens und Lebens nicht anwendet – aus Unwissenheit oder Unfähigkeit, aus Angst vor Kritik oder Opportunismus –, der rutscht schnell in den Schematismus. Der ist einer der größten Mängel unserer Literatur. Er sieht unsere Weltanschauung, die Lehren und Anweisungen unserer Partei als Dogmen an, die er schematisch genau in der Kunst befolgt.

Aber in Wirklichkeit gibt es kein Dogma; was er dafür hält, beruht auf der Schlußfolgerung der reifsten, entwickeltsten Menschen, unserer Lehrer und Klassiker, aus eigenen Erfahrungen und dem Ergebnis zahlloser Lebenserfahrungen anderer Menschen.

Anstatt genauso gründlich die Wirklichkeit zu studieren, geht er umgekehrt vor: Er sucht in der Wirklichkeit nach Teilen und Teilchen, die ihm geeignet erscheinen, um das vermeintliche Dogma zu illustrieren. Er denkt: dann kann mir nichts Schlimmes passieren. Der Schüler hat schon im »Faust« gesagt: »Was du schwarz auf weiß besitzt, kannst du getrost nach Hause tragen.« – Ja, aber das hat der Schüler gesagt. Die scholastische Schreibart ist Gift, wie marxistisch sie sich auch gebärdet. Sie ist unserer Idee feindlich. Denn sie bewirkt Erstarrung, statt Bewegung, sie bewirkt Faulheit, statt Initiative. Keine Erregung erschüttert den Leser solcher Bücher. Mit Nachdenken braucht er sich erst gar nicht anzustrengen. Er kennt ja das Schema, nach dem das Buch montiert ist, so gut wie der Autor. Scheinbar nur ist eine Entwicklung da, aber es ist eine Scheinentwicklung. Der in Wirklichkeit schwer zu erkennende, so oft furchtbar gefährdete Weg, ist in dem Buch so einfach zu finden, daß sich ein Kind im Dunkeln nicht verirrt. Die Konflikte sind Scheinkonflikte, denn die Leser sind ihrer Lösung von vornherein sicher. Sie wissen schon auf der ersten Seite: Diese und jene Arbeit in einer Werkstatt oder am Schreibtisch, auf einer Werft oder in einer MTS[2] wird schließlich gelingen.

Man muß bei der Beurteilung dieses Fehlers auf das achten, was ich zuerst über die Schwierigkeiten unserer jungen Literatur gesagt habe: Sie versucht den neuen, nie dagewesenen Inhalt auszudrücken. Oft wiederholt [58] ein junger Autor, der tief mit der Wirklichkeit verbunden ist, jene Worte, die gewaltigen Eindruck auf ihn machten. Er legt sie ohne Kontrolle seinen Personen in den Mund, obwohl sie weder zu deren Charakter noch zu der Handlung passen. Dabei vereinfacht er alles in Schwarz und Weiß, in Für und Gegen. Das braucht noch nicht Talentlosigkeit zu bedeuten. Wer es sofort so nennt, würde schematisch kritisieren.

Mir erscheint zwar in Neuhaus' Buch »Wetterleuchten um Wadrina« manche Entwicklung, manche Handlung und mancher Charakter nicht begründet genug. Der Schädling verrät sich schon in den ersten Zeilen bloß an den Gesichtszügen. Aber Neuhaus gibt auch ein gutes Beispiel, wie ein und dieselbe Eigenschaft gut oder schlecht eingesetzt werden kann. Ein ehemaliger Sträfling läßt sich dazu zwingen, zu einem Sabotageakt die Zeichnung eines Strebs zu liefern. Und gleichzeitig wird sein Zeichentalent von der Jugendgruppe im Werk entdeckt. Er hilft bei der ersten Wandzeitung mit und verwurzelt sich damit tiefer in seiner neuen Umgebung.

Da eine Schablone der anderen gleicht, merkt man ihr nicht ohne weiteres an, warum sie benutzt wurde: Aus Begeisterung oder aus Heuchelei oder aus Talentlosigkeit.

In den schematisch geschriebenen Büchern wird der Optimismus des Lesers gar nicht erweckt. Denn er ist ja von Anfang an optimistisch, was den Ausgang der Konflikte betrifft. Optimismus ist aber komplex in der Wirklichkeit und in der Literatur. Er setzt sich erst durch im Ringen zwischen Positivem und Negativem. Unsere Perspektive ist optimistisch, auch wenn einzelne Phasen dunkel erscheinen. Darum heißt das Theaterstück »Optimistische Tragödie«.[3] Da stutzt der Dogmatiker, das verwirrt ihm sein Konzept. [. . .]

Was wir »Formalismus« nennen, tritt in Erscheinung, wenn die Wirkung der Formen den Ausschlag gibt, anstatt daß die Formen zum entsprechenden Ausdruck des richtigen Inhalts werden. Dann überwuchern die Formen den Inhalt; sie können einen feindlichen Inhalt verdecken oder [59] völlige Inhaltsleere. Für jemand, der sich genau an das vermeintliche Dogma hält, gibt es in Wirklichkeit auch nichts anderes als Inhaltsleere. Er geht vom Schema aus, anstatt von der Wirklichkeit. Er füllt es aus wie das Kind seine Bauvorlage.

Damit rücken die Künstler, die von der Wirklichkeit abgeschreckt werden, als sei sie ein böser Geist, in eine für beide verdrießliche Nähe mit den Schematikern. Der eine denkt: ich verlasse mich auf mein Dogma. Es ist mir sicherer als die Wirklichkeit. Der andere denkt: der grobe Stoff der Wirklichkeit schadet der Reinheit der Kunst. – Damit kommt es bei beiden auf die gleiche Wirklichkeitsarmut heraus, auf dasselbe, oft kleinbürgerliche Zurückschrecken vor dem wirklichen Leben. [. . .]

[67 . . .] Über die westdeutsche Literatur werden andere nach mir sprechen. Ich will hier nur dazu sagen: Aus unserer gemeinsamen deutschen Literatur, die im Kampf um Einheit und Frieden entsteht, wird klar, was der Unterschied zwischen sozialistischem und kritischem Realismus bedeutet. Diese Begriffe sind oft erklärt und oft mißverstanden worden. Warum ist unsere Methode die Methode des sozialistischen Realismus? Weil wir die Wirklichkeit in ihrer Entwicklung zum Sozialismus darstellen wollen. Darauf zu verzichten wäre so unsinnig wie auf den sozialistischen Aufbau zu verzichten.

Balzac war kritischer Realist, nicht weil ihm ein Schriftstellerverband oder ein Kongreß diese Methode ans Herz gelegt hat, sondern weil er als großer Künstler seine verworrene Zeit mit ihren Widersprüchen und Krankheiten dargestellt hat.

Wo unsere Kunst zurückbleibt, eng, schematisch und blaß wird, ist daran nicht die Methode schuld, die im Gegenteil von dem Künstler verlangt, das Leben in seiner ganzen Vielfalt und Tiefe zu zeigen. Er ist nicht beschränkt worden, im Gegenteil, ein gewaltiges Element ist dazugekommen: Die Entwicklung in die Zukunft. Wie die Wirklichkeit reicher [68] und vielfältiger und glücklicher wird, je weiter ihre Entwicklung gedeiht, muß auch die Kunst, die sie richtig darstellt, reicher und weiter werden. Sie darf nicht nur nicht hinter ihrer Zeit zurückstehen, in ihr muß gipfeln, was Künstler vergangener Perioden an Werten bewußt gemacht haben.

Hier in der Deutschen Demokratischen Republik erleben wir den Aufbau des Sozialismus mit seinen Problemen und Schwierigkeiten, und wir arbeiten mit am Aufbau mit unseren Fähigkeiten. Wir sind parteiisch und wir schreiben parteiisch. Wir haben unseren Standpunkt und unsere Methode mit Schriftstellerfreunden in den verschiedensten Ländern gemeinsam. Mit Freunden in der Sowjetunion und in den Volksrepubliken und auch in Amerika, in Italien, in Frankreich und in England.

Wie jeder Schriftsteller in seinem eigenen Land, jeweils aus einer anderen Situation, auf einer anderen Entwicklungsphase den Weg zum Sozialismus darstellt – darüber sprachen unsere Freunde auf dem Schriftstellerkongreß in Moskau.[4]

Gorki, der Begründer des sozialistischen Realismus, schrieb in der Zeit des Zarismus. Was viele Menschen in seinen Büchern vornehmlich packte, waren die wilden Konflikte in einer düsteren, ihnen fremden Atmosphäre. Aber sein Freund und Kritiker Lenin und die bewußten Menschen aus der Arbeiterklasse sahen darin, worauf es ankam: Die Richtung auf die Zukunft.

Kein realistischer Schriftsteller schreibt ohne den Grundstoff Wirklichkeit. Wenn er diesen nicht erfaßt hat, bleibt die Perspektive abstrakt, deklamatorisch. Das Kommende aber, seinen Keim oder seine stürmische Entwicklung, findet er jeweils in seiner eigenen Wirklichkeit. Typisch ist nicht nur das Mächtige, zahlenmäßig Gewaltige, das sich nach Menge mißt, sondern was dauert und wächst. Wie ein kräftiger Keim mehr Gewähr für die Zukunft in sich trägt als ein riesiger, aber morscher Baum. [. . .]

Anmerkungen

1. Vgl. M. Gorki, Über Theaterstücke. (1933). In: M. G., Über Literatur. Berlin, Weimar: Aufbau 1968 (= Gesammelte Werke in Einzelbänden. 23.), S. 319: *Man muß in jedem dargestellten Individuum neben dem allgemeinen Klassenkern auch jenen individuellen finden, der es am treffendsten charakterisiert und in letzter Instanz seine soziale Haltung bestimmt. Das ›Klassenmerkmal‹ darf man einem Menschen nicht von außen aufkleben, wie dies bei uns üblich ist; das Klassenmerkmal ist keine Warze, es ist etwas sehr Innerliches, Nervlich-Zerebrales, Biologisches.*
2. *MTS* = Maschinen-Traktoren-Stationen.
3. V. V. Višnevskij, Optimističeskaja tragedija. Moskau 1932.
4. II. Unionskongreß der Sowjetschriftsteller (15.–26. Dezember 1954). Die Diskussionsbeiträge sind abgedruckt in: *Sowjetwissenschaft. Kunst und Literatur*, Jg. 3, 1955, H. 2.

JOHANNES R. BECHER 1957

Aus: Das poetische Prinzip. [Zu Hans Marchwitza, Roheisen. 1955.]
Berlin 1957, S. 236–239. W 319.

[. . .] Marchwitza hat mit diesem Roman zweifellos Neuland betreten, aber bei diesem Versuch sich auch übernommen. Es wird wohl so gewesen sein, daß Marchwitza von seinem Material überwältigt wurde und es ihm *noch* nicht gelungen ist, das »Roheisen« zu verarbeiten und diesen spröden Stoff künstlerisch zu ordnen. Ob »Roheisen« ein Roman, eine Chronik, eine Reportage oder eine Mischform aus allen diesen Gattungen sei, diese Frage aufzuwerfen bedeutet schon, das Problematische der Konzeption, wie sie Marchwitza gewählt hat, sichtbar zu machen, und diese Frage bedeutet zugleich auch eine Bestätigung dessen, was wir über die Notwendigkeit einer ernsthaften Arbeit über den spezifischen Gattungscharakter bemerkt haben. Meine Bemühungen werden auch in diesem Fall gerechtfertigt. [1] Zwar hat Georg Lukács in seinem nach wie vor aktuellen Aufsatz »Erzählen oder Beschreiben« auf dieses Problem hingewiesen und die Frage eingehend dahin beantwortet, daß der Gattungscharakter kein irgendwie geartetes formales Problem sei, sondern eine eminent inhaltliche, ja, weltanschauliche Sache. [2] Wer davon abstrahiert, daß in der Literatur verschiedene Gattungen existieren, und meint, man könne sie nach Belieben, oder weil »es der Stoff so erfordere«, miteinander vertauschen oder vermischen, der begibt sich in jene abstrakte Region, wo nicht nur die Literaturgattungen, sondern auch die Literatur selber aufhören real existent und wirksam zu sein. Wer meint, auf eine Fabel verzichten zu können, oder wer gar die Figur eines Helden zu umgehen trachtet, indem er Helden en masse auftreten läßt und auf diese Weise den Helden eliminiert, der verzichtet darauf, in seinem Werk Menschen zu entwickeln, menschliche Konflikte darzustellen und dadurch auch [237] auf Menschen zu wirken. Aber das Gefährliche beginnt damit, wenn die Kritik zu solch einem schöpferischen Selbstverzicht die theoretische Erklärung oder Rechtfertigung zu liefern versucht und aus der Unzulänglichkeit und der Not eine theoretische Tugend macht. Es soll nochmals wiederholt werden, was wir schon oft unzweideutig zu sagen hatten. Der Kritiker hat nicht in erster Linie Rücksicht zu nehmen auf den Autor, sondern auf die Leser, an welche sich der Autor wendet. Der Kritiker ist zunächst und vor allem für die Leser da, ebenso wie der Schriftsteller nicht für den Kritiker da ist, sondern für die Leser schreibt. Die Kritik ist eine ebensolche souveräne Literaturgattung, wie sie die epische oder eine andere ist. In dem Fall, von dem wir sprechen, muß die Kritik darauf achthaben, daß ein Buch nicht zu einem Modell wird und ihm junge Autoren nachstreben, von denen einige sowieso keine allzu große Lust zeigen, Fabeln zu erfinden und Helden zu gestalten. Man muß also bei dem Buch von Marchwitza bei aller Hochschätzung, die wir diesem Autor entgegenbringen, nicht verschweigen, daß es sich bei seinem neuen Werk um einen durchaus eigenwilligen und nicht nachzuahmenden Versuch handelt, was die Gestaltungsmethode anbetrifft. Was aber den Versuch anbetrifft, »neue Provinzen« unseres Lebens zu erobern, so ist dieser aller Ehren wert – und es ist nur zu hoffen, daß in *diesem Sinne* Marchwitza seine Nachfolger findet. (Es gibt auch Mischformen, zum Beispiel Thomas Manns »Doktor Faustus«, aber die sind nicht beispielgebend. Es sind Ausnahmen, ein Dennoch und ein Trotzdem und ein: Folgt mir nicht nach.)

Aber junge Epiker soll man daran erinnern, wie die Werke unserer klassischen Literatur gerade dadurch gewirkt haben und zu einem Bestandteil der Weltliteratur geworden sind, daß sie Menschen gestaltet [238] haben, nach deren Vorbild Tausende anderer Menschen gelebt haben, ja, auch gestorben sind: So wurde »Madame Bovary« ein Beispiel, so wurde »Lucien Leuwen« ein Vorbild, so hat »Anna Karenina« menschliche Charaktere mitgeformt, und so hat »Werther« Jünglinge nach seinem Bild mitgeschaffen. (Wobei die private Sphäre keine von der gesellschaftlichen Tätigkeit des Menschen losgelöste ist, sondern organisch mit zu ihr gehört und aus diesem Grunde auch in die Gestaltung eines Menschen mit einbezogen werden muß. Es gilt, das Private gesellschaftsfähig zu machen und die Schlupfwinkel des Privaten mit gesellschaftlichem Leben anzufüllen. Man kann einen ganzen Menschen nicht darstellen, indem man ihn nur in seiner Betriebsarbeit oder Parteiarbeit uns vorführt. Ja, wir wollen bis ins Detail hinein an diesem Menschen interessiert werden, und wie er sich räuspert und wie er spuckt, ist keineswegs eine belanglose »Privatsache«.) Solche beispielgebenden oder auch abschreckenden Menschengestalten wünschen wir in unseren Romanen zu erleben, die so tief in uns eingehen, die uns oft auch unbewußt zu bestimmen vermögen, die solch eine nachhaltige Verwandlungskraft ausströmen, daß wir andere Menschen werden, uns durch sie höherentwickelnd und uns selbst übersteigend ...

Aber noch eines. Mit zu einer »neuen Provinz« gehört auch, wenn man sich an die Gestaltung eines Betriebes heranwagt, die Einbeziehung der Ökonomie, der Probleme der Preisbildung, der Beziehung des Betriebs zu anderen Betrieben, der Rentabilität. Ich meine, ein Betriebs-Roman ohne Kalkulation, ohne die Person des Hauptbuchhalters, ohne Buchhaltung und die auf diesem Gebiet tätigen Menschen wäre nur eine halbe Sache, und so muß man darangehen, diese künstlerisch außerordentlich schwierig zu behandelnden [239] Abteilungen mit ihren Menschen zu entdecken. Schiller hat einmal darauf aufmerksam gemacht, wie schwer es ist, Staatsaktionen künstlerisch darzustellen[3], und es dürfte nicht weniger schwer sein, ökonomische Situationen künstlerisch zu behandeln, wobei wir unter anderem sehr viel lernen können von Balzac, der die Funktion des Geldes in der kapitalistischen Wirtschaft nicht reportagehaft, sondern in künstlerischer Gestaltung uns dargelegt und so eines der wichtigsten Geheimnisse der kapitalistischen Gesellschaft enthüllt hat. [...]

Anmerkungen

1. In den »Bemühungen« habe er – so Becher – *unsere allgemeine ästhetische Theorie von der künstlerischen Gesetzmäßigkeit* durch *einige Gedanken über den spezifischen Charakter der einzelnen Gattungen* ergänzen und vertiefen wollen, um damit eine Anregung zu geben, *diese konkrete Seite der ästhetischen Theorie zu behandeln* (Das poetische Prinzip, W 319, S. 229).
2. G. Lukács, Erzählen oder Beschreiben? Zur Diskussion über Naturalismus und Formalismus. (1936). In: G. L., Probleme des Realismus. Berlin: Aufbau 1955, S. 131ff.
3. Vgl. den Brief Schillers an Gottfried Körner vom 28. November 1796. In: Schillers Briefe. Hg. u. m. Anmerkungen versehen v. F. Jonas. Kritische Gesamtausgabe, Bd. 5. Stuttgart, Leipzig, Berlin, Wien: Dt. Verlagsanst. [o. J.], S. 121–124, Nr. 1134.

II

Die ›literarische Opposition‹ in der Bundesrepublik war durch ihren entschlossenen *Nonkonformismus* und durch ihre *Bindungslosigkeit – von keiner Klasse beauftragt, von keinem Vaterland beschützt, mit keiner Macht im Bund*[1] – gleichweit entfernt von einem Engagement für Staat und Gesellschaft wie von dem Glauben, öffentlich wirksam und politisch einflußreich zu sein. Ohnehin interpretierte sie ihre Kritik an der etablierten ›Wohlstandsgesellschaft‹ als einen *Prozeß, der sich in einem letzten Endes utopischen Horizont abspielt – einem Horizont, der nicht erreichbar ist durch eine bestimmte angebbare Reform oder durch ein Rezept*[2], und erteilte damit den fertigen Botschaften, fixierten Doktrinen und positiven Antworten eine deutliche Abfuhr. Eingeschworen auf einen Realismus des *ideologischen Minimums* machten sich die Romanautoren, deren Werke Ende der fünfziger und Anfang der sechziger Jahre der literarischen Szene das Gesicht gaben, daran, ungeschminkt die Zustände zu schildern, mit denen sie sich konfrontiert sahen. Bei diesem Geschäft der Aufklärung und Enthüllung konnten – das läßt sich an Romanen von Böll, Grass und Johnson ablesen – traditionelle Tugenden des Erzählens nur dort konserviert werden, wo es sich mit dem Überschaubar-Alltäglichen begnügte und in die Randgebiete kleinbürgerlicher Lebens- und Arbeitsweisen auswich, in denen die sozialen Verhältnisse an Individualitäten und die personalen Beziehungen noch unvermittelt darstellbar waren (Baumgart, W 369). Mit dem Schritt aus diesen relativ geschlossenen Provinzwelten in die moderne Industrie- und Konsumgesellschaft veränderten sich auch die epischen Techniken. Vor der Konzentration ökonomischer und politischer Macht, der Anonymität der Organisationen und Institutionen, der Funktionalisierung und Verdinglichung menschlicher Kontakte konnte der Erzähler, auf überlegene Einsicht pochend, sich nicht länger als *Sinngeber* (Walser) gebärden. Die allegorische Verfremdung komplexer Zusammenhänge, ihre Kontraktion zum Gleichnis und zur Chiffre, das ausgeprägte Genauigkeitsstreben durch Summierung und Häufung von Details, die Rollenspiele der Romanfiguren als Ausdruck von Identifikationsproblemen, das Erzählen des Erzählens – all diese Praktiken kündeten davon, daß Wirklichkeit nicht mehr in unbezweifelbarer Anschaulichkeit in den Roman einzubringen war.

Auch der Rückgriff auf vorformuliertes Material – auf die ›Dokumente‹ eines historisch verbürgten Geschehens oder auf herrschende Jargons, auf sprachlich manifeste Gedanken- und Gefühlsrepertoires – und die Einengung der Funktion des Erzählers auf das Sammeln und Montieren solcher Fakten waren ein Eingeständnis der Schwierigkeit, ein panoramisches Abbild der Gesellschaft *erzählend* zu arrangieren. In der Reproduktion von vorgegebenen Sprachstoffen bot sich die Gelegenheit, jenseits der Erfindung von Handlung, Fabel, Figur und Milieu die Realität noch ›authentisch‹ zu erfassen und im Zitat von umgangssprachlich üblichen Klischees und Konventionen die Regeln und Normen gesellschaftlicher Praxis aufzudecken. Kritik konnte hier ansetzen, ohne *auf der Sprache äußerliche Dinge zu schielen*[3]. Allein durch die immanente Bewegung des Sprachmaterials, durch Destruktion und Negation öffentlicher und offizieller Redeweisen sollte das verkrustete Schema der Wirklichkeitsinterpretation aufgebrochen und Sprache zur Freigabe dessen gezwungen werden, was an ungenutzten und verschütteten Potenzen in ihr gespeichert lag.

Die Romane der ›literarischen Opposition‹ hatten thematisch einen Bereich ausgespart, den künstlerisch zu erobern die ›Gruppe 61‹ sich anschickte: die *industrielle*

Arbeitswelt und ihre sozialen Probleme. In der Auseinandersetzung mit der Tradition der Arbeiterliteratur zog die ›Gruppe‹ einen scharfen Trennungsstrich sowohl zur Arbeiter*dichtung* der Engelke, Bröger, Barthel, Lersch als auch zu den proletarisch-revolutionären Autoren wie Marchwitza, Bredel, Grünberg, Scharrer, Lorbeer – eine Abkehr also von der Verherrlichung, Romantisierung oder Dämonisierung der Arbeit und zugleich vom *Klassenkampfpathos* (von der Grün), mit dem wegen der weitgehenden Loyalität der lohnabhängigen Massen und des Verschwimmens der sozialen Konturen so recht nichts mehr anzufangen sei. Kennzeichnend für den *kritischen Pragmatismus* (Baukloh) des ›Dortmunder Weges‹ war es daher, die ›Undinge‹ sichtbar und bewußt zu machen ohne *messianische Hoffnung auf ein kommendes soziales Heilssystem*[4], die Auswirkungen von Rationalisierung, Automation und Technisierung zu beschreiben, ohne Lösungen feilzubieten und Literatur als Instrument im Arbeitskampf für die Durchsetzung propagierter Ziele zu betrachten.

Seitens der DDR wurde die ›Gruppe 61‹ als *qualitativer Sprung* in der Entwicklung der westdeutschen Literatur aufmerksam registriert, ihrem Programm der Ideologiefeindschaft allerdings kritisch entgegengehalten, daß es mit dem Verzicht auf eine *revolutionäre* Perspektive den Blick verbaut habe für die Arbeit als eine freie, schöpferische Tätigkeit unter sozialistischen Produktionsverhältnissen. In seinem Roman »Spur der Steine« (1964) gelang es Neutsch mit der Figur des Hannes Balla zum erstenmal, die Entfaltung der Persönlichkeit, die Entfesselung ihrer produktiven Kräfte als Bedingung des Fortschritts der Gesellschaft und umgekehrt die entwickelte sozialistische Gesellschaft als Bedingung der Formung der Individualität des einzelnen darzustellen (vgl. dazu W 374 und W 376). Damit war Neutsch über die *Entscheidungshelden* und *Entscheidungsfabeln* der *Ankunftsliteratur* hinausgekommen, die in den ersten Jahren nach der *Bitterfelder Konferenz* (1959) im Vordergrund gestanden hatten. Zentrales Thema war hier der komplizierte Werdegang von Menschen gewesen, denen entweder nach der Absage an die faschistische Vergangenheit der Sozialismus als ideelle Alternative erschien oder deren Konflikte aus der Konfrontation mit der sozialistischen Wirklichkeit als einer noch fremden, unvertrauten Welt entsprangen. Die Ankunftsliteratur hatte ihre Protagonisten also nur bis an die Schwelle sozialistischer Bewußtheit geführt und sie noch nicht in eine aktive Beziehung zu ihrer neuen Umgebung treten lassen.

Für die proletarischen Heldenfiguren wie Hannes Balla war die Entscheidung für den Sozialismus schon Geschichte. Daß dieser neue Heldentyp nur gestaltet werden konnte, wenn der Autor sich selbst in den Bewegungsgesetzen des Ganzen auskannte, in die Geheimnisse der Lenkung von Staat und Gesellschaft eingedrungen war und die Fähigkeit zum prognostischen Denken entwickelt hatte, war einer der Kerngedanken der *2. Bitterfelder Konferenz* (1964). Zugleich mit der Aufforderung an die Schriftsteller, sich den *Blickwinkel des Planers und Leiters* anzueignen, wurde noch einmal die Notwendigkeit eines parteilichen Standpunkts unterstrichen und die Führungsrolle der Partei der Arbeiterklasse neuerlich bekräftigt.

Die Auffassung von der prinzipiellen Transparenz und Beherrschbarkeit gesellschaftlicher Prozesse nach einer revolutionären Veränderung der Besitzverhältnisse schränkten auf der *Prager Kafka-Konferenz* (1963) vor allem Fischer und Garaudy mit dem Einwand ein, daß der Beseitigung der Institution des Privateigentums nicht automatisch auch schon die Aufhebung der *Entfremdung* folge. Kafka sei nach wie vor aktuell und der Begriff des Realismus in seine Richtung auszudehnen. Garaudy ging dabei so weit, für eine Definition des Realismus zu plädieren, die nur auf Grund von Werken und keinesfalls vor ihnen entstehen könne, für einen *Realismus ohne Ufer*[5], einen *prometheischen* Realismus, dem es obliege, jenseits von Religion, Magie und Mystik *säkularisierte Mythen* (Fischer) zu schaffen als *Modelle* einer *möglichen* Wirklichkeit. Die Vertreter der DDR auf der Prager Konferenz stemmten sich geschlossen gegen diesen Versuch, Kafka nicht ausschließlich als historische Erscheinung zu werten und Konfliktstrukturen der kapitalistischen Gesellschaft auf die sozialistische zu übertragen. Vielmehr seien die nach der revolutionären Umwälzung auftauchenden Widersprüche als nichtantagonistische unter dem Aspekt ihrer praktischen Lösbarkeit zu behandeln.[6]

So wurde dem Roman in der DDR die Aufgabe zugeschrieben, die in der Praxis aus dem Widerstreit von individuellen, kollektiven und gesellschaftlichen Ansprüchen resultierenden Konflikte als die treibende Kraft der revolutionären Entwicklung darzustellen und in der Dialektik von Selbstverwirklichung und Verwirklichung des Sozialismus den Spielraum auszuloten für ein sozialistisches Menschenbild. Das Eindringen reflexiver Momente in den Roman: die Wiederentdeckung der Erzählerfigur, die Auseinandersetzung mit erzähltechnischen Problemen, die Erörterung von Fragen der Ethik und Moral; ein geschärftes Interesse für das persönlich wichtige, einmalige Erlebnis der Protagonisten der Handlung; das Mißtrauen gegen eine vorschnelle Verallgemeinerung des individuellen zum ›typischen‹ Fall waren dabei sichtbare Zeichen für die ›Subjektivierung‹ des Erzählens auf der Suche nach dem ›Ich‹ im sozialistischen Alltag.

Vor dem Hintergrund der antiautoritären und antikapitalistischen Protestbewegungen in der Bundesrepublik seit der Mitte der sechziger Jahre stellten der Authentizitätsvorsprung von Reportagen, Protokollen, Interviews – die Faktentreue der ›Berichte aus der Klassengesellschaft‹ (Walser) – und der Verdacht der Neutralisierung der oppositionellen Literatur durch die Instanzen der *Bewußtseinsindustrie* (Enzensberger) das realistische und kritische Erzählen auf eine neue Bewährungsprobe. Enzensbergers lapidares Resümee im *Kursbuch* 15 (1968), daß sich *für literarische Kunstwerke ... eine wesentliche gesellschaftliche Funktion in unserer Lage nicht angeben* lasse[7], war alarmierend genug, um die Rolle des Romans zu überdenken.

Die im ›Werkkreis Literatur der Arbeitswelt‹ erhobene Forderung, die *lange Prosaform* als notwendige Ergänzung der Agitprop- und Dokumentationstexte *im Kampf der Lohnabhängigen um ihre Befreiung von den Zwängen der Profitwirtschaft* (Schöfer, W 422) einzusetzen, signalisiert denn auch gegenüber der nonkonformistischen Literatur eine Verschiebung des Blickwinkels. Der ›Werkkreis‹, nach Kontroversen innerhalb der ›Gruppe 61‹ um das ›Dogma‹ des Literarisch-Künstlerischen und der Ideologiefreiheit 1970 entstanden (vgl. S. 359f. dieses Bandes), näherte sich mit seinem Programm einer *parteilichen* und *massenwirksamen* Literatur, die den Prozeß der politischen Willensbildung unter den Werktätigen vorantreiben und sie bei der *realen* Umwandlung der bestehenden Verhältnisse als aktionsfähige und solidarisch handelnde Individuen mobilisieren sollte, den Positionen der proletarisch-revolutionären und sozialistischen Autoren vor 1933.

Auf dem Weg des Romans in die siebziger Jahre war dieses Konzept nur ein Richtungsanzeiger. Der Einwurf, daß getreu ihrem bürgerlich-realistischen Erbe die erzählende Prosa sich schwertue mit dem Engagement und ihre Produktion zu episch sei, *um Politisches aktuell und genau zu pointieren* (Baumgart, W 416, S. 32), konnte als Hinweis auf die Intentionen von Autoren gelten, die den Zweck des Genres nicht auf dem Feld einer dezidiert gesellschaftskritischen und parteilichen Aufgabenstellung suchten. Nach der Absage an den Roman als eine *revolutionäre Waffe* (Johnson) gab die Anregung, *den scheinbaren Widerspruch von autonomer und realitätsbezogener Literatur in einen funktionalen Zusammenhang* umzudeuten (Wellershoff, W 415, S. 21), die Aussicht frei auf andere als politische Wirkungsmöglichkeiten. Was hier anvisiert wurde, war die Entwicklung von Spiegelbildern *aus den Mitteln der Sprache* (Heißenbüttel, W 412, S. 65), die *Konstituierung von Wirklichkeit* und die *Entdeckung neuer Realitätsbereiche* im Roman (Wellershoff) mit dem Ziel, den Horizont der Erfahrung zu erweitern und die soziale Phantasie zu entbinden.

Anmerkungen

1. W. Jens, Der Schriftsteller und die Politik. (1962). In: W. J., Literatur und Politik. Pfullingen: Neske 1963 (= opuscula aus Wissenschaft und Dichtung. 8.), S. 15.

2. H. M. Enzensberger, [Diskussionsbeitrag]. In: Schriftsteller: Ja-Sager oder Nein-Sager? Das Hamburger Streitgespräch deutscher Autoren aus Ost und West. Hamburg: Rütten u. Loening 1961, S. 71.

3. H. G. Helms, Zur Phänomenologie gegenwärtiger Prosa. Konsequenzen einer kritischen Position. In: *Alternative,* Jg. 7, 1964, H. 38/39, S. 108.

4. F. Baukloh, Der Dortmunder Weg. Suche nach dem Ich in der Arbeitswelt. In: *Der Monat,* Jg. 17, 1965, H. 206, S. 60.

5. Programmatisch umriß der Titel von Garaudys Essayband »D'un Realisme sans Rivages« (Paris 1963) das erweiterte Realismuskonzept, das neben Kafka z.B. auch Picasso und Saint-John Perse einbezog.

6. Vgl. dazu: Franz Kafka aus Prager Sicht. Berlin: Voltaire 1966. Darin: E. Fischer, Kafka-Konferenz, S. 157–168; R. Garaudy, Kafka, die moderne Kunst und wir, S. 199–207. Für die DDR: K. Hermsdorf, Künstler und Kunst bei Franz Kafka, S. 95–106; W. Mittenzwei, Brecht und Kafka, S. 119–129; H. Richter, Zur Nachfolge Kafkas in der westdeutschen Literatur, S. 181–197. Zu diesem Komplex außerdem: A. Kurella, Der Frühling, die Schwalben und Franz Kafka. (1963). In: Kritik in der Zeit. Der Sozialismus – seine Literatur – ihre Entwicklung. Hg. v. K. Jarmatz. Halle (Saale): Mitteldt. Verl. 1970, S. 532–544.

7. H. M. Enzensberger, Gemeinplätze, die Neueste Literatur betreffend. In: *Kursbuch* 15, 1968, S. 195.

Beschränkung heißt das Zauberwort

Auf die Auswirkungen einer Situation, in der vor der Ungreifbarkeit und Anonymität des Realen die *Manieren der Allwissenheit* (Johnson) verdächtig und die Zweifel übermächtig geworden waren, mit dem traditionellen Handwerkszeug des Erzählers der Wirklichkeit noch beizukommen, gehen die folgenden Texte ein. Registriert wird ein Dilemma: Der zeitgenössische Romanschreiber, auf Erkenntnis und Kritik der Gesellschaft in der Gegenwart bedacht, muß eingestehen, daß er den Überblick verloren hat und daß ihm ein festes Bezugssystem fehlt, von dem sich ein Anspruch herleiten ließe, Wichtiges auszuwählen und erzählend darüber aufzuklären. Die Fiktionen des Romans können nicht länger als *Modelle für Wahrheit* (Bekker) ausgegeben werden. Für Heißenbüttel ist diese Sachlage ein Spiegelbild dessen, was die Geschichte der Gattung schon vorgezeichnet hat: daß die Erzählung vom Menschen als einem *autonomen Subjekt* an ihr Ende gelangt sei, der Roman nicht mehr vom Wechselspiel zwischen Individuum und Gesellschaft handele, sondern vom isolierten, entfremdeten, desorientierten Ich.

Beschränkung – so Jens in einem Überblick über die *junge deutsche Literatur der Moderne* – laute daher das *Zauberwort der Gegenwart* (W 351, S. 89). Der Epiker, um die Unbegrenztheit der Welt wissend und ohne rechten Glauben an die *Zukunft des vordergründig erzählten Panorama-Romans* (S. 149), schildere einen kleinen, bekannten, überschaubaren Bereich in der Hoffnung, das Private zum Gleichnis erheben zu können, und sei bemüht, kollektive Prozesse und komplizierte Zusammenhänge, die sich der direkten sinnlichen Wahrnehmung entzögen, durch Abstraktion und Stilisierung noch ins Werk hineinzuzwingen. Das Bild der Literatur – wieder Jens – beherrschten die *anti-naturalistischen Impulse* (S. 149), der *Zug zur Verkürzung* (S. 90), die *parabolische Tendenz* (S. 144); allenthalben seien die Anstrengungen zu spüren, *der stofflich-realistischen Eindeutigkeit, der faktisch-kruden Präokkupation des Romans zu entgehen* (S. 143) und *typische Modelle* zu erproben aus Einsicht in die Unmöglichkeit einer ›einfachen‹ Wiedergabe der Realität.

Beschränkungen freilich legt schon das Medium des Erzählers, die *Sprache*, ihm auf. Von ihrer doppelten Anwendbarkeit – als Instrument der Kritik und Analyse einerseits, als Material für den Bau fiktiver Welten andererseits – hatte Doderer sich noch für den Roman die *Möglichkeit zur neuzeitlichen Universalität* (W 332, S. 35) erhofft. Dagegen wurde dem Erzähler in den sechziger Jahren die Sprache zu einem grundsätzlichen Problem. Die Erfahrung, daß sie den Interpretationsrahmen für den Umgang mit der Wirklichkeit lieferte, weckte sein Mißtrauen. Davon ist bei Johnson die Rede. An Hand seines Versuchs, eine Episode (die Ankunft eines Reisenden auf dem Berliner Stadtbahnhof) als symptomatisch für einen umfassenderen Komplex (die Situation im geteilten Deutschland) aufzuarbeiten, beschreibt er die Hindernisse, die einer ›objektiven‹ Darstellung entgegenstehen, wenn sich in parteiischen und wertenden *Sprachregelungen* bereits ein Vorverständnis niedergeschlagen hat. Der Erzähler, will er der Wahrheit auf der Spur bleiben und die Schädigung der Realität durch tendenziöse, konventionalisierte, erstarrte Redewendungen nicht auf sich beruhen lassen, ist gehalten, in das Innere dieser ›Informationsschemata‹ einzudringen, die Sprache gegen sich selbst zu wenden und auf ihre verborgenen Implikationen zu befragen. Da aber auch seine Kenntnisse nur lückenhaft und ungenau sind, die *epische Selbstherrlichkeit* (Becker) erschüttert ist, kann er sich nur in ›Mutmaßungen‹ bewegen, das Ergebnis nur eine *separate Lösung* sein. Für Johnson erheischt dieser Umstand vom Erzähler die Konsequenz, seine Schwierigkeiten, die *Art der Wahrheitsfindung* ausdrücklich vorzuführen.

Nun barg allerdings, wie Heißenbüttel darlegt, der Rekurs auf die Sprache auch die Chance, aufs neue und auf empirisch sicherem Grund von der *sozialen Äußerlichkeit* des Menschen zu erzählen, wenn der Romanautor, nach der Zersetzung des Ich in ein Bündel unkoordinierbarer Bedingtheiten an die *anonyme Objektivität des menschlichen Sprechens* verwiesen, seine Erzählung in *sprachliche Protokolltätigkeit* verwandelte. In der *Reproduktion sprachlicher Vorformungen,* bei der das Fiktionale hinter das Dokumentarische zurücktrat, wurden soziale Lebenswelten unmittelbar greifbar, weil in den Sprachgebräuchen sich zugleich die Normen der Interaktionen zwischen den Individuen und Gruppen spiegelten.

Sei es also, daß der Romancier vor einer Realität, die sich dem Zugriff entzog, noch seine Rückzugsgefechte thematisierte; sei es, daß er zur *Kurzform,* zur *Parabel* drängte oder mit der Ausbreitung von *Sprachrepertoires* sich beschied, ersichtlich wurde überall der *Ruin der erzählerischen Kategorien* (Becker) betrieben. Beschlossene Sache war daher für Becker, daß nicht in neuen Romanmustern, in denen sich *im Reglement verfestigt* oder *zur Konvention verkommt, was als Dilemma sich äußert* (W 370, S. 697), sondern nur jenseits des Romans das Schreiben noch den *Sinn des Authentischen* finden könne.

UWE JOHNSON 1961

Aus: Berliner Stadtbahn.
In: Merkur, Jg. 15, 1961, H. 8, S. 722, 724–726, 732f. W 352.

Erlauben Sie mir, unter diesem Titel zu berichten über einige Schwierigkeiten, die mich hinderten einen Stadtbahnhof in Berlin zu beschreiben. Da tritt unter vielen anderen eine einzelne Person aus dem eingefahrenen Zug, überschreitet den Bahnsteig und verläßt ihn zur Straße hin. Dieser Vorgang bleibt sich ähnlich, so oft er vorkommt; ich habe ihn fast täglich gesehen oder beobachtet, daher glaubte ich ihn erwähnen zu dürfen. Bei der Arbeit an einem größeren epischen Text wurde eine Episode benötigt, die den Zusammenhang unterbrach. Vier verbundene Sätze sollten lediglich quantitativ auftreten, etwas anderes sein, eine Pause bewirken. Dafür war der angedeutete Vorgang ausgewählt. Er fügte sich weder in einen langen noch in vier kurze Sätze vom erwünschten Umfang, also wurde er ausgewechselt gegen einen anderen Anlaß, der dieselbe Wirkung tat. Nach einiger Zeit war es aber ärgerlich, daß diese einfache Bahnhofsszene nicht für den Namen Berlin hatte stehen wollen, und ich versuchte mit ihr eine Geschichte: eine Beschreibung für sie allein. Damit gab es Schwierigkeiten. [...]

[724 ...] Es scheint unmöglich eine Schneise durch [725] eine lebende Stadt zu schlagen und ihre Verbindungen gänzlich abzuklemmen, immer noch nicht ist die eine Hälfte das Ghetto der anderen. In diesem Modell leben zwei gegensätzliche staatliche Organisationen, zwei wirtschaftliche Arrangements, zwei Kulturen so eng nebeneinander, daß sie einander nicht aus dem Blick verlieren können und einander berühren müssen. Solche Nachbarschaft fordert den genauen Vergleich. Die Abstraktion und Dämonisierung, die politisch mit diesem Ort betrieben werden und als Sprachregelungen auf ihn zurückfallen, verfehlen die Möglichkeiten des Modells. Was in ihm symptomatisch erscheint für die Teilung und Wiedervereinigung eines Landes, kann auch repräsentativ sein für die Feindschaft und Annäherung der beiden Lager in der Welt. Dies ist nicht nur eine Rechtfertigung des Themas. Eine Grenze an dieser Stelle wirkt wie eine literarische Kategorie. Sie verlangt die epische Technik und die Sprache zu verändern, bis sie der unerhörten Situation gerecht werden. Der konventionelle Ausdruck für den Fahrgast, der auf einem (sozusagen) ausländischen Bahnhof für eine längere Zeit aussteigt, beansprucht den »Flüchtling« als einen propagandistischen Wert; indem er so genannt wird, soll er Vorzüge für die eine und Nachteile für die andere Seite der Grenze beweisen. Er mag doch lediglich umgezogen sein. Die einseitige politische Parteinahme, die den Reisenden sofort zu einer Machtposition hin relativiert, sieht nicht genug von ihm und kann sich noch im Erkannten täuschen; außerdem schließt sie die Anwendung von Mitteln zur Massenvernichtung ein, die der Literatur als Argument und Werkzeug nicht gut in der Hand liegen, wenn sie einen Stadtbahnhof und einen zufälligen Fahrgast so beschreiben will, daß der Text nicht nur seinem neuen Leben gerecht wird, sondern auch dem, das er verlassen hat, das in diesem Augenblick sehr rasch verändert wird.

Solange die Arbeit an einem literarischen Text dieser Art sich mit der Wahrheit befaßt, muß ihr Gegenstand also geprüft werden an zwei gegensätzlichen Tendenzen der Wahrheitsfindung. Einige einfache Fehlerquellen bei der Herstellung und Übermittlung von Information sind bekannt: da haben die Augenzeugen nicht genau hingesehen, was sie nicht gesehen haben, können sie nicht sagen. Sie erfinden etwas, was ihnen den Vorfall abzurunden scheint. Oder sie haben die Situation schlicht nach ihren gewohnten Bezugspunkten geordnet, die mögen privat sein oder von sektenhafter Moral oder parteipolitisch. Presse, Rundfunk, Fernsehen und Stadtgespräch verändern nochmals, was sie als bereits zubereitetes Material bekommen. Sie müssen sich zum Teil einlassen auf die Interpretation, die der erste Berichterstatter mit einem Eigenschaftswort im Vorfall ansiedelt. Sie alle schädigen die Realität (vorausgesetzt, daß [726] dies Wort noch zutrifft) je nach ihrer technischen Eigenart um eine oder mehr Dimensionen. Diese subjektiv oder technisch verursachten Fehler wachsen komplex, sobald sie mit der fruchtbareren Fehlerquelle der Tendenz verbunden zum Schema werden. Von diesen gibt es auf jeder Seite der Grenze eins. Es ist selbstverständlich, daß die Gesetze des einen Informationsschemas nicht zum Maßstab für das andere gemacht werden können. Es ist genau so selbstverständlich, daß die Zuverlässigkeit des einen Schemas nicht quantitativ ermittelt werden kann: etwa nach den Dementis, die dem anderen aufgenötigt werden, oder nach den Beweisen, die ihm selbst gelingen. Nur versuchsweise können die oberflächlichen Phänomene des Schemas verlängert werden bis zu den Interessen des Staates, der politischen Position, der Wirtschaftsgruppe, an die das Informationsschema durch Zwang, Auftrag, Lebenswillen gebunden ist. [. . .]

[732 . . .] Mithin führt der Reisende mit sich die Namen von Gegenständen, Glaubenssätzen, politischen Verhältnissen, die es nicht gibt, wo er eben aussteigt: deren Namen dort nicht geläufig sind. Da diese Namensgebung parteiisch und wertend verfährt, ist sie ohnehin nicht tauglich für den Text. Außerdem muß sie relativiert werden mit der Distanz, die der Reisende vielleicht zu ihnen bewahrt hat: daß er sie verwendet, heißt nicht, daß er sie billigt. Möglicherweise fand er keine zureichenden Ersatzbezeichnungen, so daß er die amtlichen hat benutzen müssen wie Münzen, deren Kurswert uneingestanden mit Wirklichkeit aufgerundet oder abgerundet werden mußte, bis der tatsächliche Wert ungefähr erreicht war. Jedenfalls wird es ihm mit diesem Material schwerlich gelingen, den Bewohnern des anderen Landes ein eindeutiges Verständnis seiner Lage auch nur anzubieten. Das gilt nicht nur für den Ort der Abfahrt, sondern auch für das Ziel seiner Reise. Er war bisher dem Informationsschema des verlassenen Landes ausgeliefert, das nicht nur einseitig arbeitet, sondern auch die Nachrichten des anderen Landes aussperrt, um es ungehindert interpretieren zu können. Nur manchmal und stets zufällig ist ein Vergleich zustande gekommen. Das allgemeine Mißtrauen gegen die Berichte der Zeitungen und Sender und Staatsämter ist lediglich defensiv, seine Ergebnisse sind vage. Es hat nicht in jedem Fall verhüten können, daß er Bezeichnungen und Bewertungen für die Situation jenseits der Grenze unkontrolliert aufnahm, die hat er mitgebracht, während der Fahrt sieht er schon die angekündigten Gegenstände und wird sie vorerst mißverstehen unter den Namen, gegen die er wehrlos gewesen ist. Es wird ihn Mühe kosten, sein Zeichensystem dem Bezeichneten adäquat zu verändern. Es wird ihn Mühe kosten, das Zeichensystem des fremden Landes zu erlernen, dies mit dem mitgebrachten zu vergleichen und endlich ein eigenes nach seinen persönlichen Erfahrungen anzustimmen. Ein Text, der sich mit diesem Aspekt des Vorgangs befassen will, wird eine Sprache gebrauchen müssen, die beide Gegenden in einen Griff bekommt und zudem überregional verständlich ist. Dazu benötigt er einen Maßstab, der sich durch Neuigkeit und geringe Deckung selbst gefährdet. Auch kann das Ergebnis am Ende nicht mehr sein als eine separate Lösung. (Es versteht sich, daß einige dieser Bemerkungen nur gerechtfertigt sind durch den Umstand, daß diese zwei Städte einmal die Hauptstadt eines nicht geteilten Landes bildeten, und durch den Blick auf eine mögliche oder wünschbare Wiedervereinigung.)

[733] Aus diesen Bedingungen des Themas (das gewissermaßen für Deutschland nach dem Krieg, als ein Thema, steht) sind verschiedene literarische Konsequenzen hervorgegangen. In diesem Fall, den ich Ihnen vortragen darf, haben sie sich eigentlich ausgewirkt auf den Platz des Erzählers. Wo steht der Autor in seinem Text? Die

Manieren der Allwissenheit sind verdächtig. Der göttergleiche Überblick eines Balzac ist bewundernswert. Balzac lebte von 1799 bis 1850. Wenn der Verfasser seinen Text erst erfinden und montieren muß: wie kann er dann auf hohem Stuhl über dem Spielfeld hocken wie ein Schiedsrichter beim Tennis, alle Regeln wissen, die Personen sowohl kennen als auch fehlerlos beobachten, zu beliebiger Zeit souverän eingreifen und sogar den Platz tauschen mit einer seiner Personen und noch in sie blicken, wie er sogar selbst sich doch selten bekannt wird. Der Verfasser sollte zugeben, daß er erfunden hat, was er vorbringt, er sollte nicht verschweigen, daß seine Informationen lückenhaft sind und ungenau. Denn er verlangt Geld für was er anbietet. Dies eingestehen kann er, indem er etwa die schwierige Suche nach der Wahrheit ausdrücklich vorführt, indem er seine Auffassung des Geschehens mit der seiner Personen vergleicht und relativiert, indem er ausläßt, was er nicht wissen kann, indem er nicht für reine Kunst ausgibt, was noch eine Art der Wahrheitsfindung ist. Gewiß entstehen dabei Gesten, deren epischer Charakter umstritten ist, aber wenn zum Beispiel mit den erzählten Vorfällen wirksam verbunden ein ideologisches System vorkommt, so scheint dessen Diskussion auch eine Weise davon zu erzählen und nicht die am meisten unhandliche. Von einem Erzähler werden Nachrichten über die Lage erwartet, soll er sie berichten mit Mitteln, über die sie hinausgewachsen ist? In dem alten Streit wegen der Zeitdifferenz zwischen den populären und den unbekannten Methoden kann er gar nicht anders, als sich für die genaueren entscheiden, denn Genauigkeit wird von ihm verlangt. Allerdings ist das Gesetz auf ihn beschränkt, nach dem er die ästhetischen Mittel unablässig abzuwandeln sucht mit den unablässigen Veränderungen der Realität, natürlich geht er Kompromisse ein, und natürlich wird er sich gelegentlich Sorgen machen, weil viel weniger Leute das lesen wollen, als er möchte.

Hoffentlich habe ich die Schwierigkeiten mit einem Bahnhof der Berliner Stadtbahn dennoch so beschrieben, daß Sie ihn sich ungefähr vorstellen können.

JÜRGEN BECKER 1963

Aus: Gegen die Erhaltung des literarischen status quo.
In: Sprache im technischen Zeitalter, 1964, H. 9/10, S. 694–698. W 370.

[. . .] *Wir müssen*, erklärt uns Michel Butor, *über das reflektieren, was wir tun, müssen also bewußt, bei Strafe der Verdummung und von uns selbst gebilligter Erniedrigung, aus unserem Roman ein Instrument der Neuerung und der Befreiung machen.* [1]

Soweit jedoch ist es noch nicht. Schon die Herrichtung des Romans zum Instrument führt ihn eher zurück als weiter. Denn seit der Romanschreiber die Übersicht über die Wirklichkeit, die er darstellen will, verloren hat, seit er nicht mehr repräsentativer Sprecher ist einer Gesellschaft, die von ihm Belehrung oder Aufklärung über sich selber verlangt, steht der instrumentale Charakter des Romans in Frage. Seine erzählerischen Fiktionen sind nicht mehr so handfest und glaubhaft, daß sie als schlüssige Argumente für oder gegen etwas einzusetzen wären. Auch vermittelt er nicht länger die rechte Unterhaltung, lassen sich seine Helden schwer benutzen als Modelle für ein Leben, das man nicht hat, aber wünscht. Die [695] eingezogene Distanz zwischen Erzähler und Leser verhindert, daß der Leser bloß als Zuschauer teilhat an den Geschehnissen; statt dessen sieht er sich unvermittelt ins Geschehen einbezogen, zum selbständigen Denken gezwungen und vor Fragen gestellt, auf die der Autor auch nicht eine Antwort weiß. Immerhin erfährt der Leser, daß, so komplex der zeitgenössische Roman und so unterschiedlich seine Tendenzen erscheinen, seinen Autoren eine Art von Verstörung, ein Orientierungswille und die Einsicht ins notwendige Neue gemeinsam ist. Nur folgen solcher Einsicht noch selten die rechten Konsequenzen. Die Theorien etwa, die den neuen französischen Roman begleiten, erscheinen fortgeschrittener als die Romantexte selbst. Michel Butor nennt den regressiven Romancier den *Helfershelfer des tiefen Unbehagens und der finsteren Nacht, in der wir uns abmühen*[2]; seine erzählerischen Methoden, wie Hans G. Helms ausgeführt hat[3], gleichen indessen jenen der Gehirnwäsche. Der Kritiker B. vermag zwar dem Romancier A., nicht aber ihrem Schöpfer Walter Jens den *Herrn Meister* auszureden.[4] Uwe Johnson findet es *unzweifelhaft mißlich, daß einer bloß wahrscheinliche Leute hinstellt, wo sie nicht gestanden haben, und sie reden läßt, was sie nicht sagen würden*[5]; eine andere Praxis fällt ihm nicht ein.

Widersprüche der Art sind in solche Romane eingegangen, deren Gestalt davon kündet, daß nicht epische Selbstherrlichkeit, sondern Skrupel und Mißtrauen ins Metier die Schreibweise bestimmen. Das Repertoire der avancierten Techniken und Methoden zeugt nicht allein von der Ingeniosität der Schreiber, sondern mehr noch von der Schwierigkeit, die Wirklichkeit im Wort zu fassen. Eine Grenze zum Beispiel wirkt auf Uwe Johnson *wie eine literarische Kategorie. Sie verlangt die epische Technik und die Sprache zu verändern, bis sie der unerhörten Situation gerecht werden.*[6] Nun kommt eine solche *unerhörte Situation* aus dem politischen Sonderfall; die zeitgenössische Wirklichkeit dagegen hält so viele Sonderfälle nicht bereit, an denen eine besondere Technik ihre Notwendigkeit hätte. Unkenntlich und banal doch vorhanden, monströs und dabei durchorganisiert, in Redewendungen verfestigt und in keinem Satz genau drin: eher wird so die Wirklichkeit erfahrbar, und so widersteht sie zäher noch ihrer Formulierung. Straßenleben, ein Supermarkt, eine Versammlung von Aktionären geht möglicherweise zu beschreiben; wie aber soll ein Erkenntniswille oder gar ein kritischer Impuls wirken, wenn die Beschreibung bloß die Phänomene reproduziert? Soll im Roman die Sprache, indem sie mit den Gegenständen sich einläßt, nicht selber zum Ding geraten, hat ihr System sich kritischen Eingriffen auszusetzen. Helmut Heißenbüttel, in seinen theoretischen Schriften, hat nachgewiesen, daß unsere Verständnisweise der Wirklichkeit bereits vorbestimmt ist durch das syntaktische System unserer Sprache: notwendig interpretiert sie, und zwar als literarisches Medium der Erkenntnis, nicht länger ein Heute, das ihr fortwährend davongeht und zugleich ihr sich anbiedert, das bestimmt ist vom unaufhörlichen Wechsel der Augenblicke und zugleich von der Sturheit der Verhältnisse. Sowenig der Romanschreiber es [696] sich gestatten kann, solche vorgeprägte Verständnisweise, die aus jeder unreflektierten Redewendung hervorschaut, zu verfestigen, sowenig naiv vermag er noch seine Worte zu setzen. Konsequenzen freilich, wie etwa Heißenbüttel sie gezogen hat, leuchten nicht so ein, daß ein jeder sie zieht. Dem Romanschreiber, will er nicht gleich die ganze Gattung fahren lassen, sind in der Verselbständigung der sprachlichen Mittel Grenzen gesetzt; zumeist zeigt er nicht einmal Neigung, sein doch erstes Material, die Sprache, kritischen Überlegungen und Verfahren auszusetzen. Das Verhältnis zwischen Subjekt und Objekt, zwischen Erzähler und den Materialien des Erzählens scheint ihm soweit intakt, daß er getrost in seine erzählerischen Kategorien glaubt einsteigen zu können. So behende er dann die Perspektiven wechseln, so beharrlich er die Mühlen des inneren Monologs bewegen und so progressiv er drei Erzähler gleich aufs Thema loslassen mag: seine Intention unterscheidet sich in nichts von der eines Oldtime-Epikers, eine Geschichte zu erzählen. Geschichtenerzählen, so es die Vorstellung von einem wortmächtigen Manne wachruft, der in Kenntnis besonderer Vorfälle und Ereignisse in einen Kreis aufmerksam Lauschender tritt und diesen vorträgt, was sie nicht wissen aber wissen sollten, erscheint indessen anachronistisch; eine zeitgenössische Erzählweise gibt darum vorab zu erkennen, wie bezweifelbar die Besonderheit des Erzählten ist, daß die Übermacht und Anonymität des Realen jede erzählbare Geschichte vom Einzelfall zu dementieren droht. Jenen Medien sich anpassend, die ihm mit der Funktion des Informierens, des Unterhaltens, des Unterrichtens und des Kommentierens zugleich die Themen und Gegenstände entzogen haben, nennen Romanschreiber ihr Tun gern Berichten. Was zu berichten sich lohnt, weiß zwar wiederum besser jede Nachrichtenredaktion; indessen versteht sich der Roman – Michel Butor kann das genau sagen – als *eine besondere Form des Berichtens*[7]. Solch besondere Form unterscheidet sich von der nichtliterarischen in dem, worin der Romanschreiber bis auf den Tag sein Privileg gefunden hat, nämlich in der Fiktion. Was immer er berichtend vorträgt: seine Geschichte muß kein reales Modell nachweisen; sie ist erfunden und gibt sich als die literarische Form der Lüge zu erkennen. Widerrufen aber ist noch immer nicht jenes Verdikt, das Thomas Mann im *Doktor Faustus* dem Teufel in den Mund legt: *Werk, Zeit und Schein, sie sind eins, zusammen verfallen sie der Kritik. Sie erträgt Schein und Spiel nicht mehr, die Fiktion, die Selbstherrlichkeit der Form, die die Leidenschaften, das Menschenleid zensuriert, in Rollen aufteilt, in Bilder überträgt. Zulässig ist allein noch der nicht fiktive, der nicht verspielte, der unverstellte und unverklärte Ausdruck des Leides in seinem realen Augenblick. Seine Ohnmacht und Not sind so angewachsen, daß kein scheinhaftes Spiel mehr damit erlaubt ist.*[8]

Noch haben diese Worte kein *scheinhaftes Spiel* von der literarischen Tagesordnung streichen können; gleichwohl zeigen sich heute erzählerische Gebilde bemüht, ihren Fiktionscharakter zu tarnen. Der Anspruch, mit seiner Fiktion ein Modell für Wahrheit vorzuführen, nötigt den Romanschreiber in den privaten [697] Erfahrungsbereich, ins Bewußtsein von den herrschenden Verhältnissen, zur Kenntnis realer Machenschaften und Einrichtungen. Er steigt in die Rolle des Rechercheurs ein; er durchsetzt seine Erfindungen mit Dokumenten und Fakten; er zitiert die Wirklichkeit, um – so begründet das Michel Butor – *den Anschein des Wirklichen zu er-*

wecken[9]. Werden seine Fiktionen damit wahrscheinlicher? Entgegen der Ansicht Michel Butors, und entgegen auch der These Heinrich Bölls, der Schriftsteller sei der Realität gegenüber nicht beweispflichtig, wird das, was er vorträgt, in jedem Fall überprüfbar. Seine vorgewiesenen Sach- und Ortskenntnisse setzen die Sachen und Orte, von denen in seinem Text die Rede ist, dem Anspruch unbedingter Stimmigkeit aus; anders sitzt der Leser informatorischem Schwindel auf, zum Beispiel, wenn Alfred Andersch in seiner Erzählung *Opferung eines Widders* seinen Helden *auf die roten Leuchtbuchstaben der großen Brauerei Wulle in Dellbrück* blicken läßt[10], in welchem Kölner Vorort aber weder eine Brauerei noch dieser Name ansässig ist. Selbst die äußerste Faktentreue erhält nichtsdestoweniger den fiktiven Charakter des Romans, gar noch, sofern sie keine Kritik an den Erscheinungen impliziert, erklärt sie seinen Konformismus mit dem Sinn, der an den Erscheinungen haftet. Nicht oft wird das Dilemma des Schreibers: der Widerspruch zwischen subjektiver Erfindung und objektiven Gegebenheiten so offen vorgewiesen wie in Uwe Johnsons Prosa *Berliner Stadtbahn*, worin er solche Sätze schreibt: *Der Verfasser sollte zugeben, daß er erfunden hat, was er vorbringt, er sollte nicht verschweigen, daß seine Informationen lückenhaft sind und ungenau. Denn er verlangt Geld für was er anbietet. Dies eingestehen kann er, indem er etwa die schwierige Suche nach der Wahrheit ausdrücklich vorführt, indem er seine Auffassung des Geschehens mit der seiner Personen vergleicht und relativiert, indem er ausläßt, was er nicht wissen kann, indem er nicht für reine Kunst ausgibt, was noch ein Akt der Wahrheitsfindung ist.*[11] Konsequent drückt sich in Johnsons Büchern das Suchen nach Wahrheit, das Zweifeln sowohl am Erfundenen wie am Gegebenen, in der Schreibweise und in der Gestalt der Texte selber aus. In seinem *Dritten Buch über Achim* ist das Versagen der erzählerischen Kategorien vor der zeitgenössischen Realität bereits thematisch geworden. Der sich seiner Darstellung fortwährend entziehende Gegenstand wird nur dadurch noch erfaßt, daß ihre Methoden, ihre Versuche, Fortschritte, Irrwege, ihr schließliches Mißlingen selber demonstriert werden. So sinnfällig und so erfinderisch Johnsons Methode erscheint: sie sollte nicht den Fortschrittsglauben all jener wecken, denen doch nur an der Erhaltung des literarischen status quo gelegen ist. Kaum waren die Schwierigkeiten mit der Wahrheitssuche so gemeint, daß sie dem Romanschreiben nun die neuen Muster schenkten. Was als Dilemma sich äußert, möchte sich weder im Reglement verfestigt noch zur Konvention verkommen sehen. Schon hat sich ja, in seinem *Herrn Meister*, Walter Jens daran versucht, die Unmöglichkeit des Romanschreibens ins Stadium der Virtuosität zu leiten. Was im Falle Johnson der Gegenstand des Romans selbst notwendig konstituiert, erscheint [698] im Falle Jens als akademisches Werkstattselbstgespräch eines Romanciers, dem zwar die Felle fortgeschwommen, nicht aber die rhetorischen Talente ausgegangen sind. Wohl sieht es mit den Worten Thomas Manns immer noch *so aus, als ob auf dem Gebiet des Romans nur noch das in Betracht käme, was kein Roman mehr ist*[12]; indessen möchten diese Worte kaum zur Stilisierung eines Dilemmas einladen, ebensowenig wie der in die Geschichte rückwirkende Satz *Vielleicht war es immer so* intendiert, daß immer es auch so zu bleiben habe. Vielmehr gilt es, jene Impulse weiterzuführen, die, indem sie den Ruin der erzählerischen Kategorien betreiben, dem literarisch Neuen vorarbeiten. Peter Weiss zum Beispiel, in seinem irrtümlich als Roman bezeichneten Buch *Fluchtpunkt*, kann sich *keine abgesonderten Kunstwerke denken, nur einen unmittelbaren Ausdruck für eine gegenwärtige Situation, für eine fortlaufende Veränderung und Umwertung, und deshalb gäbe es nur ein Journalführen* . . . (für ihn), *ein Aufzeichnen von Notizen, Skizzen, Bildstadien, vielleicht durchmischt mit Improvisationen musikalischer, dramatischer Art, doch nie diese Bremsklötze eines Romans, eines durchgeführten Bildes.* [13] Nicht vom Neuen ist hier die Rede, aber vom subjektiven Ausdrucksverlangen, das in jedem literarischen Kunstwerk verborgen liegt. Daß unvermittelt es frei und zu Wort kommt, verhindern jene Kategorien, die den sprachlichen und erzählerischen Zusammenhang des Romans garantieren. Deren Zerstörung schafft weder tabula rasa noch führt sie ins Paradies des bedeutungslosen Sprechens; aber sie hilft mit den Worten Malcolm Lowrys das realisieren, *was niemals niedergeschrieben wird, und was die tatsächlichen Impulse birgt, aus denen heraus jemand überhaupt zunächst Romancier oder Dramatiker wird* [14]. Solche Impulse gehen noch in die vorgeprägten erzählerischen Modellformen ein; wirksam und kenntlich werden sie in deren Rissen, Brüchen und Übergängen. Nicht die Verkleidungen des Romans, sein Äußerliches, seine Fiktionen und Handlungsverläufe künden von den Erfahrungen, die das Individuum seinen Ausdruck suchen lassen. Erst jenseits des Romans findet das Schreiben den Sinn des Authentischen; erst seine aufgelösten Kategorien entlassen den utopischen Text, der jedem Roman schon eingeschrieben ist.

Anmerkungen

1. M. Butor, Diskussionsbeitrag in Royaumont. (1959). In: M. B., Repertoire 1. München: Biederstein 1963, S. 174.
2. M. Butor, Der Roman als Suche. (1955). In: M. B., Repertoire 1, a. a. O., S. 11.
3. H. G. Helms, Zur Phänomenologie gegenwärtiger Prosa. Konsequenzen einer kritischen Position. In: *Alternative*, Jg. 7, 1964, H. 38/39, S. 109.
4. Vgl. W. Jens, Herr Meister. München: Piper 1963.
5. U. Johnson, Das dritte Buch über Achim. Frankfurt/M.: Suhrkamp 1961, S. 56.
6. U. Johnson, Berliner Stadtbahn (W 352), S. 725. Vgl. S. 335 dieses Bandes.
7. M. Butor, Der Roman als Suche, a. a. O., S. 7.
8. Th. Mann, Doktor Faustus. Das Leben des deutschen Tonsetzers Adrian Leverkühn erzählt von einem Freunde. [Frankfurt/M.]: S. Fischer 1960 (= Gesammelte Werke in zwölf Bänden. Bd. 6.), S. 321.
9. M. Butor, Der Roman als Suche, a. a. O., S. 8.
10. A. Andersch, Opferung eines Widders. In: A. A., Ein Liebhaber des Halbschattens. Drei Erzählungen. Olten, Freiburg i. Br.: Walter 1963, S. 84.
11. U. Johnson, Berliner Stadtbahn (W 352), S. 733. Der Schluß des Zitats lautet richtig: *ein Akt der Wahrheitsfindung]* eine Art der Wahrheitsfindung. Vgl. S. 337 dieses Bandes.
12. Th. Mann, Joseph und seine Brüder. Ein Vortrag. (1942). In: Th. M., Reden und Aufsätze. 3. [Frankfurt/M.]: S. Fischer 1960 (= Gesammelte Werke in zwölf Bänden. Bd. 11.), S. 661.

13. P. Weiss, Fluchtpunkt. Frankfurt/M.: Suhrkamp 1962, S. 260.

14. Das Zitat war nicht zu ermitteln. Es findet sich – nach Auskunft J. Beckers – wahrscheinlich in einer Rezension zu Lowrys Roman »Unter dem Vulkan« (»Under the Volcano«, 1947, dt.), der 1963 bei Rowohlt in Hamburg erschien.

HELMUT HEISSENBÜTTEL 1963

Aus: Frankfurter Vorlesungen über Poetik 1963. 4. Vorlesung: Theorie der Erzählung.
In: H. H., Über Literatur. Olten, Freiburg i. Br. 1966, S. 174f., 177–180. W 364.

[. . .] Der sogenannte realistische Roman war der Bürge der demokratischen Gesellschaft. Als solcher wird er, in einer künstlich rudimentierten Erzählform, noch heute von der Kulturpolitik der kommunistisch regierten Staaten aufgefaßt. Der Irrtum dieser Kulturpolitik besteht, wie in anderen Punkten, auch hier darin, daß der gesellschaftliche Status gespiegelt werden kann in der Weise, wie er zur Lebenszeit von Karl Marx gespiegelt wurde. Eben diese Spiegelbildlichkeit hat sich geändert. Die der literarischen, erzählerischen Entwicklung und Erkenntnis innewohnende Progression, die eine der allgemeinen Entwicklung selbst ist, zerstörte die fiktiven Grenzen des Subjekts, das der Roman seit Sterne als seinen eigentlichen Gegenstand sah. Indem sie die Grenzen zerstört, entlarvte sie die subjektive Innerlichkeit und ihre Motivation ihres fiktiven Charakters. Die Einheit der Figur und des Erzählers zog sich vorübergehend zurück in eine künstlich veranstaltete, wurde aber sofort in eine immer weiter auflösende Phänomenologie zersplittert.

Die Einheit der Motivation des Subjekts begann sich aufzulösen in Bedingtheiten, die sie gerade hatte entlarven wollen. Ihre Motive, ihre Regungen, ihre Reaktionen erschienen nun bewegt und hervorgerufen von einer Vielzahl von Voraussetzungen, die einheitlich zu durchdringen kaum möglich schien. Wie das aussieht und was da geschieht, das eben erzählen die großen Romane, von Dostojewskis *Brüder Karamasow*, von Flauberts *Tentation de Saint-Antoine* und *Bouvard et Pecuchet*, Jens Peter Jacobsens *Niels Lyhne*, Theodor Fontanes *Stechlin*, August Strindbergs *Schwarze Fahnen*, Henry James' *Ambassadors*, Joseph Conrads [175] *Lord Jim* bis zum *Ulysses* von James Joyce, dem *Zauberberg* und den *Joseph*-Romanen von Thomas Mann, Franz Kafkas *Prozeß*, *Schloß* und *Amerika*, Marcel Prousts *A la recherche du temps perdu* und Robert Musils *Mann ohne Eigenschaften*. Die Erzählung dieser Romane zieht den Leser, der sich mit ihrer Erzählwelt zu identifizieren sucht, in eine Isolation, die der des gesellschaftlichen Selbstbewußtseins entgegengesetzt ist. Die Erzählung selbst handelt nicht mehr von der Übereinstimmung mit der Gesellschaft, in der ihre Welt verankert ist, sie deckt nicht die Antinomien auf, um durch ihre Entlarvung dem gesellschaftlichen Fortschritt zu dienen, sie erzählt ohne alle Umschweife von dem unüberbrückbaren Kontrast, in der das seinen sich selbst ausgelieferten Regungen und Motivationen folgende Ich der Figuren (und immer mehr der einen Figur) zur Gesellschaft und zur Umgebung steht. [. . .]

[177 . . .] Die Erzählung von der immer differenzierteren Motivation und Phänomenologie des Subjekts wendet sich (an ihrem Ende angekommen, an dem sie versucht, geradezu neue Weltentwürfe zu stiften) gleichsam sich selbst, das heißt ihrer Sprache zu. Sie führt ihr Wesen auf die Ausbreitung des sprachlichen Repertoires zurück, die Erzählung geht über in Sprachreproduktion und Sprachkombinatorik. So geschieht es rigoros in *The Making of Americans* von Gertrude Stein. So geschieht es im Übergang vom *Ulysses* zu *Finnegans Wake*, von *Doktor Faustus* zum *Erwählten*. So geschieht es im Übergang vom *Murphy* zu *Molloy* und von diesem zu *Comment c'est* bei Samuel Beckett.

Was erzählt werden kann von jenem Wesen, das sich gegen die im Epos dargestellten Repräsentanzen erhob, kommt an ein Ende. Es ist nicht das Ende des Menschen, es ist das Ende einer Interpretation vom Menschen, die für eine bestimmte Phase entscheidend war. Die Erzählung vom autonomen Subjekt führt, indem sie dieses auf immer weniger koordinierbare Phänomene zurück (und zuletzt gegen die konkreten Bedingungen seiner Existenz entlarvt), zur Vereinzelung und zur Isolation. Sie endet etwa in der desorientierten Auslieferung der Beckettschen Helden, denen die Rudimente des Ich umgeschlagen sind in Restfunktionen der Wahrnehmung und in die Dinglichkeit des bloßen Weitermachens. Aber schon im *Mann ohne Eigenschaften* heißt es:

»Ein Mensch auf verschiedenen Wegen, beinah peinlich anzusehn: er; wie eine Reihe Puppen übrig geblieben, in denen die Federn längst gebrochen sind. Man sollte meinen, solche Bilder seien das Flüchtigste von der Welt, aber eines Augenblicks ist das ganze Leben in solche Bilder aufgelöst, nur sie stehen auf dem Lebensweg, nur von ihnen zu ihnen scheint er gelaufen zu sein, und das Schicksal hat nicht Beschlüssen und Ideen gehorcht, sondern diesen geheimnisvollen, halb unsinnigen Bildern.« [1]

Dem antwortet der namenlose Erzähler aus *Comment c'est* von Samuel Beckett:

». . . das alles das alles solange es dauert all diese Arten Leben wenn es aufhört zu keuchen ich habe das alles gehabt je nachdem was man hört das alles gekannt durchgemacht und gelitten je nachdem [178] im Präsens auch und im Futurum das ist sicher man braucht nur zu hören, wenn es aufhört zu keuchen zehn Sekunden fünfzehn Sekunden all diese Arten Leben Fetzen sie murmeln im Dreck.« [2]

Ist dies das Ende? Läßt sich nur noch erzählen von solchen äußersten Anstrengungen des subjektiven Selbstbewußtseins, die Decke der Selbstentfremdung zu durchbrechen, die alle Rede erstickt? Zweifellos kann man nicht mehr so erzählen, als ob es nur darauf ankäme, die Erlebnisfähigkeit des Subjekts gegenüber zeitgemäßen Ereignissen wie Massenterror, KZ oder Atombombe neu zu beleben. Es gehört ja gerade zur Charakteristik der Epoche, daß diese Dinge in die Welt getreten sind zu dem Zeitpunkt, in dem man ihnen nicht mehr das koordinierende, ganz aus sich heraus auffassende, verarbeitende und organisierende Wesen entgegenstellen konnte, das den Menschen in der Interpretation eines selbständigen und allbrüderlichen Subjekts zeigte. Eben dies Wesen ist entlarvt worden als ein Konglomerat von Beweggründen, die nicht mehr koordiniert werden können und zurückfallen in die Registrationsfelder der quasi dinglichen, mechanischen oder stochastischen Untergründe.

Nun hat die Erzählung dies Werk der Entlarvung nicht allein geleistet. Eine Reihe von philosophischen und wissenschaftlichen Spezialfächern haben sich bemüht, ihr nachzufolgen. So die Lehre von den Gesellschaftsklassen bei Marx, die Soziologie bei Durkheim, die Psychoanalyse bei Freud, die Phänomenologie bei Bergson oder Husserl und entsprechende andere biologische, medizinische, wirtschaftliche Disziplinen. Das alles ist bekannt und braucht nur angedeutet zu werden. Aus all diesen Erkenntnissen haben sich wieder speziellere Untersuchungs- und Erfassungsmethoden abgeleitet. Diese wiederum haben eine Vielzahl von Praktiken hervorgebracht, die, von der hygienischen bis zur polizeilichen Betreuung, von der Verlockung durch Kino, Rundfunk, Fernsehen, Reklame bis zur Reglementierung des Berufslebens, eine Vielzahl von Organisationsabbreviaturen ausgebildet haben, die niemanden unregistriert, unbetreut, unverlockt lassen. Auch dies ist bekannt. Es ist offenbar ein Zustand, in den der Mensch gekommen ist, seit die pure Zahl der Menschen (ihre pure Vielzahl) vordergründiger und (was seine Interpretation betrifft) wesentlicher erscheint [179] als die organisierende Fähigkeit des individuellen Selbstbewußtseins.

Indem die Kennmarken der Abbreviaturen aber die Erlebnisfähigkeit und stellvertretende Repräsentanz des sich freuenden, leidenden Einzelnen verdrängen, verändert sich die Interpretation vom Menschen. Mit dieser verändert sich das, was der Erzählung als Stoff dienen kann. Stoff wäre nun das, was die Abbreviaturen zu erfassen suchen, und so könnte man von abbreviatorischen, protokollarischen, statistischen und anderen Erzählungen sprechen. Ihre Sprache und Erzählweise würde sich auf die Stichworte der Abbreviaturen zurückbeziehen. Sie würde sich nicht auf eine subjektive Innerlichkeit, sondern auf die soziale Äußerlichkeit des Menschen richten, diese in einer Positivität gefaßt, in der sie als historisches Faktum erscheinen. Denn nicht das, was die Akte der Verwaltung und der Registratur dem Menschen antun, sein Leiden an diesem Zustand ist Gegenstand der Erzählung, sondern die Art und Weise, in der durch diese Akte der Mensch neu definiert wird. Das ist weder zynisch noch inhuman noch konformistisch gemeint. Es bedeutet den Versuch, sich mit Hilfe von Beschreibung zurechtzufinden. Das Mittel dieser Erzählung ist eher das der Deskription als das der Entwicklung, nicht die syntaktische Verfolgung von Vorgängen (die früher in der atemlosen Aussparung und dann wieder Ergänzung von einzelnen Markierungsstellen der Jagd ihre höchste Definition fand), sondern die beschreibende Zusammensetzung von sprachlich reproduzierbaren Bezirken. Nicht die Kafkasche Allegorie, die das an Registratur und Verwaltbarkeit leidende und von ihr vernichtete Subjekt darstellt, erfüllt die Thematik des Jahres 1963, sondern die Versuche so verschiedener Autoren wie Nathalie Sarraute, Arno Schmidt, Wright Morris, Claude Mauriac, Michel Butor, Alexander Kluge. Es ist, wie Max Bense zu sagen pflegt, uninteressant geworden, wie der Hans die Grete kriegt und, wie Georges Simenon beteuert, interessant, was danach passiert, nicht deshalb, weil man heute mehr Lust hat auf die Erlebnisfähigkeit von Ehepaaren statt auf die von Verliebten, sondern deshalb, weil in der Eheschließung ein simpler Akt der Registratur vorliegt, an den die Erzählung besser anknüpfen kann als an die Schilderung von Gefühlen.

Progressive Methode und rigorose soziale Thematik schließen sich [180] so in der Erzählung nicht aus, sie bedingen sich. Ich kann nicht mehr vom Menschen schlechthin erzählen, selbst Beckett kann es, wie *Comment c'est* erweist, nicht mehr, ich kann nur erzählen vom Menschen in den Bezugsfeldern seiner sozialen Erfaßbarkeit. Sozialität, Gesellschaftlichkeit des Menschen aber besteht in einer nachsubjektiven Epoche in den Abbreviaturen der Registratur. Diese läßt sich nicht brechen noch auf Menschliches hin durchschauen und interpretieren. Es muß vielmehr berichtet werden, was umgekehrt ihre Akte zur erneuten Interpretation des Menschen beitragen, wie er aussieht, wenn er dahinein gekommen ist. Da liegt der Stoff der Erzählung.

Die Theorie der Erzählung besteht darin, daß Erzählung sich immer auf etwas bezieht, das außerhalb ihrer Sprache liegt. Dies, was außerhalb ihrer Sprache liegt, besteht in den verschiedenen Weisen, in der Menschen sich zueinander verhalten, verschieden nach der Jahreszahl, in der sie leben, und nach der Topographie, in die ihr Zusammenleben sich einordnet.

Anmerkungen

1. R. Musil, Der Mann ohne Eigenschaften. Hamburg: Rowohlt 1952, S. 678f.
2. S. Beckett, Comment c'est – Wie es ist. Frankfurt/M.: Suhrkamp 1961, S. 345.

Die ›eigentliche‹ Modernität des Romans

In dem Verzicht auf die Totalitätsforderung an den Roman, in der *sozialen Enge* und in den *Perspektivschrumpfungen* gerade auch der breit angelegten Werke von Walser und Grass liegen für Kant die Ursachen der von ihren Autoren eingestandenen politischen Ohnmacht der oppositionellen westdeutschen Literatur. So sei in Walsers »Halbzeit« eine weitgehende Ausklammerung der *bewegenden Probleme unserer Zeit* festzustellen, eine Begrenzung des geschilderten gesellschaftlichen Bereichs, der zwar extensiv ausgeschöpft werde, gleichwohl nicht beanspruchen könne, das Ganze zu repräsentieren; in der »Blechtrommel« eine Verengung, wo die Geschichte die Gegenwart tangiere, eine Schmälerung der Erkenntnismöglichkeiten durch die Wahl eines *physischen und psychischen Monstrums* als ›Helden‹ der Erzählung.

Als den neuralgischen Punkt für diesen Totalitätsverlust im Roman markieren Kant und Schulz die *Weltanschauung* der kritischen Realisten, ihr Eingeständnis, angesichts einer disparaten und komplexen Wirklichkeit nicht mehr über eine *gesell-*

schaftsbildende rationale Idee (Schulz) zu verfügen, nach der sich von der Welt als von einer *Ordnung* erzählen ließe. Demnach sind es die *ideologische Klarheit* und das Vertrauen in die Kraft der Arbeiterklasse, *das Reich des Menschen zu verwirklichen* (Becher), die den sozialistischen Romanautoren vor den bürgerlichen den entscheidenden Vorsprung verschaffen sollen.

Als eine der Prämissen für eine realistische Gestaltung von Gegenwartsthemen und für die Möglichkeit, mit den Mitteln der Kunst die Entwicklung des Sozialismus voranzutreiben, war auf der *Bitterfelder Konferenz* (1959) der enge Kontakt der Schriftsteller zur gesellschaftlichen Praxis genannt worden. Die Verantwortlichkeit des Autors interpretiert Koch deshalb in erster Linie als eine *Verantwortung vor dem Volk* und konfrontiert sie mit einer Haltung, wie sie auf der Leningrader COMES-Tagung (1963) von Caillois verteidigt worden war: Verantwortung des Künstlers vor allem dem *sprachlichen Ausdruck und seiner Kunst gegenüber.* [1] Die Kontroverse in dieser Frage nimmt Koch zum Anlaß, um noch einmal die prinzipiellen Differenzen aufzuzeigen, die in Leningrad zwischen den sozialistischen und den progressiven westlichen Autoren sichtbar geworden waren. Hier Erzählversuche in der Nachfolge von Proust, Joyce, Kafka aus dem Erlebnis einer tiefen Krise des realistischen Gesellschaftsromans; eine Abneigung gegen einen politischen Auftrag der Literatur im Bewußtsein der Relativität aller Normen; ein Abrücken von These und Botschaft und entschlossene Bekundungen, den Roman nicht auf den Stand eines Mittels im Dienst einer Sache zu reduzieren; aus Einsicht in den hypothetischen Charakter der Realität eine Auffassung von ihr als etwas noch Unbekanntes und Unerkanntes, erst zu Erfindendes und im Werk sich Konstituierendes. Dort – bei den sozialistischen Schriftstellern – die Berufung auf die großen Realisten in der Weltliteratur; eine feste Zuversicht, das Geflecht gesellschaftlicher Vorgänge durchschauen zu können; das Bekenntnis zum parteilichen *Kämpfer* für den Sozialismus und eine klare Zweckbestimmung der Literatur im Dienst sozialistischer Bewußtseinsbildung; die Widerspiegelung der Wirklichkeit aus einer optimistischen Perspektive; Verbundenheit der Literatur mit dem Leben der Gesellschaft und des Volkes.

Wie einige Monate zuvor auf dem Prager Kafka-Symposion kreiste der Meinungsstreit über die *eigentliche Modernität des Romans* (Koch) auch in Leningrad um den Punkt, ob die erzählerischen Methoden durch Kafka nicht in einer Weise revolutioniert worden seien, daß ein Schriftsteller nur bei Strafe des *Anachronismus* hinter diese *avanciertesten Möglichkeiten der Literatur* [2] zurückfallen könne. Koch wiederholt in seinem Tagungsbericht die auch in Leningrad von ihm vertretene Ansicht [3], daß der erbitterte *Kampf der Arbeiterklasse und des Volkes* für eine *reale* Überwindung des Kapitalismus Kafkas *Anti-Position gegen die kapitalistische Welt der ›Entfremdung‹* historisch korrigiert habe. Im Stil Kafkas auch weiterhin zu schreiben, auf seinem Standpunkt der Undurchschaubarkeit der Welt zu beharren, widerspreche der Überzeugung des Marxisten, daß die gesellschaftlichen Verhältnisse erkennbar und veränderbar seien. Trotz dieser scharfen Abgrenzung blieb wegen der *fortschreitenden Differenzierung des menschlichen Wissens in einer hochtechnisierten sozialistischen Gesellschaft* (Schulz) das Problem der Übernahme moderner Erzählweisen und ihrer Erprobung in der sozialistischen Literaturpraxis akut. Schon in Leningrad hatte Hájek seine Stimme für *wirklich zeitgemäße Ausdrucksmittel des heutigen sozialistischen Romans* erhoben.[4] Schulz, der diese Frage im Hinblick auf eine Erweiterung der Realismuskonzeption aufgreift, die in Prag vor allem von Garaudy und Fischer ins Auge gefaßt worden war, beantwortet sie – ebenso wie Abusch (W 391) – pragmatisch: Anleihen bei der bürgerlichen Literatur nur nach dem *Grad ihrer Nützlichkeit für unsere Position von heute und morgen;* Verwendung neuer *schöpferischer Methoden der Wirklichkeitserkenntnis* ohne Preisgabe der sozialistischen Parteilichkeit; weder eine Kanonisierung der Techniken des bürgerlich-realistischen Romans – wie bei Lukács – noch Verzicht auf sie als eine bedeutende entwicklungsfähige Tradition des Realismus; Nutzung moderner Formen des Erzählens nicht als Selbstzweck, sondern allein unter dem Gesichtspunkt einer *tieferen sozialen Durchdringung der Welt durch die Kunst* (Abusch, W 391, S. 1307).

Anmerkungen

1. Caillois antwortet Simonow. In: *Alternative,* Jg. 7, 1964, H. 38/39, Beilage Dokumente 1: Leningrader Schriftsteller-Colloquium »Der zeitgenössische Roman«, S. 12.
2. H. M. Enzensberger, Leningrader Gemeinplätze. In: *Alternative,* a.a.O., S. 26.
3. H. Koch, Methode und Standpunkt. In: *Alternative,* a.a.O., S. 27f.
4. J. Hájek, Über die Voraussetzungen des zeitgenössischen Romans. In: *Alternative,* a.a.O., S. 15.

HERMANN KANT 1961

Aus: [Rede auf dem V. Schriftstellerkongreß.]
In: V. Deutscher Schriftstellerkongreß vom 25. bis 27. Mai 1961 . . . Berlin [1962], S. 163–167. W 354.

[. . .] Der Zirkel, mit dem viele westdeutsche Schriftsteller ihren Standpunkt umgreifen, ist nicht sehr weit geöffnet. Die soziale Fläche, die in ihrem Werk erscheint, wirkt oft außerordentlich beschränkt. Das wird gerade in den Fällen besonders deutlich, da Autoren am Werke sind, denen es ganz offensichtlich weder an Talent noch am langen Atem des Epikers gebricht und die Romane zustande bringen, deren äußerer Umfang an den von »Krieg und Frieden« erinnert, also etwa bei Walser und Grass.

Wenn man Walsers »Halbzeit« bewältigt hat – aber nein, »bewältigt«, das klingt zu sehr nach Anstrengung und Überwindung und trifft nicht, weil dieser blendend geschriebene Roman erfreulich viel ästhetisches Vergnügen und manch geistiges Abenteuer bereitet –, also, wenn man Walsers »Halbzeit« gelesen hat, so kann man sich dem Gefühl nicht entziehen, in jenem Bereich, in den wir uns vom Autor hatten führen lassen, sei nun aber auch der letzte Knopf gezählt, sei uns kein Dessous mehr unbekannt, sei uns nichts Menschliches mehr fremd . . .

Aber, und dies ist ein großes Aber, wenn wir uns dann fragen, welchem der großen, uns alle bewegenden Probleme [164] unserer Zeit wir (ich frage es jedenfalls, obwohl Anna Seghers gestern ein bißchen davon abgeraten hat)[1] denn in diesem Buche begegnet seien, dann fällt die Antwort schwer. Oder sie lautet: Sie tauchen nur in Aperçus auf. Die großen Probleme dieser Zeit erscheinen in der Schrumpfform von Intellektuellenaperçus. Der Eisbombe wird ein Kapitel gewidmet, der Atombombe ein Bonmot. Von Parteien ist kaum, von Parties immerfort die Rede . . .

Wer »Halbzeit« gelesen hat, wird natürlich längst gemerkt haben, daß dies grob übertrieben ist, aber dem einen wird er doch beistimmen müssen: daß der gesellschaftliche Bereich, den Walsers Roman ausschreitet, begrenzt anmutet. Es ist nur ein winziger Ausschnitt aus dem Ganzen, aber kein Ausschnitt, der für das Ganze stehen kann oder das Ganze mitdenken läßt, es verstehen hilft. So begreife ich jedenfalls das Verhältnis des Besonderen zum Allgemeinen, das mir in diesem Falle nicht gewahrt zu sein scheint. Es ist vorstellbar, daß jetzt jemand sagen möchte: »Schön, bei Walser mag das stimmen, aber wieso ausgerechnet dem Grass dieser Vorwurf gemacht werden soll, das will nicht einleuchten. Die ›Blechtrommel‹ ist doch als nichts Geringeres als ein Roman vor einem weiten historischen Hintergrund angelegt, die Geschichte zieht sich über dreißig Jahre hin und von einem bewegenden, weltbewegenden Ereignis dieser Zeit ist doch wirklich die Rede . . .« Das ist richtig und auch wieder nicht.

In der Tat reicht die »Blechtrommel« weit in die Vergangenheit, in der Tat ist sie nicht nur mit Details, sondern mit Geschichte prall gefüllt, und doch wird auf andere Art die gleiche Beschränktheit erkennbar, unter der »Halbzeit« leidet. Auf andere Art. Gleicht »Halbzeit« einem kleinen Kreis, so gleicht die »Blechtrommel« einem schmalen Pfad, zumindest aber einer Straße, die sich, je näher sie den Schauplätzen der Gegenwart kommt, immer mehr verengt. Wenn anfangs noch aus der tristen Kleinbürgerei herausgegriffen wird in eine kräftige plebejische Erlebnis- und Vorstellungswelt, so schlieft die Geschichte bald nur noch durch die Karnickelröhren des Spießbürgermilieus – was auch dadurch nicht anders wird, daß die Spießbürger Künstlerkappen tragen.

Die Hauptbeschränkung aber ist zweifellos mit der »Helden«wahl gegeben. Mit den Augen eines physischen und psychischen [165] Monstrums läßt sich nichts anderes sehen als das, was Oskar Matzerath sah und wie er es sah. In einer Lyrikdiskussion hat Günter Grass rhetorisch gefragt: ». . . kann man, wenn man vorhat, Sinnentleerung oder Gemurmel in der Straßenbahn oder die Langeweile darzustellen, eben die Langeweile durch Langeweile und das Gemurmel in der Straßenbahn darstellen?« Und so hat er seine Frage beantwortet: »Das ist eine neue Art von Naturalismus.«[2]

Die Antwort ist ausgezeichnet. Sie müßte aber auch gegeben werden, wenn die Frage lautete: Kann man, wenn man das Monströse der Spießbürger darstellen will, es aus dem Blickwinkel eines spießbürgerlichen Monstrums darstellen?

Grass' Verfahren birgt natürlich viele Reize, schließlich handelt es sich um eine absonderliche Art von Verfremdung, an die er sich da hält, aber ich meine, daß die

Nachteile die Vorteile überwiegen. Rundheraus gesagt, glaube ich, daß die Literatur in unserer Zeit unter anderem helfen soll, hinter das Geheimnis zu kommen, wie man die verfluchten »Gashähne« abdreht.[3] Daß Günter Grass sie abdrehen möchte, bezweifle ich keinen Augenblick, ich bezweifle aber, daß man mit der von ihm angewandten künstlerischen Methode der Lösung der Rätsel näher kommt.

Eine neue Art von Naturalismus, so scheint mir, obwaltet in der »Blechtrommel«, sie prägt weite Teile von »Halbzeit« und ist auch in anderen Romanen nachzuweisen. An die Stelle von Weite und Vielfalt sind soziale Enge und Perspektivschrumpfungen getreten. [. . .]

[166 . . .] Sicher ist es richtig, den Splittercharakter einer bestimmten Literatur in Zusammenhang zu bringen mit dem Weltbild ihrer Autoren, einem Bild, in dem sich die heutige Gesellschaft als ein Scherbenhaufen darstellt, als eine Welt voller Disparität.

Aber die Scherbenliteratur ist eine Not und keine Tugend, und man sollte sich strikte weigern, ihr die Bezeichnung »modern« zu überlassen.

»Die wahre Modernität«, meint wieder Becher, »kann nirgendwo anders zu finden sein als dort, wo das Künstlerische sich darstellt als ein realer Ausdruck der Entwicklung des Menschen, seiner Bemühungen, sich zu übersteigen und das Reich des Menschen zu verwirklichen.«[4] Das ist ein Wort, bei dem »der alte Stolz« tüchtig am Werke war, spricht es doch von Entwicklung des Menschen und hält es doch am prometheischen [167] Glauben fest, daß der Mensch es sei, der sich sein Reich selber baue. Freilich ist es auch ein sehr allgemeines Wort und setzt manches stillschweigend voraus, was in einem Gespräch zwischen Schriftstellern aus den zwei deutschen Staaten leider nicht als stillschweigende Voraussetzung angenommen werden kann.

Das zeigt sich schon, wenn wir den Entwicklungsbegriff bestimmen wollen, das zeigt sich um so mehr, wenn wir dem Wort »der Mensch« und dem Inhalt, den wir beide ihm geben, jedenfalls in unserer literarischen Praxis, nachgehen.

Für Becher, und für uns mit ihm, ist immer dann, wenn vom »Menschen« die Rede ist, auf ganz natürliche Weise vor allem vom arbeitenden, sich durch tätigen Beitrag an der Gesellschaft beteiligenden Menschen die Rede, und wir konzentrieren unsere Aufmerksamkeit bei der Suche nach jenen, die in der Lage sind, »das Reich des Menschen zu verwirklichen«, selbstverständlich auf die Arbeiterklasse, auf die Bauern und auf die mit ihnen in dieser Bemühung verbundenen Schichten.

Aus dem Studium eines bestimmten Teiles der westdeutschen Literatur jedoch, jenes nämlich, der sich gerne »die Moderne« nennt, ergibt sich der Eindruck, den die »Times« in ihrer letzten, der deutschen Gegenwartsliteratur gewidmeten Beilage so formuliert: ». . . Im Westen Deutschlands scheint die arbeitende Klasse fast von der literarischen Szene verschwunden zu sein. . . . wie antibourgeois und bohemienhaft die westlichen Schriftsteller auch sein mögen, wie sehr sie auch die Inhumanität der modernen Gesellschaft ablehnen, so verbleiben sie doch geistig in einer auffällig bourgeoisen Atmosphäre und haben Probleme, die von der Realität der Existenz der Arbeiterklasse säuberlich geschieden sind.«[5]

Anmerkungen

1. Vgl. A. Seghers, Die Tiefe und Breite in der Literatur [Rede auf dem V. Deutschen Schriftstellerkongreß 1961]. In: A. S., Über Kunstwerk und Wirklichkeit. I. Die Tendenz in der reinen Kunst. Bearb. u. eingel. v. S. Bock. Berlin: Akademie-Verl. 1970 (= Deutsche Bibliothek. 3.), S. 140.
2. Lyrik heute [Symposion anläßlich des ›6. Internationalen Kongresses der Schriftsteller deutscher Sprache‹, Berlin, 17. November 1960]. In: *Akzente,* Jg. 8, 1961, H. 1, S. 2ff. Die Diskussion, ebd., S. 38–54 [Grass-Beitrag, S. 47].
3. Anspielung auf eine Szene in »Die Blechtrommel«. Darmstadt, Berlin, Neuwied: Luchterhand 1959, S. 244.
4. J. R. Becher, Macht der Poesie. Poetische Konfession. II. Teil. Berlin: Aufbau 1955 (= Bemühungen. T. 3.), S. 91.
5. *The Times Literary Supplement* vom 23. September 1960, S. IV.

HANS KOCH 1963

Aus: Der zeitgenössische Roman und die Verantwortung des Schriftstellers. Zur Leningrader COMES-Tagung.
In: Einheit, Jg. 18, 1963, H. 11, S. 117–120. W 366.

[. . .] *Verantwortung*

Die Verantwortung und Verantwortlichkeit des Schriftstellers in unserer Zeit war eine der Hauptfragen, die den Leningrader Disput bewegten. Sie hatte sich an der Diskussionsrede des Franzosen Roger Calloix entzündet.[1] Warum bleiben wir Schriftsteller beharrlich dabei zu schreiben, fragte er. Er sprach von der Verantwortung des Schriftstellers für sein Werk, für das Beste im Menschen. Die Alternativfrage, um die es hier ging, war bereits einleitend von Konstantin Fedin genannt worden, als er vom Unterschied zwischen dem Romancier sprach, »der nur für sich selbst und vor sich selbst verantwortet, und dem Romancier, der vor allen und für alles, bei dem er mitgewirkt hat, die Verantwortung trägt«.*

Auch und gerade in dieser Hinsicht kam es im Majakowski-Haus zu einem Zusammentreffen [118] zweier verschiedener Schriftstellertypen. Es gab auch unter den westlichen Kollegen niemand, der den Standpunkt der Verantwortungslosigkeit des Schriftstellers gepredigt hätte. Aber nach der Zielsetzung seines literarischen Werks, das ausgesprochenermaßen eine »Kunst für den Menschen« sein soll, befragt, äußerte einer ihrer profiliertesten Repräsentanten, Alain Robbe-Grillet: »Ich habe eigentlich nichts zu sagen, ich verfüge nur über die Möglichkeit, mich auszudrücken. Aber ich glaube trotzdem, daß ich das Publikum aktiv zur Teilnahme herausfordere.

* »Die Presse der Sowjetunion«, Nr. 97 vom 21. August 1963, S. 2122

Meine Bücher sollen dem Publikum zu irgend etwas verhelfen, aber ich weiß nicht zu was. Sie sind ein Appell an die Phantasie der Leser.« Robbe-Grillet hält den Leser für die Hauptperson seiner Bücher, hält seine Werke für einen Appell an die Leser oder Zuschauer, daß sie das Werk erfinden. »Das Ergreifendste am Menschen ist, daß er sein eigenes Leben erfinden kann.« *

Das ist ziemlich unlogisch. Besser wäre es auf alle Fälle, der Schriftsteller verhülfe dem Leser dazu, sein Leben besser, schöner, reicher, glücklicher zu leben. Der Ansporn, zu erfinden – und sei es das eigene Leben –, ohne zu wissen, wie, warum und wozu, ist ohnehin nicht gerade überzeugend. Das eigene Leben zu »erfinden«, es nur im Kopfe, außerhalb der Beziehung zur wirklichen Welt, zu bauen; unwissend und gleichgültig, ob die Welt bloße in meiner Phantasie existierende Imagination ist, ob sie nur in mir oder in Wahrheit auch außer mir existiert – wie soll das mir, dem Leser, helfen, mich zur Teilnahme herausfordern, mir zu irgend etwas verhelfen, was Sinn, Zweck und Wert hat. Robbe-Grillet weiß es offensichtlich selbst nicht. Aber er ist doch überzeugt, nicht l'art pour l'art, sondern »Kunst für den Menschen« zu schaffen.

Robbe-Grillet ist ein bedeutender Wortkünstler, dessen Werke Stimmungen und Eindrücke hinterlassen und den Menschen noch lange beschäftigen. Jedoch unter anderem mit der Frage: Bin ich oder bin ich nicht, ist das, was geschehen ist, wirklich geschehen oder nur in meiner Einbildung? (»Die Welt, die mich umgibt, ist das, was ich in meinem Kopf habe ... Jedes reale Abenteuer ist zugleich ein imaginäres Abenteuer.«) Was aber kann der soziale, politische, psychische, geistige, ästhetische Effekt einer solchen Beschäftigung sein, zu der ein sogenannter »linker Schriftsteller« seine Leser verleitet? Robbe-Grillet antwortet selbst: Das »mag ohne Bedeutung sein«.

In der Tat, aber warum, aus welchem inneren Beweggrunde wird es dann auf Hunderten von Seiten vor den Lesern ausgebreitet? Warum wird irgendein Radiergummi, als »Triebsymbol« [2], unendlich wichtiger als das Schicksal Algeriens und der Algerier, zu dem Robbe-Grillet in Erklärungen mutig Stellung nimmt, denen er aber keine Zeile seines schriftstellerischen Talents widmet. Ist das Verantwortung – oder ist es bedenkliche Gleichgültigkeit den verkündeten humanen Zielen seines eigenen Wirkens gegenüber. Die Verantwortung des Schriftstellers ist in erster Linie Verantwortung gegenüber dem Leser – ästhetische *und* politisch-gesellschaftliche Verantwortung. [...]

[119 ...] Mir scheint, daß es auch eines der *ästhetischen* Kernprobleme des Disputs um die Verantwortung des Schriftstellers ist, wenn gefragt wird: *Vor wem* trägt ein Künstler Verantwortung? Die Antwort: Vor seinem eigenen künstlerischen Gewissen! ist gut, sie muß hundertmal unterstrichen werden, aber sie reicht nicht aus.

Die Verantwortung vor dem Volk – das hohe Wort wird hier sehr bewußt ge-

* »Die Welt« vom 15. Oktober 1963

braucht – gehört dazu, außerhalb dieser Verantwortung wird selbst ein genialer Künstler kaum Bleibendes und Dauerndes schaffen können. Konstantin Simonow brachte einen sehr einprägsamen Vergleich: »Ein Schriftsteller, der sich der Menschheit gegenüber hochmütig verhält, müßte bis zum Schluß konsequent sein und seine Werke überhaupt nicht der von ihm verachteten Menge vorlegen. Eine solche Einstellung wäre wenigstens logisch und nicht heuchlerisch. Das Verantwortungsgefühl des Schriftstellers ähnelt dem Verantwortungsgefühl eines Piloten, der seine große Maschine, die mit vielen Menschen besetzt ist, vom Ort des Flugbeginns bis zum Ort der Landung lenkt, was dem Beginn und dem Ende eines Buches entspricht. Ich glaube, der Pilot des Flugzeuges hört nicht auf, sich selbst treu zu bleiben, weil sein Bewußtsein das Verantwortungsgefühl für das physische, und wenn wir die Metapher fortsetzen und die Worte ›Pilot‹ und ›Flugzeug‹ durch ›Schriftsteller‹ und ›Buch‹ ersetzen, dann auch für das psychische Leben der Menschen, die er mit sich auf die Reise nahm, bedrückt. Ich möchte mich auf keinen Fall in ein Flugzeug setzen, das ein Mensch lenkt, der glaubt, daß ihn das Verantwortungsgefühl den Menschen gegenüber daran hindert, sich selbst treu zu bleiben.« * Außerhalb einer solchen Auffassung von Verantwortlichkeit kann und wird es keine bedeutende progressive Literatur geben.

Zur Tradition

Lebhaften Streit gab es in Leningrad um die Traditionen des zeitgenössischen Romans – einen Streit, der in Wahrheit der eigentlichen Modernität des Romans (ohne Anführungszeichen) galt, der die Grundfrage nach dem Realismus oder der Dekadenz der Romanliteratur in der Gegenwart aufwarf. Er entzündete sich an drei Namen: James Joyce, Marcel Proust, Franz Kafka. [. . .]

Hans Magnus Enzensberger hat in Leningrad eine echte Entscheidungsfrage gestellt: die Frage nach den spezifischen Möglichkeiten (und damit wohl auch nach den überprüfbaren Resultaten) einer Literatur in der Tradition Franz Kafkas und anderer bei der Aufgabe, die er »den Faschismus zu enträtseln« nannte. [3] Man darf hinzufügen: auch bei der Aufgabe, die geistigen und psychischen Relikte des Faschismus zu überwinden. Es stimmt nachdenklich, daß auch die fortschrittlichen Schriftsteller und Kritiker, die dem Werk Kafkas nicht nur eine historische, sondern auch eine ungemein aktuelle Bedeutung zuschreiben, diese Bedeutung stets auf Formulierung einer geistigen Anti-Position gegen die kapitalistische Welt der »Entfremdung«, gegen den Faschismus usw. beschränken. Historische Tatsache ist und bleibt aber, daß die Überwindung von Kapitalismus und Faschismus *real,* in den erbittertsten Klassenkämpfen [120] der ganzen Geschichte, und nicht vom Standpunkt irgendeiner bloßen Anti-Position erfolgte. Dafür steht die ganze sozialistische Welt als Zeuge. Es ist und bleibt erwiesen, daß auf dem Boden der geistigen Konzeption, wie sie etwa Kafka und andere gegeben haben, noch keine Klasse irgendeines Landes, noch kein Volk

* »Die Presse der Sowjetunion«, Nr. 97 vom 21. August 1963, S. 2124

der Erde einen ganzen oder auch nur ernsthaften teilweisen Erfolg im realen Klassenkampf gegen Kapitalismus und Faschismus erstritten haben. Die Anerkennung dieser Tatsache hindert nicht an einer echten und gerechten Würdigung Franz Kafkas und anderer. Umgekehrt aber: Wer möchte aufstehen und bestreiten, daß der reale Kampf der Arbeiterklasse und des Volkes vom Boden einer geistigen Konzeption, wie sie – beispielsweise – Scholochows »Der stille Don« und »Sie kämpften für die Heimat«, Fedins »Ein ungewöhnlicher Sommer« und »Die Flamme«, Simonows »Tage und Nächte« oder »Die Lebenden und die Toten« zugrunde liegt, auf die sich Aragons Romanwerk »Die Kommunisten« gründet und Anna Seghers »Das siebte Kreuz« und Bredels »Die Prüfung« – wer also möchte bestreiten, daß es realer Kampf war, von geistigen Positionen wie von diesen aus geführt, der den Hitlerfaschismus schlug, der im größeren Teil Europas die Macht des Kapitalismus brach und den Sozialismus errichtete.[4]

Doch konfrontieren wir das Werk Kafkas und seiner Nachfolger nicht nur mit dem der sozialistischen Realisten. Oft wird Kafka – unbewiesen – als ein Prophet gefeiert, der (in der »Strafkolonie« vor allem) die grausame Welt des Faschismus vorausgeahnt hätte. Selbst wenn wir uns auf den Boden dieser nach meiner Ansicht nicht haltbaren These stellten, was würde daraus folgen? Wären Kafka und seine Nachfolger tiefer in die soziale, geistige und psychologische Struktur der Gesellschaftsklasse eingedrungen, die in Deutschland den Faschismus hervorbrachte, hätten sie wirkungsvoller entlarvt, wirksamer an ihrer endgültigen Überwindung teilgenommen als etwa Heinrich Mann im »Untertan«, als Thomas Mann im »Zauberberg« oder in »Mario und der Zauberer«, als Feuchtwanger in der »Wartesaal-Trilogie«[5] oder Arnold Zweig im »Grischa-Zyklus«[6]. Die Praxis beweist etwas anderes.

Alain Robbe-Grillet bekennt sich mit großem Nachdruck zur Tradition Kafkas; er meint, daß es vielleicht überhaupt die Lektüre Kafkas war, die ihm Lust zum Schreiben machte; er will »in der Nachfolge Kafkas schreiben«. Robbe-Grillet sagt darüber: »In seinem Tagebuch zum Beispiel schildert er (Kafka – H. K.) einen Mann, der sich über einen Tisch beugt. Kafka gibt keine Erklärung, er sieht keine besondere Bedeutung darin; aber die Stellung, die Bewegungen dieses Menschen waren für ihn wichtig. Diese Wichtigkeit, die mich an der Wirklichkeit frappiert hatte, fand ich in den Werken Kafkas, und sie findet sich – hoffe ich – in meinen Büchern.« *

Robbe-Grillet hat mit anderen Schriftstellern des »nouveau roman« seine Stimme gegen den Krieg in Algerien erhoben. Ist es wahrscheinlich, daß sein mutiger Protest primär durch die Geisteshaltung ausgelöst wurde, die ihn als Romancier an das Erbe Kafkas bindet?! [. . .]

Die Tagung der COMES (Comunità Europea degli Scrittori) fand vom 5.–8. August statt.

* »Die Welt« vom 15. Oktober 1963

Anmerkungen

1. Vgl. R. Caillois, Der Roman ist nicht nur Sprachkunstwerk. In: *Alternative*, Jg. 7, 1964, H. 38/39, Beilage Dokumente 1: Leningrader Schriftsteller-Colloquium »Der zeitgenössische Roman«, S. 8–10. Und: Caillois antwortet Simonow, a.a.O., S. 11f.

2. In Robbe-Grillets Roman »Les Gommes« (1953).

3. H. M. Enzensberger, Leningrader Gemeinplätze. In: *Alternative*, a.a.O., S. 24–26.

4. Vgl. dazu auch den Diskussionsbeitrag von H. Koch in Leningrad: Methode und Standpunkt. In: *Alternative*, a.a.O., S. 27f.

5. Zu Feuchtwangers ›Wartesaal‹-Trilogie gehören die Romane: Erfolg. Amsterdam: Querido 1934; Die Geschwister Oppenheim [später: Oppermann], ebd. 1933; Exil, ebd. 1939.

6. Zunächst in einer ›Nachbemerkung‹ zu »Der Streit um den Sergeanten Grischa« (1928) als ›Trilogie des Übergangs‹ angekündigt, die außer »Grischa« die Romane »Erziehung vor Verdun« (1935) und »Einsetzung eines Königs« (1937) umfaßt. Später Erweiterung des Zyklus zu einer Chronik der Zeit von Sommer 1913 bis Herbst 1918 durch die Romane »Junge Frau von 1914« (1931), »Die Feuerpause« (1954), »Die Zeit ist reif« (1957) und »Das Eis bricht« (unvollendet) unter dem neuen Gesamttitel »Der große Krieg der weißen Männer«.

MAX WALTER SCHULZ 1964

Aus: Muscheln, grüne Stachelbeeren, Kafka usw.
In: Forum, Jg. 18, 1964, Nr. 4, S. 12f. W 378.

Soll denn der Zimmermann keine Dielen mehr legen, weil die Menschen heute so hoch fliegen?

Soll denn der Erzähler keine Romane mehr schreiben, weil unsere Zeit so hochkompliziert ist?

Absurde Fragen statt der Versicherung, daß ich von einer Krise des realistischen Gesellschaftsromans nichts halte. Ich lebe in der Deutschen Demokratischen Republik. Der aufregende revolutionäre Prozeß unserer gesellschaftlichen Verjüngung liefert Romangegenstände die Fülle. Er liefert uns aber ebenso eine Menge von Inhalts- und Formproblematik frei Haus. Denn unser Leben, das Hineinwachsen in den Sozialismus bei der Gegebenheit der antagonistischen Spaltung unserer Nation, ist wirklich eine hochkomplizierte Sache. Und trotzdem spielt der Roman von allen literarischen Genres die größte Rolle bei der sozialistischen Bewußtseinsbildung. [...]

Ist es denn heute überhaupt noch möglich, einen relativ kleinen Teil der Wirklichkeit in der ihm eigenen Totalität und in seinen wesentlichen Zusammenhängen mit der totalen Wirklichkeit einer historisch bestimmten Zeit romanhaft vorzuführen? Verlangt man denn unter dem Stichwort Totalität von den heutigen Romanschreibern, was zur Zeit der Renaissance zum letzten Mal eben noch menschenmöglich war: das Universalgenie?

Meines Erachtens sollte man heute trotz unmöglich gewordener universaler Genialität die Totalitätsforderung an den Roman nicht aufgeben. Doch damit verhält es sich wiederum so wie mit verliebten Leuten. Er sagt: Du bist mein alles. Sie sagt das Gleiche von ihm. Man entschuldige die unzulässige Simplifizierung. Sie sollte illustrieren, daß die Totalität (jedes literarischen Genres) nur in poetisch überhöhter Wirklichkeit vorgefunden werden kann – und da auch nur als Empfindungswert, nicht als Billigung des nüchternen Verstandes. Totalität ist zunächst nichts weiter als der Kunstgriff äußerst intensiver sensualistischer Verdichtung, ein Mittel zum Zweck, eine poetische Schule konzentrierter Gegenständlichkeit. Im Effekt beruht dieser Kunstgriff darauf, den »Zauber der Atmosphäre« hervorzurufen, den ganzen Beziehungsreichtum eines Sujets vor den Augen des Lesers durch sehr sorgfältig gewählte gegenständliche und gestische Details auszubreiten.

Doch der Realismus kann sich nicht in intensiver sensualistischer Verdichtung erschöpfen, schon gar nicht der realistische Roman. Meines Erachtens wird das Wertmaß »Höhe« des realistischen Romans durch zwei Koordinaten bestimmt. Durch die genannte poetisch-illusionäre (den realen Abbildern treu bleibende) Totalitätsempfindung oder Totalitätsvorstellung und durch eine gesellschaftsbildende rationale Idee. Formelhaft ausgedrückt: Durch intensive sensualistische Verdichtung bei extensiver ideeller Spannung. Erst der weitgespannte, klar erkennbare Bogen einer real-humanen, klassenbestimmten Idee trägt Verdichtetes und hebt geordnet ins Bewußtsein, was dem unbewußten Sein an Einzelheiten entrissen wird. Als Marxist schreibt man Romane aus der Überzeugung, daß die Welt erkennbar und veränderbar ist und nicht nur auf verschiedene Weise poetisch interpretiert werden kann. Aber man muß auch sagen, daß noch längst nicht aller Schweiß der marxistischen Romanschreiber von den zuständigen marxistischen Theoretikern aufgefangen worden ist, um den ästhetischen Acker damit zu düngen. Überdies liegen zwischen den Feldern der bürgerlich-demokratischen und der marxistischen Romantheorie noch Feldraine. Sie sind stellenweise noch so breit, daß ganze Radieschenkulturen darauf angebaut werden können. (Natürlich können auf diesen Streifen auch Dinge von besserem Begriffsgeschmack gezogen werden.)

Aber was hat es heute z. B. mit der Polemik über die Möglichkeit eines »Realismus ohne Ufer« [1] auf sich? Es juckt einen das Fell, sich ein bißchen naiv zu stellen und nach dem konkreten wörtlichen Sinn dieses Etiketts zu fragen. Wo gibt es ein Gewässer ohne Ufer? Wie also wäre ein Etwas, das es in der Realität (wörtlich genommen) nicht gibt, dem Realismus als Bestimmungswort zuzuordnen? Oder sollen hier Geister aufgeboten werden, geeignet, an der Sphäre des materialistischen Unendlichkeitsgedankens zu saugen? Oder soll gesagt sein, daß die Ufer der menschlichen Existenz unbekannt sind? Oder soll die schöpferische Freiheit bedingungslos – ideologisch unverbindlich – erklärt werden? Soll die Fahne des sozialistischen Realismus eingerollt werden, um unter taktischen Zeichen zu einer Geheimoffensive anzutreten? Gegen wen? Rhetorische Fragen enthalten ihre Antwort. Dennoch erschiene es mir unklug, diese Polemik mit rhetorischen Fragen vom Tisch zu fegen. Optimistisch gesehen, geht es doch um den alten Streit, was zum kontinuierlichen Vorteil der marxistischen Literaturpraxis von der progressiven bürgerlichen Seite zu übernehmen ist und was nicht. Nur die Troglodyten sind frühzeitig über diesem Streit weggestorben. Er ist heute noch fruchtbar, soweit es sich um Überschneidungen humanistischer und antifaschistischer Bekenntnisse und Bekenntnisformen mit sozialistischen handelt. Dabei geht es weniger um die politisch-ideologische Aussage (sie ist unschwer zu bestimmen) als um die zugehörigen schöpferischen Methoden der Wirklichkeitserkenntnis. Das Kriterium der Übernahme oder Ablehnung bürgerlich-humanistischer und antifaschistischer Bekenntnisformen, resp. Erkenntnismethoden bildet sich m. E. in erster Linie aus dem historischen Bewußtsein und dem Lebensgefühl von Position oder Opposition. Ein Marxist, der auf der Position der herrschenden Arbeiterklasse steht, wird zwangsläufig manche Frage der Absicht und der Wirkung anders betrachten als ein Marxist, der noch in Opposition zur alten herrschenden Klasse lebt. Doch unterscheidet sich das revolutionär-positionelle und oppositionelle Bewußtsein und Lebensgefühl nicht zwangsläufig und ausschließlich dadurch, daß ein Marxist in einem sozialistischen oder in einem kapitalistischen Land lebt. Aber sowohl in der literaturpolitischen wie in der literaturtheoretischen Frage, ob eine Überlieferung ganz, teilweise oder nicht aufgegriffen werden soll, entscheidet letzten Endes der Grad ihrer Nützlichkeit für unsere Position von heute und morgen und nicht ihr Wert »an sich« für gestern.

Ich weiß nicht, wieviel Marxisten und Nichtmarxisten zu den »Uferlosen« gehören. Dem Anschein nach sind diese aber alle bedacht, in irgendeiner Weise die Linie Kafka-Musil-Broch fortzusetzen. »In irgendeiner Weise« ist zu wenig, um mehr darüber zu sagen. Bei meinem nationalen Leisten bleibend, möchte ich Kafka lieber in Zusammenhang mit seinen enthusiastischen Anhängern in Westdeutschland bringen. Denn von dorther kommt uns (den Vertretern des sozialistischen Realismus in Deutschland) die »Kafka-Renaissance« in der Form eines Kafka-Managements eindeutig feindselig entgegen. Man schlägt mit Kafka auf den sozialistischen Realismus und meint unsere sozialistische Gesellschaftsform – zumindest Formen unserer sozialistischen Gesellschaft. Es gehört wohl noch zur deutschen Misere, daß Leute, die den demokratischen Mut haben, die kapitalistische Entfremdung zu geißeln, zugleich auf die Leute einschlagen, die den revolutionären Mut haben, die Entfremdung mit Stumpf und Stiel auszurotten. Wir haben in theoretischer Dokumentation mehrfach gesagt, daß uns Kafkas Zeitaussage wert genug erscheint, um aufgehoben zu werden. Sein ethischer Rigorismus erkennt die Entfremdung als eine Grundtatsache des Lebens in der kapitalistischen Gesellschaft. Die Entfremdung quält und umdüstert sein historisches Bewußtsein. Er kann ihre klassenmäßige Ursache nicht aufdecken. Er weiß nichts gegen sie zu tun. Aber er ist gegen sie empfindlich intolerant. Er protestiert mit der Methode, das Düstere zu verdunkeln, um Abscheu vor der Schwärze des Abgrunds zu erregen. Der Protest reicht von der Klarheit bis zur Verworrenheit.

Aber was hat das alles im besonderen mit Problemen des Romans zu tun? Ich meine in zweifacher Hinsicht: Erstens bietet sich der Roman zur Bestimmung eines historischen Bewußtseins und einer schöpferischen Methode geradezu an: eben weil er nach Zeit-Totalität strebt. Zweitens wirft die fortschreitende Differenzierung des menschlichen Wissens in einer hochtechnisierten sozialistischen Gesellschaft wirklich die Frage auf, mit welchen schöpferischen Erkenntnismethoden und Mitteln der Roman ein realistisches Spektrum der gesellschaftlichen Wirklichkeit erreichen kann.

Meines Erachtens realisiert sich der große Gegenstand des realistischen Romans als [13] die große allseitig darzustellende menschliche Individualität: die Persönlichkeit, der Held.

Die Krise des realistischen Romans beginnt mit dem ausweglosen, depressiven Zweifel an der Lebensfähigkeit der großen humanen Individualität, mit der Verzweiflung, daß ihr die Gesellschaft keine zureichende Daseinsbedingung garantieren kann. Nun habe ich aber auch im Roman des sozialistischen Realismus für den Zweifel etwas übrig. Er sitzt mir nicht im gesellschaftlichen Bewußtsein. Wer nicht vom Sieg des Sozialismus überzeugt ist, wird nicht mit ihm siegen. Aber es gibt einen fruchtbaren Zweifel im schöpferisch-methodischen Denken. Der Held steckt sich ein großes Ziel. Kann er es wirklich erreichen? Wenn ich diese Zweifelsfrage nicht methodisch wiederhole, schalte ich das Kraftfeld zwischen dem individuellen und dem gesellschaftlichen Pol ab. Die Spannung bricht zusammen. Der Leser bangt nicht mehr um den Helden und strengt sich nicht mehr mit ihm auf das Ziel an. Durch mechanistischen Antrieb in Bewegung gehalten, wird der Held zu einem marionettenhaften Halbgott – und lächerlich uninteressant. Die methodische Zweifelsfrage zwingt zur ständigen Überprüfung der komplexen Realität. Wer überprüft? Meine Lebenserfahrung, mein Wissen, meine parteiliche Aufrichtigkeit. Danach wird entschieden, ob der Held siegt oder untergeht. Die innere Logik, die Folgerichtigkeit in der Entwicklung einer zentralen Romanfigur stellt sich nach meiner Erfahrung beim Schreiben her, nicht beim Konzipieren. Und wenn der Held untergehen muß, wenn der tragische Zufall aus Notwendigkeit (und nicht aus Ressentiment) zu bemühen ist, dann haben wir eine Niederlage auf dem Weg zum Sieg erlitten. Das weitgesteckte Ziel rückt verstärkt in die Perspektive.

Wo aber der Zweifel an der Möglichkeit der großen menschlichen Individualität tief ins Bewußtsein gedrungen ist, wo auch keine Hoffnung mehr auf rationale, ideelle Gesellschaftskritik besteht, gibt die Zerstörung der Persönlichkeit auch die schöpferische Methode her. Es wird nicht mehr gefragt und geprüft, ob der Held ein weitgestecktes, begeisterndes Ziel erreichen kann. Es wird gefragt und geprüft, ob er sich konsequent immer weiter von einem solchen Ziel entfernt, oder es wird gesagt und geprüft, daß er überhaupt kein Ziel hat. Es ist aber noch möglich, daß der in der Handlung absolut negierte ethische Zielbegriff in der Tendenz noch aufleuchtet. Bei Kafka und anderen ethischen Rigoristen kann man diese 1000:1-Kontradiktion als Methode erkennen und anerkennen. Ich meine aber, daß in unserer sozialistischen Gesellschaft dieses Kassandragewand peinlich antiquiert wirkt. Außerdem lehrt Erfahrung, daß die Methode, Grauenhaftes und Ekelhaftes darzustellen, um Abscheu davor zu erregen, sehr häufig die gegenteilige Wirkung hervorruft: nämlich die kulinarische.

Einen Schriftsteller, der heute mit linker Tendenz und mit Kafkascher Methode schreibt, muß es doch deprimieren, wenn ihm sein Werk aus der Hand gerissen und vor die Säue geworfen wird. Und selbst wenn der Effekt des Umschlags nicht eintritt, dürfte er der Selbstversuchung dieser Methode nur schwerlich entgehen: dem Verzicht auf objektive Wahrheit, dem Symbolismus und Psychologismus, dem Mutmaßlichen, dem Sich-Bescheiden mit dem mikrokosmisch Wahrnehmbaren, der Entseelung der Figur, dem engbrüstigen Beschreiben von Zuständen und Verhaltensweisen (anstelle von großen historischen Prozessen) – kurzum dem ganzen Sündenregister des Subjektivismus und Intellektualismus. Und wenn es dazu noch ins Epigonentum hinabgeht, wird es wirklich ganz duster mit Kafkas Methode. [...]

Wenn der Roman mangels humaner gesellschaftsbildender Kräfte anfängt, über sich selbst nachzudenken, ist seine Krise perfekt. Und wenn der sozialistische Roman trotz großer Gegenstände die kleinen hernimmt und sie auswalzt wie Oblatenteig, dann ist er einfach schlecht. Ich will mich hüten zu sagen: So etwas gibt es ja bei uns gar nicht! Ich denke, es gibt bei uns (in der jüngeren Generation sozialistischer Romanautoren) noch mehr Steinchen im Schuh. Wir betrachten z. B. das schöpferische Verhältnis des Menschen zur Arbeit als dominierenden Faktor im Wechselverhältnis zwischen Sein und Bewußtsein. Daran zu rütteln, hieße, uns selbst das Wasser abgraben. Aber der Arbeitstag beträgt acht Stunden und weniger. Welche geistigen Stoffwechsel vollziehen sich in der Freizeit? Bildet und qualifiziert sich der schöpferisch arbeitende Mensch danach nur in Lehrgängen und Zirkeln weiter – um sich dann endgültig von seinem Schöpfungstag auszuruhen? Nein, der Mensch als Ensemble der gesellschaftlichen Verhältnisse lebt nie außerhalb der Beziehung zwischen sich (als Individuum) und der Gesellschaft. Individuelles und gesellschaftliches Verhalten korrespondieren unablässig. Auch die sogenannten Intimbereiche des Lebens sind in ihrer individuell-gesellschaftlichen Natur aus der Totalität des Romans nicht wegzudenken. Welche ungeheure gesellschaftliche Bedeutung kommt der Ehe und der Liebe zu? Wie steht es heute mit der Gleichberechtigung der Frau im praktischen Leben: in der Arbeit wie in der Ehe? Gibt es nicht noch alte und schon ganz neue Konflikte zwischen Pflicht und Zuneigung?

Wir bieten statt Entfremdung den ganzen Reichtum des menschlichen Wesens an. [...]

Anmerkung

1. Vgl. Anmerkung 5 der *Einführung II.*

Der Stoff ›Arbeitswelt‹

Ein Roman aus der *Geschichte des Klassenkampfes*, verfaßt von einem *schreibenden Arbeiter* – der »Honigkotten« von Bruno Gluchowski, einem Mitglied der ›Gruppe 61‹ –, mußte in der Bundesrepublik wegen seines Themas und seines Autors andere Rezeptionsprobleme aufwerfen als in der DDR, die sich darauf berief, das Erbe der proletarisch-revolutionären Literatur der zwanziger und dreißiger Jahre angetreten zu haben.

Bei der Wertung des Romans konnten die Originalität des Sujets – der bis dahin in der Bundesrepublik poetisch kaum erschlossene Erfahrungsbereich der Arbeiter – und die soziale Herkunft des Verfassers nicht einfach unberücksichtigt bleiben. Daher läßt Hitzer in seinem Brief an Bräunig durchblicken, daß Gluchowskis Werk und mit ihm die *Industriedichtung* überhaupt nicht ausschließlich mit der Elle ästhetischer Kritik zu messen seien. So ambitioniert die ›Gruppe 61‹ sich auch in ihrem Programm die *künstlerische* Auseinandersetzung mit der Arbeitswelt vorgenommen hatte[1], sollte auf diese Weise der Versuchung vorgebeugt werden, die Artikulationsbemühungen von nicht an den Maßstäben ›hoher‹ Literatur geschulten Schriftstellern unter Anspielung auf die Unzulänglichkeit ihrer Werke in die Zonen literarischer Trivialität abzudrängen oder schlicht zu ignorieren.

Mit ihren detaillierten Schilderungen der Verhältnisse am Arbeitsplatz reichten die Romane Max von der Grüns noch hinaus über die von Hitzer vermutete Absicht Gluchowskis, durch die Erinnerung an die Arbeitskämpfe der Vergangenheit *Stolz und Selbstbewußtsein der Klassenzugehörigkeit* unter den Arbeitern wachzurufen. Die in »Männer in zweifacher Nacht« (1962) und »Irrlicht und Feuer« (1963) beschriebenen Mißstände wiesen trotz der Parolen von Mitbestimmung und Sozialpartnerschaft gerade auch die gegenwärtige innerbetriebliche Situation als *dichotomisches Modell* aus, *worin sich die objektive Polarisierung der Klassengesellschaft niederschlägt*[2]. Daß durch seine Nähe zum Tatsachenbericht das Erzählte die Brisanz authentischen Materials gewann, davon zeugten die Prozesse, die gegen den Roman »Irrlicht und Feuer« angestrengt wurden, und die Sanktionen gegen seinen Verfasser.[3]

Was Bräunig – in seiner Antwort an Hitzer – an Gluchowskis »Honigkotten« vermißt, wurde in der DDR den Texten der ›Gruppe 61‹ generell angelastet: das Fehlen eines *zur Veränderung drängenden Elements*[4]; der Verzicht, den *Standpunkt des kämpfenden, revolutionären, sozialistischen Proletariats*[5] einzunehmen; ein rein deskriptives Verhalten zu den geschilderten Fakten, ohne den Sozialismus als Ausweg zu akzeptieren oder sichtbar zu machen. Differenzen, die innerhalb der ›Gruppe‹ entstanden und 1970 schließlich zur Gründung des ›Werkkreises Literatur der Arbeitswelt‹ führten, korrigierten diesen Eindruck insofern, als vor den sozialen Widersprüchen, die durch die Beschäftigung mit dem Stoff ›Arbeitswelt‹ offenbar geworden waren, das Selbstverständnis der ›Gruppe‹ sich eine kritische Revision gefallen lassen mußte. Dem Anspruch, sich *frei von Ideologien* mit den Problemen auseinanderzusetzen und sie *künstlerisch zu bannen*[6], wurden die Möglichkeiten einer *operativen, auf Veränderung zielenden, unter wirkungsästhetischen Gesichtspunkten hergestellten politischen Literatur*[7] entgegengehalten. Die *soziale Wahrheit* (Wallraff) des präsentierten Materials rangierte hier vor der formal-ästhetischen Innovation, und an die Stelle einer überparteilichen und wertfrei-objektivistischen Beschreibung der Lage abhängig Arbeitender rückte das parteiliche Eintreten für die Interessen der Betroffenen.

Bei diesem Versuch, einer ›Ästhetisierung‹ von Konflikten in der Produktionssphäre auszuweichen und vermittels einer ›Basisöffentlichkeit‹ Literatur als Instrument im Arbeitskampf zu aktivieren, waren zunächst vor der Großform ›Roman‹ die kleinen, variablen, vielfältig anwendbaren, auf Effekte und unmittelbare Wirkung zugeschnittenen Genres favorisiert: Reportage, Skizze, Agitprop-Szene, Gedicht, Glosse, Kurzgeschichte. Die Entdeckung des Romans als einer *operativen* Gattung entsprang der Notwendigkeit, *zur kritischen Wiedergabe der bestehenden Verhältnisse ... die Perspektive ihrer grundlegenden Veränderung* zu fügen (Schöfer, W 422). In diesem Zusammenhang wurde der Rückgewinnung der *Erzählhandlung*, durch die der Ausblick in eine wünschbare Zukunft sich als realisierbar darstellen sollte, und dem *positiven Helden*, der einen Anreiz zur Identifikation bot, neue Aufmerksamkeit in den theoretischen Erwägungen geschenkt (vgl. W 423).

Anmerkungen

1. Programm der Dortmunder Gruppe 61. In: P. Kühne, Arbeiterklasse und Literatur. Dortmunder Gruppe 61. Werkkreis Literatur der Arbeitswelt. M. e. Essay v. U. Jaeggi. Frankfurt/M.: Fischer 1972 (= Fischer Taschenbuch. Nr. 6506.), S. 249f.

2. 12 Thesen zur westdeutschen Arbeiterliteratur. In: *Alternative*, Jg. 9, 1966, H. 51, S. 206.

3. Vgl. dazu P. Kühne, Arbeiterklasse und Literatur, a. a. O., S. 131ff.

4. A. Voigtländer, Mann der Arbeit, aufgewacht! Dortmunder Gruppe 61. In: *Sonntag*, Nr. 35 v. 30. 8. 1964, S. 11. Mit diesem Aufsatz begann im *Sonntag* eine Artikelserie, die der ›Gruppe 61‹ und ihren profiliertesten Vertretern gewidmet war.

5. W. Friedrich, Bemerkungen zum literarischen Schaffen der Dortmunder Gruppe 61. In: *Weimarer Beiträge*, Jg. 11, 1965, H. 5, S. 763.

6. W. Promies, Nachwort. In: Aus der Welt der Arbeit. Almanach der Gruppe 61 und ihrer Gäste. Hg. v. F. Hüser u. M. von der Grün in Zusammenarb. m. W. Promies. Neuwied, Berlin: Luchterhand 1966, S. 387.

7. W. Röhrer/H. Kammrad/H. Schmid, Es gibt sie halt, die schreibende »Fiktion«. Zur Entstehung des »Werkkreises Literatur der Arbeitswelt« aus der Kritik an Theorie und Praxis der Gruppe 61. In: Gruppe 61. Arbeiterliteratur – Literatur der Arbeitswelt? Hg. v. H. L. Arnold. Stuttgart, München, Hannover: Boorberg 1971, S. 183.

FRIEDRICH HITZER / WERNER BRÄUNIG 1965

Aus: Briefwechsel, die neueste Literatur betreffend. [Zu Bruno Gluchowski, Der Honigkotten. 1965.]
In: Kürbiskern, 1965, H. 1, S. 119f., 123–127, 129–132, 134. W 385.

Lieber Werner Bräunig,

der Anlaß meines Briefes ist der Versuch einer Rezension über Bruno Gluchowskis Roman *Honigkotten,* der in diesem Jahr beim Paulus Verlag, Recklinghausen, erschienen ist. Man könnte dem Roman nicht gerecht werden, würde man ihn nur ästhetisch beurteilen. [. . .] Gluchowski ist Gründungsmitglied der Gruppe 61 in Dortmund, die sich zum Ziel setzt, eine thematische Lücke in der westdeutschen Literatur zu füllen: die Autoren, schreibende Arbeiter, wollen Mensch und Arbeit in der modernen Industriegesellschaft künstlerisch gestalten. Der ehemalige Bergarbeiter Bruno Gluchowski ist seit einigen Jahren pensioniert und hat jetzt zum Schreiben mehr Zeit.

Einem hierzulande weitverbreiteten Urteil zufolge sind Stoffe zum Thema der Gruppe 61 nicht literaturfähig, weil sie von den Sozialwissenschaften genauer verarbeitet werden könnten. Ich halte das schlechthin für den Versuch, ästhetische Tabus zu etablieren, die bestimmte gesellschaftliche Inhalte sperren sollen.

Honigkotten ist ein Roman aus der Geschichte des Klassenkampfes der Arbeiter, den die westdeutsche Gesellschaft nur deshalb nicht mehr kennt, weil das Bewußtsein der Arbeiter lahmgelegt ist. Es soll ihn zwar einmal gegeben haben, konzedieren die meisten, doch wo in der westdeutschen Literatur hat sich die Erinnerung daran niedergeschlagen? (Wen wundert's, wenn ihn sogar die SPD [120] vergessen will und ihre eigene Geschichte fälscht.) Hat das vielleicht etwas mit der sozialen Herkunft der etablierten Literaten zu tun? Ich erinnere mich an einen Brief Dostojewskijs aus dem Jahr 1871, in dem er schrieb, daß die »Gutsherrenliteratur« (Tolstoj, Gontscharow, Turgenjew usw.) wohl ihr letztes Wort gesprochen habe. Das zeige sich an den Reschetnikows, die ein neues Thema, aber noch nicht ihre große Form gefunden hätten. [1] Reschetnikow gehörte zu den sozialkritischen Autoren der 70er Jahre aus dem städtischen Kleinbürgertum, die unter Verwendung verbrauchter Formen neue soziale Inhalte in die Literatur einführten; Inhalte im übrigen, die später in Gorkij einen großen Repräsentanten fanden.

Für die westdeutsche Literatur greift Gluchowski, wie viele seiner Kollegen der Gruppe 61, ein neues Thema auf. Ich erinnere mich an die Diskussion nach einer Münchner Lesung Max von der Grüns, in der einer der Anwesenden dem Autor von künstlerischen Ambitionen abriet. Er warf ihm vor, Literatur zu machen: ihm würde doch der biographische Bericht zustehen. Der wohlwollende Ratgeber schien mir den widersprüchlichen Prozeß der Literaturgeschichte nicht gegenwärtig zu haben, der nicht nur eine Geschichte der Poetik, sondern auch eine Geschichte der sozialen Herkunft der Autoren ist. Die Arbeiterautoren wollen eben nicht mit dem Bücherschreiben warten, bis sie als Klasse über die Voraussetzungen der literarischen Kultur verfügen. Sie werden mit ihrem Thema ebenso ambitioniert und begrenzt anfangen wie die bürgerlichen Autoren des 18. Jahrhunderts. Das ist auch im Falle von Gluchowskis *Honigkotten* zu beachten. [...]

[123 ...] Diese Biographie eines Hausbesitzers der 20er Jahre nimmt das vorweg, was sich unter den idealistischen Revolutionsästheten der westdeutschen Intelligenz als Lamentation bei Atelierfesten und Alibi in der politischen Aktion auswirkte: die Arbeiter sind ja durchwegs Kleinbürger. Da sie den deutschen Arbeiter nur in der ideologischen Vermittlung (halbwegs) kennen, sind es keine Arbeiter mehr, wenn sie sich nicht hinter der roten Fahne zusammenscharen, Barrikaden errichten und Revolution machen. Gluchowski scheint mir ein integrer Zeuge dafür zu sein, daß der Arbeiter zunächst weder Kleinbürger noch Klassenkämpfer ist, sondern ein Unterdrückter, der zwischen der Solidarität im Kampf gegen die Bourgeoisie und dem Kampf ums tägliche Brot Siege und Niederlagen erleidet, den Gegner bedrängt oder sich stärken läßt. Selbst Täter und Opfer in diesem Kampf erzählt Gluchowski aus der Fülle der Erfahrungen und will den Leser dies so erleben lassen, »wie es war«. Nichts soll fehlen, was er sah, hörte und mitdachte, als er arbeitete, streikte und sich vergnügte. Er erzählt aus dem »vollen Leben«, und der Roman *Honigkotten* kennt keine Strenge der Konstruktion: es wird das Buch gesammelter Erlebnisse. Die materiellen Voraussetzungen dieser Erlebnisse bringen eine Erzählweise hervor, die für das »Erzählen übers Erzählen« weder Zeit noch Verständnis hat: sie greift die Sprache auf, wie sie gesprochen wird, eine ungebrochene, unreflektierte Sprache: sie ist sinnliche Erfahrung und Gluchowski muß die Form einer höheren Abstraktion ignorieren – sie steht außerhalb seiner Perspektiven – und die Form des allwissenden Erzählers wählen. Vor der Reflektion über die reflektierte Erfahrung steht die Wiedergabe der Erfahrung und in welchen Büchern der westdeutschen E-Literatur ist die Erfahrung Gluchowskis wiedergegeben?

Der Nachteil seiner Erzählweise liegt nicht an der Form »an und für sich« (was es nicht geben kann), sondern dort, wo der Autor die Form zu sprengen versucht, dort, wo die Reflektion über die wiedergegebenen Erlebnisse einsetzt, aus den Figuren heraustritt, dort, wo die Erzählung in Betrachtung übergeht: wenn der Autor zum Historiker wird und beispielsweise den Mißerfolg des Bergarbeiterstreiks von 1912 auf einer Druckseite erläutert. Und die hymnisierte Sehnsucht des Döring nach der Natur läßt Gluchowski zum Gefangenen seiner Erinnerung werden, von der er sich doch offensichtlich befreien will, indem er sie hervorbringt.

[124] Die Erzählkraft, die Stärke des Romans, ist hier zugleich seine Schwäche: die Konstruktion der Fabel ist von weitschweifigem Fabulieren bedroht. Es ist schwer, die Spannung durchzuhalten, wenn zu der Geschichte zweier Arbeiterfamilien noch ein ganzer Stadtteil mit erschlossen werden soll. Da häuft sich bisweilen zuviel des Guten. Dem Mangel im Ganzen steht jedoch immer eine treffsichere und kräftige Sprache gegenüber, die das Lexikon nicht kennt. [...]

[125 ...] In der Literatur der DDR ist das Genre der Arbeiterromane massenweise produziert worden und hat wohl unter Verwendung der Form des allwissenden

Erzählers ideologischer Orientierung den Grad des Klischees erreicht, der es westdeutschen Rezensenten erleichtert, das Kind mit dem Bade auszuschütten und diese Gattung Literatur allenfalls im Bereich der Information gelten zu lassen, zugleich aber auch zu ignorieren, daß es in der BRD etwas Ähnliches geben – muß. Hans Mayers Trennung der deutschen Literatur in eine sozialistische und eine bürgerliche verläuft eben nicht nur entlang der Grenze zwischen der DDR und der BRD, sondern geht noch mitten durch die Literatur Westdeutschlands. [. . .]

Lieber Friedrich Hitzer,

[. . . 126 . . .] Du sagst, der Prozeß der Literatur sei nicht nur eine Geschichte der Poetik, sondern auch eine Geschichte der sozialen Herkunft der Autoren, und fährst fort: »Die Arbeiterautoren wollen eben nicht mit dem Bücherschreiben warten, bis sie als Klasse über die Voraussetzungen der literarischen Kultur verfügen. Sie werden mit ihrem Thema ebenso ambitioniert und begrenzt anfangen wie die bürgerlichen Autoren des 18. Jahrhunderts.« Eine erste Korrektur: »sie werden anfangen« wäre zu ersetzen durch »sie haben angefangen«, vor dreißig, vierzig und mehr Jahren nämlich, und dies in Deutschland. Gluchowski übrigens, anläßlich eines Interviews, nennt unter seinen »Vorbildern« – neben Zola, Gorki, Di Donato und anderen – die Romane von Willi Bredel und Hans Marchwitza. Die aber könnte man mit einigem Gewinn neben den *Honigkotten* legen, man könnte nach Vergleichbarem suchen, nach Maßstäben. Nebenbei würde sich eine ähnliche Relation herstellen, wie Du sie eingangs zwischen Reschetnikow und [127] Gorki konstatierst. In einem umgekehrten Zeitverhältnis freilich und die Frage bietet sich an: ist es lediglich eine Sache des Talents, wenn dreißig Jahre nach der »Kumiak-Trilogie« [2], dreißig Jahre nach den Anfängen Scharrers, Bredels, Grünbergs, ein Buch ähnlicher Provenienz von einem Autor gleicher sozialer Herkunft so auffallend – auch literarisch – hinter den Anfangshöhepunkten bleibt? Oder sollte, neben der sozialen Herkunft und dem Talent, nicht auch die soziale, die politische, die kulturelle, literartheoretische, editorische Gegenwart eine Rolle spielen? Weit entfernt davon, eine ungebrochene und sich etwa geradlinig fortsetzende Tradition zu akklamieren, scheint mir immerhin bemerkenswert, daß Autoren wie Bruno Apitz, Strittmatter, Max Walter Schulz, Kant, Christa Wolf oder Erik Neutsch – die sich beileibe nicht ausschließlich auf die Tradition der proletarisch-revolutionären Literatur festlegen lassen, sie aber einbeziehen und »aufheben«, eine wesentlich höhere, nämlich nationale Bedeutung erreichen, ein Niveau, das sich der »Voraussetzungen literarischer Kultur« sicher ist, wenn sich auch, wie am Rhein nicht anders, vorerst kein Tolstoi ankündigt. Ihnen allen, Christa Wolf ausgenommen, muß man die gleiche soziale Herkunft nachsagen wie Gluchowski, einem zumindest, Apitz, die gleichen Anfangsschwierigkeiten, das gleiche Lebensalter.

Das »Aufheben«, von dem ich sprach und das mir wichtig erscheint, wird übrigens historisch begünstigt durch eine Erscheinung, die in der Literaturgeschichtsschreibung, wie sie in der Bundesrepublik vorkommt, entweder unter den Tisch manipuliert oder wenigstens ins Bedeutungslose relativiert, suspekt gemacht wird. Zur gleichen Zeit nämlich, da die Arbeiterautoren der zwanziger und dreißiger Jahre ihr Feld abstecken, schauen Autoren bürgerlicher Herkunft zahlreich übern Zaun, erkennen thematische und andere Gemeinsamkeiten, regen an, profitieren, erweitern das Terrain – Brecht, Anna Seghers, Heinrich Mann, Arnold Zweig, Becher, Kisch ... Eine – spätere – Folge auch davon ist, daß jüngere deutsche Schriftsteller in einem Teil des Landes wenigstens erkennen können: es geht nicht so sehr um die soziale Herkunft, auch nicht um bloße »Verbindung«, es geht um Verbundenheit. Und geht nicht um proletarische Literatur, sondern um Aufnahme jeglicher humanen Tradition, um »Aufhebung« plus Aufnahme neuer Wirklichkeit, jeglicher heutiger Wirklichkeit und vor allem jener (sonst wäre unser Briefwechsel gegenstandslos), die bisher immer am Rande oder außerhalb blieb, die Wirklichkeit der Arbeitenden: sie gehört ins Zentrum. Jemand hat dafür den Begriff Sozialistische Nationalliteratur gesetzt. [...]

[129 ...] Also: der Honigkotten. Geschichte eines Mannes namens Hannes Döring, Kumpel, später Hüttenarbeiter, Streikposten, entlassen, verurteilt, exmittiert, auf die schwarze Liste gesetzt, verwundet und verschüttet im ersten Weltkrieg, Zeitgenosse [130] der steckengebliebenen Novemberrevolution, der Ruhr-Besetzung, des Kapp-Putschs, der Inflation, des Ruhrkampfs, der Aussperrung und Hungersnöte, stärker davon betroffen als andere, seiner Klassenlage wegen und – wegen des Honigkottens, Traumhaus, für das er schuftet, spart, sein Geld verliert in der Inflation ... Geschichte eines Mannes also, der dies alles erlebt und desillusioniert wird? Das nun nicht. Nun wissen wir, daß es nicht gar so auf Erkenntnis und Reflektionsvermögen des Helden ankommt; schauen wir, was die Fabel hergibt, der epische Vorgang, zumal der Held in zwei weiteren Bänden weitergeführt werden soll, zumal er angelegt ist als eine Art Nachfahr der Helden bürgerlicher Entwicklungsromane, nicht eingespannt in eine zentrale Konfliktsituation, sondern konfrontiert mit den Zeitereignissen und: dem Schicksal seiner Klasse. [...]

[131 ...] Von welchem Standpunkt aus erzählt Gluchowski? Wenn nicht von dem der Organisation des Klassenkampfs, so doch vielleicht von dem seiner Klasse? Und wie hält ers mit Distanz und Erzählhaltung?

Scheinbar begibt er sich in die Fußstapfen des allwissenden Erzählers (welcher Orientierung auch immer), der bei Büchner spätestens aus dem Olymp deportiert [132] wurde in irdischere Bereiche. Scheinbar. In Wahrheit aber begibt er sich auf die Ebene seines Helden. Distanz kommt nicht zustande.

Erstens keine epische. Was das ist, hat Rainer Kirsch einmal zu erklären versucht am Beispiel einer Exposition von Hemingway und Dieter Noll – ein Versuch, der etwas an Beweiskraft verliert durch die Gegenüberstellung eines im Buch anwesenden Erzählers mit einem imaginierten, dennoch aber erhellen könnte, was gemeint ist. Noll beginnt: »Der Wecker rasselte. Werner Holt schreckte aus dem Schlaf, sprang aus dem Bett ...« [3] und erlebt dann auf fünfhundert Seiten jene Abenteuer, die dem Buch den Titel gaben. Die bewußtlose Identifikation hat hier bereits stattgefunden, es ist keine epische Distanz installiert zwischen Erzähler und Figur, der Autor kann frei schalten und jeder hat den Eindruck: er weiß alles über diesen Holt, er steckt in ihm, steht über ihm, über allem, Holt ist sein Geschöpf. Hemingway eröffnet: »Robert Cohn war in Princeton Mittelgewichtsmeister im Boxen gewesen. Glauben Sie nicht etwa, daß mir so ein Boxtitel imponierte, aber für Cohn bedeutete er viel.«[4] Undenkbar, daß jetzt ein Wecker klingeln, Cohn aus dem Bett springen könnte. Der erste Satz relativiert bereits, der Erzähler weiß mehr über Cohn als der Leser, aber er ist nicht allwissend, es ist schon klar, daß Cohn eine Geschichte hat und der Erzähler Zugang zu ihr nur von außen; Raum ist geschaffen, Distanz. Aber auch Distanz zwischen Autor und Erzähler – Erzähler und Leser. »Glauben Sie nicht, daß . . .«. Der Leser wird nicht mehr unbewußt sich mit Cohn oder dem Erzähler identifizieren, auch nicht den Autor mit dem Erzähler, vorgetragene Meinungen übertragen sich nicht mehr »unbemerkt«.

Zweitens keine Distanz zum Geschehen. Keine historische Distanz. Ansichten und Lebenshaltung des Döring werden gültig, werden zur Maxime – weniger durch das Happy-End, sondern vor allem, weil der Autor, wo er andeutungsweise objektiviert, ganz aus der begrenzten Einsicht und dem Charakter seines Helden objektiviert: eine Pseudo-Objektivierung. [. . .]

[134 . . .] Zum Ende hin sei mit Anna Seghers gesagt: Beim Schaffen eines Kunstwerks, wie bei jeder menschlichen Aktion, ist das Maßgebende die Richtung auf die Realität.[5] Richtung auf die Realität aber nimmt Gluchowski durchaus, wie es schon ein Verdienst ist, die Erinnerung an eine Zeit wachzuhalten, die mancher in seinem Landstrich, ihrer historischen Lehren und Vergleichsmöglichkeiten wegen, gern vergessen machen möchte. Nur ist damit keine Ankunft garantiert, schon gar nicht im Realismus. Zu sehr hängt in der Kunst das Was vom Wie ab, zu sehr ist die Richtung dessen, was dargestellt werden soll, abhängig von der Darstellungsweise.

Honigkotten ist ein Nachfahr. Er ist Nachfahr der Arbeiterromane der dreißiger Jahre, bleibt gestalterisch unterhalb ihrer Höhepunkte, das nebenher vermittelte Geschichtsbild bleibt der begrenzten persönlichen Erinnerung verhaftet und erscheint teilweise – in Tönung und Kontur – ohne Entsprechung. Die Geschichte des Hannes Döring, wie sie vorliegt in diesem ersten Band, verlaufend in einer bewegten Zeit, wird relativiert von Erzähltechniken und soziologischen Leitbildern, die nicht die Höhe der Erfahrung eben jener Zeit erreichen. Dabei bezeichnet der Roman gleichzeitig (wie auch die Romane Max von der Grüns) für jenen Teil der deutschen Literatur, der sich in der Bundesrepublik zuträgt, die Wiederentdeckung eines gesperrten Themas, eines ignorierten Wirklichkeitsbereichs – den Einbruch in ein Tabu. Das kann nicht laut genug gesagt werden. [. . .]

Anmerkungen

1. F. M. Dostojewskij, [Brief an] Nikolai Nikolajewitsch Strachow. Dresden, d. 18. Mai 1871. In: F. M. D., Als schwanke der Boden unter mir. Briefe 1837–1881. Wiesbaden: Verl. Der Greif (1954), S. 277.

2. Zu Marchwitzas ›Kumiak‹-Trilogie‹ gehören die Romane: Die Kumiaks. Zürich: Büchergilde Gutenberg 1934; Die Heimkehr der Kumiaks. Berlin: Tribüne 1952; Die Kumiaks und ihre Kinder, ebd. 1959.

3. D. Noll, Die Abenteuer des Werner Holt. Roman einer Jugend. Berlin: Aufbau 1960.

4. E. Hemingway, Fiesta [The Sun also Rises, 1926, dt.]. Reinbek b. Hamburg: Rowohlt 1962.

5. A. Seghers, [Brief an Georg Lukács vom 28. Juni 1938]. In: A. S., Über Kunstwerk und Wirklichkeit. I. Die Tendenz in der reinen Kunst. Bearb. u. eingel. v. S. Bock. Berlin: Akademie-Verl. 1970 (= Deutsche Bibliothek. 3.), S. 181.

ERASMUS SCHÖFER 1972

Aus: »Die Wahrheit«. Der Werkkreis-Roman ist demokratischer Roman. In: Deutsche Volkszeitung, Nr. 19 vom 4. Mai 1972, S. 14. W 422.

Wenn man heute feststellt, daß von Mitarbeitern des Werkkreises Literatur der Arbeitswelt, aber auch von einigen seinem Programm nahestehenden jüngeren Schriftstellern Romane geschrieben werden, deren Thema Probleme der Arbeitswelt sind, so scheint es, als hätten diese Schreiber in den vergangenen 5 Jahren mit ihren Agitationstexten, Reportagen und politischen Gedichten sozusagen die Klingen geschärft und ausprobiert, um sie nun strategisch zum Einsatz zu bringen. Ein Blick auf die zwanziger Jahre zeigt, daß auch damals die schreibenden Arbeiter sich zuerst in Kleinformen und Arbeiterkorrespondenzen für ihre Kollegen und die Veränderung der gesellschaftlichen Verhältnisse eingesetzt haben, ehe dann gegen 1930 eine ganze Reihe wichtiger Romane von den im Bund Proletarisch-Revolutionärer Schriftsteller zusammengeschlossenen Autoren verfaßt wurden. Die Reihe der Roten 1-Marks-Romane war für die Arbeiterbewegung der sichtbare Ausdruck dieser Entwicklung.

Aber diese Entwicklung war und ist sicher nicht nur darauf zurückzuführen, daß einige Schreiber sich durch fleißiges Training zur »großen Form« qualifiziert haben. In der Weimarer Republik hat die gegen Ende der 20er Jahre durch politische Einsicht entwickelte Zusammenarbeit schreibender Arbeiter und sozialistischer Berufsschriftsteller eine große Rolle bei der Ausbildung einer fortschrittlichen Romanproduktion gespielt. Heute läßt sich etwas Ähnliches seit und mit der Gründung des Werkkreises erkennen: die dadurch als notwendig erklärte organisierte Zusammenarbeit von Arbeitern und Angestellten mit Schriftstellern auf dem Gebiet der Literatur, und zwar im erklärten Interesse der Lohnabhängigen, hat zur Überwindung jener Frustrationen der bürgerlichen Literaten beigetragen, die Literatur rettungslos in den Manipulationsklauen der Kapitaleigner sahen. Einer kritischen Literatur wurden nun neue Anwendungs- und Wirkungsmöglichkeiten gezeigt.

Daß jetzt Romane geschrieben werden, die von der Grüns »Irrlicht und Feuer« gleichen, heißt jedoch bestimmt nicht, wie es scheinen könnte, daß die seinerzeit in der Gruppe 61 vorherrschende Praxis vier Jahre später im Werkkreis wieder auferstünde: nämlich die Orientierung des Schreibens am Selbstverständnis der bürgerlich-individuellen Schriftsteller und die Orientierung von Form und Inhalt an den aktuellen Normen des bürgerlichen Literaturmarktes. Vielmehr findet hier die Erkenntnis ihren Niederschlag, daß das breite proletarische und kleinbürgerliche Publikum auf jeden Fall mit Literatur versorgt wird und sie auch benutzt, ob das den kritischen Schriftstellern gefällt oder nicht. Seine kulturellen Bedürfnisse sind ja so wenig eine Fiktion wie die schreibenden Arbeiter, und diese bemühen sich heute aus politischer Erkenntnis im Werkkreis, aber auch als einzelne Autoren der Gruppe 61 und anderer Schriftstellergruppen, die inhaltlichen und organisatorischen Wege zu finden, seinen Bedürfnissen mit fortschrittlicher Literatur zu entsprechen. [. . .]

Die folgenden sieben Punkte mögen als Beitrag zur theoretischen Begründung eines massenwirksamen und emanzipatorischen Romans im Rahmen des Werkkreis-Programms sein.

1. Die eigene Erfahrung des Schreibenden ist der Ausgangsort seines Schreibens, für den Roman noch mehr als für die kurze Prosa.

2. Nur wer bereits längere Schreiberfahrung hat, wird und sollte sich an einen Roman wagen, weil ein Roman in höherem Maße Gestaltung verlangt als Kurztexte. Gestaltung heißt nicht nur formale Gliederung und Bewältigung des Stoffes. Gestaltung heißt auch die inhaltliche Verarbeitung des Erfahrungsmaterials.

3. Die inhaltliche Gestaltung des Werkkreis-Romans ist politisch orientiert am Programm des Werkkreises. Das heißt: zur kritischen Wiedergabe der bestehenden Verhältnisse fügt sie die Perspektive ihrer grundlegenden Veränderung, indem sie die verändernden Kräfte aufsucht und darstellt.

4. Die formale Gestaltung des Werkkreis-Romans ist orientiert an seinem allgemeinen Zweck als Waffe im Kampf der Lohnabhängigen um ihre Befreiung von den Zwängen der Profitwirtschaft; sie ist orientiert an seinem speziellen Zweck, Informationen und Anreize zu vermitteln, die diesen Kampf um wirkliche Demokratie auf eine Massenbasis stellen.

5. Diese spezielle Aufgabe wird nicht allein dadurch angegangen, daß der Werkkreis bei den Interessen des Leserpublikums inhaltlich anknüpft, sondern er muß auch formal auf dessen Freizeitverhalten und Kommunikationsgewohnheiten Rücksicht nehmen. Freizeitverhalten und Kommunikationsgewohnheiten unterscheiden sich bei bewußten und nicht bewußten Arbeitern nur gradweise, nicht grundsätzlich.

6. In diesem Freizeitverhalten findet sich beides: die berechtigten und natürlichen Wünsche der Bevölkerung nach einem sinnvollen sozialen und individuellen Leben in Frieden und Wohlstand; die durch den profitbedingten Konsumzwang verursachten Ersatzbefriedigungen und Ausfluchtreaktionen. Mit diesen ist zu rechnen. Die ersten müssen bestärkt und entwickelt, die zweiten erklärt und abgebaut werden.

7. Der Werkkreisroman ist nicht prinzipiell »proletarischer« Roman in dem engeren Sinne, daß er auf das Industrieproletariat bezogen und von Arbeitern geschrieben wäre. Er ist »demokratischer Roman« in dem Sinn, wie heute das Durchsetzen von

Demokratie in Staat und Wirtschaft die Kampfaufgabe aller in ihrer materiellen und geistigen Lebensbasis bedrohten gesellschaftlichen Kräfte ist. Insofern kann der Werkkreisroman von schreibenden Arbeitern ebenso wie von fortschrittlichen Berufsschriftstellern verfaßt werden, die über die nötigen Erfahrungen verfügen.

Die Prosa dagegen . . . Was soll sie denn?

Von den Massenmedien der Funktion enthoben, zu informieren und zu zerstreuen; an Kühnheit von den Erfindungen der Technik und an Phantastik von der Wirklichkeit übertroffen; durch die Wissenschaften aus der Pflicht entlassen, die Gesellschaft zu analysieren – solchermaßen bedrängt und in Konkurrenz mit der *Wahrheit* und der *reinen* Faktizität von Reportagen, Dokumentationen, Tatsachenberichten sorgten sich auch die sozialistischen Romanautoren um die Zukunft ihres Metiers.

Unter anderen Vorzeichen standen allerdings die Erwägungen über ein mögliches *Veralten* des Erzählens in der DDR. Dort ging man davon aus, daß mit der Aufhebung des Privateigentums an den Produktionsmitteln auch die Ursachen der *Entfremdung* beseitigt und die Bedingungen geschaffen worden seien für die *Selbstverwirklichung des Individuums*, für die Beherrschung der gesamtgesellschaftlichen Prozesse, für die *bewußte* Formung des Lebens und der sozialen Beziehungen. In diesem Sinne hatte die auf der 2. Bitterfelder Konferenz (1964) an die Schriftsteller herangetragene Forderung, in die Rolle des Mitgestalters bei der Vollendung des Sozialismus zu schlüpfen, ausdrücklich der schöpferischen Initiative des einzelnen, seinem *produktiven* Verhältnis zur Wirklichkeit ein entscheidendes Gewicht eingeräumt. Damit war die Frage des gesellschaftlichen *Engagements* aufgeworfen, die sich in den romantheoretischen Erörterungen insofern niederschlägt, als Probleme der Erzählhaltung, der Erzählerposition, die mit der *Parteilichkeit* des Autors berührt sind, nicht mehr nur allein nach Maßgabe der *artistischen ›Strategie‹* (Weimann) abgehandelt werden. Als ästhetische Realisierung der politischen Überzeugungen des Schriftstellers schließen Erzählweise und Erzählerstandort eine weiter reichende Wirklichkeitsrelation ein, die den *point of view* zum *Schnittpunkt* macht, *in dem sich ein objektiver Wirklichkeitsstoff mit einer Beziehung des Subjekts zu diesem Stoff kreuzt, künstlerisch vereinigt und objektiviert* (Weimann, W 399, S. 121f.).

Mit dem Schritt des Individuums zum aufgeklärt agierenden *Subjekt* der historischen Entwicklung werden der *Held*, der *Demiurg seiner Welt* (Plavius), und *Handlung* und *Fabel* als unverzichtbare Kategorien der Gattung genannt. Die Teilnehmer an der Diskussion über »Romanschreiben heute« und auch Christa Wolf setzen sich aber für eine Ausweitung möglicher Fabelbildungen ein, weil die geläufigen Modelle, gefügt nach den konventionellen Regeln des bürgerlichen Romans, abgegriffen und der verwandelten Realität nicht mehr angemessen seien. Zwischen den Polen einer auf die organische Verknüpfung der Ereignisse gerichteten Fabel und solchen Konstruktionen, in denen übereinstimmend mit der *Tendenz zur Bewußtheit im Sozialismus* (Plavius) die Reflexion dominiere, redet man einer Vielfalt von Erzählformen das Wort, über deren Relevanz im einzelnen allein der von ihnen gewährte Einblick in die Bewegungsabläufe der Gesellschaft zu befinden habe.

In der Gewißheit, daß diese *Durchschaubarkeit* mit der Überwindung der kapitalistischen Produktionsverhältnisse zumindest potentiell gegeben sei, wird trotz der *Differenzierung der Welt* (Plavius) vom Anspruch der *Totalität* im Roman nicht abgewichen, wenngleich sich dahinter nicht die Vorstellung eines *literarischen Atlas* (Kant) verbirgt. Das verdeutlicht Plavius mit seinem Rückgriff auf einen ästhetischen Leitsatz von Lukács, der dem Kunstwerk nicht die Widerspiegelung der *extensiven*, sondern der *intensiven* Totalität zur Auflage macht, die Abbildung eines *abgerundeten und in sich abgeschlossenen Zusammenhangs jener Bestimmungen, die – objektiv – für das gestaltete Stück Leben von ausschlaggebender Bedeutung sind.* [1] Von Plavius wird diese mehr qualitativ denn quantitativ zu meisternde Übersicht als *Konzentration* der Erzählung auf die *schöpferische Subjektivität* interpretiert, als das Ausschreiten eines Aktionsraums, in dem sich die Potenzen des Individuums entfalten und den wenigstens mit Maßen die *wichtigsten Kraftlinien unserer Gesellschaft* (Kant) durchqueren sollen.

Die Zukunft des Romans – nach Auffassung der Theoretiker in der DDR hängt sie davon ab, daß in ihm die *Positionen der Wirklichkeitsbewältigung* (Wolf) und die Ansichten vom Menschen verteidigt werden, der die Gesellschaft ändert und sich mit ihr ändert. Sein Betätigungsfeld findet der Romancier dort, wo er das *Subjektwerden des Menschen* (Wolf) unterstützt und an der Bildung der Persönlichkeit mitarbeitet. Wenn ihm aber die *Suche nach der Natur des gesellschaftlich lebenden Menschen* (Wolf) aufgetragen ist, wird damit allen Theoremen eine Abfuhr erteilt, die im Roman die Befugnisse der Phantasie und des Fiktionalen beschränken wollen zugunsten purer Zustandsschilderungen, einer einseitigen Bevorzugung von Non-Fiction-Material, minuziöser Beschreibungen der Welt, wie sie ist. Daß die *Genauigkeit*, die im wissenschaftlichen Zeitalter zum Geschäft des Romanschreibers gehöre, dem *dokumentarischen Erzählen* Vorschub leistet, nimmt Plavius zum Anlaß, den *schöpferischen* Umgang mit den präfabrizierten Stoffen zu postulieren und ihn von literarischen Verfahren in der Bundesrepublik abzuheben, die in seinen Augen durch die positivistische »Anbetung« der Tatsachen den *Verzicht auf Ideologie* und damit ihre Unfähigkeit bekunden, übergreifende Zusammenhänge und gesetzmäßige Beziehungen zwischen den ›Fundstücken‹ aufzudecken (W 421). Über die bloße Reproduktion dokumentierter Sachverhalte hinaus wird so eine *Wahrheit jenseits der wichtigen Welt der Fakten* (Wolf) angestrebt; eine zugleich wirklichkeitsnahe und revolutionäre Prosa als ein *Mittel, Zukunft in die Gegenwart hinein vorzuschieben* (Wolf, W 411, S. 208).

Der Titel der Vorbemerkung ist dem Text von Christa Wolf »Lesen und Schreiben« (W 411, S. 186) entnommen.

Anmerkung

1. G. Lukács, Kunst und objektive Wahrheit. (1934). In: G. L., Probleme des Realismus. Berlin: Aufbau 1955, S. 17.

HEINZ PLAVIUS 1968

Aus: Gedanken zum Roman. Vorüberlegungen für ein Gespräch [über Romanschreiben heute].
In: Neue deutsche Literatur, Jg. 16, 1968, H. 5, S. 13–18. W 409.

Für den Roman – wie für die Kunst insgesamt – ist das Verhältnis zur Wirklichkeit der Gegenwart entscheidend. Welche Veränderungen in der Struktur der Wirklichkeit sind es, die ihren Einfluß auf die Gestalt des Romans ausüben?

Es ist schon viel über die Rückwirkung des Films (Montagetechnik) auf die Prosa, speziell auf den Roman gesprochen worden. Inzwischen sind neue Faktoren hinzugetreten – die Massenmedien, der erhöhte Informationsfluß, die insgesamt zu möglichen Verkürzungen, zum Verzicht auf Beschreibung und auf Extensität geführt haben. In diesen Zusammenhang gehört auch das Problem der größeren technischen Reproduzierbarkeit des Kunstwerkes: konnte es früher einen Teil seiner Wirkung aus seiner Einmaligkeit (im ursprünglichen Wortsinn) ziehen, so entfällt dies heute. Die technische Reproduzierbarkeit verbreitert die Wirkung, stellt aber jedes einzelne Werk in einen schärferen Wettbewerb. Das Gesetz der breiteren Wirkung ist nicht denkbar ohne das Gesetz der höheren Qualität.

Die Wirkung aller genannten Faktoren findet ihren konzentrierten Ausdruck im künstlerischen Bild der entstehenden sozialistischen Persönlichkeit. Der Zuwachs an Information und Bildung, an Kraft des Geistes und des Gefühls, an Übersicht und Vorausschau – kurz, alles, was sich an unserer Wirklichkeit verändert, geht ein in diese Persönlichkeit, deren Wirken in der assoziierten Aktion zugleich die Bedingung dafür ist, daß sie sich selbst in ständiger Veränderung befindet.

Wenn in diesem Sinne von einer wachsenden Rolle des einzelnen (nicht des vereinzelten einzelnen!) zu sprechen ist, so zwingt das für den Roman zu dem Schluß, daß der Held, daß Gestalt, Figur, Charakter zu den unaufgebbaren Errungenschaften des Genres zählen. Alle Versuche, diese ästhetische Konstante aufzugeben oder zu negieren, haben als Ansatzpunkt zwar die Suche nach neuen, der veränderten Realität entsprechenden künstlerischen Lösungen, allzuoft aber sind die Versuche mit der Aufgabe nicht formaler, sondern inhaltlicher Errungenschaften, letztlich mit der Aufgabe des Humanismus verbunden. Das Bild des Menschen verliert jede Kontur – nicht Bildung von Persönlichkeit, sondern deren Reduzierung ist hier offizielles Programm. Von der Persönlichkeit ist oft genug nur noch als von einem Bündel von Trieben die Rede, der Mensch ist vom Sexual- oder vom Aggressionstrieb gesteuert, ist Technik- oder Konsumfetischist, ist außengesteuert – von »Bild« oder von

Reklame – oder einfach ein Psychopath, ein subkortikaler Schwätzer. Was hier mit dem Anspruch der Kritik an der Absurdität dieser Welt auftritt, ist kaum je mehr als Zustandsschilderung, die sich als Element in ebendiese Welt einordnet. Selbst dort, wo nicht nur das Anliegen, sondern auch seine künstlerische [14] Umsetzung humanistischen Charakter behalten, beobachten wir oft genug, daß die Kritik an der Verkleinbürgerlichung der Gesellschaft von kleinbürgerlichen Positionen aus geübt wird, daß sie selbst den Kopf nicht über diesen Verhältnissen hat, daß es ihr an historischer Übersicht mangelt.

In unserem wissenschaftlichen Zeitalter aber reicht das nicht aus. Und dessen Hauptfeld sind nicht einmal Technik und Naturwissenschaften. Vom wissenschaftlichen Zeitalter ist in erster Linie deshalb zu reden, weil Mensch und Gesellschaft planmäßig und in großen Dimensionen vorausschauend umgebildet werden. Das erfordert nicht nur schlechthin den Einsatz großer geistiger Energien, es erfordert ihre Kooperation, es verlangt Persönlichkeit. Es verlangt, mit einem Wort, die Umwandlung von »Intelligenz« aus einem sozialen in einen allgemeingesellschaftlichen Status: Intelligenz nicht als Bezeichnung einer Schicht, sondern als Eigenschaft aller. Das steht in voller Übereinstimmung mit der steigenden Bewußtheit, und Intelligenz kann hier keineswegs einseitig verstanden werden als Pflege der Rationalität. Sie umfaßt ebenso die Kultivierung der Sinne und Gefühle, sie meint den moralischen Bereich, den der Haltungen und Überzeugungen, das System der Werte und Ideale.

Persönlichkeit so verstanden, als Kern, welcher die Struktur ihrer Welt bestimmt, Persönlichkeit muß denn auch im Roman das aktive, Struktur und Handlung, Konflikte und Lösungen bestimmende künstlerische Mittel sein. Der größere Reichtum der Subjektivität, wie wir ihn im Wachsen wirklicher Persönlichkeiten in unserer Gesellschaft beobachten, kann sich im Roman ästhetisch umsetzen, wenn der Held als Demiurg seiner Welt gestaltet wird; wenn zur Kennzeichnung seiner Aktivität der Reichtum seines Innenraums ausgeschritten wird; wenn dieser Innenraum seiner Bewußtheit nicht im Sinne der Monade verstanden wird, sondern als Resultat seiner Auseinandersetzung mit dem Außenraum; wenn der Außenraum, also seine Umwelt, nicht als Gefäß, sondern als sein Erzeugnis erscheinen – die Welt als materialisierte Psychologie, die Persönlichkeit als geistig verarbeitete Realität. Damit verbunden sind zwei weitere Probleme, das von Handlung und Fabel sowie das der Totalität.

Wie andere, sind auch diese Termini an einen historischen Inhalt gebunden und unterliegen der Veränderung. Als Strukturelement menschlicher Tätigkeit bleibt zielgerichtetes Handeln auch in Zukunft bestimmend. Ohne Konzept, ohne Handlung, ohne Fabel kann der Roman daher wohl nicht auskommen. Aber diese sind nicht reduzierbar auf Geschäftigkeit, auf ein Abhaspeln von Stationen. Daß also neben die auf Schilderung von Ereignissen gerichtete Fabel eine solche treten kann, in der Reflexion [15] im Vordergrund steht, Dialog oder innerer Monolog (ohne daß damit eine Isolierung von der Wirklichkeit stattfinden muß), steht durchaus in Übereinstimmung mit der Tendenz zur Bewußtheit im Sozialismus. Andererseits bedeutet es keineswegs, daß etwa der Roman mit konventionell-chronologisch erzählter Handlung der Vergangenheit angehöre.

In der Kontroverse zwischen sogenannter fiction- und nonfiction-Literatur wird das Problem heute zum Teil schon wieder im Sinne dessen, was man konventionelle Fabel nennen könnte, entschieden. Die sogenannte Krise des Romans ist zum guten Teil jenen resignierenden Stimmungen zu danken, die aus der Ohnmacht und der Isolierung des Künstlers in der westlichen Welt den Schluß auf Liquidation von Kunst und Kampf auf dem ästhetischen Felde ziehen. So wird in den neuesten Bestrebungen der Fiktion im Roman (und überhaupt in der Kunst) der Kampf angesagt: das Leben schreibe die erregendsten Romane. Fiktion, Erfindung, überhaupt *das Erzählen* sei hoffnungslos veraltet. Was sich im Roman aussprechen müsse, sei *die Sache selbst*, der Zustand der Welt müsse sich unmittelbar dokumentieren. Vorbild dafür: Truman Capotes »Kaltblütig«. Hintergrund: der Kampf der pseudorevolutionären sogenannten Avantgarde gegen einen – falsch angewandten – Begriff von Ideologie in der Kunst. Dabei ist selbst Kronzeuge Capote der Meinung, die »größte Tiefe und die stärkste Durchschlagskraft« müsse der Bericht dann gewinnen, »wenn man in ihm die Kunst der Romanciers mit der Technik des Journalisten zusammenbrächte – Fiction mit dem Plus der tatsächlichen Wahrheit«.[1] Auch auf die Gefahr hin also, von den Propheten der letzten ästhetischen Mode für antiquiert erklärt zu werden: am Erzählen mit all seinen Konsequenzen möchten wir festhalten. Nicht aus Abneigung gegen das Dokumentarische oder gar gegen die Wirklichkeit. Nein, sondern weil wir Kunst nicht als bloße Doublette von Wirklichkeit verstehen; weil sie Organ zur Aneignung von Wirklichkeit ist, die sich von deren unmittelbarer Gestalt lösen muß, um auf höherer Ebene zu ihr zurückzukehren, als Konzentrat von Wirklichkeit, die mit dem Impuls menschlich-subjektiver Schöpferkraft angereichert ist und dadurch zur Wirklichkeit von morgen wird.

In diesen Zusammenhang gehört ein Hinweis auf solche »Roman«-Versuche, in denen das Erzählen verlorengeht, genauer: in denen bewußt darauf verzichtet wird (Peter Handke, Franz Mon). Hier wird nicht mehr erzählt, hier werden – im Sinne eines autonomen Sprachkunstwerks – sprachlich strukturierte Assoziationsketten aufgebaut, in denen Sprachabläufe vor sich gehen – und nichts weiter. Eine der Konsequenzen ist, daß derartige Texte des erläuternden Kommentars bedürfen, so daß eine Seite [16] Text und eine Seite Kommentar nebeneinander zu stehen kommen. Abgesehen davon, daß damit die als möglich behauptete Sprach-Autonomie sofort aufgehoben wird, läßt sich hieraus schließen, daß das Erzählen unbedingt der Kommunikation mit der Wirklichkeit bedarf. Der Kommentar ist wohl nichts als ein Versuch, zu dieser Kommunikation zu gelangen. Oder umgekehrt: diese »Nicht-Erzählhaltung« stellt die Kunst in Frage, sie dokumentiert die – vermeintliche – Niederlage des Romans vor der neuen Wirklichkeit. Aber auch dieser Disput erscheint nicht zufällig. Wichtig daran und Schlußfolgerungen für den sozialistischen Roman nach sich ziehend ist das Problem des Erzählens der Erzählerposition, der Erzählhaltung. Das ist primär vielleicht nicht einmal für den Romancier notwendig, der sein Werk ja in der Regel erst dann vorstellt, wenn er eine dem Stoff und dem

Inhalt entsprechende Form gefunden hat. Vielmehr scheint eine umfassende Erörterung dieser Fragen notwendig, um den nächsten Schritt in der Entwicklung des ästhetischen Geschmacks im breitesten Rahmen zu tun. Die Probleme der Autoren- und der Erzählhaltung sind wichtig für das Verständnis von Absicht und Anliegen eines Werkes. Ihre Einbeziehung in die Diskussion kann daher das Gespräch über die Kunst auf eine höhere Stufe führen. Die Fragen der Erzählhaltung sind besonders auch in bezug auf den Roman in den Vordergrund des Interesses gerückt, weil sich in ihnen wichtige Veränderungen der Funktion der Literatur unter unseren gesellschaftlichen Bedingungen ausdrücken. Es ist dies einerseits das Bedürfnis des Schriftstellers, in der geteilten Welt Partei zu ergreifen, sein Engagement, seine Position zu fixieren. Dazu bieten ihm die »offenen« Formen des Romans vielfältige Möglichkeiten – durch Einstreuung wissenschaftlicher oder publizistischer Passagen, durch Anwendung verschiedener Ebenen oder Gesichtswinkel, durch Selbstanalysen und Kommentare der Handlung, einzelner Teile davon oder einzelner Charaktere, durch die Methode des Umerzählens bereits einmal anders erzählter Passagen, wodurch das kritische Verhältnis des Lesers geweckt wird.

Andererseits ist diese neue Funktion der Literatur durch ihre um vieles größere Breitenwirkung gekennzeichnet – kein quantitatives Problem, sondern Kriterium, daß es der sozialistischen Gesellschaft ernst ist mit den Möglichkeiten der Literatur. Das aber bedingt die alsbaldige Aktivierung der Konsumenten von Literatur. Ihre Impulse beginnen zu wirken, unter anderem dadurch, daß die Leser ihre Ansprüche an die Literatur erhöhen. Sie suchen sich in der Literatur, im Roman selbst ihre Interessenvertretung. Als ihr ästhetischer Anwalt tritt in manchem Werk eben der Erzähler auf, jene epische Figur, die, mehr oder weniger eng mit der [17] Romanwelt verknüpft, im Namen des Lesers Fragen an die Figuren richtet, die Handlung vorantreibt, Konflikte zuspitzt – so wie wir das in Kürze in Günter de Bruyns dialektisch-diabolischem (zweigeteiltem) Erzähler in dem Roman »Buridans Esel« kennenlernen werden.

Das Erzählen ist also, wie man sieht, nicht Thema einer versponnenen akademischen Theorie (wiewohl theoretisch noch sehr viel zu seiner Analyse zu tun ist) – es ist mit den wesentlichen kulturpolitischen Problemen verbunden, mit dem, was uns *Bitterfeld heute* bedeutet.

Ich komme damit auf den Ausgangspunkt und auf das bereits genannte Problem der Totalität zurück. Die Schwierigkeiten beim Schreiben eines Romans heute werden mit der Differenzierung unserer Welt nicht geringer. Dabei darf die – sicher immer weniger zu erreichende – Überschaubarkeit nicht gleichgesetzt werden mit der Durchschaubarkeit der Wirklichkeit, vielleicht genauer: mit jener Undurchschaubarkeit, welche die bürgerliche Ideologie uns gern als Tatsache aufschwätzen möchte. Das immer halsbrecherischere Unterfangen, Umfang und Vielfalt der Wirklichkeit von heute im Roman zu gestalten, kann wohl nicht mehr ernst genommen werden, wenn damit ein Totalitätsbegriff verbunden wird, wie er der Vergangenheit, dem 19. Jahrhundert, entsprach. Das kann zu nichts als zu einer extensiven Totalität führen. Wie für andere Begriffe der Literaturtheorie muß auch für diesen ein neuer Inhalt bestimmt werden. Mir scheint, das ist denkbar, wenn man (vielleicht in etwas mechanischer Umkehrung) vom Begriff einer intensiven Totalität ausgeht. Darunter verstehe ich die bereits angedeutete Konzentration auf die schöpferische Subjektivität. Totalität im Roman heute, das kann doch nur heißen: Ausschreiten der Möglichkeiten des Individuums; Darstellung des Prozesses, in dem sich seine Potenzen entfalten, in dem sich seine Allseitigkeit oder Totalität herstellt. Die Ästhetik, die Kunsttheorie – aber auch die Kunst selbst – haben mit einer Idee von Marx bisher unzureichend gearbeitet. Ich meine jenen Satz, in dem Marx die Industrie, die vom Menschen erzeugte Welt als das aufgeschlagene Buch der menschlichen Wesenskräfte bezeichnet.[2] Der Reichtum der menschlichen Subjektivität ist nicht darzustellen, ohne seine Realisierung im Objektiven heranzuziehen, denn diese Verwirklichung im Objekt ist die Bedingung dafür, daß Subjektives sich überhaupt entfaltet. Die Beschränkung auf den seelischen Innenraum ist mit jahrhundertealten Träumen und mit Illusionen verbunden. Die sozialistische Gesellschaft schafft als System erstmalig die Möglichkeit, daß die Subjekte in der ganzen Breite der Gesellschaft aus sich heraustreten. Sie orientiert in einem unerhörten Maß auf praktische Tätigkeit, auf Aktivität, sie schafft Formen – Wettbewerbe, Nationales Aufbauwerk, Gemeinschaftsarbeit –, [18] in denen diese Orientierung auf praktische Tätigkeit mitunter nur einen vordergründig-pragmatischen Effekt anzustreben scheint. In Wirklichkeit liegt ihr als Ziel die Entwicklung des Individuums zugrunde. Diesen Zusammenhang zwischen der »Politik des Tages« und der Strategie voll entfalteter Menschlichkeit ins Bewußtsein zu heben, ist der Roman in hervorragender Weise geeignet. Er sollte seine Chance wahrnehmen, mitzuwirken an der Verwirklichung des menschlichen Gattungswesens in jedem einzelnen.

Anmerkungen

1. Das Zitat findet sich bei E. Peessen: In Cold Blood. Synopsis einer Kontroverse anläßlich eines Non-Fiction-Romans von Truman Capote. In: *Akzente*, Jg. 14, 1967, H. 6, S. 520.
2. K. Marx, Ökonomisch-philosophische Manuskripte aus dem Jahre 1844. In: K. Marx/F. Engels, Werke, Ergänzungsband. Schriften, Manuskripte, Briefe bis 1844, T. 1. Berlin: Dietz 1968, S. 542.

EDUARD KLEIN / WERNER NEUBERT / HERMANN KANT 1968

Aus: Ansichten und Aussichten [Gespräch über Romanschreiben heute]. In: Neue deutsche Literatur, Jg. 16, 1968, H. 5, S. 28–31, 33–35, 39–41. W 409.

[. . .] *E. K.:* Das Stichwort ist schon gefallen: Durchschaubarkeit der Gesellschaft. Wo fangen überhaupt die Schwierigkeiten an beim Schreiben? Ich glaube, sie fangen bei dem Punkt an, an dem der Autor sich sehr früh – meist schon, wenn er die Idee hat und spätestens, wenn er zu schreiben begonnen hat – fragt, interessiert das eigentlich irgendeinen anderen Menschen außer mir, wird das auch jemand lesen, und wie kann ich mich dessen versichern, daß es jemanden interessieren wird? Er beginnt dann sich umzusehen, wie andere geschrieben haben, die mit ihrer Arbeit interessieren konnten in der Gegenwart, in der Vergangenheit – wie hat es überhaupt begonnen mit dem Roman? Und früher oder später stößt er dann zu den Quellen vor. Nehmen wir Defoes »Robinson«, stellen wir sehr schnell fest, was der Autor da gemacht hat. Er hat eine Figur genommen, die wirklich – wie man so schön abstrakt sagt – auf der Höhe ihrer Zeit stand, also einen Menschen, für den die Welt, hier im allerwortwörtlichsten geographischen Sinne, keine Geheimnisse mehr hatte, der sie durchzog von Ost nach West und von Nord nach Süd und von oben nach unten, vor dem die ganze Gesellschaft offen lag, so offen, wie sie überhaupt vor [29] jemandem liegen konnte, und der sie nun beschrieb. Wenn man die Geschichte des Romans weiterverfolgt, wird – je näher man der Gegenwart kommt – diese Position immer mehr aufgegeben. Es wird natürlich viel dazu gewonnen: der ganze innere Reichtum des Menschen wird entdeckt, die Psychologie. Aber die Ab- oder Zunahme der Durchschaubarkeit der Gesellschaft für den Romanhelden (also auch für den Autor, dessen Geschöpf der Romanheld ja ist) ist ein objektiver Prozeß, eine Sache, die sich nicht im Kopf der Romanschreiber abspielt, sondern den Zustand in der Gesellschaft widerspiegelt. Die wurde tatsächlich für jedermann, ob nun Romanschreiber oder nicht, allmählich immer undurchschaubarer. So – nun kommt bei uns der 8. Mai 1945, der 7. Oktober 1949, und die Sache stellt sich auf die Füße. Die Möglichkeiten der Durchschaubarkeit sind auf einmal gegeben, für unsere Zeit wieder relativ so absolut, wie für Defoe im 17. Jahrhundert. Natürlich zunächst nur als *Möglichkeit*, denn so etwas passiert nicht mit Blitz und Donnerschlag, sondern nur im Laufe der Zeit. Die Frage ist jetzt: Wie wird diese Möglichkeit verwirklicht? Das ist ein Prozeß, an dem die Romanschreiber ihren Anteil haben, der aber nur von der Gesellschaft insgesamt realisiert werden kann, unter Einbeziehung natürlich auch der Literaturwissenschaft. Aber er geht weit über die Literatur hinaus, denn die Frage lautet jetzt für alle: Wie mache ich die Gesellschaft durchschaubar, wie lerne ich sie beherrschen – jetzt, wo ich tatsächlich die Möglichkeit dazu habe. Es ist eine Sache, die jeden von uns interessiert, den VVB-Direktor[1], den Minister oder den Meister. Jeder, der mit anderen Menschen zu tun hat, steht vor diesem Problem.

Mir liegt daran, hier die Gemeinsamkeit der Aufgabe des Schriftstellers mit anderen Berufen wie mit der gesellschaftlichen Entwicklung insgesamt zu zeigen. Dieser Prozeß spielt sich nicht außerhalb der Gesellschaft und der Entwicklung ab, sondern ist Teil von ihr und mit ihr verbunden. Wir haben jetzt eine Gesellschaft vor uns, die ihrer Potenz nach, ihren Möglichkeiten nach durchschaubar ist. Daß es dabei hundert Schwierigkeiten gibt, die individuell begründet sind und auch objektiv (wobei dieses Objektive dann oft wieder in anderen Individuen begründet ist), darüber brauchen wir hier nicht zu sprechen. Aber welche Konsequenzen ergeben sich daraus für den Romanschriftsteller, wenn er annähernd die Forderung des Romans nach Totalität – und ich bin sehr für diese Forderung in allen Abwandlungen, die sie im Laufe der Zeit erfahren hat – erfüllen will? Dann ergibt sich hier ein sehr enger

Zusammenhang mit dem, was wir das große Thema nennen und die Heldenwahl. Da liegt eine Art Heilige Dreifaltigkeit vor, die man wirklich nur als solche erfassen und als solche ausloten kann. Was dabei auffällt – um noch einmal auf Defoe [30] zurückzukommen –: hier ist wirklich mit glücklicher Hand eine Figur gewählt, an deren Schicksal man zwanglos die Gesellschaft zeigen kann. Der abenteuernde Kaufmann ist völlig ein Produkt dieses 17. Jahrhunderts, den hat es vorher nicht gegeben und nachher nicht, und keiner hat wie dieser abenteuernde Kaufmann die Gesellschaft geographisch und geistig in seinem Leben so durchzogen. Wenden wir das einmal an auf spätbürgerliche Zeiten. Ende des 19. Jahrhunderts, ganz bestimmt aber zu Beginn des 20., ist der Wissenschaftler in einer ähnlichen Position und auch der Industriekapitän. Bekannt ist, daß die bürgerliche Literatur Figuren dieser Art kaum gewählt hat. Die »Buddenbrooks« sind etwas anderes, da wird der Abstieg gezeigt, also der negative Prozeß. Überlegt man heute, mit einem Abstand von 50 oder 100 Jahren, was an Potenzen in einer solchen Figurenwahl liegt, dann verwundert das ein wenig – besonders wenn wir die Minutiösität bedenken, mit der das Innenleben dieses oder jenes Repräsentanten des Kleinbürgertums geschildert worden ist. Und nun taucht die Frage auf, welche Figuren bei uns heute imstande sind, eine solche Repräsentanz für die Gesellschaft zu erlangen, indem der Autor sie einfach leben – hier leben läßt. Das ist eine interessante Frage. Hier liegt auch, glaube ich, eine echte Aufgabe für die Literaturwissenschaft. Es wäre notwendig, von den Quellen des Romans ausgehend (von Defoe, von den Franzosen), zu untersuchen, was man von ihren Arbeitsmethoden, von ihren Arbeitserfahrungen auf unsere Zeit anwenden kann – was kann uns helfen, Breschen zu schlagen in das Neuland Wirklichkeit (das wirklich ein echtes Neuland für uns alle ist)? Andernfalls wird die Literaturwissenschaft immer Gefahr laufen, ein bißchen im Nachtrab zu sein. Zur Frage Arbeit, die ja damit zusammenhängt. Ich habe ein Buch geschrieben, in dem die Arbeit eine bestimmte Rolle spielt [2], aber ich möchte den Begriff hier doch wesentlich erweitern und die Arbeit nicht nur im Sinne der Herstellung materieller Güter verstanden wissen. Schon aus folgendem Grunde nicht: Zum erstenmal ist zum Gegenstand der Arbeit die Gesellschaft selbst geworden, der Aufbau einer neuen Ordnung. Das halte ich für einen sehr wichtigen Punkt. Ich glaube, das muß der Romanschreiber heute in jedem Fall im Auge behalten. Das ist eine so entscheidende und neue Tatsache in der Realität, daß es auf den Roman zurückwirken muß. Das zweite ist die Frage der Detailtreue. Ich halte es nicht für eine unwichtige Frage, und meine Meinung liegt ein bißchen neben der von Selbmann. Ich würde nicht sagen, es ist eine größere Detailtreue, sondern es ist die Einbeziehung von, sagen wir, mehr tangierenden Elementen notwendig. Was muß ein Detail heute dem Leser geben, welche Beziehungen, welche Informationen muß es ihm vermitteln? Die Summe all dessen ist [31] größer geworden. Die Anforderungen an die Aussagekraft des Details sind gestiegen. Es dient als Katalysator von Assoziationen und Sachzusammenhängen. Bei der Informationsdichte durch die Massenmedien ist es überflüssig, Dinge, die im Roman des 19. Jahrhunderts gang und gäbe sind (wie zum Beispiel, daß ein Milieu »detailgetreu« geschildert wird), breit auszuwalzen. Das wäre nur eine bildhafte Tautologie.

[33 . . .] *W. N.:* Fritz Selbmann sagt, der Roman braucht die Fabel. Einverstanden, wenn unter Fabel gemeint ist, er braucht die große Mitteilung, er braucht das große Thema, er braucht den großen Zusammenhang, er braucht die Geschichte mit Perspektive. Wir haben natürlich heute auch Strukturen und Lösungen, die nicht mehr die alte, konventionelle Fabel haben. Bei Hermann Kant hat die Fabel doch schon eine andere Qualität, eine neue Modernität. Die klassische Fabel – im Sinne der Verknüpfung der Begebenheiten – ist also schon nicht mehr die generelle Lösung; es entwickeln sich neue Formen, die es zu analysieren und auf ihre Möglichkeiten zu prüfen gilt. Es ist durchaus ein Roman denkbar, der die bisherige organische Verknüpfung der Begebenheiten nicht mehr aufweist und dabei doch zur großen gesellschaftlichen Mitteilung vorstößt. Entscheidend ist doch, daß im sozialistisch-realistischen Roman der gesellschaftliche Kausalkomplex aufgedeckt wird.

[34 . . .] *H. K.:* Mir ist das alles ein bißchen hoch angesetzt, das muß ich offen sagen. Ich glaube, ein Romanautor – jetzt unabhängig von Zeit und Ort – ist zunächst einmal weniger auf die großen Antworten als auf Ansichten aus. Es geht ihm darum, Ansichten zur Sache zu äußern. Wer sich mit dem [35] Anspruch an die Arbeit begibt, hier Antworten liefern zu können, die andere vor ihm noch nicht gefunden haben, kommt nach meiner Meinung in eine steifnackige Haltung beim Schreiben, die ihm sicher nicht nützen kann. Was er einbringen kann ist seine Ansicht, und daß diese Ansicht dann oft – oder in Glücksfällen – mehr ist als nur seine persönliche und zugleich eine Antwort enthält auf allgemeine Fragen, hängt sicher damit zusammen, daß dieser Romanautor eben eine besondere (was nicht heißt: feinere) Art Mensch ist. Er ist Romanautor, weil er so beschaffen ist, wie er ist – ein Sammler, ein Beobachter, ein Registrierer, ein Analytiker und ein Former. Das alles zusammen ermöglicht es ihm und gerade ihm, aus seinen persönlichen Ansichten Antworten zu machen zu größeren Dingen, zu gesellschaftlich wichtigen Fragen. Lichtenberg hat das mal humoristisch formuliert; er hat sinngemäß gesagt, Romane schreiben ist deshalb so vorzüglich angenehm, weil sich für alle Ansichten, die man einmal in die Welt bringen möchte, allemal eine Figur findet, der man sie in den Mund legen kann.[3] Das ist eine satirische Formulierung, aber es steckt eine äußerst ernsthafte Angelegenheit darin. Ich glaube, daß dieser Großanspruch, Grundfragen beantworten zu können, eine gefährliche Sache ist. Das kann nur aus der Summe zum Beispiel des literarischen Schaffens, zu dem der Roman ja vorzüglich gehört, hervorgehen. Also für mich ist folgendes klar: Romane schreiben ist eigentlich nichts anderes als, sagen wir, Seile durch die Welt spannen, und zwar wird das von jemand unternommen, der auf recht sicheren Füßen sich durch diese Welt bewegt (so glaubt er wenigstens) – und an diesen Seilen können sich andere dann ihren Weg wiederum besser bahnen. Wenn das zustande kommt, wenn das Seil gespannt wird, dann hat das eben zur Voraussetzung gehabt, daß sich hier einer sehr genau umgetan hat. Romane schreiben ist Summen ziehen; weniger erfinden, als Gefundenes richtig verwenden. Deswegen bin ich auch immer ein bißchen unglücklich, wenn uns mit dem hohen Anspruch: Sagt doch mal was – ihr müßtet es eigentlich wissen! entgegengetreten wird; es ist vom Aufforderer her unbescheiden, wie es unbescheiden ist von dem, der es so entgegennimmt. [. . .]

[39 . . .] Ich glaube, mit der Totalität ist es so: ob sie erreicht oder nicht erreicht wird, entscheidet sich zunächst schon einmal durch Stoff- und Heldenwahl. Du kannst, sagen wir mal, an einem kleinstädtischen Steuerberater aus Pinnewitz nun wirklich keine gesellschaftliche Totalität erhalten, weil einfach seine Lebenswege, Lebensziele und Lebensanschübe weitgehend nicht identisch sind mit dem, was die Gesellschaft erzielen will. Genauso ist es eben entsprechend mit dem Stoff. Nun glaube ich aber, daß die sogenannte Totalität eher unterläuft, als daß sie absichtsvoll erreicht werden kann. Ich glaube, sie unterläuft in dem Maße, in dem man einen Stoff, den man frei gewählt hat, von frei erwählten Figuren so intensiv wie möglich durchschreiten läßt. In dem Maße, in dem du das, was innerhalb dieses Bereiches geschieht, genau siehst, in dem Maße siehst du mehr als das, was in diesem Bereich allein geschieht. Andernfalls fängst du an, die Ebenen zu schieben, die Helden um die Ecken zu hauen, damit sie bloß dahin kommen, wo du wiederum deine Nase hineinstecken möchtest, damit es auch ja total genug wird. Das alles führt zu nichts. Ich glaube, daß die intensive Ausschreitung eines Bereiches, der zumindest mit Maßen berührt wird von den wichtigsten Kraftlinien unserer Gesellschaft, eher zu einer solchen Totalität führt als der Versuch, eine Art literarischen Atlas herzustellen.

[40 . . .] Die Aufbereitung von geeigneten Dokumenten durch ein ausgesprochen sensitiv-künstlerisches Individuum verwandelt natürlich automatisch auch das Dokument; es wird zu etwas Neuem, Künstlerischem. Und umgekehrt ist etwa der »Werther«, der ja wohl weitgehend ohne Dokumente auskommt, zugleich die Summe von tausend Dokumenten. Der Werther-Roman ist zum glaubwürdigsten Dokument der Zeit geworden, glaubwürdiger als alle anderen. Ich glaube, daß die Kunst sich entschieden machen läßt und immer machen lassen wird unter Auslassung dieser direkten Einbeziehung des Dokumentarischen, weil es ihr ja um die Reaktion von Menschen geht. Dokumente sind für den Künstler doch wohl nur insofern interessant, als sie bedeutsame Reaktionen von Menschen auslösen, die gesellschaftlich da- oder dorthin führen. Wo sie das tun, haben sie ihren Platz. Wo sie aber lediglich Vehikel sind, um äußerlich Zeitkolorit hineinzutransportieren, bleiben sie ohne produktiven Impuls. [. . .]

[41 . . .] *W. N.:* Wir sind scheinbar vom Romanthema abgekommen, aber in Wirklichkeit weist dieses Problem auf viele neue Fragen des Schreibens über tiefe gesellschaftliche Zusammenhänge hin. Wir sind uns sicher alle einig, daß ein Dokument als Inkarnation, Notifizierung menschlicher, historischer, gesellschaftlicher Absichten oder Resultate natürlich selbst nichts Außermenschliches ist. Von solchen Dokumenten kann der historisch interessierte Poet durchaus angerührt werden, und vielleicht versucht er jetzt darüber nachzudenken, welche historischen Varianten denn innerhalb dieser dokumentarischen Vorgänge möglich gewesen wären. Ich glaube also, dieser Spielraum, der selbst in den vorgegebenen Dokumenten liegt, macht den eigentlichen poetischen Stimulus, den Anreiz aus. Innerhalb eines dokumentarischen Materials bewegen sich doch weitere historische Möglichkeiten, Varianten, Modifizierungen; ihr erneutes Durchspielen und Abwägen, gerade auch durch den Rezipierenden, bewirkt Lust am Erkennen. Ich glaube, daß auch der poetisch verfremdete, poetisch realisierte Roman ohne dokumentarische Momente künftig kaum noch auskommen kann. Peter Weiss hat den Begriff der Ermittlung wohl nicht nur in bezug auf das uns bekannte Thema formuliert[4], sondern die Ermittlung von Sachverhalten und Ursachenkomplexen ist immer stärker ein kennzeichnender Zug aller progressiven, auf Veränderung gerichteten Literatur. Sicherlich hat der Roman immer etwas Wesentliches ermittelt, aber unsere sozialistischen Ermittlungen finden vor allem mit dem Ziele statt, noch ungenutzte produktive Möglichkeiten der Gesellschaft zu entdecken.

Anmerkungen

1. *VVB* = Vereinigung Volkseigener Betriebe.
2. E. Klein, Alchimisten. Berlin: Verl. Neues Leben 1967.
3. Georg Christoph Lichtenbergs Aphorismen. Nach d. Handschriften hg. v. A. Leitzmann. Zweites Heft: 1772–1775. Berlin: Behr 1904 (= Deutsche Literaturdenkmale. Nr. 131.), S. 58, C 240.
4. P. Weiss, Die Ermittlung. Frankfurt/M.: Suhrkamp 1965.

CHRISTA WOLF 1968

Aus: Lesen und Schreiben.
In: Ch. W., Lesen und Schreiben. Aufsätze und Betrachtungen. Berlin, Weimar 1972, S. 182f., 185–187, 200–205, 208–210. W 411.

[. . .]

Lamento

[. . .] Hinter den Zweifeln der Prosaschreiber an den Zukunftsaussichten ihrer Gattung steckt nichts anderes als eine Selbstverdächtigung: die des Anachronismus. Die Prosa sieht sich bedrängt, und sie täuscht sich nicht: sie ist es in zunehmendem Maße, und zwar um so stärker, je entschiedener sie sowohl die esoterische Außenseiterposition als auch die banale Zeitvertreiberrolle ablehnt und darauf besteht, etwas zu sagen zu haben.

Den ersten Schlag führten wahrscheinlich die Zeitungen: sie trennten die Information von der Prosa ab. Die Mittel der modernen Nachrichtentechnik schufen die Superinformation, deren Wesen das Tempo ist. Mag der wechselhafte Verlauf des Trojanischen Krieges in entlegenen Gegenden der damals bekannten Welt noch nach Jahren als Neuigkeit durchgegangen sein – heutzutage wäre ein ähnliches verlustreiches Massaker schon nach Stunden im letzten Dorf durch die Nachricht von neueren Untaten verdrängt. Diese Entlastung von ihren Pflichten als Nachrichtenträger hat die etwas schwerfällige, langsame Prosa gut überstanden. Auch die Trennung von der Historie, der Geschichtsschreibung, die ein Sonderstudium und ein [183] Sonderamt wurde, hat sie, um die Gilde der Chronisten ärmer, überlebt. So, ein wenig gerupft, aber auch schlanker, biegsamer und eleganter geworden, tritt sie in ihre bürgerliche Phase, findet im ersten Überschwang neue Möglichkeiten, dem neu entdeckten Subjekt wichtige Dienste zu leisten, und lernt dann, von Katzenjammer übermannt, allmählich nach der Berechtigung der eigenen Existenz zu fragen.

Denn nun, Zug um Zug, rücken Technik und Wissenschaft vor: Funk, Film, Fernsehen übernehmen es, das einerseits wissensdurstige, andererseits sich langweilende Publikum zu belehren, zu unterhalten und zu zerstreuen. Bewegte Bilder auf Leinwand und Mattscheibe – was immer sie sonst auch leisten – schonen unsere Abstraktions- und Vorstellungskraft, die durch die winzigen abstrakten Symbole auf den Buchseiten herausgefordert wird. Die ursprüngliche menschliche Neugier an Geschichten, die unsereins passieren können – ein Homer verdankte ihr seinen Zulauf –, wird sauber und perfekt, sogar überreichlich befriedigt: soviel Neugier kann kein Mensch dauernd in sich erzeugen, wie geschulte Techniker Tag für Tag stillen. Es ist der Gefahr zu begegnen, daß der Reisende, für Stunden abgeschnitten von den Massenmedien, am Bahnhofskiosk nur nach dem Krimi greift, an den er gewöhnt ist.

Aber das wollen wir hier nicht Prosa nennen.

Auch die Wissenschaften gewinnen gegen sie an Boden. Der Kitzel, den ihre Versprechungen auslösen, ist schwer durch weniger Handgreifliches, weniger Sensationelles zu ersetzen. [. . .]

[185 . . .] Widerwillig beobachtet man in sich Faszination durch das Wunderbare und Verständnis dafür, daß, was erfindbar ist, unbedingt erfunden, was machbar, gemacht werden wird; man sieht sich belehrt über die Unausrottbarkeit technischer Neugier und über die Nutzlosigkeit eines Lamentos, das von Tag zu Tag anachronistischer erscheint: alles und alle, die nicht bereit sind, die Menschheit in eine so beschaffene Zukunft zu begleiten, wird sie hinter sich lassen.

Also stürzen wir uns auf populärwissenschaftliche Darstellungen aus dem Bereich der Wissenschaften, lesen Utopien, Dokumentationen, Reportagen aus Laboratorien und Operationssälen, interessieren uns für psychiatrische Krankengeschichten, soziologische Untersuchungen, historische Monographien, ökonomische Prognosen. Und wer, wenn nicht unsere Generation, hätte erfahren, daß philosophische Broschüren aufwühlen können wie kein anderer Lesestoff. Selbst die Analyse der Gesellschaft, früher Domäne des Romanautors, wird jetzt planmäßig von ganzen Wissenschaftlerstäben besorgt, und anders wäre sie wohl auch nicht mehr zu leisten. (Es sei denn, die herrschende Schicht einer Gesellschaft hätte ein Interesse daran, die Gesellschaftswissenschaften in einem unentwickelten Zustand zu halten – in diesem Fall hätte der Prosaschreiber ihr Amt mit zu übernehmen, wäre aber dabei in der Lage eines Menschen, dem die präzisen Methoden und die Materialfülle des Experten nicht zur Verfügung stehen.)

Das Letzte zu sagen: Die Wirklichkeit dieses Jahrhunderts selbst wendet sich gegen die Prosaschreiber. [186] Sie ist phantastischer als jedes Phantasieprodukt. Ihre Grausamkeit und ihre Wunderbarkeit sind durch Erfindung nicht zu übertreffen.

Wer also »die Wahrheit« lesen will, das heißt: wie es wirklich gewesen ist, der greift zu Tatsachenberichten, Biographien, Dokumentensammlungen, Tagebüchern, Memoiren.

Der Kuchen »Wirklichkeit«, von dem der Prosaschreiber sich früher in aller Seelenruhe Stück für Stück abschnitt, ist aufgeteilt. Zu behaupten, die, denen er zugefallen ist, hätten ihn nicht verdient, wäre nichts als nutzloses Ressentiment. Die sich die Stücke gegenseitig aus der Hand reißen und sich um die Krümel zu streiten beginnen, sind gut organisierte Teams scharfsinniger und scharfsichtiger Forscher, die ihre Nützlichkeit leicht beweisen können.

Die Prosa dagegen ... Was soll sie denn diesen nüchternen, stracks vorwärtsschreitenden Leuten erzählen?

Der Prosaautor, der »raunende Beschwörer des Imperfekts« [1], daran gewöhnt, Kampf, Sieg oder Niederlage der unantastbaren Persönlichkeit für den wichtigsten Gegenstand der Welt zu halten, was sagt er seinen Zeitgenossen, die dabei sind, den stromlinienförmigen Menschen zu konstruieren, fähig, sich allen Anforderungen der Zivilisation anzupassen? Denen der Gedanke nicht fremd ist, daß nicht einmal die Identität des Individuums in der Zukunft gesichert sein wird, und die den Gattungstod der Menschheit in Erwägung ziehen – nicht für eine unvorstellbar ferne Zukunft durch das Erkalten des Planeten, sondern für eine Zeit, die wir erleben werden; nicht durch Naturgewalten, sondern durch uns.

Daran gemessen, wäre der historische Untergang [187] der historisch entstandenen Gattung Prosa ein Kinderspiel. Warum sollte man diese Möglichkeit nicht ins Auge fassen? Unbestreitbar ist, daß sie, vielleicht vorübergehend, in eine etwas bedrängte Lage geraten ist. Nachsichtig beobachten wir ihre Mimikrys: wie sie als Krimi, als Reißer um ihr Leben kämpft. Das heißt, sie hat vom Gift der Selbstaufgabe gekostet. Das heißt, sie hat nur dann Aussicht, am Leben zu bleiben, wenn sie etwas kann, was alle jene Mächte nicht können, die ihr zu Leibe rücken. Ganz und gar gerettet wäre sie, wenn wir dahinterkämen, daß es für uns wichtig, vielleicht lebenswichtig ist, dahin zu gelangen, wohin sie uns führt.

Die Frage ist, ob wir ihr Mut machen, zu wollen, was sie kann.

Damit endet natürlich das Lamento. [...]

Himmelsmechaniken

[... 200 ...] Wer lange in den Kategorien der Newtonschen Himmelsmechanik gedacht hat, wird es allmählich natürlich finden, wenn der gesellschaftliche Mechanismus ähnlich funktionieren soll: Feste Objekte bewegen sich fortgesetzt auf berechneten Bahnen und wirken nach berechenbaren Gesetzen aufeinander ein: abstoßend, anziehend, zuweilen auch, bei Himmelskatastrophen, zerstörend. Ein Romancier muß unter solchen Umständen darauf verfallen, den Roman als ein Mittel zu benutzen, um gewisse Objekte – literarische Helden – durch Raum und Zeit zu transportieren. Die Regeln, die sich die Erfinder des Romans selbst erdachten, muß man heute noch bewundern, weil sie weit von den Normen abwichen, nach denen das menschliche Leben ihrer Zeit sich wirklich abzuspielen pflegte, und doch im Laufe von Jahrzehnten die Fiktion des »Natürlichen« im Leser hervorzurufen wußten. Ja: sie wurden ihrerseits brauchbar als Verhaltensklischee für selbstunsichere Gesellschaftsschichten (sie schufen die Möglichkeit, als Zitat zu leben).

Die Festigkeit, auf der diese Konstruktion ruhte, war enorm und mußte sich am deutlichsten an denjenigen [201] Fabeln erweisen, die, typisch für den bürgerlichen Roman, tragisch endeten: auch noch der untergehende Held ließ seinen Erben einige unbezweifelbare Konstanten zurück: die Realität, was immer man darunter verstehen mochte, und Raum und Zeit als ihre unverrückbaren Koordinaten. Der unübertreffliche Optimismus dieser Mechanik, unbezweifelbar selbst für den, der in ihr zermahlen wird, liegt auf der Hand: Ich gehe unter, aber sie bleibt und bewegt sich doch. Das hatte Funktion, war erkenntnis- und phantasiefördernd, Tüchtigkeit stimulierend, riß Widersprüche auf, ohne die Substanz zu gefährden, brachte in jedem Fall Realität hervor.

Diese selbe Himmelsmechanik dreht sich weiter, einem großen, schönen Schöpfrad vergleichbar, das nichts zutage fördert; oder wir sind unempfindlich geworden gegen seine Hervorbringungen. Die Fabeln, die den alten Gesetzen der Newtonschen Dramaturgie folgen, gleiten, ohne Widerstand zu finden, auf ausgeschwemmten Bahnen in unser Inneres. Prosa, die wieder wirken wollte, mußte sich einer neuen Realität auf neue Weise bemächtigen, mußte, unter anderem, beginnen, sich von der zum Klischee erstarrten, aus Versatzstücken gefertigten »Fabel« alter Provenienz zu trennen; mußte und muß ein mechanisches zugunsten eines dialektischen Weltverhältnisses zu überwinden suchen. Dieser Vorgang, der selbst Gegenstand von Prosa wird und übrigens neue, überraschende Arten von Prosafabeln hervorbringen kann, kann auch, rein technisch verstanden, zu in sich widerspruchsvollen Ergebnissen führen. Eines dieser Ergebnisse ist nach meiner Ansicht der »nouveau roman« und seine Theorie, formuliert von dem Franzosen Robbe-Grillet.

[202] Er, der scharf das Problem fühlt, in dem die Gattung steckt, macht die »Krise des Romans« zur Krise der Romanautoren: er wirft ihnen die Anmaßung vor, von der sie bis jetzt gelebt haben – als allwissende und allmächtige Götter in ihrem selbstgeschaffenen Universum nach Gutdünken zu schalten und zu walten. Er hält dagegen: Die Objektivität des Autors sei ein Hirngespinst.

Freilich erweckt gerade der Streit um die Objektivität ein unbestimmtes Flattern im Gewissen der Romanautoren, das man am ehesten in die Worte faßt: Steine gab ich statt Brot. Schön, befriedigend und zutreffend sind die Beobachtungen, die Robbe-Grillet diesem Zustand widmet. Mit allen Anzeichen des Entsetzens flieht er das Klischee des bürgerlichen Romans, dessen neue Bedrohung er – wie ich glaube, mit Recht – aus der Tatsache ableitet, daß »die Welt nicht mehr das vererbbare und in Geld umsetzbare Privateigentum ist«, »die Art Beute, die es weniger zu erkennen als zu erobern galt«.[2] Auffallend in diesem Satz ist ein Irrtum: der Gebrauch des Imperfekts. »Die Welt«, von der Robbe-Grillet ausgeht, ist sehr wohl noch Privateigentum und Beute: die Revolution, die das Privateigentum an Produktionsmitteln abschafft, hat nicht stattgefunden. Der Autor ignoriert diese Tatsache und bringt durch diese vielleicht unbewußte Manipulation die auffälligeren Widersprüche in seine Theorie: auf einem Umweg kehrt er zu der Methode zurück, die zu bekämpfen er einst ausgezogen war.

Denn das neue Muster, das er dem alten entgegensetzt, ist ein Klischee so gut wie dieses: »Vielleicht ist das kein Fortschritt«, sagt er, »aber es ist sicher, daß die gegenwärtige Epoche die der Kenn-Nummern ist.«[3] [203] Er, der sich so kraftvoll abstieß von den alten Ufern der bürgerlichen Kunst – hier mündet er wieder ein in den Strom müder Resignation; denn Resignation ist es, Rückzug aus der Kampflinie, was sich hinter dem scheinbar sachlichen Urteil verbirgt. Er, der mit einem »neuen Roman« die »Realität konstituieren« wollte[4], endet bei dem praktischen Versuch, die minutiöse Beschreibung einer Dingwelt zu geben, von der die Kenn-Nummer Mensch sich kaum noch als widerstehendes, aufbegehrendes, rebellierendes Individuum abhebt. Als sei das unkommentierte »Da-Sein« der »Dinge« im Roman möglich und erstrebenswert; als brauche die Kunst nicht die Vermittlung des Künstlers, der mit seinem Lebensschicksal und seinem Lebenskonflikt zwischen der »Realität« und der leeren Seite steht und keine andere Wahl hat, diese Seite zu füllen, als die Auseinandersetzung zwischen der Welt und sich selbst darauf zu projizieren.

Diese Tatsache zu leugnen bedeutet nichts anderes, als eine neue Himmelsmechanik an die Stelle der alten, abgenutzten zu setzen, bedeutet Preisgabe von Positionen der Wirklichkeitsbewältigung, bedeutet Zurückweichen vor der Herrschaft der »Kenn-Nummern«; bedeutet doch wieder das Ende des Romans: Wie wäre es denkbar, daß »Kenn-Nummern« Romane schreiben?

Also hebt sich der Autor mit dieser seiner ununterdrückbaren Leidenschaft, zu schreiben – hebt sich zumindest er aus der Masse heraus, in der er nur Kenn-Nummern entdeckt und auf die er doch auch, wenigstens als seine Leser, angewiesen ist? Trifft auf ihn nicht zu, was auf alle zutrifft? Oder sendet er, einsam, schreibend um seine Persönlichkeit kämpfend, nur [204] noch Signale aus, die keinen Widerhall mehr finden können? Wozu dann die Erfindung des neuen Romans, wenn er so unwirksam bleiben soll wie der alte?

Wirklich neue Erzählweisen aber sind seit langer Zeit gefunden.

Weltbilder

Georg Büchner, durch seinen Bruder mit dem mechanischen Materialismus, durch seine Studien mit dem naturwissenschaftlichen Gedanken der Evolution und durch seine revolutionäre Tätigkeit mit dem Volk und der sozialen Frage im Deutschland seiner Zeit vertraut, fand vor über hundert Jahren den Anfang und, das kann man unbesorgt sagen, einen Höhepunkt der modernen deutschen Prosa. Zwar benutzt er für seine Lenz-Novelle in horrend unverforener Weise den Krankenbericht des Pastors Oberlin, und die Verwandlung dieses Materials in Kunst riecht nach Hexerei. Bis man dahinterkommt, daß der Erzähler den vollen Einsatz gezahlt hat: »Mit wenigen Mitteln« hat er sich selbst dazugetan, seinen unlösbaren Lebenskonflikt, die eigene Gefährdung, die ihm wohl bewußt ist. Ein Konflikt, in dem sich die tausendfache Bedrohung lebendiger, entwicklungshungriger und wahrheitssüchtiger Menschen in Restaurationszeiten gesteigert spiegelt: der Dichter, vor die Wahl gestellt, sich an unerträgliche Zustände anzupassen und sein Talent zu ruinieren oder physisch zugrunde zu gehen.

Die Variante Wahnsinn – Lenz – kann dem nachgeborenen Büchner nicht ganz fremd gewesen sein. Er kann sie durchgespielt haben, um ihr zu entrinnen. [205] Die Distanz des nüchternen Beobachters, die der Krankenbericht ihm anbot, mußte ihm recht sein – entäußern wollte er sich nicht. Man mag von Mimikry reden. Nur soll man nicht weiterhin, wie Büchners Mit- und Nachwelt, seine Entdeckung übersehen: daß der erzählerische Raum vier Dimensionen hat; die drei fiktiven Koordinaten der erfundenen Figuren und die vierte, »wirkliche« des Erzählers. Das ist die Koordinate der Tiefe, der Zeitgenossenschaft, des unvermeidlichen Engagements, die nicht nur die Wahl des Stoffes, sondern auch seine Färbung bestimmt. Sich ihrer bewußt zu bedienen ist eine Grundmethode moderner Prosa. Komplizierte Erzählstrukturen, die dadurch hervorgebracht werden, haben nichts mit Willkür zu tun – so, wie Georg Büchner nicht zufällig unvermittelt, von einem Satz zum anderen vom »Er« zum »Ich« übergehen kann: eine Methode, die heute noch Befremden erregt. [. . .]

[208 . . .] Das wissenschaftliche Zeitalter – Brecht hat versucht, ihm einen Weg zu bahnen in den Köpfen der Theaterzuschauer. »Episches Theater« hat er seine Erfindung genannt, die vielleicht seltener methodisch begriffen als nachgeahmt wird und, da sie zum dialektischen Denken in Modellen anregen wollte, am wenigsten verdient hat, als Klischee weitergereicht zu werden. – Der Vorschlag, sich um eine »epische Prosa« zu bemühen, scheint dagegen ein Unsinn zu sein. Und doch hat man eine Ahnung, daß es sie geben müßte: eine Gattung, die den Mut hat, sich selbst als Instrument zu verstehen – scharf, genau, zupackend, veränderlich –, und die sich als Mittel nimmt, nicht als Selbstzweck. Als ein Mittel, Zukunft in die Gegenwart hinein vorzuschieben, und zwar im einzelnen; denn Prosa wird vom einzelnen Leser gelesen, der sich, alle Verführungen der modernen Technik außer acht lassend, mit einem Buch allein zurückzieht.

Die epische Prosa sollte eine Gattung sein, die es [209] unternimmt, auf noch ungebahnten Wegen in das Innere dieses Menschen da, des Prosalesers, einzudringen. In das innerste Innere, dorthin, wo der Kern der Persönlichkeit sich bildet und festigt. (Schon gebraucht man, ähnlich den Atomwissenschaftlern, bildhafte Umschreibungen, die nicht »stimmen«, die aber nötig sind, um Übereinkünfte mit dem Leser zu erzielen.) Diese Region kann die Stimme eines anderen Menschen, kann Prosa erreichen, kann durch die Sprache berührt und aufgeschlossen werden – nicht, um sich ihrer zu bemächtigen, sondern um seelische Kräfte freizusetzen, die an Gewalt mit den im Atom gebundenen Energien zu vergleichen sind.

Das heißt, die Prosa kann sich nur mit gedanklichen Strömungen und gesellschaftlichen Bewegungen verbinden, die der Menschheit eine Zukunft geben, die frei sind von den jahrhundertealten und den brandneuen Zauberformeln der Manipulierung und selbst das Experiment nicht scheuen. Das heißt, ich sehe eine tiefe Übereinstimmung zwischen dieser Art zu schreiben mit der sozialistischen Gesellschaft. Bewiesen ist, daß Ausbeutergesellschaften nicht fähig sind, der Menschheit eine Zukunft zu sichern, die diesen Namen verdient. Ein amerikanischer Schriftsteller, der aus amerikanischen Gewehren auf vietnamesische Freiheitskämpfer schießt, hat nicht nur die Moral seines Berufs verraten – er hat auch eine berufsschädigende Unfähigkeit zum Denken bewiesen.

Daher, ehe man den naturwissenschaftlichen Begriff der »Relativität« auf gesellschaftliche Bereiche überträgt, ist es zweckmäßig, sich zu vergewissern, was feststeht. Von da ausgehend, sollte man sich aber fragen, ob nicht das Aufkommen eines neuen Gesellschaftstyps [210] gerade den Schriftsteller, der sich bewußt für diese Gesellschaft engagiert, vor radikal andere Aufgaben stellt als die der inhaltlichen Modifikation alter Literaturmuster. Ob nicht eindringliche, radikale Fragestellungen nötig sind, deren erste Ergebnisse vorläufig und schwer formulierbar sein werden, wie die der Physiker. Ob nicht Aussagen, bei deren Wiederholung nichts anderes im Bewußtsein des Lesers aufleuchtet als ein Lämpchen mit der Beschriftung »falsch« oder »richtig« – ob nicht solche Aussagen in andere Bereiche gehören und die Literatur, die Prosa, von der hier die Rede ist, den Mut haben muß, auf Erkundung zu gehen.

Noch scheuen wir dieses Abenteuer. Wir klammern uns an die Konventionen, wir befestigen mehr alte Denkinhalte, als daß wir nach neuen suchen. Anstatt zu beunruhigen und zu aktivieren, beschwichtigen wir. Es scheint, die Prosa ist noch nicht angekommen im wissenschaftlichen Zeitalter. *Das* sollte man beklagen, nicht den möglichen Untergang des Romans: untergehen wird nur, was nicht wirklich gebraucht wird.

Gebraucht wird aber eine unbestechliche und zugleich verständnisvolle Begleiterin auf einer kühnen und gefährlichen Expedition. [. . .]

Anmerkungen

1. Th. Mann, Der Zauberberg. [Frankfurt/M.]: S. Fischer 1960 (= Gesammelte Werke in zwölf Bänden. Bd. 3.), S. 9 (Vorsatz).
2. A. Robbe-Grillet, Über ein paar veraltete Begriffe. (1957). In: A. R.-G., Argumente für einen neuen Roman. Essays. München: Hanser 1965 (= prosa viva. 18.), S. 29.
3. Ebd.
4. Vgl. A. Robbe-Grillet, Vom Realismus zur Realität. (1955/1963). In: A. R.-G., Argumente für einen neuen Roman, a. a. O., S. 113.

Wir probieren trotzdem weiter

In den »Frankfurter Vorlesungen über Poetik« (W 364) von 1963 hatte Heißenbüttel einer Entwicklung vorgearbeitet, die darauf abzielte, im fiktiven Erzählen nicht länger Realität zu imaginieren, sondern die *Sprache* mit den ihr eingeschliffenen Regeln sozialen Handelns und Verhaltens als die eigentlich konkrete Wirklichkeit vorzuführen.

Auf dieser Linie bewegt sich Baumgart mit seiner *Theorie einer dokumentarischen Literatur* (W 400). Am Zustand der Sprache soll der Zustand der Zeit *demonstriert* werden, den im Gestus herkömmlichen Erzählens abzubilden unmöglich geworden sei. In der Tat: Wenn, wie von Baumgart angenommen wird, die *Freiheit der Erfindung* geschrumpft ist, das Erfundene aus der Perspektive des alles überschauenden Erzählers nicht mehr nach Bedeutendem und Unbedeutendem geschieden werden kann, der exemplarische Wert und verbindliche Sinn des Erzählten nicht mehr durchscheinen, sind die Folgen für die konstitutiven Elemente des traditionellen Romans – Handlung, Fabel, Held – und für den Standort des Erzählers zerstörerisch. Die Geschichte als Entwurf einer *stellvertretenden Welt* aus der Phantasie kann dann so wenig noch gelingen wie das Verharren des Erzählers in der Attitüde des Allwissenden und die Rundung von Figuren, die in ihrer Rede schon die Konditionierung des Bewußtseins durch Phrase, Klischee und Jargon enthüllen, zu individuellen Charakteren.

In Anknüpfung an die Thesen zur Erzählung aus den »Poetik-Vorlesungen« erörterten Heißenbüttel und Vormweg im »Briefwechsel über Literatur« (W 412) die Frage nach dem *Bezugspunkt* für Anlage und Aufbau von vorgefundenen Stoffen zu ›Großformen‹ der Prosa. Angesichts des Verlusts eines *alles umfassenden Verständigungs- und Erkenntnissystems* wurde sie zu einem heiklen Problem. Heißenbüttels Lösungsvorschlag, daß die Erzählung als *Reflex auf Sinnblindheit* aus dem *Vorrat und aus der Gesetzlichkeit der Sprache heraus* den Gesamtaspekt ihrer Organisation zu halluzinieren habe (S. 65), übertrug der Prosa die Macht, *potentielle* Wirklichkeit zu projektieren. Diese funktionale Neubestimmung des Erzählens berührt sich mit Überlegungen Wellershoffs, die in den Begriff der *Simulationstechnik* einmünden. In der Besinnung auf die Wörter als von aktuellen Situationskomplexen abgetrennten Zeichen wird die Konstituierung einer *symbolischen* Welt ins Auge gefaßt, in der mit Ereignissen und Bedingungen experimentiert werden soll, die der Lebenspraxis vorauseilen und *für und gegen sie den Spielraum möglicher Veränderung* offenhalten (S. 32).

Auch in dem hier zum erstenmal abgedruckten Text von Johnson hat die *Erweiterung* der Grenzen der Erfahrung besonderes Gewicht, wobei aber das Postulat einer engen Verbundenheit der Geschichte im Roman mit den *gegenwärtigen Verhältnissen* – anders als bei der Lokalisierung der Literatur in ›Simulationsräumen‹ – den *Wirklichkeitsbezug* des Erzählten kräftig unterstreicht. Darüber hinaus bedeutet die definitive Preisgabe der Vorstellung, im Roman ein *maß-stäbliches Modell* der

Gesellschaft auszubreiten oder die *Widerspiegelung* der Welt zu besorgen, die Zurückweisung traditioneller Totalitätsforderungen, aus der bei Johnson die Beschreibung des Romans als eines *Angebots* von neuen Erkenntnissen und Ergebnissen resultiert, für deren Informationswert er die sachliche Genauigkeit des Erzählens zur unbedingten Voraussetzung macht.

Seit Mitte der sechziger Jahre war der *Dokumentarismus* auf andere Art einer neuen Genauigkeit von Literatur auf der Spur. Das Protokollieren vorgegebener Sprachdaten, die Verwendung verifizierbarer ›Zeugnisse‹, das Nacherzählen von tatsächlich Geschehenem garantierten allerdings nicht schon ein ›realistisches‹ Bild der Wirklichkeit. Persönliche Erwartungshaltungen des Autors und wirkungsgeschichtliche Einflüsse standen hier ebenso zur Debatte wie die perspektivische Einfärbung des Materials. Gegenüber diesen schon traditionellen Konflikten dokumentarischer Schreibweisen bezieht Enzensberger insofern eine entschieden neue Position, als er die *prinzipielle Fragwürdigkeit der Quellen* in eine Herausforderung an den Autor wendet, im Umgang mit den vorgefundenen Dokumenten ein eigenes *Interesse zum Vorschein und zur Geltung* zu bringen. Darüber hinaus macht Enzensberger geltend, daß in geschichtliche Überlieferung Erzählungen, Legenden und kolportierte Bilder einer *kollektiven Imagination* in weit stärkerem Maße eingehen als die Ergebnisse wissenschaftlicher Recherchen. Mit dieser Deutung von Geschichte als einer *Erfindung, zu der die Wirklichkeit ihre Materialien liefert,* zielt Enzensberger auf mehr und anderes als auf eine Rehabilitierung des ›schöpferischen‹ Erzählens: Durch die Einbindung der individuellen Fiktion in die kollektive Erinnerung, die sich nicht an die wissenschaftlich gesicherte *Historie der Historiker*, sondern an die Geschichte als ein *Bündel von Geschichten* heftet, soll der Erzähler – als Nacherzähler – teilhaben an der Herausbildung eines Fundus von historischen Erfahrungen. Was Enzensberger hier anbahnt, hat Gewicht für die Poetik des Romans in der Moderne: Die erzählte Geschichte ist Fortwirken der Geschichte selbst – ›Geschichte‹ kann wieder erzählt werden.

Der Titel der Vorbemerkung stammt aus dem »Briefwechsel über Literatur«, W 412, S. 47.

REINHARD BAUMGART 1967

Aus: Aussichten des Romans oder Hat Literatur Zukunft? Frankfurter Vorlesungen. 3. Theorie einer dokumentarischen Literatur.
Neuwied, Berlin 1968, S. 59–67. W 400.

[. . .] Tolstoi, für historisch fromme Kritiker noch immer ein Kronzeuge dafür, was Erzählung einmal war und möglichst bald wieder sein sollte, ahnte von der Zukunft schon mehr, als solche Kritiker von ihrer Gegenwart wissen. »Mir scheint«, vermutete er 1905, »mit der Zeit wird man überhaupt davon abkommen, Kunstwerke zu *ersinnen.* Man wird es peinlich finden, über irgendeinen fiktiven Iwan Iwanowitsch oder irgendeine Marja Petrowna etwas zu erfinden. Die Schriftsteller, falls es sie geben wird, werden nicht etwas erfinden, sondern nur das Bedeutende und Interessante erzählen, das sie im Leben zu beobachten Gelegenheit [60] hatten.« Der das im Jahr 1924 zitiert, Boris Eichenbaum, kennt solche Schriftsteller, die es tatsächlich schon damals gegeben hat, er nennt Leonow, Babel, Schklowski, die aus autobiografischem Stoff dokumentarische Erzählformen entwickelten.[1] Wären mögliche Vorbilder so alt? Der ratlos bewundernde Blick auf westeuropäische Erzähl-Endleistungen von Musil oder Kafka oder Joyce hat uns offenbar lange abgelenkt. In ihren Büchern war jeweils schon an ein Ende gebracht, was sich, wie nun Beckett unendlich beweist, nicht mehr fortsetzen läßt: die Geschichte als Leistung eines individuellen Bewußtseins, das aus eigener Imagination stellvertretende Welt, also Figuren, Handlung und »Moral« entwirft.

Eine neue Phase des Romans, falls damit eine neue beginnt, würde einsetzen mit einer Entzauberung, der vergleichbar, die im »Don Quijote« den neueren Roman eröffnet hat. Damals wurde dem feudalen Helden der repräsentative Anspruch entzogen, jetzt dem bürgerlichen Individuum, einer anderen lange stichhaltigen, aber ebenso historischen, also durchaus nicht unvergänglichen Interpretation des Menschenwesens. Erzählen als »etwas *Besonderes* zu sagen haben«, darin wird Adorno Recht behalten, verliert mehr und mehr an Glaubwürdigkeit in der »verwalteten Welt«, deren »Standardisierung und Immergleichheit« das Besondere, Individuelle an Personen wie an Erfahrungen schon auslöscht.[2] Vor allem für den herkömmlichen Begriff des Helden sind daher destruktive Folgen zu erwarten. Immer weniger taugt schon heute als Protagonist der unglaubwürdig und feierlich Vereinzelte, der fremd gegen die ihn umgebende Welt andenkt, anhandelt, anempfindet, eher der ins kommune Bewußtsein und seinen Jargon Getauchte. Solche Figuren repräsentieren freilich nicht mehr [61] wie früher beispielhafte Literatur-Individuen, Werther oder Sorel[3] oder Stechlin, das Progressive einer Gesellschaft oder Klasse oder gar ihre utopische Dimension. Ihre Bedeutung kann sich keineswegs darauf berufen, daß sie als Elite voraus wären, sondern im Gegenteil nur darauf, daß sie grau für den Durchschnitt stehen. Gesellschaftliches tritt durch sie sozusagen amoralisch, jedenfalls absichtslos an die Oberfläche. Manfred Schmidt heißt folgerichtig bei Alexander Kluge der flaue Anti-Held einer zeitgenössischen Geschichte.[4]

Erfahrung nämlich, individuelle Erfahrung, die herkömmliche Erzählungen trug, wird ratlos in der von Informationen eher verdeckten Welt. »Jeder Morgen«, schrieb schon Benjamin, »unterrichtet uns über die Neuigkeiten des Erdkreises. Und doch sind wir an merkwürdigen Geschichten arm. Das kommt, weil uns keine Begebenheit mehr erreicht, die nicht mit Erklärungen schon durchsetzt wäre. Mit anderen Worten: beinahe nichts mehr, was geschieht, kommt der Erzählung, beinahe alles der Information zugute.«[5] Woraus schon zu schließen wäre, daß die neue Erzählung, will sie überhaupt überdauern, die durch Information angelieferte, die gründlich vermittelte Welt in sich einschließen müßte.

Das heute verfügbare und sich immer beschleunigter ausbreitende Wissen ist individueller Erfahrbarkeit längst entlaufen, die vorrätige Welterklärung erklärt dem einzelnen fast nichts, auch die schon denkbare Weltvernichtung durch die neuen Bomben überspringt seine Vorstellung. Selbst schlichte, fast alltägliche Situationen zeigen, wie unpraktisch und nutzlos gerade dem Informierten die technisch beherrschte und wissenschaftlich interpretierte Realität geworden ist. Schon im »Zauberberg« steht Hans Castorp [62] vor dem toten Joachim Ziemßen und spürt »über seine Wangen die Tränen laufen . . ., dies alkalisch-salzige Drüsenprodukt, das die Nervenerschütterung durchdringenden Schmerzes, physischen wie seelischen Schmerzes, unserem Körper abpreßt. Er wußte, es sei auch etwas Muzin und Eiweiß drin.« Er weiß es, doch als Erlebender kann er für seine leib-seelische Privathistorie daraus wenig Gewinn schlagen. Auch ein IBM-Mann[6], wenn seine Niere aussetzt oder seine Frau vor ein Auto fällt, empfindet vermutlich Schicksal und denkt nicht an stochastische Reihen. Zahlen über die jüngste indische Hungersnot trüben dem empfindlichsten Engagierten kaum den abendlichen Appetit. So gründlich haben sich objektive Welt und private Erfahrung auseinandergelebt, daß sich das isolierte Ich schon wieder als fensterlose Monade empfindet, beklagt oder feiert. »Erfahrung«, sagt folglich Max Frisch – und ein solcher Satz wäre vor Jahrzehnten noch kaum verstanden worden –, »Erfahrung ist ein Einfall.«[7] Privateste Mythologie, wie eben im »Gantenbein«, läßt sich aus ihr und ihren Einfällen noch inszenieren. Sie und damit das alte Geschichtenerzählen ist zum Instrument existentieller Tarnspiele und Schnitzeljagden geworden.

Realisten, und zwar als Stückeschreiber, Lyriker so gut wie als Erzähler, setzen heute eher auf die Härte banaler Alltagsmomente, die sich einer kontinuierlichen Entwicklung und erst recht einem Sinnträchtigkeit abwerfenden Zusammenbau widersetzen. Arno Schmidt hat das so ausgedrückt: »Die Ereignisse unseres Lebens springen vielmehr. Auf dem Bindfaden der Bedeutungslosigkeit, der allgegenwärtigen langen Weile, ist die Perlenkette kleinerer Erlebniseinheiten, innerer und äußerer, aufgereiht. Von Mitternacht zu Mitternacht ist gar nicht ›1 Tag‹, sondern [63] 1440 Minuten (und von diesen wiederum sind höchstens fünfzig belangvoll!).«[8] Eine Erzählung, die daraus Konsequenzen ziehen will, könnte sich keiner Fabel mehr ernsthaft anvertrauen. Sie wird, und das tut nicht nur Arno Schmidt, alle gelebte Zufälligkeit in sich einlassen und schon damit alles voreilig Bedeutungsvolle aus sich austreiben.

Nicht mehr Erfindung regiert solches Erzählen, die runden Figuren, die immer nur gerundete waren, sterben aus, ebenso das Interesse am taktischen Schema von Exposition, Konflikt, Katastrophe, Lösung. Was die erfundenen Tatsachen einmal versprochen haben, eine gespiegelte, von Zufällen gereinigte Illusionswirklichkeit, das konnte nur ein symbolisches und individualisierendes Erzählen leisten. Nun aber wird Sprache, nach Heißenbüttel, »nicht mehr symbolisch, sondern wörtlich verwendet. Literatur erfindet dann nicht, sie rekapituliert. Sie rekapituliert Fakten . . ., sie rekapituliert Zusammenhänge und Interpretationen, die bereits formuliert sind . . .«[9] – also, wieder mit einem Wort: sie verfährt dokumentarisch.

Dokumentarische Gesten finden sich zwar auch in älteren Romanen, der ja gern

Hausinventare, Kleidungsstücke, Ahnenreihen, Stadtbilder archivalisch überlieferte. Doch auch solche Passagen gehorchten nur der Spielregel, möglichst wahrscheinliche Illusion herzustellen. Es blieb bei Beschreibung, es blieb beim fiktiven Bericht, unverrückbar war die Distanz des Geschichtenerfinders zu den erfundenen Gegenständen.

Eine Erzählung dagegen, deren wesentliches Mittel und Merkmal Sprachreproduktion ist, zieht eben diese Distanz ein. Wörter werden da nicht nur als Zeichen für irgendein Gemeintes gebraucht, sie selbst können Realien sein. Was [64] der Ich-Roman mit seinen infinitesimalen Selbsterforschungen aufgezehrt zu haben schien, erscheint also wieder: eine epische Gegenständlichkeit – aber verdient sie noch diesen alten Namen? Was sich da an Sprach-, an Denk- und Gefühlsrepertoires ausbreitet, ganz gleich ob bei Arno Schmidt oder Wright Morris oder Nathalie Sarraute, ist ja durchaus nicht heile Natur, sondern Welt aus zweiter oder dritter Hand, sprachlich vermittelt, ja klischiert, ist als Jargon selbst schon verdinglicht: Produkt. Das zitierte Bewußtsein enthält fast immer nur den Abhub des Vorgedachten, scheint also Karl Kraus recht zu geben, der früh vermutet hat, »daß die Ereignisse sich gar nicht mehr ereignen, sondern daß die Klischees selbständig fortarbeiten« [10]. Jene Kulturkritik, die wohlhabend mit ihrer Erinnerung an alte, angeblich glücklichere Kulturen spekuliert, mag das nobel beklagen. Zeitgenössische Erzählungen können vorerst nicht mehr als es demonstrieren.

Denn im Gestus des »Es war einmal«, der, wie Thomas Mann sagt, »raunenden Beschwörung des Imperfekts« [11], das ferne Merkwürdigkeiten zugleich nah machte und ordnete, läßt sich heute vertrauenswürdig kaum noch erzählen. Arno Schmidt, genau wie früher schon Faulkner oder Céline, erinnert eher an die spontane, ungeordnete, monoton ausschweifende mündliche Alltagserzählung, dieses schlingernde Gerede am Stammtisch, in Eisenbahnabteilen, in der Wohnküche. Kluge wiederum nutzt für seine »Lebensläufe« Muster des juristischen oder soziologischen Protokolls und der Verhaltensforschung. Wie Tonbandschnitte sehen manche Texte von Queneau oder Pinget aus. So bilden sich langsam neue Vortragsarten, die nicht mehr aus der literarischen Tradition stammen, sondern aus der Lebenspraxis selbst hergeliehen sind, auf die sie dann wieder [65] angesetzt werden, die sie schon deshalb nicht mehr auf ästhetische Distanz halten.

Eher als hohe werden heute triviale Literaturmodelle dokumentarisch nachgespielt. Schlagerjargon oder Kalauer tauchen auf in Sprachkombinationen Arno Schmidts und Queneaus. Heißenbüttel oder Konrad Bayer arbeiten den listigen Spracheigensinn Karl Valentins nach. Die Dissonanzen des Bänkelgesangs hat Rühmkorf in Dialektik übersetzt. Moritatenhaft werden auch bei Grass gerade hohe historische Vorwürfe aufbereitet, die sogenannte »Kristallnacht« etwa oder die letzten Tage des Dritten Reichs. Kasperlestück und Revue reproduziert Peter Weiss und gibt ihnen didaktisches Rückgrat. Auf die Kalendergeschichte, den Heimatroman, ja comic strips reflektiert erzählend Arno Schmidt. Auch literarische Formen werden also als fertige übernommen, renoviert und umfunktioniert. So wenig wie das Zufällige im Stoff scheut diese Literatur Spiel in der Methode. Den auf Bedeutung stilisierenden Kunsternst hätte man von einer solchen literarischen Zukunft nicht zu erhoffen, nicht zu befürchten. [. . .]

[66 . . .] Rechnen wir nach: wenn die dokumentarische Literatur fortschreitet, so wird das, habe ich behauptet, die Erzählung ihren traditionellen Illusionismus kosten – der ihr ohnehin schon eine Verlegenheit war –, auch die Fabel, die Kategorie des Individuums und der individuellen Erfahrung –, was alles sie seit Henry James, Virginia Woolf, Proust schon in sich selbst zersetzt hatte. Sie gewinnt dafür, fast unverhofft, eine neue Objektivität, eine wortwörtliche, keine symbolische. Mit einem Wort: sie pariert jene immer noch fortschreitende Verdinglichung menschlicher Beziehungen, die längst auch die Sprache erfaßt hat und über die erzählende Rede keine Verfügungsmacht mehr vortäuschen kann.

Richtig bleibt zwar, was Adorno sagt: »Will der Roman seinem realistischen Erbe treu bleiben und sagen, wie es [67] wirklich ist, so muß er auf einen Realismus verzichten, der, indem er die Fassade reproduziert, nur dieser bei ihrem Täuschungsgeschäfte hilft.« [12] Doch sobald, wie in der möglicherweise nun beginnenden Literatur, die Fassade Fassade genannt wird und nicht etwa für das Ganze steht, wenn Sprache nicht mehr als Instrument zur Errichtung erzählter Fiktionen gebraucht wird, sondern sich selbst, ihren und der Zeit Zustand ausspricht, dann täuscht sie nicht mehr, dann demonstriert sie, was ist. Trotzdem wird wie jedem Realismus auch dem dokumentarischen das Mißtrauen begegnen, er suche nur einen bequemen Frieden mit dem Bestehenden. Wer sich ganz im Abseits postiert, sieht auf den ersten Blick würdiger und anspruchsvoller aus. Denn daß Sprache allen und allem zur Verfügung steht, daß sprachlos heute nichts verkauft und niemand beherrscht werden kann, daß ihr öffentlicher Wert also durch massenhafte Vervielfältigung inflationär ausgezehrt wird, das beklagt heute gern eine Kulturkritik, die den umlaufenden Jargon nur wie mit silbernen Zangen anfaßt. Sie beweist das Ende des bisherigen Humanismus und weist eben damit verstohlen hin auf sich selbst als dessen letzten, unberührten oder unberührbaren Rest. Vermutlich hat auch diese Berufung aufs immer schönere Vorgestern, hat auch diese steife, negative Würde immer noch Zukunft, doch nur als Rhetorik, kaum in der Literatur. [. . .]

Anmerkungen

1. B. Eichenbaum, Auf der Suche nach der Gattung. (1924). In: B. E., Aufsätze zur Theorie und Geschichte der Literatur. Frankfurt/M.: Suhrkamp 1965 (= edition suhrkamp. 119.), S. 82f.; dort: *das Bedeutende und Interessante]* das Bedeutende oder Interessante.
2. Th. W. Adorno, Form und Gehalt des zeitgenössischen Romans (W 298), S. 411. Vgl. S. 306f. dieses Bandes.
3. Hauptfigur in Stendhals »Le Rouge et le Noir« (1830).
4. A. Kluge, Manfred Schmidt. In: A. K., Lebensläufe. Stuttgart: Goverts 1962, S. 103–131.
5. W. Benjamin, Der Erzähler. Betrachtungen zum Werk Nikolai Lesskows (W 200 N), S. 415.
6. *IBM* = Industrial Business Machines Corporation.
7. H. Bienek, Werkstattgespräche mit Schriftstellern. Max Frisch. München: Hanser 1962, S. 26.

8. A. Schmidt, Berechnungen I (Ein Werkstattbericht). In: *Texte und Zeichen*, Jg. 1, 1955, H. 1, S. 115/117.

9. H. Heißenbüttel, 13 Hypothesen über Literatur und Wissenschaft als vergleichbare Tätigkeiten. In: H. H., Über Literatur. Olten, Freiburg i. Br.: Walter 1966, S. 211.

10. K. Kraus, Beim Wort genommen. 2. Aufl. München: Kösel 1965 (= Werke. Bd. 3.), S. 229.

11. Th. Mann, Der Zauberberg. [Frankfurt/M.]: S. Fischer 1960 (= Gesammelte Werke in zwölf Bänden. Bd. 3.), S. 9 (Vorsatz).

12. Th. W. Adorno, Form und Gehalt des zeitgenössischen Romans (W 298), S. 412. Vgl. S. 307 dieses Bandes.

DIETER WELLERSHOFF 1969

Aus: Fiktion und Praxis.
In: D. W., Literatur und Veränderung. Versuche zu einer Metakritik der Literatur. Köln, Berlin 1969, S. 21–23, 25–32. W 415.

[. . .] Literatur ist in meinem Verständnis eine Simulationstechnik.

Der Begriff ist in letzter Zeit populär geworden durch die Raumfahrt, deren vollkommen neuartige Situationen, der praktischen Erfahrung vorauslaufend, zunächst künstlich erzeugt und durchgespielt werden. Die Astronauten lernen im Übungsraum sich den Bedingungen der Schwerelosigkeit anzupassen, sie trainieren die Steuerungsvorgänge, das Verändern und Verlassen einer [22] Umlaufbahn, die weiche Mondlandung, den Wiedereintritt in die Erdatmospäre, überhaupt alle kritischen Phasen des späteren Ernstfalles zunächst an Geräten, die die realen Bedingungen fingieren, das heißt ohne um den Preis von Leben oder Tod schon zum Erfolg genötigt zu sein. Das ist, wie mir scheint, eine einleuchtende Analogie zur Literatur. Auch sie ist ein der Lebenspraxis beigeordneter Simulationsraum, Spielfeld für ein fiktives Handeln, in dem man als Autor und als Leser die Grenzen seiner praktischen Erfahrungen und Routinen überschreitet, ohne ein wirkliches Risiko dabei einzugehen. Der Leser des Abenteuerromans läßt sich auf die waghalsigsten Unternehmungen ein, weil er weiß, daß er nicht dabei umkommen wird. Er würde wesentlich vorsichtiger sein und wahrscheinlich darauf verzichten, sich durch den Urwald zu schlagen oder durch die Wüste zu reiten, wenn er sich für diese Erweiterungen seines alltäglichen Handlungsspielraums den imaginierten Gefahren einschließlich der Möglichkeit seines Todes tatsächlich aussetzen müßte. Aber Abenteuer- und Reiseroman sind bloß extensive Überschreitungen der Lebenspraxis und bleiben in ihrer Sichtweise meist konventionell, sie bringen neuen Stoff in gewohnten Kategorien, während die eigentliche Literatur, gleichgültig, ob sie nun ein fremdartiges oder alltägliches Material verarbeitet, vor allem die gewohnten Schemata der Erfahrung angreift und verändert. Sie versucht den Leser zu irritieren, ihm die Sicherheit seiner Vorurteile und gewohnten Handlungsweisen zu [23] nehmen, sie macht ihm das scheinbar Bekannte unvertraut, das Eindeutige vieldeutig, das Unbewußte bewußt und öffnet ihm so neue Erfahrungsmöglichkeiten, die vielleicht verwirrend und erschreckend sind, aber auch die Enge und Abstraktheit der Routine durchbrechen, auf die er in seiner alltäglichen Praxis angewiesen bleibt. Der Gegensatz läßt sich also auch hier nachweisen: der Tendenz des zweck- und erfolgsbestimmten Handelns, das Verhalten zu stabilisieren und die verwirrende Vielfalt der Lebensaugenblicke auf praktikable Schemata zu bringen, wirkt kompensierend die Tendenz der Literatur entgegen, diese Schemata zu stören. Gegenüber der etablierten Lebenspraxis vertritt sie also die unausgeschrittenen und verdrängten Möglichkeiten des Menschen und die Unausschöpfbarkeit der Realität und bedient damit offenbar Bedürfnisse nach mehr Leben, nach weiteren und veränderten Erfahrungen, die gewöhnlich von der Praxis frustriert werden. Aber nur deshalb, weil er nicht zum Erfolg verpflichtet ist, weil er nur fiktive Risiken eingeht, kann der Leser den Schutz seiner Gewohnheiten verlassen und neue Erfahrungen machen, einschließlich der negativen Veränderungen, die er sonst um jeden Preis vermeiden würde. Die Simulationstechnik der Literatur erlaubt es ihm, fremde Verhaltens- und Denkweisen in seinen Erfahrungsspielraum mit einzubeziehen, also weniger borniert zu sein, und in bezug auf den gesellschaftlichen Zusammenhang weniger normenkonform. [. . .]

[25 . . .] Ich verfahre natürlich idealtypisch, wenn ich sage, daß die moderne, die gegenwärtige Literatur die Veränderung zu ihrem Prinzip gemacht hat. Die alte Funktion der Verhaltenssteuerung im Sinne geltender Normen hat sie an den Trivialroman abgeschoben. Hier laufen noch Handlungen ab nach dem Muster einer Rollensuche zwischen alternativen Möglichkeiten, einer lockenden, aber schlechten, und einer zunächst unauffälligeren, aber guten Welt, die im Happy-end gewählt und bestätigt wird. Aber das sind geistig abgestorbene, im Schematismus verkommene Formen, die nicht mehr durch Überzeugung gedeckt sind. Die authentische Literatur richtet sich gegen die etablierten Schemata und ständig fortschreitend auch immer gegen sich selbst. Sie ist dauernd zur Veränderung gezwungen, weil alles Formulierte, jedes einmal gefundene Gestaltungsmuster einen heimlichen Authentizitätsverlust erleidet, der in der Nachahmung sofort kenntlich wird. Das heißt, hier ist ein antiplatonischer Wahrheitsbegriff am Werk, der Erkenntnis nicht als Erinnerung an vorgeordnete, unveränderliche Normgestalten versteht, sondern als fortschreitende Konkretisierung, als Entdeckung neuer Realitätsbereiche [26] und neuer Hinsichten. Der frühe Lukács hat deshalb den Roman auch als einen Ausdruck transzendentaler Heimatlosigkeit interpretiert [1], aber angemessener scheint mir zu sein, von einer experimentellen Einstellung zu sprechen.

Im modernen Roman sind Schreibweisen entwickelt worden, die an die subjektive Optik der bewegten Filmkamera erinnern, also die konventionelle Ansicht eines Gegenstandes oder Vorganges verzerren oder völlig auflösen durch extreme Einstellungen der Aufmerksamkeit. Es gibt beispielsweise bei Claude Simon die zeitlupenhafte Darstellung eines Attentats, den Blick aus einem rasend fahrenden und durch die Kurven schleudernden Auto, zerlegt in kaleidoskopisch vorbeiruckende, teils taumelnd bewegte, teils schnappschußartig erstarrte Bilder, es gibt weiche verschwimmende Überblendungen, harte Schnitte, übereinanderprojizierte Bilder wie bei einer Doppelbelichtung, es gibt die Fernsicht, in der das Herangaloppieren von Rennpferden sich zu einer wogenden Bewegung verkürzt, die nicht von der Stelle kommt, es gibt die gestochen scharfe Wahrnehmung isolierter Gegenstände bei Robbe-Grillet, extrem langes Beharren auf unverständlichen Details, langsames Wandern des Blicks über immer dieselben Einzelheiten, deren Umfeld nicht sichtbar wird, das man aus ihnen nur wie aus Indizien erschließen kann, unkontrollierbare Verschiebungen vom Realen ins Hypothetische, Imaginäre, Wiederholungen des scheinbar gleichen Vorgangs, der sich jedesmal vertrackt verändert [27] hat. Alles scheint unzuverlässig zu werden, denn auch die Genauigkeit der Darstellung ist Mittel einer irritierenden Regie, in der die gewohnten Sinneinheiten sich dissoziieren. Der Blick subjektiviert sich, geht nach innen mit neuer Aufmerksamkeit für die Dunkelzonen des Vorbewußten und der Körperreaktionen oder für die flüssigen und flackernden Gestalten des Tagtraums. Und gegenüber diesen verwirrenden Erfahrungen wird dem Leser nicht die Sicherheit einer übergreifenden rationalen Orientierung gewährt. Er wird nicht wie im traditionellen Roman vom Erzähler geführt und am Anfang mit den wichtigsten Informationen versorgt, sondern hineingestoßen in einen Fiktionsraum, der sich erst allmählich und vielleicht nie richtig, nie endgültig erschließt, der aber auch keine Fenster, keine Tür in ein sicheres Außerhalb hat.

Das war der rationale Komfort, den die traditionelle Erzählerposition, zum Beispiel die Rahmenerzählung, dem Leser bot: Er konnte den Konflikt, das Abenteuer, die Verwirrung aus der überlegenen Distanz, nämlich vom Ende her, vom Standpunkt der erreichten Problemlösung, der wiederhergestellten und bestätigten Ordnung, also mit den Augen der Weisheit oder des Humors sehen. Vorgeführt wurde ihm ein Realitätsausschnitt, der eingebettet blieb im größeren Horizont des Allgemeinen, und der außerdem schon nach bedeutenden und unbedeutenden Elementen, also konventionell, selektiert war, so wie er sich nach einiger Zeit dem Langzeitgedächtnis einprägt. In der literaturgeschichtlich [28] jüngeren Erlebnisperspektive ist dagegen die Subjektivität total gesetzt. Es gibt kein Außerhalb und keine zeitliche Distanz. Alles erscheint so augenblickshaft, ungeordnet und subjektiv, wie die handelnde Person es erfährt. Auch ihr Denken hat keine objektive Bedeutung, sondern ist selbst Element des inneren und äußeren Geschehens, das dauernd den ganzen Fiktionsraum überschwemmt.

Die fingierte Unmittelbarkeit dieser Perspektive, die das Vorverständnis auflöst, führt zu seltsam verfremdeten Erfahrungen. Die Welt kann diffus und leer erscheinen oder wie überwuchert von auffällig sinnlosen Einzelheiten. Sartre hat einen solchen Entfremdungsvorgang in seinem Roman *Der Ekel* dargestellt. Roquentin, die Hauptfigur, sieht ein bekanntes Gesicht auf sich zukommen, aber das ist für ihn gar kein Gesicht mehr, sondern etwas unbestimmt Anderes, eine Hand wird ihm gereicht und fühlt sich an wie ein großer weißer Wurm. Oder er geht, um der Einsamkeit zu entfliehen, in ein Wirtshaus, aber auch da beginnt die Veränderung.

»Seit einer halben Stunde vermeide ich es, das Glas Bier *anzusehen.* Ich gucke drüber und drunter, links und rechts vorbei, aber das Glas selbst will ich nicht ansehen.

Und ich weiß sehr wohl, daß die Junggesellen ringsum mir nicht helfen können: es ist zu spät, ich finde keine Zuflucht mehr bei ihnen. Sie würden mir auf die Schulter klopfen und sagen: ›Nanu, was hat es denn auf sich mit diesem Glas Bier? Es ist nicht anders als die anderen. [29] Es ist schrägkantig abgeschliffen, es hat einen Henkel, ein Wappenschild mit einem Spaten, und auf dem Wappenschild steht ‚Spatenbräu'.‹ Das alles weiß ich, und doch ist etwas anderes daran. Eine Kleinigkeit. Aber ich kann nicht erklären, was ich sehe. Niemandem. Das ist es: ich gleite langsam hinab in die Tiefe, in die Furcht. Ich bin allein mitten unter diesen fröhlichen und vernünftigen Stimmen. Alle diese Menschen füllen ihre Zeit damit aus, sich zu erklären, mit einem Glücksgefühl anzuerkennen, daß sie der gleichen Ansicht sind. Mein Gott, welche Wichtigkeit messen sie der Tatsache zu, daß sie alle zusammen das Gleiche denken.«

Die Veränderung erzeugt Angst, weil sie wegführt vom Einverständnis, von der bergenden Gemeinschaft der anderen, die sich dauernd gegenseitig ihrer Normalität versichern. Aus ihrer Perspektive ist unverständlich, was mit Roquentin geschieht, aber er wird sich auch selbst fremd, weil er abgleitet ins nicht mehr Formulierte. Was er erfährt, hat die Intensität einer sprachlosen Offenbarung, aber es ist nicht unterscheidbar von der Wahnstimmung eines beginnenden schizophrenen Schubs. Das gewohnte Gefüge der Welt lockert sich und die isolierten Einzelheiten dringen mit penetranten und beängstigenden Physiognomien gegen ihn vor. Alles ist jetzt so neu und deutlich, als sähe er es zum ersten Mal.

Veränderung scheint vor allem ruinöse Veränderung zu sein, denkt man an die affektiv verzerrte und getrübte Erlebnisfähigkeit der Psychopathen und infantilen Schwachsinnigen in den Romanen Faulkners, an den [30] sadistischen und paranoiden Blick der personalen Medien Robbe-Grillets, an die Atmosphäre des Argwohns bei Nathalie Sarraute, den Wechsel von manischer Gedankenflucht und Fixierung, der das Assoziationsmuster der Romane Claude Simons bestimmt. Das abweichende und gestörte Verhalten, das gefesselte, verstümmelte und scheiternde Leben ist ein so dominantes Thema der Literatur, daß man sie eine negative Anthropologie nennen könnte. Sie verweigert so ihre Anpassung an die geltenden Normen, zeigt, was der Buntdruck der Reklame verleugnet, erinnert an ungenutzte und verdorbene Kapazitäten des Menschen, aber vor allem ist die Abweichung ein Vehikel der Innovation. Ein plötzlicher Sprung in eine neue Qualität findet hier statt. Bilder äußerster Unfreiheit werden für Autor und Leser zu Erweiterungen ihrer Erfahrung, zu Möglichkeiten, alles scheinbar Bekannte, auch sich selbst neu zu sehen.

Das ist nur möglich, weil man in der Fiktion die Bindung an den Augenblick auflösen und eine Gegenwart des Nicht-Gegenwärtigen erschaffen kann, von Raum und Zeit unabhängige Vorstellungswelten, die zugleich persönlich und allgemein sind. Wenn ich jetzt sage – nasse schwarze Ziegeldächer mit kleinen Schneeresten, Fernsehantennen vor tiefhängenden Wolken, es regnet, die Gardinen der kleinen Mansardenfenster sind zugezogen, niemand scheint da zu sein – dann ist das der Blick aus dem Fenster meines Arbeitszimmers im selben Moment, in dem ich das schreibe. Aber auch Sie, an ganz anderer Raumzeitstelle, sehen etwas, weil der [31] Text in Ihnen Vorstellungen weckt und sie organisiert. Eben das geschieht im Schreiben und wird später nachvollzogen von jedem einzelnen Leser. Das produktive Material, mit dem ein Schriftsteller arbeitet, ist ein Vorrat unwillkürlich gewordener Bilder. Die Faszination, der er folgt, oder sagen wir sein Thema, ruft diese Bilder auf, und sie können so neu, lebhaft und authentisch wie Wahrnehmungen sein, obwohl es Erinnerungen sind. Die stumpfgrauen Zinkeimer in dem kurzen schäbigen Straßenstück, das Klirren des Teewagens, der über die Teppichkante gerollt wird, das Glänzen blankgeriebener Möbel in einem vom Morgenlicht erfüllten Zimmer, alles das hat man einmal oder vielfach wahrgenommen, aber die Bilder haben sich von ihrer biographischen Verankerung in der Vergangenheit losgemacht und sind frei bewegliche Vorstellungen geworden, die sich miteinander vermischen und kombinieren zu neuen Geschehnissen, Personen, Szenen und Situationen, die der Autor so nie erlebt hat. Vielleicht sind diese Imaginationen das Gegenteil seiner tatsächlichen Erfahrung, vielleicht werden versteckte ungelebte Möglichkeiten in ihnen ausgeführt, vielleicht sind es Wunschbilder, Schreckbilder, vielleicht sind es Verschiebungen, Umkehrungen, Radikalisierungen, auf jeden Fall wird die unmittelbare Erfahrung fiktiv vervielfacht und erweitert. Durch die imaginäre Kombinatorik wird mehr daraus, Neues und Anderes. Nur deshalb sind wir nicht in uns selbst gefangen, sondern können andere Menschen und Situationen verstehen und vielleicht auch neue Erfahrungen erfinden. [32] Der Traum, könnte man sagen, macht der Praxis Vorschläge, hält für und gegen sie den Spielraum möglicher Veränderung offen.

Anmerkung

1. G. Lukács, Die Theorie des Romans. Ein geschichtsphilosophischer Versuch über die Formen der großen Epik. 2. um e. Vorw. verm. Aufl. Neuwied, Berlin: Luchterhand 1963, S. 35.

HANS MAGNUS ENZENSBERGER 1972

Aus: Der kurze Sommer der Anarchie . . . Erste Glosse. Über die Geschichte als kollektive Fiktion.
Frankfurt/M. 1972, S. 13–16. W 420.

[. . .] Geschichte als Wissenschaft gibt es erst, seitdem wir auf die mündliche Tradition nicht mehr angewiesen sind, seitdem es »Dokumente« gibt: Notenwechsel, Vertragstexte, Protokolle, Aktenpublikationen. Aber niemand hat die Historie der Historiker im Kopf. Der Widerwille gegen sie ist elementar; er scheint unüberwindlich. Jeder kennt ihn aus der Schulstunde. Für die Völker ist und bleibt die Geschichte ein Bündel von Geschichten. Sie ist das, was man sich merken kann und was dazu taugt, weiter und immer weiter erzählt zu werden: eine Nacherzählung. Dabei schreckt die Überlieferung vor keiner Legende, keiner Trivialität und keinem Irrtum zurück, vorausgesetzt, es heftet sich daran eine Vorstellung von den Kämpfen der

Vergangenheit. Daher die notorische Ohnmacht der Wissenschaft vor dem Bilderbogen, der Kolportage. »Hier stehe ich, ich kann nicht anders.« – »Und sie bewegt sich doch.« Keine Forschung, die solche Sätze löschen könnte; der Beweis dafür, daß sie nie gefallen sind, käme nicht gegen sie auf. Die Pariser Kommune und der Sturm auf das Winterpalais, Danton auf der Guillotine und Trockij in Mexico: an diesen Bildern hat die kollektive Imagination mehr Anteil als jede Wissenschaft. Der Lange Marsch ist letzten Endes für uns das, was vom Langen Marsch erzählt werden wird. Die Geschichte ist eine Erfindung, zu der die Wirklichkeit ihre Materialien liefert. Aber sie ist keine beliebige Erfindung. Das Interesse, das sie erweckt, gründet auf den Interessen derer, die sie erzählen; und sie erlaubt es denen, die ihr zuhören, ihre eigenen Interessen, ebenso wie die ihrer Feinde, wiederzuerkennen und genauer zu bestimmen. Der wissenschaftlichen Recherche, die sich interesselos dünkt, verdanken wir vieles; doch sie bleibt Schlemihl, eine Kunstfigur. Einen Schatten wirft erst das wahre Subjekt der Geschichte. Es wirft ihn voraus als kollektive Fiktion. [. . .]

[14 . . .] Der Roman als Collage nimmt in sich Reportagen und Reden, Interviews und Proklamationen auf; er speist sich aus Briefen, Reisebeschreibungen, Anekdoten, Flugblättern, Polemiken, Zeitungsnotizen, Autobiographien, Plakaten und Propagandabroschüren. Die Widersprüchlichkeit der Formen kündigt aber nur die Risse an, die sich durch das Material selber ziehen. Die Rekonstruktion gleicht einem Puzzle, dessen Stücke nicht nahtlos ineinander sich fügen lassen. Gerade auf den Fugen des Bildes ist zu beharren. Vielleicht steckt in ihnen die Wahrheit, um derentwillen, ohne daß die Erzähler es wüßten, erzählt wird.

Das einfachste wäre es, sich dumm zu stellen und zu behaupten, jede Zeile dieses Buches sei ein Dokument. Aber das ist ein [15] leeres Wort. Kaum sehen wir genauer hin, so zerrinnt uns die Autorität unter den Fingern, die das »Dokument« zu leihen scheint. Wer spricht? Zu welchem Zweck? In wessen Interesse? Was will er verbergen? Wovon will er uns überzeugen? Und wieviel weiß er überhaupt? Wieviel Jahre sind vergangen zwischen dem erzählten Augenblick und dem des Erzählens? Was hat der Erzähler vergessen? Und woher weiß er, was er sagt? Erzählt er, was er gesehen hat, oder was er glaubt gesehen zu haben? Erzählt er, was ein anderer ihm erzählt hat? Das sind Fragen, die weit führen, zu weit: denn ihre Beantwortung würde uns dazu zwingen, für jeden Zeugen hundert andere zu befragen; jeder Schritt dieser Überprüfung würde uns von der Rekonstruktion weiter entfernen und der Destruktion der Geschichte näher bringen. Am Ende hätten wir, was zu finden wir aufgebrochen sind, liquidiert. Nein, die Fragwürdigkeit der Quellen ist prinzipieller Art, und ihre Differenzen lassen sich durch Quellenkritik nicht auflösen. Noch die »Lüge« enthält ein Moment von Wahrheit, und die Wahrheit der unbezweifelbaren Tatsachen, gesetzt, sie ließe sich finden, sagt nichts mehr aus. Das Opalisieren der Überlieferung, das kollektive Flimmern rührt von der dialektischen Bewegung der Geschichte selber her. Es ist der ästhetische Ausdruck ihrer Antagonismen.

Wer sich das merkt, kann als Rekonstrukteur nicht viel verderben. Er ist weiter nichts als der letzte (oder vielmehr, wie wir sehen werden, der vorletzte) in einer langen Kette von Nacherzählern dessen, was da vielleicht so oder vielleicht anders vorgefallen und im Verlauf des Erzählens zur Geschichte geworden ist. Wie alle, die ihm vorangegangen sind, will auch er ein Interesse zum Vorschein und zur Geltung bringen. Er ist nicht unparteiisch, er greift in das Erzählte ein. Sein erster Eingriff besteht bereits darin, daß er diese und keine andere Geschichte wählt. Das Interesse, das sich in seiner Suche verrät, zielt nicht auf Vollständigkeit. Der Nacherzähler hat weggelassen, übersetzt, geschnitten und montiert und in das Ensemble der Fiktionen, die er fand, seine eigene Fiktion eingebracht, mit voller Absicht und vielleicht auch wider Willen; nur daß diese eben darin ihr Recht hat, daß sie den andern das ihre läßt. Der Rekonstrukteur verdankt seine Autorität der Unwissenheit. Er hat Durruti nie gekannt, er war nicht dabei, er weiß es nicht besser.

[16] Auch behält er nicht das letzte Wort. Denn der nächste, der diese Geschichte verwandeln wird, indem er verwirft oder zustimmt, vergißt oder behält, unter den Tisch fallen läßt oder weitererzählt, dieser nächste und vorläufig letzte ist der Leser. Auch seine Freiheit ist begrenzt; denn was er vorfindet, ist kein bloßes »Material«, absichtslos vor ihn hingekippt, in reiner Objektivität, *untouched by human hands.* Im Gegenteil. Alles, was hier steht, ist durch viele Hände gegangen, zeigt Spuren des Gebrauchs. Dieser Roman ist öfter als einmal geschrieben worden, von vielen, nicht nur von denen, die am Schluß des Buchs verzeichnet sind. Der Leser ist einer von ihnen, der letzte, der diese Geschichte erzählt. »Kein Schriftsteller hätte sich entschlossen, sie zu schreiben.« [1]

Anmerkung

1. Enzensberger paraphrasiert hier einen am Anfang dieser ›Glosse‹ zitierten Ausspruch von Ilja Ehrenburg nach einer Begegnung mit Durruti: *Kein Schriftsteller hätte sich entschlossen, ihn zu beschreiben; sein Leben glich allzusehr einem Abenteuerroman.* Vgl. I. E., Menschen. Jahre. Leben. Autobiographie, Bd. 2. München: Kindler 1965, S. 141.

UWE JOHNSON 1973

Vorschläge zur Prüfung eines Romans.
Erstdruck. W 427.

Sie könnten beginnen, indem Sie etwas zählten.

Zu zählen wären die Beziehungen zwischen den Personen, Vorfällen, Schauplätzen, Zeiteinheiten, Motiven, Techniken der Substruktur und, abermals, den Personen. Versuchen Sie die Beziehungen innerhalb des Romans darzustellen, indem Sie sie durch Linienziehung verbinden. Jedoch sind simple Erwähnungen nicht tauglich. Es sollte etwas mehr sein, als daß Mrs. Brown in einem Eisenbahnwagen sitzt, und eine andere Person auch, durch nichts als Zufall. Das andere Extrem könnte sein, daß Mrs. Brown in ihrem Nachbarn, dem Straßenbahnschaffner, endlich ihren Urenkel erkennt, der seit achtzig Jahren als vermißt galt, und das noch nach einem Flugzeugabsturz. Ungültig. Nein, solche Beziehungen müssen fest sein, vielfältig verwirklicht, lebensfähig, etwa gleich denen im tatsächlichen Leben. Sie sollten zumindest in Reichweite dessen kommen, was Mrs. Brown der Virginia Woolf in einem Eisenbahnwagen angetan hat. [1] Von dieser unteren Grenze an können die Beziehungen gezählt werden. Je dichter das Netz verbindender Linien wird, desto mehr haben Sie von und an einem Roman.

Darauf könnte es ankommen: Auf die Menge der Beziehungen.

Und: Auf die Beschaffenheit der Beziehungen. Es genügt nicht, daß wir sie für möglich halten. Sie sollten von neuer Art sein.

Vielleicht geht es mit Worten: Neu, weil so noch nicht gezeigt. Andere Vorschläge sind: Novum, nicht Nouveauté; eben erst gefunden, nicht Trouvaille; ursprünglich, nicht originell. Neu: nicht brandneu.

Hierzu meldet sich als Zeuge Ben Akiba. Alles schon da gewesen: sagt er aus.

Wir verweisen den Zeugen Ben Akiba auf unsere Erwartungen an die Zukunft.

Ben Akiba sagt ein Gedicht von Heine auf, mit musikalischer Umrahmung durch die Rolling Stones.

Im Verhör durch die Verteidigung gibt Ben Akiba den Wortlaut zu. Es ist eine alte Geschichte: und immer wieder neu.

Im Protokoll haben wir: Und wem sie heut passieret, dem bricht nicht gerade das Herz dabei. Was da bricht, ist anders.

Wir danken dem Zeugen für die Lieferung des Anlasses und entlassen ihn ins Publikum. Der Anlaß ist alt, und kehrt wieder:

die gekränkte, die getäuschte, die verhinderte, die nicht gelebte Liebschaft. Was soll daran neu sein? Was wir davon wissen wollen. Noch heutzutage hat Leander unseren sportlichen Beifall für nächtliche Schwimmkünste im Hellespont, aber wir können nicht applaudieren, wenn er die Wirkung von Sturmwind auf eine wegweisende Fackel verkennt, und wir nähmen schwerlich hin, daß Hero nicht ungehorsamer ist gegen ihre Eltern. Das war damals, da verstieß Titus seine Berenike, vielleicht aus Gründen der Philosophie, oder weil sie zwölf Jahre älter war, oder weil sie nach einem Reitunfall die Füße nicht mehr setzte mit jener im ganzen Orient berühmten Anmut; neuerdings fänden wir eine solche Geschichte lückenhaft. Romeo und Julia, wenn dergleichen uns heute erzählt würde, wir gäben uns nicht zufrieden bloß mit der Feindschaft zwischen ihren Familien, wir fragten auch nach den Grundstücksspekulationen der Montecchis gegen die Cappellettis. Gewiß ist eine dieser Geschichten immer neuer als die andere, auf dem Dorfe wird der Streit um den Acker schon gezeigt, es gibt einen so unheiligen Anlaß wie Armut, aber eine heute verunglückte Liebe fände sich darin nicht vollständig wieder. Eine solche Geschichte in unserer Zeit soll uns zeigen, was jetzt oder demnächst zwischen Liebesleute kommen kann, wenn Sie wollen den Fortschritt in unseren Beziehungen, der längst hinaus ist über Hindernisse wie bewachte Staatsgrenzen. So sind die Neuigkeiten nicht absehbar, die wir bekämen aus einer Vernunftehe im Jahr 1973.

Neu wäre ein Roman, der zu tun hat mit der Zeit, in der der Leser lebt.

Nicht etwa, daß wir binnen Jahresfrist in einem Roman jenes Ereignis finden müßten, das im vorigen Frühjahr die Gemüter der Nation und der Fernseher beschäftigte (wie überhaupt ein historischer Katalog aus Romanen nicht erwartet werden kann).

Zwar wäre die Zeit des vorigen Frühjahrs willkommen, ebenso die Frühzeiten dieses Jahrhunderts und wahrhaftig das Zeitalter Titus, nur soll die jeweils erzählte Vergangenheit uns unsere gegenwärtigen Verhältnisse erklären. Wir können die Nachrichten von unseren Vorgängern gebrauchen, wenn sie auch Nachrichten für und über uns sind.

Die Geschichte in einem Roman muß also mehr tun, als der Welt des Lesers etwas hinzufügen. Sie muß sie erweitern, zwar auch durch Neuigkeiten, gründlich aber durch Erfahrung, die der Leser aus Mangel an Zeit oder Erlaubnis bisher versäumte, so daß er wählen kann, ob er sie probieren will oder vermeiden. Das wäre was Neues.

Neu, nicht bloß modern, muß das Bewußtsein sein, in dem der Leser sich mit dem Roman befindet. Die Geschichte allein tut es nicht, der Roman muß sie mit der Welt verbinden. Was wir bisher gelernt haben über unsere Situation, ist nur die Voraussetzung; der Roman muß ein neues Ergebnis einbringen.

Eine Auslegung solcher Philosophie wäre die Einsicht, daß Menschen selten als Einzelwesen angetroffen werden. Es versteht sich, daß die delikaten Eruptionen im Gemüt des Individuums uns kostbar bleiben. Sie können nur zunehmen an Belang, wenn den Veranlassungen solcher Happenings nachgegangen wird, etwa jenem Vorgang, in dem der Einzelne von Kindheit an zu- und abgerichtet wird von den anderen Einzelnen um ihn herum und der Gesellschaft, die sie sich gefallen lassen, bis endlich einer begreift, was für eine Art von Erziehung dies ist und auf welche Zwecke sie aus ist.

Anhänger des klassischen Entwicklungsromans sind freundlich eingeladen, hierin nicht eine Schändung zu erblicken, sondern einen Ausbau und eine Vervollständigung.

Einen anderen Fund moderner Philosophie sollte ein Roman unserer Zeit zumindest respektieren.

Es ist der Umstand, daß die meisten von uns die lebendigsten Stunden ihrer Tage an Arbeit wenden müssen. Allerdings ist dies nicht berücksichtigt in der Lehre vom Schönen, und nichts als eine Tatsache.

Es geht da nicht allein um den bedauerlichen Verlust an Zeit, eines Drittels vom menschlichen Leben.

Die Arbeit einer Person tut mehr als sie oder ihre gesellschaftliche Umgebung identifizieren.

Die Arbeit einer Person ist Teil von ihr. Uns muß vorgeführt werden, was die Arbeit Einem antut, was er dafür bekommt, und was andere dafür kriegen.

Das nähme der Schönheit nichts.

Dann gäbe es noch mehr als Ästhetik zu sehen in einem stillen Morgen auf dem Lande, mit Geranien auf dem Fensterbrett und keinem Geräusch von Strassenbahnen.

Nicht bloß Schönheit, sondern eine Qualität des Lebens, die arbeitenden Leuten verwehrt wird.

Und einmal auch eine Art Arbeit, die eine Person zum Leben bringen kann.

Zu prüfen wäre da nicht nur das Bewußtsein, in dem wir erkennen: so leben wir. Stimmt. Auch ein anderes, das der Frage hilft: Aber wollen wir so leben? Stimmt das?

Eine Rose ist eine Rose ist eine Rose ist eine Rose unzweifelhaft. Das Nähere regelt die Gewerkschaft Gartenbau in Kassel, oder Öffentliche Dienste, Transport und Verkehr in Stuttgart, im Verein mit der Gelehrtenrepublik.

Nun die Sache mit der Wahrheit des Romans.

Sie unterliegt der Kontrolle des Lesers.

Der Leser weiß Bescheid mit Leuten. Wenn er das Angebot an Betrieb und Verkehr unter Menschen gelten läßt, können wir auch auf ihn rechnen als Trauergast bei der Beerdigung des Romans.

Der Leser ist fachlich vorgebildet. Er weiß wie es ist, wenn man eine Treppe hin- und herunter fällt, wie Charlie Chaplin das machte und wie ein Hund es ins Werk setzen würde.

Das stimmt weiterhin für Beerdigungen, Spazierengehen an Meeres Rand, die endgültige Verabschiedung eines Vorgesetzten und was Sie sonst noch vorschlagen möchten.

Und wenn die Erzählung den Vorgang in einer anderen Geschwindigkeit bewegt als der Leser voraussah oder gewöhnt ist, liegt es doch bei ihm, ob er das verrenkte Bündel am Fuß der Treppe als empfangen bestätigt, und auch, wie es dahin kam.

Jeder sachliche Irrtum, ob er bei einem historischen Datum passiert oder bei der Unschuld eines Staatsmanns am Tode von Millionen Menschen, an dem er schuldig ist; jede Schlampigkeit in der Arbeit, jede lügenhafte Spekulation gilt als Grund zur Beschwerde, in schlimmeren Fällen als Anlaß zu öffentlichem Protest, in den schwersten Fällen die Verwandlung des Buches in Altpapier.

Wahrheit ist Bimsstein.

Ein paar Minuten für die Werbung.

Zur »Schwierigkeit« neuartiger Romane:

Das Problem von Form und Inhalt darf nicht mehr sichtbar sein. Die Geschichte muß sich die Form auf den Leib gezogen haben. Die Form hat lediglich die Aufgabe, die Geschichte unbeschädigt zur Welt zu bringen. Sie darf vom Inhalt nicht mehr ablösbar sein.

Zur Chronologie: Wie sie eine Erfindung ist, gemacht zu einer Sortierung der Dinge, so ist es eine Erfindung, daß auch nur die Romane des neunzehnten Jahrhunderts sie streng befolgt hätten. Wir benutzen in unserem Denken die zeitliche Folge, aber auch andere Methoden. Warum sollten wir nicht als Kompliment ansehen, daß Romane unserer Zeit wenigstens sich versuchen an den artistischen Fertigkeiten zeitgenössischer Gehirne?

Zu ungewöhnlichen Worten, unregelmäßiger Zeichensetzung, unverhofften Wendungen der Geschichte, Wechseln im Benehmen der Erzählung: Gedenken Sie der

Mrs. Brown. Diese alte Dame, so arm wie stolz, mit ihrem unsicheren sozialen Hintergrund, sie wär sich nicht zu gut für den Griff zu einem Lexikon, wenn sie in einem Roman auf unbekannte Ausdrücke stieße. Deswegen müßte der Roman noch gar nicht über sie selbst sein. Mrs. Brown's unentmutigter Schlachtruf lautet: Warum auf das Lernen schon in jungem Alter verzichten? Sie räumt nicht eben aus Höflichkeit ein, daß solche befremdlichen Worte oder Passagen oft genug die einzigen gewesen sind, die die Geschichte in bestimmten Zustand beherbergen können. Denn Mrs. Brown, ihrer betrüblichen Lage zu trotzen, hat sich ihre Vorliebe für Genauigkeit bewahrt. Gern zu Diensten, Madame.

Zugegeben, die Manieren neuerer Romane können weit weg sein von den Wahrnehmungsfähigkeiten des Publikums.

Wie in anderen Künsten auch.

Da mag ein Dilemma sein. Eine Alternative ist es nicht.

Im Interesse der Geschichte in einem Roman muß das schreibende Gewerbe alle Techniken und Reserven und Auskünfte anwenden. Anders wird sie nicht haltbar.

Wenn der Mehrheit einer Gesellschaft jene Ausbildung verweigert wird, die nötig ist, einen (sagen wir) Roman ohne Nebenarbeiten zu genießen, ist das nicht die Schuld dieser Kunstform oder ihrer Produzenten.

Anders herum würde es ein Schuh, der paßt: indem die Gesellschaft in einen Zustand gebracht ist, in dem die Schulen mehr sind als Zulieferindustrie der Industrie.

Ende der Werbung.

Ein Geständnis, gerichtet an Freunde und Feinde auf der linken Seite:

Ein Roman ist keine revolutionäre Waffe.

Er bringt nicht unmittelbare politische Wirkung hervor. Die taktischen Aussichten sind ärmlich, strategische kaum nachweisbar.

Gedenken Sie der Millionen jenes Romans zum Weltkrieg I, und gedenken Sie der Millionen, die der Wehrdienstpflicht von 1935 gehorchten.

Gedenkt des Generals Friedrich Engels und seiner Auskunft an die bedauernswerte Miss Emma Harkness: sie habe ihren Roman verdorben, indem sie ihn für ihre politischen Absichten benutzte.[2]

Warnung vor dem Hunde: Wenn ein Roman als ein Ziel die Abschaffung eines bestimmten Gesetzes oder die Förderung einer politischen Gruppe ankündigt, bekommt Ihr nicht einen Roman, sondern, mit Glück, ein Behältnis mit Agitationsmaterial. Wenn eine politische Gruppe im Besitz der Macht bei den Romanschreibern des Landes eine Version der Vergangenheit in Auftrag gibt, wie sie nicht verlief, oder, ebenso, einer Gegenwart, wie sie sein sollte nach den Wünschen der Regierung, wird die Erinnerung an die tatsächlichen Vorgänge, desgleichen die Kenntnis davon, bei den Lesern die Oberhand behalten, und solche Romane werden schon als Information auf Gegenwehr stoßen.

Wozu also taugt der Roman?

Er ist ein Angebot. Sie bekommen eine Version der Wirklichkeit.

Es ist nicht eine Gesellschaft in der Miniatur, und es ist kein maß-stäbliches Modell.

Es ist auch nicht ein Spiegel der Welt und weiterhin nicht ihre Widerspiegelung; es ist eine Welt, gegen die Welt zu halten.

Sie sind eingeladen, diese Version der Wirklichkeit zu vergleichen mit jener, die Sie unterhalten und pflegen. Vielleicht paßt der andere, der unterschiedliche Blick in die Ihre hinein.

Verteidigen Sie Ihre Unabhängigkeit bis zur letzten Seite des Buches. Wird Ihnen ausdrücklich gesagt, was der Roman zu sagen versuchte, ist dies der letzte Augenblick zur Entfernung des Buches. Sie haben sich das Recht erworben auf eine Geschichte. Die Lieferung einer Quintessenz oder einer Moral ist Bruch des Vertrages. Mit dem Roman ist die Geschichte versprochen.

Was dazu gesagt wird, sagen Sie.

Der Roman muß Sie unterhalten.

Unterhalten in allen Bedeutungen des Wortes: Wie man unterhalten werden kann durch ein Schauspiel, durch eine Musik, durch ein spielendes Kind; wie eine Brücke, ein Verkehr, ein Haushalt unterhalten wird.

Als ob Sie solcher Nachrichten von Ihren Nachbarn bedürftig wären.

Dann wäre zumindest Teilung der Arbeit festzustellen. Während Sie anders beschäftigt sind, beschafft der Romanschreiber Ihnen Unterhaltung und Information.

Dann hätte er seine Verantwortung gegenüber der Gesellschaft, sofern sie einseitig bestehen kann, erfüllt.

Anmerkungen

1. Vgl. V. Woolf, Mr. Bennett and Mrs. Brown. (1924). In: V. W., Collected Essays, vol. 1. London: The Hogarth Press 1966, S. 319–337.
2. Vgl. S. 30f. dieses Bandes.

Werkverzeichnis

Ausgewählte Texte zur Geschichte der Romantheorie in chronologischer Folge

Kursiv gesetzte Werkverzeichnisnummern bedeuten, daß die entsprechenden Texte (in Auszügen) abgedruckt sind. Die Titel sind nach dem Erscheinungsjahr des Erstdrucks, in einigen Fällen nach dem Entstehungsdatum der Texte angeordnet. Die Sigle *N* gibt spätere, kritische oder leicht zugängliche Ausgaben an.

1 WACHT, GUSTAV: Emile Zola und der literarische Naturalismus. In: *Allgemeine Literarische Correspondenz für das gebildete Deutschland,* Bd. 4, 1879, Nr. 44, S. 121–124.

2 CONRAD, M[ICHAEL] G[EORG]: Der Großmeister des Naturalismus. Emile Zola. In: M. G. C., Parisiana. Plaudereien über die neueste Literatur und Kunst der Franzosen. Breslau, Leipzig: Schottlaender 1880, S. 191–238.

3 GOTTSCHALL, RUDOLF VON: Literarische Unterhaltungen. [Rezension zu E. Zola. Le roman expérimental.] In: *Blätter für literarische Unterhaltung,* 1880, Bd. 2, Nr. 50, S. 785 f.

4 PFAU, LUDWIG: Emile Zola. In: *Nord und Süd,* Bd. 13, 1880, S. 32–81.

5 CONRAD, M[ICHAEL] G[EORG]: Französische Charakterköpfe. Studien nach der Natur. Leipzig: Reissner 1881. Darin: Alphonse Daudet, S. 91–143.
N: Teildruck u. d. T.: Zola und Daudet. In: *Die Gesellschaft,* Jg. 1, 1885, Nr. 40, S. 746–750; Nr. 43, S. 800–805.

6 HART, HEINRICH / HART, JULIUS: Für und gegen Zola. In: H. H./J. H., *Kritische Waffengänge,* H. 2. Leipzig: Wigand 1882, S. 44–55.

7 LINDAU, PAUL: Das neueste Werk des Naturalismus. Pot-Bouille von Emil Zola. In: *Nord und Süd,* Bd. 21, 1882, S. 389–391, 412–416.

8 FONTANE, THEODOR: [Rezension zu] Alexander Kielland. »Arbeiter«. [1882/1883]. In: Th. F., Aus dem Nachlaß. Hg. v. Josef Ettlinger. Berlin: Fontane 1908, S. 274–280.
N: Th. F., Sämtliche Werke, Bd. 21, 1: Literarische Essays und Studien. Ges. u. hg. v. Kurt Schreinert. München: Nymphenburger 1963, S. 472–477.

9 FONTANE, THEODOR: [Entwürfe zu einem Aufsatz über Zola, entst. 1883]. In: Pierre Bange, Fontane et le Naturalisme. Une critique inédite des Rougon-Macquart. In: *Etudes Germaniques,* Jg. 19, 1964, Nr. 2, S. 142–164.
N: Th. F., Aufzeichnungen zur Literatur. Ungedrucktes und Unbekanntes. Berlin, Weimar: Aufbau 1969, S. 131–151.

10 SPIELHAGEN, FRIEDRICH: Beiträge zur Theorie und Technik des Romans. Leipzig: Staackmann 1883.
N: Faksimiledruck Göttingen: Vandenhoeck u. Ruprecht 1967.

11 BORMANN, WALTER: Das Wesen des Romans. [Rezension zu W 10]. In: *Allgemeine Zeitung* (München) vom 13. 7. 1883, Beilage, S. 2825–2828.

12 WELTEN, OSKAR: Zola-Abende bei Frau v. S. Eine kritische Studie in Gesprächen. Berlin: Auerbach 1883, S. 11–39.

13 ENGEL, EDUARD: Psychologie der Französischen Literatur. Wien, Teschen: Prochaska o. J. [1884]. Darin: Emile Zola, S. 296–310.

14 HILLEBRAND, KARL: Vom alten und vom neuen Roman. In: *Deutsche Rundschau,* Bd. 38, 1884, S. 422–435.

N: K. H., Culturgeschichtliches. Aus dem Nachlasse hg. v. Jessie Hillebrand. Straßburg: Trübner 1885 (= K. H., Zeiten, Völker und Menschen, Bd. 7.), S. 168–196.

15 HART, HEINRICH / HART, JULIUS: Friedrich Spielhagen und der deutsche Roman der Gegenwart. In: H. H./J. H., *Kritische Waffengänge,* H. 6. Leipzig: Wigand 1884, S. 1–74.

16 ENGELS, FRIEDRICH: [Brief an Minna Kautsky vom 26. 11. 1885.] In: Karl Marx – Friedrich Engels, Briefe an A. Bebel, W. Liebknecht, K. Kautsky u. a. Besorgt v. Marx-Engels-Lenin-Institut Moskau unt. Red. v. V. Adoratzkij, T. 1, 1870–1886. Moskau: Verl.-Genossensch. ausländ. Arbeiter 1933, S. 413–416.
N: Karl Marx / Friedrich Engels, Werke, Bd. 36. Berlin: Dietz 1967, S. 392–394.

17 GOTTSCHALL, RUDOLF VON: Der naturalistische und photographische Roman in Frankreich. In: R. v. G., Literarische Todtenklänge und Lebensfragen. Berlin: Allg. Verein f. deutsche Literatur 1885, S. 207–297.

18 TROLL-BOROSTYANI, IRMA VON: Der französische Naturalismus. (Die Wahrheit im modernen Roman. 1.). In: *Die Gesellschaft,* Jg. 2, 1886, H. 4, S. 215–226.

19 KAPFF-ESSENTHER, FRANZISKA VON: Der Anfang vom Ende des Romans. (Die Wahrheit im modernen Roman. 2.). In: *Die Gesellschaft,* Jg. 2, 1886, H. 4, S. 226–229.

20 HILLEBRAND, JULIUS: Naturalismus schlechtweg! (Die Wahrheit im modernen Roman. 4.). In: *Die Gesellschaft,* Jg. 2, 1886, H. 4, S. 232–237.

21 WOLFF, EUGEN: Die jüngste Literaturströmung und das Prinzip der Moderne. (Vortrag in der Freien litterarischen Vereinigung »Durch!« 1886, erweitert 1887.). In: E. W., Zwölf Jahre im litterarischen Kampf. Studien und Kritiken zur Litteratur der Gegenwart. Oldenburg, Leipzig: Schulze 1901, S. 93–95, 102–106.

22 DILTHEY, WILHELM: Die Einbildungskraft des Dichters. Bausteine für eine Poetik. In: Philosophische Aufsätze. Eduard Zeller zu seinem fünfzigjährigen Doctor-Jubiläum. Leipzig: Reisland 1887, S. 478–482. [Faksimiledruck Leipzig: Zentral-Antiquariat 1962].
N: W. D., Gesammelte Schriften, Bd. 6. 3. unveränd. Aufl. Stuttgart: Teubner; Göttingen: Vandenhoeck u. Ruprecht 1958, S. 238–241.

23 FREYTAG, GUSTAV: Erinnerungen aus meinem Leben. In: G. F. Gesammelte Werke Bd. 1. Leipzig: Hirzel 1887, S. 204–208, 238–242.

24 HARTMANN, EDUARD VON: Philosophie des Schönen. Zweiter systematischer Theil der Aesthetik. Berlin: Duncker 1887 (= Ausgewählte Werke. Bd. 4. Aesthetik.), S. 773–783.
N: 2. Aufl. mit Benutzung des hs. Nachlasses Eduard von Hartmanns neu hg. v. Richard Müller-Freienfels. Berlin: Wegweiser 1924, S. 744–754.

25 ALBERTI, CONRAD: Ziele und Aufgaben der modernen Romandichtung. In: *National-Zeitung* vom 10. 2. 1888, Morgenausgabe.

26 BRANDES, GEORG: Emile Zola. In: *Deutsche Rundschau,* Bd. 54, 1888, S. 27–44.
N: G. B., Samlede Skrifter, Bd. 7. Kopenhagen: Gyldendal 1901, S. 140–168 [dänische, auf 1887 datierte, später erweiterte Fassung].

27 ENGELS, FRIEDRICH: [Brief an Margaret Harkness vom April 1888.] In: Karl Marx – Friedrich Engels, Über Kunst und Literatur. Eine Sammlung aus ihren Schriften. Hg. v. Michail Lifschitz. Berlin: Henschel 1948 [Erstdruck: Moskau 1937.], S. 103f. – Deutsche Fassung: *Die Linkskurve*, Jg. 4, 1932, Nr. 3, S. 12–14.
N: Deutsche Fassung: Karl Marx/Friedrich Engels, Werke, Bd. 37. Berlin: Dietz 1967, S. 42–44.

28 ALBERTI, CONRAD: Die vernagelte Literatur. In: *Die Gesellschaft*, Jg. 6, 1890, Bd. 2, S. 1137–1140.

29 [ALBERTI, CONRAD]: Der Realismus vor Gericht. (Nach dem Stenogramm gefertigter Bericht über die Prozeßverhandlung vor dem Leipziger Landgericht gegen Alberti, Conradi und Walloth am 23.–27. 6. 1890). In: *Die Gesellschaft*, Jg. 6, 1890, Bd. 2, S. 1141–1232. [Separatdruck Leipzig: Friedrich 1890].

30 BÖLSCHE, WILHELM: Der historische Roman. Ein Rückblick zur Klärung des Augenblicks. In: *Kritisches Jahrbuch*, Jg. 1, 1890, H. 2, S. 13–27.

31 HART, HEINRICH: Moderne Epen. In: *Kritisches Jahrbuch*, Jg. 1, 1890, H. 2, S. 126–130.

32 HOLZ, ARNO: Zola als Theoretiker. In: *Freie Bühne für modernes Leben*, Jg. 1, 1890, H. 4, S. 101–104.
N: Das Werk von Arno Holz, Bd. 10. Berlin: Dietz 1925, S. 51–61. – Literarische Manifeste des Naturalismus 1880–1892. Hg. v. Erich Ruprecht. Stuttgart: Metzler 1962, S. 193–198.

33 MIELKE, HELLMUTH: Der Deutsche Roman des 19. Jahrhunderts. Braunschweig: Schwetschke 1890. Darin: Einleitung, S. 1–9. – 3. verm. u. verb. Aufl.: H. M., Der Deutsche Roman des 19. Jahrhunderts. Berlin: Schwetschke 1898. Darin: Einleitung, S. 1–20. 5. Aufl.: Mielke/Homann, Der deutsche Roman des 19. und 20. Jahrhunderts. Dresden: Reissner 1920. Darin: Einleitung, S. 1–14.

34 REHORN, KARL: Der deutsche Roman. Geschichtliche Rückblicke und kritische Streiflichter. Köln, Leipzig: Ahn 1890, S. 1–28, 267–274.

35 BAHR, HERMANN: Die Überwindung des Naturalismus. Als zweite Reihe von »Zur Kritik der Moderne«. Dresden, Leipzig: Pierson 1891. Darin: Der Naturalismus im Frack, S. 57–64; Die neue Psychologie, S. 101–117.
N: H. B., Die neue Psychologie. In: H. B., Zur Überwindung des Naturalismus. Theoretische Schriften 1887–1904. Ausgew., eingel. u. erläutert v. Gotthart Wunberg. Berlin, Köln, Mainz: Kohlhammer 1968, S. 53–64.

36 ERNST, PAUL: Die neueste litterarische Richtung in Deutschland. In: *Die neue Zeit*, Jg. 10, 1891, H. 16, S. 509–519.

37 CONRAD, MICHAEL GEORG: Die Sozialdemokratie und die Moderne. In: *Die Gesellschaft*, Jg. 7, 1891, Bd. 1, S. 583–592, 720–741. [Darin ein kommentierter Abdruck von Paul Ernst: Die neueste litterarische Richtung in Deutschland, vgl. W 36].

38 GREGOROVIUS, LEO: Die Verwendung historischer Stoffe in der erzählenden Literatur. München: Buchholz u. Werner 1891.

39 HEINZE, PAUL / GOETTE, RUDOLF: Deutsche Poetik. Umriß der Lehre vom Wesen und von den Formen der Dichtkunst. Dresden: Heinze 1891. Darin: Erzählende Prosadichtung, S. 315–325.

40 MERIAN, HANS: Lumpe als Helden. Ein Beitrag zur modernen Ästhetik. In: *Die Gesellschaft*, Jg. 7, 1891, Bd. 1, S. 64–79.

41 WOLFF, EUGEN: Zola und die Grenzen von Poesie und Wissenschaft. Kiel, Leipzig: Lipsius u. Tischler 1891 (= Deutsche Schriften f. Literatur u. Kunst. Reihe 1, H. 6.).

42 GOTTSCHALL, RUDOLF VON: Studien zur neuen deutschen Litteratur. Berlin: Allg. Verein f. deutsche Litteratur 1892. Darin: Streitfragen der modernen Poetik. 1. Auf dem Gebiet des Romans, S. 137–198.

43 GERSCHMANN, HANS: Studien über den modernen Roman. Königsberg: Hartung 1894, S. 1–22.

44 LOTHAR, RUDOLF: Kritische Studien zur Psychologie der Literatur. Breslau: Schottlaender 1895. Darin: Roman und Novelle, S. 162–171.

45 MIELKE, HELLMUTH: Hermann Sudermann und der moderne Roman. In: *Die Aula. Wochenblatt für die Gebildeten aller Stände*, Jg. 1, 1895, Sp. 311–314, 342–347.

46 BÖLSCHE, WILHELM: Zur Naturgeschichte des modernen Romans. In: *Neue deutsche Rundschau*, Jg. 7, 1896, Bd. 2, S. 894–901.

47 STEIGER, EDGAR: Das arbeitende Volk und die Kunst. Kritische Streifzüge. Leipzig: Leipziger Volkszeitung 1896.

48 PROTOKOLL ÜBER DIE VERHANDLUNGEN DES PARTEITAGES DER SOZIALDEMOKRATISCHEN PARTEI DEUTSCHLANDS. Abgehalten zu Gotha vom 11. bis 16. Oktober 1896. Berlin: Expedition der Buchhandlung Vorwärts 1896. Darin: [Debatte über die »Neue Welt«], S. 78–85, 92–96, 102f., 105, 108–110.

49 MEHRING, FRANZ: Kunst und Proletariat. In: *Die neue Zeit*, Jg. 15, 1896, Bd. 1, Nr. 5, S. 129–133.
N: F. M., Aufsätze zur deutschen Literatur von Hebbel bis Schweichel. Berlin: Dietz 1961, S. 134–140.

50 STRÖBEL, HEINRICH: Max Kretzer und sein neuestes Werk. In: *Die neue Zeit*, Jg. 16, 1897, Bd. 1, Nr. 11, S. 330–338.

51 ETTLINGER, JOSEPH: Der Dialog im modernen Roman. In: *Die Gegenwart*, 1898, Nr. 13, S. 200-203.

52 SPIELHAGEN, FRIEDRICH: Neue Beiträge zur Theorie und Technik der Epik und Dramatik. Leipzig: Staackmann 1898, S. 17–224.

53 VEREMUNDUS d. i. KARL MUTH: Steht die Katholische Belletristik auf der Höhe der Zeit? Eine litterarische Gewissensfrage. Mainz: Kirchheim 1898. Darin: Zur Charakteristik der epischen Prosadichtung, S. 13–26.

54 WASSERMANN, JAKOB: Ueber Technik und Aesthetik des Romans. In: *Die Zeit* (Wien), Bd. 16, 1898, Nr. 200, S. 73–75.

55 SCHLAF, JOHANNES: Der neuere deutsche Roman. In: *Die Kritik. Wochenschau des öffentlichen Lebens,* Bd. 14, 1898/99, S. 231–235.

56 BARTELS, ADOLF: [Über Heimatkunst.] In: A. B., Die deutsche Dichtung der Gegenwart – Die Alten und die Jungen. 2. erw. Aufl. Leipzig: Avenarius 1899, S. 258–263.

57 BERG, LEO: Der Zukunftsroman. In: *Das litterarische Echo,* Jg. 2, 1899, H. 3, Sp. 159–164.
N: L. B., Neue Essays. Oldenburg, Leipzig: Schulze 1901, S. 174–179.

58 BRAUSEWETTER, ARTHUR: Die »Arbeit« und der *fin de siècle* Roman. In: *Preußische Jahrbücher,* Bd. 96, 1899, S. 89–98.

59 MUTH, KARL (Veremundus): Die Litterarischen Aufgaben der Deutschen Katholiken. Gedanken über katholische Belletristik und litterarische Kritik, zugleich eine Antwort an seine Kritiker. Mainz: Kirchheim 1899, S. 54–71.

60 ERNST, PAUL: Das Drama und die moderne Weltanschauung. In: *Ethische Kultur,* Jg. 7, 1900, Nr. 22, S. 170–172, 180–183.
N: P. E., Der Weg zur Form. Ästhetische Abhandlungen vornehmlich zur Tragödie und Novelle. Leipzig: Insel o. J. [1906], S. 13–32.

61 SCHLAIKJER, ERICH: Ist das Drama wirklich die höchste Kunstform? In: *Die Hilfe,* Jg. 6, 1900, Nr. 24, Beiblatt, S. 9f.

62 SPIELHAGEN, FRIEDRICH: Gestalten des Dichters. In: *Deutsche Rundschau,* Bd. 103, 1900, S. 52–61.

63 SPIELHAGEN, FRIEDRICH: Noch etwas vom Ich-Roman. In: *Das litterarische Echo,* Jg. 2, 1900, H. 7, Sp. 453–458.

64 BUSSE, CARL: Von deutscher Kritik und vom deutschen Roman. In: *Deutsche Monatsschrift für das gesamte Leben der Gegenwart,* 1901, S. 301–307.

65 JOSEPH, HERMANN: Das Verhältnis des Romans zur Wirklichkeit. In: *Die Wahrheit,* Bd. 7, 1901, H. 8, S. 368–373.

66 WASSERMANN, JAKOB: Die Kunst der Erzählung. In: *Neue deutsche Rundschau,* Jg. 12, 1901, Bd. 1, S. 82–85.

67 DIEDERICH, FRANZ: Vom Naturalismus im Roman. In: *Die neue Zeit,* Jg. 20, 1901/02, Bd. 2, S. 533–541.

68 LAMPRECHT, KARL: Zur jüngsten deutschen Vergangenheit. Bd. 1. Berlin: Gaertner 1902 (= K. L., Deutsche Geschichte, 1. Erg.-Bd.). Darin: Dichtung. V. Die Kunsterzählung, S. 277–313.

69 RILKE, RAINER MARIA: Zwei neue Romane. [Rezensionen zu] Thomas Mann's »Buddenbrooks«. Hermann Bang »Das weiße Haus«. In: *Bremer Tageblatt und General-Anzeiger,* Nr. 88 vom 16. 4. 1902, zweites Blatt [= 2. Beilage.].
N: R. M. R., Sämtliche Werke, Bd. 5. Frankfurt/M.: Insel 1965, S. 577–581 [Th. M.], S. 581–584 [H. B.].

70 [RILKE, RAINER MARIA]: [Rezension zu] Jörn Uhl. Roman von Gustav Frenßen. In: *Bremer Tageblatt und General-Anzeiger,* Nr. 174 vom 27. 7. 1902, zweites Blatt [= 2. Beilage.].
N: R. M. R., Sämtliche Werke, Bd. 5. Frankfurt/M.: Insel 1965, S. 592–597.

71 BERG, LEO: Büchererfolge. Festbetrachtung zur 100. Auflage des »Jörn Uhl«. In: *Das litterarische Echo,* Jg. 5, 1903, H. 7, Sp. 441–458

72 BARTELS, ADOLF: Von der Treue. In: *Der Kunstwart,* Jg. 17, 1903/04, 1. Hälfte, H. 12, S. 657–660.

73 KEITER, HEINRICH: Theorie des Romans und der Erzählkunst. 2. verm. u. verb. Aufl., bearb. v. Tony Kellen. Essen: Fredebeul u. Koenen 1904, 314 S. – 1. Aufl. u. d. T.: Versuch einer Theorie des Romans und der Erzählkunst. Paderborn: Schöningh 1876. – 3. Aufl.: Keiter, Heinrich/Kellen, Tony: Der Roman. Geschichte, Theorie und Technik des Romans und der erzählenden Dichtkunst. 3. verb. u. verm. Aufl. der Theorie des Romans. Essen: Fredebeul u. Koenen 1908, 509 S. – 4. Aufl: Keiter, Heinrich/Kellen, Tony: Der Roman. Theorie und Technik des Romans und der erzählenden Dichtkunst, nebst einer geschichtlichen Einleitung. 4. verm. u. verb. Aufl. Essen: Fredebeul u. Koenen 1912, 528 S.

74 LUBLINSKI, SAMUEL: Die Bilanz der Moderne. Berlin: Cronbach 1904. Darin: Die Erzählung, S. 217–249.

75 WASSERMANN, JAKOB: Die Kunst der Erzählung. Berlin: Bard u. Marquardt 1904 (= Die Literatur. Hg. v. Georg Brandes. Bd. 8.).
N: J. W., Lebensdienst. Gesammelte Studien, Erfahrungen und Reden aus drei Jahrzehnten. Leipzig: Grethlein 1928, S. 550–586.

76 BARTELS, ADOLF: Der Aufschwung des deutschen Romans. In: *Deutsche Welt. Wochenschrift der Deutschen Zeitung,* Jg. 7, 1904/05, Nr. 23, S. 353–355; Nr. 24, S. 369–371.

77 HART, HEINRICH: Roman und Novelle. In: *Der Tag,* 1905, Nr. 536.
N: H. H., Gesammelte Werke, Bd. 4. Hg. v. Julius Hart. Berlin: Fleischel 1907, S. 111–113.

78 HASHAGEN, FRIEDRICH: Nefanda – Infanda. Der »moderne« Roman und die Volkserziehung. Ein Protest. Wismar: Bartholdi 1905.
N: 2. Aufl., ebd. 1907, u. d. T.: Der »moderne« Roman und die Volkserziehung. Ein Protest.

79 MANN, HEINRICH: Flaubert. In: *Die Zukunft,* Bd. 52, 1905, S. 10–24; Teil 2 u. d. T.: George Sand und Flaubert. In: *Die Zukunft,* Bd. 52, 1905, S. 96–108.
N: H. M., Essays. Hamburg: Claassen 1960, S. 82–127.

80 NECKER, MORITZ: Vom deutschen Roman. In: *Das litterarische Echo,* Jg. 7, 1905, H. 24, Sp. 1743–1751.

81 SPITTELER, CARL: Das Kriterium der epischen Veranlagung. In: *Das litterarische Echo,* Jg. 7, 1905, Sp. 972–974.
N: C. S., Gesammelte Werke. Hg. im Auftrag der Schweizerischen Eidgenossenschaft v. Gottfried Bohnenblust, Wilhelm Altwegg, Robert Faesi, Bd. 7: Aesthetische Schriften. Hg. v. Werner Stauffacher. Zürich: Artemis 1947, S. 180–182.

82 BREHM, LUDWIG: Epische Stilgesetze. In: *Der Deutsche* (Berlin), Bd. 3, 1905/06, S. 441–448.

83 SCHLAF, JOHANNES: Kritik der Taineschen Kunsttheorie. Wien, Leipzig: Akademischer Verl. 1906, S. 61–66.

84 WIDMANN, J[OSEF] V[IKTOR]: Die Gegenwartform im Roman. In: *Si ddeutsche Monatshefte*, Jg. 3, 1906, Bd. 1, S. 58–61.

85 HART, HEINRICH: Drama und Roman. (1906). In: H. H., Gesammelte Werke, Bd. 4. Hg. v. Julius Hart. Berlin: Fleischel 1907, S. 109–111.

86 BEYER, C[ARL]: Der Geschichtsroman und seine Bedeutung für das Volk. In: *Eckart*, Jg. 2, 1907/08, Bd. 1, S. 362–370; Bd. 2, S. 436–448.

87 FREUD, SIGM[UND]: Der Dichter und das Phantasieren. In: *Neue Revue* (Berlin), Bd. 1, 1907/08, H. 10, S. 716–724.
N: S. F., Gesammelte Werke. Chronologisch geordnet, Bd. 7: Werke aus den Jahren 1906–1909. 4. Aufl. Frankfurt/M.: Fischer 1966, S. 213–223.

88 MANN, THOMAS: Versuch über das Theater. (Antwort auf die Rundfrage: Die kulturellen Werte des Theaters.)
In: *Nord und Süd*, Jg. 32, 1908, H. 370, S. 116–119 u. H. 371, 259–290.
N: Th. M., Gesammelte Werke in zwölf Bänden, Bd. 10: Reden und Aufsätze. 2. [Frankfurt/M.]: S. Fischer 1960, S. 23–62.

89 LUBLINSKI, SAMUEL: Der Ausgang der Moderne. Ein Buch der Opposition. Dresden: Reissner 1909. Darin: Erzählung, S. 173–193.

90 PFEMFERT, FRANZ: Vom Aufstieg der deutschen Romankultur. In: *Das Blaubuch. Wochenschrift für öffentliches Leben, Literatur und Kunst*, Jg. 4, 1909, S. 1023–1026.

91 SCHIAN, MARTIN: Roman und Weltanschauung. In: *Eckart*, Jg. 4, 1909/10, Bd. 1, H. 1, S. 1–10.

92 FRIEDEMANN, KÄTE: Die Rolle des Erzählers in der Epik. Berlin: Haessel 1910.
N: Photomech. Nachdruck Darmstadt: Wiss. Buchgesellschaft 1965.

93 MANN, HEINRICH: Französischer Geist. In: *Der Sozialist*, Jg. 2, 1910, Nr. 11, S. 84–87.
N: H. M., Essays. Hamburg: Claassen 1960, S. 15–20, u.d.T.: Voltaire – Goethe.

94 SPERBER, HEINZ [d.i. HERMANN HEIJERMANS]: Humor. [Rezension zu Georg Hermann, Kubinke.] In: *Vorwärts* vom 13. 9. 1910.

95 STRÖBEL, HEINRICH: Humor. [Entgegnung auf H. Sperber, vgl. W 94]. In: *Vorwärts* vom 15. 12. 1910.

96 SPERBER, HEINZ [d.i. HERMAN HEIJERMANS]: [Entgegnung auf H. Ströbel, vgl. W 95]. In: *Vorwärts* vom 15. 12. 1910.

97 SPIERO, HEINRICH: Der neue historische Roman. In: H. S., Deutsche Geister. Studien und Essays zur Literatur der Gegenwart. Leipzig: Xenien-Verl. 1910, S. 225–238.

98 WINDHEIM, P.: Vom modernen Roman. In: *Die Frau. Monatsschrift für das gesamte Frauenleben unserer Zeit*, Jg. 18, 1910, H. 3, S. 168–173.

99 RUETTENAUER, BENNO: Roman und Novelle. In: *Eckart*, Jg. 5, 1910/11, H. 10, S. 641–652.

100 BAB, JULIUS: Von der Kunst des Erzählens. In: *Die Gegenwart*, Bd. 80, 1911, S. 753–755.

101 MANN, HEINRICH: Geist und Tat. In: *Pan*, Jg. 1, 1910/11, S. 137–143.
N: H. M., Essays. Hamburg: Claassen 1960, S. 7–14.

102 EINSTEIN, CARL: Brief über den Roman. In: *Pan*, Jg. 2, 1911/12, S. 477–482.
N, u.d.T.: Didaktisches für Zurückgebliebene. In: *Die Aktion*, Jg. 6, 1916, Sp. 268–272. – C. E., Gesammelte Werke. Hg. v. Ernst Nef. Wiesbaden: Limes 1962, S. 112–119.

103 RATH, WILLY: Romandichtung. Grundsätzliches und Gelegentliches. In: *Der Kunstwart*, Jg. 25, 1911/12, H. 12, S. 383–390.

104 EINSTEIN, CARL: Über den Roman. In: *Die Aktion*, Jg. 2 1912 Sp. 1264–1269.
N: Paul Pörtner, Literatur-Revolution 1910–1925. Dokumente, Manifeste, Programme, Bd. 1: Zur Aesthetik und Poetik. Darmstadt, Neuwied, Berlin: Luchterhand 1960, S. 277–280. – C. E., Gesammelte Werke. Hg. v. Ernst Nef. Wiesbaden: Limes 1962, S. 52–55, u.d.T.: Anmerkungen über den Roman.

105 HILLER, KURT: [Rezension] Zu Brods »Beer«. In: *Die Aktion*, Jg. 2, 1912, Sp. 973–976.
N: K. H., Die Weisheit der Langenweile. Eine Zeit- und Streitschrift. Leipzig: K. Wolff 1913, S. 156–160.

106 MEISEL-HESS, GRETE: Die kulturelle Wirkung des Romans. In: *Dokumente des Fortschritts. Internationale Revue*, Jg. 5, 1912, Bd. 1, H. 3, S. 160–163.

107 DÖBLIN, ALFRED: An Romanautoren und ihre Kritiker. Berliner Programm. In: *Der Sturm*, Jg. 4, Nr. 158/159, 1913, S. 17f.
N: Paul Pörtner, Literatur-Revolution 1910–1925. [Vgl. W 104 N], Bd. 1, S. 283–286. – A. D., Aufsätze zur Literatur. Olten, Freiburg: Walter 1963, S. 15–19.

108 HILLER, KURT: Bemerkungen zu Bebuquin. In: *Pan*, Jg. 3, 1913, S. 650–654.
N: K. H., Die Weisheit der Langenweile. Eine Zeit- und Streitschrift. Leipzig: K. Wolff 1913, S. 171–177.

109 HÜLSEN, HANS VON: Der Roman als Kunstform. In: *Die Tat*, Jg. 4, 1913, S. 557–573.

110 PINTHUS, KURT: Glosse, Aphorismus, Anekdote. In: *März*, Jg. 7, 1913, Bd. 2, S. 213f.
N: Paul Pörtner, Literatur-Revolution 1910–1925. [Vgl. W 104 N], Bd. 1, S. 290–292.

111 MANN, THOMAS: Vorwort zu einem Roman [Erich von Mendelssohn, Nacht und Tag]. In: *Süddeutsche Monatshefte*, Jg. 11, 1913/14, H. 2, S. 235–239.
N: Th. M., Gesammelte Werke in zwölf Bänden, Bd. 10: Reden und Aufsätze. 2. [Frankfurt/M.]: S. Fischer 1960, S. 559–565, u.d.T.: Vorwort zu dem Roman eines Jungverstorbenen.

112 RUBINER, LUDWIG: Homer und Monte Christo. In: *Die weißen Blätter*, Jg. 1, 1913/14, S. 1143–1156.

113 MANN, HEINRICH: Zola. In: *Die weißen Blätter*, Jg. 2, 1915, S. 1312–1382.
N: H. M., Essays. Hamburg: Claassen 1960, S. 154–240.

114 LUKÁCS, GEORG VON: Die Theorie des Romans. Ein geschichtsphilosophischer Versuch über die Formen der großen Epik. In: *Zs. f. Ästhetik u. Allgemeine Kunstwissenschaft*, Jg. 11, 1916, S. 225–271, S. 390–431.
N: Berlin: P. Cassirer 1920. – Neuwied, Berlin: Luchterhand 1963 [mit einem Vorwort vom Juli 1962]. – Ebd. 1971 (= Sammlung Luchterhand. 36.).

115 MANN, THOMAS: Der Entwicklungsroman. In: *Vossische Zeitung* vom 4. 11. 1916.
N: Th. M., Gesammelte Werke in zwölf Bänden, Bd. 11: Reden und Aufsätze. 3. [Frankfurt/M.]: S. Fischer 1960, S. 700–703, u.d.T.: Der autobiographische Roman.

116 DÖBLIN, ALFRED: Bemerkungen zum Roman. In: *Die neue Rundschau*, Jg. 28, 1917, S. 410–415.
N: Paul Pörtner, Literatur-Revolution 1910–1925. [Vgl. W 104 N], Bd. 1, S. 286–290.– A. D., Aufsätze zur Literatur. Olten, Freiburg: Walter 1963, S. 19–23.

117 FEUCHTWANGER, LION: Thomas Wendt. Ein dramatischer Roman. Vorwort. München: Georg Müller 1920, S. 5–8.

118 FLAKE, OTTO: Die Stadt des Hirns. Vorwort. Berlin: S. Fischer 1919, S. 9–11.
N: Paul Pörtner, Literatur-Revolution 1910–1925. [Vgl. W 104 N], Bd. 1, S. 296–298.

119 DÖBLIN, ALFRED: Reform des Romans. In: *Der neue Merkur*, Jg. 3, 1919/20, S.189–202.
N: A. D., Aufsätze zur Literatur. Olten, Freiburg: Walter 1963, S. 32–48.

120 FLAKE, OTTO: Über »Die Stadt des Hirns«. Erwiderung auf Döblins Reform des Romans. In: *Der neue Merkur*, Jg. 3, 1919/20, S. 353–357.

121 EDSCHMID, KASIMIR: Der neue Roman und Wassermann. In: *Die weißen Blätter*, Jg. 7, 1920, S. 130–137.
N: Paul Pörtner, Literatur-Revolution 1910–1925. [Vgl. W 104 N], Bd. 1, S. 313–321.

122 [JUNG franz]: Proletarische Erzählungskunst. In: *Proletarier*, Jg. 1, 1920, S. 12–14.
N: Walter Fähnders/Martin Rector, Literatur im Klassenkampf. Zur proletarisch-revolutionären Literaturtheorie 1919–1923. Eine Dokumentation. München: Hanser 1971, S. 116–119.

123 MIERENDORFF, CARLO: Wortkunst. Von der Novelle zum Roman. In: *Die weißen Blätter*, Jg. 7, 1920, S. 278–282.
N: Paul Pörtner, Literatur-Revolution 1910–1925. [Vgl. W 104 N]. Bd. 1, S. 307–313.

124 PANDER, OSWALD: Roman und Mythos. In: *Die Flöte*, Jg. 3, 1920/21, S. 241–244.

125 FLAKE, OTTO: Die Krise des Romans. In: Die neue Bücherschau, II. Folge, 1922, H. 3, S. 87–94.

126 SCHÄFER, WILHELM: Epik. Eine Rede in Hagen. In: W. Sch., Der deutsche Gott. Fünf Briefe an mein Volk. München: Georg Müller 1923, S. 113–157.

127 BONSELS, WALDEMAR: Der Roman als Kunstform. In: *Die Literatur*, Jg. 26, 1923/24, S. 1f.

128 WASSERMANN, JAKOB: Der historische Roman in Deutschland im Zusammenhang mit Eduard Stuckens »Weißen Göttern«. In: *Die Literatur*, Jg. 26, 1923/24, S. 3–5.
N: J. W., Lebensdienst. Leipzig, Zürich: Grethlein 1928, S. 296–302.

129 ALEXANDER, G[ERTRUD] G. L.: Der proletarische Roman. In: *Die rote Fahne* vom 4. 10. 1925.

130 EDSCHMID, KASIMIR: Notiz über den Gesellschaftsroman. In: *Amalthea-Almanach* 1925, S. 69–74.

131 KRACAUER, SIEGFRIED: Der Detektiv-Roman. Ein philosophischer Traktat. [Entstanden zwischen 1922–1925]. In: S. K., Schriften. 1. Frankfurt/M: Suhrkamp 1971, S. 103–204.

132 MOLO, WALTER VON: Der geschichtliche Roman. Seine Aufgaben und Grenzen. In: *Eckart*, Jg. 1, 1925, S. 186–188.

133 FONTANUS, OSKAR M.: Was arbeiten Sie? Gespräch mit Robert Musil. In: *Die literarische Welt* vom 30. 4. 1926.
N: R. M., Tagebücher, Aphorismen, Essays und Reden. Hamburg: Rowohlt 1955, S. 785–788.

134 REPORTAGE UND DICHTUNG. Eine Rundfrage. Veranstaltet von Hans Tasiemka [mit Antworten von Alfred Döblin, Leonhard Frank, George Grosz, Emil Ludwig, Heinrich Mann, Erich Mühsam, Ernst Toller u.a.]. In: *Die literarische Welt* vom 25. 6. 1926.

135 WASSERMANN, JAKOB: Kolportage und Entfabelung. In: *Wissen und Leben. Neue Schweizer Rundschau*, Jg. 19, 1926, S. 362–367.
N: J. W., Lebensdienst. Leipzig, Zürich: Grethlein 1928, S. 231–239.

136 HERRMANN, KLAUS: Die Reporter. In: *Die neue Bücherschau*, IV. Folge, 1926/27, S. 166–169.

137 KISCH, EGON ERWIN: Soziale Aufgaben der Reportage. In: *Die neue Bücherschau*, IV. Folge, 1926/27, S. 163–166.

138 REUTER, HUBERT DE: Die neue Gestalt und der neue Gehalt des modernen Romans. In: *Der Gral*, Jg. 21, 1926/27, S. 43–46.

139 BECHER, JOHANNES R.: [Rezension zu Egon Erwin Kisch,] Zaren, Popen, Bolschewiken. In: *Die rote Fahne* vom 1. 7. 1927.

140 MUSIL, ROBERT: [Rezension zu] Alfred Döblins Epos [Manas]. In: *Berliner Tageblatt* vom 10. 6. 1927.
N: R. M., Prosa, Dramen, späte Briefe. Hamburg: Rowohlt 1957, S. 613–619, u.d.T.: Manas.

141 ORTEGA Y GASSET, JOSÉ: Gedanken über den Roman. Deutsch von Helene Weyl. In: *Neue Schweizer Rundschau*, Jg. 20, 1927, S. 833–855.
N: J. O. y. G., Die Aufgabe unserer Zeit. Mit einer Einleitung v. Ernst Robert Curtius. Stuttgart, Berlin: Dt. Verlagsanst. [1934], S. 177–231.

142 BEŁŻNER, EMIL: Das Problem des modernen Epos. In: *Die Horen*, Jg. 4, 1927/28, S. 1026–1030.

143 HISTORISCHE BELLETRISTIK. Ein kritischer Literaturbericht. Hg. v. d. Schriftleitung d. Historischen Zeitschrift. München, Berlin: Oldenbourg 1928.

144 ELSTER, HANS MARTIN: Wesen und Bedeutung des Unterhaltungsromans. In: *Die christliche Welt*, Jg. 42, 1928, Sp. 913–919.

145 DÖBLIN, ALFRED: Schriftstellerei und Dichtung. [Vortrag in der Sektion für Dichtkunst vom 15. 3. 1928.] In: *Jb. d. Sektion f. Dichtkunst* 1929. Berlin: S. Fischer 1929, S. 70–81.
N: A. D., Aufsätze zur Literatur. Olten, Freiburg: Walter 1963, S. 87–97.

146 FLAKE, OTTO: Der Roman heute und morgen. In: *Neue Schweizer Rundschau*, Jg. 21, 1928, S. 700–707.

147 GRIMM, HANS: Von der zeitlichen Aufgabe des Romans und der Novelle. In: *Deutsches Volkstum*, Jg. 10, 1928, S. 38–43.
N: H. G., Der Schriftsteller und die Zeit. München: A. Langen 1931, S. 52–58.

148 HUEBNER, FRIEDRICH MARKUS: Vom zukünftigen Roman. In: *Annalen*, Jg. 2, 1928, S. 340–346.

149 SCHOLZ, WILHELM VON: Von der Kunst des Romans. In: *Die neue Rundschau*, Jg. 39, 1928, Bd. 1, S. 87–95.

150 FISCHER, E. KURT: Im Kampf um die neue Romanform. In: *Die Literatur*, Jg. 31, 1928/29, S. 568–571.

151 [ROCKENBACH, MARTIN]: Zur Wiedergeburt des Versepos in der Dichtung der Gegenwart. In: *Orplid*, Jg. 5, 1928/29, S. 27–47.

152 BAHR, HERMANN: Der Roman. In: H. B., Labyrinth der Gegenwart. Hildesheim, Berlin: Bergmeyer 1929, S. 98–105.

153 BECHER, JOHANNES R.: Über das Gedicht. In: *Die neue Bücherschau*, Jg. 7, S. 300f.

154 DÖBLIN, ALFRED: Der Bau des epischen Werkes. In: *Die neue Rundschau*, Jg. 40, 1929, Bd. 1, S. 527–551.
N: *Jb. d. Sektion f. Dichtkunst* 1929. Berlin: S. Fischer 1929, S. 228–262. – A. D., Aufsätze zur Literatur. Olten, Freiburg: Walter 1963, S. 103–132.

155 GROLMANN, ADOLF VON: Über das Wesen des historischen Romans. In: *DVjs.*, Jg. 7, 1929, S. 587–605.

156 KANTOROWICZ, ALFRED: Zeitromane. In: *Die neue Rundschau*, Jg. 40, 1929, Bd. 2, S. 843–851.

157 KOLBENHEYER, E[RWIN] G[UIDO]: Einiges über die Lebensgesetze der Dichtkunst, besonders des Dramas. In: *Masken*, Jg. 23, 1929, S. 101–107.
N: E. G. K., Stimme. Eine Sammlung von Aufsätzen. München: Georg Müller 1932, S. 94–102. – Bauhüttenphilosophie. Ergänzende und erläuternde Abhandlungen. München: Langen/Müller 1942, S. 138–146.

158 KOLBENHEYER, ERWIN GUIDO: [Brief vom 24. 12. 1929] An die Preußische Akademie der Künste, Sektion für Dichtkunst. [Typoskript im Archiv der Preußischen Akademie der Künste, Berlin.]

159 LUDWIG, EMIL: Historie und Dichtung. In: *Die neue Rundschau*, Jg. 40, 1929, Bd. 1, S. 358–381.

160 WEGWITZ, PAUL: Brief über den biographischen Roman. In: *Die Tat*, Jg. 21, 1929, S. 167–173.

161 BENJAMIN, WALTER: Krisis des Romans. Zu Döblins »Berlin Alexanderplatz«. In: *Die Gesellschaft*, Jg. 7, 1930, Bd. 1, S. 562–566.
N: W. B., Angelus Novus. Ausgewählte Schriften. 2. Frankfurt/M.: Suhrkamp 1966, S. 437–443.

162 BRENTANO, BERNARD VON: Über die Darstellung von Zuständen. In: B. v. B., Kapitalismus und schöne Literatur. Berlin: Rowohlt 1930, S. 18–27.

163 KRACAUER, SIEGFRIED: Die Angestellten. Aus dem neuesten Deutschland. Frankfurt/M.: Frankfurter Societäts-Druckerei 1930. Darin: S. 20f.
N.: S. K., Schriften. 1. Frankfurt: Suhrkamp 1971, S. 205–304. Darin: S. 216.

164 KRACAUER, SIEGFRIED: Die Biographie als neubürgerliche Kunstform. In: *Frankfurter Zeitung* vom 29. 6. 1930.
N.: S. K., Das Ornament der Masse. Essays. Frankfurt/M.: Suhrkamp 1963, S. 75–80.

165 MANN, THOMAS: [Brief vom Januar 1930] An die Preußische Akademie der Künste, Sektion für Dichtkunst. In: Paul Scherrer/Hans Wysling, Quellenkritische Studien zum Werk Thomas Manns. Thomas-Mann-Studien. Hg. v. Thomas-Mann-Archiv d. Eidgenössischen Technischen Hochschule in Zürich, Bd. 1. Bern, München: Francke 1967, S. 228–232.

166 MUSIL, ROBERT: Der Mann ohne Eigenschaften. Berlin: Rowohlt 1930. Darin: S. 1043f.
N: Hamburg: Rowohlt 1970. Darin: S. 649f.

167 SCHIROKAUER, ARNO: Wendepunkt des Romans. In: *Der Gesundbrunnen. Jb. d. Dürer-Bundes.* Berlin 1930, S. 68–74.

168 WEISKOPF, FRANZ CARL / HIRSCHFELD, KURT: Um den proletarischen Roman. Rundfunk-Gespräch vom 13. 6. 1930. In: Zur Tradition der sozialistischen Literatur in Deutschland. Eine Auswahl von Dokumenten. Hg. u. komm. v. d. Deutschen Akademie d. Künste zu Berlin. Sektion Dichtkunst u. Sprachpflege. Abt. Geschichte d. sozialistischen Literatur. 2. durchges. u. erw. Aufl. Berlin, Weimar: Aufbau 1967, S. 191–200.

169 BENJAMIN, WALTER: Oskar Maria Graf als Erzähler. In: *Frankfurter Zeitung* vom 22. 11. 1931.
N: *Alternative*, Jg. 10, 1967, Nr. 56/57, S. 217–219.

170 BROCH, HERMANN: [Über die Aufgabe des neuen Romans. Einleitung zu einer Lesung vom 6. 2. 1931. Typoskript im Archiv der Beinecke Rare Book and Manuscript Library, New Haven.]

171 BROCH, HERMANN: [Brief an Willa Muir] 3. August 1931. In: H. B., Gesammelte Werke, Bd. 20: Unbekannte Größe. Zürich: Rhein-Verlag 1961, S. 318–320.

172 BROCH, HERMANN: [Brief an Daniel Brody] 5. August 1931. In: H. B., Briefe. Zürich: Rhein-Verlag 1957, S. 59–61.

173 LUKÁCS, GEORG: Willi Bredels Romane. In: *Die Linkskurve*, Jg. 3, 1931, Nr. 11, S. 23–27.

174 MAYER, J. P.: Krise des Romans? Zur Soziologie des gegenwärtigen Romans. In: *Rote Revue*, Jg. 10, 1931, S. 220–222.

175 MUSIL, ROBERT: Aufzeichnungen zur Krisis des Romans. [1931]. In: R. M., Tagebücher, Aphorismen, Essays und Reden. Hamburg: Rowohlt 1955, S. 861–864.

176 MUSIL, ROBERT: Über »Der Mann ohne Eigenschaften«. [1931]. In: R. M. Prosa, Dramen, späte Briefe. Hamburg: Rowohlt 1957, S. 724–727.

177 BÜHNER, K[ARL] H[ANS]: Impression vom Intelligenzroman. In: *Die Literatur*, Jg. 34, 1931/32, S. 125–127.

178 BROCH, HERMANN: James Joyce und die Gegenwart. Rede zu Joyces 50. Geburtstag. [Vortrag vom 22. 4. 1932. Mit neuer Einleitung: Wien, Leipzig, Zürich: Herbert Reichner 1936.
N: H. B., Gesammelte Werke, Bd. 6: Essays I. Zürich: Rhein-Verlag 1955, S. 183–210.

179 FEUCHTWANGER, LION: Der Roman von heute ist international. In: *Berliner Tageblatt* vom 25. 9. 1932.
N: L. F., Centum Opuscula. Rudolstadt: Greifenverlag 1956, S. 433–437.

180 GOTSCHE, OTTO: Kritik der Anderen. Einige Bemerkungen zur Frage der Qualifikation unserer Literatur. In: *Die Linkskurve*, Jg. 4, 1932, Nr. 4, S. 28–30.

181 JAHNN, HANS HENNY: Aufgabe des Dichters in dieser Zeit. In: *Der Kreis*, Jg. 9, 1932, S. 266–275.
N: *Die Fähre*, Jg. 2, 1947, S. 719–726.

182 KESTEN, H[ERMANN]: Die »Auflösung« des Romans. In: *Die Weltbühne*, Jg. 28, 1932, Bd. 2, S. 509–511.

183 LUKÁCS, GEORG: Gegen die Spontaneitätstheorie in der Literatur. In: *Die Linkskurve*, Jg. 4, 1932, Nr. 4, S. 30–33.

184 LUKÁCS, GEORG: Reportage oder Gestaltung? Kritische Bemerkungen anläßlich des Romans von Ottwalt. In: *Die Linkskurve*, Jg. 4, 1932, Nr. 7, S. 23–30; Nr. 8, S. 26–31.
N: Zur Tradition der sozialistischen Literatur . . . [vgl. W. 168], S. 436–462.

185 OTTWALT, ERNST: »Tatsachenroman« u. Formexperiment. Eine Entgegnung an Georg Lukács. In: *Die Linkskurve*, Jg. 4, 1932, Nr. 10, S. 21–26.
N: Zur Tradition der sozialistischen Literatur . . . [vgl. W 168], S. 463–472.

186 LUKÁCS, GEORG: Aus der Not eine Tugend. In: *Die Linkskurve*, Jg. 4, 1932, Nr. 11/12, S. 15–24.
N: Zur Tradition der sozialistischen Literatur . . . [vgl. W 168], S. 473–490.

187 POHL, GERHART: Um eine neue Form des Romans. In: G. P., Vormarsch ins XX. Jahrhundert. Zerfall und Neubau der europäischen Gesellschaft im Spiegel der Literatur. Leipzig: Lindner 1932, S. 112–117.

188 BROCH, HERMANN: Das Weltbild des Romans. [Vortrag vom 18. 2. 1933]. In: H. B., Gesammelte Werke, Bd. 6: Essays I. Zürich: Rhein-Verlag 1955, S. 211–238.

189 PRAWDIN, MICHAEL: Der Tatsachenroman. In: *Die Literatur*, Jg. 36, 1933/34, S. 256–259.

190 VIETA, EGON: Zum Tatsachenroman. In: *Die Literatur*, Jg. 36, 1933/34, S. 453 f.

191 HERZFELDE, WIELAND: Über James Joyce und einige ästhetische Probleme. In: *Internationale Literatur* (Moskau), Jg. 4, 1934, H. 5, S. 39–42.
N: Zur Tradition der sozialistischen Literatur . . . [vgl. W 168], S. 625–632.

192 PETSCH, ROBERT: Wesen und Formen der Erzählkunst. Halle: Niemeyer 1934.
N: 2. verm. u. verb. Aufl. Halle: Niemeyer 1942.

193 BRAUN, HAROLD: Der Roman im akustischen Zeitalter. In: *Eckart*, Jg. 11, 1935, S. 520–529.

194 FEUCHTWANGER, LION: Vom Sinn und Unsinn des historischen Romans. In: *Internationale Literatur* (Moskau), Jg. 5, 1935, H. 9, S. 19–23. Unter dem Titel »Vom Sinn des historischen Romans« in: *Das Neue Tage-Buch* (Paris/Amsterdam), Jg. 3, 1935, S. 640–643.
N: L. F., Centum opuscula. Rudolstadt: Greifenverlag 1956, S. 508–515.

195 HEISELER, BERNT VON: Segen und Unsegen des historischen Romans. In: *Das deutsche Wort,* Jg. 11, 1935, Nr. 35, S. 6–11.

196 KOSKIMIES, RAFAEL: Theorie des Romans. Helsinki: Druckerei-A.G. d. Finn. Lit.ges. 1935 (= Annales Academiae Scientiarum Fennicae. Bd. 35.1.).
N: Reprograph. Nachdruck Darmstadt: Wiss. Buchges. 1966.

197 SS. [?]: »Henri Quatre« oder »das andere Deutschland«. In: *Neue Zürcher Zeitung* vom 24. 11. 1935.

198 WEISSINGER, FRIEDRICH: Neues Geschichtsdenken im historischen Roman. In: *Der Hochwart,* Jg. 5, 1935, S. 190–192.

199 ATZENBECK, C[ARL]: Der historische Roman unserer Zeit. In: *Die Scholle,* Jg. 12, 1935/36, S. 768–776.

200 BENJAMIN, WALTER: Der Erzähler. Betrachtungen zum Werk Nikolai Lesskows. In: *Orient und Occident,* N.F. 1, 1936, S. 16–33.
N: W. B., Illuminationen. Ausgewählte Schriften [1]. Frankfurt/M.: Suhrkamp 1961, S. 409–436.

201 BURGMÜLLER, HERBERT: Zur Ästhetik des modernen Romans. In: *Das Silberboot,* 1936, H. 2, S. 92f.; H. 3, S. 141f.; H. 4, S. 197f.; H. 5, S. 257f.
N: *Die Fähre,* Jg. 1, 1946, H. 2, S. 111–120.

202 DÖBLIN, ALFRED: Historie und kein Ende? In: *Pariser Tageblatt* vom 5. 1. 1936.
N: A. D., Die Zeitlupe. Olten, Freiburg: Walter 1962, S. 193–196.

203 DÖBLIN, ALFRED: Der historische Roman und wir. In: *Das Wort* (Moskau), Jg. 1, 1936, H. 4, S. 56–71.
N: A. D., Aufsätze zur Literatur. Olten, Freiburg: Walter 1963, S. 163–186.

204 KOLBENHEYER, ERWIN GUIDO: Wie wurde der deutsche Roman Dichtung? In: *Zs. f. dt. Bildung,* Jg. 12, 1936, S. 465–475.
N: München: Langen/Müller 1937.

205 LUKÁCS, GEORG: Erzählen oder Beschreiben? (Zur Diskussion über Naturalismus und Formalismus.) In: *Internationale Literatur* (Moskau), Jg. 6, 1936, H. 11, S. 100–118; H. 12, S. 108–123.
N: G. L., Werke, Bd. 4: Probleme des Realismus I. Neuwied, Berlin: Luchterhand 1971, S. 197–242.

206 MARCUSE, LUDWIG: Die Anklage auf Flucht. In: *Das Neue Tage-Buch* (Paris, Amsterdam), Jg. 4, 1936, H. 6, S. 131–133.

207 RÜDIGER, HORST: Wandlungen des Romans. In: *Das deutsche Wort,* Jg. 12, 1936, S. 717–722.
N: *Darmstädter Tageblatt* vom 29. 12. 1940 [gekürzte Fassung].

208 ATZENBECK, C[ARL]: Der deutsche und der englische Roman. In: *Die Scholle*, Jg. 13, 1936/37, S. 803–805.

209 FRANKE, HANS: Die Aufgaben eines deutschen Romans. In: *Der deutsche Erzieher*, Jg. 5, 1937, S. 693–694.

210 KINDERMANN, HEINZ: Entfaltungsraum und Grenzen des biographischen Romans. In: *Bücherkunde*, Jg. 4, 1937, S. 531–535.

211 LUKÁCS, GEORG: Der historische Roman. Berlin: Aufbau 1955. [Russische Fassung: Moskau 1937].
N: G. L., Werke, Bd. 6: Probleme des Realismus III. Neuwied, Berlin: Luchterhand 1965.

212 SCHÄFER, WILHELM: Epik oder Zustandsschilderung. In: *Die neue Literatur*, Jg. 38, 1937, S. 175–181.

213 SEIDL, FLORIAN: Der deutsche Roman. In: *Die neue Literatur*, Jg. 38, 1937, S. 269–277.

214 ZWEIG, ARNOLD: Theorie des großen Romans. Aus einem Brief an Alfred Wolffenstein. 1937. In: A. Z., Ausgewählte Werke, Bd. 15: Essays I. Berlin: Aufbau 1959, S. 375–378.

215 ATZENBECK, C[ARL]: Romane um historische Persönlichkeiten. In: *Die Scholle*, Jg. 14, 1937/38, S. 723–726.

216 BENJAMIN, WALTER: [Rezension zu Anna Seghers,] »Die Rettung«. In: *Die neue Weltbühne*, Jg. 34, 1938, S. 593–597.

217 BRANDENBURG, HANS: Die Kunst der Erzählung. In: *Der deutsche Schriftsteller*, Jg. 3, 1938, S. 170–180.
N: Berlin: Die Rabenpresse 1939.

218 BRECHT, BERTOLT: [Bemerkungen zu einem Aufsatz. Entstanden 1938.] In: B. B., Schriften zur Literatur und Kunst 2. Frankfurt/M.: Suhrkamp 1967, S. 120–126.

219 FLASKAMP, CHRISTOPH: Der Roman als Kulturerscheinung. In: *Zs. f. dt. Geistesgeschichte*, Jg. 4, 1938, S. 67–74.

220 GMELIN, OTTO: Was will der geschichtliche Roman? In: *Klingsor*, Jg. 15, 1938, S. 347–350.

221 HO., W. [?]: Zurück zu Zola und Thomas Mann? Hans Frank[e]s Kritik am deutschen Bauernroman. In: *NS-Landpost* vom 11. 2. 1938.

222 LÖWENTHAL, LEO: Die biographische Mode. [1938]. In: Frankfurter Beiträge zur Soziologie. Im Auftrag d. Instituts f. Sozialforschung hg. v. Theodor W. Adorno u. Walter Dirks, Bd. 1: Sociologica. Frankfurt/M.: Europäische Verlagsanstalt 1955, S. 363–386.

223 LUKÁCS, GEORG: Der Kampf zwischen Liberalismus und Demokratie im Spiegel des historischen Romans der deutschen Antifaschisten. In: *Internationale Literatur* (Moskau), Jg. 8, 1938, H. 5, S. 63–83.
N: G. L., Probleme des Realismus. Berlin: Aufbau 1955, S. 184–210, u. d. T.: Liberalismus und Demokratie im antifaschistischen historischen Roman.

224 SCHIROKAUER, ARNO: Gedanken zum Roman. In: *Monatshefte f. dt. Unterricht* (Madison), Jg. 30, 1938, S. 355–360.

225 SCHRECKENBERG, WILLY: Ethik und Ästhetik im Roman. In: *Stimmen der Zeit*, Jg. 68, 1938, Bd. 134, S. 88–99.

226 WILHELM, HANS HERMANN: Auf dem Weg zum deutschen Volksepos. In: *Der deutsche Schriftsteller*, Jg. 3, 1938, S. 52–54.

227 WILHELM, HANS HERMANN: Das Wesen des Epischen. In: *Der deutsche Schriftsteller*, Jg. 3, 1938, S. 127f.

228 ZWEIG, ARNOLD: Roman, Realismus und Form. In: *Das Wort* (Moskau), Jg. 3, 1938, H. 10, S. 92–95.
N: A. Z., Ausgewählte Werke, Bd. 15: Essays I. Berlin: Aufbau 1959, S. 379–384, u. d. T.: Die Kunst der Erzählung. Zur Fabel.

229 MANN, THOMAS: Einführung in den »Zauberberg«. Für Studenten der Universität Princeton. In: Th. M., Der Zauberberg. Stockholm: Bermann-Fischer 1939, S. VI–XXVI.
N: Th. M., Gesammelte Werke in zwölf Bänden, Bd. 11: Reden und Aufsätze. 3. [Frankfurt/M.]: S. Fischer 1960, S. 602–617.

230 SCHÄFER, WILHELM: Das Wesen der epischen Dichtung. In: *Zs. f. dt. Kulturphilosophie*, Jg. 5, 1939, S. 97–106.

231 SEGHERS, ANNA / LUKACS, GEORG: Ein Briefwechsel zwischen Anna Seghers und Georg Lukács. In: *Internationale Literatur* (Moskau), Jg. 9, 1939, H. 5, S. 97–121.
N: G. L., Werke, Bd. 4: Probleme des Realismus I. Neuwied, Berlin: Luchterhand 1971, S. 345–376.

232 DER ZEITROMAN. [Zu einem Preisausschreiben des *Völkischen Beobachters*]. In: *Der Buchhändler im neuen Reich*, Jg. 4, 1939, S. 241–246.

233 KLEPPER, JOCHEN: Die Besonderheit des christlichen Romans. In: *Die Zeitwende*, Jg. 16, 1939/40, S. 161–167.

234 SCHIROKAUER, ARNO: Bedeutungswandel des Romans. In: *Mass und Wert* (Zürich), Jg. 3, 1939/40, S. 575–590.
N: Zur Poetik des Romans. Hg. v. Volker Klotz. Darmstadt: Wiss. Buchges. 1965, S. 15–31.

235 BRECHT, BERTOLT: Notizen über realistische Schreibweise. [1940]. In: B. B., Schriften zur Literatur und Kunst 2. Frankfurt/M.: Suhrkamp 1967, S. 173–204.

236 BRECHT, BERTOLT: Übergang vom bürgerlichen zum sozialistischen Realismus. [Entstanden ca. 1940]. In: B. B., Schriften zur Literatur und Kunst 2. Frankfurt/M.: Suhrkamp 1967, S. 208–211.

237 DENECKE, ROLF: Grenzen und Freiheit der historischen Dichtung. In: *Bücherkunde*, Jg. 7, 1940, S. 154–158.

238 KANTHACK-HEUFELDER, KATHARINA: Zum Wesen des Romans. In: *Zs. f. Ästhetik u. allgemeine Kunstwissenschaft*, Jg. 34, 1940, S. 209–239.

239 KLEPPER, JOCHEN: Der christliche Roman. Berlin: Eckart-Verlag 1940.

240 MANN, THOMAS: Die Kunst des Romans. [Vortrag für Studenten der Universität Princeton 1940]. In: Th. M., Altes und Neues. Frankfurt/M.: S. Fischer 1953, S. 387–401.

N: Th. M., Gesammelte Werke in zwölf Bänden, Bd. 10: Reden und Aufsätze. 2. [Frankfurt/M.]: S. Fischer 1960, S. 348–362.

241 SCHMIDT, GERHART: Anmerkungen zum historischen Roman. In: *Die neue Literatur,* Jg. 41, 1940, S. 132–137.

242 STÖVE, GÜNTHER: Über die geschichtliche Dichtung. In: *Bücherkunde,* Jg. 7, 1940, S. 147–154.

243 TER-NEDDEN, EBERHARD: Weitere Anmerkungen zum historischen Roman. In: *Die neue Literatur,* Jg. 41, 1940, S. 206–211.

244 WILHELM, HANS HERMANN: Soll der Dichter aus der Zeit fliehen? In: *Der deutsche Schriftsteller,* Jg. 5, 1940, S. 109f.

245 WILHELM, HANS HERMANN: Warum Bauernromane? In: *NS-Landpost* vom 15. 11. 1940.

246 BORÉE, KARL FRIEDRICH: Entliehene Kräfte. Zur Naturgeschichte des modischen Biographieromans. In: *Die Literatur,* Jg. 43, 1940/41, S. 271–275.

247 SÜSKIND, W[ILHELM] E[MANUEL]: Der kulturgeschichtliche Roman. In: *Die Literatur,* Jg. 43, 1940/41, S. 116–119.

248 FRANKE, HANS: Der Großstadtroman. Versuch zur Abgrenzung eines dichterischen Themas. In: *Bücherkunde,* Jg. 8, 1941, S. 135–141.

249 WDR. [vermutlich = Peter von Werder]: Großstadtroman? In: *Bücherkunde,* Jg. 8, 1941, S. 225–228.

250 DÄHNHARDT, HEINZ: Großstadtroman! In: *Bücherkunde,* Jg. 8, 1941, S. 228–231.

251 LUCKDORF, ARTUR MAX: Wahrheit und Dichtung. Forderungen zum deutschen Bauernroman. In: *NS-Landpost* vom 21. 3. 1941.

252 LUKÁCS, GEORG: [Rezension zu Johannes R. Becher,] Abschied. In: *Internationale Literatur* (Moskau), Jg. 11, 1941, H. 5.
N: *Aufbau,* Jg. 2, 1946, S. 84–92. – [Nachwort zu] J. R. B., Abschied. Berlin: Aufbau 1955.

253 PAESCHKE, HANS: Magie des Erzählers. In: *Die neue Rundschau,* Jg. 52, 1941, S. 353–357.

254 POHL, GERHART: Die Wahrheit in der Kunst. Zum Problem des »christlichen Romans«. In: *Die deutsche Rundschau,* Jg. 67, 1941, S. 159–161.

255 ROSTOSKY, FRIEDRICH: Zum »historischen« Roman. In: *Monatsschrift f. d. dt. Geistesleben,* Jg. 43, 1941, S. 56–58.

256 WEHRLI, MAX: Der historische Roman. Versuch einer Übersicht. In: *Helicon,* Jg. 3, 1941, S. 89–109.

257 BERGENGRUEN, WERNER: Bemerkungen über den historischen Roman. In: *Frankfurter Zeitung* vom 1. 5. u. 6. 5. 1942.

258 MANN, THOMAS: The Theme of the Joseph Novels. [Vortrag vom 17. 11. 1942.] In: *Deutsche Blätter* (Santiago de Chile), Jg. 3, 1945, H. 24, S. 4–12, u. d. T.: Joseph und seine Brüder.

N: Th. M., Gesammelte Werke in zwölf Bänden, Bd. 11: Reden und Aufsätze. 3. [Frankfurt/M.]: S. Fischer 1960, S. 654–669.

259 PONTEN, JOSEF: Über Roman und Novelle. In: *Rhythmus*, Jg. 20, 1942, S. 60–62.

260 SCHUMANN, GERHARD: Krieg – Bericht und Dichtung. [Vortrag, gehalten beim Großdeutschen und Europäischen Dichtertreffen in Weimar 1942.] In: *Deutsche Kultur im Leben der Völker. Mitteilungen der Deutschen Akademie*, Jg. 17, 1942, S. 389–400.

261 WERDER, PETER VON: Das Germanische in der neuen Dichtung. In: *Bücherkunde*, Jg. 9, 1942, S. 193–198.

262 DER ZEITROMAN – eine Aufgabe unserer Dichter. [Zu einem Preisausschreiben des *Völkischen Beobachters*.] In: *Großdeutsches Leihbüchereiblatt*, Jg. 4, 1942, S. 122f.

263 ABUSCH, ALEXANDER: Seghers und Uhse – zwei deutsche Romane. In: A. A., Literatur und Wirklichkeit. Berlin: Aufbau 1953, S. 96–103 [zuerst veröffentlicht in Mexiko 1943].
N: A. A., Literatur im Zeitalter des Sozialismus. Berlin, Weimar: Aufbau 1967, S. 227–232.

264 RYCHNER, MAX: Über den deutschen Bekenntnisroman. In: M. R., Zur europäischen Literatur zwischen zwei Weltkriegen. Zürich: Atlantis 1943, S. 31–42.

265 BENN, GOTTFRIED: [Brief] an Friedrich Wilhelm Oelze. Landsberg/Warthe, 3. Mai 1944. In: Dichter über ihre Dichtungen. Gottfried Benn. Hg. v. Edgar Lohner. München: Heimeran 1969, S. 117f.

266 BROCH, HERMANN: Die mythische Erbschaft der Dichtung. In: *Die neue Rundschau*, Sonderausgabe zu Thomas Manns 70. Geburtstag. Stockholm: Bermann-Fischer 1945, S. 68–76.
N: H. B., Gesammelte Werke, Bd. 6: Essays I. Zürich: Rhein-Verlag 1955, S. 239–248.

267 KERÉNYI, KARL / MANN, THOMAS: Romandichtung und Mythologie. Ein Briefwechsel. Zürich: Rhein-Verlag 1945.
N: Th. M. / K. K., Gespräch in Briefen. Zürich: Rhein-Verlag 1960, S. 37–111.

268 KOESTLER, ARTHUR: Gestalt und Zukunft des Romans. In: *Universitas*, Jg. 2, 1947, H. 11, S. 1401–1404.
N: A. K., Diesseits von Gut und Böse. Bern, München, Wien: Scherz 1965, S. 31–37, u. d. T.: Die Zukunft des Romans.

269 MILCH, WERNER: Der deutsche Roman auf neuen Wegen. In: *Neue Auslese*, Jg. 2, 1947, H. 12, S. 55–60.

270 MARTINI, FRITZ: Krise und Zukunft des Romans. In: *Die Pforte*, Jg. 1, 1947/48, H. 7, S. 742–758.

271 MAYER, HANS: Der Schriftsteller und die Krise der Humanität. In: Literatur und Politik. Sieben Vorträge zur heutigen Situation in Deutschland. Hg. u. eingel. v. Heinrich Bechtoldt. Konstanz: Asmus 1948, S. 75–89.

272 LANGGÄSSER, ELISABETH: Möglichkeiten christlicher Deutung – heute. In: *Hochland*, Jg. 41, 1948/49, H. 3, S. 244–252.

273 BENN, GOTTFRIED: Roman des Phänotyp. Landsberger Fragment, 1944. In: G. B., Der Ptolemäer. Wiesbaden: Limes 1949, S. 33–86 [dort: S. 36f., 63f.].

N: G. B., Gesammelte Werke in vier Bänden. Hg. v. Dieter Wellershoff, Bd. 2: Prosa und Szenen. Wiesbaden: Limes 1958, S. 152–204 [dort: S. 154, 182].

274 LANGGÄSSER, ELISABETH: Die Zukunft des christlichen Romans. In: *Wort und Wahrheit*, Jg. 4, 1949, 2. Hj., S. 508–516.

275 SEGHERS, ANNA: Erlebnis und Gestaltung. Zu Jorge Amados Brasilianischem Roman. In: *Aufbau*, Jg. 5, 1949, H. 3, S. 242–247.
N: A. S., Über Kunstwerk und Wirklichkeit. II. Erlebnis und Gestaltung. Bearb. u. eingel. v. Sigrid Bock. Berlin: Akademie-Verl. 1971 (= Deutsche Bibliothek. 4.), S. 80–84.

276 USINGER, FRITZ: Zur Physiologie des Romans. In: *Welt und Wort*, Jg. 4, 1949, H. 4, S. 129–132.

277 ZWEIG, ARNOLD: Die Vermenschlichung des Menschen. In: *Aufbau*, Jg. 5, 1949, H. 2, S. 124–130.
N: Kritik in der Zeit. Der Sozialismus – seine Literatur – ihre Entwicklung. Hg. v. Klaus Jarmatz. Halle (Saale): Mitteldt. Verl. 1970, S. 185–192.

278 BENN, GOTTFRIED: Doppelleben. Zwei Selbstdarstellungen. I. Teil: Lebensweg eines Intellektualisten (1934). II. Teil: Doppelleben (1950). Wiesbaden: Limes 1950. Darin: Absolute Prosa, S. 160–164; Der Stil der Zukunft, S. 199–203.
N: G. B., Gesammelte Werke in vier Bänden. Hg. v. Dieter Wellershoff, Bd. 4: Autobiographische und vermischte Schriften. Wiesbaden: Limes 1961, S. 132–135; S. 162–165.

279 BROCH, HERMANN: Die Schuldlosen. Roman in elf Erzählungen. Zürich: Rhein-Verl. 1950. Darin: Entstehungsbericht, S. 393–400.
N: H. B., Gesammelte Werke [Bd. 5]. M. e. Einführung v. Hermann J. Weigand. Zürich: Rhein-Verl. 1954, S. 359–365.

280 FRANZ, ALFRED: Das Ende des Romans? In: *Welt und Wort*, Jg. 5, 1950, H. 7, S. 275–277.

281 FRISCH, MAX: Tagebuch 1946–1949. Frankfurt/M.: Suhrkamp 1950, S. 240–242, 293 f.

282 KESTEN, HERMANN: Auch Homer schläft zuweilen. Über den Zweifel an der Lebenskraft des modernen Romans. In: *Die Zeit*, Jg. 5, 1950, Nr. 30, S. 4.

283 MEYER, HERMAN: Zum Problem der epischen Integration. In: *Trivium*, Jg. 8, 1950, H. 4, S. 299–318.
N: H. M., Zarte Empirie. Studien zur Literaturgeschichte. Stuttgart: Metzler 1963, S. 12–32.

284 RANG, BERNHARD: Der Roman. Kleines Leserhandbuch. Freiburg: Herder 1950.

285 UHSE, BODO: Das neue Leben verlangt nach Gestaltung. [Hauptreferat auf dem II. Deutschen Schriftstellerkongreß, 4. bis 6. Juli 1950.] In: *Aufbau*, Jg. 6, 1950, H. 8, S. 678–687.

286 ALTHEIM, FRANZ: Roman und Dekadenz. Tübingen: Niemeyer 1951.

287 MARTINI, FRITZ: Wandlungen und Formen des gegenwärtigen Romans. In: *Der Deutschunterricht*, Jg. 3, 1951, H. 3, S. 5–28.

288 MARTINI, FRITZ: Geschichte und Poetik des Romans. Ein Literaturbericht. In: *Der Deutschunterricht*, Jg. 3, 1951, H. 3, S. 86–99.

289 THIESS, FRANK: Zum Gestaltwandel des Romans. In: *Das literarische Deutschland* [ab Jg. 3, 1952: *Neue literarische Welt*], Jg. 2, 1951, Nr. 11, S. 3.
N: F. T., Die Wirklichkeit des Unwirklichen. Untersuchungen über die Realität der Dichtung. Hamburg: Zsolnay 1954, S. 29–36.

290 FEUCHTWANGER, LION: Die Füchse im Weinberg. Nachwort des Autors. 1952. [Zum historischen Roman.] Berlin: Aufbau 1952, S. 931–933.
N: L. F., Gesammelte Werke, Bd. 6. Berlin, Weimar: Aufbau 1965, S. 895–897.

291 HOHOFF, CURT: Literatur ohne Tabu. Der Streit um den katholischen Roman. In: *Wort und Wahrheit*, Jg. 8, 1953, 1. Hj., S. 265–270.

292 HORST, KARL AUGUST: Der Held im modernen Roman. In: *Neue literarische Welt*, Jg. 4, 1953, Nr. 13, S. 1f.

293 KAHLER, ERICH: Untergang und Übergang der epischen Kunstform. In: *Die neue Rundschau*, Jg. 64, 1953, S. 1–44.
N: E. v. K., Untergang und Übergang. Essays. München: Dt. Taschenb. Verl. 1970 (= dtv. 638.), S. 7–51.

294 MÜLLER, GÜNTHER: Aufbauformen des Romans dargelegt an den Entwicklungsromanen G. Kellers und A. Stifters. In: *Neophilologus*, Jg. 37, 1953, S. 1–14.
N: G. M., Morphologische Poetik. Gesammelte Aufsätze. In Verbindung m. Helga Egner hg. v. Elena Müller. Darmstadt: Wiss. Buchges. 1968, S. 556–569.

295 NOLL, DIETER: Reinowskis Romanwerk und Fragen des Schematismus. In: *Neue deutsche Literatur*, Jg. 1, 1953, H. 6, S. 178–182.

296 RADDATZ, FRITZ-JOACHIM: Einige Probleme des historischen Romans. In: *Heute und Morgen*, Jg. 1953, H. 4, S. 246–248.

297 SCHONAUER, FRANZ: Der Verlust der Realität im modernen Roman. In: *Schweizer Rundschau*, Jg. 53, 1953/54, H. 7 [Oktober 1953], S. 394–397. – *Sonntagsblatt*, Jg. 7, 1954, Nr. 2, S. 7, u.d.T.: Wirklichkeit und Leben lösen sich auf. Über den Wandel des Welt- und Menschenbildes im modernen Roman [leicht gekürzte Fassung].

298 ADORNO, THEODOR W.: Form und Gehalt des zeitgenössischen Romans. In: *Akzente*, Jg. 1, 1954, H. 5, S. 410–416.
N: Th. W. A., Noten zur Literatur I. Frankfurt/M.: Suhrkamp 1958 (= Bibliothek Suhrkamp. Bd. 47.), S. 61–72, u.d.T.: Standort des Ezählers im zeitgenössischen Roman.

299 FRITZSCH, ROBERT: Das Bild des Menschen im Roman der Gegenwart. Versuch einer Typologie. In: *Welt und Wort*, Jg. 9, 1954, H. 11, S. 365–370; H. 12, S. 399–402.

300 HORST, KARL AUGUST: Hat der Roman noch Zukunft? Eine Literaturform zwischen Unterhaltung und Inzucht. In: *Wort und Wahrheit*, Jg. 9, 1954, 2. Hj., S. 679–684.

301 KAYSER, WOLFGANG: Die Anfänge des modernen Romans im 18. Jahrhundert und seine heutige Krise. In: *DVjs*, Jg. 28, 1954, H. 4, S. 417–446. – Sonderdruck u.d.T.: Entstehung und Krise des modernen Romans. Stuttgart: Metzler 1954.

302 WOLF, CHRISTA: Probleme des zeitgenössischen Gesellschaftsromans. Bemerkungen zu dem Roman »Im Morgennebel« von Ehm Welk. In: *Neue deutsche Literatur*, Jg. 2, 1954, H. 1, S. 142–150.

303 BECHER, JOHANNES R.: Macht der Poesie. Poetische Konfession. II. Teil. Berlin: Aufbau 1955 (= Bemühungen. T. 3.), S. 224f., Nr. 334.
N: J. R. B., Über Literatur und Kunst. Hg. v. Marianne Lange unter Mitarbeit d. Johannes-R.-Becher-Archivs. Berlin: Aufbau 1962, S. 683f.

304 BRAUN, EVA: Der Blick auf das ganze Deutschland. Bemerkungen zu unserer neuen Literatur. In: *Neues Deutschland*, Nr. 141 vom 19. Juni 1955, Beilage *Kunst und Literatur*, [S. 1].

305 FRANZEN, ERICH: Die moderne Epik und die deutsche Öffentlichkeit. Eine Rede. In: *Merkur*, Jg. 9, 1955, H. 10, S. 901–905.
N: E. F., Aufklärungen. Essays. M.e. Nachbemerkung versehen v. Wolfgang Koeppen. Frankfurt/M.: Suhrkamp 1964 (= edition suhrkamp. 66.), S. 7–13.

306 HARTLAUB, GENO: Das Leben läuft weiter – wo bleibt der Entwicklungsroman? Zeitnot und Lebensangst in der modernen Epik. In: *Sonntagsblatt*, Jg. 8, 1955, Nr. 5, S. 7.

307 JENS, WALTER: Plädoyer für die abstrakte Literatur. In: *Texte und Zeichen*, Jg. 1, 1955, H. 4, S. 505–515.

308 SCHMIDT, ARNO: Berechnungen I/II. Ein Werkstattbericht. In: *Texte und Zeichen*, Jg. 1, 1955, H. 1, S. 112–117; Jg. 2, 1956, H. 1, S. 95–102.

309 [UHSE, BODO]: Der Autor und seine Leser. Ein Gespräch um den Roman »Die Patrioten«. In: *Aufbau*, Jg. 11, 1955, H. 3, S. 229–236.

310 ZWEIG, ARNOLD: Nein, der Roman lebt! In: *Neue deutsche Literatur*, Jg. 3, 1955, H. 7, S. 132–136 [Antwort auf Harold Nicolson, Ist der Roman tot? Ebd., S. 128–131].
N: A. Z., Essays, Bd. 1: Literatur und Theater. Berlin: Aufbau 1959 (= Ausgewählte Werke in Einzelausgaben. Bd. 15.), S. 392–398, u.d.T.: Der Roman lebt.

311 ZWEIG, ARNOLD: Über die Gegenwart im Roman. In: *Neues Deutschland*, Nr. 261 vom 6. November 1955, Beilage *Kunst und Literatur*, [S. 2].
N: A. Z., Früchtekorb. Jüngste Ernte. Aufsätze. Rudolstadt: Greifenverl. [1956], S. 133–136, Untertitel: Beitrag zu einer literarischen Zeitungsdiskussion [ausgelöst durch den Artikel von Eva Braun, vgl. W 304].

312 ZWEIG, ARNOLD: Erlebnis, Phantasie und Sprachgewalt. Zu den Problemen des Romans. In: *Neue Zeit* (Berlin Ost), Nr. 288 vom 10. Dezember 1955, S. 3.
N: A. Z., Essays, Bd. 1: Literatur und Theater. Berlin: Aufbau 1959 (= Ausgewählte Werke in Einzelausgaben. Bd. 15.), S. 384–388, u.d.T.: Erlebnis, Phantasie und Sprachgewalt. Zum Problem unseres Romans.

313 BROD, MAX: Von Sinn und Würde des historischen Romans. In: *Die neue Rundschau*, Jg. 67, 1956, S. 491–502.

314 EMRICH, WILHELM: Formen und Gehalte des zeitgenössischen Romans. In: *Universitas*, Jg. 11, 1956, H. 1, S. 49–58.
N: W. E., Protest und Verheißung. Studien zur klassischen und modernen Dichtung. Frankfurt/M., Bonn: Athenäum 1960, S. 169–175.

315 KAYSER, WOLFGANG: Das Problem des Erzählers im Roman. In: *The German Quarterly*, Bd. 29, 1956, Nr. 4, S. 225–238.

316 RYCHNER, MAX: Vom deutschen Roman. In: *Merkur*, Jg. 10, 1956, H. 12, S. 1158–1171.
N: M. R., Arachne. Aufsätze zur Literatur. Zürich: Manesse 1957, S. 31–53.

317 SEGHERS, ANNA: Der Anteil der Literatur an der Bewußtseinsbildung des Volkes. Hauptreferat auf dem IV. Deutschen Schriftstellerkongreß. 10. Januar 1956. In: IV. Deutscher Schriftstellerkongreß Januar 1956. Protokoll, T. 1. [Berlin] 1956, H. 1 (= Beiträge zur Gegenwartsliteratur. 11.), S. 43–70.
N: A. S., Über Kunstwerk und Wirklichkeit. I. Die Tendenz in der reinen Kunst. Bearb. u. eingel. v. Sigrid Bock. Berlin: Akademie-Verl. 1970 (= Deutsche Bibliothek. 3.), S. 90–115.

318 LUKÁCS GEORG: Das Problem der Perspektive. [Referat auf dem IV. Dt. Schriftstellerkongreß. Vom 11. Januar 1956.] In: IV. Deutscher Schriftstellerkongreß . . . Protokoll, [vgl. W 317], S. 75–82. – *Neue deutsche Literatur*, Jg. 4, 1956, H. 3, S. 128–133.
N: G. L., Schriften zur Literatursoziologie (= Werkauswahl. Ausgew. u. eingel. v. Peter Ludz. Bd. 1.). 5. Aufl. Neuwied, Darmstadt, Berlin: Luchterhand 1972 (= Soziologische Texte. Bd. 9.), S. 254–260.

319 BECHER, JOHANNES R.: Das poetische Prinzip. Mit einem Anhang: Philosophie des Sonetts oder kleine Sonettlehre und »Ein wenig über vier Seiten . . .« Berlin: Aufbau 1957 (= Bemühungen. T. 4.), S. 34f., Nr. 31; S. 236–239.
N: J. R. B., Über Literatur und Kunst. Hg. v. Marianne Lange unter Mitarbeit d. Johannes-R.-Becher-Archivs. Berlin: Aufbau 1962, S. 684–687.

320 BROD, MAX: Der Wahrheitsgehalt des historischen Romans. In: *Eckart*, Jg. 26, 1957, H. 4, S. 323–328.

321 HORNUNG, PETER / SEELIGER, ROLF: Literatur mit Kostümzwang. Zur Problematik des historischen Romans. In: *Weltstimmen*, Jg. 26, 1957, H. 4, S. 150–154.

322 HORST, KARL AUGUST: Am Ende der Nationalliteraturen? Die Nivellierung im Roman am Beispiel der Sozialutopie. In: *Wort und Wahrheit*, Jg. 12, 1957, 1. Hj., S. 274–281.

323 KAYSER, WOLFGANG: Wer erzählt den Roman? Ein Vortrag. In: *Die neue Rundschau*, Jg. 68, 1957, S. 444–459.
N: W. K., Die Vortragsreise. Studien zur Literatur. Bern: Francke 1958, S. 82–101.

324 MEYER, HERMAN: Von der Freiheit des Erzählers. [1957]. In: Festgabe für L[ouis] L[eonor] Hammerich. Aus Anlaß seines siebzigsten Geburtstags. Kopenhagen: Naturmetodens Sproginstitut 1962, S. 181–190.
N: H. M., Zarte Empirie. Studien zur Literaturgeschichte. Stuttgart: Metzler 1963, S. 1–11.

325 FRANZEN, ERICH: Der Roman und die Wirklichkeit. (1958). In: E. F., Aufklärungen. Essays. M. e. Nachbemerkung versehen v. Wolfgang Koeppen. Frankfurt/M.: Suhrkamp 1964 (= edition suhrkamp. 66.), S. 41–52.

326 MARCUSE, LUDWIG: Auf der Suche nach Maßstäben. Die befragten Romanciers wollen den Tod des Romans nicht bescheinigen. In: *Die Zeit*, Jg. 13, 1958, Nr. 47, S. 7.

327 MUNDSTOCK, KARL: Helle Nächte. Nachspiel [geschrieben 1958 für die 3., vom Autor veränderte Auflage]. Halle (Saale): Mitteldt. Verl. 1958, S. 501–519.

328 REISS, HANS S.: Stil und Struktur im modernen europäischen experimentellen Roman. In: *Akzente*, Jg. 5, 1958, H. 3, S. 202–213.

329 THIESS, FRANK: Sind »historische Romane« noch möglich? In: *Wort in der Zeit,* Jg. 4, 1958, H. 2, S. 33–35.

330 WALSER, MARTIN: Literatur der Genauigkeit – Lese-Erfahrungen mit Marcel Proust. In: *Frankfurter Hefte,* Jg. 13, 1958, H. 6, S. 414–426.
N: M. W., Erfahrungen und Leseerfahrungen. Frankfurt/M.: Suhrkamp 1965 (= edition suhrkamp. 109.), S. 124–142, u. d. T.: Leseerfahrungen mit Marcel Proust.

331 AUER, ANNEMARIE: Über einige notwendige Unterscheidungen. Was ist mit dem »harten Stil«? In: *Junge Kunst. Organ d. Zentralrats d. FDJ,* Jg. 3, 1959, H. 6, S. 13–15.

332 DODERER, HEIMITO VON: Grundlagen und Funktion des Romans. Nürnberg: Glock u. Lutz 1959.
N: H. v. D., Die Wiederkehr des Drachen. Aufsätze/Traktate/Reden. Vorwort v. Wolfgang H. Fleischer. Hg. v. Wendelin Schmidt-Dengler. München: Biederstein 1970, S. 149–175.

333 EISENREICH, HERBERT: Die Kunst des Romans als die Wissenschaft vom Leben. 1959. In: H. E., Reaktionen. Essays zur Literatur. Gütersloh: Mohn 1964, S. 177–184.

334 EISENREICH, HERBERT: Roman und Zeitgeist. 1959. In: H. E., Reaktionen, [vgl. W 333], S. 115–120.

335 EMRICH, WILHELM: Die Erzählkunst des 20. Jahrhunderts und ihr geschichtlicher Sinn. In: Deutsche Literatur in unserer Zeit. M. Beiträgen v. W[olfgang] Kayser u. a. Göttingen: Vandenhoeck u. Ruprecht 1959 (= Kleine Vandenhoeck-Reihe. 73/74.), S. 58–79.
N: W. E., Protest und Verheißung. Studien zur klassischen und modernen Dichtung. Frankfurt/M., Bonn: Athenäum 1960, S. 176–192.

336 KREUDER, ERNST: Das Unbeantwortbare. Die Aufgaben des modernen Romans. In: Abhandlungen d. Akademie d. Wissenschaften u. d. Literatur. Klasse d. Literatur, Jg. 1959, Nr. 2. Mainz: Akademie Verl.; Wiesbaden: Steiner in Komm. 1959, S. 15–26.

337 SAIKO, GEORGE: Roman und Film, die Formen unserer Weltinterpretation. [Franz. ersch. 1959.] In: *Literatur und Kritik,* Jg. 6, 1971, H. 54/55, S. 271–282.

338 BECHER, HUBERT: Der Formzerfall des gegenwärtigen Romans. In: *Stimmen der Zeit,* Jg. 85, 1959/60, Bd. 165, H. 3, S. 161–175.

339 KÜHNE, ERICH: Zu einigen Unterschieden der Charakterdarstellung im Roman des kritischen und sozialistischen Realismus. In: *Wiss. Zs. d. Univ. Rostock,* Jg. 9, 1959/60, Gesellschafts- u. sprachwiss. Reihe, Sonderheft: Die Gestalt des antifaschistischen Widerstandskämpfers in der Literatur, S. 19–27.

340 HORST, KARL AUGUST: Das Spektrum des modernen Romans. Eine Untersuchung. München: Beck 1960.

341 KREUDER, ERNST: Der einspurige Realismus der Verzweiflung. (Der Roman – gestern, heute und morgen. 1.) In: *Die Zeit,* Jg. 15, 1960, Nr. 17, S. 6f. [Kurzfassung des Akademie-Vortrags, vgl. W 336.]

342 BÖLL, HEINRICH: Die Verantwortung des Schriftstellers. (Der Roman – gestern, heute und morgen. 2.) In: *Die Zeit,* Jg. 15, 1960, Nr. 18, S. 5.

N: H. B., Erzählungen, Hörspiele, Aufsätze. Köln, Berlin: Kiepenheuer u. Witsch 1961, S. 426–428, u. d. T.: Über den Roman.

343 PABST, WALTER: Literatur zur Theorie des Romans. In: *DVjs,* Jg. 34, 1960, H. 2, S. 264–289.

344 FRISÉ, ADOLF: Roman und Essay. In: *Neue deutsche Hefte,* Jg. 7, H. 80, 1960/61, S. 1068–1080.
N: Definitionen. Essays zur Literatur. Hg. v. Adolf Frisé. Frankfurt/M.: Klostermann 1963, S. 137–156.

345 BELLIN, KLAUS: Ein Gespräch mit Dieter Noll über die »Abenteuer des Werner Holt«. In: *Junge Kunst. Organ d. Zentralrats d. FDJ,* Jg. 5, 1961, H. 3, S. 30–32.

346 BERGENGRUEN, WERNER: Schreibtischerinnerungen. München: Nymphenburger Verlagshandlg. [1961]. Darin: Erwägungen [über den historischen Roman], S. 97–126.

347 BLOCH, ERNST: Philosophische Ansicht des Detektivromans. In: E. B., Verfremdungen I. Frankfurt/M.: Suhrkamp 1961 (= Bibliothek Suhrkamp. Bd. 85.), S. 37–63 [leicht veränderte Fassung von E. B., Die Form der Detektivgeschichte und die Philosophie. Ein Vortrag. In: *Die neue Rundschau,* Jg. 71, 1960, S. 665–683].
N: E. B., Gesamtausgabe, Bd. 9: Literarische Aufsätze. Frankfurt/M.: Suhrkamp 1965, S. 242–263.

348 EISENREICH, HERBERT: Der Roman. Keine Rede von der Krise. 1961. In: H. E., Reaktionen. Essays zur Literatur. Gütersloh: Mohn 1964, S. 43–56.

349 FEUCHTWANGER, LION: Das Haus der Desdemona oder Größe und Grenzen der historischen Dichtung. [1958]. Aus d. Nachlaß hg. v. Fritz Zschech. Rudolstadt: Greifenverl. 1961.

350 HARTLAUB, GENO: Wiedergeburt des historischen Romans? In: *Sonntagsblatt,* Jg. 14, 1961, Nr. 37, S. 18f.

351 JENS, WALTER: Deutsche Literatur der Gegenwart. Themen, Stile, Tendenzen. München: Piper 1961, S. 86–96, 101–103, 107–112, 121–126, 133–139, 142–151.

352 JOHNSON, UWE: Berliner Stadtbahn. In: *Merkur,* Jg. 15, 1961, H. 8, S. 722–733.

353 SCHMIDT, ARNO: Hundert Jahre. Einem Manne zum Gedenken. [Zum politischen und historischen Roman.] In: A. S., Belphegor. Nachrichten von Büchern und Menschen. Karlsruhe: Stahlberg 1961, S. 230–309.

354 KANT, HERMANN: [Rede auf dem V. Schriftstellerkongreß.] In: V. Deutscher Schriftstellerkongreß vom 25. bis 27. Mai 1961. Referate und Diskussionsbeiträge. Berlin: Aufbau [1962], S. 150–172. – *Neue deutsche Literatur,* Jg. 9, 1961, H. 8, S. 62–80, u. d. T.: Macht und Ohnmacht der Literatur.

355 BIENEK, HORST: Werkstattgespräche mit Schriftstellern [Andersch, Böll, Frisch, Johnson, Koeppen, Nossack, Walser u. a.]. München: Hanser 1962.

356 BLOCH, ERNST: Philosophische Ansicht des Künstlerromans. In: E. B., Verfremdungen I. Frankfurt/M.: Suhrkamp 1962 (= Bibliothek Suhrkamp. Bd. 85.), S. 64–80.
N: E. B., Gesamtausgabe, Bd. 9: Literarische Aufsätze. Frankfurt/M.: Suhrkamp 1965, S. 263–276.

357 BONDY, FRANÇOIS: Die Stimme im Roman der Gegenwart. In: *Akzente*, Jg. 9, 1962, H. 5, S. 403–412.

358 CSOKOR, FRANZ THEODOR: Ist der historische Roman noch möglich? In: *Wort in der Zeit*, Jg. 8, 1962, H. 9, S. 46–50.

359 SCHLENSTEDT, DIETER: Zu Problemen des Menschenbildes in der jüngsten sozialistischen Romanliteratur. In: *Weimarer Beiträge*, Jg. 8, 1962, H. 3, S. 509–542.

360 SCHULZ, MAX WALTER: In eigener und nicht nur in eigener Sache. In: *Junge Kunst. Organ d. Zentralrats d. FDJ*, Jg. 6, 1962, H. 5, S. 9–13.
N: M. W. S., »Stegreif und Sattel«. Anmerkungen zur Literatur und zum Tage. Halle (Saale): Mitteldt. Verl. 1967, S. 13–29.

361 ALEWYN, RICHARD: Das Rätsel des Detektivromans. In: Definitionen. Essays zur Literatur. Hg. v. Adolf Frisé. Frankfurt/M.: Klostermann 1963, S. 117–136.

362 ANDRES, STEFAN: Der Romancier in dieser Zeit. In: *Deutsche Rundschau*, Jg. 89, 1963, H. 3, S. 30–40.

363 BONDY, FRANÇOIS: Roman und Theater zwischen Gesellschaftskritik und Experiment. In: *Akzente*, Jg. 10, 1963, H. 2, S. 226–237; H. 3, S. 351–363.

364 HEISSENBÜTTEL, HELMUT: Frankfurter Vorlesungen über Poetik 1963. In: H. H., Über Literatur. Olten, Freiburg i. Br.: Walter 1966. Darin: 4. Vorlesung: Theorie der Erzählung 1963, S. 166–180.
N: H. H., Über Literatur. Aufsätze und Frankfurter Vorlesungen. München: Dt. Taschenb. Verl. 1970 (= sonderreihe dtv. 84.), S. 156–170.

365 JENS, WALTER: Der Schriftsteller und die Politik. [1962]. In: W. J., Literatur und Politik. Pfullingen: Neske 1963 (= opuscula aus Wissenschaft und Dichtung. 8.), S. 5–21.

366 KOCH, HANS: Der zeitgenössische Roman und die Verantwortung des Schriftstellers. Zur Leningrader COMES-Tagung. In: *Einheit. Zs. f. Theorie u. Praxis d. wiss. Sozialismus*, Jg. 18, 1963, H. 11, S. 117–123.

367 SAIKO, GEORGE: Der Roman – heute und morgen. In: *Wort in der Zeit*, Jg. 9, 1963, H. 2, S. 37–40.

368 AMÉRY, JEAN: Wege, Holzwege, Auswege des Neuen Romans. In: *Schweizer Rundschau*, Jg. 63, 1964, H. 5, S. 305–313.

369 BAUMGART, REINHARD: Kleinbürgertum und Realismus. Überlegungen zu Romanen von Böll, Grass und Johnson. In: *Neue Rundschau*, Jg. 75, 1964, S. 650–664.
N: R. B., Literatur für Zeitgenossen. Essays. Frankfurt/M.: Suhrkamp 1966 (= edition suhrkamp. 186.), S. 37–58, u. d. T.: Deutsche Gesellschaft in deutschen Romanen [erw. u. überarb. Fassung].

370 BECKER, JÜRGEN: Gegen die Erhaltung des literarischen status quo. In: *Sprache im technischen Zeitalter*, 1964, H. 9/10, Sonderheft: Maßstäbe und Möglichkeiten der Kritik zur Beurteilung der zeitgenössischen Literatur (Berliner Kritiker-Colloquium 1963), S. 694–698.

371 BLUMENBERG, HANS: Wirklichkeitsbegriff und Möglichkeit des Romans. In: Nachahmung und Illusion. Kolloquium Gießen Juni 1963. Vorlagen und Verhandlungen. Hg. v. H[ans] R[obert] Jauß. München: Fink 1964 (= Poetik und Hermeneutik. I.), S. 9–27.

372 BÖLL, HEINRICH: Gesinnung gibt es gratis. [1963]. In: *Tages-Anzeiger* (Zürich) vom 7. März 1964.
N: H. B., Aufsätze, Kritiken, Reden. Köln, Berlin: Kiepenheuer u. Witsch 1967, S. 147–150, u.d.T.: Gesinnung gibt es immer gratis. Plädoyer für freigelassene Autoren, Leser und Romanfiguren.

373 GEERDTS, HANS JÜRGEN: Bemerkungen zur Gestaltung des Menschenbildes in der neuen sozialistischen Epik. In: *Weimarer Beiträge*, Jg. 10, 1964, H. 1, S. 105–120.

374 KOCH, HANS: Von der Streitbarkeit des Romans. »Die Spur der Steine«. Prof. Hans Koch schreibt an Erik Neutsch. In: *Sonntag* (Berlin Ost), Jg. 19, 1964, Nr. 17, S. 10f.
N: Kritik in der Zeit. Der Sozialismus – seine Literatur – ihre Entwicklung. Hg. v. Klaus Jarmatz. Halle (Saale): Mitteldt. Verl. 1970, S. 610–620.

375 ZUR KRITIK DES ROMANS. In: *Sprache im technischen Zeitalter*, 1964, H. 9/10, Sonderheft: Maßstäbe und Möglichkeiten der Kritik zur Beurteilung der zeitgenössischen Literatur (Berliner Kritiker-Colloquium 1963), S. 686–715.

376 [REDAKTION der Weimarer Beiträge]: Arbeit in der epischen Gestaltung. Thesen zu Neutschs Roman »Die Spur der Steine«. In: *Weimarer Beiträge*, Jg. 10, 1964, H. 2, S. 235–245.

377 LENINGRADER SCHRIFTSTELLER-COLLOQUIUM »Der zeitgenössische Roman«. [1963]. In: *Alternative*, Jg. 7, 1964, H. 38/39, Beilage »Dokumente 1«.

378 SCHULZ, MAX WALTER: Muscheln, grüne Stachelbeeren, Kafka usw. In: *Forum. Organ d. Zentralrats d. FDJ*, Jg. 18, 1964, Nr. 4, S. 12f.
N: M. W. S., »Stegreif und Sattel«. Anmerkungen zur Literatur und zum Tage. Halle (Saale): Mitteldt. Verl. 1967, S. 30–41.

379 TRIVIALLITERATUR. Aufsätze [zum Wildwest-, Heimat-, Frauen-, Illustrierten-, Tatsachen-, Science Fiction-, Kriminal-, Familien- und Liebesroman]. Hg. v. Gerhard Schmidt-Henkel. Berlin: Literarisches Colloquium 1964.

380 AUER, ANNEMARIE: Eine einfache Sache. Zu dem Roman »Die Aula« von Hermann Kant. In: *Sonntag* (Berlin Ost), Jg. 20, 1965, Nr. 48, S. 3–6.
N: A. A., Standorte – Erkundungen. Acht kritische Versuche. Halle (Saale): Mitteldt. Verl. 1968, S. 33–50.

381 BAUMGART, REINHARD: Über das beweisbare Leben des Romans. In: *Wort in der Zeit*, Jg. 11, 1965, H. 12, S. 1–3 [Beitrag zu: Unser Jahrhundert und sein Roman, vgl. W 387].

382 DIETZ, HELLA: Technische Revolution und Menschenbild in Roman und Reportage. In: *Neue deutsche Literatur*, Jg. 13, 1965, H. 4, S. 75–82.

383 DUMITRIU, PETRU: Die Transmoderne. Zur Situation des Romans. Frankfurt/M.: Fischer 1965 (= Fischer Doppelpunkt. 18.).

384 FRIED, ERICH: Elf Antworten auf zehn Fragen. In: *Wort in der Zeit*, Jg. 11, 1965, H. 12, S. 12–15 [Beitrag zu: Unser Jahrhundert und sein Roman, vgl. W 387].

385 HITZER, FRIEDRICH / BRÄUNIG, WERNER: Briefwechsel, die neueste Literatur betreffend. [Zu Bruno Gluchowski, Der Honigkotten.] In: *Kürbiskern*, 1965, H. 1, S. 117–134. – *Forum. Organ d. Zentralrats d. FDJ*, Jg. 19, 1965, Nr. 18, S. 14f., u.d.T.: Vom gottgleichen Erzähler und von der Symbiose zwischen tierischem Eiweiß und verchromten Blech. Auszüge aus einem Briefwechsel zwischen München und Leipzig, Sommer 1965.
N: Werner Bräunig, »Prosa schreiben«. Anmerkungen zum Realismus. Halle (Saale): Mitteldt. Verl. 1968, S. 25–52, u.d.T.: Briefwechsel, die Gruppe 61 betreffend.

386 HÖLLERER, WALTER: Die Bedeutung des Augenblicks im modernen Romananfang. In: Romananfänge. Versuch zu einer Poetik des Romans. Hg. v. Norbert Miller. Berlin: Literarisches Colloquium 1965, S. 344–377.

387 UNSER JAHRHUNDERT UND SEIN ROMAN. Round-Table-Gespräch d. österr. Gesellschaft f. Literatur u. d. Leitung v. Wolfgang Kraus, 27.–29. Oktober 1965 in Wien. In: *Wort in der Zeit*, Jg. 11, 1965, H. 12, S. 1–55.

388 KURZ, PAUL KONRAD: Gestaltwandel des modernen Romans. In: *Stimmen der Zeit*, Jg. 90, Bd. 176, 1965, H. 10, S. 253–274.
N: P. K. K., Über moderne Literatur. Standorte und Deutungen. [Bd. 1.] Frankfurt/M.: Knecht 1967, S. 7–37.

389 LENZ, SIEGFRIED: Kleines Gnadengesuch für die Fabel. Warum man heute doch noch Geschichten erzählen kann. In: *Die Welt*, Nr. 100 vom 30. April/1. Mai 1965, Beilage *Die geistige Welt*, S. 1.

390 [SAUTER, JOSEF-HERMANN]: Interview mit Martin Walser. In: *Neue deutsche Literatur*, Jg. 13, 1965, H. 7, S. 97–103.

391 ABUSCH, ALEXANDER: Erkennen und Gestaltung. In: *Sinn und Form*, Jg. 18, 1966, Sonderheft II: Probleme des Romans, S. 1289–1309 [dort: S. 1306f.].
N: A. A. Literatur im Zeitalter des Sozialismus. Beiträge zur Literaturgeschichte 1921–1966. Berlin, Weimar: Aufbau 1967 (= Schriften. Bd. 2.), S. 791–815 [dort: S. 811–813].

392 BAUMGART, REINHARD: Das Erzählen wird erzählt. [1965]. In: R. B., Literatur für Zeitgenossen. Essays. Frankfurt/M.: Suhrkamp 1966 (= edition suhrkamp. 186.), S. 83–106.

393 FISCHER, ERNST: Kunst und Koexistenz. Beitrag zu einer modernen marxistischen Ästhetik. Reinbek b. Hamburg: Rowohlt 1966 (= Rowohlt Paperback. 53.), S. 138ff.

394 GÜTERSLOH, ALBERT PARIS: Der innere Erdteil. Aus den »Wörterbüchern«. München: Piper 1966. Darin: Roman [entstanden vor 1960], S. 178–184.

395 UNSER JAHRHUNDERT UND SEIN ROMAN. Resumée einer Diskussion. [Vgl. W 387.] In: *Akzente*, Jg. 13, 1966, H. 1/2, S. 2–27.

396 KRAUSS, WERNER: Revolution des Romans? Bemerkungen zum Neuen Roman der Franzosen. In: *Weimarer Beiträge*, Jg. 12, 1966, H. 3, S. 489–504.

397 SCHLENSTEDT, DIETER: Ankunft und Anspruch. Zum neueren Roman in der DDR. In: *Sinn und Form*, Jg. 18, 1966, H. 3, S. 814–835.

398 SCHREYER, WOLFGANG: Plädoyer für den Spannungsroman. In: *Neue deutsche Literatur*, Jg. 14, 1966, H. 8, S. 68–89.

399 WEIMANN, ROBERT: Erzählsituation und Romantypus. Zu Theorie und Genesis realistischer Erzählformen. In: *Sinn und Form*, Jg. 18, 1966, H. 1, S. 109–133.
N: Kritik in der Zeit. Der Sozialismus – seine Literatur – ihre Entwicklung. Hg. v. Klaus Jarmatz. Halle (Saale): Mitteldt. Verl. 1970, S. 743–774.

400 BAUMGART, REINHARD: Aussichten des Romans oder Hat Literatur Zukunft? Frankfurter Vorlesungen. [1967]. Neuwied, Berlin: Luchterhand 1968. Darin: 3. Theorie einer dokumentarischen Literatur, S. 48–68.

401 DIERSEN, INGE: Darbietungsformen des Erzählens. In: *Weimarer Beiträge*, Jg. 13, 1967, H. 4, S. 630–660.

402 GEERDTS, HANS JÜRGEN: Volkswirksamkeit, Volkstümlichkeit und literarisches Neuerertum. Zu einigen Problemen des Realismus im Roman. In: *Weimarer Beiträge*, Jg. 13, 1967, H. 1, S. 3–19.

403 HILDESHEIMER, WOLFGANG: Frankfurter Vorlesungen. [1967]. In: W. H., Interpretationen. James Joyce – Georg Büchner. Zwei Frankfurter Vorlesungen. Frankfurt/M.: Suhrkamp 1969 (= edition suhrkamp. 297.). Darin: 1. Die Wirklichkeit des Absurden, S. 55–83.

404 KREUDER, ERNST: Epische Poeten auf dem Rückzug. In: *Welt und Wort*, Jg. 22, 1967, H. 8, S. 257f.

405 BRÄUNIG, WERNER: Prosa schreiben. In: W. B., »Prosa schreiben«. Anmerkungen zum Realismus. Halle (Saale): Mitteldt. Verl. 1968, S. 6–24. – *Kürbiskern*, 1968, H. 4, S. 572–582.

406 HÄRTLING, PETER: Das Ende der Geschichte. Über die Arbeit an einem »historischen Roman«. In: Abhandlungen d. Akademie d. Wissenschaften u. d. Literatur. Klasse d. Literatur, Jg. 1968, Nr. 3. Mainz: Akademie Verl.; Wiesbaden: Steiner in Komm. 1968, S. 35–45.

407 KREUDER, ERNST: Erzählen heute – als Problem. In: *Welt und Wort*, Jg. 23, 1968, H. 10, S. 331f.

408 [PLAVIUS, HEINZ]: Gegenwart im Roman. Gespräch mit Günter de Bruyn. In: *Neue deutsche Literatur*, Jg. 16, 1968, H. 6, S. 9–13.

409 ROMANSCHREIBEN HEUTE. – [1.] PLAVIUS, HEINZ: Gedanken zum Roman. Vorüberlegungen für ein Gespräch. – [2.] ANSICHTEN UND AUSSICHTEN. Gesprächsteilnehmer: Hermann Kant, Eduard Klein, Werner Neubert, Heinz Plavius, Erwin Pracht, Fritz Selbmann. In: *Neue deutsche Literatur*, Jg. 16, 1968, H. 5, S. 12–42.
N: H. P., Gedanken zum Roman – heute. In: Begegnung und Bündnis. Sowjetische und deutsche Literatur. Historische und theoretische Aspekte ihrer Beziehungen. Hg. v. Gerhard Ziegengeist. Berlin: Akademie-Verl. 1972, S. 179–189 [geringfügig erweiterte Fassung].

410 SCHARANG, MICHAEL: Die und die andere Wirklichkeit. Zu Handkes Hausierer. In: *Protokolle 68. Wiener Js. f. Literatur, bildende Kunst u. Musik*, 1968, S. 82–87.

411 WOLF, CHRISTA: Lesen und Schreiben. [1968]. In: Ch. W., Lesen und Schreiben. Aufsätze und Betrachtungen. Berlin, Weimar: Aufbau 1972, S. 176–224. – Ch. W., Lesen und Schreiben. Aufsätze und Prosastücke. Darmstadt, Neuwied: Luchterhand 1972 (= Sammlung Luchterhand. 90.), S. 181–220.

412 HEISSENBÜTTEL, HELMUT / VORMWEG, HEINRICH: Briefwechsel über Literatur. Neuwied, Berlin: Luchterhand 1969. Darin: 2. Über den Roman, S. 37–67.

413 JOHO, WOLFGANG: Kann man noch Romane schreiben? In: *Neue deutsche Literatur,* Jg. 17, 1969, H. 1, S. 23–28.

414 SIMONS, ELISABETH: »Das Andersmachen, von Grund auf«. Die Hauptrichtungen der jüngsten erzählenden DDR-Literatur. In: *Weimarer Beiträge,* Jg. 15, 1969, Sonderheft, S. 183–204.

415 WELLERSHOFF, DIETER: Fiktion und Praxis. In: D. W., Literatur und Veränderung. Versuche zu einer Metakritik der Literatur. Köln, Berlin: Kiepenheuer u. Witsch 1969 (= pocket. 1.), S. 9–32.

416 BAUMGART, REINHARD: Sechs Thesen über Literatur und Politik. In: *Tintenfisch 3. Jb. f. Literatur,* 1970 (= Quarthefte. 39.), S.29–38.
N: R. B., Die verdrängte Phantasie. 20 Essays über Kunst und Gesellschaft. Darmstadt, Neuwied: Luchterhand 1973 (= Sammlung Luchterhand. 129.), S. 7–18.

417 MIGNER, KARL: Theorie des modernen Romans. Eine Einführung. Stuttgart: Kröner 1970 (= Kröners Taschenausgabe. Bd. 395.).

418 WONDRATSCHEK, WOLF: Roman. In: W. W., Ein Bauer zeugt mit einer Bäuerin einen Bauernjungen, der unbedingt Knecht werden will. München: Hanser 1970 (= Reihe Hanser. 44.), S. 7–17.

419 PLAVIUS, HEINZ: Dokumentieren oder erzählen. [Zu] Günter Hofé: »Merci, Kamerad«. In: *Neue deutsche Literatur,* Jg. 19, 1971, H. 4, S. 151–158.

420 ENZENSBERGER, HANS MAGNUS: Der kurze Sommer der Anarchie. Buenaventura Durrutis Leben und Tod. Frankfurt/M.: Suhrkamp 1972. Darin: Erste Glosse. Über die Geschichte als kollektive Fiktion, S. 12–16; Siebente Glosse. Über den Helden, S. 257–260.

421 HILLEBRAND, BRUNO: Theorie des Romans. I. Von Heliodor bis Jean Paul. II. Von Hegel bis Handke. München: Winkler 1972.

422 SCHÖFER, ERASMUS: »Die Wahrheit«. Der Werkkreis-Roman ist demokratischer Roman. In: *Deutsche Volkszeitung* (Düsseldorf), Nr. 19 vom 4. 5. 1972, S. 14.

423 TIMM, UWE: Reflexion des Bewußtseins. Romane schreiben im Werkkreis Literatur der Arbeitswelt. In: *Deutsche Volkszeitung* (Düsseldorf), Nr. 21 vom 18. 5. 1972, S. 14.

424 HERBURGER, GÜNTER: Über die Zukunft des Romans. In: *Kürbiskern,* 1973, H. 4, S. 734–737.

425 LÄMMERT, EBERHARD: Zum Wandel der Geschichtserfahrung im Reflex der Romantheorie. In: Geschichte – Ereignis und Erzählung. Hg. v. Reinhart Koselleck u. Wolf-Dieter Stempel. München: Wilhelm Fink 1973 (= Poetik und Hermeneutik. V.).

426 SEGHERS, ANNA: Wird der Roman überflüssig? In: *Neue deutsche Literatur,* Jg. 21, 1973, H. 10, S. 13–15.

427 JOHNSON, UWE: Vorschläge zur Prüfung eines Romans. [Erstdruck.]

Autorenregister zum Werkverzeichnis

Kursiv gesetzte Werkverzeichnisnummern bedeuten, daß die entsprechenden Texte (in Auszügen) abgedruckt sind.

Romanverzeichnis

Das Verzeichnis führt die Romane und Romanautoren auf, die in mehreren abgedruckten Texten genannt werden.

Sachverzeichnis

Die Stichwörter sind in sechs systematische Gruppen gegliedert. Hinweispfeile mit Ziffern verweisen auf gleiche oder entsprechende Stichwörter in anderen Gruppen. Zeitgenössische Termini sind in Kapitälchen gesetzt.

1. GESCHICHTLICHE BEDINGUNGEN DES ROMANS

2. DER ROMAN IM ENSEMBLE DER GATTUNGEN UND MEDIEN – HISTORISCHE ENTWICKLUNG DES ROMANS

3. DEFINITION UND KLASSIFIZIERUNG DES ROMANS

4. THEMATIK UND REALITÄTSBEZUG DES ROMANS

5. TECHNIK DES ROMANS

6. FUNKTION UND WIRKUNG DES ROMANS